PAOLA ALEKSANDRA

Livre PARA RECOMEÇAR

essência

Copyright © Paola Aleksandra, 2019
Copyright © Editora Planeta do Brasil, 2019
Todos os direitos reservados.

Preparação: Olívia Caroline Tavares
Revisão: Mariane Genaro e Laura Folgueira
Diagramação: Departamento de criação da Editora Planeta e Felipe Romão
Capa: Renata Vidal
Imagens de capa: Rekha Arcangel / Arcangel e Javier Crespo / Shutterstock

Dados Internacionais de Catalogação na Publicação (CIP)
Angélica Ilacqua CRB-8/7057

Aleksandra, Paola
    Livre pra recomeçar / Paola Aleksandra. – São Paulo : Planeta, 2019.
    400 p.

ISBN: 978-85-422-1682-0

1. Ficção brasileira I. Título

19-1542   CDD B869.3

2019
Todos os direitos desta edição reservados à
Editora Planeta do Brasil Ltda.
Rua Bela Cintra 986, 4º andar
01415-002 – Consolação – São Paulo-SP
www.planetadelivros.com.br
faleconosco@editoraplaneta.com.br

Rio de Janeiro

Baía da Guanabara
passeio público

Cascatinha Taunay (real)
Fazenda De Vienne (fictício)

Centro

Ilha Fiscal

Praia Vermelha

Hospício Pedro II

Pão de Açúcar

PRÓLOGO

Praia Vermelha, Rio de Janeiro, 1880

Fecho os olhos e deixo o peso da realidade cair sobre mim. O sol da manhã aquece a minha pele, o canto dos pássaros alegra meus ouvidos e, mesmo sem vê-las, sinto as ondas do mar trazendo uma enxurrada de possibilidades.

Respiro fundo e dou alguns passos errantes – ainda com medo de abrir os olhos e descobrir que tudo não passa de um sonho. Assim que o vento fresco toca minha pele, carregando consigo o aroma salgado da água do mar, sou invadida pela calmaria. Aliviada, permito que minha mente aceite o que meu coração há horas comemora em silêncio.

Livre. Estou livre dele, do peso do seu sobrenome e das sombras do passado que por longos três anos tentaram me roubar o ar.

Sinto-me corajosa ao beliscar o interior do meu pulso esquerdo – um hábito que não me deixa esquecer quem fui – e abrir os olhos. Meu coração vibra ao notar a imensidão do dia azul e os caminhos infindáveis que me esperam atrás da linha do horizonte. Mal consigo acreditar que a praia está a poucos passos de distância, me convidando a desbravá-la.

Passei boa parte dos últimos três anos olhando esse mesmo mar, fitando-o através da janela do meu quarto enquanto ansiava por romper as amarras da prisão à qual fui imposta. Nos dias difíceis, tudo o que mais queria era sentir a força da água tocando minha pele. Então, nesse instante, dou-me conta de que a proximidade com o mar é o que torna a minha liberdade recém-adquirida real.

É assustador perceber as infinitas possibilidades à minha espera, mas assim como a grandiosidade das águas da Praia Vermelha, é inspirador saber que finalmente sou a única a controlar o meu próprio destino. Não tenho mais ninguém para ditar quem devo ser além de mim mesma.

Olho para trás uma última vez, fitando minha cela, e digo adeus ao passado. Em um instante, abro mão dos gritos, do ranger das amarrações de ferro, das grades nas janelas e da fachada tão bela e imponente que esconde propositalmente toda a dor, o medo e o descaso de homens e mulheres trancafiados em sua própria mente.

Digo adeus ao hospício e a todas as memórias ruins que adquiri nos últimos anos. E, ciente de que chegou a hora de recomeçar, volto minha atenção ao mar enquanto tiro a aliança da mão esquerda. Aperto o metal frio pela última vez, lutando para me libertar das memórias de um casamento odioso.

— Que Deus tenha piedade da tua alma, Jardel. — São as únicas palavras que sou capaz de dizer e são também toda a cortesia que ele terá de mim.

Sem pensar duas vezes, arremesso o anel com toda a minha força, observando o ouro reluzir no céu e rapidamente afundar nas águas do mar do Rio de Janeiro.

Não sou posse dele e nunca mais serei a condessa De Vienne.

Agora, sou de mim mesma.

Apenas Anastácia.

Antes da tempestade

Seus sonhos eram como o mar, infinitos
Seus olhos eram como crianças, sorridentes
Seu futuro era como ouro, brilhante

Assim como o mar, imaginava-se navegando
pelo mundo
conquistando, desbravando, inundando

Assim como as ondas, desejava ir e voltar
tocar, aprender, conquistar

Assim como o horizonte, era pura incerteza
de caminhos, amores, sorrisos

Seus sonhos eram como o mar, infinitos
Seus olhos eram como crianças, sorridentes
Seu futuro era como ouro, brilhante

Até não ser mais nada,
até ela não ser mais ninguém

Música de Anastácia De Vienne
Novembro de 1876

ANTES

1

Paris, França, 1877

— Com sua licença, minha senhora. — Levo um susto quando noto que ela está ao meu lado. A camareira sorri para mim e me estende uma caixa que, muito provavelmente, é três vezes maior do que nós duas. — Meu desejo não era interrompê-la, mas o conde pediu que eu lhe entregasse um presente.

Deixo o grafite de lado, limpando minhas mãos em uma toalha úmida, e guardo as partituras em que estive trabalhando ao longo da semana em uma pasta de couro. Tenho dezenas de canções iniciadas, mas apenas duas finalizadas. A verdade é que está cada vez mais difícil transformar minhas emoções em composições – muito provavelmente porque rimar palavras como solidão e dissabor seja uma tarefa desgastante.

— Condessa?

Volto minha atenção para a jovem e pego o pacote de suas mãos. Simulando interesse, caminho pelo quarto abraçada ao presente, forçando o que imagino ser um sorriso curioso. Alcanço a cama de dossel e, com cuidado, deposito o embrulho em cima do cobertor azul. Preparo-me para amar os presentes enviados pelo conde, mas preciso esconder a repulsa quando retiro a tampa da caixa e toco a pele branca e macia como a neve.

Faço uma prece ao imaginar o sofrimento do pobre animal que perdeu a vida para suprir o capricho de alguém. E, depois de alguns instantes sufocantes nos quais tento pensar em como convencer Jardel de que não precisarei do casaco, deixo a pele de lado e retomo minha atuação. Com um sorriso ensaiado, encaro o vestido de gala que deverei usar na noite de amanhã. O corpete e as barras foram decoradas com linha de prata. O bordado segue um estilo delicadamente arredondado, que me lembra do movimento das ondas do mar e que faz a peça refletir diante da luz dos lampiões. Ao retirá-lo da caixa e ver as pequenas partículas de diamante que foram presas ao vestido, não preciso fingir surpresa. Sinto que, em outro momento da minha vida, eu o teria amado.

— Impossível não admirar o cuidado do conde. Vossa graça sempre escolhe as peças mais belas — a jovem volta a falar, lembrando-me de que minhas reações são minunciosamente vigiadas.

Mordo a parte interna das bochechas na intenção de provocar um leve rubor. Preciso parecer chocada ao ver que, no fundo da caixa, pequenas peças de renda me encaram. Elas são do mesmo tom do vestido e ainda menores do que as últimas lingeries que meu marido havia comprado.

— Pateticamente previsível. — Tenho certeza de que o conde sente prazer ao imaginar meu ultraje, mas a verdade é que suas escolhas não me afetam em nada.

— O que disse, senhora?

Sinto o peso de seus olhos enquanto a jovem avalia minha reação, mas neste instante evito encará-la. Tento ao menos lembrar o seu nome, mas desde que casei tantas empregadas me foram designadas – nos primeiros dias sorridentes e alegres por servirem a condessa, e nos últimos dias tão silenciosas e resignadas – que deixei de me importar em conhecê-las. A única coisa com a qual me preocupo é em desempenhar o papel que esperam de mim.

Coloco o vestido em frente ao corpo e imagino a sensação de vesti-lo. A cor prateada pouco surpreende, contudo preciso admitir que o tecido cumpre o objetivo de me agradar. Gosto de como a seda abraça a minha pele e, por alguns momentos ilusórios, afasta minha solidão. O tecido faz com que eu me lembre de mamãe e dos belos enxovais que encomendamos para a minha primeira temporada social. Desde meu casamento, tudo o que tenho para me manter sã é a memória do seu toque gentil ao pentear meus cabelos e ajeitar as minhas vestes.

— Venerável — respondo depois de alguns instantes. A criada me olha confusa e preciso reprimir a risada, sentindo-me um pouco culpada por confundi-la propositalmente. — Eu disse que ao usar um vestido tão belo parecerei venerável. Não concorda?

— Muito mais do que venerável, senhora! Só não entendo o motivo de o conde insistir tanto para que façamos um coque, a senhora ficaria ainda mais bela com as madeixas soltas. Minha antiga patroa, que Deus a tenha, sempre elogiava minhas mãos de fada. Para a duquesa, meus penteados eram os melhores de toda Paris. — Ela segue tagarelando, cercando-me com seus olhos atentos e tocando as mechas bagunçadas do meu cabelo. — Tão preto e brilhoso quanto um ônix. Talvez devêssemos surpreendê-lo, senhora.

— Surpreender quem? — Com mais frequência do que gostaria, tendo a desligar-me das conversas ao meu redor. Então, deixo que a jovem continue a falar e coloco o vestido de festa na cama.

— Ora, senhora! Vamos surpreender o conde e fazê-lo mudar de ideia a respeito da escolha de penteado para o baile de amanhã. — Ela começa a correr pelo quarto enquanto permaneço encarando as vestes escolhidas por meu marido. Penso no iminente encontro com o imperador e o medo de não ser suficiente ameaça me dominar.

Tudo o que sei é que dom Pedro II, imperador do Brasil, vai participar de um sarau no hotel Le Grand. Um suntuoso jantar e um magnífico salão de dança foram preparados para transformar uma noite de negócios em um momento de prazer. Pouco me foi revelado sobre os assuntos que o conde deseja tratar com o imperador, mas fui avisada – mais de uma vez – que a noite de amanhã será determinante para o futuro de nossa família.

Quase rio ao imaginar que eu e o conde somos uma família. Nós nos casamos há um ano e, desde então, tenho certeza de que somos muitas coisas, mas nenhuma minimamente tão digna quanto o ato sagrado de construir uma família.

— Precisamos correr, minha senhora. Logo o jantar será servido! — Aprovo seu gesto quando a jovem usa as mãos para me empurrar até a lateral do quarto, afastando-me daquele maldito e sedutor vestido.

Entro no trocador e faço uma rápida toalete. Ao lavar o rosto, agradeço pelo fato de a água fria afastar o leve latejar que sinto por trás dos olhos – primeiro sinal de uma iminente dor de cabeça. Passo nos braços um creme feito com leite de rosas, devidamente escolhido pelo conde, e borrifo o perfume de lavanda na região do pescoço. Troco o vestido de ficar em casa por um de gala, substituindo o tecido marrom por um de cor verde-musgo.

Sempre que visto as peças do meu guarda-roupa de condessa, sinto uma vontade inexplicável de usar tecidos coloridos e extravagantes. Fui privada da liberdade de escolher as minhas próprias roupas desde o dia do meu casamento e, mesmo ciente da tolice que é preocupar-me com algo tão pequeno, gostaria de voltar ao tempo em que era livre para vestir o que desejasse. Caso fosse permitido, escolheria para o jantar de hoje uma peça de algodão na cor rubi, equiparando minha aparência ao meu humor tempestuoso.

— Pretendo fazer o penteado mais lindo que o patrão já viu. Tenho certeza de que vossa graça nunca mais vai desejar vê-la nesses coques horrendos!

A voz animada da empregada me apressa, então saio do trocador na lateral do quarto e a sigo até a penteadeira do outro lado do cômodo. Conheço o quarto bem o suficiente para não precisar olhar por onde ando — até porque passo mais tempo nele do que em qualquer outro lugar de Paris —, por isso ando traçando os pequenos calos que restaram nas pontas dos meus dedos.

Por um tempo, como qualquer esposa de um nobre, imaginei e ansiei por uma vida movimentada, repleta de passeios, jantares e bailes. Mas, quando descobri o preço alto requerido por cada momento fora de casa, decidi refugiar-me em meus aposentos. Ao menos neles sinto-me levemente protegida, rodeada pelas paredes azuis que me lembram o mar, pelas partituras espalhadas por toda e qualquer superfície e pelo violoncelo apoiado na parede ao lado da única janela do quarto.

Levanto os olhos por um instante só para encarar o instrumento — meu mais valioso presente de casamento e meu único lembrete da família que deixei em Bordeaux. Sinto falta dos meus pais, da nossa casa afastada do centro da cidade, das pequenas vinícolas que papai mantinha por prazer e, principalmente, de acompanhá-lo durante seu trabalho. Passar um dia no porto, escondida sob suas asas protetoras, me fazia sonhar com o dia em que desbravaria a imensidão do mar.

Respiro fundo na tentativa de afastar a solidão. É em dias como hoje, em que a saudade ameaça me dominar, que lamento por não ser mais capaz de perder-me em minha música. Anos atrás eu costumava passar horas praticando, transformando emoções em harmonias e dores em arte. Mas por mais que eu continue traçando uma centena de acordes aleatórios, há meses mal consigo tocar no violoncelo. É por isso que olhar os calos desaparecendo em minhas mãos também serve como lembrete de tudo a que estou renunciando. Assim como fiz com a minha família, com minhas roupas favoritas e, principalmente, com a minha voz.

Alcanço a poltrona em frente à penteadeira e sento sem lembrar ao certo o motivo de tê-lo feito. Enquanto a camareira penteia, alisa e decora meu cabelo, continuo fitando a pele das minhas mãos, imaginando se um dia voltarei a tocar. A dor de olhar meus antigos calos é, sem dúvida, menor do que a que encontrarei no reflexo à minha frente. Então, fujo do espelho da penteadeira por puro medo de enxergar nele os fantasmas escondidos em meus olhos.

— Malditos olhos! — deixo escapar em tom raivoso.

— Perdão, *milady*? — A jovem abandona o penteado e, sem titubear, toca a minha testa. — Ora, a senhora não está acalorada. Por um minuto achei que estivesse alucinando. Fui avisada de que a febre pode causar alucinações, mas não recordo como proceder. Eu deveria chamar um médico? Ou seria melhor informar o conde?

Alucinando. Odeio essa palavra. Odeio como me faz parecer fraca. Eu gostaria de estar alucinando desde o dia em que me dei conta de que havia me casado com um mentiroso, mas, infelizmente, mantenho-me cônscia de cada palavra, gesto ou olhar com o qual o conde me controla. A verdade é que eu seria sortuda caso estivesse alucinando e tudo não passasse de um sonho.

— Condessa? — Sinto a preocupação em sua voz, mas não consigo lidar com ela agora. Não quando meu corpo e minha mente estão prestes a explodir.

— Cale-se. — Sinto a aspereza por trás da minha voz. E, com medo de que a jovem surte de vez, toco a sua mão na intenção de tranquilizá-la. — O silêncio ajuda a dor a enfraquecer. Apenas termine o penteado.

Encarando-me assustada, a camareira engole o que provavelmente seria uma enxurrada de perguntas a respeito da minha saúde e volta a trabalhar. Suas mãos tremem ao ajeitar meu cabelo. Ela sem dúvida foi alertada por meu atencioso marido de que, além de alucinações, a condessa também é dona de uma personalidade raivosa.

Louca. Raivosa. Mentirosa. Indigna. Palavras que não ultrapassam as paredes desta casa, mas que ainda assim são constantemente associadas à condessa De Vienne.

Buscando retomar o controle, tateio pelos frascos de perfume espalhados pela penteadeira de madeira — ainda fugindo do espelho e do seu reflexo revelador. Não levo muito tempo para encontrar o pequeno vidro vermelho e, sem pensar duas vezes, engulo o conteúdo em um único gole. Imediatamente sinto o calor queimar minhas entranhas e acalmar meus nervos.

— Bebendo tão cedo, *mon amour*. Assim mal vai aproveitar o jantar. — É só escutar a voz dele que a recém-calmaria evapora. — Não se sente bem? Estou farto de repetir que uma dose de vinho não amenizará sua condição, minha joia.

Suas palavras saem em um tom caloroso e amoroso. Se não o conhecesse, quase acreditaria que está realmente preocupado com a minha saúde. Mas a verdade é que, sempre que alguém está por perto, Jardel se transforma no companheiro que qualquer mulher gostaria de ter ao seu lado: carinhoso, atencioso e dedicado às minhas necessidades e meus anseios.

— É minha culpa, senhor. Notei que havia algo errado, mas não quis preocupá-lo. — A voz da criada treme e sinto pena da pobre garota. — Mal comecei e já falhei em meu serviço, decepcionei vossa confiança.

— Ora, minha jovem, por favor, não chore. — Jardel é doce como mel ao consolar a camareira. Sinto sua presença atrás de mim, mas mantenho os olhos fixos em minhas mãos. — Todos nós cometemos pequenos erros e não restam dúvidas de que na próxima vez a senhorita não falhará em notar os sintomas da doença da condessa. Agora saia, quero alguns instantes a sós com a minha esposa.

— Mas ainda não terminei o penteado da condessa, senhor!

— Não se preocupe, eu mesmo vou fazê-lo. — Suas mãos sobem pelo meu pescoço e percorrem as mechas soltas, penteando-as com dedos delicados. Sinto o corpo tremer em antecipação, lembrando-me de que deveria ter prestado mais atenção, de que errei ao esquecer que Jardel prefere meus cabelos presos.

Seguro a respiração quando ouço a jovem abandonar o quarto. E, em uma tentativa tola de acalmar os nervos, imagino como ela enxerga Jardel. Será que nesse exato instante está espalhando pela casa, em um tom de voz maravilhado, a paciência do conde e sua delicadeza ao cuidar da esposa? É assim que todas as pessoas ao nosso redor o veem: como um marido esplêndido que teve o infortúnio de se casar com uma mulher mentalmente fraca.

— O que acha que está fazendo, Anastácia? — Jardel exclama com raiva no exato instante em que ficamos a sós. Evito seus olhos o máximo que consigo, mas o conde puxa meu cabelo, fazendo-me ceder e jogar a cabeça para trás. Nosso olhar se encontra e tudo o que vejo em seus olhos cristalinos como água é uma preocupação doentia. — A ideia foi sua, *mon amour*? Diga-me, deseja ver-me triste?

Falar ou calar não importa, ambos os caminhos inflam sua raiva. Mas no dia de hoje, no qual sinto-me farta do seu controle, escolho o silêncio. Jardel encara-me, desejoso por uma resposta e, percebendo que não vai receber uma única palavra, começa a desfazer meu penteado. Meus olhos lacrimejam com os puxões e com o aperto firme de suas mãos, mas nada se compara à dor que sinto ao ser arrastada pelos cabelos até o outro lado do quarto.

— Abra os olhos, Anastácia. — Escuto, mas não o faço. Não até senti-lo roçar o corpo no meu e deixar claro qual será o preço cobrado por minha teimosia. Então cedo e abro os olhos para encarar nosso reflexo no espelho. Odeio o objeto tanto quanto odeio Jardel, porque a imagem que vejo refletida é um lembrete constante do motivo de estar presa a esse casamento.

Sustento seu olhar até meu marido afastar nossos corpos. Mesmo sem desejar, mantenho o foco em seu rosto angelical – os belos olhos azuis, o cabelo loiro, a pele lisa e sem barba, o nariz arqueado que em qualquer outro homem pareceria delicado em demasia e que em Jardel o deixa ainda mais belo e, por fim, o sorriso bondoso de dentes brancos. Uma aparência doce que sua alma nunca será capaz de ter.

Representar não significa ser, Anastácia – forço minha mente a recordar a valiosa lição que aprendi ao viver ao lado de Jardel.

— Esse comportamento precisa parar, *mon amour*. Basta de colocar os empregados contra mim. Cada vez que os incita a contradizer uma das minhas ordens, faz com que eu precise despedi-los.

Sei como essa noite vai terminar. Então, aguardo em silêncio enquanto o conde penteia meu cabelo com as mãos, torce as mechas anteriormente alisadas e, com os grampos que antes mantinham os fios alinhados, prende-as em um coque. Satisfeito com o resultado, Jardel beija meu pescoço e desfaz as amarras da parte de trás do meu vestido. Neste instante, a única coisa que sinto é o arrepio causado pelo ar fresco que toca a pele exposta das minhas costas.

— Lembre, Anastácia, se meu desejo é um coque, é exatamente um coque que usará.

Cada palavra é pontuada por um beliscão. Dessa vez, seu alvo é a pele que protege as minhas costelas. É como se Jardel conhecesse as regiões mais sensíveis do meu corpo – ele procura pela carne em meio aos ossos, torcendo-a até a dor beirar o insuportável. Minha respiração falha, mas controlo a enxurrada de exclamações raivosas que passam por minha mente. Apesar da raiva e da dor, é sempre o que vem depois que me apavora.

Com uma das mãos o conde força meu rosto, esperando que eu volte a encarar nosso reflexo no espelho. E, quando finalmente nossos olhos se encontram, ele corre as mãos pelos meus braços e aperta a pele sensível do meu pulso – sempre o do lado esquerdo – fazendo o osso estalar e meus olhos se encherem de lágrimas.

— Agora, sim, *mon amour*. Olhe como és bela. Olhe como és única! — E neste momento, enquanto me inflige dor, meu marido me presenteia com um sorriso digno de um anjo caído.

Observo a minha aparência no reflexo do espelho, pois sei que é isso que Jardel deseja. Faz tempo que não me olho dessa forma, então perco alguns segundos listando o cabelo escuro repuxado em um coque sem graça, o nariz enrugado pela raiva e a pele alva quase translúcida – que um dia já foi marcada pelas sardas de quem passava longos dias do lado de fora, aproveitando a luz do sol. Mas são meus olhos, brilhosos graças às lágrimas não derramadas, que completam o quadro que fez o conde se aproximar de mim. Ao menos, é isso que ele repete incansavelmente desde que nos casamos.

— Vê, ninguém mais tem olhos ora azuis, ora lilases. Só tu, *mon amour*. Então, por qual motivo escondê-los com uma onda de cabelos a ofuscá-los? — Jardel apoia o rosto em meu ombro direito e me encara pelo reflexo no espelho. — Não me culpe por querer seus olhos presos aos meus toda bendita noite, Anastácia.

Revivo nossa primeira noite juntos, o amor que senti ao proclamar os votos matrimoniais e todos os sonhos que almejei construir com Jardel ao meu lado. É da certeza de que todas essas fantasias foram destruídas que tiro forças para manter-me firme no papel de esposa resignada. Por dentro meu peito ferve em dores, medos e culpas. Mas, por fora, nada mais sou do que a bela e às vezes confusa condessa De Vienne.

— Deixe a tristeza para trás, *mon amour*. Prometo que já está perdoada. — Jardel deposita um beijo delicado em minha fronte e aperta meu pulso uma última vez. — Apenas lembre-se de que és a única responsável pelo que cativas.

Como sempre, sinto a culpa pesar em meus ombros. Sou culpada por permitir que a camareira escolhesse meu penteado, por me deixar perder em meio às lembranças e, principalmente, por confrontar Jardel com meu silêncio. Contudo, ao contrário do que meu marido espera, minha culpa não provém de suas palavras maldosas.

Encaro nosso reflexo no espelho e, reunindo os estilhaços partidos da minha alma, estampo um sorriso dissimulado em meu rosto.

Minha única e mais profunda transgressão é calar-me.

2

A carruagem entra na rua Auber, passa por restaurantes que conheço apenas por meio das colunas sociais do jornal dominical e para em frente à Ópera de Paris. Atrás de nós, próximo o suficiente para que eu consiga ouvir a música animada sendo tocada no salão principal, está o hotel Le Grand. Juntas, as duas construções criam uma visão e tanto: suas fachadas imponentes quase alcançam o céu de tão altas e os tons dourados que se mesclam aos seus pilares criam uma sensação de magnificência.

Estou tão encantada pela beleza ao meu redor que antes de descer do veículo deixo minha mente divagar. Imagino que o nosso destino é uma apresentação musical e não um jantar político, e sonho acordada com o júbilo de entrar na Ópera de Paris para assistir a um concerto de Richard Wagner. Em meus pensamentos, brinco com a fantasia de vê-lo apresentar sua ópera *Tristão e Isolda*, minha preferida desde que papai me presenteou com dezenas de partituras inspiradas nas composições do maestro alemão aclamado pelo rei Luís II de Baviera.

Antes de casar, Jardel prometeu-me um mundo de viagens, temporadas e apresentações musicais. E, mesmo agora que sei que nunca as viverei, ainda consigo imaginar os acordes e deixar a música dominar a minha mente e o meu coração.

— *Mon amour?* — Afasto os pensamentos e encaro Jardel com uma imitação do meu melhor sorriso.

Sorrindo em resposta, meu marido pula do veículo e, no lugar do cavalariço, segura minha mão para me ajudar a descer. Antes que meus pés possam tocar o chão, ele me surpreende ao girar nossos corpos em um salto de valsa. Um movimento leve, gracioso e pontuado por sua risada.

Ao pararmos, Jardel mantém o aperto delicado em minha cintura, demonstrando a mais pura alegria ao encarar-me com o que imagino ser idolatria — o único tipo de amor que ele é capaz de demonstrar. No começo do casamento, essas exibições de afeto costumavam confundir-me, mas hoje entendo que são apenas a calmaria que antecede uma nova tempestade. Ainda assim, em alguns dias sou traída por meu corpo e preciso lutar contra as borboletas que seu comportamento carinhoso faz surgir na boca do meu estômago.

De tudo o que já vivi, o que mais odeio é que uma parte de mim ainda o ama — ou ao menos, ama o homem que Jardel se mostrou um dia.

— Gostou do vestido? — Tento me afastar, mas o conde me segura ainda mais apertado.

— Ele é lindo — digo com sinceridade. Assim que vesti a peça, me senti uma princesa em um conto de fadas. Ao final da noite não terei meu final feliz, mas gosto de aproveitar a euforia simplória causada pelas saias de seda e os bordados de prata.

— Divinamente belo — Jardel diz, subindo as mãos pelo corpete bordado do vestido —, mas nunca tão lindo quanto seus olhos.

Desligo a mente para fugir da doçura enganosa de suas palavras e mais uma vez corro os olhos pela fachada da Ópera de Paris. As estátuas aladas no topo do teto sorriem para mim quando Jardel aproxima nossos corpos e envolve a minha cintura com as mãos. Olho para o anjo dourado que representa a harmonia e o sinto estendendo os braços em minha direção, clamando para que eu aceite seu socorro. Tudo o que eu mais queria era refugiar-me neles e não no calor do abraço de um monstro.

— Desejo vê-la feliz, *mon amour*. A verdade é que o trabalho está consumindo minha mente, e os negócios na fazenda De Vienne obrigaram-me a repensar nossos caminhos. Espero que entenda que a culpa por minha negligência recai no peso que carrego nos ombros — o conde afasta nossos corpos apenas o suficiente para aproximar sua testa à minha — e que, por zelar por nosso casamento, decidi que vamos nos mudar para o Brasil.

Contenho a surpresa gerada por suas palavras. Não me deixo enganar, sei que a decisão de Jardel é exclusivamente embasada em suas necessidades comerciais. Ainda assim, decido tirar proveito das raras notas de insegurança em sua voz e obter o máximo de informação que conseguir — não apenas sobre a noite de hoje, mas também sobre seus planos para o futuro.

— Partiremos quando? — pergunto estampando uma expressão neutra em meu rosto.

— Assim que eu conseguir a bênção do imperador para construir a ferrovia que ligará nossa fazenda ao porto do Rio de Janeiro.

— Então é isso que viemos fazer? Conseguir a aprovação para uma linha ferroviária? — É um alívio compreender que, no fim das contas, eu não precisava temer o interesse do conde na figura do imperador.

— A verdade é que todo o nosso futuro depende da aprovação de vossa graça — levanto o rosto para encarar seus olhos e vejo verdade neles. — Preciso que esteja ao meu lado. Será capaz de fazê-lo, *mon amour*? Vai me ajudar a conquistar a confiança do imperador?

Repasso em minha mente o plano para a noite de hoje e, pela primeira vez em dias, sinto-me confortável com o papel que precisarei desempenhar.

— É claro que vou ajudá-lo. — Dessa vez, não preciso mentir.

Sei que Jardel continua escondendo algo importante, mas decido lhe dar um voto de confiança na esperança de que o acordo com o imperador faça bem ao nosso casamento. Quero ter a oportunidade de construir uma vida longe de Paris. Anseio por novos círculos de amizade, por não ser mais reconhecida socialmente como uma mulher de mente fraca e, principalmente, pelo direito de construir um lar para mim.

De repente, tudo o que mais quero é ir para o Brasil.

Com um beijo em minha testa, Jardel afasta nossos corpos e enlaça meu braço ao seu. Ambos sorrimos ao seguir em silêncio até a suntuosa entrada do hotel Le Grand. De vez em quando noto seu olhar em mim, observando-me com uma atenção que nunca havia recebido. Meu coração bate acelerado em expectativa, e reúno todas as minhas forças na intenção de me preparar para a noite de hoje.

A verdade é que conheço muito pouco sobre os negócios da família De Vienne no Brasil. Tudo o que sei é que o avô do meu marido, Raul De Vienne, precisou fugir da França depois da queda de Napoleão Bonaparte – escolhendo refugiar-se em terras brasileiras após a perseguição aos apoiadores do imperador francês. Durante os anos em que o antigo conde edificava a fazenda De Vienne no Rio de Janeiro, a condessa mantinha-se na França, conservando a força do condado e o peso do sobrenome de sua família. Assim, unidos por um mesmo objetivo, o casal soube beneficiar-se da separação: enquanto um enriquecia na América, o outro mantinha as aparências na Europa.

Foi por esse motivo que, quando a nobreza francesa começou a ruir após a revolução social, os De Vienne prosperaram com o dinheiro da produção de café no Brasil. E, levando em conta que o café produzido por eles passou a abastecer grande parte das famílias nobres refugiadas na América, o patrimônio acumulado pelas últimas gerações da família de Jardel não surpreende. Também não é inusitado o fato de o atual conde buscar formas de rentabilizar cada vez mais os negócios de sua família.

Só não entendo o motivo de precisarmos convencer o imperador, um homem famoso pelos ideais revolucionários que tornaram o Brasil uma das nações mais desenvolvidas de todo o mundo, das vantagens óbvias de tal empreitada. Até eu sei que linhas de transporte significam mais mercadorias chegando e saindo e, consequentemente, mais dinheiro circulando.

— Senhor? — Não quero parecer curiosa em demasia, mas também não desejo ficar no escuro quando é óbvio que estou deixando escapar algo importante. Dessa forma, aguardo pela permissão de Jardel antes de fazer uma pergunta. — Sua Majestade não é conhecida como um grande incentivador de projetos ferroviários?

— É, sim, *mon amour*.

— Então, por qual motivo vossa graça vetaria a construção de uma linha de trem?

— O que diriam caso soubessem que, além de bela, a condessa De Vienne é dona de uma mente excitante? — Quase me arrependo de demonstrar interesse, mas aprendi que nesses momentos o silêncio é a minha melhor arma, então permaneço calada na esperança de que meu marido continue a falar. — Tens razão, o imperador é um homem de mente aberta ao progresso. Só que dessa vez, *mon amour*, temos muito em jogo. Precisamos da aprovação de vossa majestade para a construção de uma linha ferroviária exclusiva. Consegue imaginar tal feito? Uma linha que poderá ser usada apenas por nossa família?

Paro e giro o corpo para encará-lo. Estamos quase na entrada social do hotel, homens e mulheres passam ao nosso lado exibindo suas vestes extraordinárias, e o riso alegre ecoa do salão e alcança a rua Auber. Gostaria de estar preocupada apenas com o fato de que nunca estive em um local tão estonteante. Contudo, minha mente teimosa permanece girando em alerta. Papai sempre dizia que, quando o assunto era transporte de cargas e produtos, a exclusividade era o primeiro passo para a ilegalidade.

— Ora, pare de se preocupar. Se continuar franzindo a testa dessa maneira estará com o rosto cheio de rugas antes mesmo de completar vinte anos. — Jardel toca o sinal em meu rosto, lembrando-me de como minha mãe também franzia a testa quando estava desconfiada. — Confie no meu faro para os negócios, minha joia. Se conseguirmos a bênção do imperador, prometo que em menos de um ano seremos ainda mais ricos e abençoados.

Meus pensamentos estão tão confusos que sou incapaz de responder a ele, então assinto com um meneio de cabeça e volto a caminhar em direção ao hotel. Poucos passos separam a entrada do Le Grand da porta principal da Ópera de Paris, ainda assim, a impressão é de que estamos entrando em um novo mundo. Os arcos da fachada do hotel são decorados por pequenas sacadas de metal – ora douradas, ora cor de ferro envelhecido. Atrás delas, longas janelas de vidro são mantidas abertas, permitindo que a luz dos lampiões atravesse os aposentos e banhe a rua. Mas é o teto, oval em alguns pontos e retangular em outros, que torna a construção atemporal.

Ao entrar no vestíbulo, sou assaltada pela beleza de uma abóboda de vidro ornamentada por vitrais e pinturas a óleo. O salão principal conta com estonteantes esculturas de mármore, lustres e castiçais de ouro, e arabescos dourados que adornam pilares e paredes, fazendo com que todo o cômodo reluza. Mas é o piso vermelho-vivo, ajaezado em variações que espelham o teto do hotel, que incita em mim a vontade de compor uma dúzia de sonatas.

— Uma construção de uma quadra inteira e mais de oitocentos quartos divididos em quatro andares sociais. Está vendo o teto? O estilo pitoresco leva o nome de mansarda. É por isso que as janelas se encontram em ângulos incomuns, criando um novo andar entre o teto e o primeiro cômodo do hotel e fazendo que o vento fresco circule entre os cômodos. — Deixo as palavras de Jardel roubarem a minha atenção e, conforme ele fala, estudo com fascinação os detalhes da construção. — Guarde meu segredo, *mon amour*, logo seremos donos de um dos hotéis mais belos do mundo. O Rio de Janeiro ganhará uma hospedagem infinitamente mais fascinante que o hotel Le Grand, eu lhe prometo.

Encontramos Pierce, braço direito do conde, no instante em que entramos no salão de dança do hotel. Sua presença inflama meu nervosismo e aumenta os olhares curiosos que seguem nossos passos com um misto de inveja e cobiça. A verdade é que Jardel e Pierce formam uma dupla de tirar o fôlego – suas fisionomias são extremamente parecidas, apesar de um ser loiro como o sol e de o outro ter cabelos tão negros quanto uma noite sem estrelas. Dois lados de uma mesma moeda. Dois lobos vestidos em pele de cordeiro.

Andamos juntos pelo salão abarrotado, parando ocasionalmente para cumprimentar velhos conhecidos ou para assistir às apresentações musicais da noite. Em meio à multidão, mantemos o sorriso em riste. Mas, nos instantes em que passamos sozinhos, Jardel e Pierce abandonam o tom festivo e seguem os passos do imperador, voltando à atenção para mim apenas para lembrar o que devo fazer assim que a oportunidade perfeita surgir.

Meu corpo transpira em antecipação, e meus pés doem de tanto caminhar, mas nada se compara à sensação de ser examinada por cavalheiros que maculam a minha pele com olhares de cobiça. Estou prestes a entrar em combustão quando meu marido pisca para mim. Aliviada, avisto Dom Pedro II caminhando até uma das varandas privativas do hotel e dou a deixa para que Jardel e Pierce o sigam sem parecerem interessados em demasia por sua companhia.

— *Mon amour* — o uso das palavras carinhosas faz com que os olhos de Jardel brilhem, como se ele realmente acreditasse que são sinceras —, talvez eu tenha bebido champanhe demais. Sinto que preciso de uma dose de refresco antes das valsas da noite.

— Fique aqui com Pierce que vou buscar um copo de água e alguns sanduíches. Não quero ser o responsável por privá-la da pista de dança. — Ele dá indícios de que seguirá para a lateral do salão, mas, para dar veracidade ao nosso pequeno teatro, o interrompo com um beijo estalado na face.

— Vá apreciar um charuto com seus amigos, eu mesma irei atrás dos quitutes. — E, inclinando o corpo em sua direção, digo as palavras finais em seu ouvido, sem me esforçar para não ser ouvida pelas pessoas ao nosso redor. — Preciso de privacidade para passar no toalete das senhoras.

Jardel me dá um sorriso cúmplice e, após uma leve reverência, caminha com Pierce para as sacadas laterais do salão. Respiro mais tranquila depois de cumprir a minha parte do seu misterioso plano, ao mesmo tempo que sinto crescer em meu íntimo a expectativa sobre o desenrolar da noite. Permaneço parada no meio do salão movimentado, concedendo-me um minuto para acalmar os nervos antes de aproveitar a liberdade de finalmente estar sozinha.

Encaro a pista de dança e o palco onde o quarteto de cordas se apresenta – o piano e o violoncelo conduzem um dueto improvisado que me dá vontade de tocar. Quase caminho até eles, ansiando por aproveitar a música alegre que contagia os convidados, mas meu estômago protesta de fome. Então, sigo o plano original e caminho até o aparador de comidas que está do lado oposto do salão.

Atravesso a multidão de corpos dançantes, interrompendo uma ou outra conversa animada sobre o clima de Paris. Após alguns minutos, chego até o meu destino e perco-me em meio às diversas bandejas. Em casa é Jardel quem controla o cardápio da semana, por isso sinto-me revigorada ao encontrar à minha disposição tantas possibilidades de pratos doces e salgados. Estou prestes a devorar um canapé que não faço a menor ideia se é de queijo ou nata, quando uma voz me assusta e faz-me derrubar o delicado aperitivo.

— Por favor, eu imploro, escolha qualquer um, menos esse odioso canapé. — Giro o corpo e me deparo com seu olhar divertido. Ele sorri e, de forma encantadora, o movimento evidencia as pequenas rugas ao redor de seus olhos castanhos. Talvez seja a luz do salão, mas posso jurar que eles brilham tanto quanto cobre. — Perdão, não quis assustá-la. Em outras circunstâncias nunca iria interferir em sua escolha, mas juro por tudo que é mais sagrado que esse aperitivo é tóxico.

— Está insinuando que nossos anfitriões desejam envenenar seus convidados? — Alcanço o quitute caído no chão e o abandono na lateral da mesa.

— Talvez a expressão exata seja causar disenteria, mas se me perguntarem negarei até a morte tê-lo dito em voz alta diante de uma dama. — Ele pontua a frase com uma careta, fazendo-me rir de sua audácia.

— Ora, não ria do meu sofrimento!

— O senhor acabou mesmo de usar a palavra disenteria?

— Era isso ou caganeira. — Os olhos do estranho revelam espanto, como se nem ele acreditasse na casualidade de seu vocabulário. E, em vez de sentir-me ofendida, caio na gargalhada.

Faz tempo que não sou consumida por esse tipo de riso bobo, então deixo que a sensação de diversão domine o meu corpo. Após alguns instantes, o estranho me acompanha. Sou atingida pela alegria esmagadora que domina seu riso e sinto borboletas surgindo em meu estômago. Nunca ouvi um som assim, tão livre e despreocupado. Ele ri de maneira contagiante, tornando impossível não segui-lo.

— Já que o senhor parece um especialista em comidas perigosas, qual sugere que eu prove primeiro? — pergunto na tentativa de controlar o riso.

— Entre tantas opções, quais são os fatores que motivam a sua escolha? — Ele fita o aparador repleto de guloseimas com concentração, por isso, aproveito para encará-lo sem chamar a atenção. Estamos separados por uma distância respeitosa, mas ainda consigo sentir o cheiro que emana dele. É engraçado, mas o estranho me lembra da sensação de estar ao ar livre.

— Pouco sei sobre os ingredientes, então simplesmente escolho o que parece mais apetitoso, senhor. — Ele deve ter percebido o peso do meu olhar, pois muda de posição e crava os olhos nos meus. Envergonhada por ter sido pega o encarando, fujo de seu interesse e fixo os olhos na mesa à nossa frente.

Do lado esquerdo temos água e refrescos, no meio, um mar de quitutes salgados e na ponta direita, algumas frutas da estação, bolos e doces que não reconheço. Tudo parece saboroso, o que me faz pensar se o correto não seria provar um a um até descobrir meus favoritos.

— Todos nós somos atraídos pelo que é belo, por isso somos repetidas vezes enganados. — Vejo com o canto dos olhos que o estranho arrasta para o seu lado uma bandeja esquecida no fundo do aparador. — Na maioria das vezes, uma aparência pouco atrativa esconde os melhores sabores. Tome, prove e diga-me o que acha.

De todas as opções diante de mim, a trouxinha verde seria a minha última escolha. Seu exterior é descuidado – um canudo verde, provavelmente embrulhado com algum vegetal, salpicado por pequenos grãos moídos e que não deixa claro se é recheado ou não. Eu, mais do que qualquer um no salão, devia saber que não podemos confiar apenas no que nossos olhos enxergam. Então, com um leve dar de ombros, aceito o desafio e pego o quitute das mãos do estranho.

O sabor explode em minha boca assim que dou a primeira mordida. Instantaneamente sinto o gosto picante do molho, mas, quando penso que a ardência da pimenta será demasiada, o agridoce da carne invade o meu paladar.

— O nome do recheio é vindalho, um prato indiano à base de carne de porco e ervas. É muito amado pelos portugueses. — Termino de comer e ele me entrega mais uma trouxinha, dessa vez servindo-se de uma para si mesmo. — E por todos que, assim como eu, se deixam seduzir pelos temperos indianos.

— O senhor já visitou a Índia?

— Mais vezes do que consigo contar. Passei um ano trabalhando em terras indianas. — Noto que ele espera por mais perguntas, mas controlo minha curiosidade. — E a senhora, já visitou a Índia?

— Nunca, mas gostaria de fazê-lo. — Giro a aliança dourada na mão esquerda, relembrando os sonhos que deixei para trás. — Na verdade, nem ao menos conheço outro país que não seja a França.

— Mas deseja? Digo, caso pudesse, para onde a senhora iria?

Gostaria de dizer ao estranho que a pergunta correta seria para onde eu *não* iria. Quando ficamos noivos, Jardel prometeu-me seis meses de viagens ao redor do mundo. Naquela época, a Índia não era uma opção, mas agora sinto que teria amado conhecer uma região com sabores tão ricos. Na verdade, teria amado a possibilidade de conhecer qualquer lugar que não estivesse dentro dos limites da propriedade do conde em Paris.

Sinto-me triste e sem forças para pensar em uma resposta adequada e, por isso, simplesmente dou de ombros e volto a encarar com interesse os quitutes dispostos no aparador. Dessa vez, observo-os com atenção redobrada, tentando descobrir quantos países e sabores eles escondem.

— Se não for muito abuso de minha parte, gostaria que a senhora provasse este doce. — Ele aponta para a bandeja ao meu lado e, aceitando sua sugestão, pego a pequena esfera cor de caramelo. — O nome é *malpua* e também é de origem indiana. É uma massa de creme de leite, frita em uma espécie de manteiga e mergulhada em uma deliciosa calda de açúcar. Repliquei a receita milhares de vezes, mas em nenhuma delas alcancei o sabor correto.

Ele fala com animação sobre sua viagem e suas tentativas na cozinha – o que, mesmo sem eu desejar, transporta meus pensamentos para um cenário no qual Jardel é o responsável por preparar suas refeições. Divirto-me com as imagens que o estranho descreve, mas permaneço em silêncio na tentativa de absorver a alegria por trás de suas palavras. Quanto mais ele fala, mais percebo um sotaque sutil que não sei identificar.

— A verdade é que... — Aguardo por um instante, mas dessa vez ele não conclui a frase. Curiosa, volto a encará-lo, pedindo com os olhos que continue. — Bem, quando não somos capazes de viajar fisicamente, podemos burlar as regras. Um bom livro, uma pintura a óleo ou até mesmo uma refeição têm o poder de nos transportar para qualquer lugar do mundo.

A luz do salão reflete em seus olhos, e eu finalmente compreendo que eles são, de fato, acobreados. Contudo, sinto que o brilho que vejo neles não tem relação com a singularidade do tom ou com a iluminação ao nosso redor, mas sim com a sua personalidade aparentemente brilhante e feliz.

Fecho os olhos ao morder o último pedaço do doce em minhas mãos e, seguindo suas palavras, transporto-me para a Índia. A sensação é parecida com a de tocar minhas músicas, pois por meio delas sempre sou guiada por mundos e lugares inusitados. Visualizo uma torrente de cores e sabores. E, quando abro os olhos, gravo a imagem do estranho sorrindo para mim: seus olhos levemente repuxados, as rugas formadas pelo riso, o cabelo ondulado que lhe toca a nuca e a pele naturalmente bronzeada que não deixa claro de onde ele é.

Dou-me conta de que ele é lindo de uma forma que vai muito além de sua aparência.

— Muito obrigada, senhor. Essa foi, sem dúvida, a refeição mais saborosa que já fiz em toda a minha vida — digo com sinceridade. E aproximando-me apenas o suficiente para não ser ouvida por mais ninguém, continuo: — E, claro, também agradeço por me salvar de terminar esta noite no toalete.

— Ao seu dispor, senhora. — Ele toma minha mão na sua e deposita um beijo casto na pele coberta pela luva de seda. Ainda assim, sinto o calor do seu toque alcançar meu coração, que bate acelerado. — Por hoje, minha missão é afastar os desavisados de uma noite trágica.

Encaro seus olhos uma última vez e imagino como seria estar casada com ele. *Será que neste momento eu viveria em um lar feliz e repleto de carinho? Ou com o passar do tempo o estranho revelar-se-ia tão cruel quanto Jardel?*

Assustada com o rumo dos meus pensamentos, puxo a mão que o estranho mantém gentilmente apertada e saio em disparada, ansiando por deixá-lo para trás – assim como os sentimentos conflitantes que fazem meu coração disparar. Empurro as pessoas pelo caminho e só paro de correr ao encontrar uma ampla escada. Imagino que ela me levará até os andares superiores, contudo, antes de seguir para os aposentos privados procuro seu olhar uma última vez. Do outro lado do salão seus olhos cor de cobre brilham para mim e, com as mãos no coração, o estranho faz uma nova reverência.

Algo me diz que não é um adeus, mas tampouco é um até logo.

3

Subo as escadas apressada, pulando os degraus de dois em dois, buscando por um refúgio no hotel pomposo. Além de não contar com muita iluminação, o ambiente recebe uma corrente de ar que faz os pelos dos meus braços arrepiarem de frio, mas não me incomodo. A cada minuto que avanço pelas escadarias o barulho do salão fica para trás, e é isso que realmente importa. No silêncio sou capaz de abafar os clamores do meu coração.

Quando finalmente chego ao patamar superior, decorado com plantas ornamentais e belas pinturas do centro da cidade, deparo-me com inúmeras portas trancadas. Ainda assim, é fácil perceber que existe vida por trás delas: escuto risos e música, além de sentir o odor característico de álcool misturado a tabaco. Ando de cabeça baixa por todo o corredor e, antes de eu alcançar o próximo lance de escadas, meus passos são interrompidos por vozes alegres e estridentes.

Escondo-me atrás de um vaso a tempo de não ser notada. Elas passam por mim, rindo e dançando, completamente alheias à minha presença. São três belas mulheres, não muito mais velhas do que eu, e andam exalando uma sensualidade que me desafia. Suas vestes mal chegam à metade das coxas, deixando aparente as pernas protegidas pelas meias finas, e os lábios estão pintados com tinta vermelha. Preciso conter o fôlego quando as jovens abrem uma porta qualquer e me dão uma visão parcial daquilo que os aposentos privativos escondem.

Apesar da escuridão do corredor, o quarto é bem-iluminado, então consigo ver dois sofás luxuosos, um pequeno bar lotado de bebidas e copos meio cheios, além de caixas vazias – que imagino serem de charuto – espalhadas pelo chão. As gargalhadas femininas misturam-se a vozes masculinas, logo, não me assusto quando vejo o vulto de um homem enlaçar uma delas pela cintura de uma maneira que, mesmo de longe, não me parece carinhosa.

Desvio o olhar da cena imprópria e volto a caminhar pelo corredor. Firme na decisão de não denunciar minha presença, mantenho a lateral do corpo colada à parede e parcialmente oculta pelos vasos floridos. Para minha sorte, logo encontro um quarto que aparenta estar desocupado. Colo o ouvido na porta e espero pelo que parecem horas e, quando tenho certeza de que o aposento está vazio, faço uma prece e abro a porta.

Meus olhos demoram para se ajustar à escuridão do cômodo, fazendo meu coração acelerar diante do medo de ser descoberta. Após alguns minutos agoniantes, caminho até o lampião e deixo a luz acalmar meus ânimos. O quarto é parecido com o que vi há pouco, com a diferença de que um jogo interrompido está amontoado na mesa de centro.

Brinco com as cartas do baralho por alguns segundos, apreciando como o ato monótono acalma meus nervos. E quando estou mais consciente do ritmo da minha respiração, caminho até a janela. Suspiro aliviada ao abrir as pesadas cortinas de veludo e atravessar o umbral da sacada, sentindo o ar fresco abraçar a minha pele.

Banhada pela luz da lua, percebo os fantasmas criados pela noite de hoje desaparecendo um após o outro. A verdade dolorosa é que a conversa de minutos atrás, com o gentil estranho de olhos brilhantes, fez com que eu desejasse um casamento completamente diferente. Reviver a leveza de um flerte divertido e despreocupado foi como relembrar os melhores momentos que passei ao lado do conde. Um ano atrás, um único sorriso seu já era capaz de me fazer ver estrelas.

— Diga-me, por favor, eu voltarei a ser feliz? Voltarei a confiar no amor? — Encaro a lua, ansiando por uma resposta, mas tudo o que recebo é o som dos risos e suspiros dos cômodos ao meu redor.

Sinto-me tão sozinha e desanimada que quase não noto sua voz. Por um instante, considero que estou delirando, mas o som da risada do conde é inconfundível. Giro o corpo, mantendo os ouvidos apurados, e os vejo conversando duas sacadas adiante. Levo apenas um segundo para assimilar a imagem de Jardel e Pierce rindo, bebendo e abordando algumas jovens que circulam na pequena varanda.

Volto a pensar nas mulheres do corredor e na cena que presenciei e, imediatamente, minha cabeça começa a latejar. Pierce e Jardel estão de costas, mas uma parte de mim ainda sente medo de ser vista espreitando. Ansiosa, olho para a pequena sacada e busco por uma solução viável.

E, em um rompante de coragem, junto as saias, sento-me no chão frio e encaixo a lateral do rosto entre as frestas do beiral de metal. Não sinto orgulho de espioná-los, mas estou curiosa demais para descobrir sobre o que estão falando para pensar em minhas atitudes indecorosas.

— Quando o primeiro carregamento estará pronto, Pierce? — A voz de Jardel finalmente me alcança, abocanhando a minha atenção por completo.

— Mês que vem, meu caro. Se desejar, podemos seguir para o Brasil imediatamente. Assim, quando a primeira carga chegar já estaremos devidamente instalados.

— Perfeito. Quero seguir viagem o mais rápido possível. Anastácia anda muito agitada e sinto que uma mudança de ares vai acalmar seu ânimo.

Pierce responde, mas só consigo ouvir sua risada debochada. Aguardo até que continuem, mas com o passar do tempo as palavras parecem cada vez mais distantes. Determinada a encontrá-los, levanto o corpo e, mesmo correndo o risco de ser vista, penduro parte da cintura na barreira de ferro que contorna a pequena sacada. Deixo que a grade sustente meu corpo ao procurar por meu marido.

Após alguns segundos, percebo que Pierce e Jardel entraram no aposento ao lado do meu. Suas vozes saem abafadas pelas paredes, mas ainda consigo escutar parte da conversa. Seguro o parapeito com mais força, mantendo o corpo suspenso graças à ferragem, e aguço os ouvidos na ânsia de compreendê-los.

— Foi um golpe de sorte iniciarmos a construção da ferrovia no Brasil sem a aprovação do imperador. — A voz de Pierce me alcança.

— Até parece que não me conhece, nunca trabalho para depender da sorte, Pierce. Uma hora ou outra o imperador aceitaria a nossa proposta, então não havia motivo para protelar ainda mais a finalização dos nossos projetos, não é mesmo?

— Então abriremos o hotel assim que a primeira carga chegar?

— Claro que não. Precisamos treiná-las, testá-las e descobrir a melhor forma de acomodá-las no hotel sem gerar desconfiança. O Hotel Faux precisa ser inaugurado o mais rápido possível, ao contrário do bordel.

— Perdão, minha mente parou de funcionar quando disse as palavras "testá-las". *Já se deitou com uma jovem oriental, Jardel?* Caso prefira, também trabalharemos com judias, italianas e indígenas. Mulheres para todos os gostos, meu caro amigo.

— Todas sem família para resgatá-las?

— Sua desconfiança é insultante. É claro que todas saíram de lares adotivos ou de casas de custódia. As tolas acreditam que foram contratadas para trabalhar como camareiras do hotel. Mal sabem que vão desfazer camas, e não arrumá-las.

Enquanto eles riem, forço minha mente e tento compreender o significado oculto por trás das palavras de Pierce. Aperto o cercado de ferro com mais força ao mergulhar em uma espiral de emoções e pensamentos. Aos poucos, dou-me conta de quais são os verdadeiros negócios de Jardel no Brasil. Com lágrimas nublando os olhos, sinto o asco subir por minha garganta e meu corpo tremer de raiva. Imagino se a fazenda De Vienne e o café produzido nela realmente existem.

— *É capaz de garantir que a condessa não* vai desconfiar ao ver tantas mulheres, jovens e desacompanhadas, desembarcando na ferrovia exclusiva para uso de sua família? Como vamos calá-la caso descubra que o destino final de nossas passageiras é o bordel escondido atrás das fachadas do luxuoso hotel de seu marido?

— Pare de se preocupar! A condessa verá exatamente o que eu desejo que ela veja: um hotel luxuoso e respeitável. E, se não o fizer, usarei sua mente doente como moeda de barganha.

— Muito conveniente casar-se com uma mulher louca. Preciso encontrar uma dessas, meu caro amigo.

Fecho os olhos e penso nessas mulheres retiradas de suas casas, levadas para outro país na esperança de começar uma vida nova e vendidas como um pedaço de carne a quem pagar mais. A raiva contida durante o último ano rompe minhas represas emocionais e, com um grito de dor preso na garganta, entrego-me ao choro. Desde que nos casamos entendi que uma parte de Jardel simplesmente era má, mas até então acreditava que ele fosse mau apenas comigo.

Em meio aos soluços, lembro-me de todas as vezes que perdoei, desculpei ou encontrei pretextos para o comportamento do conde. Mesmo quando a razão me dizia para não confiar, uma parte de mim ansiava por acreditar no poder do amor. Dia após dia, eu escolhia acreditar que o amanhã seria diferente.

Choro ainda mais pelos meus erros e pelas mentiras que contei para mim mesma na intenção de manter-me sã. E, quando volto a abrir os olhos, vejo Jardel me encarando de sua sacada. Minha primeira reação é ter medo – da força de suas mãos e do peso de seu sobrenome. Mas, antes que eu possa implorar pela ajuda dos céus, meu corpo reage e clama que eu corra para o mais longe possível do meu marido e de suas mentiras.

Casa de prostituição. É esse o negócio que o conde deseja abrir no Rio de Janeiro. Agora compreendo que seu interesse no imperador nunca esteve relacionado à produção de café. Construir uma ferrovia exclusiva nada mais é do que a oportunidade perfeita de contrabandear mulheres.

Quanto mais eu penso no assunto, maior a vontade de vomitar. Saio do quarto em um rompante de fúria e desço as escadas privativas aos pulos. Antes de alcançar o salão principal, trombo em um garçom que passa apressado e agarro uma taça da bebida borbulhante em sua bandeja. Verto o líquido de uma só vez e, sem deixar que o rapaz vestido com o uniforme do hotel siga em frente, sirvo-me de uma nova dose. O álcool queima, mas também aquieta meu íntimo.

— O que vou fazer? — As palavras me escapam, atraindo uma dezena de olhares curiosos. Giro os olhos pelo salão em busca de algo ou alguém capaz de me ajudar. Contudo, novamente me dou conta do quanto sou solitária.

Não tenho o apoio de ninguém a não ser de mim mesma. Meus pais estão mortos. Meus verdadeiros amigos ficaram para trás, em Bordeaux. E meu marido é um crápula cruel.

Estou em minha quinta taça de champanhe quando o avisto. Jardel caminha até mim com uma lentidão estudada, como se temesse afugentar sua presa. De repente, decido que hoje não serei a mais fácil das caças, muito pelo contrário, caçarei meu marido até desmascará-lo diante de toda a sociedade parisiense. Seja pelo álcool ou pela crueldade que seus planos representam, resolvo fazê-lo pagar por seus pecados.

— Fique longe de mim. — Minha voz aguda chama a atenção das pessoas ao nosso redor. — Nojo, é isso o que sinto. Nojo por estar casada com um monstro!

— *Mon amour*, por favor, não me assuste! — Jardel tenta me alcançar em um abraço, mas fujo de suas mãos asquerosas.

— Eu disse para não me tocar... — O álcool cobra um preço alto e o salão começa a girar. — Diga-me que não é verdade, simplesmente diga-me que não é verdade.

— Se precisa que eu diga que é mentira, eu o direi. Mas será que podemos ter essa conversa em particular? — Seu tom é calculado para que apenas eu o escute. — Prometo responder a todas as suas dúvidas em casa, *mon amour*.

O uso do apelido carinhoso me irrita ainda mais e, sem pensar no que estou fazendo, acerto-lhe a face com uma bofetada. Jardel me encara com espanto, e o som agudo ecoa pelo salão. Por um breve momento, sinto-me vitoriosa ao notar a marca vermelha em seu belo rosto.

Calei-me por tanto tempo. Longe da minha família e de tudo aquilo que mais amo, mergulhei em uma vida nova que era para ser um sonho, mas logo tornou-se um pesadelo. Calei-me diante do primeiro tapa, abafando no travesseiro meus soluços de desespero. Calei-me depois da segunda briga e do tufo de cabelo que me foi arrancado enquanto estávamos na cama. Calei-me a cada roxo, a cada roupa rasgada e a cada insulto. Deixei-me silenciar por Jardel e quase acreditei que a falha estava em mim, que eu não era suficientemente boa como esposa.

Vê-lo tratar com afeto as pessoas do nosso convívio diário, principalmente mulheres e crianças, sempre colaborou para essa sensação. Assim como cada sorriso brilhante que Jardel me deu ao longo do nosso relacionamento, como as parcas valsas que nos fizeram girar pelos salões e até mesmo a única vez que passamos uma noite inteira acordados – ele deitado no tapete de pele em frente à lareira e eu tocando violoncelo para compor minhas músicas.

E, por causa dessas migalhas de carinho, uma pequena parte do meu coração manteve a esperança de que o homem por quem me apaixonei um dia voltaria. Mas hoje, ao entender que os maus-tratos dirigidos a mim não são nada perto daqueles que Jardel planeja direcionar a inúmeras jovens puras e sonhadoras, dou-me conta de que o homem que um dia amei nunca existiu.

— Acha que me calarei? Que o deixarei impune por seus crimes? És um monstro, Jardel. Eu o odeio! — Encaro as pessoas ao meu redor, mas o que vejo em seus olhos me assusta. Talvez eu não esteja sendo clara o suficiente, porque, em vez de virem ao meu socorro, elas se afastam.

Decidida a ser ouvida, grito o mais alto que posso tudo o que sei sobre o conde – o que meu marido faz quando estamos sozinhos e cada palavra que ouvi de sua boca alguns minutos atrás. Meus gritos retumbam pelo ambiente e me sinto em fúria. A verdade rompeu a represa construída por Jardel e a cada palavra sinto-me tão livre quanto esgotada.

— Vamos para casa, Anastácia. Uma noite de sono é tudo de que precisa para abafar as alucinações. Lembre-se de que elas não são reais, mas nós somos. — Sua voz soa piedosa, fazendo-o representar perfeitamente o papel de um pobre homem preso a uma mulher enlouquecida.

No fundo da minha mente uma voz me alerta de que preciso ter calma, de que meu dever é convencer a sociedade dos planos do conde. Mas estou tão cansada de suas mentiras e das indiretas sobre a minha sanidade mental que, sem ponderar os riscos, avanço na intenção de desferir tapas, chutes e tudo o que for preciso para apagar o sorriso presunçoso com o qual Jardel me encara. Porém, antes mesmo de alcançá-lo, tropeço nas saias do meu vestido de seda e, na tentativa falha de me equilibrar, seguro a toalha do aparador ao meu lado. Além de cair em meio ao salão, levo comigo todo o conteúdo do móvel.

Ouço os pratos despencando e os gritos de choque dos espectadores. E para piorar, quando minhas mãos tocam o chão frio, um líquido gelado – talvez limonada – encharca o meu vestido. Tento levantar, mas minha cabeça lateja de dor, então decido permanecer onde estou.

Fecho os olhos na esperança de afastar todo o medo e a tristeza que me consomem, e aceito a escuridão de prontidão. Sinto-me à deriva, mas em vez de estar me afogando, estou seguindo para casa. Então deixo-me levar pela sensação de estar navegando e, pela primeira vez em um ano, me sinto verdadeiramente liberta de toda raiva e culpa.

São os gritos de Jardel que interrompem meu momento de acalento. Sua voz soa desesperada, como se ele realmente temesse por minha vida e, mesmo sabendo que não passa de mais um teatro, tenho vontade de dizer a ele que está tudo bem, que finalmente serei velada pelo mar.

— Um médico, por favor, minha esposa precisa de um médico!

Escuto passos. Alguém dita ordens apressadas e mãos mornas tocam meus braços. Tento repelir os dedos desconhecidos e me levantar, mas me dou conta de que estou presa ao chão. Meu corpo não responde a nenhum dos meus comandos nem meus olhos abrem quando faço força.

— Ah, *mon amour*... — Jardel sussurra em meu ouvido e beija meus lábios com reverência. Quero afastá-lo ou ao menos implorar para que me deixe ir, mas não consigo reagir. — Veja a cena que criou, o salão todo está murmurando nosso nome. Louca é o que dizem, assim como minha avó, que decidiu viver longe do marido ao descobrir que estava grávida, como minha mãe que não suportou o parto de dois filhos e como minha pobre irmã que teimava em copiar-me em tudo.

Irmã? Não entendo o que Jardel está dizendo e, por mais que eu force minha mente a acompanhar suas palavras, sou incapaz de silenciar as outras vozes que me alcançam. Entre o burburinho, tenho quase certeza de que escuto a palavra histérica. E, por puro instinto, entendo que preciso levantar e fugir para casa o mais rápido possível.

— Vamos, levem-na para a enfermaria do hotel. — Mais uma vez fracasso ao lutar contra as mãos ásperas que me rodeiam. — Temo que o quadro não seja favorável para a condessa, vossa graça. Caso minhas suposições de médico estejam corretas, a temporada acaba de ganhar sua terceira mulher diagnosticada com histeria.

— Está ouvindo, *mon amour*? — A voz de Jardel me alcança em meio às batidas descontroladas do meu coração. — Agora lhe resta torcer para não ser mais uma entre um mar de esposas enlouquecidas.

Seu tom de voz é mais apavorante do que a sentença proclamada pelo médico. E, seja por medo ou impotência, desisto de lutar e deixo a escuridão me dominar.

⁂

O frio agudo me acorda. Com a cabeça latejando de dor, abro os olhos e encaro a lateral do meu vestido – ele está cortado desde o ombro até as mangas, facilitando o acesso aos meus braços depostos das luvas. Respiro fundo e controlo o pavor que nubla meus pensamentos ao encarar as cordas. Desesperada por estar com o pulso atado à mesa de ferro, esforço-me para assimilar as vozes que me cercam.

— É tão grave assim, doutor? — Um arrepio sobe pela minha espinha ao ouvir as palavras de Jardel.

Agora entendo que o latejar em minha mente foi causado pela bebida. Não devia ter cedido às taças de champanhe. Na verdade, meu erro foi acreditar que seria capaz de desmascarar Jardel.

— Temo que sua esposa sofra de histeria aguda, milorde. Infelizmente, esse é o pior grau da doença. — Lágrimas escorrem quando ouço o médico. De todas as doenças existentes no mundo, essa é a pior: uma moléstia que determina tudo o que uma mulher pode ou não sentir, fazer ou até mesmo dizer. — Nos últimos anos os casos aumentaram exponencialmente, mas não se preocupe. Passamos a estudar com afinco o comportamento feminino regido por seus úteros selvagens e, graças aos céus, fomos recompensados com inúmeras opções de tratamento.

— E qual delas sugere para o caso da condessa? — A voz de Jardel ecoa pelo cômodo.

Não consigo deixar de fitar meus pulsos amarrados para estudar o ambiente, então permaneço sem saber quantas pessoas acompanham as expressões do conde com olhos curiosos. Ainda assim, tenho certeza de que não estamos sozinhos. Suas palavras carregam uma dor perfeitamente ensaiada que, para os ouvidos despreparados, cumprirá o papel de emocionar.

— No mínimo três meses de internação, vossa graça. — Palavras de indignação ameaçam sair dos meus lábios, mas opto por calá-las. Uma parte tola da minha alma ainda acredita que Jardel refutará as prescrições do médico. — Poderíamos tratar o deslocamento do útero mediante massagem, mas não acredito que seja o caso.

— Ora, mas de qual tipo de massagem estamos falando, doutor?

— Cale a boca, Pierce! — O grito do conde faz com que eu pule da cama. Tarde demais, tento conter os tremores em minhas mãos, mas minha presença já foi anunciada. Levanto os olhos em um último rompante de coragem e enfrento meu marido.

Seus cabelos estão despenteados, as vestes desalinhadas e sua pele alva evidencia a marca vermelha causada por meus dedos. A expressão em seu rosto é de pura derrota, mas em seus olhos consigo visualizar a raiva contida. Engulo em seco enquanto o conde caminha apressado até onde estou. Suas mãos passam por meu rosto e, com os olhos marejados, ele beija minha testa.

Deparo-me com expressões piedosas do médico e de uma dúzia de desconhecidos bem-vestidos. Do outro lado do quarto, próximo à porta, Pierce sorri com escárnio, mostrando-me exatamente qual é a extensão dos meus erros. Não devia ter bebido e muito menos confrontado Jardel diante da sociedade. Agora, mais do que nunca, meu marido possui a prova de que precisa para me rotular como louca.

— Indicarei boas clínicas, excelência. Garanto que, após o tratamento, a condessa regressará para casa perfeitamente curada. — Vejo nos olhos do médico o quanto ele acredita em suas palavras. Assim como todos os homens em sua posição, ele julga que meus comportamentos são ditados exclusivamente pela raiva que carrego em meu útero. — Sua esposa é jovem e bela, facilmente vai descobrir como enfrentar a compulsão por comportamentos inaceitáveis. Quando retornar, trará consigo um espírito pacato e uma aptidão exemplar para cuidar da casa e dos filhos.

Jardel acaricia meu rosto mais uma vez, afastando minhas lágrimas traidoras que transbordam sem cessar.

— O senhor tem razão, preciso que minha condessa melhore o mais rápido possível. Já passou da hora de providenciarmos um herdeiro. — Ele curva os ombros ligeiramente, evidenciando que o peso que carrega sobre eles é intenso demais. — Tudo o que mais desejo é ter de volta a minha dócil e perfeita esposa.

— E o senhor a terá — o médico diz ao alcançar um bloco de papel esquecido no bolso de seu jaleco. Pela primeira vez, noto as pequenas manchas de sangue no tecido branco. Tenho medo de descobrir como elas foram parar em suas vestes. — Vou agora mesmo assinar o laudo e preparar uma lista com ótimas clínicas.

Já ouvi histórias sobre essas clínicas – desde a Revolução, toda mulher parisiense tem ciência do que elas representam. Retratos de abusos por parte dos médicos, má alimentação, jatos de água fria para limpar almas corrompidas e reeducação comportamental passam pela minha mente e fazem meu corpo tremer de dor. Tento liberar meus pulsos das cordas, mas o aperto firme só me faz macular ainda mais a pele sensível.

— Por favor, não faça isso! — Minhas palavras saem ásperas e, com o rosto encoberto por um sofrimento completamente falso, Jardel abafa meus apelos com um beijo delicado.

Desafio-o mais uma vez ao morder seus lábios, sorrindo ao vê-lo chiar de dor, e reúno todas as minhas forças para proferir o quanto o médico está errado, que não sou histérica e que o homem ao meu lado é um canalha. Contudo, antes que eu possa falar, sinto uma picada leve no meu braço esquerdo.

— Obrigado, *mon* Anastácia. Todo homem sabe que uma esposa histérica é uma esposa para sempre calada — Jardel sussurra em meu ouvido.

Suas palavras são a última coisa que escuto antes de abraçar o mar escuro e incerto que domina meus pensamentos. Sei que, ao menos em minha mente, eu estou segura.

Depois da tempestade

Presa em seu sorriso vil,
corro sem sair do lugar,
grito sem emitir som,
choro sem derramar lágrimas

Aprisionada em sua música,
danço sem desejar,
sorrio sem me alegrar,
giro sem me libertar

Fuja, pobre garota
Negue, pobre garota
Volte para o porto, pobre garota

E mesmo quando escolher ficar,
lembre-se do que foi feita,
lembre-se de lutar

Música de Anastácia De Vienne
Agosto de 1877

PRESENTE

4

Brasil, Rio de Janeiro, 1880

Retomo a lucidez com mãos ágeis desfazendo os laços do meu vestido de viagem. Sinto a boca seca e, afastando-me do toque indesejado, inclino o corpo até a lateral da cama, ansiando pelo vinho escondido na bandeja de cremes. Tateio em vão, desejosa pelo amortecimento causado pelo álcool, até perceber que não estou em casa.

Corro os olhos pelo cômodo na intenção de descobrir onde estou, mas não reconheço nada ao meu redor. Sem janelas ou objetos de decoração, o quarto conta apenas com uma cama de metal e uma porta estreita que mal deixa a luz entrar.

Assusto-me ao perceber que não estou sozinha. Encaro as duas mulheres vestidas de branco da cabeça aos pés e finalmente me dou conta de que tem algo errado. Elas puxam meu corpo cansado, forçando-me a abandonar o refúgio da cama e ficar em pé. Tento lutar, mas meus movimentos são lentos e descoordenados, como se eu tivesse bebido uma garrafa inteira de vinho.

— Onde estou? O que estão fazendo? Larguem-me! — Nem um pouco abaladas, elas retiram minhas vestes e banham meu corpo com um pano molhado. A vergonha me faz lutar com mais afinco, mas tudo o que consigo é que elas me segurem com mais força.

Enquanto me vestem com uma túnica áspera que pinica as feridas em minhas costas, noto o sentimento de pena que transborda de seus olhos. Será que elas viram o que Jardel fez comigo? Os cortes e as queimaduras de charuto que agora marcam a minha pele? Aproveito o instante de sentimentalismo e, mais uma vez, clamo por minha liberdade, mas a única resposta que recebo vem em uma língua que não conheço.

Grito de dor ao sentir minhas mãos amarradas às costas. Sem apoio e com corpo e mente presos, sou empurrada para o vazio. Quando minhas carcereiras

caminham em direção à porta e trancam-me no quarto escuro, urro de pavor até a minha voz falhar. Estou completamente sozinha, e minha única companhia é a voz de Jardel retumbando em minha mente:
— *Cale-se, mon amour. Cale-se para todo o sempre.*

Acordo chorando, assustada pela veracidade do pesadelo. Parece que foi ontem que cheguei ao hospício e passei mais de uma semana encarcerada na cela forte. Desde minha internação "voluntária", obviamente embasada por meu marido, enfrentei outros castigos, mas nada tão assustador como aqueles dias que estive amarrada e presa em um quarto escuro.

Permito que as lágrimas escorram por alguns segundos e, quando me dou por satisfeita, engulo a dor. Decidida a ter um dia bom, levanto-me da cama, sigo até a janela e abro as cortinas de algodão. Ao abri-las, consigo ver o dia nascendo e iluminando o mar da Praia Vermelha.

Apoio o rosto nas grades de ferro da janela e posso jurar que a maresia toca a minha pele. O frescor das pequenas gotículas de água que são carregadas pelo vento revigoram meu ânimo, afastam o suor causado pelo pesadelo e calam os fantasmas do passado. Desde que cheguei, agradeço pelo presente de ter recebido um quarto com janela. Os aposentos dos pensionistas são divididos em dois corredores, um com a vista para o mar e o outro com a vista para o pátio interno. Por isso, deixo que meus lamentos deem lugar à gratidão, fazendo com que eu me sinta privilegiada por ocupar um dos quartos com vista para a rua.

Mais calma, sorrio ao encarar a praia. A imensidão azul é um lembrete da vida que deixei para trás, mas também é o único fio de esperança que mantenho. Ao olhar a beleza do mar rodeada pelos morros verdes, tento imaginar o Rio de Janeiro que ainda não pude conhecer. E, em vez de entristecer-me com tudo o que perdi, sinto-me revigorada com a certeza de que tenho um mundo inteiro à minha espera. Toda vez que encaro a Praia Vermelha pelas frestas das grades, não visualizo apenas as tardes que passei no porto ao lado do meu pai, mas a oportunidade de recomeçar em uma cidade nova. Sei que um dia estarei do lado de fora.

Completamente desperta, faço a cama, lavo o rosto e penteio meus cabelos – que atualmente tocam o meio das minhas costas em mechas irregulares, lembrando-me de que logo precisarei cortá-los para fugir dos piolhos. Troco o camisão de dormir por um conjunto de algodão utilizado como uniforme por todos os pacientes e rio sozinha ao recordar o choque da primeira vez que fui vista trajando o simplório par composto por túnica e calça de algodão.

Espera-se que uma mulher de minha estirpe, que está hospedada na primeira classe do hospício Dom Pedro II e que custa para o marido mais de cinco mil réis por mês, não se rebaixe aos hábitos dos pacientes de classes mais pobres. Mas já que estou aqui, gosto de fazer-me de histérica em alguns dias do ano. Isso quando não decido visitar as outras alas e me misturar aos marinheiros. O que, por sinal, são sempre os melhores dias.

— *Odara!* — Reconheço a voz de minha amiga e sinto o bom humor retornar de vez.

— *Odara* és tu! — respondo apenas. Depois de alguns meses de convívio, aprendi que Darcília é apegada às tradições. Era dessa forma que sua mãe a acordava quando era viva, então é assim que ela gosta de começar nossos dias. Ao menos hoje sei que o significado da palavra nada mais é do que desejar ao outro algo tão bom quanto a paz.

— Pouco me surpreende encontrá-la com tais trajes, Anastácia. Só gostaria de ter sido avisada, pouparia o tempo que gastei enfeitando-me como um pavão.

Finjo espanto ao observar os detalhes do vestido de festa que Darcília escolheu – sei o quanto ela gosta de se vestir a caráter, então entro na brincadeira e aparento surpresa toda vez que a vejo em um traje novo. Rindo do meu silêncio proposital, minha amiga anda até mim, faz uma leve reverência e gira o corpo para exibir sua beleza de todos os ângulos possíveis.

O tecido rosa a deixa mais jovem, como uma debutante recém-apresentada à sociedade, e o cabelo crespo preso em um coque baixo ressalta a imensidão de sua beleza natural: lábios cheios, maçãs alvas e olhos escuros, grandes e brilhantes. A pele escura resplandece no tom de uma pérola negra, e para um dia tão especial, Darcília escolheu uma dúzia de joias que vão de esmeraldas a camafeus de ouro.

— Como sempre, sinto-me um maltrapilho ao seu lado. — Tomo suas mãos nas minhas e juntas nos sentamos em frente à janela. — O que me alegra profundamente, como bem sabe.

— Disponha, querida amiga. E conte comigo para sempre lembrá-la de sua aparência desgrenhada. — Darcília faz bico e pisca os olhos de forma exagerada. O gesto leve é tudo de que precisamos para rirmos das mulheres que um dia fomos.

Anos atrás, fui uma esposa completamente controlada por um marido exigente e aficionado por minha aparência. Já minha amiga foi transformada em um joguete nas mãos do visconde intitulado seu senhor. Hoje continuamos presas sob as asas dos homens que macularam nosso futuro, mas ao menos estamos suficientemente longe deles para descobrirmos o poder de sermos nós mesmas.

— Trouxe um presente! — Ela assovia e Marta, uma das melhores e mais rabugentas enfermeiras do hospício, entra no quarto equilibrando uma bandeja em suas mãos.

— Essa é a última vez que realizo um dos seus caprichos, Darcília. Anote o que estou dizendo!

— Sempre diz isso, mas nunca cumpre suas promessas, não é mesmo, Martinha? — A jovem enfermeira olha para mim, esperando que eu a defenda, mas levanto as mãos e dou de ombros. Ela sabe, tão bem quanto eu, que não somos páreo para o charme de Darcília.

Há um ano Marta trabalha no hospício. Quando chegou, carregava consigo um semblante sério que lhe dava a aparência de ser muito mais velha do que seus vinte e cinco anos. Nas primeiras semanas ela adorava me castigar por ficar no quarto de Darcília fofocando até tarde, mas em menos de um mês precisou fingir que não gostava de passar um tempo conosco – no fim das contas, éramos as únicas pacientes que não lhe davam trabalho. Talvez por fazermos parte do seleto grupo de mulheres que ainda permanecem sãs depois de anos de internação.

— Já que não vai me defender, pode pelo menos encontrar um lugar para que eu deposite a bandeja, Anastácia? Ou quer que eu derrube tudo no chão? Não sou tão forte quanto pareço, moça.

— Acalme-se, até parece uma velha rabugenta! — Marta bufa e Darcília cai na gargalhada. Mando um beijo para as duas, deixando claro que minhas palavras são uma brincadeira, e caminho até o criado-mudo ao lado da cama.

Organizo a bagunça de folhas que fazem as vezes de partituras e, depois que a superfície está livre, arrasto o criado até que a janela – exatamente onde Darcília ajeitou as cadeiras de descanso. Marta agradece com um leve aceno e deposita a bandeja na mesa improvisada. Mas, antes de sair, aguarda seu pagamento.

— Qual joia escolheu? — pergunto para Darcília. Sorrindo de forma despreocupada, minha amiga tira um dos grampos de ouro que usou para prender o cabelo e, fitando-o uma última vez, estende a peça para Marta.

— Gosta desta peça, Martinha? O visconde me deu quando completei dezesseis anos. Junto com ela veio meu primeiro beijo. Na época eu gostei, sabia? Não entendia o que um homem como ele, branco e bem-apessoado, via em uma moçoila desengonçada.

Desde que nos conhecemos, Darcília troca os presentes que ganhou do visconde com os funcionários do hospício, sempre em nome de favores e regalias que beneficiam nós duas. No começo, julgava seu descaso com as peças, repetindo incansáveis vezes que ao sair do hospício ela precisaria do dinheiro da venda das joias para se sustentar. Mas logo entendi que tudo o que minha amiga menos deseja é depender de um dinheiro que considera sujo. Além disso, ao menos Marta troca as peças por moedas de ouro e, depois de alguns dias, deposita-as no porta-moedas de Darcília sem que ela veja.

— Fique conosco, Marta! — digo na tentativa de melhorar o ânimo do quarto. — Vai dizer que não quer aproveitar alguns minutos de descanso antes de iniciar a hidroterapia?

— Ah, se eu pudesse evitar vê-las gritando toda vez que a água toca a pele desprotegida delas. Gostaria de saber qual tolo espalhou que jatos de água gelada curam doenças mentais!

Hidroterapia, ou cura por meio das águas, é o único tratamento "médico" que recebemos no hospício. Alguns hóspedes são medicados, mas esses representam uma minoria insignificante. Quando podemos pagar por nossa estadia no hospício, somos induzidos a banhos purificantes e salas de produção – no caso das senhoras, costura, bordado e até música. Agora, para os alienados que foram alocados no hospício pelo governo, resta apenas o puro e completo descanso.

— A teoria do banho é simples: mulheres como nós não precisam de cura, Martinha. As águas servem para limpar a imundície que carregamos em nosso âmago. — Reconheço como minha a dor na voz de Darcília.

Os banhos não são tão ruins, mas o significado por trás deles fere a nossa alma.

— Acha que não sei disso, moça? Entre todas as minhas tarefas como enfermeira, essa é a que mais odeio. — Depois de um silêncio doloroso para todas nós, Marta finalmente pega a joia que minha amiga lhe estende. Mas, antes de sair do quarto, aponta para a bandeja esquecida no criado-mudo. — Vejam bem, eu precisei beijar o cozinheiro para que ele preparasse esse quindim. Então, tratem de fazer o sacrifício valer a pena.

— O cozinheiro? Mas ele não passa de um menino que recém atingiu a maioridade! — digo sem conseguir conter a diversão ao imaginar Marta beijando o rapaz.

— Ele queria aprender a beijar, eu queria um quindim. Nada mais do que uma negociação entre adultos. — Marta dá de ombros como se beijar alguém entre as paredes desse local desumano realmente não fosse algo importante. — Pare de me olhar como se eu fosse corromper o menino, Anastácia.

— Ora, apenas estou curiosa para saber se a proposta comercial partiu mesmo do cozinheiro. Acha que devemos questioná-lo, Darcília?

— Não se o quindim realmente for gostoso! — Minha amiga sorri ao falar e, com uma simples troca de olhares, agradeço Marta por aliviar o clima do cômodo. Alguns dias são mais difíceis do que outros, mas é nesses momentos que descobrimos com quem realmente podemos dividir a nossa dor.

Minha barriga ronca no exato instante em que Marta deixa o aposento e, sem cerimônia, volto a minha atenção para a bandeja farta. Suco de pitanga, goiabada, bolo de fubá, mangas recém-colhidas e um sedutor e brilhoso quindim me encaram. Faz muito tempo que não vejo tanta comida reunida e, por isso, mal sei por onde começar.

— Sinto muito, Anastácia. Por um momento, quase esqueci que estamos aqui para comemorar seu aniversário de vinte e dois anos. — Abro a boca para refutar seu pedido de desculpas, mas Darcília é mais rápida e me obriga a engolir um pedaço de manga. — Deixe de falar e comece a comer. Está tão magra que, daqui a alguns meses, tomará o lugar do esqueleto abandonado no consultório do doutor Felipe.

— Para que isso aconteça o doutor teria que visitar o hospício, minha querida amiga. E, considerando que a última vez que o vimos foi no ano retrasado, acredito que ainda tenho alguns anos antes de ser descoberta.

— Vou deixá-la ganhar, mas só porque sabemos que tem razão.

Bebemos e comemos em meio ao riso e às picuinhas. Geralmente esse é o período mais silencioso do hospício, pois a maioria dos alienados do primeiro andar – que nada mais são do que aqueles que não possuem dinheiro para pagar por acomodações privativas e vivem amontoados em cômodos minúsculos – ainda não acordaram. E sem seus gritos, ora de dor, ora de desespero, quase conseguimos acrescentar um pouco de normalidade em nossos dias.

— Sinto-me em um banquete — digo ao servir uma segunda dose de suco para nós duas. — No ano que vem, caso meu presente também seja um café da manhã farto como esse, por favor, obrigue-me a escolher vestes mais apropriadas.

— Será um prazer vê-la vestida como uma dama. — Mostro a língua e Darcília pega o copo de suco das minhas mãos. Ela é apenas oito anos mais velha do que eu, mas, desde que nos conhecemos, sinto-a cuidando de mim como uma mãe zelosa. — Quem estou querendo enganar? Vista o que quiser, continuarei amando-a da mesma forma.

— Graças aos céus, já estava ficando preocupada. — Minha amiga ergue uma sobrancelha e me encara com seu melhor olhar desafiador. — E, só para deixar claro, também a amo.

Quando nos conhecemos, Darcília não compreendia a urgência que me dominava na hora de escolher as minhas vestes – principalmente quando eu decidia usar o uniforme do hospício. Ela chegou a me presentear com três de seus vestidos favoritos – belos e bordados –, culpando meu ânimo abatido ao avaliar-me como uma mulher desleixada. Naquela época, as disparidades de nossas personalidades eram mais aparentes. Mas, com o passar dos dias, nossas diferenças cederam lugar ao laço invisível que nos une.

— Vamos brindar, Anastácia? Um brinde por termos sobrevivido!

— Um brinde a mais um ano livres deles! — digo em resposta.

Há exatos três anos, eu e Jardel chegamos ao Rio de Janeiro, mesma data em que fui internada no Hospício de Pedro II. O laudo médico apontava como diagnóstico um grave caso de histeria. Os sintomas eram dependência alcoólica, insubordinação, ansiedade, crises de raiva e, principalmente, o não cumprimento dos meus deveres como esposa.

Durante os quarenta dias que passamos em alto-mar, senti a animosidade de Jardel de diversas formas. Ele me castigou privando-me de comida, de luz do sol – trancafiou-me no porão da embarcação durante dias – e, sobretudo, descontou sua raiva em minha pele. Contudo, apesar da animosidade durante a viagem rumo ao Rio de Janeiro, nem por um instante imaginei que esse seria o meu fim.

Nos primeiros meses quase morri de fome. Depois, enfrentei uma infecção, provavelmente adquirida no navio e, por fim, fui infestada de piolhos após ficar uma semana usando camisa de força. No entanto, por mais abalada que eu estivesse, não posso negar que uma parte minha se alegrava por estar fisicamente longe de Jardel. Na maioria das vezes, eu receava que o conde voltasse para me buscar, enquanto em alguns dias chorava ao dar-me conta do que as paredes do hospício escondiam. Sentia-me presa, mas também livre.

As crises e os surtos de raiva só acabaram quando trombei com Darcília no corredor que divide nossos quartos. Em seus olhos encontrei a força de que precisava para seguir em frente. Ela havia passado pelo mesmo que eu, presa em um relacionamento sufocante que corrompia sua existência. Então, juntas, expomos nossas feridas até sermos capazes de curá-las.

— Acha que ele virá visitá-la? — Estou tão absorta em meus pensamentos que levo mais tempo do que deveria para compreender a pergunta de Darcília. — Perdão, não devia ter dito nada. Sei que o dia de hoje precisa ser de alegria, mas não é fácil esquecer que já se passaram três anos desde a sua internação.

— O conde não virá e, sinceramente, prefiro que não o faça. — Só de imaginar revê-lo minha cabeça começa a latejar. — E o visconde, acha que conseguirá permissão da esposa para vir vê-la?

— Como se a viscondessa fosse capaz de impedi-lo. A única mulher com voz naquela casa é a sinhazinha, mas ela evita confrontar o pai. — Darcília bufa, levanta da cadeira ao meu lado e começa a caminhar pelo quarto com sua típica impaciência. — Joaquim sempre vem me visitar, Anastácia. Semana sim, semana não, o visconde aparece solicitando a minha presença. É por isso que minhas joias nunca acabam, porque a cada visita recebo mais e mais presentes.

— Por que não me disse antes? — Abandono o conforto da cadeira e a sigo pelo aposento. — Sabe que não precisa mais se curvar aos caprichos do visconde, certo? És uma mulher livre, Darcília. Ele e nenhum outro homem jamais poderão comprá-la.

Após alguns passos errantes, ela senta na beirada da cama e tira um papel do bolso do vestido. Sei o que é sem ao menos precisar lê-lo – sempre que está chateada, Darcília passa horas analisando sua carta de alforria. O documento comprova perante a lei dos homens algo que já nascemos sabendo: somos todos igualmente livres, mesmo que alguns gostem de pregar o contrário.

Sem ser capaz de confortá-la, principalmente por não entender a dor que Darcília viveu ao ser vendida, escravizada e transformada em mucama pelo homem branco que dizia amá-la, abraço-a o mais apertado que posso.

— Eu não aceito vê-lo — ela diz após alguns instantes. — Refugo o visconde e ele continua a voltar, deixando-me presentes e cartas apaixonadas. Odeio-o pelos anos que precisei fingir amá-lo, por todas as vezes que escutei a patroa rir dos seus avanços e por cada joia e vestido pomposo que ele me fez usar. Mas o odeio ainda mais por não me deixar ir, por conceder-me um papel que diz que sou livre e, ainda assim, manter-me presa.

Penso nos motivos que fizeram Jardel me prender no hospício, revivendo a culpa pelas atrocidades que meu marido cometeu com jovens como Darcília. Estou aqui para que o conde possa manter seus negócios ilícitos e fingir ser um lorde tradicional com uma mulher ausente. Mas Darcília está presa por causa de um homem que não deveria mais ter controle sobre seus caminhos, não quando o papel em sua mão a declara uma mulher livre. Gostaria de saber o que a impede de seguir em frente e enfrentá-lo diante de um tribunal, mas não tenho o direito de questioná-la.

— Qual a primeira coisa que faria se pudesse sair desse hospício? — pergunto com a intenção de reacender a chama de esperança em nosso coração.

— Compraria uma casa, eu acho. — Darcília afasta meu abraço com um sorriso cansado. Acompanho seus passos enquanto minha amiga segue até a bacia com água fresca na lateral do cômodo, lava as mãos e retira os grampos que prendem seu cabelo. Soltos, eles emolduram seu rosto e a deixam ainda mais bela. — E a *nenê*, o que faria?

— Às vezes, acho que me chama assim por pura implicância. — Quando nos conhecemos, Darcília disse que eu era o recém-nascido do hospício, ou melhor, seu novo nenê. Apesar de a brincadeira remeter a minha idade, minha amiga jura que o termo era utilizado por seus pais para rotular coisas pequenas e especiais. O que, em outras palavras, também faz referência a minha falta de altura.

— Pare com isso, Anastácia! Sabe muito bem que sempre será minha querida pequenina. — Ela termina de pentear o cabelo com os dedos e volta a sentar ao meu lado na cama. Percebo em seu sorriso que toda a dor causada pelas lembranças do passado ficou para trás, mesmo que seja apenas por esse instante. — Agora, responda à minha pergunta, sabe que sou curiosa.

Deixo minha mente vagar e criar um cenário em que estou livre. Imagino-me percorrendo o Brasil, conhecendo teatros e óperas e aprendendo tudo o que gostaria de ter desvendado assim que pisei na América. Contudo, no fundo do meu coração, sei que essa não seria a minha primeira escolha. Antes de viajar e explorar, eu procuraria a redenção dos meus pecados.

— Vais me achar uma tola, mas me imagino construindo um refúgio para mulheres como nós. — Falar em voz alta permite que o desejo ganhe mais força, ao mesmo tempo que faz com que eu me sinta boba e exposta. — Ainda penso no que poderia ter feito para salvar aquelas jovens que foram parar no bordel do conde e, por causa delas, gostaria de criar uma casa capaz de acolher qualquer mulher sozinha, maltratada, violentada, ou apenas que necessite de um ombro amigo. Nossa vida seria diferente se existisse outra opção além de calar ou consentir, não acha?

— Acolheríamos mulheres negras nessa casa?

— Ora, é claro que as aceitaríamos! A ideia é construir um abrigo para qualquer mulher que precise de um refúgio.

— Então essa ideia é tudo, menos tola — Darcília alcança alguns dos papéis que deixei em cima da cama e começa a escrever algo. Tento arrancar as anotações de suas mãos, mas ela me afasta, concentrando-se completamente em seus escritos. — Precisaríamos de uma soma alta de réis para manter o abrigo funcionando. Alimento, comida, roupas, remédios... e o que mais?

— Uma escola, talvez? — eu falo e ela escreve, fazendo com que eu finalmente entenda o que é o papel em suas mãos.

Rio com o fato de que estamos bolando um plano para algo que, infelizmente, tardará em virar realidade. Ainda assim, é prazeroso mergulhar na fantasia. Em minha mente, o abrigo ganha forma, cor e luz. Ao imaginá-lo como um porto seguro para mulheres desamparadas, sinto meu coração bater mais forte. Eu não pude me salvar, salvar Darcília e muito menos as jovens que acabaram sendo obrigadas a trabalhar para Jardel, mas prometo para mim mesma que um dia serei capaz de ajudar uma nova geração de mulheres abandonadas. E, ainda que não tenha ideia de quando ou como tornar tal juramento realidade, sinto-me bem apenas por mantê-lo vivo em minha mente.

— Isso mesmo! Deixe sua negatividade para fora desse quarto, nenê! — Sorrio ao notar o rumo dos meus pensamentos. Uma das coisas mais importantes que aprendi com Darcília é que nossas palavras, assim como nossos desejos, têm poder.

Então, apesar da amargura que existe por tudo que vivemos, continuamos lutando a favor da esperança de alcançarmos um futuro feliz. No fim do dia é isso que mantém nosso sorriso em riste.

— Deveríamos construir o refúgio em terras amplas. Imagino uma fazenda autossuficiente, com espaço para várias mulheres morarem e proverem suas próprias necessidades. Visualizo uma cozinha espaçosa, uma escola com direito a biblioteca e, até mesmo, uma pequena capela – será preciso que o terreno fique afastado do centro da cidade, mas, em contrapartida, teremos espaço para suprir a maioria das suas carências.

Darcília se anima com a ideia e volta a caminhar pelo quarto. Ela cita em voz alta os tópicos que escreveu em sua lista. E, animada por vê-la sorrir, deixo minha mente livre dar vida a cada pedaço desse projeto – desde a construção da casa até a sua manutenção. As horas passam e, tirando os momentos em que paramos para comer, continuamos conversando sobre tudo que gostaríamos que o refúgio tivesse.

Ficamos tão focadas em nossa ideia que não ouvimos a batida leve à porta. Para ser notada, Marta precisa acertar Darcília com meu travesseiro. Tento não rir, mas falho miseravelmente ao ver a expressão de espanto no rosto de minha amiga.

— Vosmecê tem visita. — O olhar de Marta deixa claro que não era dessa forma que ela gostaria que terminássemos o dia.

Encaro Darcília e vejo o pavor dominar a sua expressão. Sinto-me culpada por nunca ter reparado esse tipo de dor em seus olhos. Não deve ter sido fácil enfrentar as visitas inesperadas do visconde.

— Por favor, Marta. Diga ao visconde que não desejo vê-lo. Nem hoje, nem nunca mais. — Seu tom de voz é contido, mas consigo sentir a raiva de Darcília inflamar meu próprio ódio.

— Prometo que assim o farei na próxima vez que o visconde vier vê-la.

— Antes de continuar, Marta me encara com um misto de surpresa e pesar. — A visita que está na sala de espera quer falar com a moça Anastácia.

Darcília me encara com espanto e sinto o ar faltar. Tento imaginar quem poderia ter vindo me visitar e todas as possibilidades levam a Jardel. Minhas mãos suam, e meu corpo inteiro treme. Não consigo entender os motivos que o trariam até mim depois de tantos anos.

— Sabe quem é, Marta? — pergunto, mesmo com medo de sua resposta.

— Fui encarregada apenas de transmitir o recado, Anastácia. Mas vou acompanhá-la, não a deixarei enfrentá-lo sozinha.

— Muito menos eu, nenê. — Darcília aperta a minha mão e me olha com determinação.

Em três anos não recebi uma visita sequer e justamente hoje que me sinto esperançosa o conde decide aparecer.

Apesar da raiva, confesso que não fico surpresa. É típico do meu marido aparecer nos momentos em que finalmente me sinto livre de sua presença. Contudo, se Jardel espera encontrar a menina amedrontada que abandonou três anos atrás, não vejo a hora de desapontá-lo.

Ele queria uma esposa encarcerada e alienada, mas no seu lugar vai encontrar a alma de uma mulher tão livre quanto resistente.

Pouco importa se meu corpo está preso quando aprendi que sou capaz de voar.

5
BENÍCIO

Fecho a porta do escritório e encaro o movimento da rua Primeiro de Março. Quando eu e meu irmão decidimos abrir a Empreiteira De Sá em um bairro privilegiado do Rio de Janeiro – próximo ao núcleo comercial interessado na família imperial –, não imaginávamos que em menos de um ano a região se transformaria no local perfeito para os interesses dos nossos negócios.

Atrás do sobrado que reformamos para dar vida à sede da empreiteira, a poucos metros de distância, está o Paço Imperial. Ao lado direito vemos o topo da Igreja de Nossa Senhora do Carmo da Antiga Sé e o caminho de bares, restaurantes e cafés que segue rumo ao Arco do Teles – ponto de encontro para as nossas reuniões de negócio. Contudo, são as construções em andamento que fazem da rua uma fonte inesgotável de trabalho.

Somos a única empreiteira da região. Portanto, mesmo que poucos concordem com os termos que guiam nosso negócio, continuamos conquistando ótimos contratos por estarmos no lugar certo e na hora exata. Avisto no final da rua o terreno que dará vida ao Banco do Brasil. Mesmo depois de meses trabalhando nesse projeto, ainda sinto meu coração acelerar ao ver nossa equipe à frente de tamanha edificação.

Ao longe, Nassor – com sua famosa prancheta de madeira – acena para mim. Faço sinal para o mestre de obras, com um gesto de mãos que ele já conhece, e prometo passar pela construção mais tarde. Antes de verificar como anda a fundação que servirá de base para os pilares do futuro Banco do Brasil, preciso encontrar Rafael e verificar os avanços do nosso projeto em conjunto. Não vejo a hora de ver o teto que idealizamos sair do papel e ganhar vida.

Animado, atravesso a rua e ando apressado em meio à multidão na Praça XV. O calor faz com que eu me arrependa de ter ouvido Samuel e saído de paletó. Nesta época do ano, o sol do Rio de Janeiro me lembra dos dias mais quentes em que passei na Índia. Com a diferença de que, ao menos por lá, eu podia usar uma camisa de algodão sem precisar lidar com os olhares bisbilhoteiros.

Sinto o suor marcar meu casaco ao cortar caminho pelo meio da praça, constantemente desviando dos vendedores apressados e das mulas puxando charretes abarrotadas de mercadorias. Paro em frente ao belo chafariz em formato de pirâmide e, não pela primeira vez, admiro o trabalho idealizado pelo Mestre Valentim. Apesar do horário, poucas pessoas estão enchendo seus baldes de água. Sei que a maioria das casas da região já começou a ter acesso à água encanada, porém não é incomum que os senhores mais abastados façam seus escravos equilibrarem uma dúzia de baldes de água pelas ruas movimentadas do centro da cidade apenas pelo fato de poderem fazê-lo.

No momento atual, ser dono de escravos e não precisar alocá-los em atividades rentáveis serve como um lembrete de riqueza. Como se o exercício de propriedade sob outro ser humano fosse sinônimo de poder, quando a verdade é que afortunados são os que reconhecem o valor precioso por trás da liberdade e da fraternidade.

— Perdão, será que poderia pegar emprestado seu balde por um segundo? — pergunto ao homem parado em frente a um dos bicais da fonte. Decido que um pouco de água gelada fará bem aos meus ânimos. Não quero encontrar Rafael parecendo um gato escaldado pelo suor.

— Vosmecê não precisa pedir — ele diz ao me oferecer o balde vazio.

— E por que não? O balde é seu, não posso usá-lo sem a sua permissão. — O rapaz me lembra Samuel. Quando conheci meu irmão, ele vivia para me encarar com olhos desconfiados e inquisidores.

— Diacho, homens como eu não possuem nada. Vosmecê sabe que, entre nós dois, o balde é mais seu do que meu.

Nós nos encaramos por um segundo, tempo suficiente para eu listar tudo o que posso fazer por ele. Não é muito mais do que um fiapo de esperança, mas, ainda assim, retiro do casaco um dos cartões de visita que fizemos para a empreiteira.

— Pegue. — Retiro o balde de suas mãos e lhe entrego o cartão. — Sou Benício De Sá. No verso está o contato do meu irmão, ele pode ajudá-lo a conseguir uma carta de alforria. E do outro lado está o endereço de nossa empreiteira. Caso deseje, pode encontrar trabalho e abrigo conosco.

Não foi difícil construir uma empresa decidida a trabalhar apenas com homens livres – de todas as raças, etnias e credos. Apesar de demorarmos para descobrir quais caminhos desejávamos seguir, tanto eu quanto meu irmão nutríamos as motivações certas: lutamos por nossa independência desde que nascemos e, cada um a sua maneira, aprendemos o real significado da palavra liberdade. Para nós, nenhum homem é verdadeiramente livre enquanto os seus seguem presos.

Passei anos dormindo em embarcações de comandantes que buscavam por marujos solitários, trabalhando doze horas por dia, e guardando dinheiro para criar nosso próprio negócio. Enquanto isso, Samuel seguia os passos de Luís Gama, o único homem que lhe ofereceu um emprego justo e remunerado. Foi graças a ele, um advogado prático, que meu irmão conseguiu estudar na faculdade de direito do Largo de São Francisco, em São Paulo. Apesar de ser conhecida por aceitar alunos de todas as classes sociais, homens negros não saíam da faculdade portando diplomas acadêmicos. Assim como foi com Luís Gama, eles podiam assistir às aulas e ingressar na profissão por meio da prática, mas o diploma era um privilégio para os brancos. Ao menos até Luís Gama inferir e, diante de um tribunal, defender a causa de Samuel e de outros jovens como ele.

A verdade é que, depois que Samuel terminou seu curso de direito, ficou ainda mais viável trabalharmos juntos: eu estava decidido a abolir a escravidão das empreiteiras contratadas pela Coroa e meu irmão, resoluto em criar oportunidades justas de trabalho aos homens recém-libertos. Contudo, ao criar a Empreiteira De Sá, não imaginávamos que o nosso maior desafio seria ganhar a confiança daqueles que mais mereciam o respeito e a gratidão do povo brasileiro. Suas mãos, seu suor e sangue é que construíram as mais belas e imponentes edificações do país.

Aproximo-me da fonte e encho um terço do balde, sentindo o jovem acompanhar cada um dos meus passos. Finjo não notar a desconfiança em seus olhos quando retiro o casaco, dobro as mangas da camisa e uso a água fresca para lavar minhas mãos, meu pescoço e rosto. A água afasta o calor sufocante e, sem aquela peça de roupa, lembro-me exatamente de quem sou e para onde estou indo.

— Diga-me por quê... — A voz do jovem afasta meus pensamentos e me lembra de que preciso seguir em frente caso não queira atrasar.

Devolvo-lhe o balde já vazio e ajeito os cabelos antes de seguir adiante. Encaro o rapaz uma última vez, ciente de que não existem palavras suficientes para responder-lhe com coerência. De fato, nada na escravidão é lógico.

— Talvez a pergunta correta seja: por que não?

Ele acena e guarda o cartão no bolso da calça. E, enquanto caminho em direção ao final da rua, faço uma prece para que ele nos procure.

Nos tempos atuais, a liberdade física não é só encorajada pelos liberais como pela própria família imperial. No entanto, o mais difícil sempre é romper os grilhões presentes em nossa própria mente.

Quando somos criados para ser propriedade de alguém, é ainda mais difícil acreditar na possibilidade de sermos donos de nós mesmos.

※

Seguro a respiração ao entrar na sede do futuro Real Gabinete Português de Leitura. Aceno para alguns dos homens trabalhando na construção e listo mentalmente os últimos avanços. Dez meses atrás Dom Pedro II lançou a pedra fundamental da construção e, desde então, já avançamos o suficiente para o teto começar a ganhar forma.

Passo pelo corredor que servirá de recepção para a biblioteca e entro no cômodo do gabinete. Avisto Rafael conversando com nossa equipe – os homens o ouvem com atenção, sem dúvida absorvendo cada palavra dita por ele. Nunca conheci alguém como Rafael da Silva e Castro, tão dedicado e entregue aos seus projetos. Enquanto fala, é perceptível que a arquitetura é a paixão de sua vida. Talvez seja por isso que os homens da empreiteira gostem tanto de trabalhar com ele, pois Rafael faz com que cada indivíduo se sinta parte de algo muito maior do que pedras e martelos.

— Precisamos erguer a estrutura de ferro com cuidado. — Rafael acena quando me vê. E, sem interromper o trabalho, me entrega a planta baixa com as diretrizes do dia. — Cada um de nós será responsável por um passo na alocação da grade; desde erguê-la até soldá-la à estrutura do teto. Acredito que o processo vai demorar mais do que gostaríamos, mas tenham paciência. Lembrem-se de que esse é um feito único para todos nós.

Duas dúzias de homens respondem em uníssono e seguem para os seus postos. Encaro a grade de ferro que precisaremos erguer e alocar no topo do gabinete. Graças a ela seremos capazes de construir um teto em formato de claraboia todo adornado por vitrais – o primeiro em estrutura de ferro de todo o Brasil.

— Ainda com dúvida de que conseguiremos? — pergunto ao meu amigo depois de alguns segundos, ambos parcialmente perdidos em pensamentos ao encarar o futuro teto do gabinete.

— Que tipo de profissional eu seria se não tivesse uma mísera dúvida? São as dúvidas que geram os melhores projetos, não as certezas. — Ele me entrega um par de luvas de proteção e veste seus apetrechos de trabalho. O que me aproximou do arquiteto português, além dos seus projetos inovadores, foi a sua necessidade de colocar as mãos na massa. Ver um de nossos trabalhos sair do papel e ganhar vida é maravilhoso, mas nada se compara ao prazer de ajudar na tarefa manual de erguê-lo.

— O tipo de arquiteto demasiadamente confiante com o qual eu nunca trabalharia, tenho certeza. — Rafael nunca foi de falar muito, então sua única resposta é começar a despejar ordens para toda a equipe.

Juntos, revisamos as tarefas de cada membro do grupo e confrontamos medidas, ângulos e posições. E, após uma hora de preparação, finalmente começamos a erguer a estrutura.

Enquanto puxamos, constantemente revezando as mãos que fiscalizam as cordas durante a subida, não consigo tirar um sorriso do rosto. Meu amor por vitrais começou quando ainda era garoto e me escondia na capela da Fazenda da Concórdia na esperança de escapar das surras de meu pai. Mas foi viajando pelo mundo e vendo uma imensa variedade cultural para o uso dos vitrais que comecei a sonhar em colocá-los em minhas próprias obras – só que não de formas comuns. Eu queria que os vitrais fossem representações artísticas, mas também desejava que eles levassem luz aos espectadores. Exatamente como, tenho certeza, o teto desse gabinete será capaz de fazer.

Ouço uma torrente de exclamações e aplausos no momento em que a estrutura de ferro alcança a altura do teto. Rafael dá tapas animados em minhas costas e estampa um sorriso orgulhoso em seu rosto. Acompanhamos com expectativa quando os homens responsáveis começam a soldá-lo. Ao passo que uma equipe solda e a outra verifica as amarrações que sustentam o peso do ferro, os homens que trabalharam na subida da estrutura param, um a um, ao nosso lado para encarar com ansiedade nosso futuro teto.

A espera faz com que estas sejam as horas mais longas do meu dia. Contudo, vendo a armação de ferro ganhar vida, consigo burlar o arrastar do tempo ao visualizá-la pronta em meus pensamentos. Neste momento, minha mente viaja, e o projeto que eu e Rafael passamos meses desenhando enfim ganha cores – sabíamos que seria um belo vitral, mas até então não havíamos definido seus tons e formatos.

Imagino um vitral composto por tons variados de azul, com a luz do sol atravessando o vidro e inundando as prateleiras abarrotadas de livros. Na imagem que crio em minha mente, as estantes se estendem do chão ao teto, o lustre brilha em dourado e os pilares de madeira banhados a ouro reluzem por todo o ambiente.

— Darei um lápis por seus pensamentos, meu amigo. — Rafael chacoalha meus ombros na intenção de chamar a minha atenção.

— O quanto confia em mim? — pergunto ao sair do estupor causado pela força das imagens em minha mente.

— Ora, acabamos de dar vida a um teto com estrutura de metal. Quer mais confiança que isso, Benício? — Ele ajeita o bigode enquanto aguarda uma resposta. Aprendi a reconhecer o sinal como expectativa: sempre que trabalhamos juntos e sou dominado por uma ideia desafiadora, Rafael me encara com uma expressão de animação.

O que significa que, de fato, somos perfeitos um para o outro – ao menos quando o assunto é trabalho. Apesar de ser considerado um bom partido, Rafael não faz meu tipo.

— Então que o vitral seja azul cor de mar, meu amigo. — Sorrio ao afastar as mechas teimosas que caem em meus olhos, lembrando-me de que preciso cortar o cabelo.

Volto a encarar o teto do gabinete. Apesar de ver nada mais do que pilares de ferro e o vazio da abertura que deixa o céu azul aparente, minha mente está dominada pela visão de como ele ficará daqui alguns anos. Sinto que, exatamente como havia sonhado quando ainda era um menino, o trabalho de cada homem da construtora, assim como o meu e o de Rafael, foi capaz de criar luz. E uma luz que guiará as gerações que passarem por essa biblioteca, tenho certeza.

— Sinto que perdi metade dessa conversa, Benício. Do que estamos falando exatamente?

— Estou falando do vitral. Imagine-o em tons sobressalentes de azul. Azul-escuro, azul-claro, azul-mediterrâneo. Quando a luz do sol bater no teto abobadado — aponto para o céu lá fora que nos encara, sem conseguir conter a emoção por trás das visões coloridas que me inundam —, teremos um aposento tão iluminado quanto os dias mais belos do Rio de Janeiro. O azul dominará cada centímetro do gabinete e criará a impressão de que estamos ao ar livre.

Serão anos até ver o vitral finalizado, mas, neste instante, consigo visualizar com exatidão toda a plenitude da claraboia em seus tons variados e cristalinos. Fecho os olhos, capturando as imagens e preparando-me para colocá-las no papel, mas perco o foco por um segundo quando meus pensamentos são surpreendidos por um intruso.

Trata-se do par de olhos mais magnífico que já vi em toda a minha vida. Eventualmente eles tomam conta dos meus sentidos e, como em todas as outras vezes em que isso aconteceu, lembro de tê-los encontrado em algum lugar, mas minha mente teimosa não consegue recordar-se de onde. Tudo o que sei é que gosto de ser perseguido por eles e de notar que, em alguns dias, meus algozes são azuis como o mar, e em outros, lilases como lavanda. Sorrio ao dar-me conta de que – exatamente como um dia esse teto será – os olhos em minha mente são únicos em cores, brilho e mistério.

— Não consigo compreender em totalidade o que está ganhando forma em seus pensamentos, Benício. — As palavras de Rafael afastam a imagem dos olhos misteriosos e fazem com que eu volte a prestar atenção no que estamos fazendo. — Porém, confio em seu talento. Então vamos beber algo enquanto definimos as cores do vitral. Vou levar minha aquarela e prometo que tentarei reproduzir o tom exato que mantém essa expressão sonhadora em seu rosto.

— E eu prometo que este teto servirá de inspiração para milhares de pessoas, meu amigo — digo ao segui-lo até o escritório improvisado na lateral da construção. — Um dia, o Real Gabinete Português de Leitura será aclamado pelo mundo inteiro. Sei que passarão anos e ainda seremos lembrados por tamanho feito.

6
ANASTÁCIA

Sigo Marta até a sala de visitas com o corpo inteiro tremendo em uma mistura de medo e raiva. Ao longo do corredor destinado às pensionistas da primeira classe, passamos pela sala de música, sala de costura, oficinas de alfaiataria, enfermaria, um pequeno pavilhão destinado aos momentos de confraternização ao ar livre e pelos centros de banho. Lembro-me como se fosse ontem da primeira vez que senti o jato de água fria em minhas costas e da completa sensação de impotência que me dominou. Ainda assim, foi preferível enfrentar as águas geladas aos fantasmas escondidos na saleta musical. Apesar dos bons momentos que construí ao lado de Darcília em meio às paredes do hospício, ainda sou incapaz de dar ouvido aos apelos de minha alma musical. Rabisco composições, mas não pratico mais.

Só me dou conta de que já estamos no piso inferior quando gemidos, tosses e gritos me alcançam. Darcília segura a minha mão na sua, e, juntas, tentamos abafar o apelo das mulheres que não podem pagar por sua estadia. A injustiça que rodeia os quartos do hospício me acerta em cheio, revigorando minhas forças para enfrentar Jardel.

— Estarei ao seu lado, Anastácia. Prometo que não deixarei que o conde a leve. — Assinto ao encarar Darcília e seus olhos decididos.

A lei diz que Jardel, como meu marido, é responsável pelo meu bem-estar – ele é o único com poder legal para manter-me ou libertar-me dessa prisão. Por isso, antes de adentrar a sala de visitas, agito os cabelos para que eles pareçam ainda mais desordenados e muno-me de um olhar raivoso. Quando cheguei não via a hora de abandonar o hospício, mas agora sinto que criei um refúgio longe do homem que destruiu parte da minha alma.

Fingir-me de histérica nunca foi tão importante ou tão surpreendentemente fácil.

— Estou pronta. — Repito as palavras várias vezes até sentir que elas saem com sinceridade.

— Vamos juntas — Darcília diz ao apertar minha mão com uma dose extra de força.

Marta abre as portas e, assim que entramos na pequena saleta, não preciso fingir confusão. Apoio o corpo no batente de madeira e belisco o pulso esquerdo na tentativa de desanuviar os pensamentos, mas a dor não me ajuda a compreender o que está acontecendo. Olho para minha amiga, que parece tão perdida quanto eu, e voltamos a encarar as duas freiras à frente.

— Anastácia? — Sua voz é doce, leve e com um sotaque francês que lembra o meu antes de chegar ao Brasil. Ao me aproximar, noto que ela é mais jovem do que imaginei. E seu traje é menos austero que o da senhora ao lado.

— Pobre menina... — Não tenho tempo de reagir à tristeza em suas palavras. Quando dou por mim, a senhora já está com os braços ao meu redor. Assustada demais, mal consigo pensar em protestar. — Sou a irmã Dulce e aquela é a noviça Avril. Falo em nome das duas quando digo que é um prazer finalmente conhecê-la.

Sem perceber meu desconforto em meio ao abraço terno, a freira se afasta apenas o suficiente para tocar meu rosto. Irmã Dulce me encara com um sorriso, ajeita meu cabelo bagunçado e me conduz até um sofá lateral. Penso em contestar, mas algo em seus olhos me mantém inexplicavelmente pacífica.

— Vamos, sente-se. Temos muito o que conversar. — Por um segundo, chego a pensar que as freiras foram enviadas por Jardel. Contudo, a bondade por trás do abraço da irmã Dulce afasta por completo tal possibilidade. Duvido que meu marido seja capaz de conhecer alguém de espírito tão manso.

— A senhora a está assustando — a jovem francesa diz, sem tirar os olhos dos meus.

— Então, deixe de encará-la e explique logo por que estamos aqui, Avril. Até parece que o gato comeu sua língua, menina.

Avril revira os olhos e sorri para mim. O gesto é tão inesperado que acabo sorrindo de volta. Não faço a menor ideia do que as duas religiosas querem comigo, mas neste momento escolho seguir o instinto que me diz que *devo* confiar nelas. Ao menos, prefiro conversar com elas do que enfrentar Jardel.

— Meu nome é Anastácia, mas isso parece que já sabem — digo, finalmente, encontrando a minha voz. — E essas são Darcília, uma grande amiga, e Marta, nossa enfermeira e confidente.

Irmã Dulce sorri para as duas e, antes que possam fugir, prende-as em seus braços – as duas, de uma única vez. Marta parece incomodada, mas Darcília sorri de orelha a orelha com a lateral do rosto apoiada nos seios fartos da irmã.

— Estou encantada — a irmã Dulce diz ao soltar Darcília e Marta. — Por favor, diga que podemos levá-las conosco, Avril? Não vou conseguir deixá-las aqui. Na verdade, eu gostaria de levar todas as pensionistas para a fazenda.

O final de sua frase é pontuado pelos gritos femininos que atravessam o corredor e ecoam pela sala. Nunca havia recebido visitas, então só conhecia a parte social do primeiro andar – a maioria graças às minhas expedições furtivas. Já passei algumas horas com as mulheres deste andar, as que foram encontradas vivendo na rua e que não possuem dinheiro ou família, porém a saleta era uma área proibida. O ambiente não é decorado e muito menos tradicionalmente belo, contudo, logo compreendo que seu valor está em uma janela ampla e sem grades com vista para a praia. Com planejamento e paciência, seria fácil usá-la como rota de fuga.

— Ainda não entendo o que está acontecendo aqui — falo após alguns angustiantes minutos de silêncio.

Avril respira fundo, talvez com a intenção de criar coragem, e se acomoda ao meu lado no sofá cor de café. Enquanto isso, a irmã Dulce puxa Darcília e Marta pelas mãos – a última me encara com um olhar assustado de quem gostaria de sair correndo da sala – e faz com que elas se sentem nas poltronas puídas espalhadas pelo cômodo.

— Eu preciso voltar ao trabalho. — Quase não reconheço Marta. Seu tom confuso e perturbado é incomum. Até hoje, nunca havia ouvido indícios de insegurança em sua voz. — Não quero atrapalhá-las.

— Ora, minha jovem. Se és amiga de Anastácia, és nossa amiga também — irmã Dulce diz. — Gostei da senhorita, então vai ficar aqui até ouvir tudo o que temos para falar. Estamos entendidas?

A nota de repreensão faz com que todas as mulheres na sala, até mesmo Avril, ajeitem a coluna e apoiem as mãos no colo. Trata-se de uma reação normal para todas nós: é assim que nossas mães e tutoras nos ensinaram a enfrentar as adversidades de opiniões; com a coluna reta e a cabeça em pé.

Sorrio ao lembrar das aulas de etiqueta ministradas por minha mãe e de seus longos e cansativos sermões. As recordações acalmam meus ânimos, mesmo que a confusão da visita permaneça anuviando meus pensamentos.

— As senhoras vieram nos convidar para entrar no convento? — O único sinal do nervosismo de Darcília é o leve batucar do salto de suas botas. Despontando dos barrados do vestido, seus pés balançam de um lado para o outro.

— Não seria uma má ideia. Mas não, não é isso que viemos fazer. Agora sente-se direito, mocinha. — O comando da irmã é firme, mas doce. Darcília resmunga fingindo parecer inconformada, mas sei que reconhece a bondade na voz da senhora, pois não tarda a ajeitar o corpo na poltrona e cessar o batuque dos pés.

— Prometo que logo irei esclarecer todas as dúvidas, no entanto, antes, preciso saber algo. — Avril encara Marta antes de continuar. — Disseram-me que não existem médicos no hospício. Isso é verdade?

— Sim, senhora. Recebemos parcas visitas do doutor Felipe, mas mesmo os casos mais graves são tratados exclusivamente pelas enfermeiras. — Marta dá de ombros e torce a barra do avental amarrado em sua cintura. — Dizem que o imperador contratou dois médicos para fixar moradia no prédio, mas nunca os vi dar às caras por essas bandas.

A verdade pouco falada é que o hospício não funciona como um centro de tratamento médico, mas sim como um local de despejo de homens e mulheres rejeitados pela sociedade – é por isso que a bela construção é conhecida como Palácio dos Alienados por muitos. Alguns pacientes realmente precisam de auxílio médico e, em dado momento da vida, foram diagnosticados com desvios mentais. No entanto, a maioria dos trezentos pacientes do Hospício de Pedro II precisa apenas de um local para morar. Viver na rua por ser diferente é um insulto à nobreza, por isso essas pessoas são recolhidas pelo governo e escondidas no hospício.

— Anastácia... — Avril gira o corpo para segurar minha mão e minha primeira reação é fugir do seu toque, mas ela mantém o aperto com firmeza, aguardando com paciência um voto de confiança da minha parte. — A única coisa que peço é que me ouça até o fim. Pode prometer que vai ao menos escutar a minha versão da história?

Pela primeira vez desde que entramos nesta sala, reconheço a tristeza por trás de suas palavras. Enquanto a aguardo falar, estudo o rosto de Avril com atenção. Seus olhos são azuis e quase translúcidos, sua pele branca como algodão e os cabelos, mesmo escondidos pelo hábito, devem ser loiros considerando a cor de sua sobrancelha. Mas é o leve arquear do nariz que faz meu coração palpitar em reconhecimento.

Minhas mãos transpiram ao sentir a pele queimar no ponto exato em que Avril me toca. Um resquício de medo surge na boca do meu estômago. Tento fugir, mas ao escolher manter o aperto de ferro, ela não permite que eu me afaste.

— Qual é o seu nome? — As palavras saem muito mais ásperas do que eu gostaria.

— Faço parte da ordem *Fidèles Compagnes de Jésus* desde meus dezesseis anos. Antes disso, morei em Paris com meu irmão e minha avó. Assim que minha única protetora morreu, fui internada em um convento na cidade de Amiens sob os cuidados da madre superiora e com ordens expressas de não sair em missões. Desde então, passei muito tempo conhecendo nada mais do que aquilo que tínhamos dentro das paredes do convento.

— Presa, assim como nós — Darcília me encara ao falar. Uma parte de mim tem certeza de que ela também percebeu onde a história vai nos levar. Tento ficar tão tranquila quanto minha amiga aparenta estar, mas não consigo.

— Presa, mas imensamente feliz. Assim que cheguei no convento a irmã Dulce me tomou sob suas asas protetoras e, ao seu lado, encontrei tudo de que mais precisava e não sabia: amor e uma família. — A noviça olha para a irmã Dulce em um gesto sincero de puro carinho. Aproveito o minuto para gritar em minha mente que ela *não é* cruel como ele. — Veja bem, naquela época não me importava em estar longe da sociedade ou do meu irmão, mas sentia falta do apoio de minha avó. Por isso, passei meses chorando e mal me alimentava, até que a irmã Dulce decidiu me mostrar tudo o que eu poderia ser dentro do convento.

— Nossa ordem é conhecida por possuir escolas maravilhosas. Então, é comum acolhermos jovens nobres que desejam estudar no convento — a irmã emenda, olhando para cada uma de nós ao falar. — Avril tentou resistir, mas tudo o que precisei fazer foi convencê-la de que seu futuro estava esperando por ela. E, se preciso, farei o mesmo com as senhoritas.

Marta bufa, e Darcília se engasga com uma risada que é tudo, menos divertida. Entendo as reações ao girar a aliança dourada que pesa em meu dedo. Não somos puras como uma jovem solitária presa em um convento. Faz tempo que perdemos nossa inocência e a fé no mundo.

— Encontrei uma família, o suporte de Deus e uma profissão dentro do convento — Avril volta a falar, interrompendo a irmã Dulce. — E eu preciso que entenda que é só por esse motivo que eu não fui ao seu socorro, Anastácia. Se eu soubesse que meu irmão pretendia casar, ou se pelo menos estivesse atenta aos seus passos do lado de fora do convento, eu nunca a teria deixado à mercê dele.

Meus instintos reconheceram o parentesco muito antes da verdade ser proferida. Contudo, por alguns minutos reluto em acreditar que Avril é irmã do conde. Olhando com mais atenção, consigo ver o melhor de Jardel em sua aparência encantadora. A noviça é tão bela quanto meu marido – e uma beleza angelical a que nenhum ser humano é capaz de manter-se imune. Ainda assim, seus olhos translúcidos transbordam amor e plenitude. Da mesma forma que a irmã Dulce, tenho certeza de que Avril prega a construção de um mundo melhor.

Sinto que confio nelas e em suas palavras. Minha alma a reconhece como uma vítima ainda que meu corpo reaja à semelhança física entre os irmãos. Mas confesso que é difícil olhar para Avril e não sentir meu marido pairando entre nós.

— Não se culpe, milhares poderiam ter me alertado, mas temo que ainda acreditaria na bondade de seu irmão. Vi nele o que mais queria: a oportunidade de ir além e de conhecer um mundo novo e desconhecido, então deixei-me enganar – mesmo ciente de que nossa história parecia perfeita *demais*. — Antes de viajar para o Brasil, Jardel deixou escapar a existência de uma irmã, mas imaginei que fosse uma peça pregada por minha mente confusa.

— Espere, a senhorita disse que passou dezesseis anos no convento? — A curiosidade na voz de Darcília pouco me surpreende. — Então tem a mesma idade do conde? Como isso é possível?

— Somos gêmeos, Jardel nasceu poucos minutos antes de mim. — Avril finalmente solta minha mão e, em um gesto que me lembra Darcília, levanta-se e começa a andar pela sala. — Nossa mãe morreu logo depois do meu nascimento. E, desde então, meu pai culpou-me pela sua morte. Essa raiva foi passada para o meu irmão, que nunca fez questão de esconder seu ódio por mim. Dessa forma, assim que nossa avó morreu e abandonou o posto de minha protetora, ele esforçou-se para nunca mais precisar me ver.

Lembro-me das palavras cruéis do conde na noite do baile no hotel Le Grand e tudo começa a fazer sentido. Avril já nasceu carregando uma culpa que não era dela e precisou lidar com o ódio de Jardel desde muito nova. Imagino se, assim como eu, ela também traz na pele as marcas de conviver com um irmão furioso ou se a avó foi capaz de mantê-la fisicamente inteira.

— Não devia ter voltado, Avril. — Revivo meus últimos dias com o conde e sinto um arrepio subir pela espinha. — Sua presença pode colocar os negócios do conde em risco e, como bem sabemos, seu irmão não pensaria duas vezes antes de calá-la. Não quero que seu destino seja o mesmo que o meu. Então, volte para a França o mais rápido possível. Pode não parecer, mas juro que estou bem.

— Ora, mas o poder de Jardel sobre nossa vida chegou ao fim! — Avril interrompe sua andança pelo cômodo e me encara com um sorriso contagiante estampado no rosto. — Estamos livres, Anastácia.

Mais uma vez, falho miseravelmente na tentativa de lê-la. Em seus olhos, encontro lampejos de tristeza, confiança e um fio de esperança. Assim, em um ato de fé, resolvo espelhar cada uma de suas emoções. Não sei o que falar, então apenas deixo-me sentir. Rodeio meu corpo com os braços e permito que eles acalmem o tremor que me consome.

Há anos me considero uma mulher livre. Longe da presença de Jardel e de suas palavras venenosas, descobri uma parte da minha alma que havia sido silenciada. Orgulho-me de ter sobrevivido a um casamento odioso e aos maus-tratos vivenciados no hospício tanto quanto valorizo cada batalha que manteve minha mente sã nos últimos anos. Meu marido calou uma parte da minha história, apenas para que eu aprendesse a criar uma nova narrativa. Ainda assim, minha alma absolvida demora para aceitar que meu corpo também foi liberto.

Os grilhões de ferro finalmente foram quebrados e posso sentir meus pés pela primeira vez. Minhas mãos tremem enquanto toco e reconheço cada parte do meu corpo que voltou a ser completamente minha. Em meio às lágrimas não derramadas, fecho os olhos e belisco o pulso. A pontada de dor afasta o medo de estar vivendo um sonho e inunda minha mente com a imagem de uma dezena de folhas pautadas, páginas em branco, esperando pelas músicas que cada uma das minhas escolhas para o futuro serão capazes de criar.

— Como? — minha voz sai em um fiapo. Apesar da alegria que ameaça me dominar, ainda não consigo acreditar completamente nas palavras de Avril. Parece maravilhoso demais para ser real.

— Há dois meses meu irmão foi encontrado morto em um dos quartos do Hotel Faux — Darcília conjura uma dezena de maldições e Marta pula da poltrona. — Segundo o advogado de herança que foi me procurar no convento, o motivo de sua morte ainda é desconhecido.

Muitas coisas passam pela mente em um único segundo. E, sendo sincera comigo mesma, não me orgulho do fato de poucas delas serem honradas.

Sinto-me triste ao imaginar Jardel – a versão do conde pela qual me apaixonei – sozinho e morto em um quarto do hotel com o qual havia sonhado por anos. Mas logo a tristeza passa e um riso contagiante explode do meu peito. Rio ao mesmo tempo que choro. Os soluços escapam em meio aos sons roucos que resumem tudo o que estou sentindo: dúvida, medo e esperança.

Após alguns segundos, a sala toda é contagiada pelo peso das palavras de Avril. Darcília levanta da poltrona e me puxa em sua direção, fazendo-nos girar pela sala. Jogo a cabeça para trás e deixo o riso fluir por todo o meu corpo. Marta, Avril e até a irmã Dulce nos acompanham em uma espécie de dança de comemoração. O riso e a alegria desse momento são coisas que nunca imaginei viver, nem nos meus sonhos mais otimistas.

Muitos dizem que o luto nos prende à dor. Mas, até hoje, nunca senti meu coração tão leve e feliz.

— Que Deus tenha piedade de nossa alma — digo, em meio ao riso, para a irmã Dulce.

— Ora, minha pequena, Ele já nos perdoou há muito tempo. Agora, é hora das senhoritas se perdoarem também. — A irmã olha para mim e para Avril por um instante e, em seguida, corre os olhos na direção de Darcília e Marta. — Assim que colocarem os pés para fora desse lugar, deixem toda a raiva para trás. A dor ainda vai acompanhá-las, mas o poder de seguir em frente está em suas mãos. Somos os únicos responsáveis pelas mágoas e tristezas que escolhemos carregar.

Olho mais uma vez para o mar, que me diz *olá* da janela aberta da saleta, e visualizo um mundo novo, repleto de alegrias.

— Faremos isso. — Aperto a mão de Darcília e pisco para Marta, que me olha com um sorriso de quem entende o peso desse momento.

— E faremos juntas.

ASSISTÊNCIA A ALIENADOS
HOSPÍCIO PEDRO II
Rio de Janeiro

PACIENTE Nº: 648   ENTRADA NA SEÇÃO: 20/06/1877

NOME: Anastácia Faure De Vienne

CLASSIFICAÇÃO: pensionista

INTERNANTE: petição familiar assinada pelo marido Jardel Jean-Dufour, conde De Vienne

DIAGNÓSTICO: histeria aguda

OBSERVAÇÕES: corpo marcado por cicatrizes recentes. Alerta familiar: paciente que apresenta risco à própria vida.

PERÍODO DE INTERNAÇÃO: a determinar pelo marido

MÉDICO ASSISTENTE:
José Barbosa Goulart

7
BENÍCIO

Reviro os papéis espalhados pela mesa na tentativa de encontrar minha bolsa – tenho certeza de que a deixei ao lado do conjunto de compassos, mas não a encontro em lugar algum. Em meio à bagunça, acho tudo de que não preciso: lista de compras, folhas de pagamento, agenda de reuniões com possíveis clientes e até um punhado de bananas que comprei na quitanda do senhor José. A única coisa que não encontro é a bendita bruaca de couro.

Guardo tudo de mais importante nela, exatamente para não perder nenhum documento, mas do que adianta se vivo esquecendo onde a deixei? Enquanto procuro a bolsa pelo escritório, quase consigo ouvir a voz de Samuel zombando de minha falta de organização.

— O *Jornal das Senhoras* chegou. E adivinha de quem estão falando novamente? — Às vezes, desconfio que pensar nele é como invocar a sua presença. Deixo minha expedição de lado para encarar meu irmão mais velho, esperando que pelo menos uma vez na vida um olhar irado seja suficiente para cessar a zombaria. — Não me olhe assim, não fui eu quem escreveu tamanha bobagem. Apesar de achar que dessa vez eles se superaram ao montar uma lista com possíveis esposas para o Bastardo do Café.

Esqueço o que estava fazendo assim que o ouço dizer *Bastardo do Café* e *esposas* na mesma frase. Deixo de lado os papéis em minha mão e caminho até a entrada do escritório. Samuel tenta correr, mas sou mais rápido e consigo arrancar o folhetim de suas mãos.

— "Bastardo do Café é eleito o solteiro mais cobiçado da temporada" — leio a manchete em voz alta na esperança de que as palavras impressas façam algum sentido, mesmo ciente de que não encontrarei um pingo de lógica no jornal em minhas mãos. — Está decidido, ficarei mais dois meses sem aceitar um convite social.

— Sinto dizer que, quanto mais recluso se tornar, mais atrativa a figura que criaram em seu nome será. — Samuel segue até a sua mesa de trabalho, mas antes ajoelha em frente à cama improvisada que fizemos para o Carioca. O bichano mia, todo feliz, quando meu irmão acaricia sua barriga gorducha. — Ainda acho que está exagerando, não vejo nada de ruim em ser perseguido por estonteantes jovens solteiras. Olhe a candidata número seis: segundo o folhetim, ela pode ser comparada a uma bela torta de morango.

— E isso deveria ser algo bom? — Corro os olhos mais uma vez pela publicação semanal, ficando ainda mais irritado com o que leio. A identidade do escritor é o grande mistério por trás da publicação que, por sua vez, aumenta a popularidade da figura e o deixa ainda mais desbocado. Inicialmente os textos tendiam para o bom humor apelativo de uma boa fofoca, contudo, nos últimos meses suas palavras passaram a carregar uma crueldade que me enoja.

— Não entendo metade das comparações que esse folhetim faz. Então, prefiro imaginar que é um elogio válido. — Meu irmão tenta se levantar, mas Carioca continua implorando por carinho. Além de manhoso, o gato acha que manda em nossas ações. O que, em momentos como esse, ele realmente o faz.

— Sinto falta da época em que era ignorado pela sociedade por ser um bastardo. Não entendo como, de um dia para o outro, a ilegitimidade do meu nome deixou de importar para as mães casamenteiras — falo ao voltar para minha mesa, farto da tarefa vã de procurar a minha bolsa de couro. — Não tenho título, origem nobre e meu sobrenome foi manchado pela má reputação do barão. Mas, ainda assim, sou perseguido pelas colunas sociais. Diga-me, irmão, o que estou fazendo de errado?

— É só um jornal bobo, Benício. — Samuel pega Carioca e o coloca em meus braços. A bola de pelos suspira e deita de barriga para cima. Quando o resgatamos, dois anos atrás, ele estava preso em uma obra abandonada. Na época, seus ossos eram visíveis e os pelos, curtos, completamente diferente do animal rechonchudo e mimado no meu colo. — Vou dizer isso uma única vez: tu és um bom partido e não pelos motivos elencados neste folhetim, irmãozinho.

— Então somos os dois. — Carioca mia em resposta, como se concordasse com as minhas palavras, e acaricia meu rosto com suas patas. Ele é

todo cinza, com exceção de suas patas, que são brancas como tinta fresca.
— Não venha me adular, Carioca. Já comeu o suficiente para a semana toda.
— Ora, é claro que sou um bom partido, Benício! Mas não sou eu que tenho problemas em aceitar que o sangue que corre em minhas veias não me define. — O dia mal começou e já preciso lidar com uma repreenda.

Desvio os olhos do gato gorducho e encaro Samuel. Apesar de nossas origens diferentes, somos inegavelmente parecidos. Temos a mesma altura, o maxilar quadrado e os ombros largos que herdamos do nosso pai, olhos castanhos que mudam de cor quando estamos felizes e, principalmente, peles que contam parte da nossa história. Sua afrodescendência e a minha herança indígena são presentes recebidos de nossas mães que carregamos com orgulho. As maiores diferenças entre nós estão em nossa personalidade: eu adoro uma bagunça, já Samuel é extremamente organizado. Além disso, meu irmão vez ou outra sustenta um cavanhaque que evidencia as formas do seu rosto e tem um gosto particular para moda: ele faz questão de usar as melhores vestes e andar impecavelmente arrumado sempre. Enquanto eu odeio usar roupas que, apesar de bonitas, não são práticas.

Samuel abre sua bolsa de trabalho e começa a retirar dela uma centena de documentos. Apesar de não assumir em voz alta, confesso que é tranquilizador observá-lo. Ele separa os documentos em pilhas devidamente classificadas por ordem de importância, ao passo que eu já teria abandonado os papéis em qualquer canto do escritório.

Tenho certeza de que nossa sociedade funciona tão bem porque sou ótimo com contas e projetos exteriores, enquanto Samuel é perfeccionista e extremamente organizado – e isso sem mencionar o fato de meu irmão ser um ótimo advogado. É só olhar para minha mesa, com papéis e réguas espalhadas por toda parte, e para a de Samuel, devidamente limpa e arrumada, para entender quem mantém a Empreiteira De Sá em ordem. Não que eu vá falar isso para ele, é claro.

— Sei que não sou definido pelo sangue do nosso pai, mas também não posso negar que fico bravo ao ouvir esse apelido ridículo — Falo ao voltar a encarar o folhetim esquecido em minha mesa. Às vezes, imagino o que faria caso encontrasse o infeliz que resolveu me batizar de Bastardo do Café. Não sou de briga, mas gosto de sonhar com meu punho acertando-o em cheio.

— Diga-me, o que mais preciso fazer para não ser associado ao Barão?

Abrir nossa própria empresa, renegar o legado construído pelo Barão de Magé e escolher um novo sobrenome não foram tarefas difíceis. O difícil é fazer com que a sociedade entenda que não queremos laços com nosso pai e com seus negócios. Podemos carregar o sangue de um homem conhecido por sua crueldade, mas estamos determinados a refutar seus passos. Levei anos para desprender-me da sombra do barão, mas a sociedade continua a lembrar de quem sou filho.

A verdade é que ser um bastardo bem-criado sempre me fez conhecer os dois lados de uma mesma moeda. Cresci sabendo que não pertencia à nobreza, mas que com as escolhas corretas – ao menos na visão do meu pai – eu poderia circular em meio a eles. Quando menino, fugia das reuniões sociais e encontrava inúmeras formas de enfurecê-lo. Talvez seja por isso que, no ápice de minha infância, passei meus dias com Samuel na senzala. No fim, o que começou como provocação transformou-se na construção de uma verdadeira família entre os dois filhos bastardos de um dos homens mais importantes do Brasil.

— Gostaria de saber a resposta para sua pergunta, Benício. Mas, mais que isso, gostaria que voltasse a sair. — Meu irmão abre parte dos documentos já catalogados em sua mesa com uma serenidade que me surpreende. Até quando descarta os papéis que não são importantes ele é organizado. — Devo confessar que não aguento mais jantar olhando para sua cara feia.

— Pode me lembrar de quem foi a brilhante ideia de trabalharmos em um escritório conjunto? — Sentados frente a frente, mantemos a mesma rotina diária: ele me irrita com seus comentários sarcásticos e eu o provoco com sua demasiada organização.

Faz três anos que criamos a Empreiteira De Sá – nome que, antes disso, também virou nosso sobrenome. Como um homem que foi escravizado, Samuel carregava nos ombros a sensação de posse criada pelo sobrenome do barão. Enquanto eu, um bastardo gerado fora do casamento, não desejava ser associado às atrocidades cometidas pela família Magé. Portanto, após atingirmos a maior idade, viramos Benício e Samuel De Sá. E, apesar das dificuldades que enfrentamos nos primeiros meses, a escolha do novo sobrenome foi extremamente fácil.

Sá significa casa e, longe dos abusos cometidos por nosso pai, foi isso que eu e meu irmão construímos.

Quando deixamos para trás a Fazenda da Concórdia, abandonamos também a única casa que um dia tivemos. Estávamos cientes de que precisaríamos trabalhar com afinco para construir uma moradia que representasse os ideais pelos quais lutávamos. Porém, em menos de um mês descobrimos algo valioso: nosso lar nunca esteve nas terras do barão, mas sim na relação que construímos juntos. Então viramos os De Sá; nossa própria família e, consequentemente, nosso próprio lar.

Uma das nossas maiores conquistas foi esse escritório. No começo da empreiteira trabalhávamos nos saguão dos hotéis em que nos hospedávamos a cada temporada, mas depois de fecharmos contratos para construções maiores, finalmente resolvemos comprar nosso próprio espaço. Acabamos nos mudando para cá em definitivo, passando noite e dia no escritório e misturando – ainda mais – vida profissional com vida pessoal. Esforço que valeu a pena, pois desde então a empresa tem crescido cada dia mais.

A agitação de Carioca me deixa alerta – ele gosta de ser mimado, mas no tempo dele. Por isso, desenrolo o gato dos meus braços e o deposito em sua cama. Satisfeito, ele segue até o fundo do escritório e começa a arranhar algo. O barulho chama a minha atenção e não levo muito tempo para descobrir onde está minha bruaca.

— Em nome de Deus, como foi que arrastou minha bolsa até aqui?

— Não culpe o gato por tentar encontrar um lugar apropriado para as suas coisas. Já viu o caos que está o seu lado do escritório?

Sou incapaz de discordar, então prefiro manter-me em silêncio. Pego a bruaca, aliviado por tê-la encontrado, e volto para a minha mesa. Estou procurando os documentos de um projeto novo, um sobrado no final da rua que será reformado, quando um envelope voa em minha direção. Desvio para que ele não me acerte o rosto e acompanho o papel cair em cima do topo de madeira com um estrondo. Não preciso virá-lo para saber quem enviou.

— Quase me esqueço, seu pai mandou uma nova carta. Dessa vez, ainda mais pesada do que as anteriores. O que o barão coloca aí afinal? Ovos de ouro?

O clima, até pouco leve e descontraído, ganha novas proporções. Nos últimos anos o barão fez de tudo para me incluir em sua família, procurando formas de tornar-me o herdeiro legal de suas posses depois de três casamentos fracassados e inúmeras gestações interrompidas, mas com Samuel ele agiu de forma completamente oposta. O barão não só tentou escondê-lo ao máximo da sociedade como, por anos, tratou-lhe como um escravo. Isso sem mencionar o fato de que após libertá-lo começou a sondar o próprio filho para torná-lo capataz em suas fazendas.

— Infelizmente, ele é seu pai também. Então, quem garante que dessa vez a carta não lhe diz respeito?

— Sejamos realistas, o barão não usa papel timbrado com selo de ouro quando deseja falar comigo. Não que eu me importe, mas é assim que as coisas são: dois pesos e duas medidas.

Encaro Samuel e, sustentando seu olhar resoluto e tão parecido com o meu, abafo toda a raiva ou dor que as lembranças sobre as escolhas do barão possam incitar em mim. Evito senti-las porque escolho ser grato ao dia de hoje e à companhia do meu irmão. É por ele que estamos aqui, lutando à nossa própria maneira. Nada que o barão tenha feito ou ouse fazer será capaz de apagar o amor e orgulho que sinto do homem à minha frente.

Ele, filho de uma escrava. Eu, de uma prostituta. Nenhum de nós pôde conhecer a mãe, mas ambos nos encontramos nos caminhos da vida, unidos inicialmente pelo asco por um mesmo homem e depois pelo amor. É a isso que me agarro, não aos erros do nosso pai.

— Não vou abrir. Nós não precisamos daquele tolo. — Descarto a carta entregue por Samuel sem um pingo de remorso. Adicionando-a à pilha de dezenas de correspondências enviadas pelo barão.

— Tolo? O barão não é tolo, Benício. Prefiro chamá-lo de um grande filho... — o sorriso no rosto do meu irmão congela ao sermos interrompidos por uma voz feminina.

— Pense bem no que vai falar, mocinho! — O tom da voz desconhecida faz com que eu pule da cadeira para saudar uma senhora, na casa dos sessenta anos talvez, que entra no escritório sem ser anunciada. — Meu mantra é: perdoe e siga em frente. Deixe que os pecados cometidos por outro homem sejam pagos por ele, e não por seus filhos.

Ficamos os dois sem palavras – parados como estátuas – encarando uma senhora sorridente. Pelas suas vestes infiro que seja uma religiosa. O que, sendo sincero, me deixa ainda mais apreensivo. Lembro com facilidade dos sermões do padre Augusto e das palmadas que ele nos dava por não prestarmos atenção à leitura dominical.

— Imagino que sejam Benício e Samuel De Sá?

— Sim, senhora — respondemos em uníssono.

— Pois bem. Tenho algumas perguntas importantes e exijo ser respondida com sinceridade. Podem fazer isso por mim, garotos?

O olhar de pânico que vejo dos olhos de Samuel reflete o meu espanto. Não costumamos receber visitas femininas no escritório. Na verdade, quanto mais penso no assunto, mais dou-me conta de que nossos clientes sempre são homens. Muito além disso, homem ou mulher, nunca sequer fomos confrontados por uma freira.

— É claro, mas antes a senhora gostaria de sentar? — Ao me ouvir, a irmã sorri gentilmente e se acomoda na poltrona lateral do escritório.

A sua direita está o minibar que mantemos abastecido especificamente para os dias estressantes de trabalho e, para a minha vergonha, ao seu lado esquerdo avisto uma pilha gigante de roupa suja – obviamente deixadas por mim. A senhora afasta algumas das peças jogadas na poltrona e se senta, encarando-nos com um sorriso ainda mais amplo. Carioca não perde tempo e pula no braço do sofá, analisando e cheirando a convidada.

Enquanto o gato faz sua inspeção, giro os olhos pelo escritório e sinto a pele esquentar. O lado de Samuel está perfeitamente organizado: mesa impecável, cabideiro com o paletó pendurado, maleta e chapéu, e a estante de livros arrumada de acordo com a área de estudo. Já do meu lado, noto copos, roupas usadas e uma infinidade de papéis amassados.

— Filho — a irmã chama minha atenção segundos antes que eu comece a recolher a bagunça do escritório —, não se preocupe, é seu ambiente de trabalho, deixe que ele seja exatamente como preferir. Apesar de desconfiar de que seria mais fácil encontrar documentos importantes caso eles estivessem devidamente ordenados.

— Obrigado, senhora — murmura o traidor do Samuel. — Já tentei fazê-lo organizar seu lado do escritório, mas meu irmão é tão linear quanto um furacão.

— Então é verdade, são mesmo irmãos? — Assentimos e ela faz um gesto nos convidando a sentar. Mal havia reparado que ainda estávamos em pé, parados como dois bobos, em nosso próprio escritório.

— Perdão por minha indelicadeza, sou a irmã Dulce. Acabei de chegar de Paris. — Carioca mia antes de pular no colo da freira. E, por mais absurdo que seja, o aval do gato faz com que eu me sinta mais tranquilo quanto à sua presença.

— Veio à visita? — Samuel serve um copo de água para a irmã e arrasta uma cadeira para sentar ao seu lado.

— Não, estou de mudança definitiva. E é por isso que precisei visitá-los de forma tão inapropriada. Espero que não se incomodem. — Engraçado como seu tom deixa claro que não devemos nos incomodar. — Mas então, posso fazer minhas perguntas?

— Não só pode, como deve. Tenho certeza de que digo por mim e por Benício quando falo que estamos curiosos para saber o que a trouxe até nós.

Concordo com Samuel com um meneio e, ao observar a irmã brincar com o gato acomodado em seu colo, finalmente saio do meu estupor e acomodo-me em uma poltrona. Sinto-me idiota por, apenas um segundo atrás, ter interpretado a presença da irmã como algo apavorante. Apesar das vestes sóbrias que me trazem más lembranças, é notável que a bondade move os gestos da irmã Dulce.

— Filhos, vim até aqui para saber algo de suma importância, então não farei rodeio. É verdade que trabalham apenas com homens livres?

— Sim, e damos prioridades aos escravos recém-libertos — digo assim que ela termina de falar. Não existe hesitação quando o assunto é a liberdade de homens que sempre foram livres.

— Por qual motivo? — ela pergunta diretamente a Samuel, então espero que meu irmão responda. Até porque essa luta sempre foi mais dele do que minha. Nós dois queremos um Brasil livre, mas foi Samuel que sentiu na pele o peso de ser privado de seus direitos. Por isso é ele que me ensina a como seguir lutando, não o contrário.

— Existem muitas respostas a essa pergunta, senhora. Não apoiamos a escravidão, muito pelo contrário, lutamos contra ela em todas as instâncias. — Samuel levanta de sua cadeira e começa a andar pelo cômodo. Temos isso em comum, falamos com muito mais do que apenas palavras. — Lá fora existem homens que ainda zelam por esse regime, mas dentro da Empreiteira De Sá somos nós que ditamos as regras. Aqui, homens que já foram escravos encontram um trabalho justo que os ajuda a galgar um lugar na sociedade. Enquanto aos que ainda são escravos contam com meu apoio para lutar no tribunal pela carta de alforria.

Admito que pulo de susto quando a irmã segura a minha mão. Ela me encara com bondade e, acredito eu, com um misto de respeito e orgulho. Aperto sua mão na intenção de afirmar que também me sinto assim sobre Samuel. Ele é muito mais do que um irmão mais velho ou meu melhor amigo, é um homem no qual me espelho.

— E por acaso têm algum problema em trabalhar para uma mulher? Porque eu e minhas meninas precisamos de uma empresa como a dos senhores e não aceitaremos não como resposta.

Imagino que seremos contratados para construir uma capela ou uma nova escola para o convento e, com a mente a mil, começo a pensar em ideias de projetos. Gosto de visualizar a construção, tanto quanto amo a sensação de perder-me em pensamentos ao conceber todas as benfeitorias que uma obra pode oferecer, como um sistema de iluminação a gás que permita que as freiras leiam ou rezem em qualquer período do dia sem gastar centenas de réis em cera de baleia para os lampiões.

— Só vemos problema em trabalhar para pessoas favoráveis à escravidão, minha senhora, seja homem ou mulher — Samuel responde ao encarar com animação os olhos brilhantes da irmã Dulce. Sem ao menos conversar sobre valores e prazos, percebo que eu e meu irmão já estamos prontos para aceitar um novo projeto.

— Ora, isso não é problema, mas logo descobrirão por si mesmos. — Ainda com Carioca nos braços, a irmã levanta e começa a caminhar pelo escritório. — Os senhores se importariam de passar um tempo no interior da cidade? Têm disponibilidade? Precisamos começar as obras o quanto antes.

— O quanto antes seria uma semana ou um mês? — pergunto, já ansioso para dar início a um novo projeto.

— Na verdade, filho, gostaria que começássemos hoje mesmo. Minhas meninas têm urgência.

Olho para Samuel, imaginando jovens garotinhas sob os cuidados da freira, ansiosas por suas aulas ou por um teto sobre a cabeça. Por isso, não pensamos duas vezes antes de aceitar o trabalho. É exatamente para esse tipo de projeto que idealizamos a Empreiteira De Sá.

Claro que buscamos trabalhos grandiosos, principalmente os contratados pela Coroa, mas a nossa intenção sempre foi conquistar projetos dos quais pudéssemos nos orgulhar daqui dez ou vinte anos. E, sem dúvida, um abrigo para freiras e suas pupilas será algo que nos deixará honrados.

— Fale-me do que precisa. — Volto para a minha mesa e procuro uma folha de papel em branco. Com o canto dos olhos vejo Samuel abrindo uma gaveta ao meu lado e pegando um novo livro-caixa para listar as necessidades da cliente e suas previsões de investimento.

Contudo, antes mesmo que eu comece a trabalhar, sinto os braços da irmã Dulce ao meu redor. Ela me aperta com um braço e com o outro enlaça Samuel. A irmã nos sufoca em seu abraço, mas me sinto confortável de uma maneira especial – exatamente como imagino que seja estar preso no abraço de uma mãe.

— Minhas meninas vão amá-los! Não vejo a hora de levá-los até elas. — Irmã Dulce interrompe o abraço para nos encarar. — Mas sinto que devo alertá-los, em poucos dias estarão tão apaixonados por elas quanto eu.

8
ANASTÁCIA

O leve sacolejar do bonde me deixa sonolenta, mas não consigo dormir, não com minha mente trabalhando a toda velocidade. Ainda é difícil acreditar que estou livre e que ao meu lado está o mar pelo qual passei três anos ansiando. Meu pescoço dói por manter o rosto virado em direção à Praia Vermelha, mas não consigo evitar o fascínio. Enquanto o veículo segue em direção ao bairro da Tijuca, segundo Avril onde está localizada a fazenda De Vienne – ou melhor, a antiga fazenda do conde e agora *nossa* fazenda –, absorvo a beleza natural ao meu redor.

Os morros, em suas extensões verdes, chamam a minha atenção. Imagino o quão incrível deva ser encontrar o ponto exato em que a natureza imaculada toca o mar e, sem perceber, começo a planejar uma expedição pela cidade. Ao fundo, uma voz exclama em minha mente que ainda não posso fugir das dores do passado, mas decido que lutarei uma batalha por dia. Quero ver toda a beleza do Rio de Janeiro, pois sei que suas paisagens afastarão as tristezas que vivi no hospício. Aquele lugar não era um lar, mas esta cidade será.

Pulo no assento quando o bonde passa por um buraco na rua, sorrindo com o fato de estarmos todas em um mesmo veículo. A irmã Dulce alugou um bonde, que na realidade nada mais é do que uma carroça duas vezes maior, para nos levar até a fazenda, e tomou outro veículo para si mesma, seguindo rumo ao centro do Rio de Janeiro na ânsia de contratar uma empresa para reformar nosso novo lar.

Todas nós estamos ansiosas por uma mudança e, principalmente, para dar vida ao abrigo que resolvemos construir e que sem dúvida vai ajudar outras mulheres a recomeçar. Fora que tanto eu quanto Avril queremos apagar qualquer vestígio deixado pelo conde em nossa nova casa. Se for preciso, vamos colocar o casarão abaixo, mas não manteremos nada que lembre os anos tristes que vivemos.

— Fale logo o que tem em mente, Darcília! — A voz de Avril me traz de volta à realidade.

— Perdão, só estou surpresa. — Minha amiga, sentada ao meu lado, parece mais nervosa do que o costume. Imagino que estar livre seja ainda mais difícil para ela. — Nunca havia conhecido uma mulher que exercesse a profissão de médica.

— Muito menos eu — diz Marta, à nossa frente. Estamos as quatro sentadas nos assentos fronteiros do veículo e nossa parca bagagem foi alocada nos bancos traseiros do bonde. Puxado por dois jumentos e por um senhor simpático, o veículo tem espaço para até oito pessoas, o que veio a calhar. Queríamos deixar o hospício para trás e seguirmos em frente juntas.

— Depois da Revolução Francesa muitos conventos foram fechados por Napoleão. — Tiro os olhos do mar pela primeira vez desde que entramos no bonde e encaro Avril com curiosidade. Toda vez que fito seus olhos, descubro uma nova semelhança física entre ela e Jardel. Ao passo que, a cada instante em sua companhia, percebo que seu espírito não poderia ser mais diferente do que o de seu irmão. — Por anos a França foi desprovida de comunidades de fé e até mesmo de universidades, porém, depois de bastante pressão política, os centros foram reabertos, mas em menor número. Com pouco dinheiro, muitos líderes optaram por construir um único lugar que atendesse às duas necessidades da população: ensino e culto espiritual.

— Então seu convento funcionava como uma universidade? E ele aceitava mulheres não apenas como religiosas, mas também como estudantes? — O espanto na voz de Darcília reflete o choque dos meus pensamentos. Apesar de sabermos que nos últimos anos as mulheres passaram a ser aceitas em algumas instituições de ensino superior, não havíamos conhecido nenhuma das que conquistaram tamanho feito.

Ouvimos muitas histórias nos anos em que passamos no hospício: mulheres nas ruas, lutando para serem aceitas em escolas, universidades, jornais e hospitais. Mas em vez de nos encherem de esperança, as notícias criavam o efeito contrário quando muitas dessas mesmas mulheres eram internadas no hospício por seus maridos ou familiares.

— O ensino para jovens era visto com bons olhos porque nosso desejo sempre foi sair em missão, para ajudar os mais necessitados. — Avril tira as mãos de seu colo e, aproximando-as de Darcília, mostra com orgulho as marcas que traz na pele alva. — Comecei o curso pensando em ser enfermeira, mas encontrei ânimo nos estudos de uma médica americana e resolvi ir além. Estão vendo esses calos? São as marcas das centenas de suturas realizadas com perfeição. Eu estudava e praticava noite e dia, sempre após cumprir meus deveres com o Senhor. Talvez seja por isso que demorei tanto para voltar a pensar em Jardel.

Avril volta o olhar para mim, novamente implorando por perdão. Não gosto de vê-la sentindo-se culpada pelo que aconteceu comigo – as escolhas foram exclusivas de seu irmão, não dela e muito menos minhas. Contudo, sei que o perdão que Avril procura é o mesmo que eu também necessito: o perdão próprio. Então, sem saber o que falar, simplesmente tomo suas mãos nas minhas, torcendo para que meus olhos reflitam o quanto estou feliz pelo dia de hoje e por tudo o que ele representa.

É por causa de Avril que eu, Darcília e Marta estamos deixando o passado para trás. Com o atestado de óbito de Jardel foi fácil conseguir a minha liberação – até porque eu não continuaria pagando para manter-me presa. Contudo, decidi que não sairia sem minhas amigas. A formação de Avril e uma dose extra de réis nas mãos do administrador do hospício vieram a calhar na hora de conseguir um laudo de "cura" para Darcília. Já Marta foi convencida pela ideia de trabalhar com o que realmente ama: cozinhar.

Médicas, viúvas ou cozinheiras, o fato é que, apesar de as histórias serem diferentes, ansiamos o mesmo para o futuro: lutar em nome do que acreditamos. Assim, em uma única manhã, conheci minha cunhada, descobri que estou viúva, abandonei a cela que me mantinha presa e realizei o sonho de – ao lado de amigas – dar início a um novo futuro.

Não lamentaríamos mais, seguiríamos em frente.

⁂

Finalmente avisto uma placa onde lê-se "Floresta da Tijuca".

Assim que o veículo adentra a nova estrada, sinto o ar mudar. Ladeado pelo que parece milhares de árvores, o clima é fresco, o canto dos pássaros é contagiante e, ao fundo, consigo ouvir o leve correr da água. Minha cabeça gira para todos os lados, tentando compreender a beleza natural que nos cumprimenta.

Noto uma quantidade surpreendente de flores – de nomes que me são completamente desconhecidos – e o farfalhar das árvores causado por pequenos animais. Coloco a cabeça para fora do veículo na tentativa de vê-los, mas tudo o que é enxergo são pequenos vultos pulando pelos galhos. O caminho até aqui foi marcado pela presença de pedestres, veículos e o leve barulho do comércio vivo do centro do Rio de Janeiro, então é louvável que nessa estrada o único som provenha da natureza.

Estou tão absorta na paisagem que acabo escorregando do banco quando o veículo para abruptamente. Darcília interrompe a minha queda ao segurar-me pelo camisão de algodão, mas em vez de rir da minha falta de atenção, nos encaramos assustadas por não avistarmos a fazenda De Vienne. Tudo o que conseguimos ver do lado de fora do bonde é uma densa vegetação verde – nenhuma construção está à vista, o que só aumenta nossa confusão.

— Sinto muito, senhoras — diz o motorista do veículo parando ao meu lado e estendendo a mão para que eu desça. — Devia ter avisado que iríamos encostar, mas acredito que perdoarão a minha falha. Preciso dar água aos animais e acredito que este seja o melhor lugar. Venham, desçam!

Estamos as quatro confusas e curiosas demais para dizer algo. Então, após vasculhar os olhos do cavalariço em busca de um sinal de maldade e não encontrar, sorrio para ele e pulo do veículo – evitando, mesmo sem querer, seu toque. Sua mão continua estendida e Darcília, gentil como sempre, a pega. Agradeço minha amiga com um olhar antes de seguir para a frente do bonde e, ao dar-me conta da beleza majestosa de onde estamos, sinto o coração parar.

Estacionamos em uma pequena ponte de pedras que faz frente para uma das paisagens mais belas que já vi em toda a minha vida. Ao meu lado, vejo Avril soltar o ar e apoiar o corpo na lateral da ponte. Marta me encara com olhos sorridentes, o que a faz parecer vários anos mais jovem, mas é Darcília que me surpreende ao começar a chorar. Em três anos, mesmo após enfrentar a cela forte, dias sem refeição e a camisa de força, nunca havia visto minha amiga chorar.

Abraço-a e ela encosta o rosto em meu ombro, deixando o choro cair livre ao encarar a bela queda d'água. É maravilhoso vê-la saindo das montanhas, de pedras inexploradas de todos os ângulos e formas, e caindo em um pequeno lago que segue abaixo da ponte. O som da água é acolhedor, tanto quanto os leves respingos que sinto em minha pele.

Não estamos perto do mar, mas confesso que essa queda d'água é muito melhor.

— É essa nascente que abastece toda a região da cidade — o motorista diz ao realocar os jumentos ao bonde. — O imperador desapropriou todas as fazendas da Tijuca por causa da escassez de água. Então, não sei o que fizeram para manter vossa propriedade, mas imagino que tenha custado uma fortuna.

— Não estou entendendo. — A doçura na voz de Avril é contagiante. E, unindo sua bondade com sua aparência angelical, é praticamente impossível não a idolatrar. Talvez seja por isso que o motorista a encare com olhos assustados, sem conseguir conter a vermelhidão que toma conta de sua face.

— Houve um decreto, senhora — enquanto fala, ele faz um sinal, convidando-nos a voltar para o veículo. Olho mais uma vez para a cascata e prometo retornar o mais rápido possível. Tenho certeza de que verei outras belezas naturais escondidas em meio à floresta da Tijuca. — Tudo o que sei é que o imperador, preocupado com as fazendas de café que estavam secando nossas nascentes de água, comprou todas as propriedades privadas da região para transformá-las em um parque nacional. Mas se as senhoras moram aqui, significa que o imperador gosta de vosmecês.

— Ou que foi enganado pelo conde — digo ao entrar no veículo acompanhada de Darcília, que não consegue disfarçar o riso diante da expressão de assombro do motorista. Dou de ombros, sem saber o que mais poderia dizer, e ele volta para o seu posto. Com um comando simples de sua parte, os animais seguem em frente.

Permanecemos em silêncio por alguns minutos, cada uma perdida em seus próprios pensamentos. Tenho certeza de que a força do nome De Vienne, assim como a riqueza exorbitante dos antigos condes, foi a força motriz capaz de conservar a localização privilegiada da fazenda. Contudo, algo me diz que Jardel também não mediu esforços – sejam eles lícitos ou não – para manter a posse das terras que, por anos, serviram de fachada para seus negócios clandestinos.

Sinto-me culpada ao imaginar quantas mulheres contrabandeadas apearam na fazenda De Vienne. Sei que encontrarei uma forma de redimir os erros do meu marido tanto quanto entendo que não posso culpar-me por escolhas que só dizem respeito a ele. Posso reparar, mas nunca tomar seus erros como exclusivamente meus.

— Chegamos! — o grito de Avril afasta as nuvens carregadas que anuviam meus pensamentos. Darcília sorri para mim e, juntas, saltamos do veículo. Marta fica para trás e começa a retirar nossas bagagens do bonde, mas alcanço sua mão e a faço nos acompanhar até a entrada da fazenda.

O grandioso portão de ferro está tomado por ervas daninhas – o que oferece um ar ainda mais belo à entrada imponente. Para chegar a ele, precisamos subir uma larga escada de pedras, que também foi ocupada por variados ramos verdes. Agrada-me a ideia de que, para entrar pela porta principal da fazenda, qualquer visitante precise fazê-lo a pé.

Acompanhamos Avril enquanto ela tira do bolso um molho de chaves de cobre. Suas mãos tremem durante a tentativa de encontrar a correta e, assim que o portão abre com um ranger que mais parece uma saudação, saímos em disparada pela trilha que termina na porta da casa principal. Noto as palmeiras que ladeiam o caminho, a pequena fonte de pedras no centro da entrada, flores das mais diversas cores e árvores frutíferas que nunca havia visto. A explosão verde só não é mais contagiante do que o casarão à frente.

Corremos, segurando as barras dos vestidos e rindo como não fazíamos há muito tempo, e só paramos quando chegamos à entrada principal da casa. Ao encarar a fachada bem-conservada e os belos jardins – mesmo que revoltos –, não consigo afastar a surpresa. A construção é muito mais bonita e suave do que imaginei.

— Digam-me, estou precisando de óculos? — A voz de Darcília sai engasgada, não sei se pelo espanto ou se pelo esforço da corrida. Coloco as mãos em frente aos olhos, tentando diminuir o impacto da luz do sol, e olho com atenção para a casa cor-de-rosa.

— Rosa era a cor favorita da vovó. — Avril é a primeira a abandonar o estupor e caminhar até a porta principal. Apesar de estar dominada por folhas e teias de aranha, noto que o casarão conta com uma ampla e magnífica varanda. — Tenho certeza de que a cor foi a maneira que meu avô encontrou para saudar sua esposa. Apesar de viverem separados, eles realmente se amavam. Só não entendo por que Jardel a manteve.

— É possível que o conde tenha feito morada no centro? — Darcília pergunta ao espantar algumas das folhas caídas em um balanço na lateral da varanda de madeira.

— Talvez ele tenha escolhido passar seus dias no hotel — ao falar, sinto a esperança dominar meu coração. Seria um alívio não encontrar resquícios de Jardel por trás das paredes desta casa que, em segundos, conquistou meu coração.

Avril abre a porta e entra na sala de estar do casarão. Marta e Darcília a seguem, mas eu escolho ficar mais alguns minutos na varanda. Assimilo o tom rosado das paredes, as longas e altas janelas de madeira e as flores ao redor da casa que, apesar de variarem em estilo e tamanho, também são cor-de-rosa.

Na lateral, consigo ver outras partes da propriedade: o despontar de um lago, um pomar e vários caminhos de pedras ladeadas por morros verdes que, para um observador mais atento, criam a impressão de que estamos escondidos em meio à floresta da Tijuca.

Provavelmente essa casa só foi mantida por causa da rota de contrabando, enquanto o conde passava seus dias no hotel – ou ao menos, é o que eu espero. Depois de alguns minutos em silêncio, apenas saudando a beleza da natureza, entro na sala principal. Darcília e Marta encontram-se encarando os lampiões pendurados em cima da lareira, já Avril está retirando os lençóis brancos que protegem os móveis do pó. De fato, é certo que a casa não é habitada há meses.

— Nunca vi lampiões assim antes. — Darcília comenta sem tirar os olhos dos objetos de ferro. — Se não são acesos com óleo de baleia, então como é que produzem luz?

— Vamos procurar por uma tubulação de gás. Nos últimos anos algumas propriedades pelo mundo começaram a usar gás como fonte de energia. — Avril arrasta uma poltrona pela sala, usando-a como escada para alcançar a parte de trás dos misteriosos lampiões. — Isso deve ter custado uma fortuna ao conde.

— Pelo visto, mesmo que não tenha passado seus dias aqui, meu falecido marido escolheu manter o bom funcionamento da casa. — Minha mente fervilha com teorias a respeito dos anos que passei longe de Jardel.

Perdida em pensamentos, ando pelo aposento abrindo suas pesadas janelas de madeira. A luz do sol entra e afasta o ar pesado – típico de lugares que permaneceram fechados por muito tempo. Na lateral do cômodo avisto uma janela imensa que desperta a minha curiosidade. Sua madeira foi pintada de branco, as fechaduras, de dourado e, em altura, ela deve ter o dobro do meu tamanho. Sem sucesso na tentativa de abri-la, peço socorro para Darcília e, juntas, levamos um susto quando a porta se abre de uma vez e nos arremessa para dentro de um pequeno jardim.

Levo um segundo para entender que o cômodo, rodeado por flores, está dentro da sala de estar do casarão. O teto conta com uma pequena fenda de vidro que, quando aberta, deve permitir que a luz do sol entre e banhe a vegetação. Mas o que surpreende ainda mais é encontrar um sofá de couro ao fundo do jardim e, ao seu lado, meu violoncelo. Enquanto caminho até ele, noto que as plantas escondem uma saleta de música.

Além do meu violoncelo, temos bancos profissionais perfeitos para a prática, um piano de cauda, mesa de partitura e uma dezena de papéis em branco – ótimos para quem, assim como eu, ama compor as próprias canções.

Toco com surpresa o instrumento pelo qual ansiei durante os últimos anos e o som de suas cordas, vibrando pelo cômodo e alcançando meu coração, é muito mais do que sou capaz de aguentar. Abraçada ao violoncelo, sinto as lágrimas rolarem pelo meu rosto. Imaginei que o havia perdido, que depois de tudo que aconteceu Jardel faria questão de vendê-lo. Contudo, aqui estou eu, abraçada ao instrumento que aprendi a amar quando ainda era uma menina.

— O conde fez essa saleta para mim, tenho certeza. — Não encaro Avril e Darcília, mas sinto o peso de seus olhos em minhas costas. — Assim como sei, no fundo do meu coração, que este não era para ser o lar de um casal feliz, mas sim a morada de uma esposa que prefere a vida no campo. A saleta de músicas é a prova disso, de que o conde me queria aqui, feliz e calada. Talvez para que eu servisse de bode expiatório para os seus negócios.

— Aqueles negócios ocultos sobre os quais não está preparada para falar? — Faço um gesto afirmativo com a cabeça e Avril senta ao meu lado no chão, tocando com as mãos algumas das plantas ao redor. — Por que tem tanta certeza de que meu irmão preparou a casa sem a intenção de morar nela?

— Essa era nossa brincadeira durante os dias bons. — Tiro os olhos do instrumento em meus braços e observo com mais atenção os detalhes peculiares do jardim no qual estamos. Ainda é difícil acreditar que construíram algo assim, tão belo e natural, em meio à casa. — Jardel me fazia recitar tudo o que eu gostaria de encontrar em uma residência.

Quando nos mudamos para Paris, seu irmão disse que não poderíamos reformá-la, mas que logo eu ganharia a casa dos meus sonhos. Só não imaginava que ele estivesse prestando atenção às minhas divagações.

A sala de estar tem um papel de parede azul cor de mar e móveis claros – creme, branco e azul cor de céu; uma mistura de cores que me lembra as ondas da Praia Vermelha. As janelas de madeira foram pintadas com tinta branca, apesar de estarem desbotadas, e os curiosos lampiões em cima da lareira são dourados como o sol. Se eu estiver certa, a sala deve lembrar o mar, a cozinha, o sol e o nosso quarto – aquele que decidimos dividir, muitos anos atrás, quando eu ainda era uma jovem tola e esperançosa – se assemelhará à beleza da lua cheia.

Ainda assim, nunca conversamos sobre um jardim dentro de casa, o que significa que o ambiente foi planejado e idealizado exclusivamente por Jardel. Sofás de couro e bancos de madeira, instrumentos musicais espalhados pelos cantos, uma infinidade de arbustos verdes e uma única espécie de flor para colorir o pequeno jardim. O espaço é belíssimo e puro, muito diferente de quem o idealizou. Pela primeira vez no dia, sinto o peito apertar de dor – e uma dor que eu não consigo calar ou afastar, porque não entendo de onde vem.

— São alamandas. — Darcília usa as mãos para cortar um pequeno buquê e, caminhando até mim, prende as flores em meu cabelo. — O tom das pétalas lembra a cor dos seus olhos.

Encaro as mudas ao meu redor e, em minha mente, o escuto dizer: *Seus olhos únicos,* mon amour. *Ora azuis, ora lilases.*

De repente, estar aqui é demasiadamente doloroso. Sinto-me sufocar com todas as emoções e, principalmente, por todas as suposições por trás das escolhas de Jardel – assim como as motivações que o levaram a criar esse ambiente. Minhas mãos queimam onde toco o violoncelo e, abandonando-o rapidamente na lateral do aposento, corro apressada até a varanda que rodeia a sala de estar.

A verdade cruel é que uma parte de mim se recente por não ter aproveitado essa casa. Imagino que, caso eu não tivesse descoberto os planos do meu marido quatro anos atrás, essa, e não o hospício, teria sido a minha prisão. Claro que eu ainda viveria em um casamento rodeado de mentiras e dores, mas ao menos teria conforto e luxo – e, com um pouco de sorte, passaria meus dias fisicamente afastada de um marido possessivo e agressivo.

Sinto-me culpada por imaginar uma vida alienada, sem conhecer todas as facetas de Jardel e, pela terceira vez no dia, belisco o pulso até sentir os pensamentos clarearem. Apesar de tudo que esta casa representa e do que eu poderia ter vivido ao morar nela, não mudaria nenhuma das minhas escolhas caso fosse me dada a oportunidade de voltar no tempo.

Sento no balanço da varanda e abraço os joelhos na altura do busto. Respiro fundo e, de olhos fechados, começo a recitar as melodias que papai cantava para mim quando permitia que eu acompanhasse sua rotina de trabalho no porto. Como sempre, a música tem o efeito esperado e abafa as minhas aflições. O medo e a dor ainda estão lá, mas a música funciona como um abraço apertado, mantendo as dores o mais longe possível.

Perdida em minhas melodias, levo um susto ao sentir um toque estranho em meu ombro. Giro o rosto, esperando encontrar Avril ou Darcília, e grito ao encarar o jumentinho. O animal me encara, com seus olhos expressivos e orelhas em pé, e responde à minha exclamação mostrando os dentes de uma maneira que consigo definir como amigável.

Sorrio em resposta e, quando vou afagar suas orelhas, o animal abocanha as flores presas em meus cabelos.

— Ora, seu interesseiro. E eu achando que estava sorrindo apenas para me alegrar! — O jumento responde lambendo a lateral do meu rosto e eu acabo caindo na gargalhada.

Engraçado como o mundo age. Um pequeno gesto de alegria e sinto-me capaz de sorrir e seguir em frente. Na maioria das vezes é disto que precisamos para ter esperança: apenas o despontar de um arco-íris depois da escuridão.

— Está tudo bem, Anastácia? — Avril caminha até a minha direção com a feição dominada por preocupação. Sinto-me culpada pela forma como as deixei. Esqueço que, dentro das paredes desta casa, não sou a única mulher magoada pelas escolhas de Jardel.

— Sim, só fui pega de surpresa por nosso novo amigo. — Aponto para o jumento que, sem um pingo de vergonha, zurra em uma altura enlouquecedora para chamar a atenção de Avril.

— Quantas outras surpresas encontraremos nessa fazenda? Às vezes, sinto-me ansiosa. E, em outras, amedrontada com a possibilidade de descobrir mais sobre o homem que meu irmão se transformou — ela diz ao sentar-se ao meu lado. Ficamos em silêncio por um segundo, balançando no banco de madeira enquanto o jumentinho tenta lamber o rosto de Avril. Assim como fez comigo, ele usa a técnica do sorriso para fazê-la rir. — Talvez devêssemos chamá-lo de Feliz.

— Como um lembrete de que nossos dias nessa fazenda serão felizes e sorridentes? — Avril volta o rosto para mim e sorri em resposta. O clima fica mais leve, talvez pela presença do animal ou simplesmente pela tranquilidade de estar nesse balanço. — Gostei do nome, e pelo visto nosso amigo também.

Assim que termino de falar, o animal caminha até um dos jardins que rodeiam à propriedade, mirando uma muda de flores amareladas. Ele come com calma e sem deixar de nos fitar com seus olhos pidões. Atrás dele, o sol começa a ceder lugar à lua. Tons de rosa e roxo riscam o céu e fazem as paredes cor-de-rosa do casarão brilharem.

Apesar de ainda sentir a presença de Jardel na propriedade, consigo vê-la como um presente dos céus. A fazenda tem tudo de que precisamos e, sendo sincera, muito mais do que eu esperaria encontrar em lar. Só precisamos dar vida nova às terras; uma vida alegre e simples como o sorriso do jumentinho Feliz.

— Espero que um dia consigamos apagar as sombras deixadas por Jardel nas paredes de nossos corações. — Apesar do tom melancólico de suas palavras, Avril não parece triste, mas resoluta na tarefa de seguir em frente.

— Por hoje, vamos deixar a dor e a culpa nos consumirem. Choraremos a noite toda, caso seja preciso. — Tiro os olhos do horizonte e encaro minha meia-irmã. Sorrio ao compreender que é isso que somos: irmãs unidas pela lei dos homens. — Mas amanhã, o tempo de lamentar dará lugar para a vontade de recomeçar. Amanhã, a única coisa com a qual nos preocuparemos é em seguir em frente.

Ela assente e apoia o rosto no meu ombro. Darcília e Marta, que tenho certeza de que estavam escutando nossa conversa pelo batente da porta, caminham até nós e se acomodam no beiral de madeira que rodeia a varanda da casa. Em silêncio, permanecemos encarando o céu noturno ganhar vida. A tarde dá lugar ao crepúsculo, assim como a dor cede espaço para a esperança.

Ansiosa pelo amanhã, respiro fundo e prometo para mim mesma que não deixarei Jardel vencer novamente, que a partir do dia seguinte serei a única dona do meu destino. Por hoje, basta agradecer pelas alegrias concedidas. E amanhã, quando um novo dia nascer, eu me preocuparei em redimir o passado e construir um novo futuro.

9
BENÍCIO

— Tens certeza de que estamos no lugar correto? — A voz de Samuel reflete meu espanto.

Durante os últimos dias a irmã Dulce deixou claro que a antiga Fazenda De Vienne nada mais era do que um punhado de terra que precisava ganhar vida nova. Talvez seja por isso que imaginei uma casa decadente e antiquada, nada apta para acomodar uma freira e um punhado de meninas sorridentes, em vez de uma fazenda próspera e bem-cuidada.

— Parece que fomos enganados — digo ao pular do cavalo.

Amarro a montaria em uma árvore ao lado da entrada dos fundos da fazenda e, antes de caminhar até o portão de madeira, retiro a bruaca da cela. Abro a bolsa, procurando por minhas anotações, e confirmo que estamos no local exato. A planta do terreno é exatamente o que vejo além do portão: um extenso pomar, um caminho de pedras que deve nos levar a uma queda d'água, um estábulo, os fundos da casa principal e, ao que tudo indica, o local que precisamos demolir e dar vida nova, uma antiga senzala. A única surpresa é uma plantação de café localizada à frente do terreno.

Atravesso o portão em direção ao cafezal. Dou alguns passos em meio às árvores e sou transportado para as melhores memórias da minha infância, para os dias que passei me escondendo do barão ou pregando peças em Samuel. Assim como a Fazenda da Concórdia, que por anos foi uma das maiores produtoras de café de São Paulo, as terras da Fazenda De Vienne também são belas e prósperas.

— Acha que os frutos estão amarelos por falta de água? — Ao meu lado, Samuel colhe um punhado de café e deposita um grão amarelado em minha mão.

Giro a pequena esfera, aperto apenas o suficiente para sentir sua textura e aproximo-a do nariz. Assim como a cor do grão, o aroma que me invade é surpreendente; adocicado e aveludado como o dos cafés que bebi nos anos que passei trabalhando na Europa.

— O grão não está estragado, muito pelo contrário, acredito que essa seja sua cor ao atingir o estágio adequado para a colheita. — Olho com atenção redobrada para os pés de café e suas folhas ora esverdeadas, ora acobreadas. Nunca havia visto plantações como essas, por isso não sei como definir de qual tipo de café estamos falando. — Minha única certeza é de que esse café não é igual ao que produzem na fazenda do barão.

Samuel bufa um conjunto de maldições, mas antes que possa repreender-me por mencionar nosso pai, somos interrompidos por uma jovem de olhos claros.

— Este é o café Bourbon. — A primeira coisa que noto é seu sotaque francês, a segunda é a sua veste de freira. — O antigo rei Luís XIV da França era apaixonado por um tipo específico de café; então, além de incentivar sua produção, tornou a bebida popular e querida por todos os franceses. Deve ser por isso que, quando meu avô precisou vir para o Brasil, não foi capaz de abster-se do famoso café Bourbon.

— E esta plantação é exclusiva para consumo? — Examino com os olhos a fazenda e não consigo acreditar que tantos pés de café sirvam a um único senhor.

— Já foi, mas agora é a revenda do café que sustenta a fazenda. Ou ao menos é isso o que diz meu advogado. Ainda estamos descobrindo os detalhes do negócio. – A jovem freira sorri com os olhos, assim como a irmã Dulce. Imagino que ela seja a dona das terras em que estamos, mas antes que possa me apresentar devidamente, sobressalto ao ouvir um leve engasgar.

Giro o corpo e me apavoro com a vermelhidão nos olhos de Samuel. Meu irmão me encara sem parecer realmente me ver, mas é a falta de cor em sua tez que me faz agir. Em dois passos alcanço seu corpo que, ao primeiro toque, já me parece febril. Estou prestes a levá-lo até um médico, mesmo sem saber onde encontrar um, quando mãos ágeis me afastam.

— Senhor? Respire fundo, por favor. — A freira avalia Samuel, tomando seu pulso e averiguando as pupilas dilatadas. Sem pestanejar, ela rodeia os braços em torno do meu irmão e começa a comprimir seus pulmões. Samuel se engasga, e a jovem muda de posição, fazendo os mesmos movimentos, mas agora sustentando-o por trás. — Fique preparado para obrigá-lo a abrir a boca, caso eu não consiga fazê-lo expelir o grão naturalmente.

Suas ordens não deixam espaço para contestação, por isso faço o que a jovem diz. Mesmo apavorado, uma parte do meu cérebro registra a força dos movimentos ritmados que ela exerce ao comprimir o tronco de Samuel.

— Vamos, seu tolo teimoso — digo ao meu irmão, na tentativa de mantê-lo consciente. — Não me deixe sozinho para lidar com o barão. Com quem mais eu poderei reclamar sobre nosso pai? Ou sobre aquele ridículo *Jornal das Senhoras*? Se me abandonar por causa de um grão de café, juro que o trarei de volta apenas para matá-lo eu mesmo.

Vejo um sorriso despontar em sua tez abatida e, um segundo depois, Samuel expele o grão de café em meus sapatos – junto com o que imagino ser o seu café da manhã.

— Sinto muito, irmãozinho. Não queria sujar suas botas novas. — As mãos do meu irmão procuram as minhas e o ajudo a firmar o corpo, sustentando seu tronco até senti-lo forte o suficiente para manter-se em pé sem a minha ajuda. Ainda estou preocupado, mas isso não me impede de rir ao notar seu olhar assustado preso à jovem freira. — Estou vendo um anjo, Benício. Por acaso estou morto?

— Não, o senhor não está morto, ao menos não ainda. — Ela tenta ajustar o véu que esconde parte de seu cabelo loiro, mas um punhado de mechas teimosas escapam em ondas que emolduram seu rosto. — Sou Avril De Vienne e aconselho que venha comigo. Preciso examiná-lo para ter certeza de que estamos lidando com um quadro de asfixia e não com uma reação alérgica.

Samuel balbucia uma dúzia de palavras ilegíveis como resposta e algo muda nos olhos de Avril. Em menos de um segundo ela avança na nossa direção e começa a tocar o peito e a garganta do meu irmão, procurando por sinais que não sou capaz de identificar.

— Oh, Deus! Estou no céu. — E essa é a última coisa que Samuel diz antes de desmaiar em meus braços.

⁂

Sigo Avril pelos corredores da casa principal, carregando meu irmão com a ajuda de mais dois dos nossos homens. A minha sorte foi que, assim que ele desmaiou, a irmã Dulce chegou com o resto de nossa equipe. Sem a ajuda deles, nunca conseguiria arrastar seu corpanzil pelos fundos da propriedade.

No alto dos meus vinte e oito anos, dois anos mais jovem que Samuel, nunca havia visto um homem desmaiar – tampouco meu irmão, que tem uma saúde de ferro. Fiquei apavorado ao senti-lo desacordado em meus braços, mas os comandos certeiros de Avril foram capazes de manter-me parcialmente calmo. Enquanto eu controlava meus ânimos e seguia seus passos, a jovem médica colheu algumas ervas espalhadas pelo pomar da fazenda e, após amassá-las com as mãos, forçou-as na garganta de Samuel. Segundo Avril, sem essa infusão, suas veias respiratórias inchariam ao ponto de tornar a tarefa de respirar impossível.

— Sinto muito, irmã Dulce — digo ao depositar meu irmão na cama do quarto de hóspedes que Avril indicou. — Não queria causar transtornos.

— Ora, deixe de bobagem, menino. — Ela passa um pano úmido na testa de Samuel e ajeita seus travesseiros. — O que importa agora é a recuperação plena de seu irmão.

— O pior já passou. Acredito que ele vai acordar sentindo nada mais que um leve incômodo na garganta. — Avril enche um copo de água e me entrega. — Agora, beba. Não queremos que o senhor desmaie também. Durante a noite, basta lembrar-se de manter seu irmão hidratado. Caso não consiga acordá-lo, use uma colher e force-o a beber água. Entendido?

— Obrigada, senhorita. — A jovem refuga meu agradecimento e anda pelo quarto, separando lençóis e travesseiros. Imagino que sejam para mim, então me apresso em detê-la. — Não se preocupe, assim que Samuel acordar seguiremos para nossas instalações.

Antes de partirmos para a fazenda, passamos cinco dias definindo o projeto inicial da obra e outros três escalando a equipe que ficaria no centro, cuidando das obras em andamento, e o pequeno grupo que nos acompanharia até o interior. A ideia era chegar à fazenda o quanto antes e nos acomodarmos na antiga senzala, aproveitando-a como abrigo antes de iniciarmos a reforma.

— Acha mesmo que os deixaríamos dormir na senzala, Benício? — Irmã Dulce tira os olhos de Samuel por um segundo e me encara com o que interpreto ser um olhar de repressão. — As meninas prepararam os quartos dos fundos do casarão para que tenham acesso a todo o terreno e sintam-se livres o suficiente para entrar e sair quando for preciso. Não temos aposentos individuais suficientes para todos, mas providenciamos travesseiros, colchões e cobertores. Imagino que não tenham problema em dormir em quartos compartilhados, correto?

— Mas, senhora, esse não foi o combinado. — Sua expressão de indignação freia as minhas palavras e noto Avril segurando o riso ao meu lado.

— Cuidarei de Samuel enquanto aloca seus homens e é apresentado oficialmente às minhas meninas. Agora, pare de reclamar e siga Avril até a cozinha. — Não sei o que dizer, então encaro a jovem freira em busca de ajuda. — E trate de comer algo antes de começar a trabalhar, Benício!

— Não adianta protestar, senhor. A irmã Dulce é mais obstinada que Moisés orando no deserto pela vitória do povo de Deus. — Avril segue para a porta do quarto, mas espera por minha companhia antes de sair para o corredor. Olho uma última vez para Samuel e vejo a irmã Dulce segurando suas mãos e sorrindo ao conversar sozinha. — Seu irmão está em boas mãos. Ela não está sozinha, muito pelo contrário, está falando com Deus.

— Perdão, não achei que havia falado em voz alta — digo ao sair do quarto.

— Não precisou dizê-lo para que eu imaginasse o que estava pensando. — Avril fecha a porta com delicadeza e a sigo em silêncio pelo corredor iluminado.

Noto com surpresa os lampiões a gás e tento definir quando foram instalados. Faz pouco mais de um ano que o sistema a gás começou a ser utilizado no Brasil. Contudo, apesar dos testes positivos, são poucos os que acreditam no uso do gás ou aceitam o custo alto de modificar todo o sistema de luz de seus lares ou estabelecimentos comerciais. Olhando para os lampiões tenho certeza de que o antigo conde zelava por sua propriedade, o que mais uma vez contradiz as informações transmitidas pela irmã Dulce ao nos contratar.

A planta baixa que consegui mostra que o casarão da Fazenda De Vienne tem mais de mil metros de construção. No entanto, ao andar pelo longo corredor que liga a área em que Samuel foi instalado à cozinha, tenho convicção de que estamos em uma ala que foi recentemente anexada à casa principal. As janelas são arredondadas e em vidro, em vez de retangulares e com beirais de madeira, e o piso quase não apresenta riscos ou marcas de uso. Além disso, o papel de parede e os móveis utilizados na decoração deixam claro a modernidade dos dias atuais.

— Pelo visto o antigo conde recebia muitas visitas. — Dou voz à minha curiosidade quando passamos por um segundo corredor. Como o anterior, o papel de parede rosa com dourado cria um leve ar infantil para o ambiente, assim como os vasos floridos e os móveis pintados com tinta branca. Imagino que tal espaço daria um abrigo perfeito para a irmã Dulce e suas meninas, o que não faz sentido algum, já que eu e Samuel fomos contratados para construir um refúgio para uso urgente. — Se minhas contas estiverem certas, só nesta ala existem quinze quartos.

— Um lar não é o mesmo que uma prisão, senhor. — Apesar de tentar disfarçar, noto que sua voz sai embargada. Ela respira fundo e imagino que esteja se preparando para me contar algo, mas, antes de fazê-lo, ouvimos um estrondo vindo de um dos cômodos à nossa direita. Preocupado, avanço em direção ao som, mas Avril não me dá passagem. — Não espero que entenda meus motivos, mas gostaria que evitasse falar sobre os quartos novos do casarão antes de conhecer todos os detalhes de nossa história.

— É claro, senhorita. Sinto muito se ultrapassei algum limite. — Eu deveria saber que existe algo doloroso por trás das paredes desta casa. Meu irmão e eu não estaríamos aqui caso Avril e a irmã Dulce estivessem felizes com as mudanças ou escolhas feitas pelo antigo dono da propriedade.

— Não é preciso pedir desculpas, senhor. Só peço que entenda que não queremos uma casa repleta de memórias que não são nossas. — Ela aponta para o corredor, como se não conseguisse compreender os itens de decoração que o compõem. — Queremos a oportunidade de construir algo completamente novo.

— É para isso que eu e Samuel estamos aqui. Prometo que construiremos o refúgio exatamente como desejarem. — Ela sorri e finalmente cede passagem. O barulho aumenta, assim como os risos que nos alcançam, mas antes de seguir em frente resolvo retribuir a sinceridade de Avril. — Eu sei o que é encontrar mais dor do que beleza em meio à casa que deveria ser nosso refúgio. Mas sei também que, ao lado das pessoas que amamos, é possível construir um novo e verdadeiro lar.

— Diz por experiência própria, senhor?

— Encontrei meu lar em Samuel quando ainda era um garoto, senhorita. E, mesmo precisando lidar com o ódio de nosso pai e suas tentativas de nos separar, descobrimos como seguir em frente.

— E como o fizeram? — Suas palavras saem em um fiapo de sussurro que é completamente abafado pelo corredor luxuoso. Por um instante, imagino quantos segredos silenciosos as paredes desta casa escondem.

Caminho até a porta da cozinha e novamente sou surpreendido pelo volume dos risos que dominam o aposento. Contagiado pela alegria que o som carrega, utilizo-a para visualizar um abrigo que comporte uma centena de meninas, divertindo-se, brincando e encontrando neste casarão tudo o que mais precisam: apoio, alegria e, principalmente, um lar amoroso. Independentemente das histórias ocultadas pelas paredes de madeira, é isso que eu e Samuel vamos fazer.

— Se hoje somos felizes, é porque eu e meu irmão escolhemos caminhar juntos, senhorita — respondo Avril tardiamente. — A dor segue em nossa alma, mas deixa de guiar nossos passos quando não precisamos mais lutar sozinhos.

⁂

Entro na cozinha sorrindo, preparado para encontrar dezenas de crianças correndo pelo aposento, então não noto o prato vindo em minha direção. Braços me empurram com delicadeza e me assusto ao olhar para trás e ver a louça alcançar a parede e quebrar em centenas de pedaços.

— Ora, essa foi por pouco. — Sou atingido pela familiaridade de uma voz suave. E, ao encarar com espanto os olhos da minha salvadora, preciso conter uma série de maldições.

Sonhei com esses olhos, lilases como nenhum outro, por muitas noites. Algumas vezes eu fantasiava que mergulhava neles, ansiando por compreender os segredos que guardavam. Outras, era guiado por caminhos coloridos e brilhantes que, sem explicação alguma, lembravam-me de alguém que me esperava à beira de um precipício. Nessas noites, em meus sonhos, eu corria o mais rápido possível, mas sempre acordava minutos antes de alcançar a dona dos olhos misteriosos. Eu devia saber que os olhos eram dela. Nunca me esqueci da noite em que nos encontramos em Paris.

Fixo o olhar em seu rosto, observando as sardas que salpicam o nariz arrebitado e as mechas de cabelo preto que lhe cobrem parte da face e alcançam seus ombros. Ela veste um traje nada típico para uma dama – um camisão de algodão branco e uma calça do mesmo material. Já a vi usando um suntuoso vestido bordado que abraçava suas curvas nos lugares certos, mas hoje ela está ainda mais linda.

— Sinto muito, senhor. Como pode ver, a pontaria da minha amiga é péssima. — A dona dos olhos lilases ri ao falar, e o som faz meu coração engatar uma corrida acelerada.

Lembro de vê-la exatamente assim, jogando o rosto para trás e sorrindo com todo o seu ser, como se raramente o fizesse. Naquela época, era como se seu corpo resistisse à alegria, mas agora é o contrário – ela está diferente. O riso que um dia foi contido, parece correr livremente por todo o seu corpo: passa pela tez levemente avermelhada, pelos olhos brilhantes e encontra o ápice na respiração ritmada que evidencia a pele exposta de seu colo. Mesmo sabendo que não deveria, sou atraído pelas pequenas sardas expostas pelo decote comportado do camisão.

— Tome. — Ela me entrega uma xícara de porcelana, aparentemente alheia à confusão em minha mente. — Entre na brincadeira ou saia da cozinha, senhor. Não posso garantir sua segurança quando tudo o que queremos é acertar a parede que está atrás de sua cabeça.

Tento responder a ela, mas falho vergonhosamente. Continuo perdido em seus olhos, buscando uma fagulha de reconhecimento. Porém, tudo o que encontro é um misto de diversão e impaciência. Quase padeço diante do golpe em meu ego, contudo, em vez de lamentar, agradeço aos céus pela oportunidade de reencontrá-la.

Sou um bastardo. Mas um bastardo de sorte.

— Vamos, senhor! Não diga que embargará nossa brincadeira? Tenho certeza de que um pouco de caos lhe cairá bem. — Ela observa minhas vestes como se a camisa branca de linho e a calça preta de montaria fossem demasiadas para a ocasião. — Já vou avisar: quebraremos toda essa louça até o fim da noite e homem algum vai nos impedir.

Ela franze a testa ao falar, e o leve enrugar do rosto a deixa ainda mais bela. Preciso lutar contra o impulso de tocar seu rosto – exatamente no ponto entre suas sobrancelhas.

— Posso ao menos saber o motivo de estarmos destruindo a louça, senhoras? — Abandono os olhos lilases, mesmo que a contragosto, e encaro as outras mulheres no aposento. Além de Avril, uma moça de cabelos cor de fogo me responde com um leve dar de ombros, ao passo que uma senhorita em vestes extremamente rendadas me olha com deboche.

— Pelo simples fato de que podemos fazê-lo. — Basta ouvir sua voz para que meus olhos traidores busquem os dela com avidez. Preciso me controlar, pois estarei perdido se ela continuar encarando-me com tamanha intensidade. — Perdão, mas qual é o seu nome? Não acredito que fomos devidamente apresentados.

O que significa, em outras palavras, que agi como um tolo mais preocupado em encará-la do que seguir o protocolo esperado.

— Benício De Sá — digo, fazendo uma reverência tardia ao me apresentar. — Fui contratado pela irmã Dulce para trabalhar na reforma da fazenda.

— Ora, que alegria saber que finalmente a comitiva da reforma chegou! Eu sou Darcília, essa senhorita ranzinza ao meu lado é a Marta e aquela jovem escondida por trás das vestes de um mendigo é Anastácia. — Sinto uma pontada na boca do estômago ao ouvir seu nome pela primeira vez. — Falo por todas quando digo que é um prazer conhecê-lo e que estamos imensamente ansiosas para darmos início à construção do abrigo.

Quero responder à jovem sorridente e enérgica. Desejo, com todo o meu ser, dizer o quanto eu e Samuel estamos empolgados com o projeto, mas tudo o que eu consigo pensar é que finalmente descobri qual é o nome da mulher que deixou uma marca em minha alma anos atrás.

— Anastácia, aquela que tem força suficiente para renascer. — As palavras me escapam em um sussurro, mas tenho certeza de que ela me escuta. Encaro-a, perdendo-me em seus olhos e revivendo os detalhes do nosso último encontro. Anastácia desafia meu olhar e, por um segundo, juro avistar uma centelha de reconhecimento.

Lembro-me de vê-la correr para longe de mim em meio ao salão abarrotado, tanto quanto das emoções conflitantes que nublavam seus olhos ao provar os quitutes indianos. Na época, tudo o que queria era passar a noite conversando com ela. Mas agora, ao notar sua mão sem a aliança, deixo minha mente vagar em uma infinidade de possibilidades. Arfo ao sentir-me tolamente esperançoso.

Pelo visto, a temporada no interior me fará muito bem.

— O senhor disse algo? — Avril toca a minha pele, preocupada como uma médica talentosa que já sei que é. — Já basta seu irmão doente, vai me dizer que também é alérgico ao café Bourbon?

— Eu estou bem. Apenas um pouco cansado da viagem. — As mulheres do cômodo me encaram e começam a conversar todas ao mesmo tempo.

Sinto necessidade de um tempo para pensar, então começo a andar pela cozinha. Estalo os dedos ao encarar os restos de louça espalhados pelo chão, imaginando os motivos que levaram aquelas mulheres a causarem tamanha destruição. Penso que deveria deixá-las sozinhas, aproveitando um momento que deveria ser só delas, mas ainda não estou pronto para me afastar de Anastácia.

Talvez seja por isso, e não apenas pela vontade de vê-las sorrindo, que começo a improvisar uma competição de alvo.

— O que o senhor está fazendo? — Marta caminha até onde estou e, com as duas mãos na cintura, observa cada um dos meus movimentos.

— Já que desejam quebrar algo, por que não deixamos tudo ainda mais divertido e organizamos uma disputa? — Uso um pedaço de lenha para criar um alvo circular em uma das paredes da cozinha. — Quem atingir a marcação pontua, e no fim da rodada de dez arremessos o ganhador tem direito a um prêmio. O que acham?

Tento medi-las de forma parcial, ansioso para saber se gostaram da minha ideia, mas meus olhos continuam procurando Anastácia. Estamos separados por uma distância respeitável, no entanto ainda consigo sentir o aroma de lavanda que emana de sua pele.

— Apenas com essa marcação vai ficar difícil saber quem atingiu o alvo ou não, senhor. — A voz de Darcília afasta meus pensamentos turvos. Sem perder tempo, a jovem caminha até onde estou e me entrega um lenço branco e rendado. — Pendure-o na parede. Assim, o movimento do tecido sinalizará quando acertarmos o alvo.

Passam alguns segundos de silêncio, mas o ambiente não demora para ser invadido pelo som de risos e conversas contagiantes. Avril bate palmas e me ajuda a pendurar o pequeno lenço no centro da parede.

Enquanto isso, Marta risca o chão da cozinha, determinada a padronizar a distância que cada arremessador deverá ficar do alvo.

— Posso dizer que estou um pouco assustado por terem aceitado a minha ideia com tanta facilidade?

— Prepare-se, senhor De Sá — Anastácia responde ao organizar uma pilha de pratos para seus arremessos. Ouvi-la proferir meu sobrenome, aquele que escolhi como meu, cria imagens indecorosas em minha mente, todas envolvendo seus lábios rosados junto aos meus. — Somos tão competitivas quanto um azarão em uma corrida premiada.

— Isso vai ser tão fácil — Darcília diz em meio a uma dúzia de pulos animados. — Toda motivação de que preciso é fingir que o lenço é a cabeça do visconde. Tenho certeza de que acertarei o alvo com facilidade ao me imaginar atingindo seu rosto com uma bacia de porcelana.

— Não sei se me sinto bem ao conjurar a cabeça de meu irmão no alvo — Avril responde ao depositar algumas xícaras azuladas em uma cadeira. — Mas algo me diz que assim que acertar a primeira louça, a sensação vai evaporar.

Em meu âmago, intuo que este não é o melhor lugar para um homem estar, então termino de empilhar mais um pouco de louça e dou alguns passos na direção oposta ao alvo, tentando manter-me distante das mulheres. Não desejo ter a minha cabeça transformada em alvo – seja ele imaginário ou não.

— Qual das senhoritas quer ir primeiro? — Seguro um dos pratos de porcelana e encaro os belos detalhes que o compõem. A pintura em aquarela mescla tons de verde, criando pequenas paisagens naturais, e as bordas são banhadas a ouro. Sinto uma pontada de pânico por saber que a louça, assim como parte da história por trás dela e desta fazenda, será perdida para sempre. Pelas marcações padronizadas na base da peça, apostaria que ela tem mais de cinquenta anos.

Geralmente, em casarões localizados no interior, peças valiosas de decoração são mantidas em exposição em um antiquado gabinete de curiosidades ou exibidas nas paredes dos cômodos principais. E, ao que tudo indica, o erro do primeiro conde foi mantê-las à vista. Claro que entendo o motivo de essas mulheres ansiarem por um momento de diversão e destruição, mas meu lado apaixonado por arte gostaria de implorar-lhes para salvar ao menos as peças mais antigas.

Corro os olhos pelas louças espalhadas pela cozinha e vejo conjuntos marcados por brasões vermelhos e dourados, outros por pinturas florais feitas à mão e uma xícara em especial que — sem dúvida alguma — já fez parte de uma coleção privada do imperador. Sinto-me culpado pela vontade gigantesca que tenho de salvá-los.

— Pare de enrolar e comece o senhor. Não pense que vamos deixá-lo sair dessa cozinha ileso. Ou será que está com medo de perder para uma de nós? — A voz de Anastácia é tão familiar que, mesmo com os olhos fixos em um prato de porcelana, ainda consigo ouvir seu riso pontuando cada uma de suas palavras.

Vê-la assim, sorrindo e se divertindo com tão pouco quanto o ato de quebrar um monte de pratos, também me deixa feliz. Então resolvo deixar minhas resoluções de lado por um momento e entrar na brincadeira, mas, antes, troco o prato pintado com ouro por uma louça comum. Dou de ombros ao notar a pergunta silenciosa na expressão de Anastácia e caminho até a linha em frente ao alvo. Ainda com os olhos presos aos dela, giro o braço e arremesso o prato na parede. Ouço os risos e palmas de exclamação — mas é Avril, com seu traje típico de noviça, que me surpreende ao exclamar uma série de injúrias.

— Passou longe do alvo, senhor. Deixe-me mostrar como os profissionais fazem. — Anastácia toca meu tronco de leve e me empurra para o lado.

O contato é muito mais rápido do que eu gostaria, então mesmo ciente de que estou passando dos limites do decoro, mantenho nossos corpos próximos; sua respiração toca a lateral do meu rosto, e o calor do seu corpo faz as minhas mãos suarem. Anastácia se ajeita na linha improvisada e, antes de arremessar um delicado pires, volta os olhos na minha direção. Por um instante, tenho certeza de que sua respiração acelera tanto quanto a minha.

— Senhor... — Ela faz uma pequena reverência e, com uma piscadela que inflama meu corpo, acerta o alvo improvisado com perfeição.

As mulheres exultam em gritos de alegria, perdendo-se em meio ao riso e às palmas, e tomam postos para realizar seus próprios arremessos. Aproveito o momento de euforia e me afasto de Anastácia, preocupado com o rumo dos meus pensamentos. Encosto o corpo na lateral da cozinha e levo um tempo bem-vindo para observá-las em silêncio. Todas elas parecem meninas, sem medo de rir e se divertir e, finalmente, entendo o que a irmã Dulce disse quando nos contratou.

Em meio ao barulho das louças acertando a parede e despedaçando-se no chão, retomo o controle das minhas emoções. Apesar de não conhecer os motivos que trouxeram cada uma delas para essa fazenda, e muito menos as razões maiores que uniram nossos caminhos, reconheço em seus olhos o mesmo desejo que manteve meu coração esperançoso durante os anos em que vivi na Fazenda da Concórdia.

Quando o mundo nos derruba incontáveis vezes, a alegria passa a ser um dos bens mais valiosos. Depois da dor, aprendemos a valorizar o amor que recebemos gratuitamente, os privilégios com os quais o mundo nos presenteia – mesmo quando acreditamos que não os merecemos – e, principalmente, as oportunidades de recomeçar que batem à nossa porta.

Do outro lado do salão, Anastácia encontra meus olhos. Com um sorriso cúmplice, ela aponta para uma pilha de louças esquecida na lateral da mesa. Mesmo de longe, consigo notar que alguns pratos valiosos e antigos foram poupados. Não faço a menor ideia de como ela percebeu meu interesse neles, apenas sinto que a conheço, assim como ela também me conhece.

Sorrio em resposta e deixo a cozinha, saindo para o jardim que faz fundo à fazenda. Enquanto inspiro o ar puro, dou-me conta de que uma pequena parte do meu coração foi abocanhada por aquelas mulheres. E, desejoso de vê-las sempre sorrindo, reafirmo a promessa de construir o melhor abrigo que alguém poderia imaginar para as meninas da irmã Dulce.

JORNAL DAS SENHORAS

N° 63   Rio de Janeiro, 15 de agosto de 1880

Hora do Chá

Devo alertá-las que, infelizmente, o Bastardo do Café foi avistado deixando o centro da cidade acompanhado por uma pequena comitiva — uma freira estava com ele, mas fiquem tranquilas, nenhum casamento foi anunciado.

Será que Benício Magé partiu para uma expedição a trabalho ou deu início a uma nova jornada espiritual? Não me admiraria caso descobríssemos que o pobre rapaz começara uma peregrinação em nome da salvação da alma pecadora de sua mãe. Ser gerado por uma prostituta deve ser um fardo. Mas quantas de nós não gostaríamos de salvá-lo de suas dores do passado? Sei bem que eu gostaria!

Minhas fontes dizem que nosso bom partido não pretende regressar para a cidade antes do fim do mês. Sabemos que os jantares promovidos pelo visconde de Mauá não serão os mesmos sem a presença do infame filho do barão de Magé. Porém, não se preocupem, moçoilas, encontraremos outros nomes atrativos em meio à lista de convidados.

10
ANASTÁCIA

Depois de uma semana, finalmente sinto que a casa é nossa e não mais de Jardel. Organizamos um mutirão de esforços e limpamos cada canto do casarão, aproveitando para jogar fora qualquer coisa que nos lembrasse do conde ou de nossas dores do passado.

Tirar o que não nos serve mais abriu espaço para novas possibilidades, além de intensificar a sensação de calmaria de que tanto precisávamos. Até porque podíamos não dizer em voz alta, mas tanto eu quanto Darcília passamos os últimos dias apavoradas pela hipótese de estarmos vivendo um engano. E, pior, com medo de o doutor Felipe aparecer à porta e nos obrigar a voltar para o hospício.

— Deseja mesmo se desfazer dessas bebidas, nenê? Talvez Avril possa usá-las para esterilizar seus instrumentos de trabalho. Não é o mais recomendado, mas podem nos ajudar na manutenção da enfermaria do abrigo.

— Tem razão, vamos guardá-las em baús e levá-las para a despensa. Avril saberá o que fazer com elas. — Cansada de espirrar, sento no sofá de veludo. Acordei decidida a limpar o antigo escritório do conde, uma sala que evitei ao longo da semana, mas não havia imaginado que encontraríamos tanto pó. Preparei-me para lidar com uma enxurrada de emoções e não com uma crise alérgica irritante. — Será que podemos jogar fora pelo menos o uísque aberto? Odeio como o cheiro me lembra Jardel.

— Claro que podemos! Nós podemos tudo. — Darcília segue até a lareira e derrama o conteúdo da garrafa no pedaço de lenha esquecido. — Veja só, uma lareira em uma fazenda no Rio de Janeiro! Só pode ter sido ideia do primeiro conde.

Assim como imaginei, os cômodos da casa seguem instruções que eu mal me lembrava de ter feito: cores confortáveis que pendem para o azul, quartos bem-iluminados e janelas amplas. Sigo surpresa com o fato de Jardel ter prestado atenção aos detalhes ditados por uma jovem muito diferente da mulher que sou hoje e, a partir deles, ter construído a casa dos meus sonhos. Contudo, é notável que ao reformar o casarão meu marido também optou por manter algumas de suas características originais: lareiras, tapetes persas, que deveriam aquecer o chão frio, e uma centena de cobertores grossos e pesados espalhados pelas camas e sofás. De fato, o casarão da Fazenda De Vienne é uma mistura perfeita entre o moderno e o antigo.

— A cada minuto que passo nesse escritório a certeza de que Jardel não colocou os pés aqui aumenta. — Apesar de encontrarmos pó por toda a casa, era notável que os cômodos haviam sido utilizados em algum momento dos últimos anos. Ao contrário desse escritório, que parece esquecido por gerações. — Será que Jardel chegou a fixar moradia na fazenda? E se viveu aqui, por que deixou o escritório fechado por tantos anos?

— E por acaso essas respostas realmente importam? — Penso nas palavras de Darcília por um segundo. Nada no passado do conde será capaz de mudar o nosso futuro, então mesmo que uma pequena parte de mim deseje conhecer o homem que Jardel foi nos últimos anos, sei que não preciso perder tempo tentando encontrar explicações para suas escolhas. — O que realmente deve fazer é ler o documento que o advogado entregou para a Avril, nenê. Protelar não tornará a verdade mais fácil.

Assim que nos acomodamos no casarão, Avril me entregou os documentos referentes à herança do conde. Os pesados envelopes prometem explicar a divisão dos bens do meu marido, ao mesmo tempo que nomeiam o novo herdeiro do título de conde De Vienne. Fiquei surpresa ao descobrir no jantar de ontem, com a ajuda de Marta, que no Brasil títulos são concedidos e nunca transferidos, ao contrário do que acontece na Europa, que transfere bens e nomes de acordo com a hierarquia familiar.

Pouco me importo com quem será o próximo conde De Vienne ou com os pormenores da herança de Jardel. O advogado de Avril deixou claro que somos as únicas proprietárias da fazenda da família e, para mim, isso é o que basta. No entanto, confesso que o real motivo de ainda não ter lido o testamento completo é que estou apavorada. Ao abrir os envelopes da herança, abrirei também uma caixa de Pandora, libertando os fantasmas do passado e revelando a extensão dos negócios ilícitos que Jardel manteve escondidos por anos.

Lembro-me de nossa última noite em Paris e sinto a culpa pesar em meus ombros. Por mais que eu queira fingir que o hotel e o bordel escondido nele nunca existiram, preciso parar de fugir das minhas responsabilidades. Neste exato momento, existem várias mulheres no centro da cidade que precisam de ajuda.

— Prometo que logo enfrentarei meus medos, minha amiga. — Abandono meu refúgio no sofá e sigo até a estante abarrotada de livros. Localizada em uma parede com pé-direito alto, ela tem mais de vinte prateleiras e está completamente tomada de poeira. — Só preciso de mais alguns dias para aceitar que não estamos vivendo um sonho.

— Leia os documentos da herança, mande uma carta ao advogado e supere essa culpa tola de uma vez por todas, nenê. Nada poderia ter feito de diferente três anos atrás, mas agora está em suas mãos construir uma nova história. — Darcília joga uma vassoura de cabo longo na minha direção e sorri ao ouvir meu grito de surpresa. — Leve o tempo que precisar para encontrar a sua voz, mas nunca permita que o medo a impeça de agir.

Uso a vassoura para espanar a estante, sentindo as palavras de minha amiga fincarem garras em meu coração. Após retirar a maioria das teias de aranha das prateleiras, abro os livros de lombadas de couro e folheio suas páginas amareladas. O ar ajuda a conservá-los e afasta a poeira acumulada. Ao meu lado, faço duas pilhas: uma com os livros que serão mantidos no escritório e outra com os exemplares que levaremos para a escola do abrigo. Por mais que eu esteja concentrada na tarefa, é difícil deixar de pensar no envelope timbrado que guardei embaixo do meu colchão.

— Acha que estou sendo egoísta? — pergunto após um tempo. Com o canto dos olhos vejo que Darcília também está separando em vários grupos algumas bebidas que foram esquecidas pelo conde. Avisto cachaças, conhaques, destilados e uma infinidade surpreendente de vinhos. — Fale a verdade, estou errada em querer aproveitar alguns dias de normalidade?

Não sei por que faço a pergunta uma vez que a resposta está gravada em minha mente. Fugir nunca foi uma opção. Posso manter-me afastada das responsabilidades escondidas nos aposentos do Hotel Faux, mas irei carregá-las nos ombros para onde quer que eu vá.

— Tome, beba um pouco de vinho, vai ajudá-la. — Darcília caminha até mim e me estende uma garrafa empoeirada.

— E desde quando beber ajuda alguém a pensar com clareza? — Ainda me lembro da sensação de beber até perder o controle. Desde aquela noite turbulenta em Paris, prometi que nunca mais beberia para esquecer. Bebíamos sempre que Marta conseguia contrabandear alguma garrafa de vinho para o hospício, mas o fazíamos para comemorar o fim de mais um dia, não para fugir da realidade.

Usar a bebida para celebrar ou relaxar após um dia cansativo de trabalho é completamente diferente do ato desarmônico de embebedar-se até a mente calar e o corpo perecer.

— Pare de pensar demais. Não bebemos algo assim há meses, nenê. — Darcília tira a rolha da garrafa em um movimento ágil e dá um gole direto do bico. — Pelas graças, que vinho é esse? Está certa, não deve beber, vou ficar com a garrafa toda para mim.

Não quero cair em seu jogo, mas é impossível evitar a curiosidade. Sempre amei apreciar uma boa dose de vinho, então pondero por alguns minutos e, sem conseguir controlar, pego a garrafa das mãos de Darcília. O rótulo amarelado é ilegível, mas no fundo da garrafa encontro a pequena marcação do lote – ela evidencia o fato de a bebida ser tão antiga quanto esta casa. Inspiro o aroma adocicado da uva antes de dar um gole. E, ao beber, sinto-me transportada para os dias em que passava colhendo uvas ao lado do meu pai.

Alguns anos atrás, eu seria capaz de precisar a região exata que produziu a bebida – algo que aprendi com papai e que deixava a minha mãe completamente apavorada. Não faço a menor ideia de onde provém a bebida em minhas mãos, mas reconheço que é extraordinária. Só não digo que se trata do melhor vinho que provei porque sabor algum será capaz de superar aqueles que eram produzidos nos arredores da casa dos meus pais. Neste momento, daria tudo por uma garrafa de vinho vinda diretamente de Bordeaux.

— Ficou três anos presa em um hospício, ninguém vai culpá-la por priorizar-se por alguns dias, nenê. — Darcília retira a garrafa da minha mão e verte a bebida em uma dose ainda maior do que a primeira. — Vamos finalizar os planos do abrigo, limpar todo o casarão e, quando estiver pronta, seguiremos juntas até o centro da cidade. Se preferir, posso conversar com algumas antigas conhecidas e tentar descobrir algo a respeito do bordel. Faremos tudo no tempo certo. E quando o medo ameaçar calar, estarei ao seu lado para lembrá-la do poder ensurdecedor de sua própria voz.

Darcília me entrega novamente a garrafa de vinho e caminha até a cristaleira esquecida na lateral do escritório. Imagino que ela retomará o trabalho de separar as bebidas, mas minha amiga me encara com um sorriso cúmplice e abre uma segunda garrafa. Rindo, sento em meio à pilha de livros e bebo mais um gole de vinho. Mantenho o líquido em minha boca por alguns segundos a mais do que deveria, apreciando a suavidade da uva e o leve resíduo adocicado que ela proporciona.

— Vamos brindar? — Ela senta ao meu lado e toca sua garrafa na minha. — Desculpe-me por ser tão dura, nenê. Mas que tipo de amiga eu seria se deixasse de incentivá-la a fazer as perguntas corretas, mesmo as mais dolorosas?

— Uma amiga comum, acredito. Mas não uma irmã. — Darcília coloca a mão no peito e faz uma cena, fingindo um desmaio. Nossa risada ecoa por todo o quarto e alivia o peso nos meus ombros. Sinto-me infinitamente melhor depois de nossa conversa. Ao menos agora meus pensamentos e planos estão mais claros, assim como o respeito por mim mesma e pelas escolhas difíceis que precisarei tomar nos próximos dias. — Preciso contar-lhe algo, mas antes exijo que prometa guardar segredo. Não quero que Avril e a irmã Dulce descubram que eu o conheço.

— Juro de pés juntos. — Minha amiga deixa a garrafa de lado e me encara com um olhar carregado de expectativa. — Agora diga, de quem estamos falando? Por acaso seu segredo tem a ver com os irmãos De Sá? Não vou mentir, estava esperando o melhor momento para comentar sobre aqueles dois. Ou vai dizer que é cega e não notou o quanto são bonitos? Tenho certeza de que aqueles ombros e braços fortes já arrancaram muitos suspiros.

— Quando foi apresentada a Samuel? — pergunto para Darcília com curiosidade. Confesso que hoje de manhã passei pelo quarto de Benício e entreouvi a irmã Dulce dizendo que Samuel estava plenamente recuperado. Contudo, com vergonha de entrar no aposento e incomodá-los, só consegui vê-lo de longe.

— Não fomos devidamente apresentados. — Minha amiga dá de ombros como se a explicação fosse completamente normal. — Avril passou as duas últimas noites cuidando dele... Eu fiquei curiosa e resolvi espiá-los. Mesmo acamado o homem é uma perdição! Agora pare de mudar de assunto, nenê.

Dou risada e tomo mais um gole de vinho, prometendo a mim mesma que será o último. É fato que fiquei em choque ao ver Benício entrando na cozinha da fazenda. Em meio aos pratos sendo estilhaçados no local, imaginei que a minha mente estivesse me pregando uma peça. Eu seria capaz de reconhecer seus olhos cor de cobre em qualquer lugar do mundo, mas qual seria a chance de nos reencontrarmos tantos anos depois daquela noite em Paris? E em circunstâncias tão íntimas? Passei dois dias lutando contra a minha mente, duvidando dos meus pensamentos e sanidade. Porém, vê-lo sorrir e iluminar o aposento criou borboletas em meu estômago – exatamente como na primeira vez em que nos encontramos.

— Nós já nos encontramos antes — digo após alguns segundos. — Lembra-se da história que contei sobre a minha última noite em Paris? Do estranho sorridente que me fez experimentar comidas típicas da Índia? Então, depois de três anos finalmente descobri o seu nome.

— Não vai dizer que *ele* e o senhor Benício são a mesma pessoa? — Assinto com um gesto de cabeça e, falhando comigo mesma, bebo mais uma dose de vinho. Darcília sorri e gentilmente retira a garrafa das minhas mãos. Penso em protestar, mas sei que a decisão sábia é manter-me longe do vinho por um tempo. — Pelos céus, nenê! Por que não disse nada antes?

— Ele não me reconheceu, então passei alguns dias duvidando de mim mesma. — Confesso que uma parte do meu coração se entristeceu por não ser reconhecida. Porém, também foi um alívio perceber que Benício não presenciou meu surto em meio ao salão. Se o tivesse feito, ele com certeza se lembraria de mim. — Mas nada disso importa, não é mesmo? Nem sei por que comentei sobre essa história.

Levanto do chão e volto a encarar a estante empoeirada. Preciso focar no trabalho e não no sorriso contagiante de Benício. Enquanto empilho os livros, penso que o tempo passou, mas ele continua sorrindo de maneira contagiante e genuína. Fecho os olhos e quase consigo ouvir o som da sua risada ecoando pelo escritório.

Estou tão perdida em pensamentos que levo um susto quando a porta do escritório se abre de repente.

— Mas que droga! — Derrubo os livros empilhados, fazendo com que eles caiam a um centímetro de distância dos meus pés. Em vez de ajudar-me, minha amiga cai na gargalhada. — Pare de alegrar-se às minhas custas, Darcília!

— Está tudo bem, moça? — Marta entra no aposento e, com as duas mãos na cintura, me encara com um sorriso divertido.

— Nenê está bem, Martinha. Nada que um coração enamorado não ajude a curar. — Olho para ela com cara feia, mas tudo o que Darcília faz é devolver meu olhar raivoso com uma piscadela.

— Vejo que estão no meio de uma conversa importante, mas será que podemos concluí-la após o almoço? Acabei de preparar uma feijoada deliciosa e quero as duas na cozinha arrumando a mesa para a refeição. — Marta estende a mão para Darcília, ajudando-a a levantar do chão. — Por acaso estavam bebendo?

— Talvez? — Eu e Darcília respondemos juntas, o que nos faz entrar em uma crise descontrolada de riso. Já esqueci completamente o motivo que me fez ficar brava com ela alguns minutos atrás.

— Ótimo, passem uma garrafa para mim. — Entrego um dos vinhos abertos para Marta que, sem pensar duas vezes, verte o líquido de uma só vez. — Não me olhem assim, preparei uma refeição completa pela primeira vez em mais de um ano. Também preciso de vinho para acalmar os ânimos.

— Vamos levar um pouco de vinho para o almoço. — Darcília alcança um cesto de vime e começa a recolher uma dúzia de garrafas. — Sinto que estamos todas precisando de uma dose extra de diversão.

— Lembre-se de que estamos falando de uma dose durante o almoço, moça. — Marta aponta para o cesto lotado nas mãos de Darcília e começa a gargalhar — Não uma noite de farra...

— E quem disse que não podemos ter os dois, Martinha?

⁕

Termino de ajudar Darcília a arrumar a mesa e, a pedido da Irmã Dulce, caminho até os jardins da propriedade para convidar os homens da Empreiteira De Sá para almoçar. Tentei resistir ao pedido, mas com um riso zombeteiro no rosto, Darcília disse para a irmã que estava indisposta para andar até os fundos da propriedade. Como Avril sumiu a manhã inteira e Marta estava com os nervos à flor da pele ao pensar que provaríamos sua feijoada, acabei cedendo aos apelos da irmã.

O problema, claro, não é convidar os homens da empreiteira para uma refeição, mas sim encontrar Benício. Depois de conversar sobre ele com Darcília, fiquei mais consciente do fato de que estamos praticamente morando na mesma casa. Gostaria de fingir não me importar, mas sinto o corpo tremer de antecipação só de pensar em trombar com ele pelos corredores do casarão.

Atravesso a varanda de madeira, cumprimento o jumentinho que ataca os jardins laterais e passo pelo lago que cerca os fundos do casarão – os pássaros usam a fonte de cobre em formato de anjo para banhar-se, peixes alaranjados despontam da água e uma centena de flores boiam por toda a sua superfície. Não sei como nominá-las, mas não resisto ao desejo de parar para tocar uma delas. A base circular é verde e no centro despontam pequenos brotos amarelados. Apenas algumas delas floresceram, mas as que o fizeram deram vida a belas flores cor-de-rosa.

Após fitar as flores por longos e silenciosos minutos, respiro fundo e sigo pelo caminho de pedra em torno do lago. Passo pelo estábulo, pela entrada dos cafezais e atravesso o pomar. Enquanto caminho em meio às árvores, listo as frutas que conheço e aquelas que preciso experimentar. Mangas, laranjas, goiabas, pitangas e alguns coqueiros são facilmente reconhecidos, mas outras são completamente desconhecidas.

Paro em frente a um pé com um fruto de cheiro adocicado que é, no mínimo, três vezes maior que a minha cabeça. Toco a casca grossa com delicadeza, com medo de que qualquer movimento o faça despencar aos meus pés, e sinto minha curiosidade aflorar. Gostaria de conhecer mais sobre a fruta, tanto quanto descobrir por mim mesma as particularidades do seu sabor. Tenho certeza de que ela não se assemelha a nada que provei desde que cheguei ao Brasil.

— Com tantas frutas no pomar a senhora escolheu exatamente a de gosto mais duvidoso? — As palavras de Benício soam como um sopro de vida em meio ao terreno silencioso. Intimida-me o fato de que, apesar de termos nos encontrado poucas vezes, consigo reconhecer sua voz e o sorriso por trás dela. Mesmo de costas, sou capaz de visualizar com perfeição as rugas de riso em seus olhos levemente puxados. — Já provou esta fruta antes?

— Ainda não, senhor — digo sem deixar de fitar o fruto desconhecido e amarelado. Gostaria de dizer que estou curiosa demais para afastar os olhos, mas a verdade é que estou usando-o como desculpa para fugir de Benício.

— Longe de mim dizer o que deve ou não comer, mas talvez devesse provar primeiro um fruto menos exótico. — Ouço seus passos e sinto seu perfume amadeirado quando ele para atrás de mim.

— E se eu estiver procurando por um sabor exótico, senhor? Devo privar-me pelo simples medo de me decepcionar? — Apesar de sua aproximação me deixar nervosa, sinto um sorriso despontar em meus lábios. Conversar com Benício sobre sabores singulares torna ainda mais vívida a noite em que nos conhecemos.

Lembro-me do quitute apimentado e recheado com carne de porco tanto quanto sou capaz de sentir o doce de nata derretendo em minha boca. É incrível como a nossa mente é capaz de associar aromas e gostos a pessoas especiais. Benício pode não se lembrar de mim e da noite em que nos conhecemos, mas recordo com carinho do nosso encontro. Em meio ao turbilhão de tristezas que vivi naquele dia, conversar com um estranho risonho manteve a minha mente viva.

— Está certa, fui pretencioso. — Crio coragem e giro o corpo para ficarmos frente a frente. Preciso conter uma exclamação quando noto o estado de suas vestes. Ou, melhor, a falta delas. Benício traz a camisa enrolada ao pescoço e as barras da calça estão dobradas o suficiente para deixar a canela à mostra. Finjo não encarar a sua pele bronzeada, mas é difícil manter os olhos longe do pequeno desenho no topo de suas costelas. — Pode me perdoar, senhora?

— Pelo quê? — digo ao tirar os olhos do seu corpo exposto e encará-lo. Sua feição presunçosa deixa claro que ele sabe que eu estava estudando a sua pele, mas não me intimido. A culpa é dele por andar pela propriedade sem camisa. E por ter o que imagino ser uma tatuagem!

Curiosa, volto os olhos para o borrão uma última vez. Quem imaginaria que Benício seria o tipo de homem com uma marca permanente na pele? Uma marca muito bonita, mas, ainda assim, um símbolo que para muitos nobres é considerado grosseiro. Já ouvi histórias de marinheiros e até mesmo de reis com o corpo marcado, mas nunca havia visto uma tatuagem com meus próprios olhos.

Controlo a língua quando Benício retira a camisa dos ombros e cobre seu corpo. Vê-lo vestir a peça me parece ainda mais sedutor do que as minhas tentativas de imaginá-lo tirando-as. Sinto que gostaria de ter tido mais tempo para avaliar o desenho que marca a sua costela e sei que agora vou passar inúmeras horas tentando conjurar o que a sua tatuagem representa.

— Permita que eu me redima. — Benício segue até uma árvore a poucos passos de distância e colhe um outro fruto do tamanho da minha mão fechada. Quando regressa, ele retira a casca e divide o fruto verde em duas partes. — Quando disse que deveria começar por algo menos exótico, não quis dizer o que deve ou não provar. Só acredito que teria mais sucesso em sua empreitada se começasse por uma fruta mais doce antes de experimentar um pedaço de jaca.

— Esse é o nome, então. Jaca? — A palavra soa estranha em meus lábios. Mas quanto mais eu penso, mais percebo que ela combina com o fruto grande e desengonçado que, desafiando as leis da natureza, permanece pendurado em um galho mais fino que meu punho.

— Sim, é uma fruta de origem indiana. — Quase comento sobre sermos constantemente unidos por alimentos indianos, mas contenho as minhas palavras. Ainda estou tentando descobrir se quero ou não que ele se lembre da nossa noite em Paris. — Gosto da pessoa que idealizou este pomar. É raro encontrar tamanha infinidade de frutas, sejam nacionais ou não, em um único lugar. O antigo dono deveria ser um homem de gostos requintados.

— Pela altura das árvores, imagino que foram escolhidas pelo primeiro conde De Vienne. Algo me diz que o último proprietário não se importaria com a variedade do pomar. — Perco completamente a linha de pensamento quando Benício dá um passo na minha direção e oferece metade do fruto que está em suas mãos. Estamos próximos o suficiente para que eu consiga sentir sua respiração tocar o meu rosto.

— Vamos, prove e me diga o que acha do sabor. — Ele morde metade do fruto e não consigo tirar os olhos de seus lábios. É como se a minha mente fosse incapaz de produzir qualquer pensamento coerente. — Senhora?

Balanço a cabeça na ânsia de clarear as ideias e pego a fruta das mãos de Benício. Por dentro a polpa é branca como a neve, e o cheiro é ainda mais doce do que o aroma que emana da jaqueira às minhas costas.

— Esta fruta é indiana também? — Não sei muito bem o que espero ao prová-la, mas é certo que sou surpreendida. O sabor não é parecido com nada que eu já tenha experimentado. É adocicado e vistoso. A polpa protege sementes grandes, fazendo com que a cada mordida eu consiga apenas uma pequena porção da fruta. O que, sem dúvida, só faz com que eu queira ainda mais.

— Pelo visto a senhora gostou. — Benício parece satisfeito com a minha aprovação. E, ao sorrir, a luz do sol brilha em seus olhos, fazendo-os refletir como cobre. Uso a claridade do dia para inspecionar a sua aparência: olhos levemente puxados e rodeados por rugas de diversão, cílios fartos e curvados, maxilar quadrado e uma tez ainda mais bronzeada do que a primeira vez em que nos encontramos. Tão lindo quanto em meus pesadelos; não era raro eu reviver cada detalhe daquela noite em meus primeiros dias no hospício. — Estamos comendo uma fruta popularmente conhecida como fruta-do-conde. Ninguém sabe ao certo qual é a sua origem, mas costumamos reconhecê-la como natural das ilhas do Caribe.

— E a jaca tem um gosto parecido com o da fruta-do-conde? — pergunto ao terminar de comer a minha metade do fruto.

— Alguns diriam que o sabor da jaca é ainda mais doce e explosivo. Muito diferente do que os nossos olhos revelam quando encaramos a fruta de aparência estranha, não é mesmo? — Ele me observa com atenção e meu coração palpita acelerado. Penso em confessar que o conheço e que essa não é a primeira vez que conversamos sobre sabores incomuns, mas tenho medo. Medo de não ser lembrada tanto quanto de ser reconhecida pelos motivos errados. — Deixe-me pegar uma para que a senhora possa prová-la.

Rio de surpresa ao ver Benício escalar um tronco da árvore. Seus músculos saltam com a força de seu movimento e, ao parar em um dos galhos mais distantes, ele pisca na minha direção e apanha um dos maiores e mais amarelados frutos do pé.

— O senhor viu que temos uma jaca na ponta desse galho, certo? — Aponto para um dos galhos mais baixos, mas Benício me ignora ao pular da árvore com a jaca em suas mãos e parar ao meu lado. Tenho certeza de que ele está se exibindo, mas eu gosto disso.

— Devo perder toda a diversão e colher o fruto mais fácil? — Ele toca a jaca que pende na altura exata dos meus olhos e, com uma das mãos livres, faz o galho que sustenta o fruto pesado chacoalhar. Ainda assim, a jaca permanece intacta. — Esse fruto não está maduro, é apenas por isso que ainda não caiu. Mas devo alertá-la que as jacas são frutos temperamentais, senhora. Já ouvi casos de homens mortos por jaqueiras descontroladas.

— Mortos? Por acaso elas são venenosas?

— Não, senhora, muitos homens morreram por ficarem plantados embaixo de uma jaqueira. Já imaginou um fruto desse tamanho acertando-lhe a cabeça? Não seria agradável, isso eu garanto.

Olho mais uma vez para a fruta, que varia entre tons de verde e amarelo, e sorrio ao imaginá-la matando um homem. Benício balança a cabeça diante da minha descrença e, assim que retira um canivete do bolso para começar a cortar o fruto em suas mãos, uma jaca cai exatamente aonde meus pés estavam um segundo atrás. Grito com o barulho da fruta caindo. E, assustada, encaro a jaca destroçada no chão – em menos de uma hora, é a segunda vez que meus pés escapam de um desastre.

Ficamos em silêncio por alguns segundos, mas, assim que volto os olhos para Benício, ele irrompe em uma gargalhada. Sou consumida por uma vontade gigantesca de bater nele por rir de mim, mas a vergonha não é maior do que a alegria simplória que identifico por trás do seu riso. Suas gargalhadas me atingem, começando na boca do meu estômago até aflorarem em todo o meu ser. Neste momento, não me importo se ele se lembra de mim ou não, apenas agradeço a oportunidade de aproveitar uma boa conversa. Depois de um casamento odioso e de passar três anos trancafiada em um hospício, não imaginei que flertar seria tão fácil.

— Só um minuto, destroços de jaca estão presos em seu cabelo. — Benício dá mais um passo na minha direção, fazendo meus nervosos entrarem em conflito. Uma parte de mim quer me manter distante e em segurança, mas outra deseja trazê-lo cada vez mais perto.

Tremo quando suas mãos respaldam em minha face e alcançam as mechas soltas do meu cabelo. Fico completamente parada, respirando com dificuldade ao senti-lo procurar pelos pedaços perdidos de jaca. Em determinado momento, Benício limpa um pedaço de fruta em minha testa e leva-o até seus lábios. O gesto faz meu corpo inflamar, e pela primeira vez em anos imagino como seria ser beijada com paixão. Encaro sua boca por vários minutos e, finalmente, quando tomo coragem para enfrentar seus olhos tenho medo do que vejo refletido neles.

Não estou pronta para perder-me em Benício, mas gostaria de estar.

— Estou o procurando por meia hora, seu traste. Já está na hora de irmos almoçar. — Suspiro aliviada ao sermos interrompidos por Samuel. — Perdão, senhora. Não sabia que Benício tinha companhia. Prometo que não sou tão malcriado.

— Sei que não é, senhor. — Dou um passo para trás, fugindo do laço invisível que me atrai até o Benício, e faço uma pequena reverência. — Sou Anastácia Faure, viúva do falecido conde. É um prazer conhecê-lo.

Apesar de revelar a minha posição de viúva, opto por usar meu nome de solteira. Não almejo carregar nada que seja de Jardel. Sempre respeitarei os parcos e bons momentos que vivemos juntos, mas quero construir uma nova história, longe do seu nome e das tristezas escondidas por nosso casamento. Simplesmente parece certo usar o sobrenome dos meus pais; um nome sem título e reconhecimento nobre, mas do qual sou capaz de me orgulhar.

— Samuel De Sá. — Sorrio ao vê-lo espelhar meu gesto e executar uma mesura duas vezes mais perfeita do que a minha. Tenho certeza de que minha mãe ficaria orgulhosa por sua postura. — O prazer é todo meu, senhora.

— Espero que tenha se recuperado. Não queremos vê-lo desmaiar novamente. — Ao meu lado, Benício ri ao ver Samuel lutando para disfarçar a timidez. Pelo visto, ele ainda não superou completamente o episódio do desmaio.

— Já estou melhor. A senhorita Avril fez com que eu tomasse uma dose tão alta de xarope que, muito provavelmente, não adoecerei novamente por pelo menos dez anos.

— Mas isso não significa que não vá desmaiar outra vez ao vê-la. — Samuel responde Benício dando um peteleco em seu braço. Em poucos segundos eles estão discutindo como meninos, o que me faz rir.

Apesar de algumas poucas diferenças físicas, é fácil perceber que os dois têm o mesmo olhar alegre e contagiante. Além disso, ambos são altos, sorridentes e donos de ombros largos que, sem dúvida, fazem bem aos olhos. Quero saber mais sobre suas histórias, mas o ronco da minha barriga me lembra de que temos um almoço a nossa espera.

— Marta fez feijoada e já arrumamos a mesa da cozinha principal. — Eles cessam a discussão e me encaram com um olhar questionador. — É para isso que vim, fui destinada a chamá-los para o almoço. Os senhores e seus homens.

— Todos nós na sala de jantar do casarão? Madame, somos mais de quinze homens esfomeados depois de uma manhã de trabalho. — Samuel encara Benício com um olhar que traduzo como um pedido de ajuda, mas seu irmão apenas dá de ombros. — Além disso, a maioria dos homens de nossa equipe um dia foram escravos em fazendas exatamente como esta. Nós não temos modos quando o assunto é uma boa refeição.

— Acha mesmo que nos importamos com o passado de seus homens? Tudo o que desejamos é oferecer uma refeição saborosa e tranquila. Aliás, trabalharemos juntos por meses, então é melhor nos acostumarmos com a presença uns dos outros. — Mesmo sem perceber, espelho a irmã Dulce ao colocar as mãos na cintura e encará-los com uma sobrancelha erguida. — Não aceitarei uma recusa como resposta.

— Não queremos dar trabalho, senhora. — Samuel continua negando meu convite, apesar de Benício parecer favorável.

Tento ser paciente enquanto eles ponderam os prós e contras entre si. Sei que se sentem intimidados por quem aparentamos ser: *ladies*, mulheres nobres e, levando em conta o projeto do abrigo, suas atuais empregadoras. Porém, uma hora ou outra Samuel e Benício serão capazes de compreender que somos mais parecidas com eles do que imaginam.

— Vejam bem, talvez não tenham entendido algo importante. Somos duas freiras e três fugitivas de um hospício. Fomos chamadas de loucas e presas pelos homens que juraram nos amar. Também gostamos de quebrar pratos e beber vinho. E, na maioria dos dias, não fazemos ideia do que estamos realizando. Nossa única certeza é de que desejamos construir um abrigo para acolher todas as mulheres que, assim como nós, foram abandonadas pelo mundo. — Eles finalmente param de confabular e olham para mim com uma expressão que denota pura surpresa. — Espanta-me que não estejam correndo de volta para suas casas.

Espero alguns segundos e, dando-me por satisfeita ao ver um sorriso de admiração surgir em seus rostos, abandono-os com um aceno de cabeça e sigo de volta pelo caminho que me levará até a cozinha. Por mim, nunca mais falaria do hospício, mas hora ou outra eles precisariam conhecer a nossa história. Faz parte de quem somos e nunca irei envergonhar-me por ter sobrevivido.

Estou quase saindo do pomar quando olho para eles uma última vez e grito para ser ouvida:

— Dou-lhes dez minutos. Quero os senhores e todos os seus homens almoçando conosco. Caso contrário, precisarão acertar contas com a irmã Dulce.

Mal termino de falar e os De Sá seguem apressados para o fundo da propriedade. Exatamente como dois meninos com medo de serem repreendidos pela irmã Dulce – a mesma reação que eu e Darcília temos quando ela nos pede algo.

A sensação que me acompanha durante todo o percurso é a de que fomos reunidos na Fazenda De Vienne por um motivo maior. Não conheço a história dos irmãos De Sá, mas estou disposta a descobrir o porquê de nos encontrarmos para dar vida a um abrigo para mulheres abandonadas, julgadas e discriminadas. Tudo o que desejo é unir nossas forças para construir muito mais do que um refúgio.

Em meio a essas terras, espero que centenas de mulheres encontrem uma oportunidade de deixar o passado para trás e edificar um novo futuro. Quero que o abrigo represente esperança – não apenas para mim e para as mulheres que estão ao meu lado, mas a todos aqueles que um dia poderão beneficiar-se dele. Então, resta torcer para que Benício e Samuel estejam preparados para construir muito mais do que paredes e telhados.

Quero um prédio sustentado na fé, na esperança e na liberdade de recomeçar.

11
BENÍCIO

— Viu, não disse que sobreviveriam ao almoço? — Anastácia sorri ao servir-se de uma nova porção de feijoada.

Espelho seus movimentos e entro na fila para repetir pela terceira vez. Gosto de preparar as minhas próprias refeições, mas com a correria dos últimos meses ficou cada vez mais difícil separar um momento do dia para cozinhar. Antes de vir para a fazenda, eu e Samuel estávamos comendo fora todos os dias.

Desde que chegamos para almoçar, uma hora atrás, a panela de barro foi requentada uma dezena de vezes. Não me orgulho de dizer que, mesmo satisfeitos, eu e meus homens seguimos servindo-nos de porções generosas da feijoada preparada por Marta. Perdidos em meio à conversa fácil e animada, resolvemos aproveitar o almoço para conhecer melhor as nossas novas empregadoras. E, de bônus, ganhamos uma deliciosa refeição.

— Assumo que estava certa, praticamente todos os membros da Empreiteira De Sá comportaram-se perfeitamente bem. — Espalhados pela cozinha, parte dos homens acompanha com atenção o sermão animado da irmã Dulce e o restante ri das piadas contadas por Darcília. O único com o semblante emburrado é meu irmão que, para o meu completo espanto, não para de discutir com Avril. — Não sei o que deu em Samuel, ele costuma ser o mais sociável entre nós dois.

— Conheço Avril há poucos dias, mas confesso que para mim também é uma surpresa vê-la tão exaltada. — Sentamos lado a lado na mesa de madeira e enquanto comemos acompanhamos a conversa acalorada de Avril e Samuel. — Pelo visto, seu irmão a tira do sério.

Apesar das feições exaltadas, consigo ver que os dois estão gostando de discordar. Desde o episódio do desmaio, meu irmão e Avril passaram muitas horas juntos – seja para falar de sua saúde, seja para implicar um com o outro. Sorrio ao ver a noviça arrancar o copo com vinho das mãos de Samuel e obrigá-lo a beber água. Os dois são nitidamente teimosos, mas Avril está certa, ele mal se recuperou e já abusa de exercícios físicos e alimentos pesados.

— Qual é a sua relação com Avril? — Corto um pedaço de pão caseiro e uso-o para sorver o caldo encorpado do feijão preto. Anastácia me encara com olhos curiosos e quando penso que vai julgar meus modos, dá de ombro e serve a si mesma um pedaço de pão. — Entendi errado ao supor que ela é sua cunhada?

— Avril é a irmã gêmea de Jardel, meu falecido marido. — Encaro a noviça com atenção, tentando criar a partir dela a figura do conde. Apesar de ter frequentado a temporada francesa por dois meses, nunca fomos devidamente apresentados. — Ela foi enviada ao convento com dezesseis anos, por isso só a conheci após a morte do conde. Até então, meu marido nunca havia comentado sobre a existência de uma irmã.

Não preciso olhá-la para identificar os resquícios de dor em sua voz. Começo a juntar as peças do quebra-cabeça que foi o seu casamento com o conde De Vienne. E, ao unir o sofrimento que ocasionalmente nubla seus olhos com os relatos de um homem que interna a mulher no hospício e esquece a irmã gêmea em um convento, confesso que não gosto da imagem projetada em minha mente.

— Só fui conhecer Avril na semana passada, quando ela chegou ao Brasil para me buscar. Passei três anos presa, sem contato algum com o mundo exterior ou com o conde. Não fazia ideia de que meu marido havia morrido — Anastácia não continua, mas consigo preencher as lacunas por mim mesmo. Ela já havia comentado sobre o hospício, mas foi Darcília que sanou a minha curiosidade ao falar abertamente sobre os anos que viveu no Hospício Pedro II. Alguns homens da empreiteira perguntaram quando ela havia sido liberta, então Darcília nos contou a sua história ou o que imagino ser parte dela. — Quando vi minha cunhada, consegui reconhecer Jardel nela. Eles têm o mesmo tipo de beleza angelical.

Volto os olhos para Avril mais uma vez e compreendo o que Anastácia quis dizer. Mesmo com os trajes simplórios de noviça, a jovem exibe traços doces e simétricos. Sua feição harmônica lembra-me do rosto suave das esculturas de Michelangelo.

— Foi difícil deixar de enxergá-lo em Avril? — A pergunta sai em um impulso, mas não me arrependo de fazê-la.

Tento imaginar-me no lugar de Anastácia. Não é anormal ouvir histórias de casamentos sem amor, sustentados apenas por interesses econômicos ou sociais. Violência contra a mulher também é comum; vi com meus próprios olhos meu pai espancar suas prometidas sem motivo algum. A cada surra, as baronesas perdiam o brilho nos olhos e o ânimo de viver. E depois de partos de bebês natimortos e abortos espontâneos, todas sucumbiram. No entanto, nenhuma delas foi internada em uma casa conhecida por maltratar mulheres a mando de seus familiares.

Em tese, existe prestígio por trás das paredes do Hospício Pedro II. O lugar é conhecido como referência de beleza e luxo tanto quanto pelo reajuste social de alienados. Graças às oficinas diárias de trabalho, muitos homens concluem a temporada de internação fortalecidos por encontrar uma profissão. Mas as coisas são diferentes entre as mulheres, principalmente aquelas que são internadas ante o pretexto de que precisam mudar seus comportamentos.

Enxergo Anastácia sob uma nova ótica. Em seu lugar, não sei se teria sido capaz de superar a raiva e as lembranças. Por muito menos vivi anos da minha juventude alimentando o ódio pelo barão e deixando tal sentimento guiar meus passos. Fugi do Brasil na ânsia de esquecer o passado, mas carreguei as lembranças dele comigo por mais tempo do que deveria. Foram os anos e o apoio de Samuel que me ajudaram a perdoá-lo.

— Sinto que precisamos de uma dose a mais de vinho antes de continuar essa conversa, senhor. — Anastácia termina de comer e serve uma dose de bebida para nós.

Antes de beber, ela passa a garrafa para Moisés – um dos homens que trabalha na empreiteira – e brinda sua taça com a dele. Sorrio ao ver o olhar surpreso e admirado que toma conta do rosto do meu companheiro. Na verdade, Moisés não é o único homem com um semblante relaxado e maravilhado. Apesar do posicionamento da família imperial a favor da liberdade e das leis sancionadas que, aos poucos, estão lhes devolvendo o direito de ser e existir, a proximidade com a nobreza é inexistente.

— Agradecido, sinhá. — Moisés parece ainda mais encabulado quando Anastácia lhe entrega mais duas fatias de pão.

O aperto em meu coração é incômodo, mas bem-vindo. É exatamente assim que a vida deve ser e é por momentos como esse que continuarei lutando. Não existem diferenças em nossas cores, a não ser a beleza única que cada um de nós carrega. Ceando juntos, evidenciamos nossas aparências contrastantes ao mesmo tempo que declaramos nossas semelhanças. Fico feliz pelo fato de Anastácia, assim como as mulheres rindo ao redor da mesa da cozinha, ajudarem os homens da empreiteira a lembrar que somos todos irmãos.

— Foi difícil conviver com a minha cunhada, mas somente nos primeiros minutos. — Anastácia inclina-se em minha direção, permitindo que apenas eu escute suas palavras. — Avril e Jardel são extremamente parecidos. Mesmo cabelo, nariz perfeito e olhos azuis translúcidos. Mas para alguém que conviveu com o conde por mais tempo do que gostaria, é impossível não notar as diferenças. Os olhos de Avril trazem uma benevolência que meu marido nunca foi capaz de reproduzir. Seus sorrisos eram ensaiados, e seus olhares, treinados. Demorei, mas com o passar do tempo aprendi a reconhecer o tipo de bondade que vem da alma. Avril é assim, Jardel nunca ao menos tentou.

Os significados velados em suas palavras não me passam despercebidos. Em poucos minutos, Anastácia revelou uma parte valiosa de sua história. Finalmente entendo as regras que ditaram seu casamento, os aspectos cruéis da personalidade do antigo conde e os fantasmas que beiram seus olhos lilases. Porém, em meio à dor, também consigo compreender melhor a sua necessidade de construir um abrigo.

— É para isso que desejam o abrigo, não é mesmo? — Com seus olhos colados aos meus, sinto a conversa animada da cozinha calar e o mundo inteiro desaparecer. Neste instante, somos apenas eu e Anastácia. — Querem acolher todas aquelas que, como as senhoras, foram aprisionadas em nome de um amor falso.

— Avril foi enviada ao convento por discordar do irmão, Marta precisou trabalhar com o que não gostava para conquistar sua independência financeira, Darcília foi julgada e detida por sua cor e eu passei um ano culpando-me por um casamento destrutivo. — Uma pequena ruga é formada em sua testa, sinal que aumenta a minha vontade de beijá-la. — Gosto de pensar que, caso nos fosse oferecido ajuda, teríamos aceitado. Não faço a menor ideia de como o abrigo será visto pelas mulheres da região, mas torço para que ao menos sintam que não estão mais sozinhas.

— Entendo o que quer dizer. — Sinto orgulho ao olhar para os homens espalhados pela cozinha, comendo e rindo em meio à fazenda que um dia açoitou a pele e o espírito de muitos dos seus. Mesmo receosos, eles acreditaram na Empreiteira De Sá e deixaram o passado para trás. Eu e Samuel oferecemos apenas uma opção, mas a escolha foi deles. — Admiro-os por quem são e pela luta que escolheram travar. E se ainda lhes resta alguma dúvida, prometo que vamos trabalhar com afinco na construção do melhor abrigo que já viram, senhora.

— Sei que irão. — Meu peito é atingido pela força de sua confiança e pela sinceridade do sorriso em seu belo rosto. Neste momento, é assustador sentir que gostaria de ser capaz de fazer Anastácia sorrir por todos os dias de sua vida.

— O que vão fazer mais tarde? — Levanto da cadeira e junto a louça suja. Contudo, antes de seguir para a pia, aguardo pela resposta de Anastácia. Ela levanta o rosto para encontrar meus olhos e, por muito pouco, não abaixo e beijo o vinco em sua testa.

— Vamos explorar as terras que ultrapassam o limite da Floresta da Tijuca, senhor. — Ouço o barulho do arrastar das cadeiras e vejo alguns homens saindo da cozinha. Mas antes de voltar ao trabalho, todos caminham até Marta para agradecer a refeição. Sorrio como um tolo ao ver o rosto da cozinheira assumir uma coloração tão vermelha quanto seus cabelos. — Por quê?

Volto o olhar para Anastácia, perdendo-me em seu brilho intenso, e levo um minuto para lembrar sobre o que estávamos conversando.

— Podemos acompanhá-las? Antes de finalizar o projeto do abrigo, gostaria de mostrar as minhas últimas ideias. A irmã Dulce já disse quais são as prioridades da construção, mas quero seu aval para ter certeza de que estamos no caminho certo.

— Claro! E quem sabe o passeio ajude aqueles dois a acalmar os ânimos? — Anastácia aponta para Avril e Samuel que, obviamente, seguem discutindo. — Vamos esperá-los no portão principal às cinco horas.

— Perfeito, temos um encontro. — Só percebo o duplo sentindo em minhas palavras quando o rubor toma conta da pele alva de Anastácia. Deveria afastar-me, mas, em um impulso, tomo sua mão na minha e selo nosso acordo com um beijo casto em suas articulações. O ato faz com que eu lembre de outra noite e de outro beijo. — Vou deixá-la antes que corra para longe de mim, senhora.

Pisco para ela e saio da cozinha de forma apressada. Ao alcançar a porta, volto os olhos para Anastácia, satisfeito ao ver que ela me encara boquiaberta. Estou decidido a fazê-la se lembrar do nosso encontro em Paris, então coloco a mão no coração e faço uma pequena reverência.

Finalmente entendo o que me atraiu até aquela jovem de vestido prateado e olhos perdidos alguns anos atrás. Somos iguais, duas almas constantemente maltratadas pelo ato despretensioso de amar a pessoa errada. Porém, tenho confiança de que não importa o quanto o mundo tente definir quem somos e o que merecemos, nosso espírito nunca será abatido. Continuaremos lutando em nome do amor, seja ao construir um abrigo, seja ao criar uma empresa para homens livres. Seguiremos lutando por aquilo que acreditamos. Como Anastácia mesmo a havia dito: uma alma verdadeiramente nobre não pode ser simulada, ela apenas resplandece.

Não há escuridão no mundo capaz de abafar a luz que provém do testemunho da verdade.

※

— A enfermaria ficou muito maior do que imaginei, senhores. — O projeto do abrigo, assim como a lista de prioridades elaborada por Samuel, já passou pelas mãos de Avril, Anastácia e Darcília dezenas de vezes. Irmã Dulce e Marta viram o esboço antes de sairmos, já que as duas preferiram ficar na fazenda em vez de nos acompanhar em uma caminhada até o centro da Floresta da Tijuca. — Talvez eu consiga atender não apenas as mulheres do abrigo, mas criar uma pequena clínica. O que acha, Anastácia?

— É uma ideia excelente, Avril. — Ela caminha até a cunhada e com a mão em seu ombro faz Avril parar e encará-la. — Gosta de lecionar? Poderíamos transformar a clínica em uma escola preparatória. Mais do que um teto sobre suas cabeças, as mulheres precisam de uma oportunidade para encontrar uma profissão. Marta vai conduzir uma turma na cozinha e a irmã vai conversar com elas sobre a vida de uma religiosa.

— Então eu formarei uma turma de corte e costura. — Divirto-me ao ver Darcília rodopiar as saias rendadas de seu vestido em meio à trilha de pedra. Faz um tempo que atravessamos a ponte que separa a Fazenda De Vienne da Floresta da Tijuca, e agora caminhamos pelos arredores do parque. O céu do fim da tarde deixa a região ainda mais bela. — E se a teimosa da Anastácia aceitar, também poderíamos ter uma turma para músicos.

— É claro que eu aceito. Será incrível compartilhar o que aprendi nos últimos anos. Precisamos de mais mulheres estudando medicina também. — Avril entrega meu projeto a Anastácia e engata uma conversa com Darcília sobre o abrigo. Apesar de acompanhar o diálogo, meu real interesse está no silêncio repentino de Samuel. Não consigo decifrar o modo como ele encara a noviça. — O abrigo ficará incrível, senhores.

— Avril tem razão, o projeto está perfeito. — Anastácia mantém os olhos no papel e enquanto caminha delineia a ilustração com os dedos. — Foi o senhor mesmo que o desenhou?

Não sou tão bom com imagens quanto Rafael ou os outros arquitetos que trabalham comigo, mas gosto de ser detalhista em minhas obras. Depois de Samuel medir o terreno da fazenda e dividir perfeitamente os espaços disponíveis, dei vida às prioridades que a irmã Dulce listou ao nos contratar. Além do casarão principal para o abrigo, elas desejam anexos que possam ser utilizados como enfermaria, escola e capela. Então, foi fácil unir todos os complexos e transformar o projeto em uma área interligada.

— Geralmente levo um dia para visualizar o projeto em minha mente e, no mínimo, uma semana para desenhá-lo. Mas dessa vez foi tudo muito mais rápido. — Anastácia deixa que Avril, Darcília e Samuel nos ultrapassem, ficando para trás para que possamos caminhar lado a lado. Digo para mim mesmo que só paro de andar porque desejo observar um sabiá de peito alaranjado cantar, e não porque quero passar alguns minutos sozinho com Anastácia. — Qual instrumento a senhora toca?

Ela acompanha meu olhar e suspira ao encontrar o sabiá no topo de uma mangueira. O canto belo e afinado ecoa pela floresta e, juntando-se ao de outros pássaros como bem-te-vis e andorinhas, cria uma orquestra natural que faz os pelos dos meus braços arrepiarem.

É um privilégio estar rodeado pela pureza da natureza; desde o processo de desapropriação das principais chácaras da Floresta da Tijuca, mais de cem mil árvores foram replantadas. Em meio às palmeiras imperiais centenárias, avisto mangueiras, perobas, ipês das mais diversas colorações e – as minhas preferidas – jabuticabeiras.

— Arrisco algumas melodias no piano, mas a minha paixão era o violoncelo. Passava dias praticando e compondo minhas próprias canções.

Não sei o que aconteceu comigo. Mas desde que chegamos à fazenda, minha mente não para de criar cenas inadequadas que envolvem os lábios de Anastácia junto aos meus e seus braços ao redor do meu corpo. Em momentos como o que estamos vivendo agora, quando estou olhando as sardas na ponta de seu nariz, pego-me imaginando quantas outras estão escondidas por suas vestes.

Respiro fundo e à luz de sua recente revelação caminho até a árvore frutífera com a imagem imprópria de Anastácia abraçada a um violoncelo.

— Era? Isso quer dizer que não toca mais? — Colho uma dúzia dos pequenos frutos arroxeados e, após limpar alguns na manga da camisa, entrego um punhado para Anastácia. Ela ergue uma sobrancelha questionadora, mas sorri ao aceitar a minha oferta.

— Não sei, talvez minha música tenha virado apenas uma lembrança agridoce. — Suas palavras carregam um tipo de tristeza que não sei nomear. Porém, só de me imaginar longe do meu trabalho sinto meu peito apertar. — Sei que não desaprendemos a tocar um instrumento musical. Quando as notas fazem parte de quem somos, é impossível esquecê-las, não é mesmo? Mas estou sem praticar e, sinceramente, ainda não descobri se desejo voltar a tocar.

— Talvez ao decidir ensinar outras mulheres a tocar, acabe redescobrindo novas formas de encontrar sua música. — O brilho que vejo nos olhos de Anastácia faz meu coração acelerar. Dou alguns passos errantes em sua direção, mantendo-me mais perto do que deveria, enquanto termino de comer as jabuticabas. — Essas, a senhora já conhecia?

— Sim, o pátio do hospício era decorado por algumas jabuticabeiras. — Pela primeira vez desde que começamos a conversar, ela foge dos meus olhos. Gostaria de perguntar como foram seus anos no hospício, mas tenho medo de que a minha curiosidade a afaste. — Já reparou que nossas conversas, hora ou outra, giram em torno de comida? Qual será o próximo sabor exótico que me fará provar, senhor?

Tento encontrar algo inteligente para falar, mas tudo o que consigo pensar é que ela *sabe*. Não consigo acreditar que Anastácia não se lembre de nosso primeiro encontro, não depois de suas palavras. Antes que possa confrontá-la, ela me entrega o papel no qual desenhei o abrigo e, com uma piscadela, corre até o final da trilha.

Tiro um instante para encarar seus passos apressados, tentando compreender os motivos que a fizeram correr para longe. Duas opções encobrem meus pensamentos: ou Anastácia não deseja conversar sobre aquela noite, ou decidiu mostrar que – assim como eu – lembra de cada detalhe da nossa conversa.

Tudo nela é um grande mistério, desde o passado doloroso até as particularidades de sua personalidade encantadora. O cabelo escuro cai na altura dos ombros; ao andar, o conjunto de algodão branco composto por calça e túnica brilha como o céu da manhã; e ao olhar para trás e cruzar os olhos com os meus, um sorriso divertido evidencia a covinha de seu queixo.

— Benício, venha ver isso! — O grito de Samuel afasta meus pensamentos. Mantenho os olhos nos de Anastácia ao caminhar até o grupo. Com o rosto marcado pelo rubor, ela engata uma conversa com Darcília ao mesmo tempo que acompanha meus passos com atenção. A forma como ela olha para o meu corpo faz com que eu me sinta um maldito sortudo. — Encontramos a Fonte do Vaso, irmãozinho. Por acaso sabia que ela havia vindo parar aqui?

— Não fazia ideia. Provavelmente a fonte foi instalada há pouco tempo. — Corro as mãos pela estrutura de ferro fundido. Nos últimos anos, muitas peças de decoração feitas na Val d'Osne, uma famosa funilaria da França, foram enviadas para o Brasil e utilizadas na decoração de ambientes públicos. — Acha que ela foi escolhida pelo barão d'Escragnolle?

Além de belas árvores e pássaros nativos, a Floresta da Tijuca esconde inúmeras esculturas e chafarizes. Quando o projeto de reflorestamento foi iniciado, trinta anos atrás, o objetivo era apagar os rastros do desmatamento causado pelos produtores de café e salvar as fontes naturais de água que abastecem toda a cidade do Rio de Janeiro. Por isso, nos últimos anos, alguns elementos de decoração foram espalhados pela região na intenção de torná-la um parque de visitação.

— É provável que sim. Foi o barão que assumiu o paisagismo da floresta após o replantio idealizado pelo major Archer. — Samuel rodeia a escultura em formato de troféu que, apoiada a uma base alta de pedra, atinge a altura dos meus ombros. — Para a água jorrar da bica com tamanha força, a cascata que a abastece não deve estar tão distante. Vamos procurá-la?

— Pode ir, logo o alcanço. — Tento encontrar alguma marca ou sinal que me ajude a descobrir há quanto tempo a fonte foi trazida para a floresta, mas a voz de Avril interrompe meus devaneios.

— Está planejando ir aonde, senhor Samuel? — Avril aproxima-se da fonte e, com as duas mãos na cintura, encara meu irmão com um olhar de reprovação.

— Procurar uma cascata, senhora. Em parques como o que estamos, chafarizes servem de alerta para quedas d'água naturais. — Apesar de sua resposta objetiva, consigo sentir a tensão na voz de Samuel.

Olho para Anastácia e Darcília que, assim como eu, acompanham com curiosidade a conversa acalorada entre os dois. Mantenho uma expressão neutra no rosto, mas a verdade é que estou me segurando para não cair na gargalhada. O nervosismo deixa o sotaque paulista de Samuel – que ele adquiriu nos anos de faculdade – mais aparente ao mesmo tempo que evidencia a pronúncia tipicamente francesa de Avril. É divertido ver os dois perdendo-se em meio às palavras.

— Quantas vezes precisarei repetir que não deve fazer tanto esforço? Pelos céus, homem! Quando lhe dei alta deixei claro que precisaria repousar por no mínimo uma semana.

— Serão apenas mais alguns minutos de caminhada, senhora. — Samuel aponta para o fim da trilha de pedra, que está a apenas alguns metros à direita. Ele tem razão, a queda d'água não deve estar tão distante. Mas, em parques como a Floresta da Tijuca, os caminhos para as cachoeiras tendem a ser inconstantes. — Sou perfeitamente capaz de fazer as minhas próprias escolhas. Tenho trinta anos, diacho!

— Mas se comporta como se tivesse apenas dez! Prometo que, caso o senhor desmaie novamente, não vou acudi-lo — Avril sai pisando firme, mas não segue pela direção contrária da trilha. Em vez de retornar para casa, ela caminha até o fim da estrada de pedra. — Vamos logo encontrar essa bendita queda d'água. Se ultrapassarmos mais de vinte minutos de caminhada após o final da trilha principal, vou obrigá-lo a voltar para casa. Estamos de acordo?

Ela não para de andar enquanto fala, então Samuel resmunga uma série de imprecações e corre atrás dela. Eu, Avril e Darcília ficamos em silêncio por alguns minutos, apenas observando-os discutir sem parar por toda a trilha.

— Vou acompanhá-los. Algo me diz que essa briga vai longe. — Darcília faz um sinal com as mãos, como se estivesse enviando uma prece aos céus e segue meu irmão e Avril. Espero que Anastácia decida acompanhá-la, mas ela permanece comigo, encarando a Fonte do Vaso com atenção.

— O que esse chafariz tem de tão especial? — Sem disfarçar o interesse, ela corre os dedos pela peça, acompanhando os contornos dos arabescos e a cabeça do animal no centro do troféu de cobre. — Isso é um leão?

— Para ser sincero, não faço a menor ideia. Pouco se sabe sobre o artista que desenhou esse chafariz. Só reconheço a peça porque quando o carregamento chegou ao Brasil, eu e Samuel fomos com um amigo arquiteto acompanhar a descarga no porto. Foi Rafael quem contou a história amaldiçoada que precede a Fonte do Vaso. — Anastácia ameaça tocar a água que jorra da bica, mas a seguro pelo pulso, livrando-a da maldição. Sob minhas mãos, noto que a pele do seu pulso esquerdo apresenta uma variedade surpreendente de cicatrizes arroxeadas. Penso em perguntar o que são, mas ela afasta meu toque com brusquidão. Encaro seus olhos e me amaldiçoo mentalmente ao ver o medo refletido neles. — Sinto muito, não queria intimidá-la. É só uma superstição tola.

Escolho acreditar que Anastácia refutou meu toque receando a água maldita, e não por medo de estar perto de mim. Pensar na segunda possibilidade faz meu corpo inflamar de raiva. Olho para a marca em seu pulso mais uma vez e imagino como ela foi parar ali. As imagens em minha mente são perigosas, então respiro fundo na ânsia de afastá-las.

Esperarei pelo momento que ela decida contar mais sobre seu casamento.

— Não devo tocar a água? — Anastácia luta para afugentar o medo de sua voz e por muito pouco não esqueço as minhas resoluções e a puxo para um abraço.

— A água é potável, não se preocupe. — Sento em uma pedra ao lado da Fonte do Vaso e estalo os dedos das mãos até sentir-me realmente calmo. — Segundo reza a lenda, estamos diante de uma fonte mágica. Talvez seja por isso que entre tantas outras que vi serem descarregadas no Brasil essa em especial roubou a minha atenção.

— O que quer dizer? Ela opera milagres? — Anastácia franze o cenho ao inspecionar a água que verte do centro da escultura de ferro. Absorta no objeto, ela não parece se importar com meu escrutínio. Ao menos, consigo ver que seus olhos não estão mais tomados pelo medo. — Não sou supersticiosa, senhor. É só uma fonte e um pouco de água. Que mal ela poderia fazer?

Anastácia tem razão, não existe nada de sobrenatural na fonte. Contudo, gosto de pensar que, quando acreditamos em algo com a força do nosso coração, estamos dando o primeiro passo para torná-lo realidade. E uma fonte proferida como mágica por gerações, sem dúvida carrega o peso das palavras de fé anunciadas por uma infinidade de homens.

— Dizem que se tocarmos a água que verte da Fonte do Vaso com a mão direita, teremos um matrimônio feliz e apaixonado. Se o fizermos com as duas mãos, abençoaremos pela eternidade o par que roubou nosso coração. Agora se o fizermos apenas com a mão esquerda, teremos má sorte para sempre no amor. — Seguro o riso ao ver Anastácia afastar as mãos da fonte e mudar a forma como a encara.

— De que tipo de má sorte acha que estamos falando? — Anastácia mantém as duas mãos abraçadas na altura de seu coração e, sem tirar os olhos da fonte, caminha em minha direção.

— Confesso que não conheço ninguém que tenha propositalmente colocado a mão esquerda na fonte, senhora — digo assim que ela acomoda o corpo na pedra em que estou sentado. Sinto-me vitorioso ao perceber que o susto de minutos atrás ficou no passado, no entanto gostaria que ela estivesse sentada mais próxima dos meus braços. — Tudo o que ouvi falar sobre a maldição da fonte é que ela já causou infinitas separações para mulheres casadas e casais apaixonados.

Ficamos em silêncio por alguns segundos, apenas sentados lado a lado na pedra e encarando a exuberância natural da Floresta da Tijuca. A quietude é inspiradora. Apesar do farfalhar das árvores, do canto dos pássaros e da água vertendo da fonte ao meu lado, é como se estivéssemos protegidos dos ruídos do mundo.

— Talvez as coisas fossem diferentes se eu tivesse descoberto a existência dessa fonte alguns anos atrás. — Suas palavras são baixas, como se estivesse falando consigo mesma. — Naquela época, eu teria mergulhado todo o lado esquerdo do corpo na fonte se fosse preciso.

— Imagino que não seria a primeira, e muito menos a última esposa a fazê-lo. Talvez devêssemos anunciar os poderes mágicos da Fonte do Vaso. Tenho certeza de que se as superstições forem verdadeiras ela fará muitas mulheres felizes. — Quase me arrependo da escolha de palavras que fiz, mas fico aliviado ao ouvir Anastácia rir. Giro o corpo para encará-la, diminuindo propositalmente a distância entre nós. Sorrindo livremente, ela joga o rosto para trás e deixa a diversão tomar conta do seu ser. A luz do fim da tarde bate em seu cabelo e ilumina as sardas que salpicam sua pele. O desejo de beijá-las, uma a uma, é tamanho que preciso enlaçar minhas mãos atrás das costas.

— Preocupo-me também com os apaixonados desavisados, senhor — Anastácia diz em meio ao riso debochado. — Já pensou errar a escolha da mão e perder a chance de viver um amor pleno e sincero? Talvez nossa responsabilidade seja mesmo a de escrever uma placa com as diretrizes da Fonte do Vaso. Assim, ninguém será privado de escolher.

— Tem razão, senhora. O amor já é frágil demais sem a Fonte do Vaso para atrapalhar nossa vida.

Escolher e amor são palavras que raramente combinam na mesma frase. Nunca me apaixonei, mas já amei pessoas que me foram tiradas. Primeiro minha mãe, que morreu antes mesmo que eu pudesse gravá-la em minha memória, e depois meu pai – o barão está vivo, e sinto que continuará por muitos anos, mas ao conhecê-lo por inteiro vi morrer a minha ilusão de ser amado e protegido quando ainda era garoto. Ele é tudo, menos um pai para mim.

O vento balança os galhos do ipê-rosa acima de nós, derrubando várias flores coloridas no chão e em nossa cabeça. Anastácia sorri ao chacoalhar o cabelo para afastá-las e, pegando-me completamente desprevenido, aproxima nossos corpos para retirar as flores presas ao meu cabelo.

— Já se apaixonou, senhor? — Ela toma cuidado para não me tocar, pincelando as flores com atenção ressobrada, mas a sensação é de que seus dedos estão explorando meu corpo. Gostaria de senti-los em meu rosto só por um instante.

— Ainda não. E a senhora? — Almejo por sua resposta com uma força que me surpreende. Pouco me importo com o passado de Anastácia, mas receio que seu marido ainda controle as batidas de seu coração. Não sou tolo, sei que não escolhemos por quem nos apaixonamos.

É por isso que às vezes o amor é cruel. Porque perdemos o controle ao acreditar nas palavras de alguém que, em vez de nos amar, só nos faz mal. Sei disso porque já estive lá – no vácuo de dor causado por meus sentimentos pelo barão.

— Acreditava que sim. — Anastácia reúne as flores de ipê em seu colo e monta um pequeno buquê circular com elas. Quando seus olhos abandonam as flores e me encaram, vejo confusão neles. Reconheço que, assim como eu, ela também sente o laço invisível que nos impulsiona um ao outro. — Mas agora? Agora não tenho mais certeza do que é o amor, senhor.

Fecho os olhos e contenho a vontade de arrastá-la até mim e fundir nossos lábios. Sinto o exato momento em que Anastácia levanta do assento na pedra. Ouço-a correr apressada para longe de mim, mas estou decidido a deixá-la ir.

Após alguns segundos, levanto o olhar e enfrento a Fonte do Vaso. Se eu escolher acreditar, sei que ela vai realizar a sua mágica. Então, não penso muito antes de inclinar o corpo na bica e oferecer minhas duas mãos – não uma ou outra, mas as duas juntas e ao mesmo tempo.

Sinto a água fresca banhá-las, e tudo o que desejo é que suas bênçãos recaiam sobre a vida de Anastácia.

12
ANASTÁCIA

— Bom dia — cumprimento Marta, Avril e Darcília ao entrar na cozinha. A luz da manhã invade o aposento com força total, fazendo com que eu precise proteger os olhos com as mãos por um segundo. Estamos no meio da manhã, mas a sensação que me domina é que ainda é cedo demais para estar acordada.

Fui deitar logo após o jantar, mas não consegui pregar os olhos por horas. Com o corpo e a mente inflamados pela proximidade de Benício, passei a noite toda rolando na cama. Quando finalmente conciliei o sono, acordei assustada depois de um pesadelo horrível. Fazia tempo que não revivia a minha última noite com Jardel no navio – aquela que ele usou para me castigar. Quase sem perceber, corro as mãos pelas cicatrizes na lateral da minha costela direta. Mesmo protegidas pelo camisão de algodão, ainda consigo sentir as marcas de queimadura que foram deixadas pela brasa quente do charuto cubano.

— Odara! Dormiu bem, nenê? — Darcília me entrega um copo de suco de manga, gesto que agradeço com um resmungo. Em manhãs como a de hoje, mal consigo lidar com o esforço de produzir uma frase coerente. — Parece que alguém acordou de mau humor. Por acaso foi atropelada por uma comitiva, minha amiga? Ou passou a noite inteira acordada pensando em um certo senhor de olhos acobreados?

Bebo o suco de uma só vez e ignoro completamente a pergunta. Marta e Avril me encaram com olhares de apoio, então sigo até elas, fugindo propositalmente da curiosidade de Darcília. Ainda não sei como enfrentar Benício depois do dia de ontem. E muito menos quero pensar nas emoções conflitantes geradas por seu sorriso, pela maneira entregue que fala de sua profissão ou na leveza com a qual implica com o irmão. A verdade é que estou cansada de sentir o coração palpitar toda vez que o vejo.

O almoço foi incrível, conhecer os homens da construtora renovou nossos ânimos – para nós, é certo que eles vão construir o abrigo com alegria e dedicação. Nosso passeio pela Floresta da Tijuca também foi especial: a beleza natural, o canto dos pássaros e até mesmo as discussões de Avril e Samuel. Fazia anos que não desfrutava da liberdade de passear sem rumo. Mas tudo mudou quando estávamos sentados sozinhos e, a poucos centímetros de distância, Benício suspirou ao fechar os olhos. Por um segundo, a minha mente foi dominada pela necessidade de correr as mãos pelas mechas onduladas de seu cabelo.

Querê-lo em meus braços fez-me lembrar de uma época em que me deixei enganar pelo sorriso sedutor de Jardel. A comparação doeu como uma bofetada e me fez correr para o mais longe possível de Benício e das lembranças que pesaram em meus ombros.

— Anastácia? — Avril toca a minha testa na intenção de aferir minha temperatura. Seguro sua mão e, com um sorriso, digo-lhe que estou bem.

Mais tarde lidarei com meus pensamentos e sentimentos. Tudo o que preciso agora é de um café da manhã reforçado. E, pelo visto, não sou a única. A mesa da cozinha está preparada para um verdadeiro banquete. Vejo sucos, chás, bolachas de nata, um pão em formato circular e pequenas esferas amarelas que não faço a menor ideia do que sejam.

— O que exatamente estão comendo? — Sento ao lado de Marta e volto a encarar a variedade de alimentos, falhando na tarefa de escolher por qual começar. — Céus, o cheiro está maravilhoso!

— São pães de queijo. A massa é feita com farinha de mandioca e uma dose generosa de queijo. Já havia ouvido falar do famoso pão de Minas Gerais, mas, como nunca fui para lá, não fazia ideia de quão saboroso era. — Marta me entrega uma das esferas e a sinto morna em minha mão. Inspiro o cheiro delicioso e dou a primeira mordida. — Foi o senhor Benício quem fez. Ele acordou cedo e pediu para preparar o nosso café da manhã como forma de agradecimento pelo almoço de ontem.

Engasgo com o pedaço de pão, sentindo a respiração falhar. Darcília ri ao bater em minhas costas com força, ajudando-me na difícil tarefa de engolir o alimento. Exatamente quando decido me manter afastada de Benício por algumas horas, ele encontra uma forma de infiltrar-se em meus pensamentos. Avril me serve uma nova dose de suco e, ao bebê-lo, sinto a garganta áspera.

— Ele preparou tudo sozinho? — É a única coisa coerente na qual consigo pensar. Tento resistir, mas volto a comer o pão de queijo, apreciando o sabor levemente salgado e a consistência crocante por fora e macia por dentro. Apesar de o pão ser uma delícia, amaldiçoo Benício mentalmente. Seria muito mais fácil manter meus pensamentos distantes se ele fosse um péssimo cozinheiro.

— Não só preparou os alimentos como dispôs a mesa — Marta sorri abertamente ao encarar o arranjo de flores no centro do aparador de madeira. Respiro fundo ao ver os galhos de ipê perfeitamente arrumados em um vaso de cerâmica. As de ontem, que tirei de seu cabelo com as mãos tremendo, eram cor-de-rosa. Já as de hoje são uma mistura de azul e roxo. — Ele também limpou toda a cozinha. Já viu um homem cozinhar bem e ainda limpar a sua própria bagunça? Até então, achava impossível encontrar alguém que fizesse as duas coisas perfeitamente bem.

— E ainda é talentoso com as mãos. Aqueles desenhos do abrigo? Fiquei completamente apaixonada por eles. — Darcília esconde uma risadinha ao ouvir as palavras de Avril. Com os olhos nublados pela confusão, minha cunhada nos encara como se não entendesse o motivo do riso. — O que eu disse de errado?

— Não disse nada de errado, doce e pequena Avril. O senhor Benício é mesmo bom com as mãos, não é, nenê? — Minha amiga arqueia uma sobrancelha e me encara com um olhar zombeteiro.

— Ah, por favor! Será que posso ter um minuto de sossego? — Elas me olham assustadas depois de me ouvirem gritar. Sinto-me culpada. Apoio o rosto nas mãos e, com os olhos fechados, conto o ritmo da minha respiração até me acalmar. — Sinto muito, definitivamente acordei de mau humor.

Ouço passos e, após alguns instantes, as mãos de Darcília estão nos meus ombros.

— Deixe disso, nenê. Vamos, respire fundo e pense em algo bom. Não permita que a falta de sono lhe roube a oportunidade de ver o dia incrível à sua espera. — Como sempre, as palavras de Darcília transmitem boa dose de calma e confiança. — Quer voltar para o quarto e tentar descansar por algumas horas? Prometo levar-lhe uma xícara de chá mais tarde.

— Não vou conseguir dormir com a cabeça neste turbilhão. — Sentindo-me calma o suficiente, ergo os olhos e volto a me concentrar na comida. Sirvo-me de uma dose de chá com leite e abocanho algumas bolachas de nata. É impossível não suspirar de prazer ao prová-las. Digo para mim mesma que o presente de Benício é apenas uma prova do quanto ele e Jardel são diferentes. — Vou passar a manhã estudando a produção do café Bourbon. Encontrei alguns livros-caixa no escritório e uma dúzia de artigos a respeito do cafezal. Espero que eles me ajudem na tarefa de entender melhor o negócio que sustenta a fazenda.

— Posso ajudá-la? Fui intimada a manter-me longe da construção do abrigo por alguns dias e preciso ocupar a mente. — Olho para Avril com curiosidade, notando em sua expressão que ela não está satisfeita com a escolha de manter-se afastada do abrigo. — Segundo a irmã Dulce, estou apavorando os pobres homens. Posso ter me animado um pouco demais ao ver as paredes da enfermaria sendo levantadas. Mas em minha defesa, só perdi a compostura quando encontrei o senhor Samuel carregando um tronco de madeira dez vezes mais pesado que ele.

— Tem certeza de que está contando a história toda? A irmã disse que viu a senhorita gritando aos quatro ventos imprecações desconhecidas até mesmo por marinheiros experientes. — Marta passa uma porção de manteiga em um pão de queijo e mergulha-o em sua bebida quente, parecendo alheia ao rosto vermelho de Avril. — Eu até poderia ajudá-las na tarefa de pesquisar mais sobre o café, mas prefiro ficar longe de confusão. Com Avril e Samuel brigando sem parar, e Anastácia e Benício andando com um campo de força ao redor deles, estou decidida a manter-me refugiada em minha cozinha.

Penso em contradizê-la, mas Marta tem razão. Toda vez que eu e Benício estamos no mesmo cômodo, sinto uma eletricidade correndo entre nós. Só não fazia ideia de que outras pessoas haviam percebido.

— Vou fazer o mesmo, Martinha. Não quero ficar tão transtornada quanto essas duas. Já sou raivosa por natureza, imagine com um homem para me irritar? Seria ainda mais insuportável que Avril e Anastácia juntas, tenho certeza. — Apesar do tom de deboche, Darcília manda um beijo no ar na minha direção. Mas é Avril que surpreende a todos com uma gargalhada que, em poucos segundos, contagia a cozinha. — Que bom que estão rindo, agora já podem ir trabalhar. Enquanto Martinha cuida da cozinha e a irmã reza em nome de nossas almas condenadas, vou procurar alguns tecidos. Quero costurar conjuntos novos para a nenê. Não aguento mais vê-la com esse camisão branco e sem graça.

Acima do medo de deixar Darcília vestir-me, sinto-me alegre por vê-la encontrando uma ocupação que a faça feliz. Falei sério quando disse para Avril que o abrigo precisa contar com turmas de aprendizagem. E justamente por isso não me passa despercebido que eu também preciso descobrir o que desejo fazer no futuro.

— Por favor, nada de vestidos — digo para Darcília depois de terminar de comer mais um pão de queijo. Pelas minhas contas, é o quarto que como em menos de dez minutos.

— Ora, nenê. Deixe-me fazer apenas um? Não precisa usá-lo se não gostar, só quero vê-la provando um vestido feito por mim. — Ela junta as mãos em posição de prece e encara-me com olhos brilhosos e pidões. — Vamos, por favor! Juro que faço vários conjuntos de calça também. Com algumas melhorias, é claro, mas ainda assim os farei.

— Está bem. Concordo com um único vestido. — Forço a voz para parecer conformada, mas sei que não engano ninguém. No fundo, também me sinto animada com a perspectiva de provar roupas desenhadas e costuradas por Darcília. — Mas só se fizer um para Marta, outro para Avril e até mesmo um para a irmã Dulce. De jeito algum serei a sua única cobaia. Sinto que, se não colocar limites, vai querer vestir-me como uma boneca.

— Mas é claro que farei roupas para todas nós, nenê! Sei exatamente de qual cor será o vestido de Avril. — Darcília dá pulinhos de alegria pela cozinha, sorrindo como uma menina.

Contagiada pela felicidade que emana dos olhos de minha amiga, levanto da mesa e acompanho seus passos, dançando de forma improvisada ao redor da mesa. Marta me segue e, segurando primeiro minha mão e depois a de Darcília, faz nós três girarmos em círculo.

Tolamente felizes – é isso que somos neste instante.

— Faz mais de dez anos que não visto outra coisa que não seja esse hábito... — Paramos em tempo de ver Avril levantar e entrar no círculo formado por nossas mãos unidas. — Então, é bom esse vestido ser muito bonito, Darcília. Se vou ceder ao pecado da vaidade, melhor que seja em nome de uma veste deslumbrante.

— Vamos dar uma volta, Feliz? — O jumentinho me olha com curiosidade e, com passos calmos, segue-me em meio ao cafezal.

Passei metade do dia conversando com Avril. Lemos as anotações do primeiro conde e todos os livros que encontramos sobre o café Bourbon. Compreender a parte contábil foi, sem dúvida, desagradável. Mas além de ser uma ótima médica, descobrimos que Avril tem um dom extraordinário para lidar com números. Agora, não só sabemos o tempo exato da plantação e colheita do café como também o valor médio de revenda dos grãos e o quanto ainda temos para receber. A última colheita foi boa o suficiente para render lucros que podem durar mais dois anos.

Foi um alívio descobrir que temos um tempo hábil de transição para aprender mais sobre o café, encontrar administradores honestos para a colheita e, principalmente, contratar uma equipe livre que realmente deseje trabalhar na fazenda. Como era de se esperar, as anotações dos antigos condes estavam dominadas por números obtidos com o trabalho escravo.

— O que acha, Feliz? Acredita que vamos encontrar famílias dispostas a trabalhar livremente na fazenda? — Ele berra como se concordasse, fazendo-me rir espontaneamente pela primeira vez em horas.

Focar no plantio do café foi fácil, o difícil foi encontrar no meio dos papéis o planejamento das rotas ferroviárias de escape dos grãos. Antes, o café era levado até a estação mais próxima, mas, ao ganhar uma locomotiva exclusiva, os De Vienne triplicaram seus rendimentos com uma rota que termina nos limites da fazenda. O problema é que, assim que vi os livros-caixa, entendi que o lucro não provinha apenas do café. Não consegui frear a minha indignação e, em um surto de coragem, contei para Avril tudo sobre a noite em que entreouvi a conversa de Jardel. Reviver aquele momento que mudou a minha vida foi doloroso, mas necessário.

Feliz interrompe a nossa caminhada e me surpreende com um punhado de flores na boca. O jumentinho mastiga algumas, enquanto usa a outra parte delas para chamar a minha atenção. Corro atrás dele por alguns minutos, rindo de sua astúcia ao me enganar. Sinto-me grata pelo peso que o animal retira do meu coração.

— Preciso seguir um pouco mais adiante, amigo — digo, coçando-lhe a orelha pontuda. — Volto em poucos minutos, então me espere aqui, entendeu? E, por favor, não destrua nossos jardins, mocinho.

Feliz emite um som que interpreto como concordância e começa a andar pelo terreno dos fundos da fazenda. Pulo a cerca de madeira e, ao fitá-lo uma última vez, vejo-o sorrindo para mim – ou ao menos interpreto sua expressão como um sorriso. O descarado não esperou um minuto antes de mastigar uma muda de margaridas.

Seu ânimo mantém meu espírito leve por meia hora. Contudo, tudo muda quando chego ao meu destino final. Avril tentou convencer-me a não vir até aqui, mas senti que precisava confrontar mais uma parte do meu passado.

Olho para a locomotiva abandonada e sinto o coração apertar. A despeito dos poucos meses de desuso, consigo ver que as ervas daninhas começaram a tomar conta dos vagões de madeira. Curiosa para conhecer o interior, seguro as grades e tomo impulso para entrar. Imediatamente sinto cheiro de sujeira, suor e poeira.

Encaro a escuridão parcial com surpresa, dando-me conta de que, a não ser pela porta lateral, o vagão é completamente desprovido de janelas. Pulo do carro e sigo para o próximo vagão, apenas para dar-me conta de que eles são exatamente iguais. No total, conto seis compartimentos carentes de luz e qualquer outra coisa que não seja ratos e um amontoado de vestes sujas esquecidas pelo chão.

O trem é imponente, mas nunca poderia ser considerado uma linha de transporte humano. Em nenhum dos vagões existem bancos ou acomodações primárias – são espaços de cargas perfeitos para o transporte de sacos de café e mercadorias, não para jovens que passaram meses em um navio e que não fazem a menor ideia do que as espera em uma terra nova e repleta de estranhos.

Entro no último compartimento, certa de que não encontrarei nada de especial nele, quando sou surpreendida por um estrondo. Penso em sair do trem e descobrir a origem do som, mas um amontoado de caixas esquecidas no fundo do vagão vence a batalha travada por minha curiosidade. Uso a ponta de uma das minhas botas para destampá-las, receosa em encontrar ninhos de ratos, mas fico decepcionada ao descobri-las vazias. E então, quando estou quase desistindo da tarefa, avisto entre elas um belo e suntuoso embrulho dourado.

Afasto o papel que o envolve, evitando pensar demais – se eu o fizer, sei que vou desistir de desembrulhá-lo –, e assimilo o choque de encontrar uma cesta de vime, enfeitada com flores naturais e laços de seda, lotada de guloseimas. Vejo morangos, chocolates de embalagens coloridas, uma garrafa de vinho sem rótulo e um bilhete esquecido no fundo do aro. Pondero por um segundo, mas não resisto à tentação e alcanço o pequeno papel cor de creme.

— Maldição! — Sinto um arrepio percorrer meu corpo ao abrir o bilhete e encontrar uma única frase escrita no centro da folha. O cartão não está assinado e não conta com nenhum brasão ou selo de identificação, ainda assim, tenho certeza de que foi endereçado a mim; afinal, é o meu nome completo que estampa o papel. As letras se embaralham em minha mente e, mesmo incrédula, a caligrafia arredondada faz-me lembrar de Jardel. Rio da minha insanidade. Sei que existe alguma resposta lógica, meu marido está morto, então é claro que este presente – decorado com flores recém-colhidas – não foi preparado por ele. Ao menos, é isso que repito sem parar em meus pensamentos.

Grito de frustração e posso jurar que escuto uma risada ecoando entre as paredes do vagão, misturando-se aos meus lamentos. Respiro fundo e volto a encarar a cesta: morango era a fruta favorita de Jardel, os chocolates coloridos lembram os doces que ganhei de presente de mamãe no dia do meu casamento, já a garrafa desconhecida é uma incógnita. Alcanço a bebida e, após duas tentativas, retiro a rolha. Inspiro o aroma intenso das uvas e sou transportada para o passado.

Praguejo como um marinheiro. Posso jurar que o vinho em minhas mãos veio diretamente da vinícola de meus pais, em Bordeaux. Penso em provar um gole da bebida para confirmar todas as nuances do sabor frutado, mas mudo de ideia no último instante. Não confio nesse presente e muito menos nas intenções por trás dele.

Pondero o que fazer e, deixando o impulso falar mais alto, arremesso a garrafa de vinho na lateral do vagão do trem. Estimulada pelo estrondo, rasgo o bilhete em inúmeros pedaços, pisoteio os chocolates e corto a cesta de vime até arranhar os dedos das mãos. Estou tremendo de raiva e de medo. Só de olhar para os retalhos do presente, sinto um aperto na garganta. Meus instintos gritam para que eu corra, mas estou resoluta em minha decisão. Neste momento, não importa como tal bilhete chegou em minhas mãos, mas sim o fato de que não permitirei que o conde volte a me usar como um joguete em seus planos maléficos.

Passo alguns minutos acalmando os batimentos do meu coração e encarando os vestígios da minha destruição. Quando estou mais calma, respiro fundo e salto do vagão, decidindo seguir até a cabine de comando do trem. Quero terminar a minha inspeção o mais rápido possível e voltar para o refúgio que construí na fazenda. Tudo de que a minha mente cansada precisa é de um chá e de uma boa noite de sono. Tenho certeza de que amanhã mal me lembrarei desse maldito presente!

Pulo na cabine de controle do trem e suspiro de alívio ao encontrar belas janelas de ferro e assentos almofadados. A alavanca de sinalização e os relógios que controlam a máquina de vapor estão dominados por teias de aranhas. Retiro a faixa que prende meu cabelo e tento limpar a superfície. Ao olhar os apetrechos, deixo a curiosidade abafar as pontas de desespero que crescem em meu estômago. Não quero pensar no passado, então decido focar no fato de estar – pela primeira vez – dentro da cabine de controle de um trem. Sempre imaginei como seria dirigir máquinas com tamanho poder. Fosse um navio, uma carruagem ou trem, eu apenas gostaria de sentir a mágica silenciosa de conduzir-me de um lugar para outro.

Fecho os olhos e respiro fundo. Ainda podemos usar esse trem para algo bom; é apenas mais um fantasma que preciso exorcizar. Quem sabe, daqui a alguns anos conduzirei-o pelos trilhos que ligam nossa fazenda ao porto da cidade e trazendo novas jovens para o abrigo.

— Olá? — Dou um pulo ao ouvir sua voz ecoando pelo vagão. O susto faz com que eu bata a cabeça em uma das alavancas do trem e o apito que ressoa em meus ouvidos faz o pânico aumentar. Uma leve fumaça atinge meu nariz e, por um segundo, penso que o trem vai começar a andar de forma desgovernada. — Senhora?

— Estou aqui, senhor. — Toco o inchaço em minha testa e deixo que a dor acalme meus nervos.

Sigo até uma das janelas da cabine em tempo de ver Benício pular para dentro do vagão. Ele veste uma calça marrom simples e uma camisa de linho folgada, que mais parece uma túnica. Contudo, o colarinho em recorte triangular deixa parte de sua pele bronzeada à mostra. Encosto o corpo na lateral do trem e mantenho uma distância segura entre nós. Não confio em mim mesma quando estamos sozinhos e tão perto um do outro.

— Ora, o que aconteceu com sua cabeça? — Ergo os olhos de sua pele bronzeada e fito sua íris cor de cobre. Seguro a respiração quando ele se aproxima, levando a mão até o meu rosto. Espero pelo toque em um misto de insegurança e desejo, mas no último segundo ele pensa melhor e recua. — Como foi que ganhou esse galo?

— Assustei-me com sua voz e bati a cabeça no sinalizador da locomotiva. — Vejo o riso tomar conta dos seus olhos e, antes que ele possa rir de mim, coloco o dedo em riste. — Precisa parar de me assustar dessa forma, senhor. Nada disso teria acontecido se não tivesse me interrompido.

Benício levanta as mãos em um sinal de rendição, ou em um pedido tardio de desculpas, mas a diversão permanece estampada em sua face. Quero censurá-lo, mas não consigo. Sinto-me contagiada por seu espírito alegre e, em vez de discutir, desejo acompanhá-lo na tarefa de rir de mim mesma. Preciso aceitar que nos últimos dias estou mais desastrada do que o costume.

— O que está fazendo aqui, senhor? Está me seguindo, por acaso? — Ao fazer a pergunta, penso que talvez a cesta de vime tenha sido preparada por Benício. — Faz tempo que chegou?

Apesar de lutar para esquecer as lembranças dolorosas do meu casamento, percebo que minha mente gosta de trazê-lo à tona. Lembro a mim mesma que morangos, chocolates e vinhos dispostos em uma cesta são apenas isso: presentes bem-vindos e livres de segundas intenções. A culpa é toda minha por associá-los a Jardel.

— Estava caminhando pelos arredores, conferindo algumas das medidas da fazenda, quando vi a senhora entrar no vagão. — Ele corre as mãos pelo cabelo, ajeitando as mechas que teimosamente caem em seus olhos. Gosto cada vez mais da naturalidade de sua aparência. Nada em Benício é falso ou premeditado e isso me encanta. — Então, teoricamente só a segui ao decidir procurá-la na locomotiva. Será que isso faz de mim um espião?

— Se de fato for um espião, será preciso melhorar suas habilidades, senhor — digo sentindo o riso crescer em minha garganta.

É como ser transportada para a nossa primeira noite em Paris. Seu cheiro amadeirado é o mesmo de que me recordo, suas íris cintilam em uma dúzia de tons de cobre e pequenas rugas tomam conta da área ao redor dos seus olhos ao sorrir. A única coisa diferente é que seu cabelo está um pouco menor do que antes, seguindo um padrão mais tradicional – se fosse corajosa, diria que prefiro quando Benício deixa as mechas alguns dedos maiores, como ele usava alguns anos atrás.

— Sinto muito por ontem, não queria sair correndo — digo em um impulso. Vejo-o ensaiar uma resposta, mas não permito que fale nada. Temo que, se voltarmos ao momento que compartilhamos naquela floresta, vou acabar perdendo-me por completo. — E obrigada pelo café da manhã. Estava delicioso. Onde foi que aprendeu a cozinhar?

— Fui ajudante de cozinha por alguns anos. — Meu espanto deve ser perceptível, pois Benício começa a rir. — Passei dois anos trabalhando em um navio. Fiz um pouco de tudo: cozinhei, limpei e até mesmo ajudei na manutenção da embarcação. Foram anos incríveis, aprendi muito com o capitão. Além disso, descobri que cozinhar me acalma.

Olho descaradamente para sua pele bronzeada e para os músculos torneados de seus braços e, ao lembrar da tatuagem que vi marcando sua pele, consigo listar outras coisas que Benício adquiriu ao passar alguns anos embarcado em um navio.

— Levou muito tempo para descobrir que seu destino era ser construtor? — Sento em um dos bancos do vagão e acompanho Benício avaliar cada centímetro da cabine. Enquanto o observo, resgato a faixa de tecido que esqueci no painel do maquinário e, após dar um safanão na tira de algodão, uso-a para prender o cabelo em uma trança.

— Sempre soube com o que gostaria de trabalhar, mas não havia encontrado a coragem necessária para fazê-lo. — Benício volta os olhos para os meus e estanca no lugar. Posso estar enxergando coisas, mas tenho certeza de que sua expressão muda ao acompanhar os movimentos dos meus dedos. Talvez seja por isso que eu leve mais tempo do que deveria para finalizar a tarefa de trançar as mechas. — Às vezes, o mundo abafa nossos sonhos com tanta força que deixamos de acreditar que somos capazes.

— Que bom que superou os ruídos e seguiu os chamados do seu coração, senhor. Não imagino uma empresa melhor para dar vida ao nosso abrigo. — Caminho até a saída da cabine, ciente dos passos de Benício acompanhando-me. — É muito talentoso, espero que saiba disso.

— Obrigado, senhora. — Anuo com um gesto e pulo do vagão. Benício me acompanha e, do lado de fora, ficamos alguns minutos encarando o trem. — Também são proprietárias da locomotiva?

— Avril disse que somos. — Mesmo que um dia o trem tenha servido para fins ilegítimos, seu valor não pode ser questionado. É maravilhoso saber que possuímos algo tão único e, até poucos anos, inimaginável.

— Ainda não li meu testamento, então desconheço os detalhes da herança. Tudo o que sei é que o trem foi listado entre os bens que eu e Avril herdamos por não estarem atrelados ao título do conde.

— Por que ainda não o leu? — Suas palavras saem sussurradas, como se Benício entendesse a importância da resposta que solicita.

— Porque ainda não estou pronta para enfrentá-lo — digo como a mulher que gostaria de ser, forte e orgulhosa. Não quero envergonhar-me das cicatrizes que carrego e muito menos das minhas escolhas. — Acha que conseguimos transformar a locomotiva em um transporte misto?

Benício leva apenas um segundo para acompanhar a mudança de assunto. Ele evidencia sua tensão ao estalar os dedos, mas aceita a minha resposta como suficiente – uma das características que mais admiro nele. Só quem já foi constantemente calado é capaz de mensurar o poder libertador de decidir quando usar ou não a sua voz.

— Assim a senhora fere meu ego. É claro que conseguimos. — Benício anda pela lateral do trem, ocasionalmente parando para avaliar as aberturas dos vagões de madeira. — Quantas cabines de transporte gostaria de ter?

— Quantas acha que são precisas? — Quando imaginei o trem sendo utilizado para carga e transporte de pessoas, não parei para pensar em números, apenas deixei-me guiar pelas ideias que papai introduziu em mim sem ao menos perceber. — Algo me diz que teremos mais cargas comerciais do que humanas, ainda assim, seria vantajoso para a família possuir um meio de transporte que liga a fazenda ao porto. Além disso, poderíamos usar duas cabines luxuosas para trazer possíveis investidores em visitas agendadas. Ao apresentar quem somos, criaríamos parcerias comerciais embasadas não apenas no lucro.

Enquanto falo, sinto a animação crescer. Será um desafio conduzir sozinhas a plantação de café da fazenda, mas sei que somos capazes de encontrar formas criativas de conquistar nosso espaço. O café Bourbon por si só é único, assim como nós.

— Tem razão, senhora. Valorizar todas as etapas de um trabalho bem-feito é tão importante quanto concluí-lo. — Benício fita o trem mais uma vez e, apoiando o corpo na lateral de um dos vagões, retira um bloco de papel escondido no bolso de sua calça e começa a fazer inúmeras anotações, vez ou outra parando para me olhar nos olhos.

Curiosa demais para pensar no que estou fazendo, fico na ponta dos pés na tentativa de espiá-lo. Primeiro, sou invadida por seu cheiro; depois, preciso lutar contra sua teimosia. Benício tenta esconder o papel ao erguê-lo em uma altura que não consigo alcançar, mas puxo-o pelas mangas da camisa até fazê-lo desistir e me deixar ver o que está fazendo.

— Vou deixá-la ver, mas vai precisar soltar a minha camisa. — Olho com surpresa para minhas mãos enroladas em seu pulso. Liberto-as para que Benício possa voltar a desenhar, mas permaneço ao seu lado. Não quero dar-lhe oportunidade para mudar de ideia. — Gosto desse seu lado obstinado, senhora.

— Pare de enrolar, quero saber o que tem em mente. — Ele ri, mas faz o que digo. E, com o corpo levemente inclinado, permite que eu veja os traços no papel ganharem vida.

Estou esperando o desenho de uma cabine de viagem. Mas, diante dos meus olhos, vejo Benício desenhar trilhos, pequenos pontos sinalizados com árvores e vagões abertos que representam a extensão da locomotiva. É tudo tão surpreendente que demoro demais para entender que ele está recriando parte do caminho que o trem faz do porto até a fazenda.

— Terá um trem reformado, assim como todo o caminho que o ladeia. — Ele me entrega o papel assim que termina de desenhar.

Vejo uma cabine com bancos ornamentados e confortáveis, janelas decoradas com arabescos de ferro, um amplo bar que faz as vezes de cafeteria e um belo corredor de passagem. Mais que isso, avisto pequenas mudanças em todo o entorno. Pontes, chafarizes, estátuas e brasões de ferro parecem tornar o terreno ainda mais atrativo.

— Por que sinto que estou deixando passar uma informação importante?

— Quer mostrar aos investidores quem são, não é mesmo? Então tornaremos o passeio uma atração. Ao olhar pela janela do trem, eles descobrirão o que os espera — Benício aponta para os elementos desenhados na lateral dos trilhos e sinto meu coração acelerar ao compreender o que vamos fazer. — Escolha qual história quer contar durante o trajeto do trem e providenciaremos os elementos necessários para torná-la real.

De repente, sei exatamente do que precisamos.

— Devemos contar a história do café De Vienne. — A atenção de Benício é tão inspiradora que deixo que minhas ideias fluam livremente entre nós. — Cada detalhe precisa reverenciar o primeiro conde De

Vienne; como ele encontrou refúgio em meio às terras brasileiras e construiu um novo lar, como usou a saudade que sentia da bebida dos reis para plantar um tipo raro e especial de café aqui e como deixou uma linhagem de descendentes apaixonados pela bebida. No fim do trajeto colocaremos estátuas para representar seus sucessores.

Ciente de que os olhos de Benício estão em mim, viro o papel e pego o lápis de suas mãos. Ele não diz nada, apenas aguarda que eu conclua meus pensamentos. Sinto as mãos tremerem ao marcar um semicírculo na folha branca.

— Está vendo os pontos no papel? É assim que imagino posicionadas as estátuas dos condes De Vienne. — Faço um ponto maior no meio da folha e consequentemente no centro do círculo que desenhei. — No meio, colocaremos uma estátua feminina. Deixe que os espectadores decidam qual de nós a figura representa, mas faça com que todos os olhos estejam nela. Seja dos visitantes, seja das estátuas masculinas ao redor.

Em um mundo em que o papel da mulher é constantemente reduzido, e nosso interesse comercial é tão questionado quanto nossas escolhas de vestes, as estátuas nos ajudarão a mostrar a força da história do café De Vienne e a posição que assumimos como herdeiras desse grande legado. Avril e eu podemos não saber como administrar uma fazenda, mas isso não significa que não vamos aprender.

— Gosto de como a sua mente pensa. — Benício pega o papel de minhas mãos e contorna com os dedos cada um dos pontos desenhados. Não deveria comportar-me como uma debutante, mas sinto a pele do meu rosto esquentar. — Gosto muito mesmo, senhora.

Sei que ele está falando das minhas ideias, mas meu corpo interpreta suas palavras de uma maneira completamente diferente. Fecho os olhos e repito as palavras no silêncio de minha mente. Revivendo a imagem dos olhos brilhantes de Benício, quase consigo acreditar que ele está dizendo que gosta de mim por inteiro.

E, por mais assustador que pareça, é exatamente isso que eu gostaria de ouvir.

O despontar de um arco-íris

Sinto as cores fluindo por minhas mãos
Antes solitárias, agora elas se unem
Antes vazias, agora elas brilham
Antes presas, agora elas correm

Uma aquarela de possibilidades
Cores diferentes para cada nascer do sol
Tons únicos para cada recomeço

O vermelho do nosso sangue a unir
O azul do mar a guiar
A luz do amarelo a iluminar
E o verde da esperança a voar

Uma aquarela de possibilidades
Um arco-íris de esperança no fim do caminho
Ou seria no começo?

Música de Anastácia De Vienne Faure
Maio de 1880

13

BENÍCIO

Olho para a lista de execução em minhas mãos e assinalo as primeiras tarefas com satisfação. Depois de dez dias intensos de trabalho, conseguimos derrubar a lateral da antiga senzala e limpar todo o terreno – em um tempo muito menor do que o planejado, já que contamos com as acomodações que a irmã Dulce insistiu em providenciar. Sem precisar realocar minha equipe a cada avanço da demolição, derrubamos as paredes de pau a pique em menos de dois dias, usando o restante do tempo para limpar o entorno e iniciar o levantamento da obra.

As etapas iniciais não foram fáceis. A limpeza mexeu com o emocional de todos; estar na senzala, demolindo paredes e revirando cômodos utilizados para a exploração imoral trouxe à tona lembranças que todos nós lutamos para apagar. As manchas vermelhas do lado de fora da construção, próximas ao tronco, não passaram despercebidas. Assim como as correntes de ferro, os chicotes de couro e as camas de palha corroídas pelas pulgas espalhadas pela senzala. Foi difícil manter o clima de camaradagem que sempre permeia nossas empreitadas, mas conseguimos focar no motivo que nos levou até ali. Saber que uma terra amaldiçoada será usada para curar e libertar ajudou a acalmar nossas almas inquietas.

Uso a barra da camisa para limpar o suor do rosto. Divididos em equipes pelo terreno, parte dos homens trabalha sem camisa, enquanto outros usam camisões de manga longa na intenção de proteger a pele do sol. Esse período do ano é marcado por altas temperaturas e ocasionais chuvas de verão, então ainda é preferível enfrentar o sol do meio da manhã em vez de precisar pausar os trabalhos por conta de possíveis temporais.

Caminho entre as paredes que estão sendo medidas e levantadas, entregando jarras de água fresca para os homens que trabalham. O barulho das ferramentas, misturado às ordens e conversas leves, é uma das coisas de que mais gosto no meu trabalho. Sempre me surpreendo com o fato de que nosso esforço conjunto é capaz de dar vida a projetos que, sem mãos e mentes competentes, nunca sairiam do papel.

Em poucos minutos chego aos limites da propriedade. É ali que uma dúzia de homens, os mais experientes da empreiteira, trabalha na nascente que contorna a fazenda. Para nós, encontrá-la foi o equivalente a descobrir uma mina de ouro. Com a construção tão próxima à nascente, ficou mais fácil de executar a proposta de levar água encanada até o abrigo. Graças à água abundante, também fomos capazes de seguir o novo modelo de esgoto desenvolvido pela City – uma empresa inglesa responsável pela coleta sanitária de toda a região central do Rio de Janeiro. Seguindo suas instruções começamos uma rede tubular que levará os dejetos da fazenda e do abrigo para a estação de recolhimento na rua do Russel.

— Está de folga, patrão? — Ernesto grita do meio do lago, afastando meus devaneios. Ele é um dos homens mais altos da equipe e, ainda assim, a água cobre sua cintura. — Por acaso está com medo das senhoritas não o desejarem mais ao descobrirem os calos em suas mãos?

Todos os homens trabalhando na nascente riem ao ouvir a provocação de Ernesto, mas a minha única resposta é um ligeiro dar de ombros. Tenho certeza de que eles leram a última coluna social – a que diz o quanto sou *delicadamente atraente*. Apesar de odiar o jornal, não me incomodo com suas brincadeiras. Somos uma família e é isso que as famílias fazem: se intrometem nos assuntos uns dos outros. Além disso, sei que Samuel usa os folhetins para incentivar aqueles que começaram a ler recentemente. Então, antes do meu ego, o que importa é saber que eles estão tomando nota e seguindo as aulas do meu irmão.

— Ora, sabe muito bem que eu seria o homem mais feliz do mundo caso conseguisse uma folga do seu mau humor. — Dobro as barras da calça e começo a descer o terreno em direção à nascente. Minhas botas afundam no solo molhado, fazendo com que eu desequilibre a cada passo e que Ernesto ria do meu esforço para não cair. — Mas para o meu azar, a verdade é que Samuel me deixou de castigo.

Bufo ao lembrar do seu sermão. Antes de sair para protocolar os documentos da construção do abrigo, meu irmão deixou claro quão importante é passar uma imagem profissional, mesmo durante os trabalhos fora da capital. Samuel sempre foi do tipo que gosta de seguir protocolos de vestimentas, mas suas exigências pioraram depois que contei sobre meu encontro no pomar com Anastácia.

Ainda consigo sentir o peso dos seus olhos lilases avaliando a minha pele. Anastácia não pareceu incomodada com minhas vestes, ou melhor, com a falta delas. Gostei de ver o interesse em sua expressão ao encarar minha tatuagem. Se pudesse, andaria sem camisa o tempo todo só para ver sua pele alva ruborizar.

— Posso saber o que aprontou dessa vez, menino? — Percebo com facilidade a preocupação no tom de voz de Ernesto. Seus olhos atentos não deixam passar nada e, mesmo que negue com afinco, todos nós sabemos o quanto ele zela pela felicidade e bem-estar dos homens da empreiteira.

Ernesto foi o primeiro homem recém-liberto que contratamos para trabalhar no negócio. Anos atrás, ele ainda era escravo na Fazenda da Concórdia. Lá, gerenciava a colheita de café ao mesmo tempo que defendia seus companheiros da ira do patrão – assim como protegia eu e Samuel das surras de nosso pai. Quando voltei ao Brasil e meu irmão terminou o curso de direito, enfrentamos o tribunal para conseguir sua carta de alforria. Desde então, Ernesto decidiu trabalhar conosco.

— Por que pensa que o errado nessa história sou eu e não o meu irmão? — Ele não responde, apenas me encara com as mãos na cintura e uma sobrancelha erguida. — Ora, não me olhe assim! Temos uma reunião com nossas empregadoras após o almoço e Samuel pediu para que eu estivesse apresentável.

— E decidiu aparecer com as botas sujas de terra e o rosto marcado pelo suor? — Ernesto arqueia uma sobrancelha e aponta para o atual estado dos meus sapatos.

— Acabou de ferir meu ego, Ernesto. Achei que havia vestido minha melhor camisa. — Ele ri, seguido pelos homens que trabalham ao seu lado na nascente.

Eles não precisam saber que, de fato, esforcei-me para escolher as roupas que usaria hoje – e não graças aos apelos de Samuel, mas por desejar chamar a atenção de Anastácia. Fiquei acordado até mais tarde, esperando meu irmão dormir, para passar a minha melhor camisa de linho. Até escolhi uma gravata em um tom de azul que me lembra os olhos de Anastácia. Decidi surpreendê-la ao aparecer na reunião com vestes formais. Talvez, ao ver-me com roupas que não sejam de trabalho, seus olhos deixem transparecer a verdade. Sinto que ela se lembra de mim tanto quanto eu dela. Só não sei por que Anastácia ainda não disse nada.

— Menino, não fique preocupado. Um banho resolverá seu problema. — Ernesto avança até a borda da nascente e me puxa pelos braços.

Caio no lago com mais força do que previsto e, com o impacto do meu corpo, molho a camisa de Ernesto. Ele sabe que fiz de propósito e espalma a mão na água para me dar o troco, mas sou mais rápido e nado para o lado oposto da nascente. Os homens caem na gargalhada, e o clima leve acalma meus pensamentos. Momentos como esse fazem com que eu me sinta grato por trabalhar com o que amo e, mais do que isso, com pessoas que também são apaixonadas pelo que fazem.

Paro na lateral do lago e encaro nosso trabalho com orgulho. Instalamos no início do rio uma base de madeira que vai dividir o fluxo de água. A ideia é que a estrutura separe a água que seguirá para consumo daquela que levará o esgoto até a central. Então, confiro o mecanismo, refaço mentalmente as medidas e deixo a água fria afastar o calor da manhã e aumentar a certeza de que estamos no caminho certo. Não tenho dúvidas de que o sistema funcionará perfeitamente e facilitará as tarefas diárias do abrigo.

— Agora que já conferiu nosso trabalho e limpou a sujeira do corpo, saia da água para que sua roupa seque em tempo. — Ernesto ralha, sem deixar de manter o foco no trabalho. Com uma corda, ele marca toda a base do caminho de madeira pelo qual a água escoará até a fazenda. Ameaço ajudá-lo, mas seu olhar me detém. — Deixe de ser teimoso e vá logo! Não queremos chatear seu irmão, não é mesmo, rapaz?

Respondo com um resmungo, mas saio do lago. De fato, minha sociedade com Samuel é perfeita. Se eu precisasse lidar com reuniões e papeladas todos os dias, nós dois estaríamos perdidos. É ele que tem o carisma necessário para as negociações enquanto eu prefiro estar em meio à obra, misturando-me a pregos, pedras e madeiras. E, sem dúvida, com roupas propícias para um dia de trabalho.

— Também não queremos desagradar nossas empregadoras. — Ele sabe como chamar a minha atenção. Em menos de um minuto, volto a me amaldiçoar por preocupar-me com o que Anastácia pode pensar de minha aparência desleixada. — Ora, deixe de bobagem. Sabe muito bem que elas pouco se importarão com seus trajes.

— Sei que tem razão — digo, apenas. Ernesto me encara como se esperasse por uma resposta mais elaborada, mas me concentro no ato de lavar as botas embarreadas na beira do lago e torcer as meias molhadas.

As mulheres da Fazenda De Vienne são completamente diferentes do que imaginei. Claro que, antes de encontrá-las, estava esperando por uma centena de crianças – me diverte pensar que fomos propositalmente enganados pela irmã Dulce. Contudo, ao conhecer nossas empregadoras deparei-me com jovens decididas a enfrentar todos os juízes que um dia as condenaram. A força delas, assim como a história que carregam nos ombros, me fez enxergar o projeto do abrigo com outros olhos. E, além disso, presenteou-me com a oportunidade de ouvir os chamados de duas mulheres que ocasionalmente dominavam minha mente: minha mãe, e a lembrança das atrocidades que viveu como marionete do barão; e a jovem de olhos misteriosos que me rouba o fôlego a cada sorriso.

— Diga-me, estamos mesmo construindo um abrigo para jovens desonradas? — Ernesto pergunta após alguns minutos de silêncio. Já conversamos sobre os detalhes do abrigo inúmeras vezes, mas vez ou outra a curiosidade reaparece. Entendo que o interesse faz parte de quem são: todos nós gostamos de conhecer as particularidades das construções nas quais estamos trabalhando.

— Se vamos ter essa conversa mais uma vez, então usaremos outra palavra, Ernesto. A palavra "desonrada" cria a ideia de que elas são pecadoras, quando, na verdade, o pecado está naqueles que as subjugaram. — Retiro a camisa de linho e a penduro no galho de uma mangueira, tomando cuidado para não deixar nenhuma dobra. Ajeito o cabelo com as mãos e sento em uma pedra retangular, deixando que o sol seque o restante do meu corpo. — O casarão servirá de abrigo para mulheres abandonadas por suas famílias e pela sociedade, sejam elas pobres ou nobres.

— A escola e a enfermaria também vão atendê-las? — Dessa vez a pergunta é feita por Moisés, um dos mais jovens da equipe. Quando o encontramos, estava pedindo esmolas nas ruas. Seu antigo dono acreditava que, ao conceder a carta de alforria a todos que um dia foram escravos em suas terras, estava fazendo-lhes um favor. Mas libertá-los e colocá-los nas ruas, sem amparo e abrigo, foi mais uma prova de como nossa sociedade é egoísta.

— Sim, senhor. Nossas empregadoras desejam oferecer muito mais do que um teto. — Exatamente como fizemos com os homens da empreiteira. — Pensem no abrigo como um lar temporário. Ele servirá de hospedaria, mas também de refúgio.

— Deveríamos preparar uma horta no entorno. — Moisés foge do meu olhar por um instante, parecendo envergonhado ao expor sua ideia. Ernesto larga a corda com a qual está trabalhando e encara o rapaz com uma expressão desafiadora; com um sorriso sincero, ele o instiga não apenas a falar, mas a acreditar em si mesmo. — Se eu estivesse no lugar das abrigadas, me sentiria melhor ao prover meu próprio alimento. Com a terra à disposição, elas podem plantar e colher grãos, vegetais e frutas para ajudar na cozinha do abrigo. O trabalho dignifica o homem, não é o que dizem?

Ernesto me encara com um sorriso amplo no rosto – uma expressão que me faz pensar no real significado de ser pai. Trabalhando ao seu lado, aprendi a importância de educar, conduzir e, principalmente, ajudar o outro a descobrir a sua melhor versão. Trata-se de um tipo de amor que dá as ferramentas necessárias para o outro crescer, mas sem predeterminar os caminhos.

— Gostaria de participar da reunião com as senhoras, Moisés? — O rapaz me olha com um misto de espanto e brio. — Não só merece o crédito pela ideia como deve apresentá-la como uma opção válida a nossas empregadoras. Sinto que, assim como eu, elas vão adorar sua sugestão.

— Acha mesmo que vão me ouvir? — Balanço a cabeça em um gesto afirmativo e Ernesto dá um tapa em suas costas, fazendo-o sair apressado do lago. — Céus, preciso trocar de roupa. Não quero levar um sermão de Samuel.

Ernesto engata uma conversa de como todos nós morremos de medo das broncas de Samuel. E, aproveitando a calmaria da manhã, deito o corpo na pedra ao lado da nascente. Sinto o calor secar a pele e clarear meus pensamentos. De nada vai adiantar mentir para mim mesmo, estou nervoso com a oportunidade de encontrar Anastácia – quero vê-la sorrir e ouvir a alegria em sua voz, mas também estou ansioso para revelar a surpresa que preparei para ela. Espero que Anastácia goste do presente tanto quanto eu gosto dela. Não que eu vá assumir meus sentimentos tolos e infantis, ao menos, não ainda.

— Vai mesmo deixá-lo falar em uma reunião de negócios? — Não reconheço a voz, então levo um minuto procurando em meio aos homens trabalhando na nascente. — Estou aqui, senhor.

Surpreendo-me ao descobrir que a pergunta foi feita por um garoto. Ele me encara, apoiado na lateral da pedra, esperando por uma resposta como se dependesse dela para sobreviver. Noto que suas mãos tremem ao segurar uma pesada bolsa de couro. Mas o que realmente chama a minha atenção são suas vestes furadas e o rosto anguloso. Em seus olhos, encontro um vazio que aperta o meu coração.

— Qual é o seu nome, garoto? — Não consigo precisar a sua idade, mas tenho certeza de que ele é jovem demais para estar trabalhando.

— Serei recompensado por respondê-lo ou surrado por contestá-lo? — O silêncio toma conta da nascente assim que as palavras saem de sua boca.

É impossível não reconhecer a raiva por trás delas. Sem dúvida, todos nós, em algum momento de nossa vida, já fomos como aquele garoto: desconfiado de tudo e todos. Em minha época na fazenda, os castigos eram constantes o suficiente para tornarem-se comuns. Apesar de tudo, minha dor não é como a de nenhum outro homem negro contratado pela empreiteira. Eu era surrado por conviver com Samuel, por passar meus dias na senzala e por gostar de trabalhar na colheita do café. Minha punição era por desagradar o barão, não pela minha cor.

Encaro Ernesto e ele imediatamente entende o apelo em meus olhos, pois não pensa duas vezes antes de sair da nascente e caminhar até o garoto. Desejo ajudá-lo, mas não quero assustá-lo com imposições que foram criadas por nossa sociedade injusta. Sua expressão, transparente como a de qualquer menino em sua idade, deixa claro o que pensa sobre mim. E não o culpo. Muito pelo contrário, culpo todos aqueles que o fizeram perder a fé.

— Por aqui surras são proibidas, garoto. Sem açoites, correntes ou pelourinho. Somos todos livres. E trabalhamos com aquele senhor — Ernesto diz ao apontar para mim, parando ao lado do menino e mantendo uma mão em seu ombro —, não para ele.

— Nunca fui e nunca serei o senhor desses homens. Ou de qualquer outro ser vivo. — Levanto da pedra, satisfeito ao ver que estou completamente seco, e caminho até a árvore na qual havia pendurado a minha camisa. Aproveito a distância para conversar com o menino sem assustá-lo ou impor a minha presença. — Todos nós trabalhamos juntos. Somos uma família. E isso é tudo.

O menino me avalia por longos minutos, acompanhando meus movimentos enquanto me arrumo. Apesar de manter um espaço seguro entre nós, deixo os olhos cravados aos dele para comprovar a veracidade em minhas palavras.

— Confio nos senhores — ele responde após alguns minutos. Ernesto sorri para o garoto e bagunça seu cabelo. Vê-lo sorrir assim, tão abertamente, faz-me lembrar das noites em que eu e Samuel nos sentávamos em volta de uma fogueira para ouvi-lo contar histórias sobre o seu povo. — Agora tudo faz sentido. O senhor é Benício De Sá, da empreiteira que trabalha com homens livres. Estou certo?

— Espero que tenha ouvido coisas boas a meu respeito, em vez de ler as asneiras escritas nas colunas de fofoca dos folhetins — digo na tentativa de diverti-lo. O fantasma de um sorriso surge em seu rosto e, com um aval silencioso de Ernesto, aproximo-me deles.

— Eu não sei ler, senhor. E, mesmo que o fizesse, não acreditaria em nada além do que aquilo que os meus olhos dizem. — Ele me surpreende ao deixar a bolsa de couro no chão e caminhar até a minha direção. — Sabe, neste momento meus olhos dizem que o senhor tem um bom coração e que não negaria emprego a um jovem como eu.

— E não é que o danadinho é esperto? — Os homens na nascente gargalham diante das palavras de Ernesto. Não havia percebido que estavam acompanhando a nossa conversa com tamanho interesse.

— Infelizmente, não emprego aqueles que não conheço. — Espero o garoto absorver as minhas palavras antes de continuar. — E muito menos aos que não fui apresentado.

— Gostei do senhor, sabia? — Nos encontramos no meio do caminho e, quando estamos a apenas um passo de distância, o garoto me estende a mão ossuda. — Sou Quirino, tenho nove anos. Meu pai trabalhava para o senhor da Fazenda Vale Claro, no Vale do Paraíba, mas desde que morreu precisei assumir sua posição como mensageiro do visconde. Pelo menos dessa vez o patrão me mandou para a casa da sinhá, gosto de trabalhar no centro da cidade.

— E sua mãe? — pergunto ao pegar sua mão na minha.

— O patrão diz que minha mãe era uma qualquer, que me abandonou quando eu nasci. — O garoto dá de ombros e, pela primeira vez desde que começamos a conversar, luta para esconder suas emoções. — Não acredito nele. Suas palavras são falsas, assim como seus olhos.

— Sabe o que seu patrão é? Um belo filho da... — Quirino ri e eu ergo a mão na tentativa de conter as palavras de Ernesto.

— Ele não me surra. — O menino responde, encarando primeiro Ernesto e depois os outros homens que trabalham na nascente. — O patrão sabe que eu partiria se fizesse isso.

— Então nasceu após a Lei do Ventre Livre? — Quirino assente com um gesto da cabeça. Agora compreendo melhor as suas vestes e o corpo desnutrido. Depois da Lei Rio Branco, que torna livres os filhos de escravas nascidos a partir de 1871, muitas crianças negras nasceram libertas e, em consequência, foram completamente desprezadas por seus senhores. Em nome de um teto e de refeições que podem ser confundidas com migalhas, precisaram trabalhar em dobro.

O que significa que, perante a lei, essas crianças são livres. Mas a verdade é que elas continuam reféns daqueles que regem as políticas de nossa sociedade.

— Sou perfeitamente capaz de escolher com quem trabalho. — O menino aperta minha mão mais uma vez, tentando evidenciar sua força. — Então, deixe-me trabalhar com homens livres como eu, senhor.

Encaro Ernesto em busca de respostas. Ele dá de ombros, mas mantém os olhos brilhantes na figura altiva de Quirino. Procuro pelo aval dos outros homens da construtora e todos me encaram com um misto de curiosidade e apoio. Quero assegurar um futuro ao garoto, mas não desejo vê-lo em meio à frente de trabalho da empreiteira.

— É muito novo para trabalhar em um ambiente tão perigoso, Quirino. — Apesar do seu jeito valente, vejo-o conter as lágrimas. — Ei, acalme-se, nunca disse que o deixaria ir. Se desejar, pode trabalhar comigo e meu irmão, estou mesmo precisando de alguém para ajudar a organizar meus papéis.

— Quando posso começar? — Quirino responde dando pulos de alegria, finalmente evidenciando sua verdadeira idade.

— Primeiro vai me acompanhar até uma reunião. Preciso apresentá-lo a Samuel. Ele é que vai nos ajudar a descobrir a melhor forma de avisar ao seu antigo empregador que, a partir de hoje, vai estar sob os nossos cuidados. — Seguro o menino pelos ombros, ficando feliz ao perceber que ele não foge do meu toque, e conduzo-a em direção ao escritório. Ele caminha dando pequenos saltos, fazendo Ernesto sorrir de orelha a orelha. — Deve me prometer que vai estudar. E de forma comprometida, não apenas obrigatória. Um bom secretário precisa saber ler e escrever. Quando for mais velho, o estudo vai ajudá-lo a entrar em uma faculdade.

Quirino estaca no lugar, interrompendo nossa caminhada, e gira o corpo para me encarar. Tento manter a expressão neutra, mas é impossível não rir quando o vejo colocar as mãos na cintura e empinar o nariz de forma desafiadora.

— Vou ter um salário, um emprego honrado, comida suficiente para não passar fome e o senhor ainda quer me ensinar a ler? Eu é que preciso de uma promessa em voz alta de que não está me enganando, senhor Benício. — Suas palavras saem apressadas, como se ele mal pudesse acreditar na veracidade delas.

— Eu prometo que estou sendo sincero, senhor. Mas também devo avisá-lo que precisará aguentar o mau humor do meu irmão mais velho. Ele vai fazê-lo decorar a tabuada de trás para a frente, implicará com todas as roupas que escolher vestir e não vai permitir que deixe uma folha fora do lugar. Temos um gato também, sabia? Um gato gordo tão mandão quanto meu irmão. — A gargalhada de Quirino ressoa pelo campo e faz meu coração acelerar. É sempre doloroso precisar fazê-los confiar em minhas palavras. Mas, quando o fazem, sinto que todas as escolhas que me trouxeram até aqui valeram a pena. — Samuel é maravilhoso. Acho que vai gostar dele.

— Fique tranquilo, já gosto dos senhores. — Ele cospe na mão e volta a oferecê-la para mim, dessa vez não como um cumprimento, mas como dois homens selando um acordo. Espelho sua ação e uno nossas mãos em minha melhor imitação de um homem de negócios. — Acabou de ganhar o melhor secretário de todo o mundo, senhor.

— Fico satisfeito em ouvir isso, Quirino.

— Que bom! Mas será que agora pode explicar o que diacho um secretário faz?

Saímos do escritório em silêncio, andando em meio às novas paredes do abrigo. Algumas já foram finalizadas; outras, apenas demarcadas. É possível ter uma visão avançada dos limites do abrigo – a única parte antiga que mantemos foram as paredes da senzala que hoje usamos para o nosso escritório, elas serão as últimas a serem demolidas. Anastácia encara cada detalhe da construção com olhos curiosos, mas a sinto inquieta desde que nossa reunião terminou.

— Está tudo bem, senhora? — Passamos pelas áreas que futuramente acomodarão a cozinha e os dormitórios, mas interrompo Anastácia antes de seguirmos até o armazém da construção. Foi lá que Samuel deixou o presente que encomendei para ela. Por mais que queira ver a sua reação, antes desejo afastar a preocupação que domina seus olhos. — Não adianta mentir, sei que algo a está incomodando.

— Como descobriu? — Aproveito a privacidade oferecida pelo corredor da ala médica e toco com delicadeza a ruga em sua testa, fazendo-a rir ao entender o que a denunciou. — Franzo o cenho ao pensar demais, não é mesmo? Igual ao senhor quando estala os dedos.

Tenho certeza de que o sorriso que toma conta do meu rosto é patético, mas sinto-me feliz ao saber que ela também presta atenção aos meus trejeitos. Isso mostra que a atração entre nós não está apenas na minha cabeça. Porém, neste momento, sinto que o mais importante é fazê-la confiar em mim, pois assim como desejo seus lábios nos meus, anseio também por sua amizade.

— Admito que quase conseguiu me desconcertar, senhora. — Ela me encara com um olhar dissimulado, como se não fizesse ideia do que estou falando. — Vamos, diga-me o motivo por trás dessa bela ruga.

— Bela? Gostei disso, senhor. — Anastácia franze o cenho com mais força, fazendo-me rir de sua careta. Ciente de que ela precisa de tempo para decidir se quer ou não compartilhar seus pensamentos comigo, enlaço seu braço ao meu e volto a conduzi-la pela obra.

Enquanto aponto alguns detalhes que farão toda a diferença no casarão, como os pontos de luz e de água encanada, alguns homens passam por nós e fazem pequenas reverências. Anastácia os surpreende ao perguntar o que fazem na empreiteira e, com um sorriso contagiante, agradece cada um deles pelo trabalho no abrigo.

— Não foi a reunião que me deixou preocupada — ela diz assim que pararmos em frente à porta do armazém. Abro a tranca, mas aguardo que conclua seus pensamentos antes de entrar no cômodo. — Estamos todas muito felizes com o que estão fazendo no abrigo, senhor. Como mamãe costumava dizer, minha mente de artista ama divagar e criar belos cenários, mas nem mesmo em meus sonhos havia imaginado algo tão majestoso. O abrigo não ficará apenas lindo como trará inúmeras melhorias! O sistema de esgoto encanado? Nem ao menos sabia que algo assim era possível.

A forma apaixonada com a qual ela fala do abrigo me acerta com força. Não se trata apenas do conceito do casarão e de toda esperança que ele carrega consigo, mas do amor emanando em suas palavras. É esse tipo de reação que procuro ao aceitar uma nova obra; neste momento, não existe nada que supere o brilho de orgulho que vejo nos olhos de Anastácia. Não vou mentir, estou acostumado a receber elogios de nossos clientes. Ainda assim, a emoção que sinto ao ouvi-la falar do abrigo excede tudo o que já vivi desde que criamos a empreiteira. Sei que é diferente porque é dos sonhos dela que estamos falando.

Não encontro a minha maldita voz, então abro a porta do armazém e espero que Anastácia entre. Faltam-me palavras, mas talvez meu presente a ajude a compreender o quanto me importo com ela e com seus sonhos. Desejo que o abrigo seja exatamente o que Anastácia e as mulheres da Fazenda De Vienne almejam.

— Confesso que estou preocupada com Darcília. Conheço-a há anos, e antes de finalizar nossa reunião senti algo espreitando seus olhos. Um tipo de dor que não via desde meus primeiros meses no hospício. — Sigo Anastácia pelo cômodo e acendo um lampião. A luz invade o armazém e deixa visível as caixas de ferramentas, os sacos de material para a construção e o lençol branco que esconde meu presente.

— Acha que, ao falarmos do abrigo, ativamos alguma memória do passado? — Superar uma mágoa não significa fazê-la desaparecer. Existem dores que carregamos por toda vida e que voltam para nos assombrar quando menos esperamos. — Posso pedir a Samuel para conversar com a senhorita Darcília. Às vezes, tudo o que precisamos é desabafar com alguém que já tenha enfrentado dores semelhantes às nossas.

Quando eu era garoto, sofria por não entender as aflições que Samuel escolhia carregar sozinho. Em minha mente, éramos iguais: dois filhos bastardos constantemente maltratados pelo pai, dois meninos órfãos de mãe. Doía quando via meu irmão desabafando com Ernesto ou com outros homens da senzala. Era como se ele escolhesse esconder de mim uma parte de sua história.

Demorou, mas um dia entendi que existem batalhas coletivas e individuais. Nunca saberei o que meu irmão enfrentou nos primeiros anos como escravo, como foi lutar por um papel que o proclamaria como homem livre e muito menos o preconceito que enfrentou ao ir para faculdade. São lutas exclusivas dele e do seu povo. A mim, resta estar ao seu lado para que outros não passem pelos mesmos abusos.

— Darcília não costuma pedir ajuda, mas espero que ela confie em Samuel ao ponto de desabafar. — Anastácia caminha pelo aposento, parando em frente à estátua coberta. — Não custa nada tentar, não é mesmo?

— Vou falar com meu irmão. — Ela sorri e fico feliz ao ver que os fantasmas em seus olhos são afastados por um momento. — Quero que saiba que pode conversar comigo, se precisar. Juro que sou um bom ouvinte, senhora.

— Pode conversar comigo também, senhor. Ao menos é mais saudável do que estalar os dedos sem parar ou enrugar a testa toda hora. Jardel costumava dizer que, nesse ritmo, eu estaria com o rosto todo enrugado antes de completar trinta anos.

— Rugas são sinais de vida, não acha? — Anastácia concorda com um gesto enquanto rodeia a estátua escondida no centro no cômodo. — Prefiro que minhas rugas contem uma história alegre em vez de conservar a pele lisa de quem nunca viu o nascer do sol, nunca correu na chuva ou nunca amou e foi amado.

Ela para por um segundo, encarando-me por trás da estátua. Começo a identificar as nuances de seus olhos – às vezes, o azul é tão escuro quanto o mar tempestuoso, outrora é translúcido como uma pedra de ametista. As cores parecem mudar com a luz da mesma forma que seu humor. Gostaria de saber o que ela está sentindo agora na iminência de deixar seus olhos turvos.

— Esta é a minha surpresa? — Sinto a garganta travar ao vê-la segurar o lençol branco com as duas mãos.

— Vamos, descubra — Anastácia retira o pano que cobre a estátua, mas, mesmo quando o lençol cai aos seus pés, ela segue confrontando-me com o olhar. Sentir a sua atenção em mim é como ser abraçado pelo sol da manhã.

Olho para a estátua e depois para Anastácia. Vê-las lado a lado faz meu mundo parar de girar.

Estou em queda livre, perdendo-me por completo no sorriso da mulher que domina meus pensamentos. Caminho até ela, parando a poucos passos de distância, sentindo meu coração acelerar quando ela afasta uma única mecha teimosa do meu cabelo – o toque de sua mão é rápido, mas é o suficiente para me transportar para um futuro em que seu sorriso é a primeira coisa que vejo ao acordar e seu abraço é a única coisa que sinto ao dormir.

Estou perdido. E completamente apavorado.

— Pelos céus, ele é lindo. — Anastácia quebra o encanto que nos une e dá um passo para trás, girando o corpo para estudar cada detalhe que compõe a escultura de mármore que imita um violoncelo.

Depois de nossa conversa no trem, não consegui tirar da cabeça o sorriso de Anastácia ao falar do café De Vienne e de seus planos para a fazenda. Eu queria algo que me lembrasse do olhar confiante e apaixonado que vi em seu rosto, então lembrei da escultura de mármore que deveria decorar o pátio de uma das nossas construções no centro. E, em um impulso, comprei para mim. Ou melhor, para Anastácia.

Mãos e braços envolvem o instrumento formando um corpo sem rosto completamente entregue à música. O escultor focou nos detalhes do violoncelo, evidenciando a força das cordas, as curvas que formam o filete e o porte do longo e majestoso braço. Mas a beleza verdadeira está no fato de que, do topo do espigão, sai uma onda de mármore que envolve toda a escultura. É como se as notas tocadas estivessem ganhando vida bem diante dos nossos olhos.

— Gostou? — É uma tortura vê-la contornar os detalhes da obra de arte. Neste momento, gostaria que seus dedos estivessem em mim. — É um presente para lembrá-la de quem é. Não importa os motivos que a afastaram do violoncelo, senhora. Se a música realmente faz parte de sua vida, então deixa-a viver. Mesmo que decida nunca mais tocar, não abafe os sons que nascem de seu coração.

Anastácia sorri para mim, mostrando a covinha em seu queixo, e abraça a escultura. Apoiando o rosto na lateral da estátua, ela move as mãos como se estivesse compondo uma música só dela. Permaneço ao seu lado, observando-lhe perdida em pensamentos, sentindo meu coração bater mais rápido ao vê-la feliz.

— É um presente lindo. — A emoção em seus olhos é a certeza de que estamos nisso juntos, seja lá o que for. — Estou dividida entre expô-la na entrada da fazenda, para que todos possam admirar sua beleza, ou guardá-la só para mim. O que acha que devo fazer, senhor?

— São duas opções válidas. — Estou próximo o suficiente para sentir seu cheiro de lavanda e ver uma sarda escondida na base do seu pescoço. Preciso reunir todas as minhas forças para não puxá-la para os meus braços e beijar cada centímetro de sua pele. Ainda assim, não resisto a tocar em uma mecha solta do seu cabelo. — O presente é seu, senhora. Escolha o que o seu coração mandar. Se um dia decidir mudar de ideia, simplesmente faça. Essa estátua assim como o mundo são todos seus.

E é então que sinto seus lábios. Anastácia inclina o corpo e beija a minha bochecha. É um toque casto, mas que faz com que eu me sinta o homem mais abençoado de todo o mundo.

— Por enquanto, escolho ficar com ela só para mim, pelo menos por mais uns minutos. — Ela volta a abraçar o corpo de mármore do violoncelo, apoiando a cabeça nos braços da escultura. — Mas amanhã ela será do mundo. Existem belezas que merecem ser cultuadas.

— Não poderia concordar mais, senhora.

Gravo em minha mente a imagem de Anastácia e a estátua, fundidas como um só corpo e penso que – se um dia ela permitir – cultuarei cada centelha de beleza que ela carrega. Seja nos olhos lilases que brilham ao me encarar, nas sardas que me atraem por completo, seja na alma que me incendeia.

14
ANASTÁCIA

Encaro os grãos espalhados na bancada na tentativa de descobrir quais estão no ponto correto. Passei os últimos dias lendo tudo o que encontrava a respeito do plantio do café Bourbon enquanto Avril tentava desvendar a parte burocrática que envolve acordos, números e projeções de colheita. Sorte que, ainda hoje, a irmã Dulce e Darcília vão encontrar os possíveis candidatos para o posto de administrador. Sinto que a minha mente está prestes a explodir com tantas informações. Na noite passada, sonhei que estava mergulhando em um mar de café – mas, ao menos, Benício estava comigo.

Sorrio como tola ao correr os dedos pelos pequenos grãos de café. Todos são do mesmo tamanho, mas ao passo que alguns possuem a cor tradicional – uma mistura típica de marrom, verde e vermelho –, a grande maioria traz uma coloração amarelada. Pego um punhado do fruto nas mãos e inspiro seu aroma adocicado. Antes de conhecê-lo, presumiria que os frutos tivessem amadurecido em demasia. Contudo, esse é o cheiro exato que estamos procurando. Sei disso não por ter lido as anotações do primeiro conde, mas porque ainda me lembro da manhã em que vi papai experimentar a famosa bebida dos reis.

Deixo a mente vagar até o passado por um segundo. Lembro-me de que um dia, com um sorriso brincalhão no rosto, papai tentou me forçar a experimentar uma dose do seu café preferido, mas não fiz questão de prová-lo. Na época, dava-me por satisfeita com minhas partituras e uma boa xícara de chá. Mas hoje daria tudo para tê-lo ao meu lado novamente. Meu pai saberia como manter a fazenda ativa, como seguir com uma produção de qualidade e, principalmente, como me ajudar a afastar a angústia do peito. Sinto tanta saudade dele e de casa.

Sei que meus pais aprovariam o que estamos construindo na fazenda assim como tenho certeza de que eles estariam ao meu lado quando eu precisasse enfrentar os malditos documentos da herança. Todos os dias, antes de dormir, confiro se estão no mesmo lugar – escondidos embaixo do colchão. Encaro o lacre de cera e sinto o peso do envelope, mas simplesmente não consigo abri-lo.

A verdade é que não estou pronta para reviver essa parte do meu passado. Se pudesse, gostaria de apagar por completo as escolhas que Jardel fez nos últimos anos.

— *Mon amour?* — Minhas mãos tremem ao ouvir sua voz.

Fecho os olhos, controlando minhas emoções e afastando as palavras da minha mente. Ainda assim, elas ressoam, dominam e controlam meu corpo até a minha cabeça latejar de dor. De repente, é como se as mãos de Jardel estivessem em mim, seu sorriso cruel me encarando e seus dedos marcando os recantos da minha pele. Sinto cheiro de uísque e o asco é tamanho que preciso conter a bile. Falo para mim mesma que estou delirando, mas já não tenho tanta certeza de que posso confiar em meus próprios pensamentos.

Um vento frio faz os pelos do meu braço arrepiarem. Abandono os grãos de café na bancada e giro pelo cômodo, procurando por meu marido.

Investigo a cozinha duas vezes, munida de uma caneca de ferro nas mãos. Bato as portas dos armários, pratos se despedaçam ao cair nos meus pés e frutas rolam pelo chão. Mas não me importo, preciso encontrá-lo. Sinto-me estúpida ao revirar as cortinas, olhar atrás da porta e investigar as estantes da despensa. Ele não está em lugar algum, mas a sensação é de que seus olhos cruéis estão colados em mim.

Completamente esgotada, sento em uma cadeira e apoio a testa no topo da mesa de madeira. Deixo que o silêncio do cômodo acalme as batidas ensurdecedoras do meu coração. Dormi tão pouco na noite passada que acabei virando uma vítima das peças criadas por minha mente. É nisso que resolvo acreditar. Caso contrário, me transformarei na mulher louca que Jardel gostaria que eu fosse.

— Foque no café, Anastácia — digo em voz alta na tentativa de me sentir mais forte. As palavras pouco ajudam, mas a decisão de dizê-las enche meu peito de determinação.

Volto para a bancada, acalmando-me ao encarar os grãos amarelados espalhados pelo balcão. É o café De Vienne que sustenta a fazenda, não os negócios ilícitos de Jardel no centro da cidade, então é com a produção de grãos que devo lidar neste momento. Penso no abrigo, nas mulheres que logo receberemos e abafo por completo as lembranças do passado. Não vou deixá-lo ganhar essa batalha.

— Bom dia, minha querida. — A voz bondosa da irmã afasta minha mente do desejo de mergulhar em uma espiral de pensamentos autodestrutivos.

— Bom dia, irmã Dulce. — Ela deposita um beijo estalado em minha bochecha e abandona uma dúzia de flores desconhecidas na bancada de madeira na qual estou trabalhando. — Resolveu explorar os jardins da fazenda?

— Na verdade, saí em busca do meu próprio monte, mas como não temos montanhas por aqui, dei-me por satisfeita com um jardim esquecido aos fundos da antiga senzala. As flores são tão lindas ali, menina. É como se Deus dissesse para não desistirmos, que a crueldade do mundo nunca irá superar o amor — a irmã responde meu olhar confuso com uma piscadela. — Todo mundo precisa de um refúgio para conversar com Deus, Anastácia.

— Mas Deus não escuta nossos apelos em qualquer lugar em que estivermos?

— Sim, Ele o faz. — Fico envergonhada quando ela aponta para as frutas e xícaras espalhadas pelo chão. Havia esquecido completamente delas, então deixo os grãos de café de lado e começo a organizar a cozinha. A irmã me acompanha, ocasionalmente parando para ajeitar um buquê de flores. — Na maioria das vezes, nossos desejos não condizem com os planos do Senhor, menina. É assustador dar-nos conta de quais caminhos precisaremos trilhar. Nesses momentos, mais do que em qualquer outro, precisamos de um lugar silencioso e afastado para escutá-Lo com o coração e fazer despontar a força que carregamos em nosso íntimo.

Encaro os restos de uma xícara em minhas mãos e penso em minha própria força. Sei que ela está em algum lugar dentro de mim, abafada pelo medo e pelas lembranças de um casamento odioso. É tão fácil escutar Jardel e as palavras que ele infiltrou em meu espírito, ao passo que ainda é difícil acreditar em mim mesma e no futuro que desejo construir.

— Silenciar o mundo, mesmo que por alguns minutos, é o que nos permite olhar para dentro de nós. Lembre-se, ninguém oferece aquilo que não tem.

— Obrigada, irmã. Eu precisava ouvir isso.

— Eu sei, menina. Somos instrumentos de luz uns para os outros, esqueceu? — Ela sorri ao retirar uma flor de um buquê colorido e prendê-la na lateral do meu cabelo. — Agora vamos nos apressar que o dia de hoje será corrido.

Terminamos de arrumar a cozinha e volto para a tarefa de preparar o café. Embrulho a pilha de grãos verdes, os quais não estão prontos para a secagem, em um pano de algodão para que o calor os ajude a amadurecer e alcançar o mesmo sabor dos frutos naturalmente amarelados. Guardo a trouxa ao lado dos sacos de grão torrado que encontramos na despensa – minha ideia é fazer todos os processos do café, desde a colheita até o preparo da bebida, e compará-lo com os grãos da última remessa produzida pela fazenda. Assim, mesmo quando contratarmos o administrador, vamos saber todos os processos do negócio.

Alcanço uma porção do café torrado e levo ao moedor. O modelo é o mesmo que meus pais possuíam em nossa antiga casa, então não encontro dificuldade ao depositar os grãos no topo de metal e forçar a maçaneta até sentir o leve triturar do café. Um aroma frutado e adocicado toma conta da cozinha. Inspiro fundo, gravando-o na memória, e de repente sou invadida pela lembrança do sorriso contagiante de Benício ao ajudar-me a carregar a estátua de mármore até o casarão. Ele me prometeu que seus homens levariam a escultura até o local que eu decidisse, mas o sentimento de posse foi tão grande que precisamos arrastá-la até a saleta de música. Seu lugar é ali, ao lado do meu violoncelo.

Nunca havia recebido um presente com tamanho significado. A estátua é linda e diz muito sobre o que a música representa para mim. Mas não se trata apenas de beleza, e sim de ser vista. Passei a minha vida toda lutando contra a imagem que faziam de mim: a filha de um comerciante poderoso, a debutante envergonhada, a noiva apaixonada e, por fim, a esposa louca. Na ânsia de lidar com os rótulos, esqueci de olhar no espelho e enxergar a mim mesma. E Benício, em poucas semanas, foi capaz de fazê-lo. Ele não me viu sob a ótica do que os outros dizem, mas através das partes da minha alma que resolvi compartilhar em nossas conversas. Estou decidida que farei o mesmo. Quero descobrir quem sou longe dos rótulos que um dia me definiram. A irmã Dulce tem razão, não posso criar um abrigo para mulheres que precisam recomeçar quando eu mesma não sou capaz de fazê-lo por completo.

— Não vou mais incomodá-la com minhas divagações, menina. Preciso procurar Darcília e Quirino para ir logo ao centro da cidade. — A irmã Dulce toca meu ombro esquerdo para chamar a minha atenção, encarando-me com olhos questionadores, e me entrega duas canecas vazias.

— Quirino vai acompanhá-las? — pergunto ao pegar as xícaras de suas mãos.

— Sim, ele prometeu nos guiar pela cidade. Vai ser bom ter alguém ao nosso lado que conhece o centro da cidade como a palma da própria mão. Fora que o menino é encantador, estamos completamente apaixonadas! Viu como Darcília sorri ao conversar com ele? — Percebi mesmo o encanto de Darcília com Quirino e, para ser sincera, senti-me infinitamente aliviada ao vê-la sorrir. Em nossa última reunião com os homens da empreiteira, minha amiga havia ficado tensa demais. Então, foi bom ver a doçura do menino aliviar seu semblante. — Quer um conselho? Leve o tempo que precisar para preparar seu café, menina. Se assim desejar, vai descobrir que os passos para a fabricação da bebida funcionam tão bem quanto uma montanha silenciosa. Isso se já não o tiver descoberto.

Minha única resposta é sorrir para a irmã. Como uma mãe, ela vem ajudando-nos não apenas com a organização das atividades de manutenção da fazenda, mas também a nos manter vivas, esperançosas e prontas para enfrentar quaisquer que sejam as dificuldades que ainda encontraremos.

— Vão esperar pelo café da manhã, irmã? — Termino de moer os grãos e encaro meu trabalho com satisfação. A irmã Dulce tem razão, é incrível perder-se em pensamentos durante uma ação tão corriqueira quanto a de preparar uma xícara de café.

— Infelizmente, não. — Ela alcança um cesto na lateral da cozinha e começa a juntar mantimentos para o dia. — Precisamos sair antes do meio da manhã, caso contrário, teremos que pernoitar no centro. Não quero ficar longe das minhas meninas.

— Então é melhor ir chamar Darcília logo, irmã. — Passo o café e inspiro com alegria o aroma delicioso da bebida. — Se bem conheço minha amiga, ela desejará provar todos os vestidos do guarda-roupa antes de sair.

A verdade é que nenhuma de nós sente vontade de abandonar o refúgio que criamos dentro dos limites da fazenda, com exceção de Darcília. Ela ansiava por isso, então não pensou duas vezes antes de se candidatar para ajudar a irmã Dulce na tarefa de contratar bons e novos empregados para a fazenda. Durante o jantar de ontem, minha amiga não parou de falar sobre os lugares que gostaria de visitar e os itens que iria comprar no Mercado da Candelária.

Ir para o centro é algo importante para Darcília. A última vez que passeou pela cidade, minha amiga ainda era uma escrava. Agora ela não só é uma mulher livre, como é dona do seu futuro. Sinto o orgulho inflar ao imaginá-la caminhando, de cabeça erguida, nas principais ruas do Rio de Janeiro. Confesso que uma parte de mim gostaria de vê-la encontrando o visconde e desafiando-o com o olhar. Aquele maldito merece uma punição para os seus atos.

— Antes que eu me esqueça, aproveite que a chuva passou e leve uma xícara de café para Avril. Ela foi entregar o café da manhã para os homens da construtora e até agora não voltou. — A irmã caminha até a porta, mas, antes de sair da cozinha, alcança uma banana na fruteira. — Leve algumas frutas também. É bem provável que aquela menina teimosa esteja ocupada demais para lembrar de se alimentar.

— Avril voltou a ajudá-los na construção? — Lembro que a irmã havia proibido minha cunhada de assustá-los com suas ordens, o que significa que ela desrespeitou o pedido ou finalmente acalmou o espírito e deixou Samuel e Benício trabalharem em paz.

Não vou negar, gosto cada vez mais desse lado da personalidade de Avril. Apesar da bondade nata, ela também carrega uma mente voraz. Quando coloca algo na cabeça, minha cunhada é mais teimosa do que eu e Darcília juntas. O que é algo considerável já que somos duas cabeças-duras.

— A pergunta certa, minha menina, seria quanto tempo ela conseguiria ficar longe deles. Avril parece uma abelha sendo atraída para um belo jardim. — Não sei se fico mais surpresa com as palavras da irmã ou com o fato de ela revirar os olhos para mim. — Ora, Anastácia! Vá logo e veja por si mesma. Só não vá acabar como Avril e se esquecer de suas responsabilidades.

Deixo meu café de lado e encaro a irmã Dulce. Em vez de responder à minha pergunta silenciosa, ela sai da cozinha pisando forte. Seu tom, acusador e um pouco desaprovador, me deixa mil vezes mais curiosa. Então, abandono minha montanha espiritual por um momento e acelero o passo.

Com a bebida pronta e uma trouxa de pano com algumas frutas e pães, saio à procura de Avril e do que a fez – segundo a irmã Dulce – deixar suas obrigações de lado e buscar uma nova colmeia.

— Avril? — Não quero denunciar sua presença, então falo o mais baixo que consigo.

O jumentinho, que fez questão de me seguir durante todo o caminho da casa principal até os fundos da propriedade, ameaça continuar sua caminhada até onde minha cunhada está. Apavorada, arranco um punhado de flores e coloco o buquê colorido em frente ao seu focinho, conquistando sua atenção quase que instantaneamente. Deixo que o animal as cheire e, enquanto afago sua orelha, agradeço aos céus por sua curiosidade ser facilmente atiçada. Tenho certeza de que Avril não gostaria de ser descoberta, afinal não é à toa que ela está perfeitamente escondida atrás de um arbusto.

Não quero arriscar ser vista, e muito menos surpreendê-la, então resolvo me aproximar mais, tomando o cuidado de manter-me oculta pelas vegetações. Passo de um arbusto a outro da forma mais rápida que consigo, mantendo Feliz silencioso ao meu lado. Contudo, é impossível conter a série de impropérios que saem da minha boca quando compreendo o que Avril está espiando.

— Pelos céus! Quer me matar do coração, Anastácia? — Ela diz ao girar o corpo e encarar a minha expressão abalada. — Não me olhe desse jeito, só estou preocupada com a saúde de um paciente. Nunca conheci alguém tão teimoso. Alertei o senhor Samuel inúmeras vezes do perigo de fazer tanto esforço depois do episódio do desmaio, mas aquele tolo não me escuta! Ou melhor, ele finge escutar só para fazer exatamente o oposto do que eu digo assim que viro as costas.

Abro a boca para responder a ela, mas não consigo encontrar o que dizer. Apesar de estarmos protegidas por uma vegetação alta, é possível enxergar com perfeição o que acontece do outro lado. Através das frestas das folhas esverdeadas é fácil espiar – sem sermos vistas – os homens da empreiteira trabalhando do outro lado do terreno.

A primeira coisa que noto é Benício ao fundo, sorrindo ao conversar com Ernesto e Moisés. Já a segunda cena, que meus olhos curiosos não conseguem evitar, é a de Samuel trabalhando sem camisa. Ele está apenas com uma calça de algodão muito parecida com a que eu trouxe do hospício.

— Talvez devêssemos criar uma regra que os proíba de trabalhar sem os trajes adequados. Sei que o calor é um agravante, mas somos senhoritas. Isso não pode ser bem-visto! — Sou capaz de jurar que a última coisa que minha cunhada pensou foi em obrigar Samuel a vestir uma camisa.

Outros homens espelham sua escolha de vestuário, o que faz minha mente viajar para o dia em que encontrei Benício vestindo nada mais do que uma calça. É uma pena que exatamente hoje ele tenha escolhido manter-se coberto. Adoraria observar os detalhes da tatuagem que sua blusa esconde.

— Ou talvez possamos fingir que nada disso aconteceu e simplesmente voltarmos para casa, o que acha? — digo com a intenção de tranquilizá-la, apesar de não querer voltar para o casarão. É instigante vê-los trabalhar sem sermos notadas.

— Precisamos conversar com a irmã Dulce, Anastácia. Se não falarmos nada, isso voltará a acontecer! — Ela faz o sinal da cruz três vezes, mas mantém os olhos na direção de Samuel. Sei que não deveria, mas sorrio ao vê-la iniciar uma série de pequenas orações em voz alta. Neste instante, Avril parece dominada pela culpa. Mas não por encarar Samuel, e sim por ter sido pega em flagrante.

— Qual é o problema, Avril? Como acabou de dizer, só estamos preocupadas com a saúde de Samuel e com o andamento da construção. — Ela gira o rosto para me encarar e noto um ligeiro rubor tomar conta de suas faces. — Ou não era isso que estava fazendo?

Em vez de me responder, minha cunhada volta a espiar através do arbusto. Encaro-os por mais alguns instantes, mas só o suficiente para ver sua pele branca corar ainda mais. Acompanho seu olhar e, dessa vez, pouco me surpreendo ao ver Samuel caminhando pelo terreno e fazendo marcações com tábuas. Seus passos são certeiros, como se já tivesse feito aquilo milhares de vezes. Sempre que encontra o ponto perfeito, ele retira o lápis preso à orelha, faz uma série de anotações em um bloco de papel e ajoelha para prender a estaca na terra. Cada movimento evidencia sua beleza, assim como sua força – que, tenho certeza, vai muito além da aparência.

Por alguns minutos, ficamos as duas em silêncio, simplesmente encarando Samuel e parte de sua equipe trabalhar. Vez ou outra deixo os olhos correrem até Benício, sentindo a minha própria pele ruborizar ao espiá-lo. Gosto da maneira como ele conduz a equipe, como escuta cada um com atenção e, principalmente, como carrega um olhar apaixonado no rosto ao fazer o que ama.

— Quase me esqueço! — digo ao lembrar do aviso da irmã Dulce. Agora entendo o que ela quis dizer sobre distrações. — Trouxe café e algumas frutas. Está com fome?

— Estou faminta! Esqueci completamente de tomar café da manhã.

— No seu lugar eu também teria ignorado a refeição. — O rosto de Avril volta a corar e, ciente do seu incômodo, paro de pressioná-la. — Não se sinta culpada, essas coisas acontecem. Estamos enfrentando um calor escaldante, não vejo mal em deixá-los trabalhar da forma que bem entendem. Além disso, talvez eu também tenha visto Benício sem camisa. E, só talvez, eu tenha gostado do que vi.

É bom poder falar sobre meus encontros com Benício. Não por causa da história que começamos muito antes de nos reencontrarmos na fazenda, mas pela normalidade por trás dessa conversa. Nada compra a liberdade de ser eu mesma e de poder, como qualquer mulher da minha idade, ter uma conversa banal a respeito de encontros e flertes.

— Que Deus tenha piedade! — Avril faz o sinal da cruz mais uma vez, apesar de parecer aliviada por não ser mais o centro de nossa conversa. — Será que posso saber como foi que isso aconteceu?

— Eu estava caminhando pelo pomar quando o encontrei. Pelo visto, o senhor Benício e seus homens definitivamente preferem trabalhar sem camisa. Não que eu vá culpá-los! Somos livres para vestir o que bem entendermos, concorda?

Faz uma semana que abandonei os trajes que trouxe do hospício. Darcília terminou um dos meus primeiros conjuntos, deixando-me apaixonada pelo modelo. As barras das calças são mais amplas, imitando com perfeição o balançar das saias de um vestido. E o camisão conta com um decote canoa – que eu tanto gosto – e com algumas aplicações de renda. Nada extravagante, mas ainda assim, lindo e encantador. Gostei tanto que pedi para Darcília fazer o máximo de conjuntos que puder. Se depender de mim, não volto a usar um vestido tão cedo.

— As cores a favorecem. Onde encontrou o tecido? — Avril suspira ao tocar a manga três quartos da camisa xadrez que mescla tons de vermelho e azul.

— Era uma toalha de mesa. Segundo Darcília, nada mais do que um punhado barato de chita. Mas eu gostei das cores, fazia anos que não vestia algo tão vivo. — Isso sem mencionar a liberdade de usar calças largas e confortáveis, em vez de um vestido com dezenas de camadas de tecido e rendas.

— Entendo o que quer dizer. — Minha cunhada responde ao encarar a própria roupa. — Gosto do hábito e da liberdade que essas vestes, tão comuns e singelas, me conferem. Apesar de, em alguns dias, sentir falta de vestir peças mais coloridas.

Satisfeita em ver Avril mais tranquila, desamarro o tecido que usei para trazer os alimentos. Ela me ajuda segurando a jarra de café e as duas xícaras, enquanto eu equilibro os pães e as frutas na barra da camisa e uso a mão livre para espalhar o pano no jardim aos nossos pés.

— Que tal um piquenique? Não trouxe muita coisa, mas ao menos podemos aproveitar o ar fresco e o café que acabei de preparar — digo ao sentar.

Passo a mão pela grama ainda úmida pelo sereno e, sentindo-me grata pela possibilidade de estar ao ar livre, encaro o céu azul. Avril senta ao meu lado e o jumentinho, cansado de brincar com as flores que separei para ele, começa a cheirar a comida espalhada na toalha, então ofereço-lhe uma maçã na esperança de mantê-lo em silêncio. Apesar de agora termos um motivo para estar no jardim, não quero que Benício e Samuel – ou qualquer um dos homens de empreiteira – nos encontre.

— Sei que não devia espiá-lo — Avril retira o véu que faz conjunto com o hábito e torce o tecido até os nós de suas mãos perderem toda a cor. Seus cabelos loiros estão levemente molhados, provavelmente por causa da chuva de verão —, mas Samuel me irrita. Deveria ser paciente e compreender que ele já tem idade suficiente para fazer suas próprias escolhas, mas não consigo lidar com o fato de sua saúde estar em risco.

— E a saúde de Samuel está comprometida? Pensei que havia sido um caso isolado de alergia. — O jumentinho parece concordar, pois zurra ao encarar as frutas espalhadas pela lateral da toalha.

Avril se assusta com o som e, olhando para os lados com medo de ser descoberta, tenta comprar o jumentinho com um pedaço de banana. Ele parece mais do que satisfeito ao conseguir o que desejava. E, com um pequeno bufo, termina de comer e deita-se ao meu lado. Não consigo conter a alegria ao vê-lo sorrindo para mim.

— Bem, talvez eu esteja exagerando. — Avril deixa de fitar o animal sorridente e me encara com um de seus típicos olhares bondosos.

Toda vez que ela me olha assim, agradeço por Jardel não ter sido capaz de roubar seu ânimo. — Irmã Dulce ama me lembrar do significado de mansidão. Mas, quando o assunto são meus pacientes, confesso, paciência tende a ser meu calcanhar de Aquiles.

— É por isso que ainda é noviça? — digo ao servir para nós duas uma dose de café. Fico feliz ao notar que a bebida ainda está quente e fecho os olhos ao dar o primeiro gole, suspirando de prazer ao sentir o sabor adocicado. Ao abrir os olhos novamente, Avril me encara com um misto de agonia e espanto. Logo arrependo-me de minhas palavras. — Sinto muito, não tinha o direito e não quis ofendê-la com a minha pergunta.

Aproveitamos as últimas semanas para conversar sobre tudo – nossa vida antes de Jardel, as escolhas que precisamos fazer ao longo dos últimos anos, a produção de café Bourbon e nossos sonhos para o futuro. A cada dia, aprendi a ver Avril como parte da família que escolhi ter ao meu lado. Contudo, nunca comentamos sobre o fato de ainda ser uma noviça.

— Não fui ofendida, apenas estou surpresa. — Ela assopra o café e sorri ao experimentar a bebida quente. — Tenho trinta e dois anos, já deveria ter feito os votos muito tempo atrás. Mas sempre que decido dar esse passo, algo me impede. No convento as irmãs simplesmente pararam de perguntar quando eu os faria, então deixei de pensar sobre o assunto.

— Quer dizer que não existem regras ou prazos para que os votos sejam feitos?

— A única regra é que os votos sejam feitos de coração. — Avril nos serve outra dose de café, mas antes de bebê-lo, cortamos algumas fatias de pão para embebê-las na bebida. É impossível não suspirar na primeira mordida. Aos poucos entendo por que a chamam de bebida dos reis. O sabor adocicado do café Bourbon parece deixar tudo mais gostoso. — Meu coração ainda carrega dúvidas a respeito do momento correto de fazer os votos. Prefiro esperar em vez de macular a minha relação com o Senhor.

— E se tais dúvidas nunca cessarem?

— Caso meu futuro seja ser uma noviça até o fim dos tempos, confesso que aceito de bom grado. — Avril termina de comer e, com um olhar tranquilo, ajeita o véu marrom em seus cabelos. — Eu vim para servir e continuarei a fazê-lo, seja como noviça, seja como freira. Minha missão como médica vai muito além de títulos, ela faz parte de mim.

— Sinto o mesmo com relação à minha música. — Termino meu café e com a ajuda de Avril embrulho os utensílios e alimentos que sobraram. Guardo apenas uma maçã no bolso da calça para entregar ao jumentinho durante o caminho de volta. — Apesar de não tocar há anos, a música ainda faz parte de mim. Mesmo sem querer, minhas emoções viram composições, minhas dores e alegrias são facilmente traduzidas em melodias e meus anseios tendem a virar cantos de ninar que me ajudam a dormir. A música sempre fará parte de mim, e não apenas da mulher que sou hoje.

Eu havia me esquecido disso – ou ao menos, abafado tais anseios por puro medo de nunca mais senti-los. Mas desde meu encontro com a estátua comprada por Benício, voltei a escutar seus chamados.

— Uma médica e uma musicista unidas para dar vida à esperança de mulheres renegadas pela sociedade? Ora, não podemos negar que Jardel fez um bom trabalho ao construir os pilares de nossa família. — Avril se levanta da grama e estende a mão para ajudar-me a fazer o mesmo.

— Ao menos para isso aquele traste serviu. — No lugar da amargura, sinto diversão ao falar de Jardel. O sentimento me pega desprevenida, mas não tanto quanto a gargalhada de Avril. O som ecoa pelo jardim e sua diversão também me alegra.

Seguro sua mão estendida e a mantenho enlaçada por todo o caminho de volta para a casa. Com o jumentinho ao nosso lado, conversamos sobre nossos planos para o abrigo. Abro meu coração, assim como escuto as dúvidas de Avril. E, no fim da caminhada, sinto-me grata por ter ganhado uma irmã.

— Talvez nosso futuro sempre tenha sido este: nos encontrarmos para servir. Cada uma à sua maneira, mas ambas com o mesmo propósito. — Sorrio ao abrir a porta da cozinha e sentir um cheiro delicioso de bolo de banana.

— Disso eu não tenho dúvidas. — Avril olha para trás, na direção do abrigo, antes de me seguir para o casarão. — Se tivermos coragem de aceitá-lo, o futuro pelo qual tanto rezamos começará aqui e agora, minha irmã.

15
BENÍCIO

Tento disfarçar o nervosismo, mas minhas mãos falham ao provar uma pequena dose do café servido por Anastácia. Sinto seus olhos me acompanhando, aguardando ansiosos por uma reação, e não consigo conter a agitação na boca do estômago. Ela está sentada do outro lado da mesa, na cadeira em frente à minha, mas é como se estivéssemos a centímetros de distância. A cada segundo, sou dominado por seu perfume de lavanda, pelas sardas na base do pescoço e pelo conjunto cor-de-rosa bordado com pequenas pedras prateadas. Ainda é surpreendente vê-la usar cores que reavivam o brilho genuíno de seus olhos e as marcas delicadas em sua pele.

Sinto que as coisas mudaram entre nós na última semana. Anastácia parece mais à vontade com a minha presença, ao passo que eu fico cada vez mais atordoado ao sentir o peso do seu olhar. A verdade é que acordo pensando em seus olhos, trabalho sentindo a força do seu sorriso e ando pelo casarão ansiando por encontrá-la. Desejo-o com tamanha intensidade que estou a um passo de perder o controle.

— Sabe que não precisa bebê-lo, certo? Posso servir um copo de suco, caso o senhor prefira uma bebida mais refrescante. — Anastácia pisca para mim e aponta para a xícara esquecida em minhas mãos.

Fito a mesa posta, usando-a como desculpa para fugir por um instante dos olhos curiosos de Anastácia. Quando eu e Samuel fomos convidados para um chá da tarde, acreditei que iríamos nos reunir na cozinha para discutir o andamento da construção do abrigo. Mas Anastácia e Marta prepararam uma mesa farta – com frutas, sucos e bolos – do lado de fora da casa, em uma das varandas anexadas ao fundo da propriedade. Para mim, o deque de madeira conta com uma das mais belas vistas da fazenda. O pequeno lago é naturalmente enfeitado por vitórias-régias, a fonte na base é esculpida em mármore e atrai os mais variados tipos de pássaro, e ao seu lado nasce um diversificado e colorido jardim.

— O café está perfeito, senhora. — Na maioria dos dias prefiro uma boa xícara de chá, mas confesso que fui surpreendido pelo sabor do café Bourbon. Bebo mais uma dose, apreciando a mistura inusitada entre o doce dos grãos e a espessura amanteigada. Não é à toa que o café é chamado de bebida dos reis. — Colocou algo a mais na moagem? Cacau, talvez?

— Também imaginei que a bebida fosse uma mistura de café e chocolate na primeira vez em que a provei. Mas é esse sabor, tão incomum para um café, que o torna especial. Ao menos é o que Avril e Anastácia não param de repetir. — Marta corta uma torta de maçã e, com a ajuda de Samuel, começa a servi-la nos pratos que Anastácia salvou do ataque ao acervo da fazenda. Corro os dedos pela borda em ouro e tento imaginar há quanto tempo a peça faz parte da coleção do conde. Do outro lado da mesa, Anastácia continua sorrindo para mim, mas dessa vez é como se soubesse o rumo dos meus pensamentos. — É uma receita de família. Minha avó costumava fazê-la como forma de agradecimento pelas manhãs em que voltávamos para casa com a rede lotada de peixes.

— É de uma família de pescadores, senhorita? — Samuel inspira o aroma da torta e murmura de prazer ao prová-la, arrancando uma risada contagiante de Marta.

— Há quatro gerações esse é o único sustento da família Garcia. Sempre trabalhamos no mercado de peixe, sou a única que escolheu um caminho diferente.

— E foi difícil fazê-lo? — pergunto ao terminar de beber meu café.

— Sempre soube o que gostaria de fazer, senhor. Quando amamos algo com todo o nosso ser, é fácil escolher qual caminho seguir. — Marta volta a sentar na mesa, fitando seu trabalho com uma expressão de orgulho no rosto. — O difícil foi aceitar que, ao seguir meu próprio caminho, eu não estava renegando séculos de tradição familiar. Até hoje recebo cartas dos meus irmãos perguntando quando voltarei para casa. Para eles, preciso regressar, casar com um pescador e dar continuidade aos negócios dos meus antepassados. Criar uma nova carreira nunca pareceu uma possibilidade.

— Faça uma torta de peixe e eu mesmo a levarei até eles, senhorita. — Samuel termina de comer e serve mais um pedaço do quitute de maçã. — Homens cabeça-dura geralmente recobram a lucidez diante de uma boa refeição.

— Fala por experiência própria, senhor? — Me divirto ao ouvir a pergunta de Anastácia. Samuel tenta mudar de assunto, mas, no fim, não resiste à pergunta.

— Temo dizer que sim, senhora. Não sou tão viciado em comida quanto Benício, mas confesso que nosso ponto fraco sempre foram os doces. Eu já fui, por mais de uma vez, persuadido por um pedaço de bolo de chocolate. E também já vi meu irmão chorar para ganhar uma porção extra de sobremesa.

— Em minha defesa, eu tinha sete anos e jurava que me casaria com a nossa cozinheira. Uma senhora bondosa de sessenta anos — explico ao abocanhar um pedaço da torta preparada por Marta. Agora entendo a expressão de Samuel, ela está deliciosa. — Pelos céus, colocou canela na massa? E mel, talvez?

Anastácia e Marta riem do meu ímpeto, mas não me incomodo. Uma das coisas que aprendi nos anos nos quais trabalhei no navio é que sempre devemos valorizar um alimento preparado com carinho. Receitas e ingredientes são fundamentais, mas no fim das contas é a dedicação que torna uma refeição especial.

— Vamos fazer uma troca: eu lhe dou a receita da torta se o senhor me ensinar a fazer o pão de queijo. Tentei reproduzir, mas sinto que a massa não atingiu o ponto correto. — Marta me estende a mão por cima da mesa para que possamos fechar um acordo.

— Trato feito, senhorita — digo ao segurar sua mão na minha. — Tenho outras receitas guardadas na manga. Se me deixarem usar a cozinha, posso preparar o jantar no fim de semana. Gostaria de cozinhar alguns dos meus pratos indianos favoritos.

Olho para Anastácia ao falar e vejo uma fagulha iluminar seus olhos. Passou da hora de confrontá-la e descobrir se ela lembra do nosso encontro com tanta intensidade quanto eu. E, se precisar apelar para uma boa refeição, eu o farei.

— Boa tarde, senhores. — Darcília atravessa o deque com Quirino pendurado em seu braço. Ele a acompanha como um cavalheiro guiando uma dama, mas, como bate em sua cintura, precisa manter a postura ereta para alcançá-la. — Desculpem pela demora, estava terminando de ajeitar esse rapazinho.

Quirino caminha até a cadeira ao meu lado com uma expressão aborrecida, mas senta na mesa em completo silêncio. Notei como ele e Darcília se deram bem e, com o apoio de Samuel, solicitei sua ajuda para comprar vestes adequadas para o garoto. Graças a ela, Quirino voltou do centro com um baú repleto de livros, cadernos e roupas. Mas, apesar de estar visivelmente feliz em passar uma temporada na fazenda, é perceptível que ele não amou as vestes escolhidas pela senhorita.

— Entendo sua resistência, menino. — Inclino o corpo para que nossa conversa não seja ouvida por mais ninguém. — Samuel também dita quais roupas devo usar. Segundo meu irmão, a boa aparência ajuda a alavancar os negócios. Prometo que logo vai se acostumar e, se não o fizer, aos poucos vai descobrir quais vestes realmente lhe agradam.

— Jura que não estou parecendo um janota, senhor? — Preciso esforçar-me para não rir. Seu tom de voz aborrecido faz com que eu reviva as minhas infinitas conversas com Samuel acerca das minhas vestes.

— Está parecendo um secretário, Quirino. — O garoto me encara por um segundo, sem dúvida medindo a verdade em minhas palavras. — O melhor secretário de toda a corte, tenho certeza.

Com um sorriso no rosto, ele corre os dedos pelo suspensório preso à calça marrom e, parecendo envergonhado, retira a boina que completa o conjunto. Volto os olhos para Darcília por um segundo, agradecendo ao ver que ela também providenciou que o seu cabelo fosse cortado. A senhorita responde com um ligeiro dar de ombros envergonhado, mas mantém os olhos presos aos de Quirino.

— O que vai querer comer? — Darcília senta ao lado de Quirino e revira os olhos diante de sua expressão de espanto. Sempre que falamos de comida o garoto parece desconfiado, o que só aumenta a certeza de quem realmente é o senhor da Fazenda Vale Claro. Não preciso conhecê-lo para taxá-lo com um imbecil. — Já conversamos sobre isso, Quirino. Pode comer o que quiser, não será castigado ou humilhado por saciar sua fome. Sempre que desejar comer algo, peça para Martinha, tenho certeza de que ela vai adorar preparar-lhe uma refeição especial. A única coisa que não aceitamos é desperdício, está entendendo? Então, se colocar no prato, terá de comer.

— É desrespeitoso dizer que estou varado de fome, senhorita? — Samuel esconde uma risada com a mão, mas Quirino percebe e o encara com uma expressão indignada.

— Quando está ao lado das pessoas que ama, deve dizer exatamente o que pensa ou o sente. É isso que constrói relações verdadeiras, Quirino. — Darcília ajeita as vestes do garoto perfeitamente arrumadas. Vejo o tremor em suas mãos e imagino que, assim como meu irmão, ela sente a necessidade de protegê-lo do mundo em que vivemos. — Em meio à sociedade as regras mudam um pouco. Mas vou ensiná-lo a diferenciar, está bem?

— Está bem. — Ele responde com um grito animado e começa a encher o prato com pães, bolos e frutas, vez ou outra buscando pela aprovação de Darcília. — A senhorita tem filhos?

Darcília engasga com o suco, deixando que parte da bebida escorra pelos lábios e manche o topo do seu vestido verde-claro. Quirino libera uma gargalhada pura e infantil que é muito difícil de não acompanhar. Estalo os dedos na intenção de afastar o riso que cresce em minha garganta e noto Samuel recitando leis em voz baixa.

— Não precisam disfarçar o riso, senhores. Meu ego não foi abatido, ao contrário do meu decote. — Darcília limpa o suco do queixo e, quando o riso da mesa cessa, volta os olhos para Quirino. Apesar de sustentar uma expressão alegre, sou capaz de ver a tristeza nublando seus olhos. — Às vezes, tudo o que eu gostaria de ser é mãe, apesar de ainda não ter filhos. Mas por que a pergunta, garoto?

— Porque acho que seria uma ótima mãe, senhorita. — O menino não se deixa intimidar pelo silêncio que consome a mesa. Ele encara Anastácia, sorri para Samuel e, por fim, mantém os olhos presos aos meus. — Os senhores já estão comprometidos? Deviam propor as senhoritas em casamento e começar a fazer bebês.

— Mas que diabos... — digo sem pensar e sinto o chute de Samuel por debaixo da mesa. De novo, todos explodem em gargalhadas. Mas pelo menos dessa vez sinto alívio ao vê-las sorrir. Não estava gostando de ver a tristeza consumir os olhos de Anastácia e Darcília. — De fato, vamos precisar adiantar a conversa sobre o que é apropriado ou não falar em público, Quirino.

— O que falei de errado? Uma casa com crianças é sempre mais alegre... É isso que meu pai costumava dizer. — O menino olha para

Darcília em busca de resposta, mas ela apenas sorri para ele e deposita um beijo em sua testa.

— Vamos, trate de comer, aproveite que Marta acordou inspirada. — Anastácia serve mais um pedaço de torta para Quirino, afastando de vez o clima tenso ao nosso redor. — Tenho uma pergunta importante para os senhores. Como fazem para divulgar a empreiteira? Estava pensando nas melhores formas de promover o abrigo e confesso que não sei ao certo como fazê-lo ser conhecido pelas pessoas certas.

Estou pensando na melhor forma de responder-lhe quando Anastácia me surpreende ao servir-me uma xícara de chá. Ela afasta o recipiente vazio que usei para experimentar o café Bourbon com um sorriso e aponta para minha nova bebida. Sinto-me exposto ao sentir seu olhar avaliador sobre mim, mas a verdade é que nunca quis tanto ser visto – por inteiro – por alguém.

— Boa tarde, senhores. — Avril nos cumprimenta com um sorriso ao entrar no deque. Ela carrega um punhado de mudas e, enquanto anda, algumas caem no chão. Mal tenho tempo de pensar em ajudá-la e Samuel já está pulando da cadeira para recolher os ramos. — Obrigada, senhor. Da próxima vez levarei um cesto. Não imaginei que o jardim ao redor da fazenda abrigasse tantas ervas de cura.

— Caso precise, também posso acompanhá-la. — Preparo-me para uma dose extra de tensão, mas em vez de engatarem uma briga, eles escolhem o caminho da cordialidade. — Dois pares de mãos podem carregar uma infinidade de mudas, tenho certeza.

— Aceito a oferta com uma condição. Preciso que o senhor prometa que não vai desmaiar em meio aos jardins. — Apesar do tom brincalhão, as palavras de Avril carregam uma ordem discreta, que meu irmão responde com um sorriso de orelha a orelha.

Encaro Anastácia em busca de uma resposta, mas ela dá de ombros ao enviar uma prece aos céus. Rio de sua expressão zombeteira, mas entro na brincadeira e também faço uma prece de agradecimento. É bom ver que Avril e Samuel finalmente estão se entendendo. Só espero que a trégua dure mais do que alguns minutos.

— Confesso que fiquei curiosa ao ouvi-los conversar. — Avril deixa os ramos e ervas em um balcão e antes de continuar falando alcança um pedaço do pão doce preparado por Marta. — Anastácia tem razão, talvez a experiência dos senhores nos ajude com o abrigo.

Olho para Samuel, esperando por sua resposta, mas ele parece perdido ao encarar Avril. Ela caminha até a mesa, sentando ao lado de Anastácia, e começa a separar uma dúzia de mudas de ervas ao mesmo tempo que aproveita o café da tarde. Meu irmão acompanha seus passos com fixação. Simulo uma tosse, mas não consigo fazê-lo recobrar a razão. Preciso chutá-lo por debaixo da mesa, espelhando seu gesto feito há pouco, para que deixe de encarar Avril. Não entendo esses dois; ou estão discutindo sem parar, ou estão trocando olhares carregados.

— Como sabem, os homens que trabalham na Empreiteira De Sá são completamente livres. — Meu irmão começa depois de alguns minutos. Sua voz sai rouca, então lhe entrego um pouco de água na tentativa de fazê-lo manter a cabeça no lugar. — Talvez as senhoras não saibam, mas nosso pai é o barão de Magé. Ele é dono de milhares de hectares de fazendas produtoras de café na região de Ouro Preto. E como a maioria dos homens nessa mesma posição, apropria-se da riqueza gerada por meio do trabalho escravo.

— Fomos criados em um ambiente ríspido e violento. — Fito os últimos raios do pôr do sol e deixo que a beleza da natureza apague a raiva que sinto ao falar do barão. Um jumentinho passa por nós, cheirando as flores espalhadas pelo jardim e exibindo um sorriso no rosto. Vê-lo faz-me lembrar de Carioca e de que, se formos continuar residindo na fazenda até terminarmos a construção do abrigo, precisaremos trazer o pobre gato para ficar conosco. A vizinha prometeu cuidar dele, mas o bichano não se comporta muito bem com nossa ausência. — Ainda éramos dois meninos quando escolhemos seguir caminhos completamente diferentes dos estipulados pelo barão. Não queríamos trilhar seus passos e, muito menos, ser como ele. Por isso decidimos que, assim que conseguíssemos sair de casa, iríamos ajudar todos aqueles que não tiveram a mesma sorte que eu e meu irmão.

— Sorte? — Anastácia deixa de lado as ervas espalhadas pela mesa por sua cunhada e me encara com olhos curiosos.

— Sim, sorte. Pois, em meio a tudo, encontramos um no outro um porto seguro — digo fitando meu irmão. Samuel sorri para mim e bagunça meu cabelo. Ele não é tão mais velho do que eu, mas em momentos assim faz com que eu me sinta um garoto. — Muito mais do que a maioria das pessoas vivendo na mesma posição.

Quando menino eu não me achava sortudo – não com um pai como o meu e com o peso da morte de minha mãe nos ombros. Mas, com o passar dos anos, tudo ficou mais claro. Samuel me salvou de mim mesmo. Talvez, sem ele, eu não tivesse sido forte o suficiente para enfrentar o controle do barão.

— Mas voltando à pergunta... — Samuel ri e me dá um soco leve em meu ombro. — Pare de rodeios, Benício.

— Enfim, já conhecíamos alguns homens que precisavam de emprego por causa do tempo em que vivemos na fazenda do barão. Então, foi fácil contatá-los. — Levanto da mesa e procuro pelo colete que deixei pendurado no beiral do deque. Desisti de usar meus paletós, mas, depois de um longo sermão, cedi aos apelos de Samuel e aceitei vestir a terceira peça do traje formal. Apesar da minha relutância inicial, gostei do resultado final. — Com o passar do tempo, resolvemos fazer um cartão de visitas. Sempre andamos com eles nos bolsos, distribuindo entre os homens que encontramos no centro da cidade e torcendo para que eles decidam nos procurar.

— O primeiro passo é deixá-los assimilar a nossa proposta. — Samuel continua, dessa vez encarando Quirino que acompanha a conversa com olhos indagadores. — Depois, é torcer para que escolham acreditar em nossas palavras.

Enquanto as jovens conversam sobre o cartão, observo algumas das mudas recolhidas por Avril. Em meio às ervas, encontro um ramo perdido de macela-do-campo. O caule é uma mistura de verde e cinza, e as pequenas flores são amarelas como os primeiros raios da manhã. Sorrio ao pegar o galho e mostrá-lo para Samuel, que rapidamente tenta arrancá-lo de minha mão.

Cheiro as flores amarelas e amasso uma delas, a menor de todas, entre os dedos. O aroma transporta-me para as nossas melhores noites na fazenda. O barão costumava passar no meu quarto antes de dormir – depois de jantar e de tomar várias doses de cachaça. Eu esperava por sua visita com as cobertas sobre o rosto, fingindo estar desacordado e torcendo para que ele saísse do aposento o mais rápido possível. E, assim que ouvia a porta sendo fechada, aproveitava o silêncio da noite para escapulir pela janela.

Samuel sempre me aguardava no celeiro, em meio ao feno e às mudas de macela-do-campo, e ficávamos a noite toda conversando até pegar no sono.

— Não sei se dormia melhor por estarmos juntos ou graças ao poder calmante dessa flor — digo ao ceder e entregar o ramo para Samuel.

— É claro que era por causa da minha companhia, irmãozinho. Minhas histórias de dormir eram as melhores.

— Isso é uma erva? Achei que fosse apenas uma muda de flor. — Inclinando o corpo na direção de Samuel, Avril estende a mão, esperando que ele lhe entregue a muda.

— Trata-se de uma erva típica de região. Pelo que lembro, ela tem várias propriedades medicinais — Samuel parece perdido ao encarar a noviça, como se esquecesse completamente o significado de suas vestes. — Quando eu era mais novo, tinha problemas para dormir. E Benício descobriu que os travesseiros dos bebês da fazenda eram feitos com macela-do-campo, pois a erva ajudava nos bons sonos.

— Seu chá também é ótimo para curar azias e problemas intestinais. Além de ser indicado para dores de cabeça, principalmente as crônicas. — Começo a listar tudo o que lembro sobre a erva, mas sou interrompido por um grito de dor.

Meu irmão deixa de encarar Avril e volta os olhos para mim. Um segundo depois, abandonamos nosso lugar à mesa e corremos em direção ao som. Ao longo dos anos, descobrimos como identificar as motivações por trás dos gritos.

E esse, sem dúvida, foi de pura agonia.

༺❀༻

A jovem deitada no centro da sala, com as vestes molhadas e sujas de sangue, nos encara com um misto de vergonha e alívio. A irmã Dulce ajeita seus cabelos com um sorriso carinhoso no rosto enquanto Avril corre de um lado para o outro com a intenção de confirmar se ela e o bebê estão bem.

Por sinal, uma bebê que acabou de nascer – no meio da sala de estar do casarão da fazenda – e que está em meu colo, segurando meu dedo e fazendo barulhos que só sei definir como grunhidos.

— Acabamos mesmo de ajudar uma criança a nascer? — Samuel senta na poltrona ao lado da minha e encara a menina em meu colo. Ele e Avril guiaram o parto, então sua camisa está suja e o rosto tomado pelo completo pavor. De fato, todos nós estamos um pouco assustados com o que acabou de acontecer. — Como foi que isso aconteceu, irmãozinho? Pelos céus, como é que um bebê consegue sair daquele lugar?

Como se eu soubesse! Neste momento, mal sou capaz de reconhecer meu próprio nome. Observo com atenção Avril e a irmã auxiliarem a jovem mãe, Darcília acalmar Quirino – que, com razão, ficou amedrontado ao ouvir os gritos do parto – e Anastácia inclinar o corpo na minha direção para encarar a bebê dormindo em meus braços, porém, tudo o que consigo assimilar é que acabamos de presenciar o nascimento de um pequeno milagre.

— Deixe de lorota, menino! Todos nós sabemos como essa bebê foi concebida. — A irmã Dulce encara Samuel com um olhar reprovador.

— Ele tem razão em questionar, irmã. — A jovem mãe se ajeita no tapete de pele esquecido no chão da sala, encarando ora o estado de suas vezes, ora a bebê em meu colo. Com o aval de Avril, entrego-lhe a criança. O sorriso que toma conta do rosto das duas, tanto da mãe quanto da filha, é uma das coisas mais bonitas que já vi em toda a minha vida. — Meu pequeno anjinho, a mamãe vai protegê-la, eu prometo.

Ficamos todos encarando a cena por alguns minutos, acompanhando o primeiro encontro entre mãe e filha. É verdade que, depois desse momento, pouco consigo lembrar do parto. Recordo-me dos gritos, dos comandos diretos e certeiros de Avril, da oração guiada pela irmã Dulce e dos olhos assustados de Anastácia. Tudo é um borrão, com exceção do choro de Darcília. Quando a bebê nasceu, ela entregou-se à lamúria que tomou conta de toda a sala. Quirino foi o primeiro a ampará-la e, desde então, os dois estão conversando em um canto do cômodo.

— Como se chama, senhorita? — A voz de Anastácia é apenas um fiapo. Ela parece não perceber que suas vestes estão marcadas pelo suor e que o cabelo, antes preso em um coque na base de sua nuca, agora cai ao redor do rosto em uma cascata de mechas desordenadas.

Tenho certeza de que nunca a vi tão linda.

— Meu nome é Cândida. — Com a ajuda da irmã Dulce a jovem se ajeita com a bebê no colo. Avril examina sua temperatura e pede para

Marta providenciar um caldo de galinha. Penso em chamar Samuel para deixá-las sozinha, mas não consigo forçar o corpo a abandonar o conforto do sofá. E levando em consideração que apenas acompanhei o parto, mal consigo compreender como Cândida mantém os olhos abertos. — Eu as ouvi, no mercado.

Desvio o rosto quando Cândida acomoda a bebê em seu colo para alimentá-la pela primeira vez e encontro o olhar perdido de Darcília. Samuel também parece notar seu desespero, pois caminha até ela e senta ao seu lado, oferecendo-lhe a mão. A senhorita parece pronta para rejeitar o contato, mas no fim das contas acaba aceitando o gesto de conforto.

— As senhoras salvaram meu bebê. — O cômodo fica em silêncio diante do choro sofrido da garota. Cândida continua alimentando e ninando a pequena criança em seus braços, mas mantém os olhos em Darcília. — Estava no mercado ontem à tarde, mendigando algo para comer e as escutei conversando sobre um abrigo na Fazenda De Vienne. Sabia que meu bebê estava para nascer e que precisaria de ajuda. Por isso caminhei até aqui, pedindo informações pelo caminho. Um senhor me encontrou na estrada da Floresta da Tijuca e trouxe-me para cá. Desculpem-me por abalar a paz, mas eu estava desesperada.

— Veio caminhando do centro até a fazenda? — Darcília tenta disfarçar o desespero, mas suas palavras saem embargadas. — Poderia ter pedido ajuda quando estávamos no mercado, senhorita. Não teríamos negado abrigo.

— Como eu poderia ter certeza? Todo mundo em que confiei me virou as costas. — Cândida volta a chorar e Avril caminha até ela, sussurrando algo em seus ouvidos. — Neste momento? Eu gostaria de um berço e de um banho, se não for incômodo.

Contenho a surpresa quando Anastácia se ajeita no sofá e encosta a cabeça no meu ombro. Pondero um segundo, dividido entre o comportamento correto e o que eu realmente sinto como certo, e firme na decisão de que preciso do seu consolo tanto quanto ela do meu, rodeio seu corpo com o braço e apoio a minha cabeça na dela.

— Pode fazer um favor para mim, Quirino? — Samuel encara o menino com um sorriso que não alcança seus olhos. Acredito que o nascimento de uma criança é um ato puro de esperança. Mas a expressão de desamparo nos olhos de Cândida e as marcas arroxeadas em sua pele contam uma história diferente. Todos nós percebemos que existem tanto dor quanto amor no nascimento dessa bebê. — Pode ver com Moisés ou Ernesto se eles conseguem construir um pequeno berço de madeira? Não precisa ser perfeito, apenas útil. Diga-lhes que será um presente para a nova moradora da fazenda.

— Claro, senhor. — O menino olha para Darcília, parando no meio do caminho para lhe entregar um lenço, e corre porta afora.

— Obrigada por distraí-lo. Não queria que o garoto ouvisse minha história. Ele é jovem e ainda pode manter a esperança de que vivemos em um mundo de homens bons.

Marta entra na sala com uma porção generosa de pão e sopa. Avril retira o bebê do colo de Cândida que, antes de deixá-la ir, deposita um beijo na fronte da criança. Noto como a jovem toca e parte os alimentos em pequenos pedaços, sem realmente comê-los, e imagino que esteja ganhando tempo. No fim das contas, somos estranhos que participaram de um momento particular de sua vida. Revelar nossos maiores segredos, assim como medos e anseios, nunca é uma tarefa fácil.

— Talvez possamos falar do abrigo enquanto a senhorita Cândida termina de comer? — digo com os olhos presos aos da jovem mãe. Ela me encara com uma expressão de alívio e sinto que, no momento, todos nós precisamos de uma dose de calmaria.

— Claro, meu filho, por favor. Como estão as obras? — A irmã senta ao lado de Cândida e apoia as mãos em seus ombros, ocasionalmente penteando com os dedos as mechas de seu cabelo escuro.

Sinto que o amor e o cuidado transbordam das paredes da sala. Ainda assim, entendo a relutância de Cândida. O amor gratuito não é suficiente para apagar sua dor. É o amor que vem de dentro de nós que cura, mas para encontrá-lo precisamos deixar doer, sangrar e queimar. Chega a ser engraçado o quanto precisamos cair antes de aprender a reconhecer a força de nossas próprias pernas.

— Construímos as novas paredes e interligamos o sistema de água encanada ao de esgoto. Além disso, já finalizamos o projeto do sistema de luz a gás, que ficará muito mais moderno do que consigo explicar. — Ainda com o rosto apoiado no meu ombro, Anastácia me encara com curiosidade ao ouvir-me listar as tarefas concluídas. — Mas não terminaremos o abrigo tão rápido quanto gostaríamos. A ala que eu e Samuel transformamos em escritório acopla duas das mais antigas paredes que um dia serviram de limite para os arredores da senzala. Pretendemos demoli-las aos poucos, mas seria muito mais fácil se pudéssemos simplesmente mantê-las.

Olho para Samuel e juntos encaramos Darcília. Quando nos reunimos pela primeira vez, a jovem deixou claro que o abrigo deveria partir de uma nova construção. Seu desejo era que nenhum resquício da senzala ou das atrocidades cometidas ali fossem mantidos. Concordamos prontamente, mas, diante da chegada de Cândida, imaginei que o presente poderia ser muito mais importante do que o passado.

— Sei que não querem que as lembranças da senzala maculem o abrigo. E peço que acreditem quando digo que, por mim, deixaríamos tudo para trás. — Mantenho os olhos em Darcília, esperando por sua reação. Ela solta a mão de Samuel e começa a caminhar pela sala, ocasionalmente parando para fitar a bebê no colo de Avril. Lágrimas escorrem por seu rosto, mas não consigo compreender ao todo a profundeza de sua dor. — Mesmo mantendo as antigas paredes, o projeto do abrigo será completamente novo. A diferença é que, ao usarmos os dois muros de pedra que hoje servem como um escritório improvisado, teríamos os primeiros quartos do abrigo prontos em menos de um mês.

— Então usaríamos essas paredes de pedra maciça apenas como base para uma das alas do abrigo? Tenho sua palavra de que o resto será completamente novo? — Darcília para no centro da sala e me encara com as duas mãos na cintura.

— Sim, senhora. Usaremos essas paredes para construir uma pequena parcela de cômodos para o abrigo. Mas é apenas isso, todo o resto será novo. — Com os olhos presos aos dela, imploro por um voto de confiança. — Piso, telhado, janelas e massa corrida para padronizar a espessura das paredes antigas. O abrigo vai ser novo, mas usará os antigos pilares da senzala.

— Saberíamos que eles estão ali, mas não os veríamos de fato — Samuel diz. — É semelhante com o que aconteceu conosco e com o nosso povo, senhorita Darcília. Não podemos apagar a nossa história, mas podemos construir novos caminhos.

— O que acha, Cândida? — Darcília surpreende ao questionar a jovem mãe que nos encara em silêncio do fundo da sala. Noto que ela terminou de comer e que acompanha o desfecho da história com olhos embargados.

— Minha filha é mestiça — Cândida diz em meio às novas lágrimas que escorrem por todo o seu rosto. — Apaixonei-me pelo administrador da fazenda do meu pai. Sempre soubemos dos riscos, mas ele era um homem negro livre e dono de uma renda considerável. A liberdade de ir e vir, possuir e conquistar, o fez esquecer das atrocidades cometidas contra seu povo. Meu marido era bondoso, dono de um coração generoso e realmente acreditava que a nossa sociedade estava mudando.

— Mas ela permanece a mesma — Darcília diz baixinho. — Parte dela ainda acredita que nossa cor é sinônimo de inferioridade.

— Agora eu sei disso. Precisei ver o homem da minha vida ser morto pelo capataz do meu pai, ser deserdada e abandonada em um cortiço para compreender que estamos longe de conquistar a verdadeira paz. — Enquanto fala, sua voz ganha novas notas de desespero. Avril deposita a criança recém-nascida nas mãos de Darcília e caminha até Cândida, confirmando seus sinais vitais pela terceira vez desde o parto. — Mas a morte do pai da minha filha não deve ser em vão. Não podemos deixar de lutar pelos que precisam de apoio ou pelo futuro de nosso país. Precisamos persistir em nome da felicidade de todas as crianças que hão de viver em um mundo no qual possam amar quem quiser. É para isso que querem construir o abrigo, não é mesmo?

Olho para Cândida com surpresa. Em sua idade eu vivia resmungando pelos cantos da fazenda, sentindo-me amaldiçoado pelas escolhas do meu pai. Precisei do apoio de Samuel para descobrir como seguir em frente enquanto essa jovem – que enfrentou uma dor maior do que posso imaginar – nunca desistiu de lutar.

— Vamos manter as paredes, senhores. — Darcília volta a chorar, mas dessa vez seu rosto é tomado por um sorriso. — Faremos o que for preciso para que esse abrigo fique pronto logo, certo? O que importa é que onde um dia sangue inocente foi derramado florescerá a esperança.

Darcília olha a bebê com fé e compreendo que é exatamente isto que a pequena representa para todos nós: a certeza vindoura de um mundo melhor.

— O abrigo acabou de ganhar suas primeiras hóspedes. — Anastácia sussurra em meus ouvidos para que apenas eu possa ouvir suas palavras, enviando pequenas ondas de calor por toda a minha pele em consequência de nossa proximidade. — Acha que realmente seremos capazes de ajudá-las?

Giro o corpo para que possamos ficar frente a frente. Neste momento não existe mais nada no mundo além do seu olhar preso ao meu. Vejo a dor e o desespero em sua expressão e, sem conseguir me conter, rodeio seu rosto com as duas mãos. Agora compreendo o quanto a história de Anastácia mistura-se com a do abrigo.

— Estão criando mais do que um abrigo, senhora — digo a poucos centímetros de distância dos seus lábios. — Não se trata apenas de um teto sobre a cabeça, mas da oportunidade de fazer parte de uma família que se apoia e ama. Então, é claro que serão capazes de ajudá-las.

— Tudo o que mais quero é que a fazenda as ajude na árdua tarefa de recomeçar, assim como essas terras fizeram comigo. — Seus olhos marejam, mas continuam presos aos meus.

— Sabe o que enxergo quando vejo os projetos do abrigo? Um lar embasado no amor e no apoio mútuo. — Toco a pele do seu rosto e, abafando a conversa divertida que cresce junto com o choro da bebê de Cândida, deposito um beijo na testa de Anastácia, exatamente no ponto em que sua ruga nasce. — Estão criando esperança em um mundo tomado pelo ódio e não existe nada mais nobre do que isso, senhora.

Mal termino de falar e sinto seus braços ao meu redor. Meu coração acelera ao sentir Anastácia encaixar a cabeça no meu peito e começar a chorar. Apesar da dor que vi em seus olhos há pouco, sinto que não é a tristeza que move suas lágrimas, mas sim o alívio.

Com os braços ao redor dela e as mãos correndo por seu cabelo, dou-me conta de que a Fazenda De Vienne virou fonte de esperança e recomeço para todos nós.

O caminho para a esperança

Brilho nos olhos
Sorrisos nos lábios
Uma nova chance
É tudo o que precisamos para acreditar

Janelas novas
Cômodos lapidados
Telas em branco
É tudo o que precisamos para seguir

Mãos unidas
Corações entregues
Espíritos leves
É tudo o que precisamos para perdoar

Esperança conquistada
construída e renovada,
é tudo o que precisamos para renascer

Música de Anastácia De Vienne Faure
Junho de 1880

16
ANASTÁCIA

Acordo assustada ao ouvir um estrondo. Esfrego os olhos para afastar o sono e percebo que deixei a janela do quarto aberta – provavelmente o vento noturno fez a veneziana bater na lateral externa da parede, despertando-me com o barulho. A brisa fria que invade o aposento faz os pelos do meu braço arrepiarem e meu corpo cansado clama pela manta esquecida nos pés da cama. Mas apesar do céu estrelado anunciar o começo da madrugada, não consigo voltar a dormir.

Afasto o mosqueteiro que protege a cama dos pernilongos e, sem esperança de voltar a dormir, abandono de uma vez por todas os lençóis. Visto um roupão por cima da camisola e começo a andar pelo quarto, focando meus pensamentos na necessidade de fazer o abrigo funcionar o mais rápido possível – após a chegada de Cândida, a urgência de ajudar outras mulheres como ela voltou a tomar conta do meu ser.

Na tentativa de fazer algo com as ideias borbulhando em minha mente, caminho até a cômoda para pegar papel e caneta. Mas, em vez de alívio, encontro uma nova dose de desespero. Perco completamente o controle ao abrir a gaveta e encarar o bilhete. Um grito estrangulado sai da minha garganta e um pressentimento ruim faz a minha cabeça latejar de dor.

Sinto que estou vendo coisas que não existem, então fecho os olhos e belisco o pulso esquerdo até clarear a mente. Só que, quando volto a fitar a gaveta, o maldito bilhete continua no mesmo lugar. Ainda com os olhos encobertos pelo medo, é fácil reconhecer a letra curvada de Jardel e o papel cor de creme idêntico ao que encontrei na cesta de vime abandonada em um dos vagões do trem.

Em um surto de coragem, retiro o papel da gaveta com as mãos tremendo. Embaixo de onde estava o bilhete, avisto o envelope com os documentos entregues pelo advogado do conde. Tenho certeza de que eles não estavam ali – conferi centenas de vezes ao longo do último mês, ciente de que o envelope estava embaixo do meu colchão. É nesse momento que o pânico toma posse do meu coração. Giro os olhos por todo o quarto, imaginando Jardel ali, comigo, rindo da felicidade que conquistei nas últimas semanas.

— Prometa que não se esquecerá de mim, *mon amour*. Prometa ou precisarei relembrá-la do nosso amor. — Leio a frase escrita no bilhete em voz alta repetida vezes e a cada sentença sinto o corpo retesar de puro pavor. Procuro pela assinatura de Jardel ou pela menção de uma data, mas não encontro nada além de suas palavras e do brasão De Vienne. Ainda assim, tenho certeza de que a letra é dele.

Tento convencer a minha mente de que a missiva estava junto com os documentos entregues pelo advogado, mas o lacre imaculado do envelope não me deixa escolha a não ser desconfiar de que alguém entrou em meu aposento. Não sei como, por que e, principalmente, por quem esse bilhete pode ter sido entregue. Mas em vez de focar minhas forças no significado cruel por trás de suas palavras, decido contra-atacar e finalmente abrir o envelope da herança – não me passa despercebido que, muito provavelmente, esse era o objetivo final da odiosa missiva.

Forço o lacre de cera e reúno forças para descobrir o que meu marido fez nos anos em que passamos separados. Nas primeiras páginas, encontro o caderno contábil com os rendimentos da produção da Fazenda De Vienne – algo que já havia descoberto ao ler os livros-caixa do primeiro conde. Anexado ao final, vejo a escritura da fazenda. O documento foi alterado um mês antes da morte de Jardel e, segundo a vontade do conde, diz que a propriedade foi igualmente dividida entre mim e Avril.

Minha cunhada já havia dito que éramos as donas dessa terra, mas ainda é difícil acreditar que Jardel preocupou-se o suficiente para alterar os documentos da herança. Além do inventário da fazenda, retiro do envelope um registro oficial de óbito e um arquivo detalhado que me lista como herdeira de todos os bens comerciais conquistados por meu marido – ou seja, todos aqueles que não podem ser atrelados ao título de conde.

Meu coração palpita ao ver o nome da antiga companhia de transportes marítimos de papai encabeçando a lista. Assim que casei com Jardel, e tão logo meus pais faleceram, minha herança passou a ser controlada por meu marido como fiel depositário – um dia ela seria dos nossos filhos, mas nunca exclusivamente minha. Apesar do direito de posse, seja no Brasil, seja na França, a lei dos homens não me considera apta para gerir propriedades e empresas. A única exceção à regra está nos bens recebidos em testamento.

Contra todas as probabilidades, agora sou dona de metade da Fazenda De Vienne, da empresa de navegação Faure, de parte da linha ferroviária que liga as terras da fazenda ao porto do Rio de Janeiro e de uma dúzia de terras espalhadas pelo Brasil e pela França. Ao mudar o testamento, Jardel permitiu que eu e Avril fôssemos assistidas por lei, o que não faz sentido algum.

— Por que, Jardel? Por que mudou o testamento? — Encaro o bilhete mais uma vez, tentando encontrar uma resposta válida para todas as perguntas que fazem minha cabeça pulsar de dor.

Leio, releio, amasso o papel e volto a abri-lo por uma centena de vezes. As palavras queimam e aumentam a sensação de que algo está errado, de que estou deixando escapar uma informação importante. Abraço o corpo na tentativa de afastar os calafrios. Conheço Jardel bem o suficiente para saber que, mesmo morto, ele seria perfeitamente capaz de encontrar uma forma de manter-me sob o seu domínio. É isso que seu bilhete e esse maldito testamento significam.

Uma batida na porta abafa o desejo de descobrir como confrontar meu falecido marido. Dividida entre ignorá-la e enfrentá-la, aguardo em silêncio na esperança de estar ouvindo coisas. Passam-se alguns minutos, mas, quando estou prestes a respirar aliviada, uma nova batida – mais forte e insistente – ressoa pelo quarto.

Decido responder ao chamado, mas antes de seguir até a entrada do quarto pego o jarro de água deixado por Marta na cômoda ao lado da cama. Com o objeto em riste, pronta para atacar quem quer que esteja lá fora, abro a porta de uma só vez. E, tão amedrontada quanto raivosa, quase acerto Darcília no rosto.

— Nenê! Quem pensou que fosse visitá-la a essa hora da noite? Por favor, acha mesmo que esse jarro iria protegê-la? — Ela diz com as mãos na frente do corpo, freando meu ataque.

Suspiro aliviada e não penso duas vezes antes de puxar a minha amiga para dentro do quarto e abraçá-la.

— Está tudo bem? — Darcília nos afasta apenas o suficiente para correr os olhos pela minha face, sem dúvida buscando por uma resposta que ainda não sou capaz de proferir. — Ouvi seu grito do outro lado do corredor. Primeiro achei que estava sendo assombrada pelo casarão, mas algo me fez vir vê-la.

— Estou com medo. — Abandono seu abraço reconfortante e caminho até a cama, entregando-lhe o bilhete escrito por Jardel. — Encontrei esse bilhete em uma das gavetas do quarto. Tenho certeza de que foi escrito por meu marido, mas não faço a menor ideia de como ele surgiu em meio às minhas coisas.

— Tem certeza de que é a letra do conde? — Suas mãos tremem ao ler a missiva e a voz soa tão apavorada quanto me sinto.

— Absoluta. São os mesmos padrões curvados, o brasão que usava para sobrepor sua assinatura e até mesmo a forma cruel como costumava me chamar. — Fecho os olhos e sou assombrada por uma dúzia de memórias dolorosas. — Esse bilhete não estava na cômoda quando chegamos na fazenda, Darcília. Eu limpei e revirei cada centímetro do aposento exatamente para apagar os vestígios de Jardel.

— Acredito no que diz, nenê. — Ela aperta meu ombro ao falar, enviando uma dose de calmaria para a minha mente confusa. É um alívio saber que a minha amiga confia em minhas palavras, mesmo quando elas parecem insanas até mesmo aos meus ouvidos. — Vamos, vou ajudá-la a descobrir o que está acontecendo.

Darcília caminha até a cômoda e começa a revirar todas as gavetas. Ajudo-a a retirar os compartimentos de madeira do móvel, tateando pela superfície em busca de repartimentos secretos ou fundos falsos. A cada segundo que não encontramos uma resposta lógica, minha mente mergulha em um desfiladeiro de ansiedade e medo.

Neste momento, tenho apenas duas opções: posso acreditar nos meus olhos ou duvidar de mim mesma. Escolher uma delas significa que a segurança do meu quarto foi violada e que estamos todos correndo perigo ou, na pior das hipóteses, que estou mesmo alucinando. É cruel, mas ainda prefiro acreditar que estou ficando louca.

— Os documentos da herança também não estavam onde os deixei. Encontrei todos na mesma gaveta, junto com o maldito bilhete — digo depois de nossa inspeção frustrada à cômoda.

Darcília me encara, definitivamente assustada. Ela segura minha mão e nos faz caminhar juntas até a cama. Em silêncio, sentamos em meio aos lençóis e analisamos o bilhete e os documentos da herança.

Passamos horas assim, lendo, relendo e tentando encontrar alguma lógica no que está acontecendo.

— É como se alguém tivesse entrado no seu quarto e, além de deixar o recado de Jardel, mudado os documentos de lugar. Talvez por saber que ao encontrá-los juntos não poderia mais fugir deles. — Noto como suas mãos tremem ao ler, mais uma vez, o recado do conde. — Mas isso não faz sentido algum, nenê. Quem faria algo assim?

— Não vou mentir, estou morrendo de medo de estar alucinando. Mas tenho certeza de que é a letra de Jardel, assim como sei que o bilhete e esses documentos não estavam na minha gaveta até ontem. — Volto a andar pelo quarto, mais uma vez revistando o ambiente. Apesar de sentir-me mais segura com a presença de Darcília, meu corpo ainda luta contra o medo. — Isso sem mencionar o maldito testamento! Jardel escolheu-me como herdeira de todos os seus bens. Por que ele faria algo assim? Por que um homem como o conde teria o trabalho de manter-me estável depois de tudo o que passamos?

— Arrependimento? — Não existem dúvidas em sua voz. Nós duas gostaríamos de acreditar na possibilidade, mas há anos que perdemos a fé em contos de fadas. — Esqueça que disse isso. É claro que a mudança do testamento foi um ato premeditado.

— Isso significa que Jardel receava a morte. Quem mais mudaria o testamento poucos meses antes de morrer de forma misteriosa e inesperada? — Darcília puxa meu roupão e me obriga a sentar ao seu lado na cama. — Como meu marido planejaria algo assim sem ter a mínima noção de que seus dias estavam contados? O que ele quer dizer com precisarei relembrá-la de nosso amor?

Olho o bilhete esquecido na lateral da cama e sinto a raiva tomar conta do meu ser. Alcanço um travesseiro e uso-o para abafar meus gritos. De certa forma, Jardel conseguiu o que queria. Em uma noite ele abalou minhas certezas e fez-me lembrar de como era viver ao seu lado. Voltei a ser nada mais do que a esposa louca, histérica e raivosa.

— Acalme-se, nenê. — Darcília toca minhas costas e pede que eu respire fundo. Juntas, inspiramos e expiramos, deixando o movimento ritmado acalmar nossos nervos. — Ora, quer mesmo acreditar que o espírito do conde voltou para assombrá-la? Vamos pensar racionalmente, por um minuto.

— Certo — digo abraçando o travesseiro com mais força.

— Talvez Marta ou um dos novos empregados tenha entrado para limpar o quarto e encontrado os documentos — Darcília diz, ainda acariciando as minhas costas. — É possível que um deles tenha escolhido guardá-los em um lugar aparentemente mais seguro.

— Acredita mesmo nisso? — Tento me lembrar de minhas conversas com Marta, mas não recordo de termos pedido a alguém para limpar os cômodos. Mal tivemos tempo de conhecer e treinar a nova equipe, ainda mais com a chegada turbulenta de Cândida.

— Vamos fazer o seguinte, nenê... — Ela busca minhas mãos e me obriga a soltar o travesseiro. — Nas primeiras horas da manhã conversaremos com Marta e descobriremos se alguém esteve em seu quarto. Depois disso, tentaremos encontrar uma resposta para o bilhete e para os documentos da herança terem aparecido em sua cômoda. Combinado?

— Sim, combinado. — Seu plano não cala as vozes que me assombram, mas é suficiente para acalmar meus batimentos cardíacos. Por hoje, resolvo dar-me por satisfeita mesmo sem ter encontrado todas as respostas que procuro. — Obrigada, Darcília.

— Dispenso seus agradecimentos. Quero saber o que pretende fazer com o que descobriu ao ler os documentos da herança. — Dou risada diante de seu tom mandão. — Achou mesmo que iríamos lamentar a noite toda?

Sei que Darcília tem razão. Preciso aceitar as escolhas de Jardel, independentemente do que elas possam significar. Por um segundo, fecho os olhos e monto uma lista mental de tudo o que posso fazer como proprietária de tantos bens. As opções são tão infinitas que sinto uma nova confusão inundar a minha mente – ao menos dessa vez é uma confusão boa.

— Vou marcar uma reunião com o advogado de Jardel. Quero compreender a extensão dos negócios dele e descobrir como retirar uma parcela dos lucros para a manutenção do abrigo. — Ainda de olhos fechados, uso os dedos das mãos para listar as obrigações, utilizando o planejamento como força para manter-me racional. — Também entrarei em contato com os administradores dos imóveis herdados e com o atual gerente da empresa de navegação que era dos meus pais. Como não tivemos filhos, jurava que ela seria herdada por meu tio. Mas pelo visto, Jardel acreditava que era melhor manter os negócios em família.

— Não está se esquecendo de nada, nenê? Não vou sair desse quarto até decidir o que fará com o hotel.

Abro os olhos e fito sua expressão desafiadora. Darcília nunca mediu palavras comigo e, mesmo quando doía, sempre me forçava a seguir em frente. Então, não me surpreende que, neste exato momento, minha amiga decida me colocar contra a parede. Gosto de uma vida cômoda e na maioria das vezes preciso de um empurrão para abandonar a minha zona de conforto.

— Vou para o centro. — O medo inunda cada uma das minhas palavras. Sair dos limites da fazenda é como abandonar uma bolha de proteção e expor as minhas dores e receios ao mundo. Ainda mais quando sei o que encontrarei ao colocar os pés no hotel de Jardel. — Quero decidir o que fazer com o bordel, mas antes preciso vê-lo. Talvez ao visitá-lo eu também consiga descobrir como ajudar outras jovens como Cândida.

— Tentará convencer as mulheres do bordel a virem para a fazenda, certo? — Apesar de sempre ser direta, dessa vez Darcília me pega desprevenida.

Nunca falei sobre meus planos em voz alta, mas acredito que eles tenham ficado mais do que claros. Tudo o que quero é dar a essas jovens, maculadas pelos erros do conde, uma nova chance. Espero que elas se sintam livres para recomeçar, assim como eu me senti ao descobrir que Jardel estava morto. Mas se preferirem seguir por outros caminhos, encontrarei maneiras de apoiá-las.

— Sim, farei isso. Não faço a menor ideia de como convencê-las, mas sinto que preciso ir ao hotel e exorcizar os fantasmas do passado. Tanto os meus quanto os delas.

— Vou acompanhá-la. Não é justo que enfrente essa batalha sozinha, nenê. — A verdade é que seria um alívio ter Darcília ao meu lado, mas sinto que preciso enfrentar as consequências das escolhas feitas por Jardel sozinha.

Por um tempo, acreditava que príncipes existiam para exorcizar dragões. Mas hoje sei que – seja princesa ou plebeia – eu sou a única realmente capaz de libertar-me.

— É exatamente disso que eu preciso, minha amiga — digo ao apertar sua mão. — Gostaria que ficasse para ajudar a irmã Dulce e Avril com os detalhes do abrigo. Elas precisam do seu apoio mais do que eu, principalmente agora com a chegada de Cândida.

— Se é o que deseja, vou ficar. Mas pense sobre o assunto, nenê. Lembre-se de que não precisa carregar todo o peso do mundo em seus ombros. — Mantenho sua mão na minha e puxo-a para a cama. Darcília deita ao meu lado e ficamos encarando o teto do quarto por alguns segundos. — Já havia visto um parto antes?

Ao ouvir sua pergunta revivo os gritos, o sangue e a expressão de pavor no rosto de Cândida e sinto o corpo tremer. Nunca imaginei que gerar um bebê fosse tão doloroso. Em alguns minutos angustiantes, cheguei a pensar que Cândida não conseguiria. Mas então a criança veio ao mundo, chorando com tanto vigor que o desespero dos minutos anteriores foi completamente esquecido. Imagino se é esse tipo de amor que significa ser mãe; deixar que os momentos bons apaguem os dolorosos.

— Na verdade, hoje foi a primeira vez que peguei uma criança recém-nascida no colo. — Ainda não sei como me senti, se aliviada por não ter gerado um filho com Jardel ou triste por não ter sido agraciada com o dom de ser mãe e de amar um bebê puro e indefeso. — Já havia visto um parto?

— Pouco me lembro do parto, mas sei que já gerei um filho, nenê. — As palavras saem tão baixas que levo mais tempo do que deveria para entendê-las. — Engravidei do visconde quando tinha a sua idade. Ele não me deixou ver a criança e o parto foi tão desgastante que, ao acordar, cheguei a pensar que tudo fora um sonho. Joaquim obrigou-me a nunca mais falar sobre o assunto e, com medo dos castigos da sinhá, simplesmente calei a voz que clamava por meu bebê.

Não encontro as palavras certas, então abraço Darcília e uno meu choro ao dela. Depois de três anos juntas, finalmente compreendo a dor que ela tanto se esforça para esconder. Não imagino o sofrimento de perder um filho, mas sei como é ter o coração arrancado. Quando uma centelha de nossa alma é amputada, não existe nada capaz de preencher o vazio. Aprendemos a conviver com ele, mas nunca voltamos a ser os mesmos.

— Sinto muito por não ter dito nada antes. — Darcília afasta nosso abraço e assoa o rosto na lateral do vestido. — Havia me esquecido dos meses que desejei segurar meu filho no colo. Enterrei as lembranças no fundo de minha mente até ser capaz de fingir ser outra mulher, mas, quando ouvi o choro do bebê de Cândida, lembrei exatamente de quem sou. Eu abandonei minha criança, nenê.

Penso em todas as palavras de conforto que poderia dizer, mas nenhuma delas parece adequada. Depois de tudo o que vivi, aprendi que para combater o sofrimento é preciso agir. Acalento é o que mantém nossa cabeça erguida, mas é a coragem que nos impulsiona a seguir em frente.

— Quer encontrá-lo? — Ela me encara assustada, como se a ideia nunca tivesse passado por sua mente. — Não é mais uma jovem acorrentada a um homem sem escrúpulos, Darcília. Não está sozinha e, se desejar, podemos lutar. Encontraremos uma forma de confrontar o visconde e descobrir onde está seu filho. É uma mulher livre, e a escolha está em suas mãos.

Darcília volta a chorar, mas sinto em minha alma que dessa vez não é de tristeza. Suas amarras foram quebradas e, mesmo diante de uma sociedade opressora e cruel, sei que minha amiga não se calará.

— Lembra-se do que Quirino disse hoje à mesa? — Darcília sorri diante da recordação, exatamente como sabia que iria fazer. — Será uma ótima mãe, minha amiga. Seu filho merece conhecer a mulher incrível que o gerou e que fez milhares de sacrifícios em seu nome. Tenho certeza de que, onde essa criança estiver, ela já a ama.

— Acredita mesmo nisso, nenê?

— Com tudo o que sou.

Nunca confiei tanto no poder das minhas palavras. Já vencemos o passado de infinitas formas e, por mais que os desafios continuem a surgir, continuaremos a triunfar. A sorte nunca esteve a nosso favor, mas nunca precisamos dela.

Temos umas às outras para nos manter em pé.

⁂

Uma hora depois de Darcília abandonar meu quarto, volto a me sentir inquieta. Mas dessa vez a agitação é diferente. Apesar de todas as preocupações e problemas não resolvidos – ou talvez exatamente por causa deles – sinto a impaciência alcançar as pontas dos dedos e tomar conta de todo o meu corpo. Sei exatamente do que preciso, então afasto os lençóis pela segunda vez na noite e abandono o quarto, seguindo em silêncio até a sala de estar.

Caminho pelo corredor banhado pela luz da lua, grata pelas janelas semiabertas iluminarem meus passos, e alcanço um lampião ao entrar na sala. Levo um tempo para acender a luz e, após alguns passos relutantes, paro em frente ao arco de madeira que separa a sala principal da saleta de música criada por Jardel. Clareio o aposento misterioso e entro de cabeça erguida.

— Pequenos passos, Anastácia. Comece pelos pequenos passos. — Repito as palavras como uma prece.

Estar aqui gera uma ambiguidade de sentimentos que consome minhas energias, lembrando-me tanto dos parcos e bons momentos que compartilhei com meu marido quanto da raiva que ainda sinto dele. Mas dessa vez não deixo que isso me impeça de alcançar meu objetivo. Esta noite, tudo o que quero é perder-me em meio à música.

Caminho até onde estão os instrumentos musicais e giro a maçaneta responsável por abrir a pequena cúpula de vidro no teto do jardim. Ao fundo, consigo ver o brilho gerado pela estátua de mármore que Benício me deu de presente. A música pulsa da escultura, assim como vibra de minha alma.

Com o coração batendo acelerado, deixo o lampião em uma mesa qualquer e procuro por minha outra metade. Sento em um banco de madeira e tomo o instrumento em meus braços. Corro os dedos pelas cordas desafinadas e sinto o som vibrando em meu peito. Uso o corpo todo para abraçar meu antigo violoncelo, rodeando a cintura do instrumento com as pernas e criando notas desconexas com as mãos que o tocam livremente. Apesar dos anos que fiquei sem praticar, estar com ele é instintivo, como duas peças fundamentais de um mesmo quebra-cabeça.

Inspiro fundo e reconheço, emanando do instrumento, uma mistura de aromas que faz com que eu lembre a minha verdadeira casa: madeira, mar e as plantações de uva que rodeavam a propriedade. Sinto as lágrimas correndo pelo rosto e deixo-me ser consumida pela saudade dos meus pais e do que um dia foi a nossa família. Eles morreram pouco depois do meu casamento, em um acidente que chocou a sociedade parisiense. Ao voltar de uma reunião de trabalho, papai e mamãe foram abordados por ladrões e não sobreviveram ao assalto.

Como uma mulher recém-casada, pouco tempo foi-me dado de luto oficial. Mas logo após abandonar as vestes pretas e a reclusão total, compreendi que meu coração permaneceria para sempre enlutado. Ao voltar a rotina de festas e jantares ao lado de Jardel, dei-me conta de que havia perdido meu porto seguro em Bordeaux, minha cidade natal, e que estava casada com um homem assombrado por demônios inomináveis. Sem lar, sem família e sem amigos, vi-me completamente sozinha. Por isso construí um novo refúgio em minha própria música.

Enlaço o instrumento com mais força. O braço do violoncelo encaixa perfeitamente no espaço de pele entre meu ombro esquerdo e minha clavícula, e a voluta ultrapassa o topo de minha cabeça. Sorrio ao lembrar o assombro de mamãe ao me ver com o violoncelo pela primeira vez, nada mais do que uma menina apaixonada por um instrumento três vezes maior do que o seu pequeno corpo. Apesar da idade ter chegado, não cresci o suficiente para deixar de ser encoberta pela grandiosidade do violoncelo.

Pego o arco esquecido aos pés do banco de madeira, sinto a firmeza e a força da crina que dá vida à vareta, e me preparo para tocar. Respiro fundo, ajeito a postura e posiciono o arco no centro das cordas do violoncelo. O contato entre as peças cria um som que inunda meu peito de saudade, mas minhas mãos travam. Uma melodia cresce dentro de mim, clamando para ser libertada, mas não me julgo capaz de dar vida a ela.

Com as mãos tremendo, choro tudo o que não chorei nos últimos anos. Choro pela falta que sinto dos meus pais, pelas cicatrizes permanentes que meu casamento desastroso deixou em minha alma, pelo período que passei no hospício e pelo homem que escolheu proteger-me em seu testamento e que também foi capaz de idealizar esse belo jardim musical. Foi essa faceta de Jardel, caridosa e atenciosa, que fez com que eu me casasse com ele. Então, choro pelo homem que o conde poderia ter sido e, principalmente, por tudo o que poderíamos ter construído juntos.

As primeiras notas são arrastadas, como um lamento de dor, e as seguintes variam entre estridentes e raivosas. Trata-se da composição mais importante de minha vida. Da música que faço exclusivamente para mim. São notas que me ajudam a perdoar – e não um perdão dócil e idealizado, mas aquele que faz nossa alma sangrar de dor e desespero. Essa música, misturada às minhas lágrimas, é o desfecho de que preciso. O acerto de contas que nunca tive e nunca terei com Jardel.

A cada nota sinto a raiva aumentar. Ela explode em acordes, vibra do meu peito até alcançar meus dedos e faz com que o choro cesse e dê lugar a um grito que tolamente tento abafar. O som opressivo me estrangula, sufoca e prende. Assim, quando o deixo sair, unindo-o com os acordes gritantes do violoncelo, sinto as paredes do meu coração estremecerem.

A sensação é de que estou libertando-me da mágoa por trás de cada memória triste que carrego dentro de mim. Então eu toco, grito e choro até minhas mãos pararem de tremer. Até a minha mente ser silenciada. Até me sentir completamente livre.

Deixo-me ser acalentada pela música que existe em minha alma por toda a madrugada e só paro de tocar quando o sono ameaça me consumir. Sinto-me grata pela cura proporcionada pela música e, principalmente, pela possibilidade de viver esse momento ao lado do meu violoncelo.

Levanto o corpo cansado e beijo a lateral do instrumento. Ainda com ele em meus braços, giro pelo cômodo, adorando suas cores e aromas e deixando o amor por esse pequeno jardim aflorar em meu coração.

Antes de seguir para o quarto, guardo o violoncelo em um suporte de madeira, que propositalmente deixei ao lado do presente de Benício, e prometo voltar mais tarde.

Finalmente entendo que perdoar não é esquecer. Que amar esta casa, esta saleta musical e até mesmo Avril não significa calar todos os abusos um dia cometidos por Jardel. Muito pelo contrário, perdoar é reconhecer cada marca ou cicatriz que carregamos, deixando que elas doam e sangrem às vezes, mas nunca permitindo que elas nos dominem completamente.

— Eu perdoo — digo para mim mesma. — Perdoo e deixo-o ir.

Saio da saleta ciente de que deixei todo furor para trás. A cada passo, sinto-me confiante de que sempre carregarei o peso das marcas impostas por meu casamento, mas, de agora em diante, nunca mais as deixarei falarem por mim.

Sempre serei mais do que uma mulher maculada pelas mãos do marido.

Porque, apesar de tudo, escolho ser luz, música e amor.

17
BENÍCIO

Reviro-me na cama pelo que parecem horas. Fazia tempo que não me afastava do centro do Rio de Janeiro, então havia esquecido do clima indefinido da região. Apesar do frescor típico da madrugada, o vento que entra pela janela carrega uma umidade que faz o suor escorrer por minhas costas.

Na cama ao lado da minha, Samuel está em seu décimo sono. Sei disso pelo ronco estridente que toma conta do quarto. Na maioria das vezes, o som não me incomoda, pois estou cansado demais para sequer notá-lo, mas hoje não é um desses dias. Estou fisicamente exausto, mas com a mente agitada demais para conseguir dormir.

Não paro de pensar no abrigo, na chegada inesperada de Cândida, na menininha linda que dormiu em meu colo logo após sua primeira refeição e na sensação de sentir Anastácia nos meus braços. Em menos de um mês minha vida virou de pernas para o ar. Levando em conta que cheguei a presenciar um parto, não me surpreende o fato de não conseguir dormir.

— Mas que droga — digo ao afastar o lençol.

Decido colocar o corpo em movimento, então visto uma calça de trabalho e uma camisa de dormir e saio porta afora.

A casa está silenciosa, mas ainda consigo distinguir ao fundo o leve cantar dos pássaros. O som me avisa que o nascer da manhã não está tão longe, por isso resolvo cansar a mente com uma boa dose de trabalho braçal. Não vejo lógica em ficar enrolando na cama quando tenho tanto trabalho à espera.

Apesar da escuridão do corredor principal, consigo me situar com facilidade. Viro à direita, seguindo para a cozinha em busca da saída dos fundos do casarão, mas sou interrompido por um som. Paro por alguns segundos, tentando compreender as belas notas que me alcançam. Aos poucos, a melodia cresce em força e altura, fazendo os pelos da minha nuca arrepiarem com a emoção pungente por trás de cada nota. Completamente capturado, mudo meu destino final e resolvo descobrir de onde a música vem.

Atravesso a passagem entre a cozinha e a entrada principal da casa, parando ao entrar na sala de estar. Ali a sonata é mais alta; as notas vibram pelas paredes, ressoam pelos vidros dos lampiões e atingem meu coração com uma força que me faz cambalear. Com a lateral do corpo apoiada na parede da sala, caminho em direção à fonte do som.

A cada passo, sinto sua dor, raiva e tristeza. E, antes mesmo de vê-la, sei que a composição vem de Anastácia. Paro de andar quando descubro que a porta da saleta de música está entreaberta, permitindo que eu a observe tocar. Como um ímã, aproximo-me ao máximo dela e de sua música, tomando cuidado para não anunciar a minha presença.

A imagem de Anastácia tocando violoncelo, unida à sensação de que ela usa a música para contar sua história, me desequilibra. O robe por cima do camisão de dormir é tão branco quanto sua pele, tornando-a uma aparição em meio à parca luz do cômodo. O pescoço pende para a esquerda, de forma que todo o cabelo cor de ébano cobre o ombro que não está ocupado pelo instrumento. Anastácia abraça o violoncelo como se ele fizesse parte de seu corpo. Apesar de já ter assistido a inúmeros concertos ao redor do mundo, nunca vi algo assim.

Meu peito rasga ao acompanhar um espasmo de raiva atravessar seu corpo. Ela curva os ombros para baixo e chora junto com as notas que saem do violoncelo. Neste momento, preciso conter a vontade de entrar na sala e abraçá-la. Mas por mais que eu queira confortá-la, sei que Anastácia não precisa de mim – e de ninguém além dela mesma – para afastar tamanha dor.

Completamente alheia à minha presença, ela continua tocando. E, sem a mínima vontade de abandoná-la em sua dor, resolvo sentar no corredor. Acomodo-me ao lado da porta da saleta musical, deixando de vê-la, mas ainda sentindo as notas do violoncelo vibrando em meu peito. Com o corpo apoiado contra a parede, fecho os olhos e deixo que sua música fale comigo.

Em minha mente, sou capturado pela imagem de seus olhos lilases – a mesma que me perseguiu pelos últimos três anos. Preso às memórias do nosso primeiro encontro e em sua música, sinto meu corpo relaxar. Após o que parecem horas, tenho a impressão de que as notas que me alcançam não são mais dominadas pela dor e, quando menos espero, sinto o sono me alcançar.

Com um bocejo ameaço seguir para o quarto, mas estou tão confortável que decido esperar mais alguns instantes. O som de sua música me acalma, acalenta e, antes de apagar completamente, uma nova imagem domina a minha mente.

Durmo ao ser contagiado pela lembrança do som de sua risada, sentindo o corpo vibrar ao recordar a primeira vez que vi os olhos de Anastácia arderem como fogo. Quando nos abraçamos, em meio à sala lotada e emocionada após o parto, senti que estávamos os dois a um passo de perder o controle.

E eu amei aquilo tanto quanto amo o modo que a música de Anastácia acalma a minha alma.

⁂

Posso jurar que mãos me sacodem, mas ignoro tudo que não seja o sonho no qual estou preso. Mantenho o foco na imagem de Anastácia tocando violoncelo em uma apresentação solo no Theatro São Pedro de Alcântara. A plateia, composta pela família imperial e pelos homens que trabalham comigo na construtora, vibra no ritmo de sua composição. As notas retumbam pelos castiçais e camarotes do teatro, fazendo as velas tremeluzirem.

Olho as chamas por um instante e penso, não pela primeira vez, que a instalação precisa passar por uma modernização. Ao meu lado, escuto alguém – Samuel, talvez – dizer que, depois de três incêndios, era de se esperar que o teatro deixasse os candelabros e as velas para trás. Apesar de estar preocupado com a intensidade do fogo que ilumina o teatro, não consigo pensar direito com os olhos de Anastácia presos aos meus.

Ela toca com a alma, como se o violoncelo fosse uma extensão de seu corpo. O vestido, da mesma cor que seus olhos, oscila entre o azul e o roxo. E a fenda lateral, que deixa parte de sua perna exposta, faz meu corpo se contorcer.

O local é dominado pelos aplausos quando Anastácia termina de tocar. Ela sorri de júbilo ao finalizar a apresentação e, assim que conclui sua reverência de agradecimento, o fogo surge no palco. As cortinas de veludo entram em combustão, a madeira do cenário despenca como notas estrondosas e, em meio à fumaça e aos gritos, Anastácia continua em pé, sorrindo para mim. Corro em sua direção, mas por mais rápido que eu vá, não consigo alcançá-la.

— Senhor? — Mãos geladas tocam meu rosto, afastando completamente o calor das chamas. — É um pesadelo, nada mais do que um tormento criado por sua mente. Vamos, acorde!

Abro os olhos e a primeira coisa que vejo é o seu olhar belo e preocupado. Respiro fundo e esfrego o rosto para espantar o sono, imaginando que ainda estou dormindo, mas Anastácia chacoalha meus ombros até que eu volte a encará-la.

O cabelo está preso em pequenas tranças laterais, o rosto marcado por rugas provavelmente causadas pelo tecido do travesseiro, e o conjunto de dormir nada mais é do que um camisão branco de algodão. Enquanto tocava, ela estava de robe, mas agora os braços estão expostos, tentando-me com a ideia de beijar cada uma das sardas que lhe salpicam a pele.

— O senhor está bem? Sabe que estava apenas sonhando? Pelos céus, por que está dormindo no corredor? — Ajoelhada a poucos centímetros de mim, ela examina meu rosto de forma minuciosa. Fujo de suas perguntas, envergonhado por ter sido encontrado dormindo no corredor da sala de estar, e mantenho a concentração nos raios de sol que entram pelas frestas das janelas. Pelo visto, estamos nas primeiras horas do amanhecer.

— Todos já acordaram? — Sinto as palavras arranharem minha garganta seca.

— Ainda não. — Anastácia me entrega um copo de água e respiro aliviado ao bebê-lo. O líquido afasta os últimos resquícios do pesadelo. — Passei mais cedo pelo corredor e o vi dormindo. Não quis acordá-lo, então segui para os meus aposentos. Mas ao ouvi-lo gritar, resolvi verificar se estava bem.

— Obrigado por me acordar, senhora. — Devolvo-lhe o copo de água e suspiro quando nossas mãos respaldam umas nas outras. Sonhar com Anastácia e encontrá-la assim, tão próxima de mim, mexe com meu corpo de uma maneira perigosa. — Por acaso, sabe dizer quando foi realizada a última vistoria no sistema de gás desta casa?

As imagens do pesadelo ainda estão frescas em minha mente, por isso, decido avaliar a iluminação aparente da sala principal. Fito os lampiões ao mesmo tempo que tento ajeitar o cabelo e as vestes amarrotadas. O sistema a gás é seguro, mas requer uma lista gigantesca de reparos. Por isso, sem os devidos cuidados, estamos constantemente propensos a incêndios. Além do teatro, já vi inúmeras casas destruídas pelo fogo.

— Senhor? — Sinto as mãos de Anastácia puxando a manga de minha camisa. Encaro seus belos olhos e me amaldiçoo ao ver sua apreensão.

— Sinto muito, às vezes perco o rumo dos meus próprios pensamentos. Só estou preocupado com o sistema de iluminação do casarão — digo na tentativa de tranquilizá-la.

Ela fita os lampiões espalhados pela sala e, quando volta a me encarar, está com um sorriso contagiante no rosto. Não é a primeira vez que vejo-a sorrir assim, tão abertamente, mas a sensação é a mesma; sou completamente atingido pela luz em seus olhos e pelo leve franzir do nariz arrebitado.

— Pelos céus, homem! Acabou de despertar de um pesadelo, em meio ao corredor da sala de estar, e seu primeiro instinto é perguntar sobre a manutenção do nosso sistema de iluminação? Ajude-me a compreender o rumo dos seus pensamentos, por favor.

— Sonhei com fogo — explico com um dar de ombros. Ela não parece satisfeita com minha resposta, então senta a poucos centímetros de onde estou e me encara com uma das sobrancelhas ligeiramente arqueada. — No pesadelo, presenciei um incêndio no Theatro São Pedro de Alcântara. Seu sistema de iluminação é à base de velas, o que já rendeu três incêndios em menos de dez anos. Acompanhei a última reconstrução, então acho que a minha mente resolveu recriar a tragédia.

Oculto a informação de que Anastácia estava no sonho. Não acho que ela lidaria bem com o fato de que, seja no sonho, seja na realidade, sua música faz meu corpo queimar.

— Acabou de sonhar com um teatro pegando fogo e, ao acordar, seu primeiro pensamento é o sistema de iluminação da fazenda? — Ela ri de maneira despreocupada ao cruzar as pernas embaixo do corpo e apoiar as costas na parede do outro lado do corredor. Enquanto se ajeita, tento fingir que não estou encarando a pele exposta de seus tornozelos. — Ora, não me olhe assim! Não faço a menor ideia de quando a última vistoria foi feita. Mas, se preferir, podemos contratar alguém para fazer uma nova análise no sistema de gás. Ficaria mais tranquilo com uma inspeção, senhor?

— Se não for incômodo, eu mesmo posso verificá-lo. — Ao longo dos últimos anos trabalhei como construtor tanto quanto como mestre de obras. Apesar de preferir criar projetos, sempre me interessei pela execução dos sistemas de iluminação e esgoto.

Quando menino, imaginava como seria viver em uma casa em que a água jorrasse de bicas particulares e a luz surgisse após o clique de um único botão. Embora o gás tenha surgido para facilitar nossos dias, eu sempre soube que não pararíamos por aí. Talvez seja por isso que não me surpreendi ao descobrir que, em uma de suas viagens realizadas no ano passado, dom Pedro II concedeu ao senhor Thomas Alva Edison o privilégio de introduzir em terras brasileiras aparelhos destinados à utilização da luz elétrica. Logo meu sonho de garoto será realidade e, se depender de mim, encontrarei uma forma de participar desse marco.

— Perdi-me em pensamentos mais uma vez, não é mesmo? — Anastácia volta a rir e, dessa vez, acompanho-a.

— Peço perdão pela minha ignorância e atrevimento, mas — ela hesita e eu fito seus olhos, encorajando-a a continuar. — Gostaria de saber mais a respeito de sua profissão. O que exatamente um empreiteiro faz? Pensei que o senhor acompanharia a construção do abrigo, mas nos últimos dias percebi que suas tarefas vão muito além da mera supervisão.

A pergunta faz com que eu recorde nosso primeiro encontro – naquela noite, também fomos diretos um com o outro. Sinto que conversar com Anastácia sempre foi fácil e natural, mesmo quando ainda não havíamos sido formalmente apresentados. A verdade é que, indo muito além de qualquer regra tola de etiqueta, escolhemos ser sinceros um com o outro. E levando em consideração os últimos eventos sociais que participei, sei o quanto isso é raro.

— Lembro-me de lotar os bolsos das minhas vestes com blocos de papel durante toda a minha infância. Mantinha-os comigo porque sabia que, hora ou outra, uma imagem surgiria em minha mente, implorando para ser desenhada. — Nunca fui bom na arte do desenho, mas dava-me por satisfeito ao traçejar formas dimensionais e linhas angulosas. Desde aquela época, o que me importava não era a beleza, mas sim a utilidade de cada esboço. — Não demorou para que eu percebesse o que mais gostava de desenhar. Dei vida a centenas de casarões, museus e bibliotecas. Quando precisei escolher qual caminho seguir, não pensei duas vezes ao optar pelo ramo da construção. Comecei como pedreiro, fui promovido a mestre de obras e, uma década depois, abri minha própria construtora.

— Então além de desenhar projetos de casas e edifícios, também acompanha a execução?

— Exatamente, senhora. Pode considerar-me um faz-tudo. — Tento diverti-la, mas Anastácia absorve minhas palavras em silêncio, deixando-me atordoado com a intensidade dos seus olhos nos meus.

Enquanto explico as funções que posso desempenhar como empreiteiro – ocasionalmente citando quais são as minhas tarefas preferidas na execução de um projeto – observo-a desfazer as tranças de seus cabelos. Ela penteia as mechas com os dedos e seus movimentos rotineiros e livres fazem com que eu perca a cabeça. Anastácia continua formulando perguntas, mas preciso me esforçar para responder a elas. Posso jurar que ela sabe o que o movimento calmo e despreocupado de suas mãos faz comigo.

— Também poderíamos chamá-lo de arquiteto? — Ouço sua pergunta, mas estou ocupado demais imaginando como seria correr as mãos por seu cabelo, delinear a curva de seu pescoço arqueado e seguir o contorno de seus lábios. Gostaria de prever qual seria sua reação se eu a beijasse. Aqui, agora, com apenas alguns raios da manhã iluminando o corredor. — Minhas perguntas estão o entediando, senhor?

Nervoso com o rumo dos meus pensamentos, começo a estalar os dedos. O barulho causado pelo choque das articulações contrasta com o silêncio do corredor, mas ao menos consigo que o movimento ritmado acalme meus ânimos.

— Gosto de nossas conversas, senhora. Então, pergunte-me o que quiser. Prometo que sempre serei sincero em minhas respostas. — Se ela fica surpresa com o furor de minhas palavras, não demonstra. — Trabalho com o que amo, mas não tenho formação acadêmica. Na época em que atingi a maioridade, tudo o que mais queria era manter-me distante do meu pai, assim decidi procurar empregos em troca de hospedagem. Trabalhei em vários países do mundo, sempre buscando aprender algo novo com as pessoas ao meu redor. E, apesar de não ter um diploma e não ser considerado um arquiteto, gosto dos caminhos que escolhi. Foram eles que me trouxeram até aqui.

Se quisesse, poderia ter escolhido seguir os passos de Samuel e entrado para a universidade – na época, teria sido muito mais fácil permanecer ao lado do meu irmão em vez de abandoná-lo pela primeira vez na vida. Sofri de saudade, mas em contrapartida descobri a minha verdadeira paixão: a liberdade de criar, manejar e participar de todas as etapas da execução dos projetos que diariamente surgem em minha mente.

— Então podemos dizer que a Empreiteira De Sá é uma mistura de talento, amor e dedicação tanto do senhor quanto de seu irmão. — Mais uma vez meu coração acelera ao reconhecer o orgulho em suas palavras.

— Sabe, experimento o mesmo quando dou vida às minhas músicas. Não sou musicista de formação, mas sinto que as notas e as composições fazem parte do que sou. Havia me esquecido disso, então preciso dizer obrigada. Sei que já agradeci o presente antes, mas a escultura do violoncelo fez-me lembrar de quem realmente sou.

Sorrio ao ver o rubor tomar conta de sua pele. Toda vez que fala da escultura, Anastácia cora. Gosto de conseguir ler em sua expressão o quanto ela realmente gostou do presente. Mas mais do que isso, fico feliz ao ver que ela não desistiu do que ama. Uma parte de mim sempre soube que a música fazia parte de Anastácia em um nível profundo. E ouvi-la tocar só mostrou o quanto ela perderia se cedesse aos fantasmas do passado e deixasse o violoncelo para trás.

Muitas vezes o medo só serve para nos afastar do que amamos.

— Eu a ouvi ontem enquanto tocava violoncelo. — Apesar de surpresa, Anastácia não parece ultrajada. — Sinto muito, juro que a minha intenção não era espioná-la. A verdade é que não estava conseguindo dormir, então fui atraído por sua música. Ao menos, ela me ajudou a descansar.

Aponto para o meu estado, largado no chão da sala de estar com as vestes amassadas pelo sono e sorrio ao vê-la disfarçar o riso com um acesso de tosse. Eu deveria estar envergonhado, mas tudo o que sinto é gratidão. Não trocaria esse momento ao lado de Anastácia por milhares de noites bem-dormidas.

— Pode rir, sei que fiz papel de bobo ao passar a noite no corredor. Mas que culpa tenho se sua música acalmou meus ânimos e me ajudou a dormir? — Primeiro Anastácia libera uma gargalhada, depois me encara com a testa franzida e um dedo em riste. Apesar de sua expressão severa, ela não consegue conter a diversão.

— Está dizendo que minhas composições lhe deram sono? — Suas palavras saem pontuadas por pequenas risadas que, unidas à sua tentativa de manter uma expressão severa, a deixam ainda mais bela. — Precisa tomar aulas de como bajular uma mulher, senhor Benício.

— Está querendo ganhar elogios, senhora? Porque posso passar horas falando sobre como suas melodias agitaram todo o meu ser. — Ela termina de soltar suas tranças e torce as mãos no colo, em um sinal de nervosismo. As mechas moldam-lhe o rosto e caem livres na altura dos ombros, chamando a atenção para o decote frontal do camisão de dormir. O corte pende para a esquerda, deixando parte do seu ombro à mostra e, com os parcos raios de sol entrando pela janela da sala, o branco da peça funde-se à sua pele.

Anastácia parece um anjo saído diretamente dos meus sonhos.

— É uma peça linda, não é mesmo? Foi um presente dos meus pais, o único que mantive comigo após o casamento. — Ela ajeita o corpo para fitar a saleta musical. Consigo ver atrás da porta aberta o violoncelo apoiado ao lado da estátua de mármore. — No hospício todas as internas eram instruídas a participar de terapias de trabalho. Inicialmente, escolhi as turmas de música, mas logo descobri que não seria capaz de fazê-lo. Tocar doía demais. Mesmo nos dias em que a dor parecia desaparecer, tudo o que conseguia pensar era no violoncelo que havia deixado para trás. Pensei que Jardel o havia vendido, então foi uma surpresa bem-vinda reencontrá-lo.

Anastácia termina de falar e me encara, aguardando por uma reação. Quero mostrar que, em sua história, a única coisa que me incomoda é a intensidade do sofrimento que precisou enfrentar sozinha. Então, arrasto o corpo pelo corredor e sento ao seu lado, oferecendo-lhe minha mão. Ela fita meu rosto, minha mão e volta a cruzar os olhos com os meus mais uma vez. Mantenho a mão estendida até senti-la ceder e enlaçar os dedos aos meus.

Ficamos assim por alguns minutos – Anastácia avaliando nossas mãos unidas e eu memorizando os detalhes do seu perfil.

— O senhor lembra da noite em que nos conhecemos, não é mesmo? — Suas palavras fazem meu coração palpitar. De alguma forma, sei que Anastácia não está falando sobre o dia em que nos encontramos na fazenda.

— Como eu poderia esquecer? Passei o resto da noite em meu quarto, entupindo-me de comida e amaldiçoando-me por não ter perguntado seu nome. — Depois que Anastácia fugiu pelas escadas, subi para os andares privativos e tirei a noite para descansar. Sabia que, caso permanecesse no salão, passaria a noite toda lhe procurando.

— Ora, então perdeu toda a diversão! — Surpreendo-me com a raiva em suas palavras e, como não faço a menor ideia do que dizer, intensifico o aperto de nossas mãos. — Naquela noite, descobri a natureza ilícita de alguns dos negócios comandados pelo meu falecido marido. Fiquei tão revoltada que surtei em meio ao salão de dança. O senhor deveria ter visto: gritei, chorei, ataquei Jardel com meus punhos e derrubei dezenas de bandejas de prata. A cena foi tamanha que o conde não pensou duas vezes ao dar-me como louca. Estávamos de mudança marcada para o Rio de Janeiro, por isso, acabei no Hospício Pedro II.

Só não volto a estalar os dedos porque estou segurando a mão de Anastácia. Sinto a raiva consumir a minha mente e percebo que, se o conde não estivesse morto, eu mesmo o mataria. Não consigo imaginar como Anastácia sobreviveu a tamanha injustiça, assim como sou incapaz de compreender os motivos do conde para trancafiá-la em um hospício. Quão desumano e sem coração ele era?

— Fui internada sob o diagnóstico de histeria feminina aguda. Mas não pense que aquela noite foi determinante para minha internação; inúmeros outros sintomas já haviam sido detectados por meu marido. Ele adorava lembrar os funcionários de minha loucura. — Anastácia continua após alguns instantes de silêncio.

— Quais são os sintomas de histeria? — Uma parte de mim tem medo de perguntar, mas desejo conhecer cada detalhe de sua história. Estou preparado para receber qualquer coisa que ela deseje compartilhar comigo, seja uma lembrança feliz ou não.

— Mulheres histéricas são consideradas raivosas, ansiosas, desobedientes, inadequadas para o papel de mãe ou esposa e, em alguns casos mais extremos, apenas feias em demasia para o gosto de seus maridos ou familiares.

— Está dizendo que foi internada por ferir o ego do seu marido? — Começo a estalar os dedos da mão que está livre, mas Anastácia segura-me pelo pulso, enlaçando nossas duas mãos.

Meu descontrole está beirando o ridículo: uma hora quero beijá-la como se não houvesse amanhã, na outra só consigo pensar em como seria dar uma surra no tolo do seu falecido marido.

— Éramos mais de cem mulheres e, pelo que Marta conta, a maioria havia sido internada sob o mesmo pretexto. — Ainda segurando minhas mãos, Anastácia corre os dedos pela marca em seu pulso esquerdo. Às vezes, acredito tratar-se de um sinal de nascença, mas dependendo da luz, posso jurar que seus tons de roxo não são naturais. — Raramente recebíamos médicos no hospício, sabia? A realidade é que fomos jogadas em uma prisão para que nossas famílias não precisassem lidar com o fato de termos opiniões diferentes das deles.

Ela interrompe nosso contato assim que termina de falar, como se só agora percebesse que ainda estávamos de mãos dadas. Antes de Anastácia se afastar por completo, volto a enlaçar seus dedos. E, em um ato de coragem, uso uma das mãos para segurar uma mecha de seu cabelo. Espero pelo susto, mas, em vez de se afastar, ela aproxima nossos corpos e apoia a cabeça em meu ombro.

— Minha mãe era uma prostituta. — Acredito que a melhor forma de agradecer por sua confiança é mostrando-lhe um pedaço doloroso de minha história. — A senhora deve ter reparado que eu e Samuel somos diferentes, ao menos na aparência. Ele nasceu escravo enquanto eu fui concebido em um prostíbulo. Fui criado por minha mãe até completar um ano de idade, quando ela faleceu de tifo.

— Sinto muito — Anastácia fita nossos dedos entrelaçados e eu sigo brincando com as mechas soltas de seu cabelo.

— Ao ficar órfão, fui morar com meu pai, o barão de Bagé. Tudo o que precisa saber é que ele é um homem cruel e sem escrúpulos. — E ao que tudo indica, mais parecido com o antigo conde De Vienne do que eu poderia imaginar. — Ele nunca fez questão de responder às minhas perguntas sobre a mulher que me gerou, mas revelava pequenas informações nos dias em que bebia demais. Ao longo dos anos descobri mais sobre ela, mas nunca o suficiente.

Sei que minha mãe abandonou sua família, no Centro-Oeste do Brasil, e veio para o Rio de Janeiro na esperança de encontrar um bom trabalho. Assim como sei que ela era conhecida pelos olhos ligeiramente puxados, exatamente como os meus. Demorei para descobrir sua origem indígena, mas apesar de não conhecê-la, sempre tive orgulho de ser sangue do seu sangue. Sei que, apesar das decisões que precisou tomar, tudo o que minha mãe desejava era uma oportunidade para mudar de vida.

— Minha mãe era uma nativa. — Anastácia me encara com uma expressão surpresa. Tenho certeza de que, ao me olhar com atenção, ela conseguirá encontrar os traços que herdei dela. E esse é um presente valioso pelo qual sempre serei grato, o fato de levá-la comigo. — Descobri ao escutar o barão repetir que havia sido o primeiro homem de uma indiazinha.

Não devia ter mais de seis anos quando o ouvi narrar sua primeira vez com minha mãe. Seus amigos riam tanto do relato quanto da minha expressão de pavor. Lembro-me de ter chorado até dormir naquela noite. No dia seguinte, descobri que Samuel era meu irmão. Inicialmente, foi o ódio pela forma que o barão tratou nossas mães que nos uniu.

— Ora, mas que filho da mãe asqueroso! — Sorrio ao ouvi-la amaldiçoar. Com um rubor marcando sua face, ela pede desculpas por ofender o barão, mas ainda continua a dizer tudo o que pensa sobre suas atitudes. — Se cruzar meu caminho com o dele, posso ao menos lhe dar uma bofetada? Uma só não há de fazer-lhe mal, não é mesmo?

Entendo o que Anastácia está fazendo e, sem conseguir me conter, começo a rir. Suas palavras aliviam o clima pesado e fazem com que as memórias dolorosas fiquem para trás.

— Obrigado, senhora — digo, apenas.

— Eu que agradeço, senhor — ela diz ao levar nossas mãos unidas até os lábios e depositar um beijo casto em minha pele.

Quase puxo-a para os meus braços e tomo seus lábios nos meus. A pele exposta do seu ombro, seu cabelo fazendo-me cócegas e nossas mãos unidas fazem meu coração bater acelerado. Desejo-a ainda mais do que ontem e, sem dúvida, menos do que amanhã. Ainda assim, sinto que o que estamos vivendo neste momento é mais especial do que qualquer toque ou beijo. Anastácia está me deixando entrar em seu coração e isso é tudo o que mais desejo.

Ficamos assim por vários minutos, acompanhando os raios de sol – que entram pela janela da sala de estar – mudando de intensidade. Contudo, não demora para um barulho vir da direção da cozinha, anunciando que nosso tempo juntos está quase no fim.

— É melhor eu ir para o quarto, não quero ter que explicar os motivos que me fizeram dormir no corredor da sala. — Levanto o corpo, mas mantenho nossas mãos entrelaçadas, ajudando-a a levantar assim que fico de pé. — A última coisa que desejo é que a irmã Dulce pense que eu e Samuel não aprovamos as acomodações que foram preparadas para nós com tanto carinho. Além disso, preciso adiantar alguns detalhes do abrigo. Pretendo ir para o centro antes do fim da semana.

Passamos tanto tempo na fazenda que tenho certeza de que encontrarei centenas de correspondências espalhadas pelo escritório. Apesar de preferir ficar no interior, não posso sobrecarregar Samuel. Ele já foi visitar o escritório duas vezes e adiantou muitos dos processos pendentes, mas dessa vez precisa que eu me reúna com todas as equipes da empreiteira e verifique o andamento de nossos outros projetos.

— Acha que consegue ir ao centro amanhã de manhã, senhor?

— É provável que sim. — Fico curioso ao notar a animação em sua expressão. — Está feliz porque irá livrar-se da minha companhia, senhora Anastácia?

— Muito pelo contrário, quero que me leve com o senhor. — Enquanto aguarda minha resposta, Anastácia move o peso do corpo de um pé para o outro. Ela parece uma criança aguardando pela permissão dos pais e isso me faz rir. Em momentos como esse, sinto-a jovem e livre.

— Preciso resolver algumas pendências sobre minha herança e, visto os últimos acontecimentos na fazenda, não gostaria de forçar ninguém a me acompanhar. Tenho certeza de que minhas amigas ficarão mais tranquilas se o senhor me acompanhar. Claro, não preciso que vá comigo na reunião com o advogado. Uma carona já será suficiente.

— Mas precisamos de uma acompanhante, não quero comprometer sua reputação. — Algo me diz que não serei capaz de continuar a comportar-me caso fique tanto tempo sozinho com Anastácia ao meu lado.

— Está se esquecendo de algo importante, senhor. Sou uma viúva e, como ditam as estúpidas regras que regem nossa sociedade, agora sou perfeitamente capaz de passear sem a presença de uma acompanhante. Mas, se precisar, posso jurar comportar-me virtuosamente durante todo a nossa rápida viagem. — Ela fica na ponta dos pés e continua a falar, mas dessa vez sussurrando em meu ouvido. — Sem flertes, sem mãos dadas e, principalmente, nada de andar sem camisa por aí, senhor.

Afasto nossos corpos e fito seus olhos desafiadores. Todo o desejo que senti ao vê-la tocar seu violoncelo volta com força e, olhando rapidamente para os lados, rodeio sua cintura com as mãos e abaixo a cabeça na altura do seu ouvido. Sorrio ao ouvi-la suspirar e tenho certeza de que a peguei desprevenida.

— Ora, é claro que vamos viajar juntos. — Antes de continuar, toco seu pescoço com o nariz e inspiro o aroma de lavanda que emana de sua pele. Deposito um beijo na base de seu pescoço e, ao senti-la vacilar, seguro-a pela cintura com mais força. — Mas tenho uma condição para levá-la comigo; nada de promessas que sejam facilmente quebradas, senhora.

Ela apoia as duas mãos em meu peito e, com um riso contagiante, afasta nossos corpos.

— Ora, e eu aqui, contando os minutos para quebrá-las. — Com uma piscadela, Anastácia segura as barras do camisão de dormir e corre até o último quarto do corredor.

Apoio as costas na parede e, com a respiração descompassada, sinto o corpo em combustão. Não faço a menor ideia de como será nossa curta viagem até o centro da cidade, mas tenho convicção de que serão as horas mais incríveis e agoniantes da minha existência.

— Céus, estou perdido!

18
ANASTÁCIA

Minhas mãos começam a tremer no exato momento em que atravessamos a linha que marca o início do centro da cidade. O mar de pessoas apressadas reforça o fato de que deixamos a Floresta da Tijuca e sua confortável proteção completamente para trás. Mas é a vida pulsando por meio das lojas, dos andarilhos, das carroças e animais, e até mesmo dos vendedores ambulantes que me dá a certeza de que chegamos ao nosso destino final.

Quando saí do hospício, um mês atrás, eu e as garotas não passamos por essa região da cidade. Então, tudo é novo ao mesmo tempo que parece uma pintura que já vi centenas de vezes. Surpreendo-me ao notar que as damas e os cavalheiros usam roupas muito parecidas com as que vi em minha última caminhada pelas ruas de Paris, assim como os comércios e suas fachadas em ferro assemelham-se com as ruas movimentadas que um dia visitei.

Sentada na lateral de uma carroça aberta, prontamente providenciada por Samuel, giro a cabeça por todos os lados. Da mesma forma que imaginava na época em que sonhava acordada em frente à janela do meu quarto no hospício, o céu do Rio de Janeiro é de um azul impressionante. Na fazenda, as manhãs também são belas e vivas, mas as árvores altas e de folhagem densa roubam a cena. Aqui não há tantas árvores – e mesmo as construções mais altas não são capazes de diminuir a imensidão azul a nos abençoar. Talvez seja por isso que o calor é mais forte, fazendo o conjunto de seda grudar em meu corpo suado.

Além disso, ao olhar com mais atenção, finalmente consigo descobrir o que torna esse lugar único em beleza e charme. Uma incrível variedade de homens, mulheres e crianças passa ao meu lado. Suas expressões são ímpares e suas vestes não são padronizadas – apesar de uma parte seleta seguir o mesmo padrão de moda visto nos bailes parisienses e o uso de cartolas parecer comum, as cores e os modelos são sempre originais.

— Estamos passando por um período de sobrecarga europeia em nossos comércios — Benício diz ao notar a direção do meu olhar.

Por alguns instantes havia esquecido de sua presença. Estar ao seu lado, assim como conversar com ele, tornou-se uma das partes mais agradáveis dos meus dias na fazenda – mesmo quando não tinha certeza se ele lembrava de nosso primeiro encontro. É fácil levar-me por seu sorriso contagiante e por suas perguntas sinceras. Benício escuta o que tenho a dizer, sem nunca parecer incomodado quando mudo de assunto ou fujo de suas perguntas. Ao mesmo tempo que sempre sana minha curiosidade com prontidão.

Depois de nossa conversa de ontem, passamos o dia todo organizando os detalhes da nossa pequena viagem. Com a ajuda de Darcília enviei cartas aos administradores das antigas propriedades do conde e marquei uma reunião, no restaurante do Hotel Faux, com o atual advogado de Jardel. Uma parte de mim estava amedrontada com o que enfrentaria ao chegar no local, enquanto a outra só conseguia pensar em Benício. Seus olhos cor de cobre estão gravados em minha mente de tal forma que, mesmo preocupada com a viagem, procurei maneiras de esbarrar com ele ao longo do dia.

— Em parte, culpo o pensamento arrojado de dom Pedro II pela mudança que estamos vendo no mercado interno do país. — Volto a prestar atenção em Benício, sorrindo ao notar as rugas ao redor dos seus olhos. Depois de suas revelações, toda vez que o encaro, tento imaginar quais traços foram herdados de sua mãe. — O imperador é conhecido por oferecer luxuosos banquetes, promover grandiosas viagens e conservar amizades importantes. Nunca o vi com roupas sofisticadas e muito menos com uma cartola francesa, mas o comércio local usa suas paixões suntuosas como afirmação de que as melhores vestes estão na Europa.

— Não só as vestes, não é mesmo? — digo ao me lembrar dos negócios lícitos da família de Jardel no Brasil. Durante décadas, a importação de bens de consumo foi um de seus maiores trunfos, logo depois da exportação do café. De fato, a família De Vienne soube aproveitar seus contatos nas Américas e crescer às custas da fama dos produtos franceses.

— Chocolates, perfumes, vinhos e até mesmo champanhe. — Benício aponta para uma rua a três quadras de distância. — Se estiver disposta a andar, podemos cortar caminho pela rua do Ouvidor. O tráfego é exclusivo para pedestres, então não poderemos atravessá-la de carroça. Em compensação, ao usá-la, chegaremos mais rápido ao hotel.

Olho curiosa para a rua movimentada. Não esqueço os motivos que me levaram até lá, mas ainda temos tempo e sei bem o quanto gostaria de tirar umas horas para mim. Sempre quis ser a garota exploradora que meu pai acreditou que eu seria, mas mal conheço a cidade que resolvi chamar de lar. Apesar de sentir-me culpada, no fundo sei que mereço mais um pouco de alegria após os anos trancada no hospício.

— Eu adoraria, senhor — digo ao ajeitar as vestes. Para o dia de hoje, escolhi um dos conjuntos costurados por Darcília. As peças foram feitas com seda azul cor de céu e, para quem vê de longe, parecem uma composição formada por camisa de gola canoa e saia de corte arredondado. Porém, a saia na verdade é uma calça de boca larga – leve, confortável e linda.

Benício guia a carroça até o limite da rua do Ouvidor, parando ao lado de um poste de madeira. Assim que salta do veículo, um rapazote se aproxima, pedindo para cuidar da montaria. Sorrio ao vê-lo procurar por uma moeda em todos os bolsos de suas vestes. Assim como eu, Benício escolheu usar roupas mais formais. Seu conjunto de calça e casaca é de um cinza-claro que contrasta com a cor bronzeada de seu corpo. E, apesar de estar sem gravata, ele optou por uma camisa de linho de um branco quase transparente e um colete um tom mais claro que o resto do conjunto. A peça é bordada com filetes azuis, da mesma cor que as minhas roupas, e abraça seu corpo de maneira convidativa.

Sorrio com o rumo comprometedor dos meus pensamentos e pulo da carroça. Sinto-me uma coquete ao admirar seu físico, mas não consigo evitar. A cada dia, dou-me conta do quanto Benício é lindo. E não só por fora, mas por dentro também. Ele é sorridente, responsável, um trabalhador admirável e talentoso, e tão amoroso com Samuel – e com todas as mulheres da fazenda – que, em alguns momentos, pego-me procurando por seus defeitos.

— Vamos? — Clareio a mente e encaro seu braço estendido. Depois de ponderar por um segundo, enlaço meu braço ao de Benício e o acompanho pela rua movimentada. — Talvez a senhora goste de saber que, anos atrás, a rua do Ouvidor foi batizada de forma carinhosa como rua Francesa. É aqui que a elite costuma ficar reunida, seja para confraternizar, seja para fazer compras.

— Rue Française? — Ele assente e eu volto os olhos para a entrada da alameda. De repente, vejo-o de outra maneira. Os comércios contam com fachadas suntuosas, em sua maioria decoradas com detalhes dourados, mas é a falta de calçada que a torna especial aos meus olhos. As construções não deixam espaço para a existência de calçamento, então todas as pessoas caminham pela rua estreita. De certa forma, a sensação é de que estamos em uma galeria secreta. — Tenho quase certeza de que o falecido conde manteve negócios com alguns comerciantes dessa região por anos, honrando acordos feitos por seu avô.

— Contratos relacionados ao café De Vienne, imagino? Acho mesmo que já o vi sendo servido em mais de uma casa de chá pela cidade. — Sinto seus olhos em mim, mas finjo estar entretida com as mulheres passeando pela rua com seus belos e coloridos vestidos. Sei que poderia mentir e criar uma resposta aceitável, mas prefiro manter-me calada.

Em uma das releituras que fiz dos documentos deixados pelo advogado, descobri que meu marido usou a empresa de navegação que um dia foi dos meus pais de várias formas: para exportar o café De Vienne que era produzido em terras brasileiras, para transportar itens de luxo da França até os principais portos do Brasil e, o que eu já sabia, para imigrar mulheres ilegalmente. Como não precisava do dinheiro da importação, não restam dúvidas de que Jardel utilizava as cargas materiais para mascarar seu negócio principal.

Tento reunir coragem para explicar os negócios da família De Vienne para Benício, mas quando abro a boca nenhuma palavra sai. Ele parece compreender meu dilema, então deixa de me encarar e começa a apresentar alguns dos seus cafés favoritos – repetindo, em um tom de voz divertido que me acalma, o que mais ama em cada estabelecimento: as sobremesas.

— O senhor não gosta de café, não é mesmo? — pergunto ao lembrar de sua expressão ao provar o café Bourbon. Apesar de seus elogios, foi fácil identificar que, caso pudesse, Benício escolheria qualquer outro tipo de bebida. — Aposto que prefere uma boa xícara de chá.

— Sou tão transparente assim? — Respondo seu sorriso com uma piscadela cúmplice, completamente alheia às pessoas ao nosso redor.

— Algum motivo especial para preferir chá?

— Passei três anos na Índia. Falei sobre isso na noite em que nos conhecemos, lembra? — Benício espera minha afirmação antes de continuar e, por caminhar olhando para mim em vez de prestar atenção ao movimento da rua, quase tropeça em um jovem carregando dezenas de sacolas. Tento disfarçar, mas não consigo controlar uma gargalhada. — Está rindo de mim, senhora?

— Sabe que estou.

— Quem bom, gosto de ouvi-la rir. — Penso em inúmeras formas de responder a ele, mas minha mente é tomada por palavras desconexas. — Enfim, apaixonei-me por chá nos anos em que morei na Índia. Encantei-me pela bebida tanto quanto pelos templos indianos e suas belas construções.

— Se me recordo bem, também se apaixonou pela culinária indiana. — O assunto faz com que eu reviva mais uma vez nosso primeiro encontro. Sinto o rosto queimar ao me lembrar de sua insistência para que eu provasse uma das comidas mais incríveis que experimentei em toda a minha vida.

Benício concorda com um novo sorriso e, a meu pedido, conta mais sobre suas viagens. Ele descreve os locais mais belos que visitou, as comidas excepcionais que provou e, antes mesmo que eu possa perguntar, fala sobre todas as óperas a que assistiu. Em meio à rua movimentada, cercada por conversas animadas e vitrines chamativas, sinto-me completamente capturada por sua narrativa.

Deixo-o conduzir nossos passos enquanto minha mente viaja – lembrando-me dos sonhos de menina que deixei para trás, mas que agora tenho a oportunidade de viver. A cada palavra é como se eu mesma tivesse visto o imponente Taj Mahal, provado os aparentemente deliciosos pastéis de nata feitos apenas em Lisboa e valsado na Itália ao som da apresentação privada de *La traviata*, de Giuseppe Verdi.

Completamente contagiada pelas memórias de Benício, paro de andar, fecho os olhos e toco parte da ópera em minha mente. Lembro bem de papai contando que os acordes foram inspirados na peça teatral *A dama das camélias* – romances ardentes, festas luxuosas em meio à sociedade parisiense e uma mulher em busca de respostas para o futuro –, o que torna a composição perturbadoramente perfeita para o momento que estou vivendo.

Tento evitar, mas meu corpo vibra ao som da melodia que só eu consigo escutar. Balanço as mãos como se estivesse abraçada ao meu violoncelo e, quando percebo, estou girando em passos de valsa. Tenho completa ciência de que estou valsando em meio a uma das ruas mais movimentadas da cidade, mas pouco me importo. Neste momento, meu interesse é manter viva a chama da música. Passei tempo demais me importando com a opinião dos outros.

Ao longe escuto a risada de Benício, mas me deixo levar, sendo consumida pela liberdade de ser tão jovem quanto nunca fui ao longo dos meus vinte e dois anos. Mãos tocam meus ombros e, ao abrir os olhos, vejo Benício fazendo uma pequena reverência. Um sorriso gigantesco toma conta do meu rosto quando ele segura minha cintura com a mão direita e enlaça nossas mãos livres, iniciando o primeiro giro de uma valsa.

Algumas pessoas nos encaram com os olhos assustados e sussurram palavras maldosas que finjo não ouvir, reclamam por estarmos atrapalhando o trânsito da rua apertada. Um grupo de jovens alegres bate palmas e canta em voz alta. E, no meio deles, meus olhos encontram um senhor arriscando alguns passos de dança. Ao me ver encarando-o, ele me envia um beijo no ar e faz uma reverência.

— Quero lhe mostrar algo. — Benício sussurra em meu ouvido, puxando-me pela mão e finalizando nossa dança improvisada. — O que acha de adiar nossos compromissos por mais algumas horas?

Penso em negar. Sei que não posso continuar fugindo do hotel e das obrigações que me esperam nele. Ainda assim, Benício – o mesmo que dançou comigo em meio a uma rua extremamente movimentada – sorri de uma maneira aberta, mostrando-me com tanta clareza suas emoções e felicidade, que não consigo resistir.

Em vez de falar, apenas aperto sua mão na minha. Benício a beija suavemente, sem permitir que o sorriso deixe seu belo rosto, e me arrasta pela multidão.

Por todo o caminho, sinto a eletricidade do seu beijo irradiando em meu corpo e roubando meu fôlego, enquanto meu coração bate na mesma sinfonia que o desfecho eletrizante de *La traviata*.

⁂

Ficamos em silêncio durante todo o trajeto, mas não um silêncio desconfortável. Aproveitei o tempo que passamos na diligência para absorver os detalhes ao nosso redor, constantemente embasbacada pela mistura de povos, roupas e paisagens. Assim como as pessoas são únicas, os caminhos também o são – ora verdes, ora repletos de construções decoradas com peças de bronze. Mas meu foco continua sendo a sensação de ter a mão de Benício na minha. Mesmo quando apeamos do bonde, continuamos caminhando de mãos dadas.

Passamos por sobrados coloridos, casarões de alvenaria, igrejas suntuosas, mas paramos apenas ao encontrar um imenso chafariz. A fonte ocupa boa parte da rua e tem três bicas: duas laterais e uma central, a qual está disposta vários degraus acima do térreo. Algumas crianças correm em meio às escadas, enquanto parcos adultos aproveitam as bicas para encher seus tonéis de água.

— Esse é o Chafariz das Marrecas. — Sinto os olhos de Benício em mim, mas não consigo deixar de encarar a bela construção. — Trata-se de um dos principais trabalhos do Mestre Valentim. Um artista nascido em Minas Gerais, mas acolhido pelo povo do Rio de Janeiro.

Intrigada, me aproximo ainda mais da fonte. Sorrio ao perceber que, logo abaixo da bica central, encontra-se o motivo por trás do seu nome: cinco pequenos e belos marrecos.

Sem dúvida, a graça do chafariz é que a fonte principal derrama sua água diretamente nos pássaros. Arriscaria dizer que eles foram esculpidos em barro, mas não consigo afirmar com certeza. O fato é que, quanto mais perto eu chego, mais reais eles parecem, como se estivessem realmente desfrutando da água fresca.

— Olhe para cima. — Faço o que Benício diz e preciso conter uma exclamação de surpresa ao encontrar duas suntuosas esculturas. De onde estou, elas parecem três vezes mais altas do que eu e a cada raio de sol reluzem feito cobre. — São releituras de Eco e Narciso. Note como eles parecem amantes compartilhando seus segredos mais sombrios, mas, ainda assim, permanecem afastados por toda a eternidade.

As esculturas foram colocadas em lados opostos do chafariz. E ainda que pareçam buscar os braços um do outro, a verdade cruel é que continuarão separados pelo centro do chafariz – nada mais do que um espaço físico dividindo dois corações. Exatamente como acontece na história de Eco e Narciso.

— Será que existe algum mito na cultura grega em que dois amantes permanecem verdadeiramente juntos, senhor Benício? — pergunto ao tirar os olhos das esculturas.

— Não que eu lembre. — Ele aperta minha mão delicadamente e volta a guiar nossos passos. — Logo vai perceber que todo o caminho que faremos é pontuado por esculturas baseadas em histórias trágicas de amor. Ao que parece, a perda do amado sempre serviu de combustível para belíssimas criações, exceto pelas construções do Mestre Valentim.

— Ora, mas não foi ele o responsável pelas esculturas que acabamos de ver? — Posso não entender sobre arte, mas tenho certeza de que as esculturas que acabamos de encontrar contam uma história de amor fadada ao fracasso.

Tudo o que sei é que Eco foi amaldiçoada por uma deusa e privada de suas próprias palavras – a ninfa foi condenada a repetir todos os últimos sons que ouvisse. Assim, diante de tamanha angústia causada pela situação, perdeu Narciso e definhou até a morte. Trágico, triste e cruel. Justamente como o amor é descrito na maioria nas histórias que tratam do sentimento e que atravessam gerações.

— Gosto de pensar que a motivação do Mestre Valentim nunca foi o amor pelo outro, mas sim por sua arte. — Os olhos de Benício brilham ao falar do artista, fazendo meu coração bater ainda mais rápido. Gosto de ver a paixão pela arte emanando de suas palavras. — Admiro-o, pois, apesar de seguir padrões europeus e basear-se em escritos mundialmente famosos para compor a base de suas criações, Valentim foi um dos primeiros artistas a inserir elementos da fauna brasileira em suas obras. Mas não se importe comigo, estou me adiantando. Logo a senhora vai entender o que quero dizer.

Benício acelera o passo, forçando-me a acompanhar seu ritmo. A rua que inicialmente parecia deserta ganha vida quando nos aproximamos de um majestoso portão de ferro. A estrutura é decorada por um brasão, com um formoso rosto feminino esculpido, e sustentada por duas torres de pedra.

— Bem-vinda ao Passeio Público, senhora Anastácia. Apresento-lhe outra obra originalmente concebida pelo Mestre Valentim. — Novamente sinto-me contagiada pela animação em sua voz e acabo batendo palmas ao atravessarmos o portão. — Ouso dizer que estamos em um parque público tão belo e único quanto o Jardim de Luxemburgo.

Tento responder-lhe, mas perco a fala ao adentrar o belo jardim. Não levo muito tempo para entender sua comparação com Luxemburgo – os caminhos do Passeio Público parecem seguir o mesmo padrão de cortes, mas, ao contrário do jardim francês, a vegetação ao meu redor é infinitamente mais natural. As flores são exuberantes e o verde, predominante, por plantas rasteiras e por árvores ainda maiores que as palmeiras que beiram a entrada principal da fazenda De Vienne. Além disso, o aroma das frutas e o canto dos pássaros acompanham-me a cada passo em meio ao jardim.

Vejo mangueiras, figueiras, coqueiros, palmeiras e uma dúzia de árvores que não sei denominar. Indo muito além do verde em abundância, noto que os caminhos da entrada do parque também são ladeados por lampiões a gás e, ocasionalmente, por bancos e mesas de ferro.

Depois de alguns minutos, deixamos a entrada do jardim para trás e chegamos ao que imagino ser o centro do parque. Passamos por fontes, estátuas e curiosas esculturas de granito em formato de pirâmide. Benício faz questão de parar em cada uma delas para explicar o motivo por trás de suas concepções. Fora isso, não conversamos sobre mais nada, apenas aproveitamos o sol da manhã e a beleza natural do local.

Na parte direita do jardim avisto um casarão com um surpreendente telhado de ferro e penso em seguir até ele, mas logo a minha atenção é desviada para o grupo rindo do lado oposto à construção. Junto ao riso, ouço acordes divertidos e suaves, os quais me atraem como ímã. Benício nota o rumo dos meus olhos e nos puxa até eles, fazendo-me parecer uma boba ao segurar as barras da calça e desafiá-lo para uma corrida.

No final da trilha encontramos um grupo, talvez de oito ou dez pessoas, cantando e dançando na companhia de dois senhores e de seus instrumentos. Eles tocam algo semelhante a um violão, mas menor e com cordas afinadas em notas mais agudas. Enquanto isso, outros homens e mulheres cantam, batem palmas e dançam – uma dança que não segue passos coordenados como as que encontramos nos salões de bailes.

— Estava torcendo para que eles estivessem aqui hoje — Benício diz em meu ouvido. Tento disfarçar quando sua respiração faz os pelos do meu pescoço arrepiarem. — É comum encontrarmos rodas de cantigas por todo o Passeio. As pessoas gostam de trazer seus instrumentos para tocar ao ar livre.

— É incrível! — Meus olhos correm pelo dedilhado apressado dos senhores em seus instrumentos de cordas, tentando compreender a mágica por trás de suas composições. — O que eles estão tocando?

— É um cavaquinho. — Benício coloca as mãos em meus ombros e, gentilmente, empurra meu corpo até os músicos. — Vamos participar? Não precisa dançar ou cantar, se preferir, basta bater palmas.

— Mas vamos atrapalhá-los... — digo na tentativa de freá-lo.

— Ora, não vai dizer que está com vergonha. Acabou de dançar em meio a uma das ruas mais movimentadas do Rio de Janeiro!

Tento compreender o que estou sentindo. Sei que não é vergonha, afinal, faz tempo que deixei de me importar com o que pensam de mim. Também não é medo, pois sei que essas pessoas não esperam um comportamento padrão. Então resta-me apenas a voz de Jardel, assombrando meus dias e ditando cada um dos meus passos. Ele nunca permitiu que eu fizesse parte de uma apresentação musical ou tocasse meu violoncelo em público.

Olho mais uma vez para o grupo e, sentindo o conforto das mãos de Benício na base de minhas costas, entro na roda. Sem pensar em mais nada, deixo a música aquecer o meu ser. Danço sozinha por vários minutos, mas logo uma jovem de cabelos claros toma minhas mãos e me convida para dançar em sua companhia. Divirto-me como nunca. Meus passos não ritmados como os dela e várias vezes pego-me olhando para meus pés com medo de tropeçar nas barras da calça, mas nada disso é capaz de frear as palmas e as gargalhadas.

— Dança comigo, senhora? — Consinto com um gesto e, com uma das mãos na base de minha cintura, Benício nos encaminha até o centro da roda. Ouço risos e noto que outros casais nos acompanham, mas neste instante meus olhos e pensamentos têm um único dono. Sinto o estômago dar cambalhotas de antecipação. — Não é uma valsa e muito menos uma quadrilha, então ignore as regras. Apenas deixe que o coração guie seus passos.

— Gosto de não ter regras. — Envolvo seu pescoço com as mãos e deixo-me guiar por Benício. É isto que meu corpo e minha mente querem: senti-lo por inteiro.

— Então vamos criar nossa própria dança. — Ele pisca para mim e meus joelhos fraquejam, tornando a tarefa de deixá-lo conduzir nossos passos ainda mais fácil.

Benício segura a minha cintura e me faz dar um giro completo em meio à roda. O som do cavaquinho fica mais alegre, forçando-nos a girar cada vez mais rápido. Jogo a cabeça para trás e deixo que as notas musicais, os risos e as palmas me atinjam. A gargalhada que nasce em meu íntimo e ecoa pela roda é pura, sincera e linda.

Assim como as melhores experiências da vida, neste instante não existem restrições, apenas a liberdade contagiante de seguir a música e deixá-la conduzir a dança.

— O Passeio esconde mais segredos, senhora. — Ainda estamos dançando, então apoio o rosto no pescoço de Benício para escutá-lo melhor. Aproveito o momento para inspirar seu cheiro amadeirado e tocar de leve as mechas onduladas de seu cabelo. Se fosse corajosa o suficiente, faria o que tenho fantasiado desde o nosso encontro no corredor da sala de estar da fazenda e correria os dedos por seu cabelo. — Gostaria de prosseguir com o passeio ou prefere ficar até o fim da apresentação?

Afasto-me de Benício e penso no que gostaria de fazer. Ele segura uma das minhas mãos e aguarda por uma decisão. Olho para o senhor tocando cavaquinho e sorrio ao vê-lo imitar o som de beijos. Um dos casais na roda aceita o desafio e troca um beijo delicado e repleto de carinho. Sinto os olhos de Benício em mim, queimando minha pele e fazendo meu corpo sofrer de desejo, mas antes que possa ceder à imagem de beijá-lo, puxo-o para fora da roda de dança.

— Vamos, mostre-me os outros encantos do Passeio Público, senhor.

— Prefere terminar de conhecer o Passeio ou parar para almoçar? — Seu rosto bronzeado está rosado de alegria e quase me arrependo de não ter aproveitado a deixa para beijá-lo. — Temos mais dez minutos de caminhada até alcançar o final da trilha.

— Vamos terminá-la. Estou com fome, mas também estou agitada demais para pensar em comida.

— A espera valerá a pena. Eu prometo. — Benício caminha até uma ponte de ferro, que para mim parece uma centena de galhos retorcidos, e segue com o corpo na frente do meu, bloqueando a visão do que nos espera.

Apesar de querer descobrir cada detalhe do jardim, contento-me com a visão de suas costas. O cabelo toca sua nuca, o colete abraça os ombros e o tecido leve da calça – que tento encontrar desculpas para deixar de encarar – evidencia os músculos de suas pernas. Quase tropeço quando saímos da ponte e Benício dá um passo para o lado, permitindo que eu finalmente veja o que seu corpo estava escondendo.

O chafariz não é tão grande quanto o que vimos no início da manhã, contudo existe algo na construção que a torna majestosa. Seu entorno, com suntuosos detalhes em cobre, só perde em magnitude para os animais enlaçados por toda a base da estrutura. Mas o mais incrível é que a água da fonte sai de suas bocas repletas de dentes afiados.

— É como se eles estivessem protegendo algo — digo mais para mim do que para Benício. Em meio a uma vegetação densa e arroxeada, os animais esculpidos são fortes e assustadores. Como guardiões de um grande tesouro.

— De certa forma estão. — Benício para à frente e segura minhas duas mãos. — Feche os olhos, por favor.

— Perdão? — Olho uma última vez para os animais e, mesmo sabendo que eles não são reais, sinto um arrepio de medo.

— Confie em mim. Sempre estará a salvo comigo. — Benício toca minha testa, bem no ponto em que costumo franzi-la. O gesto me acalma, então fecho os olhos antes de começar a pensar demais sobre o significado de suas palavras. — Aqueles animais são jacarés. Eles fazem parte da fauna brasileira, mas raramente são representados em nossas obras artísticas.

Suspiro ao sentir as mãos de Benício nas minhas mais uma vez. Ele mantém o aperto delicado e, com o corpo próximo ao meu, me conduz pelo caminho de pedra. Forçando os olhos a permanecerem fechados, deixo-me guiar por sua voz tanto quanto por seu toque.

— Estamos falando das inovações típicas do Mestre Valentim, acertei? — pergunto em meio aos passos errantes.

— Exatamente — a vantagem de estar de olhos fechados é que consigo prestar mais atenção no canto dos pássaros, na brisa refrescante que bagunça meus cabelos e nas emoções geradas pela familiaridade de conversar com Benício. — Gosto de como Mestre Valentim exalta nossa terra e a histórias do povo brasileiro em seus trabalhos. Talvez seja por isso que eu adore o nome da fonte que acabamos de conhecer.

— Que seria...? — Ele ri da impaciência evidente em minha voz.

— Chafariz dos Jacarés, que popularmente também é conhecida como Fonte dos Amores. O que não tem lógica, pois o casal que originou a lenda por trás do nome nunca conseguiu perpetuar o amor que sentiam. — Benício ri ao falar e, mesmo sem vê-lo, consigo imaginar as rugas ao redor dos seus belos olhos.

— Viu como eu estava certa? O mundo todo ama histórias de amor trágico, senhor.

— Acredito que amamos histórias tristes apenas nos livros ou nas óperas. Na vida real todos nós ansiamos por um final feliz. — Ele freia meus passos, e, quando penso que finalmente chegamos ao nosso destino, sinto seu toque em meu tornozelo. — Mantenha os olhos fechados, senhora.

— Ora! Coloque-me no chão! — Grito ao senti-lo enlaçar minha cintura e carregar-me no colo como uma criança precisando de proteção.

— São apenas alguns degraus, vou ajudá-la a subir. — Ainda com os olhos fechados, reclamo sem parar. Ele ri ao pedir que eu seja paciente e, em meio às queixas, aproveito cada instante. Tento disfarçar ao respaldar, propositalmente, as mãos em seus cabelos.

Se for sincera, não posso reclamar da sensação de estar envolta por seus braços.

— Chegamos! — Benício me coloca no chão com delicadeza e finjo não reparar que suas mãos permanecem em minha cintura. — Vamos, abra os olhos.

Até poucos segundos estava cansada de permanecer de olhos fechados, mas agora sinto uma pontada de insegurança – não do que encontrarei, mas de Benício e da proximidade entre nós. Sua respiração toca meu rosto e, em resposta, as pontas dos meus dedos formigam. Tento lembrar a última vez que me senti assim, completamente descontrolada, mas não consigo. É como se o passado tivesse sido apagado da minha mente, para que só existam Benício e o agora.

— Abra os olhos, Anastácia. — Tremo ao ouvi-lo dizer meu nome. Ser tratada sem título algum, apenas por meu primeiro nome, é o que me faz arriscar e mergulhar de cabeça nas emoções que dominam meu corpo.

Abro os olhos e a sensação é de que levei um soco no estômago – faltam-me ar, palavras e forças para manter-me em pé. Apoio as mãos no beiral e perco-me em sensações ao fitar a imensidão azul. Tudo o que sei é que estou completamente apaixonada pela vista.

Estamos sozinhos em um terraço de piso de mármore. O espaço é ladeado por inúmeros postes de luz com seus lampiões movidos a óleo de baleia, sofás de alvenaria revestidos com belos e coloridos azulejos e alguns conjuntos de mesas e cadeiras de ferro. O lugar por si só é lindo, apesar de não chegar aos pés da beleza marítima que o cerca.

— Essa é a Baía de Guanabara — Benício aponta para o mar e depois para as montanhas a pouca distância de nós. — Conseguimos enxergar todo o Pão de Açúcar deste ponto, está vendo? Entre os montes verdes, ele é o morro mais alto.

Apoio o corpo no peitoril e observo a baía por completo, desde a imensidão azul até as construções que surgem a partir dela. Estonteante, maravilhosa ou até mesmo bela não são adjetivos suficientes para definir a vista oferecida pelo terraço.

— Como é que este lugar não está lotado? — Não consigo tirar os olhos da junção do horizonte com a água azul. Ali, o sol reflete na água, fazendo com que o céu assuma uma variedade de cores.

Azul, rosa e roxo se misturam, criando uma paisagem que gostaria de registrar. Não sei pintar, mas sei que tentarei transformar este momento em uma música.

— Também gostaria de descobrir a resposta para essa pergunta, senhora. — Benício apoia o corpo no parapeito do terraço e, assim como eu, perde-se na vista. — Desde que retornei ao Brasil criei o costume de caminhar por essas redondezas e em pouquíssimas vezes encontrei o terraço cheio. Logo descobri que os dias de maior movimento no Passeio Público são causados pelas celebrações privativas que acontecem no café-concerto, o único restaurante do local.

Corro as mãos pelo beiral que nos protege do mar e recordo cada uma das surpresas que encontrei no Passeio Público. Uma parte de mim sente raiva das pessoas que, preocupadas com eventos sociais, esquecem-se de apreciar tamanha beleza natural. Um mês atrás, ao fitar o mundo através de uma janela, tudo o que mais queria era ser livre para descobrir lugares assim: belos, puros e majestosos. Então, sinto-me ultrajada ao descobrir tamanho abandono.

— Sempre me surpreendo com o quanto podemos ser cegos. Na ânsia de conquistar, esquecemos de agradecer pelas pequenas bênçãos concedidas pela vida. — Deixo de encarar o mar para fitar os olhos levemente acobreados de Benício. — Obrigada por me trazer aqui. Este é um dos lugares mais belos que já conheci.

— Vir aqui tornou-se um ritual. Neste parque, sempre fui capaz de senti-la ao meu lado. — Ele diminui a distância entre nós e, pegando-me completamente desprevenida, apoia minhas mãos em seus ombros. — Fui assombrado por seus olhos durante os anos que passamos separados, sabia? Após alguns meses do nosso encontro, comecei a sonhar com olhos ora lilases, ora azuis. No início, eu acordava frustrado por não ser capaz de desvendar a dona do olhar misterioso. Mas, com o passar do tempo, simplesmente aceitei o fato de que eles fariam parte da minha vida.

Pressiono seus ombros largos, contendo a vontade de correr os dedos por seu cabelo bagunçado. Em contrapartida, Benício segura meu rosto com as duas mãos, acariciando minha pele de forma delicada. Estou dividida em afastá-lo ou trazê-lo para perto.

— Comecei a ver seus olhos em meus projetos, em minhas construções e até mesmo em meus lugares favoritos. — Enquanto fala, Benício toca a pele ao redor dos meus olhos, algumas mechas soltas do meu cabelo e, por fim, a parte inferior dos meus lábios. — Tenho certeza de que uma parte minha ansiava por reencontrá-la. Então quando a vi na cozinha, arremessando pratos de centenas de anos, percebi que havia recebido uma segunda chance do destino.

— Uma segunda chance do quê? — pergunto sem tirar os olhos dos seus.

— Antes dessa semana, acreditava que havia recebido uma nova oportunidade para nunca mais deixá-la partir. — Ele fixa os olhos em minha boca e aproxima nossos rostos, dessa vez, falando a centímetros de distância dos meus lábios. — Só que agora entendo que meu papel não é impedi-la de seguir em frente, mas sim convencê-la a querer ficar comigo. Escolha qualquer lugar do mundo, mas deixe-me estar ao seu lado.

Não tenho tempo de pensar em uma resposta, pois sinto seus lábios nos meus. Passam-se minutos, ou horas, e nossos lábios continuam colados. Suas mãos deixam meu rosto e rodeiam-me pela cintura, aproximando ainda mais nossos corpos. Neste instante, eu sei que Benício sente as batidas descompassadas de meu coração, assim como eu sinto as dele, que também estão completamente descontroladas.

Deixo minhas mãos seguirem para os seus cabelos no exato momento em que ele geme em minha boca, aprofundando nosso beijo. Sinto-me uma tola por nunca ter experimentado algo parecido antes. Por ter me contentado com beijos sem vida, que nunca chegavam em minha alma, hoje sei que todos os beijos deveriam ser assim: um turbilhão de sentimentos e sensações que fazem a mente nublar e os joelhos fraquejarem.

Agarro sua camisa em busca de apoio, mas me perco por completo ao sentir sua pele irradiando calor. Apoio meu corpo no de Benício e corro as mãos por seu peito, ansiando por sentir mais, por senti-lo em cada parte de mim. Seus dedos exploram meus ombros, passam por meu rosto e por meus braços, e param na base da minha cintura. Benício cola nossos corpos de uma maneira que me deixa desesperada. Não compreendo metade das sensações que roubam meu ar, mas tenho certeza de que nossa proximidade não é suficiente. Então eu simplesmente o beijo e o abraço com tudo o que sou.

O barulho de suas costas trombando no apoio do terraço é o que me traz de volta à realidade. Afasto-me de Benício e olho, assustada, para o deque. Ainda estamos sozinhos, mas isso não muda o peso do que acabamos de fazer.

— Sinto muito, eu... — Começo a caminhar pelo terraço. O movimento me acalma, assim como o sorriso carinhoso de Benício. Ele acompanha meus passos com olhos atentos, mas aguarda por minhas palavras. Sorrio em resposta ao vê-lo parado, no mesmo lugar em que o deixei, com parte da camisa completamente amassada e com o cabelo bagunçado. — Na realidade, não sinto muito. Só estou apavorada com o fato de que acabamos de nos beijar em público.

— Venha aqui, Anastácia. Por favor. — Começo a andar até onde Benício está, cada vez mais ciente do quanto adoro ouvir meu nome saindo dos seus lábios. — Desculpe-me, prometo que terei mais cuidado na próxima vez.

— E quem disse que teremos uma próxima vez, senhor? — Estou louca para beijá-lo novamente, mas isso não significa que Benício precisa saber. Pelo menos, não agora.

— Falei sério quando disse que iria convencê-la a ficar ao meu lado, Anastácia. Usarei meus melhores talentos para provar que sou digno de sua confiança, de sua amizade e de seus beijos, é claro.

Benício ajeita uma mecha solta do meu cabelo e, depois de olhar para os dois lados do terraço, cola os lábios rapidamente aos meus. Muito antes do que eu gostaria, ele interrompe o beijo.

— O que acha de pegarmos comida para viagem e seguirmos direto para o hotel? — Assinto em concordância e enlaço sua mão na minha. — Que bom que concordou. Quanto antes resolvermos nossas pendências no centro da cidade, mais tempo teremos juntos. Quero lhe mostrar meu talento com beijos, caso ainda não esteja convencida.

ASSISTÊNCIA A ALIENADOS
HOSPÍCIO PEDRO II
Rio de Janeiro

PACIENTE Nº: 648   NOME: Anastácia Faure De Vienne

REMÉDIOS	
INTERNOS	EXTERNOS
Dose diária de calmante.	Tratamento optativo de banho com jatos de água fria. Três meses para limpeza e dois meses para a purificação do útero.
OBSERVAÇÕES	
Apresentou resistência às oficinas. Em casos de oposição grave, recorrer à cela forte e à camisa de força.	

MÉDICO ASSISTENTE:
José Barbosa Goulart

19
BENÍCIO

Entro no escritório com um misto de alegria e apreensão. O dia com Anastácia foi especial de várias maneiras. Além de tê-la ao meu lado e de fazê-la sorrir com tamanha intensidade, foi bom recordar os motivos que me fizeram retornar ao Rio de Janeiro – amo a beleza natural que a cidade esconde.

Talvez seja por isso que tenha sido tão difícil deixá-la, mesmo que por poucas horas. Sinto falta dos seus olhos sorridentes tanto quanto desejo estar ao seu lado para protegê-la. A verdade é que senti uma pontada inexplicável de apreensão ao vê-la entrar no Hotel Faux.

— Quem em sã consciência escolhe chamar o próprio negócio de falso? — questiono Carioca que corre animado ao me ver. Por um momento penso que receberei uma dose extra de carinho, mas o gato apenas me encara desconfiado e, após alguns instantes, arranha meus sapatos. — Ora, ficamos fora por apenas alguns dias! Sei que foi bem-cuidado pela dona Amélia, então não me olhe com essa cara, chefe.

Carioca resmunga, mas logo desiste de brigar e começa a esfregar o corpo em minhas pernas. Abaixo para coçar sua barriga e, decidido a agradá-lo, tiro da bruaca a pequena trouxa que usei para enrolar o bolinho de arroz que preparei antes de virmos para o centro.

— Achou mesmo que eu não traria um presente? — Estendo a mão e Carioca abocanha o petisco. Satisfeito por vê-lo entretido, foco a atenção na pilha gigantesca de papéis sobre a minha mesa. Ficamos poucos dias fora, mas parece que faz um ano que não visitamos o escritório.

Não sou fã de mexer com papelada, então decido concentrar minha energia na organização do ambiente. Tento deixá-lo o mais limpo possível, sem dúvida na esperança de mostrar as instalações da empreiteira para Anastácia, e fico ansioso ao imaginá-la em meio ao meu local de trabalho.

Enquanto separo louças sujas, roupas para lavar e projetos que já foram finalizados e que deveriam estar no arquivo de obras, não no chão do escritório, sinto o pensamento correr para o nosso beijo. Meu corpo aquece ao me lembrar das mãos de Anastácia em meus cabelos e dos sons suaves que escaparam de sua boca. Tê-la em meus braços pareceu tão certo. Se dependesse de mim, eu não pensaria duas vezes antes de escolher passar todos os dias da minha vida ao seu lado, beijando-a, fazendo-a sorrir e acompanhando-a em seus passos inesperados de dança.

Oscilando entre trabalhar e sonhar acordado, levo mais tempo do que deveria para arrumar o escritório. Carioca, aparentemente notando a minha confusão, parece mais carinhoso do que nunca. E, em vez de passar o dia todo deitado, o gato acompanha meus passos, andando ao meu lado como se estivesse oferecendo muito mais do que seu apoio e companhia.

Ao terminar a arrumação, sinto-me orgulhoso por ver os dois lados do escritório – o meu e o de Samuel – igualmente limpos. Quase me comprometo a mantê-lo sempre assim, porém, mudo de ideia no último minuto. Conheço-me bem o suficiente para não fingir ser algo que não sou. Gostaria de ser diferente, mas é fato que sou um grande bagunceiro.

Estou sentado, conferindo as correspondências e separando toda a documentação que precisa ser protocolada, quando uma batida na porta me alcança. Imediatamente sorrio, imaginando ser Anastácia, então preciso conter a decepção ao encarar a jovem desconhecida.

— Como posso ajudá-la, senhorita? — Faço um gesto para que ela sente, mas a garota dá de ombros e avança até onde estou, entregando-me um bilhete.

— Vim a pedido da senhora Anastácia. — Pego o papel em suas mãos e rasgo o lacre de cera com ansiedade.

Sorrio ao deparar-me com a letra de Anastácia, arredondada e levemente inclinada para a direita. No bilhete ela diz que a reunião com o advogado foi adiada para a manhã seguinte e que, para não termos que viajar de noite e voltarmos amanhã cedo para o centro, decidiu passar a noite no hotel. O incômodo no meu peito volta a surgir, dessa vez com maior intensidade, mas decido ignorá-lo.

Racionalmente sei que Anastácia está bem e segura – afinal, ela está hospedada em um dos hotéis mais famosos da região. Mas emocionalmente sinto-me um ogro ao lutar contra o desejo de buscá-la e levá-la para o mais longe possível de lá. Não quero controlar seus passos e muito menos assumir suas batalhas. Então, respiro fundo e calo os resquícios indesejados de proteção exagerada.

— Gostaria que eu levasse uma resposta, senhor? — Havia esquecido completamente da jovem mensageira.

Olho com atenção para a menina de traços asiáticos e, por trás de uma beleza jovial, consigo enxergar o cansaço em suas olheiras e a fome nos ossos aparentes. Apesar das vestes adultas, tenho certeza de que ela não passa de uma criança. E tendo em vista o que Anastácia contou sobre o antigo conde, quase consigo imaginar a vida que ela leva no hotel.

— Faria isso? Me sentiria mais calmo ao saber que Anastácia está segura. — Levanto da cadeira e sigo para o bar na lateral do escritório. Antes de escrever o bilhete de resposta, monto duas trouxas com queijos, bolachas, pães e uma garrafa de vinho. Não sei se Anastácia jantou, então decido mandar alguns aperitivos. — Pode entregar uma dessas marmitas junto com o bilhete, por favor?

— Claro. Mas e a outra? — Ela tenta parecer indiferente, mas não consegue disfarçar o interesse nas sacolas que deposito em suas mãos.

— Leve para o caso de sentir fome durante o caminho. — A jovem me encara com surpresa, provavelmente questionando a minha intenção, já que o trajeto do escritório até o Hotel Faux não leva mais de vinte minutos. — Só prometa que vai comer e que, caso note que a senhora Anastácia está em perigo, não deixará de me avisar.

— São muitas promessas, senhor. — Sinto seus olhos me avaliando enquanto escrevo o bilhete para Anastácia, mas logo sua atenção é desviada para Carioca.

A jovem sorri ao pegar o gato no colo e, pela primeira vez desde que entrou no escritório, deixa aparente seu semblante de menina. Termino de escrever em menos de dois minutos, então lacro o envelope com um dos selos da empreiteira e entrego o bilhete à mensageira.

— Temos um acordo, menina? — Carioca ronrona em seu colo e ela ri de maneira leve e contagiante.

— Trato feito. Mas antes preciso que responda a uma pergunta. — Preparo-me para sanar sua curiosidade e mal percebo que estou prestes a ser atingido por uma locomotiva. — O senhor a ama?

Seu tom de voz é baixo, mas sinto as palavras vibrando por todo o cômodo. Não sei como responder a ela e muito menos quero pensar nos significados escondidos por sua curiosidade. Tudo o que sei é que conheço Anastácia há menos de um mês, então é claro que não a amo. Importo-me com sua felicidade e, se depender de mim, quero vê-la sorrir todos os dias. Mas isso não é amor. Ou é?

— Não precisa responder. Consigo ver a resposta em seus olhos, senhor. — Ela sorri ao deixar Carioca no sofá e, depois de juntar as marmitas que providenciei, caminha até a porta.

Plantado em meio ao escritório, começo a estalar os dedos e a pensar demais – exatamente como faço sempre que estou nervoso. Antes de sair, a garota procura meus olhos uma última vez e ri da minha expressão, de certo ciente da confusão que provocou em minha mente.

— Prometo avisá-lo caso sua senhora esteja correndo perigo. — A maneira como ela fala de Anastácia, como se ela de fato fosse minha parceira, faz meu coração acelerar. Uma parte de mim realmente gostaria que ela o fosse. — E posso lhe dar um conselho? Não perca tempo rotulando o que sente. Apenas viva sem medo. Quando o sentimento é puro e real, tudo o que precisamos é libertá-lo das definições criadas por outros homens.

Abandono o corpo no sofá e a vejo saindo do escritório. Amaldiçoo como um marinheiro ao dar-me conta de que fui nocauteado por uma jovem, sem dúvida com a metade do meu tamanho, e deixado sozinho para pensar em meus sentimentos.

⁓✤⁓

Acordo com Carioca andando pelo sofá. Sinto suas patas em meu rosto e logo ele está deitado no topo de minha cabeça. Sempre que durmo no escritório, em um sofá que constantemente faz as vezes de cama, o gato decide usar meu corpo como travesseiro. Mas levando em conta a claridade do aposento, tenho certeza de que dessa vez Carioca não está procurando um local confortável para dormir.

— Deixe-me adivinhar, o chefe está com fome? — O bichano responde com um ronronar, mas logo cansa de esperar e volta a andar pelo sofá.

— Calma, seu apressadinho. Já vou providenciar o nosso café da manhã.

Abandono o sofá e visto uma camiseta de algodão, mas, antes de me preparar para o dia, caminho até a sacada. Uma das coisas de que mais gosto nesse prédio é a brisa suave que entra pelo primeiro andar, por isso sempre mantemos as portas abertas. Como a construção é alguns metros mais alta do que os outros sobrados da rua, constantemente tenho a impressão de que recebemos uma parcela maior do mundo lá fora. À noite, conseguimos ouvir as conversas animadas e os acordes festivos da música noturna, enquanto durante o dia – além da brisa suave da manhã e dos raios de sol – acompanhamos o pulsar vivo do comércio.

Parado na sacada, observo alguns pedestres comprando o último exemplar do jornal *Gazeta de Notícias*, outros entrando e saindo do prédio dos Correios e, vez ou outra, um grupo seguindo para a padaria no fim da rua – o que faz meu estômago roncar ao me lembrar do pão doce produzido pelo estabelecimento. Com fome demais para pensar em preparar algo, decido tomar café na padaria.

Em poucos minutos dou comida para Carioca, tomo um banho rápido e desço para o escritório. Outra grande vantagem do sobrado é que, graças aos dois andares, conseguimos manter o trabalho em uma ala e criar um pequeno apartamento privado no segundo andar. Isso sem contar o terreno no fundo da propriedade, que compramos e transformamos em um alojamento comunitário para os homens que trabalham na construtora. Um achado no centro da cidade, mas um luxo que triplicou os valiosos réis que investimos na reforma.

Observo minha mesa, feliz em encontrá-la devidamente organizada, e visto o colete por cima da camisa – seguindo os "conselhos" de Samuel, o deixei pendurado no cabideiro para não amassar o tecido. Alcanço minha bruaca e alguns documentos que preciso deixar na agência dos Correios, mas antes de sair sou interrompido por sua voz.

— Vai a algum lugar, filho? — Minha bolsa cai com um estrondo em cima da mesa. Faz anos que não vejo o barão, porém, ele parece exatamente igual. Uma versão mais velha do reflexo que encontro no espelho; as únicas diferenças físicas entre nós dois é que eu tenho a pele dourada e os olhos puxados, presentes da minha mãe. — Se não quer ser surpreendido pelos visitantes, deveria deixar um escravo na recepção, Benício.

Ele entra no aposento como se fosse o dono da empreiteira. Fita Carioca com uma sobrancelha erguida, retira o casaco, jogando-o em qualquer lugar, e cruza as mãos no peito. É óbvio que está me desafiando a enfrentá-lo.

— Só atendemos com horário marcado, senhor. — Entro no jogo e uso o termo para provocá-lo. Sei o quanto gostaria que eu o chamasse de pai, mas, apesar do que dizem, não vejo o barão como membro da minha família. Ao menos, não mais. — Tenha certeza de que, se quiséssemos um recepcionista, já teríamos empregado alguém para a tarefa.

O barão revira os olhos ao ouvir a minha resposta. Quando morávamos sob o mesmo teto, tínhamos conversas como essas quase que diariamente. Abandonei a fazenda no exato momento em que conseguimos barganhar pela carta de alforria de Samuel. Contudo, antes de seguir em frente, passei meus últimos dias na fazenda tentando convencê-lo a abandonar a sociedade escravista. Não obtive sucesso e, desde então, tento manter-me distante dele e dos seus negócios desumanos.

— Por falar em escravo, onde está o mulato? Já desistiu de aventurar-se em meio aos homens de verdade? — Odeio quando ele fala assim de Samuel, mesmo sabendo que o faz com a intenção de me provocar. — Ora, meu filho, pare de me olhar assim. Todos nós sabemos que o lugar do negrinho é na senzala.

A raiva é tamanha que deixo minha mesa em dois passos. Quando estamos frente a frente, preciso usar toda a minha força de controle para manter-me no lugar e não arrancar o sorriso arrogante de seu rosto. Tinha quatro anos quando descobri quem era o monstro que me chamava de filho e desde aquela época imagino qual seria a sensação de atingi-lo com meus punhos.

— O que faz aqui? — Ele ergue uma sobrancelha e apoia as mãos na lateral do sofá. O fato de estar tão à vontade triplica a minha raiva.

— Ora, filho. Não diga que não sentiu saudades do seu velho pai? — Eu estava errado... É sua maldita expressão que fomenta minha ira. Odeio ver meu próprio sorriso estampado em seu rosto tanto quanto odeio ser lembrado de nossas semelhanças físicas. Elas gritam ao mundo que eu e o barão carregamos o mesmo sangue, mesmo quando eu me esforço para fingir que não tenho pai.

— Não me chame assim. — Inclino o corpo e mantenho nossos olhos na mesma altura. Quero que ele veja que, apesar da genética que nos une, nunca seremos pai e filho.

Gostaria de vê-lo pagar por toda a dor que já infligiu. Mas é em momentos como esse que também lembro que escolhi ser diferente do meu pai. Então, deixo que ele me provoque porque sei que, apesar da raiva e da mágoa, não vou ceder ao impulso de responder à sua crueldade com violência. Nunca serei como o barão, por mais que carregue parte dele dentro de mim.

— Não gosta quando o chamo de filho? Mas é isso que é, Benício. Quer queira, quer não. — Ele levanta do sofá e ficamos a centímetros de distância. — Precisamos conversar e já que não respondeu à nenhuma de minhas cartas, resolvi visitar meu herdeiro.

— O recado é óbvio, não acha? Não respondi às suas cartas porque não o quero em minha vida.

— Pobre garoto. Tão ansioso por fugir dos olhos do pai... — Ele tenta tocar meus ombros, mas afasto suas mãos com um gesto bruto. — Gostaria de saber até quando o Bastardo do Café planeja negar suas raízes.

Respiro fundo até acalmar meus nervos de uma vez por todas. Brigar não nos levará a lugar algum, então me dou por vencido e afasto-me do barão em silêncio. Mantenho a atenção na bolsa que esqueci sobre a mesa, mais uma vez preparando-me para sair. Posso ser seu filho, mas não sou obrigado a conviver com ele.

— Preciso sair, então vou repetir a pergunta mais uma vez. — Coloco a bruaca no ombro e volto a encará-lo. — O que faz aqui?

— Já falei, vim visitar meu filho. — Trinco a mandíbula e me amaldiçoo por fazê-lo. Odeio o fato de que, quando estou em sua presença, imito seus malditos costumes. Lutei contra a influência do barão por toda a minha vida, mas ao seu lado minha mente teima em recordar o quanto somos parecidos. — Estou aqui a trabalho. Um dos membros do conselho pediu uma assembleia extraordinária e fui convidado a presidi-la.

Por ser um dos maiores cafeicultores do país, o barão conquistou um posto privilegiado no conselho de fazendeiros. Ele já esteve à frente do conselho municipal e chegou a ser eleito governador provincial. Entre os seus, é respeitado, ouvido e seguido. Talvez seja por isso que, enquanto nossa sociedade luta para mudar, o conselho cafeicultor segue extremamente conservador. Não existe um único membro liberal em toda a assembleia; sobram fazendeiros abolicionistas e progressistas, mas graças ao barão esses homens não são aceitos no comitê.

— E o que essa reunião tem de tão importante para fazê-lo viajar para o Rio? — Nunca o vi sair do estado para mediar um debate; são sempre os outros membros que viajam até ele. Nos últimos anos, o barão raramente abandonou o refúgio que criou para si mesmo nos arredores da Fazenda da Concórdia.

— Quer descobrir o motivo que me fez vir até aqui? Então vamos juntos até a reunião. — Ele caminha em minha direção, sorrindo como um lobo prestes a devorar sua presa. — Precisa atentar-se aos negócios da família, Benício. Está envergonhando nosso sobrenome com essa história boba de trabalhar como construtor. Chega de sujar as mãos com um punhado de mulatinhos. Preciso que aceite o lugar que lhe pertence. Posso colocá-lo no conselho em um piscar de olhos, sabe disso.

Seus olhos brilham ao proferir os planos que nutre para o meu futuro, e estou tão perdido em pensamentos que a deixo falar. Fitando seu rosto, tento descobrir quem ele realmente foi para minha mãe. Cresci ouvindo desconhecidos dizendo o quanto sentiam pena da jovem apaixonada que sempre corria para os braços do barão. Então, conjuro, não pela primeira vez, se minha mãe realmente o amou.

— Por favor, pare de fingir que existe algum laço entre nós. — O barão se afasta, provavelmente chocado com a sinceridade por trás de minhas palavras. Estou exausto de seus jogos e de tentar mudá-lo. — Trabalho com o que amo e tenho ao meu lado inúmeros homens de caráter. Eles são minha família, não o senhor. Mas não espero que entenda. Sei que honestidade, respeito e amor não fazem parte do seu dia a dia. Então vá, deixe-me viver minha vida em paz.

Vejo a mágoa em seus olhos e não me importo. Respiro aliviado ao vê-lo caminhar em direção à saída, mas o barão desiste no último instante e apoia o corpo no batente da porta, virando para me encarar com o que acredito ser raiva e desprezo.

— Talvez eu deva lembrá-lo do nosso acordo? Aquele que lhe proporcionou a carta de alforria do mulatinho? — Em seu rosto, a raiva cede lugar a um sorriso diabólico. — Ou talvez eu deva procurar Samuel para contar o custo alto que precisou pagar para vê-lo livre? Tenho certeza de que seu querido irmão vai amar saber do trato que fizemos.

Maldito! Apoio as mãos no topo da mesa de madeira, apertando a superfície com força até sentir as pequenas farpas perfurarem minha pele.

Samuel não faz a menor ideia que, antes de deixarmos a fazenda, precisei assinar uma certidão de paternidade. O documento foi endossado pelo imperador e, ao assiná-lo, consenti em tornar-me herdeiro legítimo do Rei do Café. Acordo feito, tinta no papel e, em um instante, eu virei Benício Magé perante a lei. É claro que, para mim, o papel não significa nada. Mas sei que meu irmão não ficará feliz ao descobrir que estarei preso ao barão por toda a minha vida. Tornar-se filho legítimo do barão é algo que nenhum de nós deseja.

— Saia! — Carioca estranha meu tom e caminha até onde estou, roçando o corpo em meus pés e bufando na direção do barão. — Entenda de uma vez por todas: carregar seu nome é um fardo que nunca me definirá.

— Aquele mulatinho está livre porque me prometeu um herdeiro. — Enquanto fala, um tremor toma conta de seu corpo. Sei que o barão está com raiva tanto quanto sei que, se estivéssemos na fazenda, ele encontraria uma maneira de me punir. — Cansei de esperar por sua boa vontade, Benício. Então, grave o que estou dizendo: não sairei desta cidade sem um sucessor para o meu legado.

— Planeja ser enterrado no centro da cidade? Porque, até onde eu sei, heranças só são transmitidas após a morte.

— Continue brincando, filho. Seja fraco e deixe suas emoções falarem mais alto. — Com as mãos tremendo, ele corre os dedos pelo cabelo, demonstrando mais um sinal de sua ira. — Mas não me culpe quando não conseguir protegê-los. Como acha que sua mãe morreu? Não pude salvá-la porque estava preocupado demais com meus sentimentos.

Sinto o coração acelerar ao ouvi-lo falar de minha mãe. Ciente de que capturou minha atenção, o barão volta a caminhar pelo escritório, dessa vez seguindo até o aparador de bebidas. Ele serve duas doses, entregando-me uma delas, e bebe o líquido do seu copo de uma única vez.

— O que quer dizer? — Não consigo resistir ao ímpeto de descobrir mais sobre minha mãe. Quase tudo o que sei sobre ela saiu dos lábios do barão, mas as histórias contadas em meio aos surtos de bebedeira nunca foram suficientes.

— És um tolo, Benício. Passou anos acreditando que sua mãe morreu de tifo. Mas acredita mesmo que eu permitiria? Que não moveria céus e terra para vê-la curada? Moema foi a única mulher capaz de dar-me um filho saudável, meu bem mais precioso. — Meu coração para ao ouvir seu nome pela primeira vez. Ao mesmo tempo, sinto o asco nublar minha visão. Odeio como o barão faz questão de excluir Samuel de sua vida enquanto tenta incluir-me nela.

— Então ela se chamava Moema? — Sussurro na tentativa de torná-la parte de mim. Levei vinte e oito anos para descobrir seu nome.

— Prometi torná-la minha esposa, mas cheguei tarde demais. — Fito o barão e surpreendo-me com a dor que encontro em seus olhos. Sem saber o que pensar, olho o copo esquecido em minhas mãos e bebo o líquido de uma só vez. Não estou acostumado a beber, então a dose de cachaça queima a minha garganta. Uso isso como desculpa para as lágrimas que embaçam minha visão.

— Eu a queria ao meu lado para sempre, filho. Prometi fazê-la minha esposa, mas cheguei tarde demais. — Sei que a fragilidade do barão é momentânea, então decido aproveitar para descobrir mais sobre o meu passado. Só que, por mais que queira lhe fazer um milhão de perguntas, estou confuso demais para encontrar as palavras certas. — Escute o que estou dizendo, se quer proteger quem ama, deve atacar. É preciso ser mais forte do que seus inimigos.

— E quem são eles? — Homens como o barão enxergam adversários até mesmo na própria sombra. Talvez seja a consciência dizendo-lhes que precisam temer. E que, uma hora ou outra, o preço por suas escolhas será cobrado.

— Vamos fazer um novo acordo, filho. — Ele segura minha mão. Tento afastá-lo, mas seu aperto faz-me lembrar de uma época em que o barão usava a força física para ser ouvido. Não sou mais aquele menino, apesar de ainda o senti-lo dentro de mim, clamando pelo amor de um pai que só existiu em sua mente. — Participe da reunião do conselho, tome a frente dos nossos negócios, dê-me um herdeiro. Se o fizer, prometo contar-lhe tudo o que quiser sobre Moema e nunca mais intervir em suas escolhas.

— Que horas é a reunião? — Repito em minha mente que é apenas uma pergunta, que ao fazê-la não estou comprometendo-me com o barão. Mas a verdade perigosa é que, por minha mãe, eu seria capaz de segui-lo.

É difícil viver sem conhecê-la. Todos os dias olho meu reflexo no espelho e repito que não sou igual ao meu pai e que muito menos sou o reflexo de suas escolhas ruins. Em contrapartida, orgulho-me de carregar na pele as lembranças de quem foi a mulher que me gerou. Gostaria de aprender mais sobre sua história para que, talvez, pudesse conhecer a mim mesmo.

— Temos tempo, precisamos chegar ao Bordel do Conde apenas às dez horas. — Em um piscar de olhos, o encanto se parte. Agradeço pelo fato de a reunião ser em um bordel porque isso me faz lembrar com quem estou falando.

Recordo quem são os membros do conselho de fazendeiros, quais são seus ideais e como o barão incita neles o ódio e a injustiça. Não importa o momento de franqueza que acabei de presenciar, continuo sendo filho do homem que escraviza, manipula e abusa de outros seres humanos. Quero conhecer cada detalhe da história da minha mãe, mas isso não significa que deixarei de lutar pelo que acredito. Nunca serei o herdeiro de um império construído com sangue inocente.

— Quer comer algo antes de ir? O bordel está escondido no último andar de um hotel famoso da região, então podemos tomar café no restaurante do edifício e subir em tempo para a reunião. Dizem que o chefe francês prepara tortas deliciosas — o barão continua a falar, mesmo quando me afasto de seu toque.

Sem dizer nada, pego Carioca no colo e caminho até a porta. O gato parece sentir meu nervosismo, pois lambe a lateral do meu rosto em um gesto bem-vindo de carinho.

— Saia — digo sem encarar seus olhos. Sinto-me envergonhado por tê-lo deixado manipular as minhas emoções. Mas mais do que isso, por compreender que uma parte de mim gostaria de aceitar sua proposta e conhecer a mulher que minha mãe realmente foi.

— Ora, Benício, e eu achando que finalmente iríamos nos entender. — Ele deixa o copo vazio na mesa, ajeita o paletó e caminha até onde estou. — É tão teimoso quanto Moema. Mas, se resolver mudar de ideia, estarei esperando-o no Hotel Faux. Fale meu nome na recepção e alguém o levará até o bordel.

Volto a encará-lo, unindo as peças que faltavam. A reunião do conselho será no Bordel do Conde, segundo as palavras do barão, um prostíbulo escondido sob a fachada de um dos hotéis mais famosos da cidade – o hotel que Anastácia herdou do marido.

Lembro-me das nossas conversas a respeito das escolhas de Jardel e, ao compreender a amplitude dos negócios ilícitos de seu falecido marido, sinto o estômago embrulhar. Não faço a menor ideia do que Anastácia viveu ao lado do conde, mas de repente tudo faz sentindo: sua internação no hospício, a culpa constante, o medo de vir para o centro da cidade e suas tentativas vãs de evitar o encontro com o advogado. Ela sempre soube o que estava à sua espera.

Apavorado, saio em disparada porta afora.

Ouço o barão gritar meu nome, mas pouco me importo. Enquanto corro pela rua movimentada com Carioca miando em meus braços, deixo-me ser guiado pela imagem dos olhos brilhantes de Anastácia. Em minha mente, eles dizem que ela precisa de mim. Então, forço o corpo e corro o mais rápido que posso.

Como sempre, estou seguindo seus chamados silenciosos.

20
ANASTÁCIA

Sinto-me sufocada pelo quarto luxuoso. Os detalhes da maçaneta são de ouro assim como os bordados nas roupas de cama e os castiçais que sustentam os lampiões. As cortinas vermelhas de veludo impedem que a luz da rua entre no aposento, afastando também a brisa do início da manhã. Além disso, o quadro que enfeita a parede principal retrata uma mulher de cabelos escuros correndo em meio ao bosque; sua expressão de pavor é tamanha que, por pouco, não fiz como ela e corri para o mais longe possível deste hotel.

Sei que estou em um belo aposento, mas dói reconhecer Jardel em cada um de seus detalhes. O conde sempre gostou de ambientes extravagantes e luxuosos, então tenho certeza de que as peças que compõem esse dormitório foram escolhidas por ele. Por isso, para onde quer que eu olhe, encontro seus olhos cravados nos meus.

Desde que cheguei, foquei minhas energias em descobrir tudo a respeito do Hotel Faux: quantidade de quartos, rotina de eventos e até mesmo como funciona a gestão do bordel – que, para efeitos legais, usa o título de casa de apostas. Tentei visitá-lo na noite passada, mas fui impedida por uma jovem recepcionista. Foi ela também que transmitiu o recado deixado por James, atual advogado do meu ex-marido, solicitando que nossa reunião fosse reagendada para a manhã seguinte.

Fiquei apavorada diante da ideia de precisar pernoitar no hotel. Não queria voltar para a fazenda antes de resolver todas as minhas pendências no centro da cidade, mas também não desejava dormir no local que protagonizou muitos dos meus piores pesadelos. Pensei em pedir abrigo para Benício, mas estava atordoada demais com as sensações criadas por seus beijos, então tomei coragem e solicitei um aposento para passar a noite – só para ser informada de que já havia uma reserva em meu nome.

Não sei quem reservou este quarto para mim, mas tenho convicção de que a escolha não foi feita ao acaso.

Encaro o teto pomposo por mais alguns minutos e resolvo levantar. Passei a noite toda criando um plano para o futuro do hotel e, finalmente, sinto que encontrei uma solução viável: vou vendê-lo. Quero utilizar metade do dinheiro da venda para a construção e manutenção do abrigo e dividir a outra parte entre as jovens que trabalham ou já trabalharam no bordel. Sei que recompensa alguma será capaz de lhes devolver o que foi roubado, mas tento acreditar que, ao menos, o dinheiro poderá ajudá-las a recomeçar.

Refaço o discurso que preparei ao longo da noite e, quando me sinto pronta para enfrentar o advogado do conde, afasto os lençóis e saio da cama. Ajeito os cabelos emaranhados pela falta de sono, arrumo as vestes e calço minhas sapatilhas prateadas. Não trouxe outra roupa, então passei a noite com o conjunto de seda azul. Apesar de notar os vincos no tecido, sinto-me bela. Pela primeira vez em anos, não fujo do espelho que vejo na lateral do aposento, muito pelo contrário, caminho até ele de forma desafiadora.

A mulher que me encara está com duas bolsas roxas embaixo dos olhos e suas roupas estão completamente desalinhadas para os padrões da sociedade. Ainda assim, giro o corpo e sorrio ao ver o movimento fluido causado pelas barras de minha calça. Gosto cada vez mais dessas vestes e decido que, antes de voltarmos para fazenda, vou encomendar novos tecidos coloridos. Sei que Darcília vai amar costurar outras peças para mim.

Faço uma reverência em frente ao espelho e deixo meu reflexo para trás. É maravilhoso dar-me conta de que, pela primeira vez na vida, sinto orgulho da mulher que me tornei.

Apanho minha bolsa e atravesso a porta do quarto, trancando-a antes de partir. Sigo sem rumo pelo corredor iluminado notando que, ao contrário do cômodo em que estava, ele é arejado e iluminado. Caminho até o final do corredor silencioso e encontro duas escadas; acredito que uma delas seja responsável por levar os hóspedes até os andares superiores, então, em vez de descer e procurar pelo restaurante, subo os degraus na ânsia de explorar os outros pisos do hotel. Ainda tenho tempo de sobra até o horário da reunião, além disso, não estou com fome.

Sorrio como uma tola ao lembrar de minha última refeição. Na noite passada, enviei um bilhete para Benício para avisá-lo que dormiria no hotel, e junto com sua resposta gentil também recebi uma pequena marmita com queijos e pães. Senti-me aliviada por não precisar descer para jantar e, ao cear sozinha em meu quarto, passei o tempo livre revivendo nossas últimas conversas. Conhecer mais sobre seus sonhos e viagens foi tão incrível quanto descobrir o modo como gosto e confio em Benício.

Nunca imaginei que ser beijada pudesse ser uma experiência tão avassaladora. Eu era nova demais quando conheci Jardel. Levando em conta os pilares que sustentaram nossa relação, passei anos acreditando que ser tocada e desejada era algo ruim – ao menos, foi assim até Benício aparecer. Agora entendo o que significa ansiar por um toque e apreciá-lo. Antes eu fora invadida e roubada, agora sou dona das minhas emoções e perfeitamente capaz de decidir como e quando quero ser tirada para dançar, cortejada ou beijada.

Pensar em Benício faz com que eu tropece no último degrau da escada. E por mais que eu tente manter o foco ao entrar no corredor do segundo andar, não consigo resistir à tentação de reviver nosso primeiro beijo. Penso em seus lábios macios, nas mãos passeando por minha cintura e na sensação inebriante de tocar seus cabelos. Perco-me nas sensações de tal forma que preciso apoiar o corpo no corrimão da escada para não cair de cara no chão.

— Concentre-se, Anastácia! — digo em meio aos risos. Sinto-me uma jovem deslumbrada ao ser beijada pela primeira vez.

— Está tudo bem, senhora? — Dou um pulo ao ouvir a pergunta e bato a testa no corrimão de ferro da escada. A primeira palavra que sai da minha boca não é nada adequada. — Precisa de ajuda?

Encaro o jovem de fraque e tento decidir se ele é um hóspede ou um empregado do hotel. Quase peço ajuda para encontrar o Bordel do Conde, mas mudo de ideia no último minuto. Um empregado seria leal e pouco revelaria a respeito do bordel enquanto um pensionista acharia a minha investigação inconveniente. Contenho uma risada ao imaginar a expressão de espanto do rapaz ao ouvir a minha pergunta e quase a faço só para vê-lo constrangido.

— Estou bem, só acordei mais desequilibrada do que o costume.

— Ele bufa em uma imitação perfeita dos lordes sensíveis que conheci em minha temporada em Paris. Sem tempo para esse tipo de comportamento mesquinho, faço uma reverência e sigo pelo corredor. — Tenha um bom dia, senhor.

Perdida em meus pensamentos, passo por todos os andares do hotel, chegando à conclusão de que são idênticos: tapete vermelho, detalhes em dourado e ocasionalmente vasos de flores amarelas. Estou prestes a desistir de encontrar algo novo quando uma nota solitária de piano me alcança. Curiosa, deixo-me ser fisgada pela música, seguindo-a com passos incertos que me levam à escada de ferro, parcialmente escondida pelos vasos decorativos do terceiro andar.

Sem pensar duas vezes, afasto os arbustos e subo as escadas. Conto vinte degraus e, no fim deles, entro em um maravilhoso sótão. O cômodo é rodeado por amplas janelas de vidro e, fortuitamente, por portas de madeira. A decoração fica a cargo de belos candelabros movidos a luz de velas e de grandes mesas revestidas de mármore. No canto esquerdo do aposento, vejo sofás de camurça vermelho adornados com lenços e almofadas coloridas. E apesar do exagero de cores e materiais, admito que o conjunto cria uma visão encantadora.

Ali dentro, consigo ouvir com facilidade a melodia que me atraiu até o cômodo. Imediatamente reconheço as notas espaçadas e profundas do piano, não por interpretarem uma ópera famosa, mas por carregarem sentimentos que reconheço com facilidade. Um coração machucado que encontra paz em sua própria música, facilmente reconhece seu semelhante.

Caminho até os fundos do sótão que revela pesadas cortinas de teatro; curiosa, toco o tecido e escuto a melodia ganhar vida. Tenho certeza de que encontrarei o pianista escondido por trás delas, mas não sei se devo atrapalhá-lo. Provavelmente, tudo o que deseja é perder-se em sua própria música. Escolho deixar o musicista em paz e sentar em um dos sofás laterais, mas logo as cortinas são escancaradas e mãos fortes prendem meus pulsos.

Encaro assustada, tentando compreender a dualidade de sua aparência. A beleza juvenil exala pureza, seja graças à pele de porcelana ou às tranças alaranjadas que tocam sua cintura, já a face carregada de maquiagem e o vestido ajustado ao corpo contam uma história diferente. Mas a verdade é que, independentemente de qual seja sua idade, ela é linda.

— A senhorita não deveria estar aqui — a jovem diz com os olhos cravados aos meus. — Por acaso sua mãe não lhe ensinou que donzelas devem esperar o amanhecer para deixar seus aposentos? Antes de o sol nascer, criaturas sombrias estão à espreita de carne jovem.

Ela fala as últimas palavras em um tom mordaz, mas estou envergonhada demais por ter sido pega espiando para me importar. Como não respondo, suas mãos apertam meus braços com força e me arrastam até a saída. Um barulho chama a minha atenção e vejo uma das portas de madeira sendo abertas; rapidamente minha captora me empurra para trás de um vaso e, com um único gesto, pede que eu fique em silêncio.

Sinto o coração bater acelerado ao ver um homem, na faixa dos quarenta anos, atravessar o salão com passos cambaleantes. Ele segura as mãos da bela mulher de cabelos ruivos e deposita beijos estalados em seus dedos – de onde estou, consigo vê-la conter o asco. Meus olhos avaliam suas vestes amassadas, as marcas de batom em seu rosto e o cômodo incomum que ele deixou para trás. Com a porta de madeira aberta, vislumbro os lençóis bagunçados, as taças de bebida espalhadas pelo chão e um par de sapatilhas femininas esquecidas na base da cama. Estou tentando assimilar a imagem criada por meus olhos quando uma mulher, vestindo nada mais do que um robe branco, fecha a porta.

— Pode sair, ele já foi. — Giro os olhos pelo salão, compreendendo tardiamente para que servem aquelas belas instalações, e sinto minhas pernas vacilarem. — Ora, é só o que faltava! A senhorita vai desmaiar?

Gostaria de responder a ela, mas estou com a garganta travada. As batidas do meu coração são ensurdecedoras e, por mais que eu busque ar, sinto-me incapaz de respirar. Ela deve notar meu desespero, pois corre ao meu auxílio e começa a ditar comandos simples, pedindo que eu sente em um dos sofás e mantenha a cabeça entre as pernas. Faço o que a jovem diz, inspirando e respirando de acordo com suas ordens e aos poucos minha respiração voltar ao normal.

— Obrigada — digo com a testa apoiada nos joelhos.

— Não há de quê, senhorita. — Sentada ao meu lado, ela mantém as mãos em minhas costas, oferecendo um suporte bem-vindo. — Quando estiver melhor, vou acompanhá-la até seu dormitório. Não quero assustá-la, mas este andar é perigoso para mulheres de sua estirpe.

Levanto o rosto para encará-la: olhos castanhos, cílios longos e curvados e uma charmosa pinta acima da sobrancelha direita. Mas o que realmente chama a minha atenção é a opacidade com a qual seus olhos me encaram – de repente, tenho certeza de que ela já viveu mais dores do que deveria.

— Se estamos no que acredito ser o Bordel do Conde, então arrisco dizer que o andar é perigoso para todas nós. — Noto uma centelha de curiosidade tomar conta de seus olhos. Ela avalia meu rosto com atenção, sem dúvida em busca de suas próprias respostas. — Prometo sanar suas dúvidas, mas antes preciso que me conte mais sobre o bordel.

— O que gostaria de saber? — Ajeito as costas no sofá e ela espelha meus movimentos. Sorrio ao perceber que enquanto fala a jovem dedilha uma sinfonia na lateral das pernas.

— Qual é o seu nome? Há quanto tempo trabalha para o conde?

— Trabalho no bordel desde que cheguei ao Brasil, dois anos atrás. — Cansada de batucar, a jovem tira um lenço do bolso do vestido e começa a remover os vestígios de maquiagem. Sei que deveria dar-lhe privacidade, mas não consigo deixar de encarar seus traços. — Meu nome é Luna, sou responsável por todas as trinta senhoritas que trabalham no bordel. As jovens pedem, ou melhor, reclamam sem parar em meus ouvidos e eu reporto suas necessidades ao patrão. Antes, tratava desses assuntos com o conde, mas, depois de sua morte, reporto-me ao senhor Marrão.

Ela bufa ao falar a última palavra, deixando claro que não gosta do novo chefe.

— Marrão? — Tento me lembrar dos contatos de Jardel no Brasil, mas naquela época eu não prestava atenção a esse tipo de detalhe.

Ainda assim, tenho certeza de que o advogado não mencionou ninguém com esse nome em suas missivas. Anexado ao testamento, encontrei o rendimento do hotel e o nome de todos os funcionários escolhidos para a sua manutenção. Uma das páginas dizia que, de acordo com as ordens expressas pelo conde, durante sua ausência eram essas pessoas que deveriam manter o bom nome do Hotel Faux. E tenho certeza de que entre elas não havia um senhor Marrão.

— Também o chamamos de porco imundo. Escolha o que preferir. — Luna termina de limpar o rosto e me encara com raiva. Sei que seu ódio não é direcionado a mim, mas não consigo afastar a sensação de que também sou culpada. Se eu tivesse lutado contra Jardel com mais afinco, talvez ela não estivesse aqui hoje. — Deve partir o quanto antes. O patrão não é um homem delicado, principalmente com jovens donzelas.

— Ele está aqui? Preciso conhecê-lo — Algo me diz que não posso encontrar o advogado de Jardel sem essa informação. Se quero confrontá-lo e colocar o hotel à venda, necessito estar preparada para conversar sobre o bordel.

— Marrão provavelmente está no restaurante, tomando café da manhã em meio aos hóspedes. — Luna levanta do sofá e estende a mão para mim, convidando-me a acompanhá-la. — É perigoso demais termos essa conversa aqui, senhorita.

— Deve me chamar de senhora — digo ao segui-la até a saída do sótão. — Sou viúva, não mais uma donzela.

De repente, ela estanca no lugar e, como estou novamente perdida em pensamentos, esbarro em suas costas. Professando uma série de maldições, Luna gira o corpo e me encara por longos minutos. Suas mãos agarram meus ombros com força ao mesmo tempo que uma expressão de espanto toma conta do seu rosto.

— Pelos céus! É a condessa De Vienne? — Ela chacoalha meu corpo com brusquidão e começa a falar em uma língua que não reconheço. — O que está fazendo aqui, Anastácia?

Não sei se fico mais confusa pelo fato de a jovem me reconhecer ou por saber meu nome. Devo estar parecendo uma corça assustada, pois ela agarra minhas mãos e me empurra para os fundos do salão. Pela segunda vez desde que nos encontramos, deixo que Luna me arraste de um lado para o outro.

— Todas nós conhecemos sua história, só não imaginei que viria tão cedo. — Caminhamos até as pesadas cortinas de teatro e, ao afastá-las, Luna nos conduz pelo palco de apresentações. Mesmo em meio aos seus passos apressados, consigo ver o que as cortinas escondem: um conjunto musical composto por um piano de calda e um lindo violoncelo. — Precisei contratar uma garota para tocá-lo. No fim da noite, o conde sempre aparecia para assistir a Wen. Ele dizia que a música lhe fazia lembrar de sua amada.

Não deixo que suas palavras me atinjam. Neste instante, tudo o que menos preciso é imaginar Jardel em meio ao bordel. Estou decidida a manter seu espírito cruel o mais distante possível dos meus pensamentos e do meu coração.

Paramos diante da entrada e vejo Luna puxar um colar escondido entre seus seios. Ela usa a chave na base da corrente de prata para abrir a porta de ferro, convidando-me a entrar no aposento. Ao fechar a porta atrás de mim, ficamos presas no escuro. E apesar de não vê-la com nitidez, ouço seus passos apressados ecoando pelo chão de madeira.

A primeira coisa que noto quando ela acende o lampião é a quantidade de vestidos pendurados nos cabineiros – o quarto é dominado por uma variedade surpreendente de tecidos coloridos, brilhosos e estampados. Nos pés de cada vestido, amontoam-se conjuntos de sapatos e luvas. E em uma mesa ao fundo, consigo contar mais de doze perucas.

— Vamos, sente-se. — Luna aponta para um sofá verde e segue até uma pequena janela, afastando a cortina para deixar que a luz do dia ilumine o aposento. — Estamos no meu camarim, pelo menos aqui estaremos seguras.

— Seguras de Marrão? — O sofá está lotado de apetrechos, então afasto um cesto de meias de seda antes de me sentar. — Por acaso ele já a machucou? Ou faltou-lhe com respeito?

Luna arrasta uma poltrona de madeira até a lateral do sofá em que estou e, em meio ao riso, senta-se em minha frente e cruza as pernas, deixando aparente algumas marcas em sua pele alva. Como uma covarde, finjo que não as vejo. Ao menos assim não preciso pensar no real significado dessas marcas em seu corpo.

— Senhora, trabalhamos em um bordel. Respeito é o menor de nossos problemas. — Começo a conjurar uma indignação, mas ela freia minhas palavras com um gesto. — Agora sou eu que preciso de uma resposta, o que veio fazer no bordel?

Belisco o pulso esquerdo e encaro Luna. Quero ser sincera e contar todos os motivos que me levaram até lá, mas, ao mesmo tempo, tenho medo. Ela conviveu com Jardel durante os últimos anos, conhece-o de uma maneira que nunca serei capaz de compreender e ainda sabe quem sou. Estou em desvantagem e ainda não comecei a lidar com a culpa que carrego graças às escolhas feitas por meu marido.

— O que faria caso o bordel fechasse? — pergunto após alguns instantes. Acima de qualquer coisa, importo-me com o presente, então preciso saber o que Luna deseja para o futuro.

— Não conjuro possibilidades vãs, senhora. Mantenho meu foco exclusivamente no hoje. Afinal, é ele que me mantém viva. — Seus olhos acompanham o movimento de minhas mãos. E ciente do meu olhar indagador, ela afasta a manga do vestido e revela marcas muito semelhantes às minhas.

Inflo de raiva ao imaginar as histórias que maculam seu corpo. Cicatrizes aparentes servem de lembrete para as dores que carregamos em nossa alma. Ao encarar as marcas do passado cravadas em minha pele, sempre lembrarei das rachaduras em meu coração. E ao fitar os olhos de Luna, tenho certeza de que ela se sente da mesma maneira.

— Se existisse um local seguro com alimento, estudo e inúmeras possibilidades de descobrir uma nova profissão, a senhorita abandonaria o bordel? — Sinto no ar a esperança jorrando de minhas palavras.

Agora entendo o que Benício disse. Apesar das inspirações políticas dos irmãos De Sá, idealizar uma empreiteira abolicionista só foi possível porque os homens contratados ousaram acreditar, confiar e ouvir suas palavras. Por isso, neste momento, meu maior desafio é tornar o abrigo uma opção confiável para mulheres como a senhorita Luna. É a hora de fazê-la acreditar que encontrará na Fazenda De Vienne não só um novo lar, mas a oportunidade de descobrir como recomeçar.

— Antes que diga algo, quero deixar claro que estou falando de um abrigo que proporcionará muito mais do que um teto. — Ajeito o corpo para segurar uma de suas mãos. Sua primeira reação é fugir do meu toque, mas após um segundo ela muda de ideia e permite que mantenha suas mãos nas minhas. — Trata-se de um abrigo capaz de acolher mulheres que precisam descobrir uma maneira de ser donas de si mesmas.

— Sem homens para ditar quem devemos ser? — Concordo com um gesto afirmativo e ela volta a batucar com os dedos. Como nossas mãos estão unidas, sorrio ao reconhecer a ópera do francês Georges Bizet ressoar em minha pele. "Carmen" foi a última composição que aprendi antes de vir parar no Brasil. — Se quer mesmo saber, eu gostaria de encontrar outro trabalho, juntar dinheiro e voltar para casa. Sinto falta dos meus pais.

— E as outras garotas que trabalham no bordel? Acha que elas escolheriam o mesmo? — Estou tão animada que começo a cantarolar o acorde da ópera. Luna deixa de encarar nossas mãos e me olha com um sorriso.

— São escolhas difíceis e que apenas elas serão capazes de fazer, senhora. — Apesar do seu tom de voz neutro, Luna aparenta estar tão esperançosa quanto eu. — Mas podemos tentar convencê-las. Assim como a cigana Carmen, logo notará que também tenho meus encantos, Anastácia.

Ela me encara com um sorriso sedutor e, contagiada por sua animação, quase comento que na ópera francesa o destino da cigana foi morrer esfaqueada por um de seus amantes. Mas é óbvio que isso pouco importa no momento. Nada supera a sensação de ver que o abrigo está ganhando vida.

Às vezes imaginamos o momento em que nossos sonhos finalmente se tornarão realidade, mas sem acreditar de fato que tal dia vai chegar. Minhas últimas semanas foram assim: pensei no abrigo e no confronto que teria com as jovens do bordel, sonhei em vê-las confiando em minhas palavras e abandonando o passado, mas não esperei obter sucesso. Dou-me conta de que quase fui sabotada por minha própria mente.

Batidas ritmadas feitas do lado de fora da porta de ferro ecoam pelo aposento e me fazem pular do sofá.

— Só entre se estiver sozinha! — Luna grita e aperta minha mão em um gesto de conforto. — Está tudo bem, é Wen. Ela chegou da China no começo do ano, mas logo notei que era jovem demais para o serviço pesado. Convenci Marrão a torná-la minha assistente pessoal. Veio a calhar o fato de Wen ser dona de um talento musical espetacular. Os clientes amam ouvi-la tocar e por enquanto isso é suficiente.

Após um instante, a jovem que me ajudou com a bagagem e levou meu bilhete para Benício entra no cômodo. Wen segura uma chave semelhante com a que Luna carrega no pescoço e, assim como ela, também tranca a porta ao entrar.

— A senhora precisa ir. A reunião está prestes a começar. — Luna caminha até Wen e deposita um beijo em sua testa. Meu coração acelera quando a jovem sorri. Apesar de tudo, seu sorriso é doce e puro como o de uma criança. — E tome cuidado. Tenho certeza de que eles estão planejando algo.

— Eles? Mas minha reunião é apenas com o advogado do conde. — Levanto do sofá e uso o espelho do camarim para ajeitar as minhas vestes.

— Pois vá preparada, senhora. O advogado não está sozinho. — Deixo o reflexo do espelho para trás e encaro seus olhos castanhos. Seu sotaque é pronunciado, mas o que me surpreende é a força por trás de suas palavras. — Pierce está com ele e, pelo sorriso em seu rosto, tenho certeza de que traz várias cartas nas mangas.

— Ora! Qual a graça de chamá-lo pelo nome, pequena Wen? Marrão combina muito mais com a imundície do patrão — Luna diz em meio a uma risada, completamente alheia ao rumo dos meus pensamentos.

Sinto o corpo ser dominado pela raiva ao encaixar as peças que faltavam desse quebra-cabeça. Nos últimos anos estive tão focada em culpar Jardel por minhas dores que esqueci completamente da existência de seu comparsa. Recordo as últimas palavras que ouvi da boca de Pierce e finalmente compreendo o motivo de o bordel ainda estar funcionando, mesmo depois da morte do conde. Era o negócio deles, não apenas do meu falecido marido.

Agora resta descobrir por que o seu nome não fora mencionado em nenhuma das cartas do advogado. E, principalmente, o que Pierce será capaz de fazer para manter seu negócio.

<hr />

Sou atingida por sua aparência assim que atravesso o umbral dourado do restaurante. Pierce sorri de forma ardilosa ao me ver, passando a mão pelos cabelos de maneira descontraída. Tenho certeza de que ele os pintou de loiro para me afetar. Ele e Jardel sempre foram parecidos e, com o cabelo tingido, a semelhança entre os dois faz a repulsa aumentar.

Ainda assim, entro no salão lotado com a cabeça erguida e com um sorriso descontraído no rosto. Não quero que Pierce descubra o quanto sua presença e sua nova aparência me desestabilizam. Segundo Luna e Wen, é exatamente isso que ele deseja.

— Bom dia, senhores — cumprimento ao alcançá-los em uma das mesas no fundo do restaurante. — Peço perdão pelo atraso, mas estava conhecendo as dependências do hotel.

— Querida Anastácia, é tão bom vê-la! — Pierce levanta de sua cadeira, faz uma pequena reverência e tenta pegar a minha mão. Lembro-me bem dos seus toques inconvenientes, então rudemente afasto-me dele. — Havia esquecido o quanto sua beleza é impactante.

Disfarço o nojo ao sentir seus olhos avaliarem meu corpo, mas não fujo do seu olhar. Anos atrás, Pierce conheceu uma jovem assustada e amedrontada – mestra em silenciar a sua própria voz. Então, espero que ele esteja pronto para ouvir-me falar porque nunca mais deixarei que homens como ele me calem.

Na verdade, jamais permitirei que a minha voz seja ocultada por outra pessoa.

— Eu quase me esqueci do quão bajulador o senhor costumava ser. — Pierce não parece surpreso com a afronta, o que sem dúvida aviva minha raiva. Respiro fundo e puxo uma cadeira para sentar, usando o momento para acalmar os ânimos. — O senhor é o atual advogado do conde?

— James Girard, encantado. — Avalio-o na tentativa de descobrir o papel que está desempenhando, mas os olhos do advogado parecem imparciais. — Peço desculpas por remarcar a reunião. Pierce insistiu em participar do encontro mesmo quando deixei claro que preferia encontrá-la sozinho.

— Pare de resmungar, meu amigo. Estamos os dois aqui, isso poupará seu precioso tempo. — O advogado não parece gostar do tratamento de Pierce e isso me faz pensar na possibilidade de eles não trabalharem juntos. Ainda assim, mantenho-me neutra na avaliação sobre James. — Está com fome, querida?

Pierce aponta para a mesa e sinto o estômago embrulhar. Não estou com fome, mas obrigo-me a comer. A mesa está posta com frutas, pães açucarados e um bule de café, então sirvo-me de uma xícara na tentativa de manter a impressão de que estou no controle da situação. Se quero acabar com o bordel e garantir a construção do abrigo da Fazenda De Vienne, preciso entender as regras do jogo iniciado por Pierce.

— Café De Vienne? — Sinto o corpo acalmar ao tomar um gole da bebida adocicada. — Fico feliz em ver que, independentemente do ramo, os negócios continuam beneficiando minha família.

Coloco ênfase na palavra família na tentativa de desestabilizá-lo, mas Pierce ignora minhas indiretas. Quero fazê-lo falar para compreender o que está fazendo aqui e qual influência exerce sobre o Hotel Faux. Mas entendo que não posso cair em suas artimanhas, principalmente quando o futuro de outras mulheres depende do meu sucesso.

— Então já leu os documentos da herança? — James parece todo atrapalhado ao cortar um pedaço de bolo. Suas vestes estão perfeitamente alinhadas, mas algumas mechas rebeldes do cabelo castanho lhe caem sobre os olhos, criando uma imagem juvenil.

— Ora, mas é claro que li. A primeira coisa que fiz ao sair do hospício foi informar-me sobre a extensão dos meus direitos. — Estampo um sorriso doce na face e mentalmente agradeço por ter encontrado Luna e Wen. Sem nossa conversa, não estaria pronta para esse confronto e muito menos para enfrentar os olhos avaliadores de Pierce. — Por acaso conhecem o senhor Samuel De Sá? Um ótimo advogado, sabem? Foi ele que me ajudou a interpretar os documentos da herança.

Percebo que estou ficando boa em inventar mentiras – sei que posso contar com o apoio de Samuel, mas mal conversei com ele nos últimos dias. Contudo, fico feliz ao ver como Pierce e James me encaram com olhares surpresos. Aproveito o momento para terminar de tomar meu café da manhã e, descaradamente, desafiá-los. Apesar de manter os olhos nos meus, Pierce parece incomodado com meu escrutínio, o que me faz sorrir ainda mais.

Claro que, por dentro, minha vontade é atirar algo em sua cabeça. Mas estou decidida a não aceitar suas provocações.

— Vamos começar a nossa reunião ou ficarão me encarando a manhã toda? — Acabo minha bebida e cruzo as mãos em cima da mesa, aguardando-os.

Algo muda na expressão de Pierce. Sinto os pelos da nuca arrepiarem ao encarar seu sorriso cínico e preparo-me para defender-me de seu ataque. Enquanto isso, James parece completamente alheio à batalha que acabamos de iniciar. Estou começando a vê-lo como um perfeito palerma, o que não acrescenta muito a minha causa.

— Ora, mas é claro. Também não posso demorar, logo presidirei uma reunião com todos os maiores fazendeiros de café do país. — Um alerta surge em minha mente. As fazendas De Vienne são famosas por seu café e o fato de não estarmos no encontro só pode ser o presságio de algo ruim. — Mas antes preciso perguntar como foi sua estadia no hotel. Fiquei feliz ao saber que escolheu passar a noite na suíte preferida de Jardel. Sem dúvida meu amigo teria aprovado sua predileção. O conde supervisionou cada escolha para a decoração daquele aposento. O que não é de se surpreender, já que passou várias noites nele. Diga-me, conseguiu sentir a presença do seu querido marido ao dormir, Anastácia?

Escondo as mãos embaixo da mesa para que Pierce não veja o tremor que toma conta do meu corpo. Não reservei quarto algum, então ou Pierce está brincando comigo, ou realmente estou em apuros. Tento lembrar minha conversa com a recepcionista, mas estava tão ansiosa para resolver minhas pendências com o advogado que posso ter interpretado suas palavras de forma errada. Mas mais do que os motivos por trás da reserva, o que faz meu corpo tremer é saber que passei a noite na mesma cama em que Jardel já dormiu.

Respiro fundo na ânsia de acalmar as batidas do meu coração. O sorriso no rosto de Pierce é ainda maior, o que deixa claro que ele sabe o quanto suas palavras me abalaram. Não posso deixá-lo vencer, mas seguir escondendo meus sentimentos é cansativo, ainda mais quando minha mente insiste em pregar-me peças de mau gosto.

— O quarto é perfeito! — Fujo do olhar avaliador de Pierce e encaro o restaurante. Os detalhes luxuosos também se estendem ao cômodo: lustres de cristal, toalhas de linho cor de creme, arranjos imensos de flores do campo e talheres de prata com o brasão do hotel. De fato, tudo de extremo bom gosto. — Está cuidando muito bem do hotel, senhor.

— Fico feliz em ouvi-la dizer isso, *mon amour*. — Essa não é a primeira vez que escuto Pierce usar o termo carinhoso escolhido por Jardel em nosso primeiro mês de casamento, mas isso não significa que seja fácil ouvi-lo. As palavras doem, pois lembram-me de que às vezes o amor também é cruel. — Enquanto brincava de casinha na fazenda, tenho mantido o bom nome dos nossos negócios.

As palavras nossos negócios fazem a minha mente mergulhar em uma espiral de sensações. O medo é tamanho que me sinto atingida por uma bofetada. Pierce percebe o momento exato em que compreendo suas intenções e, com um sorriso ainda maior no rosto, inclina o corpo em minha direção. Como um caçador, ele está esperando por minha reação para dar o bote certeiro.

— O que quer dizer com nossos negócios? — Forço as palavras a saírem naturalmente. O imprestável do advogado continua acompanhando nossa conversa sem demonstrar interesse, e minha vontade é de gritar sua incompetência. Nenhum de seus relatórios mencionava que o nome de Pierce estava no testamento do conde.

— Não ficou sabendo? Ora, agora somos sócios, minha querida Anastácia. — Pierce mantém os olhos nos meus ao levantar sua xícara de café. O movimento é tão espalhafatoso que chama a atenção de alguns senhores da mesa ao lado. — Vamos brindar? Tenho certeza de que seremos ótimos parceiros. Na verdade, sempre soube o quanto seríamos incríveis juntos.

O duplo sentido em suas palavras não passa despercebido. Por um momento, esqueço do papel que devo representar e olho para o advogado em busca de respostas. Com um dar de ombros irritante, James abre uma pasta de couro e retira várias folhas amareladas. Depois de fazer duas pilhas, ele empurra uma na minha direção e outra na de Pierce.

— Se a senhora tivesse me procurado assim que chegou na cidade, em vez de contentar-se com um advogado qualquer, nada disso estaria acontecendo. — Com uma expressão emburrada, ele aponta para mim e depois para Pierce. — E se Pierce não fosse o rei do drama, teríamos tido essa conversa ontem, em particular.

— Então por que não vamos direto ao assunto e acabamos logo com isso, senhor? — Não quero tirar conclusões precipitadas, mas as palavras de Pierce ainda pairam sob os meus ombros.

— Como já deve saber, a senhora é a única herdeira de todas as propriedades comerciais adquiridas em vida pelo conde. — James aponta para os papéis em minha mão e, apesar do medo, leio com atenção. Os documentos variam entre recibos de rendimentos e escrituras de diversas propriedades, menos a do hotel. — Os únicos bens que não serão herdados são os atrelados ao título. Um primo distante será nomeado como fiel depositário e, caso a senhorita Avril não gere um herdeiro para a família De Vienne, o condado será transferido.

O que significa que Jardel terá sido o último conde De Vienne. Odeio dizê-lo, mas a verdade é que fico triste ao perceber que a história por trás do nome da família chegou ao fim. Os De Vienne mereciam que seu último herdeiro fosse lembrado com respeito e carinho.

— E o hotel? — Pergunto após alguns segundos angustiantes de silêncio. Enquanto falo, vejo o sorriso de Pierce ampliar.

— A construção do Hotel Faux foi igualmente custeada pelos senhores Pierce e Jardel. Portanto, o conde detinha apenas metade das ações do hotel. É essa parte que agora é da senhora.

Sinto raiva ao perceber que não poderei dar continuidade aos meus planos de vender o hotel, ao menos não tão rápido quanto gostaria. Encaro Pierce, meu maldito sócio, e não consigo conter a série de impropérios que escapam de minha boca. Ele inclina a cabeça para trás e solta uma sonora gargalhada, o que inflama ainda mais a minha fúria.

— Não se preocupe, *mon amour*. Estou disposto a comprar sua metade do hotel. Assim, poderá preocupar-se exclusivamente com os afazeres de uma perfeita dona de casa. — Pela primeira vez desde que nos encontramos, sinto que suas palavras não são direcionadas apenas para mim. Ele olha para um ponto atrás de onde estou sentada e, curiosa, procuro a fonte de sua atenção.

Nas mesas mais próximas, jovens senhoras escoltam meus movimentos. Quando as encaro, elas fogem do meu olhar, trocando risos de cumplicidade com seus companheiros. Além disso, em uma mesa ao fundo do salão, homens de fraque olham ora para Pierce, ora para mim. O sorriso no rosto deixa claro que eles sabem de algo importante, e o brilho em seus olhos revela mais do que curiosidade.

— Minha única opção é vendê-lo? — Volto minha atenção para James, buscando uma saída legal para o pesadelo que estou vivendo.

— Claro que não. Os senhores podem encontrar uma maneira de trabalharem juntos e dividirem os lucros mensais do hotel e do cassino. — Devo ter feito uma cara de poucos amigos, pois James levanta as mãos em um gesto de rendição. — Ou em vez de vender, a senhora pode comprar a outra metade do hotel. Fiz as contas e, se arrendar metade das frotas de seus navios, em três anos terá dinheiro mais do que suficiente para comprar o hotel.

— Não tenho três anos, senhor. — James parece surpreso com a dureza do meu tom. Sei que minhas palavras saíram mais altas do que deveriam, pois alguns olhares curiosos voltam-se para nossa mesa. — Faça novas contas, quero comprar o hotel agora mesmo.

Estou acompanhando os movimentos apressados do advogado quando Pierce toma minha mão na sua. Olho para ele com ultraje e tento libertar-me de seu toque indevido. Mas minha relutância faz com que ele aumente a força do aperto, surpreendendo-me ao ultrapassar o limite da dor.

— Não vou vender minha parte, querida. — Ele sussurra as palavras com um sorriso no rosto.

— Muito menos eu venderei a minha para o senhor — respondo sem conter a voz. Na ânsia de tirar minhas mãos das suas, puxo meu braço com força, derrubando um bule de café no chão. Dessa vez, o barulho chama a atenção de todo o salão e, mesmo isenta do peso das opiniões alheias, sinto minha pele corar. Um rapaz corre para limpar a bagunça e, apesar dos meus pedidos de desculpas, me encara com uma expressão assustada. — Solte minha mão antes que eu derrube a mesa inteira, Pierce.

Falo entre dentes, fugindo dos olhares que acompanham meus movimentos. Quanto mais fico nervosa, mais Pierce aperta minha mão na sua. Sinto-me prestes a explodir. O calor incômodo de seu toque detestável, os olhos avaliadores do salão e a certeza de que não conseguirei fechar o bordel nublam meus olhos e afastam qualquer pensamento racional.

— Então está de acordo em sermos sócios? Ora, nada me deixaria mais feliz. — Pierce leva minha mão aos lábios, depositando na pele exposta um beijo molhado. — Adorarei trabalhar com a senhora, quem sabe assim não a convenço de que somos perfeitos juntos. Sabe, querida, muitos casais surgem no ambiente de trabalho. Uma senhora tão jovem e bela, após anos vivendo solitária, precisa de um homem em sua vida.

Suas intenções são tão absurdas que começo a rir. Quanto mais ele fala, mais entendo que suas semelhanças com Jardel sempre foram além da aparência física. Os dois são peritos na arte da manipulação e na difícil tarefa de parecerem homens bons.

— Está louco se pensa que vou aceitá-lo em minha vida. — Puxo a mão com força, mas Pierce volta a beijá-la. Ouço suspiros e fixo os olhos nas senhoras da mesa ao lado. Tenho certeza de que elas encaram Pierce com desejo, o que só aumenta ainda mais meu desespero. — Solte-me, é uma ordem!

Ignorando meu desejo, ele enlaça nossas mãos e as deposita em cima da mesa – bem à vista de todos. Com gestos como esse, Pierce mostra ao mundo que somos mais do que velhos conhecidos. Eu me irrito por ser alvo de suas mentiras e, por pouco, não jogo o copo de água em seu rosto. Só não o faço porque, ao pegar o corpo com a mão livre, percebo uma jovem me encarando com uma expressão de puro pavor.

— Sabe que amo um bom desafio, não é mesmo, querida? — Sinto-me aliviada ao vê-lo ajustar o paletó e levantar da mesa. — Prometo que continuaremos essa conversa mais tarde. Agora, preciso ir porque a reunião do conselho está para começar. Levante-se, James, vou acompanhá-lo até a saída.

— Ainda tenho assuntos pendentes para tratar com a senhora Anastácia. — Pierce bate nas costas do advogado, que o encara com olhos de poucos amigos.

— Não mais, meu amigo. Deixe que ela termine sua refeição em paz, não queremos inflar seus nervos com negócios masculinos. — O advogado parece querer confrontá-lo, mas um olhar de Pierce é suficiente para fazê-lo recolher seus papéis com pressa. — Vamos logo, homem, lembre-se de que há pouco Anastácia ainda estava internada em um hospício. Não queremos vê-la ter uma recaída.

Com uma piscadela, Pierce abandona a mesa acompanhado por James. Suas últimas palavras permanecem cravadas em meu coração – elas me lembram de como o conde usava a minha loucura como moeda de barganha. Jardel desejava meu silêncio, então encontrava formas de calar-me. Depois de minha conversa com Pierce, percebo que meu sócio deseja seguir o mesmo caminho.

Um tremor volta a tomar conta do meu corpo, dessa vez acompanhado de uma ligeira dor de cabeça. Apoio o rosto nas mãos e tento me acalmar. Pierce não tem direito algum sobre mim. Jardel conseguiu me internar no hospício porque eu era sua esposa, mas agora sou uma mulher livre. Não importa o quanto Pierce acredite ser o único dono por direito do hotel, ele pode questionar os negócios, mas não a minha liberdade.

Ao menos é o que desejo acreditar.

— Quase me esqueci do meu presente. — Quando penso que estou imune ao veneno de Pierce, sinto sua respiração em minha nuca. Com uma risada devassa, ele joga um jornal na direção das minhas mãos. — O encarte para senhoras está particularmente interessante, *mon amour*. Acredito que amará tudo o que escreveram sobre seu novo romance com o Bastardo do Café.

Encaro o folhetim e sinto o sangue gelar. No topo da página, imprimiram a gravura de uma dama e um cavalheiro dançando em meio ao centro da cidade. Imediatamente me lembro da liberdade que senti ao dançar com Benício assim como arrependo-me de minha imprudência. Mas o que faz meus olhos nublarem com lágrimas não derramadas é o fato de a jovem dançarina estar vestindo uma camisa de forças.

— Isso não tem graça — digo para ninguém em específico.

— Ora, não seja tão ranzinza, minha querida. Confesso que discordo do escritor, não concordo que o Bastardo do Café e a Viúva Fantasma formam o novo casal da temporada. Nós seríamos um casal infinitamente melhor. — Pierce afasta uma mecha do meu cabelo e corre a ponta dos dedos por meu pescoço. Apesar de querer afastá-lo, estou completamente paralisada pelo pânico. — Mas ainda preciso agradecê-la por presentear-me com essa bela manchete.

— Do que está falando? — Seguro o jornal com força ao ler o texto de forma apressada.

Não me surpreendo ao notar que o colunista conhece meu passado no hospício e que, graças à cena que protagonizei ao dançar na rua, resolveu rotular-me como louca. Agora entendo os olhares curiosos e os risos que recebi durante toda a manhã.

— Pobre Anastácia, andando por aí com vestes inapropriadas para uma mulher e dançando no centro da cidade. — Pierce interpreta meu silêncio de forma errada. As pessoas que leram essa matéria acham que me conhecem, mas não sabem nada sobre mim e minha história. Não sentirei vergonha dos anos que passei no hospício. Foram eles que me ajudaram a descobrir a mulher que gostaria de ser. — Ainda está em tempo de voltar atrás e vender-me sua parte do hotel. Lembre-se, minha querida, que mulheres loucas não recebem herança.

Giro o rosto e encaro o sorriso ardiloso de Pierce. Com uma reverência, ele finalmente segue até a saída do restaurante. Finalmente sozinha, enfrento os olhares bisbilhoteiros que aguardam por minha reação. Sinto-me raivosa – não com o jornal e com as palavras proferidas na matéria, mas pela ousadia de Pierce. Ele realmente acha que conseguirá abafar a minha voz, exatamente como Jardel fez um dia.

Como uma jogadora experiente, estampo um sorriso no rosto e volto os olhos para o maldito *Jornal das Senhoras*. Espero que Pierce esteja preparado, porque dessa vez não vou desistir sem lutar.

21
BENÍCIO

Olho para o folhetim estendido na mesa e releio a matéria até decorar cada palavra. Sinto-me um tolo por ter arrastado Anastácia para essa bagunça. Fiquei tão absorto nela, em seus olhos e em seu sorriso que esqueci o quanto nossa sociedade pode ser cruel.

Sei bem que os consumidores desse folhetim são considerados aristocratas – seja por causa do sangue que corre em suas veias, seja pelas riquezas que acumularam graças à exploração de outros homens –, mas a verdade é que a grande maioria deles não carrega sequer uma gota de nobreza na alma. Pessoas assim estão tão ávidas por uma distração da vida sem sentido que levam que pouco se importam em ferir seus semelhantes.

— Ao que parece, nós dois fazemos um belo par, senhora. — Deixo de encarar o jornal e mantenho os olhos na expressão de Anastácia. Preparo-me para receber a sua indignação, mas, apesar da ruga de preocupação em sua testa, é um alívio perceber que ela não parece verdadeiramente irritada.

— Mas é claro que fazemos. — Fico ainda mais surpreso ao ver Anastácia procurar a minha mão do outro lado da mesa e enlaçar nossos dedos.

Não me passam despercebidos os olhares curiosos que recebemos. Desde que entrei no restaurante o salão ganhou vida em conversas e burburinhos. Sei que se permanecermos juntos, nosso nome continuará protagonizando as conversas sem sentido da nobreza da cidade. Ainda assim, não sou corajoso o suficiente para fugir da presença ou do toque de Anastácia. Sinto-me mais tranquilo ao seu lado – apesar de ter certeza de que eu é que deveria confortá-la, não o contrário.

— Sinto muito, a senhora não merecia passar por tamanho constrangimento. — Encaro o *Jornal das Senhoras* mais uma vez, tentando entender os motivos que levaram os editores a desenharem Anastácia de camisa de força. É desrespeitoso não só com a sua história, mas com todos aqueles que já foram internados em um hospício. — Venho fugindo das colunas de fofoca, mas como deve ter percebido ao ler o jornal, além de ser o Bastardo do Barão, também sou filho de uma selvagem. Interessante demais para ser deixado em paz.

— Então não é a primeira vez que o senhor protagoniza uma dessas colunas?

— Infelizmente, não. — Já perdi as contas de quantas vezes meu nome e minhas ações foram retratadas de forma caricata. No começo doía, principalmente quando falavam de minha mãe. Porém, com a ajuda de Samuel comecei a ver os folhetins como oportunidades de divulgação para o nosso trabalho. Tenho ciência de que muitos dos projetos que fechamos na Empreiteira De Sá surgiram por causa do interesse criado pelos malditos folhetins de fofoca.

— Miseráveis! — Vê-la amaldiçoar é tão inesperado que começo a rir. Anastácia me acompanha e aos poucos consigo abafar parte da minha raiva. — Graças aos céus! Já estava ficando preocupada com seu mau humor. — Anastácia encara meus olhos por mais alguns segundos e, parecendo satisfeita com o que encontra, separa nossas mãos. Acompanho com surpresa a delicadeza que ela emprega no ato de amassar o jornal. — Pouco me importa o que esses desconhecidos dizem, senhor. Palavras cruéis nunca serão capazes de nos definir. Além disso, precisamos admitir que pareço mesmo uma viúva fantasma.

Ela aponta para si mesma e faz uma careta – com direito a revirar de olhos e nariz franzido. Divirto-me com suas expressões, mesmo quando algumas famílias apontam o dedo para a nossa mesa. Para mim, sempre foi difícil lidar com a opinião pública. Carrego na alma a vontade de apagar as atrocidades cometidas pelo barão, então vivo em função de sua redenção. Desde menino luto contra a necessidade de aprovação enraizada em minha alma, mas como tudo na vida, alguns dias são mais difíceis que outros.

— Então não ficou chateada com a coluna? — pergunto assim que nosso riso cessa.

— Claro que fiquei chateada, mas não pelos motivos que imagina. — Anastácia chama um garçom e pede uma nova xícara de café para ela e um bule de chá para mim. — Não gostei de vê-los chamando-o de bastardo e reafirmando sua relação com o barão. E gostei menos ainda da forma como retrataram sua mãe. Se eu pudesse, diria a todos que escrevem e leem tamanha bobagem que são eles os selvagens sem coração.

Sua voz soa um tom mais alto e sei que foi proposital. Anastácia ergue o rosto ao falar e, apesar de manter os olhos presos aos meus, manda um recado sutil a todos que estão mais preocupados com a nossa conversa do que com a própria vida. Sinto o peito aquecer ao vê-la defendendo-me.

Estou longe de ser um menino que corre de medo ao deparar com as dificuldades da vida, mas isso não significa que gosto de fazê-lo sozinho. Sempre apreciei o fato de ter alguém disposto a comprar minhas brigas e a lutar por minha felicidade. Independentemente de títulos e rótulos, todos nós precisamos sentir-nos seguros para sermos nós mesmos. Nossa força está dentro de nós, mas ela se torna ainda mais invencível quando nos unimos às pessoas que amamos.

— Sei que gostaria de aprender mais sobre a mulher que sua mãe foi. — Dessa vez Anastácia fala para que apenas eu escute. — Gostaria de ajudá-lo a conhecê-la, mas já que não posso, quero que me escute com atenção. Sei que sua mãe, de onde quer que esteja, está muito orgulhosa do senhor. Não só pela Empreiteira De Sá e por tudo o que representa diante do mundo em que vivemos, mas principalmente pelo homem que se tornou. A honra e o amor caridoso por trás dos seus olhos são raridades. Orgulhe-se do caráter que construiu e não deixe que digam quem deve ser, senhor Benício.

Penso em como responder a ela, mas somos interrompidos pelo garçom. Anastácia acompanha os movimentos treinados do rapaz com curiosidade e aproveito o momento para gravar a sua imagem em minha mente – o cabelo preso em um coque baixo, o conjunto azul evidenciando sua pele alva e um sorriso que exala força estampado na face. Gostaria tanto de beijá-la, mas contento-me em voltar a segurar sua mão.

— Passei anos presa em minha mente, em meu casamento e depois entre as paredes frias do hospício — ela diz assim que o garçom deixa a mesa. — Errei ao anular-me, mas recebi uma nova chance de viver segundo minhas próprias escolhas e não como a sociedade espera. Aos poucos, aprendi que a liberdade de escolha é valiosa demais para deixarmos que o mundo dite quem somos. Por isso pouco me importa se acham que sou louca ou se não gostam de minhas vestes. Não estou livre para seguir um padrão e espero que o senhor também não.

— Está certa, Anastácia. — Em resposta, ela sorri por completo, mostrando-me a covinha em seu queixo. Espelho sua reação e perco-me em seus olhos brilhantes. Tenho certeza de que essa cena estampará novas colunas sociais. A felicidade alheia atrai a escória do mundo. — A última coisa que desejo é viver de acordo com um padrão. Então, deixem que falem. Se depender de mim, vamos continuar dançando pelas ruas sempre que quisermos.

Dançando, andando de mãos dadas e encontrando lugares escondidos para um beijo roubado, é claro.

— Fico feliz em ouvir isso, porque vou precisar de sua ajuda. — A diversão é deixada de lado e a ruga de preocupação volta a marcar sua testa. Completamente alerta, foco minha atenção em Anastácia. Meu coração acelera ao dar-se conta de tudo o que seria capaz de fazer caso ela pedisse. — Jardel construiu esse hotel com o auxílio do seu braço direito, o lorde Pierce. Então o canalha é detentor de metade do negócio. Não vou conseguir fechar o bordel. Suas ameaças deixaram isso mais do que claro. Por isso, quero revidar. Quero mostrar que vou lutar pelo que é meu e pelas mulheres que trabalham no bordel escondido entre as instalações.

— O que tem em mente? — pergunto, apenas, ciente de que depois teremos tempo para conversar sobre sua reunião com o advogado e seu encontro com Pierce.

— Meu sócio me acusou de louca, então é exatamente isso que serei. Primeiro, vamos tirar as jovens do bordel. Quero abrigar todas aquelas que aceitarem a minha proposta de passar uma temporada na fazenda. — Anastácia foge do meu olhar para encarar seu pulso esquerdo. Não pela primeira vez, penso em perguntar qual é a história por trás da marca. — Vamos precisar acomodá-las no casarão. Não é o ideal, mas ao menos elas estarão longe da podridão de Pierce.

— Estou de acordo. — Sinto a eletricidade correndo nas veias. Não existe remédio melhor para combater a malevolência do que uma boa dose de humanidade. — Vou conversar com a minha equipe para encontrarmos outras formas de acelerar o processo da construção do abrigo. Existem materiais cujo manejo é mais fácil e rápido. Então daremos um jeito, eu prometo.

— Sei que darão. Confio nos senhores. — Meu coração para, mas não tenho tempo de pensar demais no que estou sentindo. — Mas antes, preciso saber se está disposto a aparecer novamente na coluna de fofocas. Quero sair pela porta da frente do hotel, senhor. O bordel ficou escondido da sociedade por anos, mas não mais. Nós vamos sair com quem quiser nos acompanhar. Ao fazer isso juntos, vamos atrair ainda mais olhares curiosos.

Penso no seu plano por um instante e logo compreendo o que Anastácia realmente deseja fazer ao decidir sair pela porta da frente do Hotel Faux. Assim como eu fiz com a Empreiteira De Sá, ela usará os roteiristas do jornal para desmascarar os negócios ilícitos do antigo conde e, de quebra, receberá a publicidade necessária para divulgar o abrigo.

— A senhora é brilhante, sabia? — Ao sorrir, os olhos de Anastácia assumem o surpreendente tom de lilás que é só dela e de mais ninguém. Sou tomado pela animação ao levantar apressado da mesa e puxá-la na direção da saída. — O que estamos esperando, Anastácia? Vamos dar um motivo para elogiarem o novo casal da temporada.

※

— Não sei se estou preparada para isso. — Olho para trás por um segundo, rindo ao ver Luna torcer o nariz para a floresta ao redor. — Vamos mesmo morar no meio do mato?

— Se preferir, pode voltar para o hotel. Admito que a amo, mas é fato que nossa vida seria mais fácil sem suas reclamações diárias. — Wen diz, garantindo como resposta um resmungo de Luna e uma série de risadas de outras mulheres.

Carioca ronrona no colo da garota. Aparentemente, o gato escolheu amá-la instantaneamente. Uma quadra antes de chegar no hotel, encontrei Wen pelo caminho. Em poucas palavras ela disse estar preocupada com a segurança de Anastácia e, depois de entregar-lhe Carioca, corri ainda mais rápido em direção ao hotel. Desde então, o bichano resolveu me ignorar. Não que eu me importe. Brincando com o gato, Wen finalmente parece uma menina de catorze anos.

— Vamos, preste atenção na estrada, senhor. — Sentada ao meu lado na cocheira, Anastácia cutuca minhas costelas.

— Sinto muito, é só que... — Ela segura minha mão sob a rédea e apoia a cabeça no meu ombro direito, fazendo-me esquecer de como usar as palavras. Neste momento, tudo o que consigo é sentir a maciez de sua pele na minha e o aroma de lavanda que emana de seu cabelo.

— Eu sei, também fico feliz ao vê-las sorrindo. Faz tudo valer a pena, não é mesmo? Cada erro ou acerto que nos trouxe até aqui. — Sinto orgulho ao ouvi-la falar de nós como um time e percebo que é exatamente isso que somos desde que cheguei à fazenda. — Por sinal, muito obrigada.

— Está agradecendo exatamente pelo quê? — Atrás de nós, noto que as meninas se divertem com o barulho dos galhos acertando a lateral do veículo.

Estamos em um túnel natural, rodeado por árvores de várias espécies e tamanhos, que serve de entrada para a Floresta da Tijuca. É esse o ponto que marca o final do centro da cidade, então sei que em menos de uma hora chegaremos à Fazenda De Vienne. Isso se as senhoritas acomodadas nos bancos do bonde colaborarem.

Desde que saímos do hotel já paramos uma dúzia de vezes – seja para apreciar um ponto turístico, seja para cumprimentar um ou outro conhecido. Anastácia revira os olhos a cada pedido delas, mas é difícil negar-lhes algo quando suplicam com um sorriso sincero e juvenil nos lábios.

Segundo Anastácia, ao todo mais de trinta mulheres trabalham no bordel – de locais diferentes do mundo e sem nenhum suporte familiar. Delas, apenas a metade mais jovem resolveu nos seguir até o abrigo, totalizando quinze novas moradoras para a fazenda. Entre elas, a única com mais de vinte anos é Luna; desde que entrou no bonde ela não para de dizer que só aceitou morar no abrigo porque precisa cuidar das garotas que são inexperientes, mas quanto mais longe estamos do hotel, mais seus olhos parecem aliviados.

— Preciso agradecer por tudo o que fez por mim e por essas meninas. — Percebo seus olhos em mim, mas evito encará-la. Tenho medo de perder a razão e bater o bonde em uma árvore. Anastácia mexe tanto com meus sentidos que, se não estivesse conduzindo as montarias, tenho certeza de que estaria procurando formas de beijá-la. — Obrigada também por ter ido ao meu socorro hoje de manhã.

— Não precisa agradecer. Quero vê-las felizes. — Mudo de ideia e tiro os olhos da estrada apenas por um instante, encarando Anastácia antes de revelar mais um pedaço da minha alma. O vento é mais forte na cocheira, então sinto cócegas com as mechas de seu cabelo que se soltam do penteado e golpeiam meu rosto. — Desejo ser seu amigo e quero estar ao seu lado para o que precisar, senhora.

— E está fazendo um ótimo trabalho, senhor. — Talvez seja uma peça pregada pela minha mente, mas tenho quase certeza de que ela suspira ao tocar o nariz em meu pescoço. — Aliás, como soube que algo estava errado no hotel? Pelo o que Wen disse, o senhor causou uma cena e tanto pelas ruas da cidade.

— Correndo apressado com um gato no colo? Digamos que foi apenas mais um dia corriqueiro em minha rotina. — Sua risada vibra pelo meu corpo e domina meus pensamentos, fazendo com que eu precise redobrar o aperto das rédeas em minhas mãos. — O barão veio me visitar. Ele queria que eu o acompanhasse em uma reunião do conselho de fazendeiros que, para minha surpresa, aconteceria em um bordel privativo dentro do Hotel Faux. Não acreditei tratar-se de uma mera coincidência o fato de a senhora estar no mesmo lugar.

E, no fim das contas, eu estava certo. Logo descobri que o assunto da reunião do conselho dependia do encontro de lorde Pierce com Anastácia, por isso elas foram marcadas no mesmo lugar. Caso Anastácia aceitasse vender sua parte no hotel, a reunião seguiria os trâmites originais e acabaria em um sarau no bordel. Já no caso de sua resposta ser negativa, Pierce aproveitaria sua influência para denegrir as novas donas do café De Vienne. Descobrimos tudo isso ao entrarmos escondidos na reunião. Wen conhece o hotel e todas as suas passagens secretas como a palma da própria mão, então foi fácil acompanhar a reunião sem sermos vistos.

Assim que entendemos melhor o plano de Pierce, seguimos Wen até os dormitórios das garotas que trabalham no bordel. Ao chegarmos lá, Anastácia não pensou duas vezes antes de começar a ditar uma centena de ordens. Com o apoio de Luna, ela deixou claro que os dias do bordel do conde estavam contados.

Nunca vi alguém tão determinado quanto Anastácia. Durante a conversa com as mulheres do bordel, ela me surpreendeu ao revelar partes dolorosas de sua história com o marido. Apesar de desconfiar da natureza de sua antiga relação, não estava completamente preparado para ouvi-la descrever os últimos meses que passou ao lado do conde.

A cada frase, a sensação é que eu havia sido baleado, esfaqueado ou golpeado. Em meu íntimo, tudo doía.

— Como foi encontrar o barão? — Sua voz afasta as lembranças e faz com que eu volte a encarar a estrada. Sinto o rosto quente ao dar-me conta de minha falta de atenção. Mal notei que passamos pela ponte que divide os limites da floresta.

— Exatamente como todos os nossos encontros; o barão braveja na esperança de que eu assuma os negócios da família enquanto tento convencê-lo pela centésima vez de que não desejo seguir seus passos. — Como sempre, ao lado de Anastácia, sinto-me confortável para falar até mesmo sobre os assuntos mais dolorosos. — Pelo menos dessa vez sua presença foi útil. Além de avisar sobre a reunião, ele também revelou mais sobre a minha mãe.

Com uma exclamação de surpresa, Anastácia afasta a cabeça do meu ombro. Apesar de sentir seus olhos em mim, mantenho o foco no caminho de cascalho que corta a Floresta da Tijuca. Fora o barulho da natureza, o bonde está assustadoramente silencioso. Neste momento, tenho certeza de que nossa conversa está sendo monitorada por uma dúzia de jovens curiosas.

— O que o barão disse? Conseguiu descobrir novos detalhes sobre sua linhagem?

— Minha mãe se chamava Moema. — Sorrio ao dizê-lo em voz alta. Apesar de não me lembrar dela, o nome soa perfeito, como se eu já tivesse o pronunciado milhares de vezes. — Ao que parece, ela não foi abandonada no bordel para morrer de tifo. O barão deixou subentendido que tentou salvá-la, mas não foi rápido o suficiente.

Ainda estou assimilando essa parte de nossa conversa. Existem milhares de possibilidades para a morte da minha mãe, mas ao menos descobri que – de forma perturbadora e errada – ela foi importante para o barão. Gosto de acreditar que, se Moema realmente foi apaixonada por meu pai, posso ter sido concebido com o mínimo de carinho. Pensar que sou fruto de abuso já me roubou infinitas noites de sono.

— Sua mãe era prostituta? — O tom surpreso de Luna faz-me voltar a prestar atenção na estrada.

— Sim. Minha mãe morreu logo após meu aniversário de um ano, então tudo o que sei é que ela veio para a capital em busca de uma vida melhor, mas não encontrou ninguém que a empregasse sem uma carta de referência. — Algumas meninas murmuram um sinto muito, enquanto outras fazem pequenas orações em nome de minha mãe. Sinto a garganta apertar ao ouvi-las rezar por alguém que não conheceram. — Gostaria de entendê-la melhor, mas para isso precisaria que o barão fosse um homem de caráter.

— Mas ele o criou, certo? Mesmo ciente de que o senhor sempre seria um filho bastardo. — Dessa vez a pergunta vem de Wen.

— Não pensem que o barão é um homem bom. Ele mantém escravos pela simples necessidade de subjugar, prefere a violência a qualquer espécie de conversa e tratou a minha mãe como posse só porque acredita que o dinheiro é capaz de comprar tudo. — Anastácia volta a segurar a minha mão e sinto-me reconfortado por seu toque. — Se escolheu tratar-me como filho, foi apenas por interesse próprio. O barão precisava de um herdeiro e, após casamentos fracassados e inúmeros abortos espontâneos, eu acabei sendo sua única chance de perpetuar o império que construiu com sangue inocente.

— Então o senhor odeia o barão? — A garota questiona. — Desculpe, mas seu pai faz com que eu me lembre de Pierce. E eu odeio o senhor Pierce.

Não estou preparado para a força de sua fúria. Ao ouvir Wen falar de Pierce com tanto ódio, lembro-me de como eu era em sua idade. Quando jovem, quase fui consumido pela raiva que sentia do barão. Suas palavras sobre minha mãe enchiam-me de ira, mas eram seus gestos – as surras e os maus-tratos com os escravos – que me faziam odiá-lo com todo o meu ser.

Foi a presença de Samuel que me ajudou a calar a raiva. Aos poucos, o amor ocupou o lugar do ódio e, em vez de dar ouvidos às provocações do barão, comecei a procurar formas de ajudar as vítimas de suas mãos soberbas.

— A verdade é que odiei o barão durante anos, senhorita Wen. O ódio que sentia por ele estava corroendo minhas entranhas, então precisei deixá-lo para trás e abrir espaço para o amor. Graças ao meu irmão, descobri o real significado de ter uma família. — Falar abertamente sobre o passado é doloroso, mas algo me diz que é por esse motivo que estou aqui, conduzindo o bonde que levará todas essas jovens até a fazenda. — Mas, se quer mesmo saber, ainda não superei completamente a raiva que sinto por meu pai. Em meus piores pesadelos, transformo-me em um homem tão corrompido quanto ele.

Um silêncio desconfortável toma conta do bonde. Sinto uma mão em meus ombros e, com um olhar rápido para trás, vejo Wen sorrindo para mim. Ela abraça Carioca e faz com que outras garotas brinquem com o gato. Aos poucos, sorrisos voltam a surgir.

— Durante o ano em que vivi como esposa de Jardel, desejei por incontáveis vezes nunca engravidar. — Ciente de que nossas palavras estão sendo monitoradas, Anastácia sussurra para que eu seja o único a escutá-la. — Assim que descobri com quem havia me casado, deixei de orar por mim e comecei a rezar por meus filhos. Meu maior medo era que eles fossem tão cruéis quanto o conde.

Volto a pensar em como Jardel e meu pai são parecidos. E eles não são os únicos, existem milhares de homens como os dois espalhados pelo mundo. Nosso erro foi construir uma sociedade dominada por falsas aparências. À primeira vista, poder e beleza cintilam como ouro. Mas os que ousam olhar para dentro, deparam com almas vazias que buscam sustento na dor do outro.

— O que demorei para entender é que não precisava temer a maldade existente no conde, mas sim a que vivia dentro de mim. Nos meus anos no hospício aprendi que, mesmo em meio à escuridão, ainda temos o poder de seguir o caminho do amor. O mal sempre estará no nosso encalço, então é nosso dever lutar contra ele. — Anastácia aumenta o tom de voz e, com o canto dos olhos, vejo-a encarando as jovens acomodadas nos assentos do bonde. — Escolhemos não ser como aqueles que nos machucaram. E, no fim do caminho, é isso que importa.

O bonde explode em palmas e gritos de alegria. Sinto o peito encher de orgulho tanto da mulher ao meu lado quanto das jovens guerreiras. Todas elas carregam cicatrizes profundas que nunca serei capaz de compreender, mas aqui estão, prontas para seguir em frente.

— Tenho certeza de que será uma ótima mãe, Anastácia. — Sussurro em seu ouvido. — Na verdade, é isso que está sendo para essas meninas.

Ela suspira e volta a apoiar a cabeça em meu ombro. A sensação que me domina é a de que tudo está em seu devido lugar – que nós dois estamos exatamente onde deveríamos estar. Sem conseguir me conter, beijo o topo de sua cabeça. Recebemos alguns assobios, mas ignoro as meninas e suas provocações.

— Obrigada, Benício. — Ouvir meu nome, sem nenhum tratamento ou formalidade, sair de maneira tão natural dos seus lábios faz com que uma torrente de emoções exploda em meu peito. — Acho que passei da fase de sonhar com esse tipo de família. No momento, tudo o que quero é ser um porto seguro para essas jovens. Desejo guardá-las e defendê-las até o dia em que se sentirem prontas para voar com suas próprias asas.

— Até o momento em que elas escolherem acreditar que estão livres para recomeçar — digo ao lembrar de como minha relação com Samuel curou-me.

— Para que, sem ódio no coração, elas sejam capazes de descobrir um dos tipos mais poderosos de amor: o amor-próprio — Anastácia diz no exato instante em que estaciono o bonde na entrada lateral da fazenda. Os murmúrios de animação ao nosso redor aumentam, mas os olhos dela continuam presos aos meus. — O amor-próprio é o melhor presente que podemos nos dar, Benício. É por meio dele que libertamos as amarras do passado e descobrimos a melhor maneira de amar o reflexo que encontramos no espelho.

Antes de descer, Anastácia inclina o rosto na minha direção e deposita um beijo em minha bochecha.

— Ame-se e orgulhe-se do homem que se tornou sem o apoio do barão. Suas atitudes são luz e não existem trevas capazes de nublá-las.

Ela salta do bonde e começa a guiar as meninas até a entrada da fazenda. Enquanto isso, permaneço sentado no coche.

Acabei de dar-me conta de que estou perdidamente apaixonado.

✧

Estou carregando as malas até o fundo do casarão e falhando miseravelmente na tentativa de manter a mente longe dos meus sentimentos por Anastácia, quando os gritos me alcançam. Ao meu redor, algumas das meninas parecem assustadas, então abandono as bagagens no pé da escada e corro em direção ao som.

Anastácia acompanha meus passos, assim como Luna e Wen, e chegamos praticamente juntos no pomar. Só compreendo o que está acontecendo ao ver um soco raivoso ser desferido. Contudo, é tão improvável ver Samuel brigando com alguém que não consigo pensar com coerência.

— Eu deveria ajudá-lo a atacar o pobre homem ou apartar a briga? — pergunto a ninguém em especial.

Meu irmão rola pelo chão com um homem desconhecido, desferindo chutes e socos como se brigasse profissionalmente. Avril grita desesperada para que ele pare, mas é o choro perturbado de Darcília que me surpreende. Ela acompanha a cena com tamanho desespero no rosto que sinto sua dor como minha.

Caminho até a briga, prestes a intervir, quando a irmã Dulce aparece munida de um rolo de macarrão.

— Largue meu menino, senhor! Se não o largar agora mesmo, juro por Deus que não respondo por minhas ações. — A irmã grita em direção ao sujeito engravatado que, se aproveitando da distração causada pela irmã, acerta um golpe em Samuel.

Deixo a raiva guiar meus passos e, em menos de um segundo, arranco o senhor de cima de Samuel. Meu irmão não perde tempo e com as mãos livres lhe acerta outro soco. Assusto-me com a raiva estampada em seus olhos. De nós dois, eu sempre fui o mais esquentado – o que diz muito sobre nossas personalidades, já que nunca entrei em uma briga em toda a minha vida.

— Vamos, irmão! Está tudo bem, acalme-se! — O homem em meus braços tenta se libertar, mas continuo mantendo-o preso. Apesar de odiar brigas, não vou soltá-lo até entender o que está acontecendo. Tenho certeza de que ele fez algo sério, só assim Samuel perderia o controle da razão.

— Saia da frente, Benício — Samuel diz ao puxar o homem pelo paletó. — Eu vou matá-lo, seu infeliz! Matá-lo!

Carrego o homem engravatado para longe do meu irmão, mas Avril me pega desprevenido ao entrar no meio da briga. Tento contorná-la e afastá-la da confusão, mas a noviça é mais rápida e para a poucos centímetros de distância de Samuel. Por um segundo eles ficam apenas se encarando e, quando ela lhe toca a face, toda a raiva abandona os olhos do meu irmão.

— Ele não vale a pena. — Diante do nosso olhar curioso, Samuel sorri e rodeia as mãos de Avril. Os dois parecem tão próximos que tenho a impressão de que fiquei fora durante um ano, e não apenas dois dias. — Vamos entrar, cuidar de seus ferimentos e encontrar uma forma legal de enfrentá-lo. Essa é a hora em que precisamos de sua mente e de sua formação acadêmica, não de uma demonstração de sua força física.

Ao ouvir as palavras de Avril, o homem nos meus braços tenta se soltar, mas mantenho meu aperto filme – tenho receio de libertá-lo e inflamar novamente a raiva de Samuel. Aproveitando o momento de quietude gerado por Samuel e Avril, Darcília se aproxima de mim e desafia o estranho com uma expressão de puro ódio.

— Está ouvindo, Joaquim? Nós vamos enfrentá-lo no tribunal. — Ela me encara com um aviso silencioso e, um segundo depois, desfere uma bofetada. — Nunca mais colocará suas mãos imundas em mim.

O som do tapa ecoa pelo pomar, calando as vozes ao redor. As meninas que chegaram do centro acompanham a cena com olhos atentos, já do outro lado da entrada, Quirino corre até Darcília com o rosto marcado por lágrimas. Com um único gesto da irmã Dulce, Anastácia interrompe o garoto e o abraça. Em seu rosto, vejo que ela está tão confusa quanto eu.

— Sabe que amo quando me bate, negrinha. — Suas palavras incitam um dos piores tipos de ódio. O sentimento é palpável e me alcança com toda força. — O destino os uniu, mesmo depois dos meus esforços para mantê-lo longe. Então, aproveite seu curto tempo com o pirralho. Depois do tribunal, o maldito voltará para o seu lugar de origem.

Darcília cambaleia diante dos meus olhos. Ela encara o menino abraçado nas saias de Anastácia e parece completamente perdida. Olhando com atenção para os dois, consigo ver a semelhança entre eles. É óbvio o que Joaquim está insinuando e, ainda assim, a situação toda é completamente inimaginável.

— Sou livre! Nunca mais vou trabalhar para o senhor! — Quirino grita em direção ao homem e, afastando-se de Anastácia, corre até Darcília.

— É livre, mas ainda é meu filho. E vai fazer o que eu mandar, garoto desgraçado. — Ligo as peças faltantes e finalmente compreendo quem é o homem que mantenho preso. Sem me conter e muito menos pensar no que estou fazendo, empurro Joaquim com a intenção descarada de enfrentá-lo.

Chuto suas pernas, acerto um soco em seu queixo e antes de eu poder arrastar sua cara imunda pelo gramado, Anastácia puxa a minha mão. Como um belo de um covarde, o engravatado aproveita o momento para fugir até a saída da fazenda.

— Um bando de desajustados ajudando uma negrinha qualquer. — O paspalho ainda tem coragem de dizer antes de atravessar o portão. — Acha mesmo que o juiz lhe dará a guarda do menino, doce Darcília? Sabe que nunca o terá. Então, aproveite seus últimos dias de liberdade. Sabe bem o que vou querer em troca quando vier me procurar implorando pela guarda do pirralho.

— Não vou deixá-lo me intimidar, Joaquim! Dessa vez, vou lutar por meu filho! — Darcília toma o menino nos braços e ele apoia o rosto em seu pescoço e começa a chorar. Apesar de próximos, os dois parecem completamente assustados. Sem dúvida, a revelação do visconde pegou todo mundo de surpresa.

— Um mês, negrinha. Dou-lhe um mês para tê-la como minha.

Estou tremendo de raiva, mas antes que possa atravessar o pomar e agarrá-lo pelo colarinho, sou surpreendido pela força da jaca que Anastácia arremessa em sua direção. Estávamos tão atentos aos movimentos de Joaquim e as suas palavras odiosas que não notamos seus passos em direção ao portão.

— Estou louco ou a senhora Anastácia acabou de jogar uma jaca no infeliz? — Samuel diz, ainda de mãos dadas com Avril.

— Pobre da jaca... — Todos olhamos para a direção da irmã Dulce, que nos responde com um dar de ombros.

Ficamos em silêncio, olhando uns para os outros sem entender muito bem o que aconteceu nos últimos minutos, até uma risada ecoar pelo pomar. Luna começa a rir e, em seguida, todos nós a acompanhamos. O momento é tão irreal que rir parece ser a única resposta aceitável.

— Retiro o que disse durante a viagem — Luna fala quando as risadas cessam. — Depois dessa briga tenho certeza de que vou amar morar no campo. Já estou ansiosa para o dia de amanhã! Será que posso esperar por novas batalhas? Talvez por um duelo? Amaria presenciar um típico duelo de cavalheiros! Por favor, senhor Benício, prometa-me que teremos um duelo!

Samuel volta a me encarar e tudo o que consigo pensar é que Luna tem razão. Viver no campo e em meio à Fazenda De Vienne provou-se mais agitado do que todas as minhas viagens pelo mundo.

JORNAL DAS SENHORAS

N° 70   Rio de Janeiro, 20 de outubro de 1880

Hora do Chá

O Hotel Faux acabou de entrar para a história. Graças à cena protagonizada pelo Bastardo do Café e pela Viúva Fantasma, o estabelecimento enfrentou sua primeira superlotação: matriarcas fizeram fila em frente ao restaurante cobrando respostas, barões cancelaram as reservas mensais de suas cabines exclusivas e funcionários foram abordados pelos jornais mais famosos da cidade em busca de informações exclusivas. De fato, não se fala de outra coisa que não o famoso e misterioso Bordel do Conde.

O nome Anastácia De Vienne, ou Anastácia Faure, como a viúva prefere ser chamada, também é assunto comum entre a elite. Muitos estão chocados após vê-la gritar com lorde Pierce em um café da manhã acalorado e outros, principalmente as mães casamenteiras, ultrajados com suas vestes inapropriadas. Uma mulher usando calças, onde já se viu? Francesa ou não, seu senso de moda é questionável, assim como sua mania incomum de dançar sozinha em ruas movimentadas e falar consigo mesma em voz alta. Um dos funcionários da hospedagem alega ter visto a viúva rindo em meio às escadas solitárias do Hotel Faux.

Minhas fontes também revelaram que o casal da temporada — o mesmo que saiu do hotel ao lado de quinze belas e estonteantes jovens — está envolvido no projeto de construção de um abrigo para mulheres desajustadas. Insanidade ou não, é fato que estão oferecendo um teto para aquelas que mais precisam. Talvez, se mais *ladies* sofressem desse mesmo mal, nossa sociedade seria diferente, não acham?

Enquanto isso, digo-lhes para ficar atentas: os lordes frequentes do Bordel do Conde precisarão procurar novas fontes de entretenimento. E quando os leões saem à caça, os mais fracos são suas primeiras presas.

22
ANASTÁCIA

Não perdemos tempo conversando, simplesmente começamos a trabalhar. Após a cena na entrada da fazenda, Darcília trancou-se no quarto com Quirino e Avril foi cuidar dos ferimentos de Samuel – e, segundo a irmã Dulce, provavelmente dar um sermão no pobre rapaz. Já as tarefas mais urgentes foram divididas entre os que estavam livres para ajudar.

Os quartos da fazenda ganharam colchões extras, as roupas de cama foram divididas – assim como toalhas e travesseiros. Tão logo as garotas foram acomodadas, todas assumiram postos de trabalho. Foi surpreendente ver Luna dividir as meninas em grupos e verificar entre elas o que cada uma preferia fazer: ajeitar as camas, desfazer as malas e até mesmo auxiliar na cozinha. Marta ficou louca com tanta gente metendo o bedelho em suas tarefas, mas não negou que precisava de ajuda no preparo de um jantar especial para as novas moradoras da fazenda.

Enquanto ajudo a irmã Dulce na tarefa de montar uma cama extra, sinto uma pontada atrás de meus olhos. Finalmente entendo os sintomas da minha inesperada dor de cabeça. Estou estressada, cansada e preocupada – com o abrigo, com as jovens do bordel, com as ameaças de Pierce e, principalmente, com Darcília e Quirino. Neste momento, tudo o que quero é amparar a minha amiga, mas sigo decidida a respeitar seu espaço.

Sei que Darcília me avisará quando estiver pronta para conversar. Ainda assim, não paro de pensar no fato de que Quirino é seu filho – uma criança que até pouco tempo ela imaginou que nunca mais veria. Relembro as palavras odiosas do visconde, assim como suas ameaças, e sinto minha raiva aumentar. Gostaria de voltar ao tempo e acertar a jaca em Joaquim com mais força; não acho que ele recebeu o tratamento que merece por invadir a nossa casa e ameaçar levar a minha amiga para a Fazenda Vale Claro.

— Lembre que o ódio não deve ser combatido com fúria, minha menina. Esses sentimentos sempre causam dor e destruição. — Como sempre, as palavras bondosas da irmã Dulce afastam meus pensamentos ruins. — Descobrir que Darcília foi ameaçada e amedrontada ao ponto de precisar abrir mão do próprio filho também me deixou furiosa. Mas nós duas sabemos que ela e o menino precisam de apoio e amor, não de mais raiva e rancor.

— Eu sei, irmã. — Não são os meus sentimentos que estão em jogo, mas sim os de Darcília e de seu filho. Então, tudo o que posso fazer é apoiá-la em suas decisões e deixá-la saber que sempre estarei ao seu lado. — Mas afinal, como o visconde a encontrou?

— Perdi parte da conversa quando saí para buscar meu rolo de macarrão. — Sorrio ao recordar a expressão voraz no rosto da irmã Dulce ao defender Samuel. Se eu e Benício não tivéssemos chegado do centro a tempo, tenho certeza de que ela teria colocado Joaquim para correr. — Mas pelo que ouvi, o visconde encontrou o caminho para a fazenda depois de uma visita insatisfatória ao hospício. Ele não aceitou o fato de Darcília ter rompido as correntes invisíveis que a mantinham presa e resolveu aparecer sem ser convidado.

Passamos as últimas semanas tão felizes com a ideia de construir um futuro novo que esquecemos completamente que a crueldade do mundo estava lá fora, apenas esperando o momento certo de dar as caras. Mas a diferença é que agora não estamos mais lutando sozinhas. Seguiremos lidando cada uma com seus dilemas, mas ainda assim juntas.

— E Quirino? Acha que o visconde sabia do paradeiro do menino? — Termino de ajeitar a cama e sigo para uma pilha de lençóis dobrados.

Separo-os em pares para que possam ser distribuídos entre as novas moradoras da fazenda. Segundo Benício, a primeira parte do abrigo levará mais um mês para ficar pronta. Então, enquanto aguardamos, dividiremos os quartos da fazenda até que todas as garotas possam ter seus próprios aposentos. Apesar da correria causada pelas mudanças, a sensação de ter a casa cheia é bem-vinda. Vez ou outra o riso juvenil ecoa pelos corredores, reforçando a ideia de que nossas escolhas foram corretas.

— Os caminhos traçados pelos céus são inexplicáveis, mas incontestavelmente certeiros. — A irmã arrasta mais uma cama pelo quarto, dessa vez para si mesma. — Não restam dúvidas de que o visconde fez o possível e o impossível para separar mãe e filho, ainda assim, Quirino acabou vindo morar na mesma casa que a menina Darcília. Por mais raros que sejam, às vezes, finais felizes acontecem.

Ela termina de arrumar a cama e me encara com um sorriso. Sinto-me extremamente feliz por tê-la ao nosso lado. Foi um alívio descobrir que a irmã decidiu dormir na companhia das meninas mais caladas. Sei que a aproximação vai ajudá-las a descobrir a extensão dos traumas causados pelo bordel, assim como mostrará que elas realmente podem confiar na sinceridade de nossa ajuda.

Logo que chegamos, reuni Luna e a irmã para debatermos sobre o futuro das meninas. Durante a conversa, descobri que, por serem jovens demais para as atividades mais ardilosas requeridas no bordel, a maioria das garotas servia bebidas ou acompanhava os clientes durante os jantares. Porém, após esses encontros, muitas delas apareciam com marcas roxas nos braços. Dói imaginar o quanto sofreram, mas sigo lutando contra a fúria que nutro por Jardel, Pierce e todos aqueles que já frequentaram o bordel. Preciso ajudá-las a encontrar esperança e cura, não a reviver seus maiores medos.

Com determinação, dobro lençóis, limpo os maleiros esvaziados por Avril, separo uma pilha de travesseiros e, por fim, coloco as flores que Benício trouxe em um vaso de vidro. Foi ele que me ajudou a planejar a melhor forma de realocar os moradores da fazenda e, depois de arrastar sofás e pendurar redes, saiu apressado pelo jardim em busca dos ramos de macela-do-campo. De acordo com ele, todos nós precisamos de ajuda para termos noites de sono tranquilas.

Mesmo sem perceber, deposito a minha fé na calmaria prometida pelos belos ramos. Sei que para a maioria dessas garotas a noite de hoje não será fácil, mas espero que aos poucos elas encontrem na Fazenda De Vienne tudo o que mais precisam: um lar, um refúgio ou até mesmo a oportunidade de recomeçar. E enquanto esse dia não chega, envio uma prece aos céus para que elas consigam dormir tranquilamente. Amanhã, ao nascer de um novo dia, pensaremos juntas como seguir em frente.

— És tão forte, minha menina. — A irmã me surpreende ao tirar o travesseiro de minhas mãos e me puxar para um abraço apertado. Sem relutar, aproveito o momento e enlaço meus braços em sua cintura. — Fico feliz por saber que reencontrou sua força, Anastácia. Apenas lembre-se de que nunca esteve sozinha e que nunca estará.

A irmã tem razão. Não foi fácil compreender que tudo o que passei, seja bom ou ruim, trouxe-me até aqui. Mas sei que realmente superei o passado porque sou capaz de olhar para trás e sentir-me grata por tudo o que vivi.

— Irmã Dulce? — Benício apoia o corpo no batente da porta e sorri quando nossos olhos se encontram. — Sinto muito, não quis interrompê-las. Só estava procurando alguns itens de higiene. As meninas estão preparando-se para o banho e não param de falar sobre como precisam de sabonetes, cremes e uma infinidade de coisas que deixaram para trás, mas de que precisam urgentemente.

A irmã Dulce afasta nosso abraço com um beijo em minha testa. Ela sorri para Benício e eu faço o mesmo. Adoro como ele fala sem parar sempre que está nervoso da mesma forma que gosto de vê-lo estalar os dedos das mãos quando não sabe o que dizer.

Neste momento, ele faz os dois. E apesar de conversar com a irmã, não tira os olhos dos meus.

— Leve-o até a despensa, Anastácia — a irmã diz, empurrando-me para o corredor. — Guardei uma das caixas do antigo conde por lá. Procurem por um baú de madeira preto e sem lacre. Tenho quase certeza de que ele está lotado de sabonetes, cremes e óleos perfumados.

— Mas eu tenho alguns guardados em meu quarto, irmã. — Em uma das minhas expedições pelo aposento, abri os baús esquecidos na lateral da penteadeira e encontrei centenas de produtos de beleza. Ao olhá-los tive certeza de que foram escolhidos por Jardel. Meu marido amava comprar perfumes e cremes variados, apesar de nunca me deixar usá-los. — Vou buscá-los agora mesmo, senhor Benício.

— Pare de ser teimosa, menina! — A irmã bufa e mais uma vez me empurra em direção à porta do quarto. Seu movimento me pega desprevenida e acabo tropeçando no tapete. Chego a pensar que vou cair de cara no chão, mas sou amparada por Benício. Ele me segura e, ao apoiar as mãos em seu peito, sinto as batidas descompassadas do seu coração.

— Primeiro devemos usar os da despensa, antes que eles estraguem. — A irmã murmura algo que não escuto e, com um semblante sério, volta os olhos para Benício. — Trata-se de um bem valioso, rapaz. Cuide com carinho e nunca o parta em pedaços. Caso contrário, eu mesma vou acertar as contas com o senhor. Estamos entendidos?

Por um momento, Benício parece totalmente atordoado. Ele afasta nossos corpos após verificar que estou bem e, com os olhos fixos aos da irmã Dulce, começa a balançar a cabeça de forma vertiginosa. A única reação da irmã é piscar para nós e, confusa com o rumo dessa conversa silenciosa, sinto que deixei passar algo importante.

— São sabonetes, irmã — digo em defesa de Benício. — Não vamos quebrar nada que não possa ser consertado.

— Ah, minha doce menina — ela responde com um sorriso no rosto, olhando ora para mim, ora para Benício. — Assim eu espero.

⁓✧⁓

Fizemos todo o caminho em silêncio e, desde que entramos na despensa da fazenda, eu e Benício não trocamos uma única palavra.

Sem olhar para mim, ele caminha até a lateral do aposento e acende um lampião. Assim que a luz nos alcança, seguimos até as inúmeras pilhas de caixas espalhadas pelo chão, procurando as que guardam os produtos de higiene. E assim ficamos por longos e cansativos minutos.

— Está tudo bem? — pergunto ao descobrir uma caixa repleta de tecidos coloridos; apesar de não ser o que estamos procurando, mexo no baú com interesse. Enquanto isso, a única reação que recebo de Benício é um murmúrio, então preciso segurar a vontade de gritar com ele.

Apesar de tudo, divirto-me ao perceber que não estou acostumada com seu silêncio. Uma das coisas mais especiais dos nossos momentos juntos é a certeza de que posso ser eu mesma. Ao lado dele, não preciso frear a minha curiosidade e muito menos mascarar as partes mais dolorosas da minha vida. E sei que ele sente o mesmo.

Nos últimos dias Benício revelou inúmeras facetas de sua história, deixando-me entrar em seu coração e em suas lembranças de garoto. Então, não entendo o motivo desse silêncio repentino e, mais que isso, não gosto nem um pouco.

Com um sorriso no rosto, decido fazê-lo falar.

— Amigos conversam uns com os outros, nem que seja para avisar que precisam de um tempo com seus próprios pensamentos, sabia? — Tento puxar assunto, mas não recebo nenhuma resposta. Decidida a chamar sua atenção, abandono a caixa em minhas mãos e volto os olhos para onde Benício está. Sentado em uma pilha de baús e com os olhos cravados no chão, ele parece mais preocupado do que imaginei. — Fale comigo, por favor.

— Não sei se está pronta para ouvir o que tenho para dizer, Anastácia. — Fico preocupada com o tom desanimado de suas palavras, então dou alguns passos apressados até o outro lado da despensa. Ao alcançá-lo, rodeio seu rosto com as mãos e forço-o a me encarar. Benício é muito mais alto do que eu, mas comigo em pé e ele sentado nas caixas de madeira, nosso rosto fica praticamente na mesma altura.

Ele fecha os olhos com um suspiro e aproveito o momento para fazer algo que está me deixando inquieta. Passo os dedos pelas rugas na lateral dos seus olhos, algo que aprendi a adorar, e deixo as mãos sentirem toda a pele macia do seu rosto, parando ao alcançar o contorno de seus lábios fartos.

Benício ri quando corro o dedo em seu lábio inferior e, pegando-me de surpresa, morde sem intenção alguma de machucar. O toque faz-me aquecer por dentro. Sinto-me viva e completamente atraída por cada pedaço dele. Mas além disso, fico feliz por vê-lo brincando.

Penso que gostaria muito que ele me beijasse, mas não espero por sua decisão, simplesmente aproximo nossos corpos – acomodando-me em meio às suas pernas – e beijo-o nos olhos fechados, na ponta do nariz, nas bochechas e finalmente nos lábios. Ele geme e o som faz com que eu aprofunde o beijo. Benício não se mexe, sou apenas eu, tocando, explorando e perdendo-me em seus lábios. Contudo, tudo muda quando nossas línguas se encontram.

De repente, suas mãos estão em minha cintura e nossos corpos estão colados. Meu coração bate acelerado quando ele muda o ângulo da minha cabeça, afastando com delicadeza algumas mechas rebeldes para beijar a pele do meu pescoço. Arfo a cada beijo, segurando-me em seus ombros e perdendo-me nas sensações que seu toque desperta em mim.

Sei que o desejo, não sou tola. Mas estar com Benício dessa forma é muito mais do que a união entre dois corpos. Sinto-me dominada por seu toque e isso não me assusta, muito pelo contrário, é libertador compreender que minha alma curou qualquer rachadura deixada por Jardel no passado. Por sentir que devo ser grata por esse momento e pela simples oportunidade de sentir-me desejada, mergulho de cabeça nas emoções.

Empurro o peito de Benício, separando nossos corpos por um instante. Ele abre os olhos e me encara preocupado, mas logo seu olhar dá lugar a algo novo – uma mistura de emoções que não sei definir, mas que tenho certeza de que são tão intensas como as que eu mesma estou sentindo. Beijo-o mais uma vez – apenas porque quero – e volto a encará-lo ao desfazer o laço de sua túnica.

O único som do cômodo é o causado por nossa respiração descompassada. Exponho sua pele bronzeada e beijo o centro do seu peito, bem acima do coração. Benício corre as mãos por meu cabelo e eu continuo depositando pequenos beijos em sua pele.

— Penso nisso desde que a vi no pomar — confesso ao encarar a sua tatuagem.

— Por acaso gosta de me provocar, Anie? — Paro o que estou fazendo para encará-lo. Já recebi vários apelidos de Jardel, mas nenhum deles me pareceu certo. Toda vez que o conde tentava me tratar com carinho, usava palavras que só serviam para me lembrar do fato de que eu era sua propriedade. Mas sinto-me diferente ao ouvir o apelido dito por Benício. É um tratamento que representa gentileza, e não posse.

— Diga mais uma vez, senhor. — Ele sorri ao tocar meus lábios com as mãos.

— Então também gosta quando a chamo de Anie? — Suas mãos correm pelas minhas costas e aproximam ainda mais os nossos corpos. Arfo ao senti-lo afastar as barras da minha camisa e explorar a pele sensível. — Vou beijá-la agora, Anie. Beijá-la até que o único pensamento em sua mente seja o dos meus lábios possuindo os seus, até que seu corpo seja dominado pelo desejo de ser explorado por minhas mãos e até que a única palavra capaz de proferir seja o meu nome.

Em um misto de nervoso e antecipação, rio quando Benício levanta meu corpo e inverte nossas posições. Em um instante estou sentada nas caixas e ele está em pé. Seus dedos correm pelo meu cabelo, delineiam as veias do meu pescoço e deslizam – devagar demais para o meu gosto – pela lateral das minhas costelas. Estamos tão próximos que sinto sua respiração fundir-se à minha.

Benício beija meu rosto, a base do meu pescoço, um ponto sensível atrás da minha orelha e o pedaço de pele exposto pelo decote recatado do meu conjunto. Vez ou outra seus lábios roçam os meus, mas ele nunca aprofunda o beijo. Sinto meu corpo tremer e preciso segurar sua camisa para manter-me no lugar.

— Diga meu nome, Anie... — Ele sussurra ao depositar um beijo em meu pulso. O mesmo que, para mim, sempre representou dor, mas que agora está pulsando e queimando de desejo.

— Benício — digo porque ele pediu, mas também porque quero. Continuo repetindo seu nome repetidas vezes até fazê-lo perder o controle e colar os lábios aos meus.

Minhas pernas rodeiam sua cintura e passeio as mãos por todo o seu corpo, sentindo a força de seus músculos. Estou tão perdida e ao mesmo tempo completamente ciente de cada centímetro meu que arde por ele. Quero-o por inteiro, mas, quando estou prestes a avançar, Benício recua. Seus beijos ficam mais calmos, assim como sua respiração. Eu quero mais, mas é como se ele me implorasse – com seus lábios e mãos – para que não tenha pressa.

— A irmã Dulce tem razão, Anie. Tudo o que mais quero é cuidar do bem precioso em minhas mãos. — Ele envolve meu rosto e deposita pequenos beijos em minha testa. — Espero que saiba que a desejo com tudo o que sou e que meus sentimentos vão muito além da sensação inebriante dos seus lábios nos meus. Eu a quero por inteiro.

Não sei o que dizer, então apenas o encaro. Sempre soube que nós dois éramos mais do que desejo. Em pouco tempo Benício virou um amigo e confidente. Quero que ele faça parte da minha vida, mas não sei se o que tenho para oferecer é o suficiente.

— Não quero apenas seus beijos. Quero seu sorriso, seu apoio e nossas conversas de madrugada. Mas... — Toco a marca em meu pulso, a mesma que ele beijou poucos segundos atrás, e penso em como ao seu lado sempre me senti segura. — Sinto-me inteira, Benício. Pela primeira vez em anos, sinto que estou pronta para ser eu mesma. Não estou disposta a me doar completamente para outra pessoa. Quero ser de mim mesma.

Fito seus olhos ao falar, esperando por raiva ou mágoa, mas Benício apenas sorri. Aquele sorriso bonito e bondoso que me cativou em nossa primeira noite juntos.

— Eu sei disso, Anie. Não quero ser dono do seu coração.

— Então o que deseja?

— Quero conhecer cada detalhe da sua história, quero fazer parte das suas escolhas, dos seus planos e do seu futuro. — Benício segura a mão com a qual toco o pulso marcado e beija a ferida mais uma vez, liberando pequenas ondas de prazer por todo o meu corpo. — Mas mais do que isso, desejo que queira dividir a sua vida comigo. Eu, Benício De Sá. Filho de uma mulher desconhecida, mas que eu amo inteiramente. Herdeiro de um império construído sobre sangue de pessoas inocentes e irmão de um dos homens mais brilhantes do mundo. Entende, Anie? Não quero possuí-la. Desejo caminhar ao seu lado. Como dois inteiros que escolheram seguir juntos.

Com um último beijo em minha testa, ele se afasta e começa a ajeitar a camisa. Enquanto isso, penso em suas palavras. Pondero inúmeras vezes até descobrir o que eu quero. É fácil saber o que não desejo para o meu futuro, mas em contrapartida é difícil visualizar-me daqui cinco ou dez anos, principalmente depois da temporada que passei trancafiada no hospício. Desejo viver o hoje e todas as pequenas bênçãos que estou recebendo da vida.

— Eu não quero me casar novamente, Benício. — Seus olhos encontram os meus, mas não vislumbro surpresa neles. — Pelo menos, não por enquanto. Sei que superei Jardel, pois não me sinto mais amedrontada pelos anos que vivi com ele. Mas, quando olho para o futuro, pensar na possibilidade de casar outra vez ainda me assusta.

Aprendi, de maneira muito dolorosa, o quanto as leis do nosso mundo são feitas para favorecer os homens – eles podem ir e vir, tomam posse do que querem simplesmente porque desejam e suas palavras sempre são aceitas como verdade absoluta. Mas não é assim com as mulheres. E não importa o quanto eu confie em Benício, nunca mais quero me sentir como uma propriedade de alguém – um bem que pode ser descartado, aprisionado e usado sem dó ou piedade. Sei que um casamento significa muito mais do que isso, mas ainda carrego na pele as marcas deixadas pelo último homem que escolhi como marido.

— Perdoar não é apagar por completo a dor, eu entendo isso e respeito a sua escolha. — Benício termina de ajustar a camisa e volta a aproximar seu corpo ao meu. — Mas o que eu preciso saber é se existe espaço para mim no seu futuro. Porque eu sei que quero estar ao seu lado, Anie. Por hoje, amanhã ou por todo o para sempre que nos for concedido.

Finalmente entendo que Benício não quer promessas vãs, apenas deseja saber se estou disposta a abrir meu coração para o sentimento incrível que está nascendo entre nós dois. Então, a resposta é fácil: não tenho dúvidas de que quero compartilhar meus dias com ele.

— Também o quero ao meu lado, Benício. Não sei quais são meus limites, mas estou disposta a descobrir cada um deles. — O sorriso em seu rosto é contagiante, mas tenho certeza de que não tanto quanto o meu. — Por enquanto, podemos seguir sem casamento e sem cobranças quanto aos planos para o futuro? Apenas nós dois, revelando quem somos e descobrindo como seguir em frente.

— Temos um acordo. — São as últimas palavras que ele diz antes de colar o corpo ao meu e de me beijar como se fôssemos um só.

⚜

Chegamos à entrada do meu quarto e Benício me beija na ponta do nariz.

— Boa noite, Anie.

— Boa noite, Benício — digo puxando-o para um beijo escondido, precisando sentir seus lábios nos meus apenas mais uma vez.

Ele sorri como um menino ao me desejar boa-noite novamente e seguir pelo corredor. Continuo olhando, acompanhando seus passos e suspirando mais do que já fiz em toda a minha vida. É engraçado porque, nesses momentos, praticamente consigo me ver – corada, suspirante e saltitante de tanta alegria. Ou seja, completamente perdida.

Saio do estupor causado pelos beijos do Benício e entro no quarto. Depois da nossa conversa na despensa, resolvemos passar o dia juntos. Eu queria me agarrar a ele e descobrir todos os seus segredos, mas Benício interrompeu nossa sessão de beijos antes que eu pudesse convencê-lo de que seria uma boa ideia fugirmos para longe – só nós dois, sem o passado para interferir. Ainda assim, foi bom deixar parte das preocupações para trás por algumas horas e sair para passear pela propriedade.

Andamos pelos jardins, corremos atrás do jumentinho e sentamos na beira do lago com as barras das calças enroladas e os pés mergulhados na água fria. Foi incrível, exatamente como cada minuto que passo ao lado de Benício.

— Foi pega em flagra, nenê! — Dou um pulo de susto e sinto o coração acelerar. — Então anda beijando o senhor Benício pelos corredores?

— Desde quando está me espionando? — Caminho até Darcília, que me espera com um sorriso no rosto, e sento ao seu lado na cama.

— Procurei por você por uma hora depois do jantar, mas não a encontrei em lugar algum. Então, decidi esperar no seu quarto. — Seu tom de voz muda, assim como o clima da conversa. Entendo os motivos que a levaram até lá e espero que decida falar. — Sinto que não conversamos há séculos. Nos últimos três anos passamos todos os dias juntas e, quando chegamos na fazenda, tudo ficou complicado demais.

Entendo o que Darcília quer dizer. Em poucos meses fomos constantemente desafiadas por nossos passados. E mesmo escolhendo permanecer juntas, a verdade é que cada uma de nós precisou construir o seu próprio caminho. Existiam batalhas demais a serem travadas.

— Cândida está bem? — pergunto na tentativa de começar a conversa com assuntos mais calmos.

— Sim, ela e o bebê estão dormindo. — Depois de um dia agitado, o silêncio chega a ser estranho. A luz que entra pela porta é suave e os únicos sons que nos alcançam através da janela aberta são os do início da noite. — Também pedi para a irmã Dulce deixar Quirino ficar no meu quarto. Quando saí, ele estava dormindo como um anjinho.

Seguro uma das mãos de Darcília e penso no real significado do que aconteceu hoje entre ela e o visconde. Sempre desconfiei que minha amiga guardava um grande segredo. Quando nos conhecemos, não consegui entender o motivo para que permanecesse no hospício à mercê das escolhas do visconde, mesmo depois de conseguir sua carta de alforria. Mas ao vê-la com Quirino foi fácil compreender que tudo o que ela fez foi na intenção de proteger um filho que nunca havia visto.

— Quando saímos do hospício, eu sabia que precisaria enfrentá-lo. Cheguei a pensar que o visconde usaria o paradeiro do nosso filho para me punir, mas nunca acreditei que Joaquim realmente seria capaz de fazer mal à criança — ela diz, por fim. Ainda de mãos dadas, nos ajeitamos na cama, ambas com as costas apoiadas na cabeceira de madeira. — Fui tola por deixar-me enganar. Confiei na máscara bondosa que o visconde usava para me visitar. Nos dias em que estava bem-humorado, ele contava sobre o bebê, como nosso filho estava crescendo e tornando-se responsável. Às vezes, ele dizia que era uma menina tão bela quanto eu, em outras que o menino seria um rapaz forte e inteligente.

Ele me confundia propositalmente para que eu não soubesse quem de fato era nosso filho. Mas em momento algum passou por minha cabeça que Joaquim entregaria o menino ao capataz de uma de suas fazendas. O acordo era que ele deveria proteger e educar a criança, foi apenas por isso que me recolhi de bom grado no hospício.

— Como Quirino reagiu à revelação? — Se eu estou confusa com tudo o que aconteceu nos últimos dias, imagino que para ele esteja sendo ainda mais difícil.

— Meu filho é um garoto surpreendente, sabia? — Vejo uma leveza bem-vinda no semblante da minha amiga. Parece que agora ela não está mais carregando o peso do mundo nos ombros, muito pelo contrário, Darcília está radiante. — Quirino tem os olhos da minha mãe e, pelo pouco que conversamos, também herdou seu gênio. Ele só acreditou em mim depois de fazer milhares de perguntas. Mas em contrapartida, ao convencer-se de que eu estava falando a verdade, não levou mais de um minuto para me chamar de mãe. Esperei por esse momento por tantos anos que ainda é difícil acreditar que não estou sonhando.

É claro que Darcília é mãe de um garoto brilhante e questionador. Sorrio ao vê-la feliz e agradeço, mais uma vez, por este pedaço de terra. É graças a esta fazenda que cada uma de nós foi salva das sombras do passado.

— Sinto muito por não ter contado sobre meu filho antes. — Aperto sua mão em resposta, esperando deixar evidente que ela não precisa pedir desculpas, que eu a entendo. — No fundo do meu ser, eu sabia que nunca mais o veria. Então, imaginava que falar sobre ele só causaria mais dor e sofrimento.

— Ora, deixe disso. Encontrou seu filho, minha amiga! Quer final mais feliz do que esse?

— Chegamos mesmo ao final? Porque sinto o sangue gelar só de imaginar enfrentar o visconde no tribunal. — Ela tira as sapatilhas e, com um bocejo, se acomoda na cama.

Entrego meu travesseiro a Darcília e alcanço uma almofada esquecida nos pés da cama. Deitamos uma de frente para outra, exatamente como fazíamos no hospício – dormíamos juntas na maioria das noites, às vezes perdidas em pensamentos e em outras conversando sobre nada e tudo ao mesmo tempo.

— Dessa vez vamos lutar juntas. Não está mais sozinha, Darcília. — Ela segura a minha mão e balança a cabeça, como se precisasse confirmar cada uma de minhas palavras. — Ouça o que estou dizendo, o visconde não será páreo para todas nós. Seremos uma grande e feliz família para Quirino. Uma família que se baseia em muito mais do que laços de sangue e que está dominada por mulheres incríveis.

A verdade é que existem inúmeras maneiras de darmos vida a uma família. Mas, sem dúvida, a única constante em meio à diversidade é o amor.

Sangue cria laços hereditários, mas é o amor que os mantém vivos.

— Teremos homens especiais nessa família também, sabia? Samuel prometeu defender-me caso o visconde insista em ir ao tribunal. De certa forma, sempre soube que poderia contar com sua ajuda, mas fui pega de surpresa ao ouvi-lo pedir para fazer parte da vida de Quirino.

— Tento, mas não consigo conter a surpresa por trás de suas palavras. Não pelo apoio de Samuel, mas pelo brilho que vejo nos olhos da minha amiga. — Não franza essa testa para mim, nenê! Vejo-o como um irmão, apenas isso. O coração dele está em outro lugar e o meu também. Minha prioridade é cuidar do meu filho, agora, a de Samuel aparentemente é conquistar o coração teimoso de Avril.

— Céus, o que foi que eu perdi? — Tento fingir espanto, mas a verdade é que, depois de encontrar Avril espionando Samuel, senti que havia algo diferente entre os dois.

— Está perguntando sobre tudo o que aconteceu enquanto estava beijando Benício por aí? — Sinto a pele queimar, então uso o travesseiro para esconder o rosto. Mas como já era de se esperar, Darcília me provoca até que eu volte a encará-la. — Ora, pare de se esconder! Se continuar assim, não vou contar sobre o dia em que vi Samuel tocando os cabelos de Avril.

Confesso que me sinto um pouco culpada. Estive tão preocupada com a reunião com o advogado e depois com Benício que esqueci de prestar atenção em minhas amigas. É notável que, nos últimos dias, eu perdi mais do que uma briga acalorada no jardim.

— Vai dormir aqui nesta noite, está decidido — digo com o dedo em riste, inconscientemente imitando os gestos da irmã Dulce. — Quero saber cada detalhe! De sua relação com Quirino, das conversas que teve com o senhor Samuel e, pelos céus, o que está acontecendo entre ele e Avril!

— Eu fico — ela concorda com um sorriso de quem sabe das coisas —, mas só se me contar o que ficou fazendo com Benício a tarde toda.

— Procurando sabonetes? — digo ao sentir a pele corar.

— Mentirosa! Quero detalhes, nenê. Todos os detalhes sórdidos. — Ela chacoalha meus ombros e eu começo a rir. — Dê-me um pouco de aventura, por favor. Quem sabe não me animo a voltar a confiar no amor?

Então eu falo sobre tudo – sobre os beijos, os sorrisos e até mesmo sobre Pierce. Também faço perguntas e escuto o que Darcília tem para contar a respeito dos anos em que passou com o visconde, sobre a sua nova relação com Samuel e sobre como Avril anda estranha nos últimos dias.

Conversamos até os raios da manhã atravessarem a janela do quarto e o sono tomar conta de nossa mente. Estou sorrindo, ouvindo-a falar do filho, quando fecho os olhos e nos imagino daqui dez anos. Uma família – pouco convencional e nada previsível, mas ainda assim exatamente como deveria ser.

Adormeço pensando que todos nós fomos atraídos para essa fazenda pelo mesmo motivo: encontrar aqueles que seriam a nossa nova família. Uma família que escolhemos construir, com base no amor que vai além do sangue e das regras de nossa sociedade.

Aqui, somos nós mesmos: viúvas recomeçando, homens lutando pela liberdade que lhes foi roubada, crianças reencontrando um lar, mulheres descobrindo o poder de escolher seus próprios caminhos... uma família pronta para recomeçar.

23

BENÍCIO

— Pare de sorrir ou vou me apaixonar. — Luna implica com a expressão alegre do jumentinho. Ele a segue de um lado para o outro, mantendo seu típico sorriso em riste e arrancando gargalhadas das garotas sentadas em toalhas coloridas espalhadas pelo pomar. — Está interessado na minha companhia ou apenas nas flores em minhas mãos, senhor?

Como resposta, Feliz abocanha uma das margaridas do buquê estendido por Luna. Dessa vez, um riso contagiante toma conta de todos os convidados do piquenique – até mesmo os homens da empreiteira deixam-se dominar pela diversão. Nos últimos dois dias trabalhamos juntos para realocar os moradores do casarão e instalar as jovens que chegaram do centro da cidade. Na primeira noite, elas ficaram eufóricas com o novo lar. Mas passado o furor, as mais jovens sucumbiram ao medo de serem encontradas por Pierce e precisar voltar para o bordel. Foi por isso que Avril e Darcília resolveram animá-las com um almoço descontraído ao ar livre.

A ideia do piquenique foi perfeita por inúmeros motivos: tranquilizou as novas moradoras da fazenda, motivou os homens da empreiteira a redobrarem seus esforços no abrigo e permitiu que eu observasse Anastácia de forma descarada. Depois de nossa conversa na despensa e do passeio que fizemos ao longo do dia, mal conseguimos ficar sozinhos. Sinto saudade de tocá-la, beijá-la e de conversar sobre seu passado e presente. Mas contento-me com o simples fato de vê-la sorrir de forma desprendida ao conversar com Darcília e Quirino.

— Reparou em como ela está diferente? — Encaro Samuel com curiosidade, falhando na tarefa de acompanhar o rumo dos seus pensamentos. — Nunca havia visto seus cabelos presos dessa forma. Ela é linda, sempre soube disso, mas hoje está radiante.

Meu primeiro impulso é voltar a observar Anastácia. Seus olhos cruzam com os meus e o brilho que vejo refletido neles me faz sorrir. Sei que meu irmão não está falando de Anie, mas também noto algo de diferente nela a cada dia que passamos juntos. Hoje, por exemplo, o sorriso em seu rosto parece mais leve, talvez por finalmente ter enfrentado uma parte dolorosa de seu passado.

— Mantenha a cabeça no lugar, rapaz. Quase sou capaz de ler seus pensamentos. — Ernesto aperta meu ombro e aponta para o outro lado do jardim, onde Avril está sentada com Wen e mais uma dúzia de garotas com menos de dezesseis anos. Confesso que o olhar perdido no rosto das mais jovens incita minha raiva contra Pierce de uma maneira perigosa. — Seu irmão está falando da senhorita Avril. Notou algo diferente nela?

Ao meu lado, Moisés tenta disfarçar o riso e Ernesto engata uma ladainha que mais parece uma prece. Parte dos homens estão ouvindo os sermões da irmã Dulce, enquanto o restante segue provando as deliciosas tortas salgadas e empadas de camarão preparadas por Marta. É impossível não sorrir ao notar o quanto parecemos uma grande e barulhenta família. Para além da fazenda, os homens que trabalham na empreiteira ainda são julgados pela cor de suas peles e precisam lidar com o questionamento constante de sua liberdade – para a maioria a escravidão ainda é latente, assim como a ânsia de poder e a injustiça. Mas, ali, somos todos iguais, exatamente como o mundo deveria ser.

— O que eu deveria notar? — Apesar de olhar com atenção, não consigo ver nada de incomum. Avril mantém o sorriso bondoso ao escutar os relatos de Wen e, vez ou outra, Luna caminha até elas para entregar uma jarra de refresco ou um punhado de flores do campo. — Elas parecem felizes. É sobre isso que estamos falando?

— Seu tolo, ela está sem o véu! — O tom agudo usado por Samuel chama a atenção de algumas jovens. E diante de olhares curiosos, ele pede desculpas com uma pequena reverência. Encaro Avril com curiosidade e finalmente compreendo o que meu irmão está falando. Apesar de usar o hábito de noviça na cor marrom, seus cabelos loiros estão visíveis embora presos em uma trança lateral. — Acha que isso é um sinal?

Apenas um cego não notaria as interações acaloradas entre Samuel e a noviça. Eles passaram as últimas semanas brigando ou caminhando pela construção do abrigo e, às vezes, fizeram as duas coisas ao mesmo tempo. Imaginei que meu irmão nutria um laço especial de amizade com a noviça, mas, ao notar a intensidade das emoções que nublam seus olhos cor de café ao encará-la, percebo que estava completamente enganado. Ernesto tem razão, eu e meu irmão somos péssimos na arte de esconder nossos pensamentos.

— Com véu ou sem véu, o que realmente importa é o que sente por ela. — Samuel me encara com um misto de ansiedade e esperança que faz meu coração apertar. — O que gostaria que o gesto de Avril significasse?

— Ainda não sei, irmãozinho. Mas sinto que estou prestes a descobrir. — Ele empurra a comida pelas bordas do prato sem realmente prová-la. Espelho seus movimentos, perdendo-me em pensamentos. Reconheço parte das emoções em Samuel porque também as sinto. Corro os olhos pelo jardim, mas não encontro Anie em nenhuma das toalhas. Gostaria de procurá-la e convidá-la para uma nova expedição pela cidade. Desde a nossa tarde no Passeio Público, não paro de pensar em lugares que gostaria de levá-la. — Avril me enfurece, assim como diz que eu a irrito como mais ninguém. Metade de nossas conversas são discussões ou provocações, mas e a outra metade? Tudo o que quero é ouvi-la falar sobre seus pacientes, os anos no curso de medicina e os estudos que realizou durante sua viagem ao Brasil. Sinto que nunca conheci uma mente como a dela, Benício.

— E gostaria que a senhorita sentisse o mesmo? Porque talvez tenha se esquecido, mas a sua mente também é brilhante, Samuel. — Uma relação com Avril significa muito mais do que um flerte descontraído, mas sinto que meu irmão sabe disso. O nervosismo que vejo em seus olhos não é descabido.

— Estaria mentindo se dissesse que não gosto da senhorita de maneira indecorosa. Sou um maldito pecador apenas por olhá-la e desejá-la ao meu lado. — Sentindo o peso do nosso olhar, Avril muda de posição em sua toalha vermelha e procura Samuel pelo jardim. Ao encontrá-lo, ela sorri de um jeito simples e contagiante que me faz pensar que os dois formariam um belo e entusiasmado casal. Ao meu lado, meu irmão parece dividido entre caminhar até a noviça ou fugir para o centro da cidade. — Diacho! Preciso manter-me longe para mostrar que respeito as suas escolhas. Mas como posso ignorar Avril ao vê-la sorrir desse jeito?

Gostaria de ter uma resposta pronta, mas a verdade é que mal consigo controlar meus próprios pensamentos sobre Anastácia. Certa vez, li nas paredes de um templo indiano que se apaixonar é como caminhar nas dunas dominadas pela areia movediça. Às vezes afundamos, sucumbindo às emoções que roubam nosso ar e fazem crescer nossas inseguranças. E em alguns raros e intensos momentos, vivemos uma felicidade tão plena que flutuamos em meio ao deserto, completamente alheios aos perigos que nos espreitam. Então, uma coisa é certa: eu e Samuel já estamos caminhando pelas dunas e agora precisamos encontrar uma forma de sobreviver ao terreno ardiloso da paixão.

— Quando Avril me olha, sinto que ela vê muito mais do que a minha cor ou as marcas que carrego. Ela sorri para o homem que lutei para me tornar e é isso que me deixa confuso. Até conhecê-la, não havia percebido que desejava ser amado por minhas conquistas, e não apenas por minha história. Isso faz sentido? — Desisto de comer e, com meus olhos presos aos de Samuel, deixo-o saber que entendo seus anseios. É fácil compreender a sua necessidade de ser visto e amado por inteiro. — Uma coisa é certa: não vou me contentar com menos do que mereço.

— Está falando como se uma escolha já tivesse sido feita. — Ele ajeita o punho da camisa cor de creme e atenta-se aos detalhes de suas roupas para fugir dos meus olhos. — Dê-lhe tempo, homem. Avril é uma noviça há anos e isso significa duas coisas: que está comprometida com sua fé e que também carrega dúvidas em seu coração. Seja paciente e espere que ela descubra qual caminho deseja seguir.

— Por que amar nunca é uma escolha fácil, irmãozinho? — Samuel levanta da toalha quadriculada e me estende a mão. — Vamos dar uma volta? Alongar as pernas há de me fazer bem, preciso de um pouco de ar fresco para organizar meus pensamentos.

Aceito seu convite e, após recolhermos nossos pratos e limparmos toda a sujeira que fizemos ao almoçar, caminhamos em silêncio por toda a extensão do pomar da Fazenda De Vienne.

Quando éramos mais novos, andávamos pelas terras do barão como dois exploradores. Ganhei a minha primeira bruaca quando tinha dez anos e, munido de uma bolsa com a metade do meu tamanho, saía sem rumo pelos arredores da fazenda. Gostava de arrastar Samuel em minhas buscas por passagens secretas, tanto para evitarmos as surras do barão, quanto para encontrarmos lugares seguros nos quais podíamos ser quem bem entendêssemos.

Ao longo dos anos, descobrimos pequenas cavernas, celeiros esquecidos e até mesmo cachoeiras inexploradas – sorte a nossa que o barão não tinha tempo para diversão e que as águas cristalinas estavam ao nosso dispor. Contudo, nosso lugar preferido sempre foi o pomar. Subíamos em árvores, procurávamos frutos desconhecidos, plantávamos nossas próprias hortas e passávamos horas deitados embaixo de pequenos pés de maracujá-roxo. Gostava daquele local em especial porque as frutas faziam com que eu me sentisse mais próximo da minha mãe.

Essa foi uma das poucas coisas que o barão revelou de boa vontade a respeito de Moema – sem surras ou esperar nada em troca. Após me ver distribuindo os frutos incomuns entre as crianças da fazenda, o barão contou que eles também eram os favoritos da minha mãe. Depois disso, nunca mais tocou no assunto, mas ao longo do mês encontrou formas de me punir por seu deslize. Não que eu me importasse, naquela época. Eu apanharia de bom grado em troca de mais informações sobre a mulher que me gerou.

— Senhores! — O grito animado de Quirino interrompe nossa caminhada silenciosa. O garoto corre com tanto ímpeto que, ao nos encontrar no meio do pomar, precisa colocar as duas mãos nos joelhos na tentativa de recuperar o fôlego perdido. — Os senhores receberam uma carta.

Depois de alguns minutos lutando contra a própria respiração, ele entrega o envelope para Samuel e nos encara com ansiedade. Reconheço o selo de longe, apesar de ser a primeira vez que o barão nos envia uma missiva em outro endereço que não o da empreiteira. Sinto-me dividido entre a raiva e a apreensão. O fato de o barão ter descoberto nosso refúgio na Fazenda De Vienne não me parece um bom sinal.

— Perguntei para Darcília, quer dizer, para minha mãe... — O menino sorri ao usar a palavra e sinto qualquer indício de raiva evaporar. É impossível não sentir na pele o tamanho da sua felicidade. Fazer parte do reencontro de mãe e filho me fez agradecer a possibilidade de estar trabalhando na Fazenda De Vienne. — Ela disse que posso continuar trabalhando como secretário, mas vou precisar me esforçar duas vezes mais nos estudos. Os senhores não mudaram de ideia quanto ao trabalho, certo?

— É claro que não, precisamos mesmo de um secretário. — Samuel sorri amplamente para Quirino, por isso consigo ver como sua expressão muda ao encarar o envelope em suas mãos. — Ora, veja se não é uma surpresa. Dessa vez seu pai deu-se o trabalho de escrever meu nome na missiva.

Samuel me entrega o envelope e, com os olhos carregados de repulsa, aponta para o local onde nosso nome estava escrito. Se o barão queria a nossa atenção, com certeza foi bem-sucedido. Em meus vinte e oito anos, nuca o vi tratar os filhos pelo nome – dessa vez nosso pai não usou bastardo, negrinho ou filho, apenas Samuel e Benício.

— Sinto muito, íamos entregar a carta quando voltassem para a fazenda, mas meu filho está decido a obter o cargo de melhor secretário da Empreiteira De Sá. — Estava tão absorto no envelope que não vi Darcília e Anastácia caminhando até nós. — Um rapaz acabou de entregar a missiva, dizendo que era do barão, mas que interessaria a todos os moradores da fazenda.

Darcília abraça Quirino com tranquilidade, mas consigo ler a preocupação disfarçada em sua voz. Em silêncio, Anastácia para ao meu lado, inundando meus sentidos com seu aroma delicado de lavanda. A ruga marcando sua testa deixa claro que, assim como a amiga, ela também está aflita com qualquer que seja o recado do barão.

— Já cumpriu sua tarefa como secretário, Quirino. Agora vamos, porque Cândida precisa de nossa ajuda para organizar o quarto da bebê. — O menino tenta protestar, mas Darcília coloca as duas mãos na cintura e o encara com uma das sobrancelhas erguidas. Olhando para o filho desse jeito, ela me lembra a irmã Dulce. — Vai mesmo negar ajuda para uma menininha que acabou de vir ao mundo?

— Está certa, senhora. Elas precisam do nosso auxílio. — Quirino segura a mão de Darcília, mas, antes de seguir para o casarão, volta os olhos para Samuel e depois para mim. — Posso ir? Não vão precisar dos meus serviços?

É impossível não sorrir diante da preocupação genuína do garoto. Quando as coisas se acalmarem na fazenda, precisaremos conversar com Darcília e encontrar a melhor forma de mantê-lo no trabalho sem roubar-lhe o tempo de ser criança. É importante ensinar-lhe uma ocupação, mas agora o que Quirino realmente precisa é adaptar-se à família De Vienne. Ele, mais do que todos nós, merece se sentir amado e seguro.

— Fique tranquilo, Quirino. Eu e Samuel vamos tirar o dia de folga. — Satisfeito com a minha resposta, o garoto segue a mãe pelo pomar de bom grado. Assim que ficamos sozinhos, volto a encarar o envelope enviado pelo barão e, sem dar-me tempo de desistir, rompo o lacre. — Parece que dessa vez teremos que descobrir o que nosso pai tanto deseja.

Anastácia toca meu ombro para chamar a minha atenção, mas em vez de interromper o contato quando nossos olhos se encontram, ela continua segurando o tecido da minha camisa. Sorrio ao senti-la respaldar os dedos por minha nuca. Gosto da maneira como, mesmo que inconsciente, Anie encontra formas de tocar meu cabelo.

— O mensageiro não trouxe apenas o envelope. — Ela mantém o toque gentil em minha pele e usa a mão livre para entregar um documento a Samuel. — Anexado à missiva estava um exemplar do *Jornal das Senhoras* que, segundo o bilhete, ainda não foi distribuído. Sinto muito por colocá-lo nessa confusão, senhor Samuel. Comentei com Pierce que havia procurado ajuda para entender os documentos da herança, mas, se soubesse o que fariam, nunca teria dito seu nome.

— Por favor, vamos deixar as formalidades de lado. Não precisa me chamar de senhor. — Ele sorri para Anastácia ao pegar o jornal. — Samuel é mais do que suficiente. Ainda mais se levarmos em conta que somos praticamente família.

Tento manter a concentração no envelope enviado pelo barão e no olhar preocupado de Anastácia, mas as palavras de Samuel ressoam pela minha mente por mais de um segundo. A sensação é de que acabei de receber a bênção do meu irmão mais velho, minha única família, para amar a mulher que conquistou meu coração.

Amor, será que é realmente isso que sinto por Anastácia?

— Vou aguardar até que leia o que foi escrito. Prometo que entenderei caso deseje mudar de ideia depois de compreender a confusão na qual estamos metidos. — Aproveito que Samuel está concentrado lendo o jornal e deposito um beijo na testa de Anastácia. Ela suspira, parecendo ligeiramente aliviada, e volto a ficar preocupado com o jornal e com o envelope em minhas mãos. Pouco me incomodam as provocações infundadas do barão desde que ele não envolva em nosso acordo aqueles com quem me importo. — Não estou com um bom pressentimento, Benício.

— Nada que venha do barão será capaz de me surpreender, Anie. Ele não nos controla mais. — Abro o envelope de uma vez e contenho uma série de maldições ao ler o bilhete.

— O que ele quer? — Samuel me encara com um olhar preocupado e Anastácia começa a beliscar o pulso esquerdo.

Partindo do homem que gosta de lembrar o sangue que corre em minhas veias, confesso que esperava por reclamações, ordens vãs e planos relacionados ao meu futuro em relação à Fazenda da Concórdia, mas não uma ameaça tão descarada. Tento manter a calma e não ceder ao ódio, mas é difícil abafar a sensação de que nunca seremos capazes de deixar o barão para trás. Vez ou outra, ele encontra maneiras de macular a nossa paz.

— O barão quer nos ver o mais rápido possível. — Leio novamente a única frase que estampa o papel cor de creme, sentindo-a pesar em meus ombros. — As palavras exatas usadas são: "Venham me ver ou todos que amam sofrerão as consequências". Tipicamente teatral. E o jornal?

— Segundo a manchete, o Rio de Janeiro logo acompanhará o julgamento da temporada. — Samuel me estende o *Jornal das Senhoras*, deixando visível a caricatura no topo da página. Em meio ao tribunal lotado, um homem muito parecido com meu irmão está atrás do palanque, assumindo o papel de defensor perante os membros da audiência. — Pelo visto, meus serviços como advogado logo serão solicitados. A matéria diz, em letras garrafais, que será a primeira vez na história que um escravo defenderá a liberdade de uma mulher branca.

Ele usa um tom neutro, mas consigo sentir seu desconforto. Volto os olhos para o jornal e, pela primeira vez, percebo que uma mulher vestida de camisa de força foi desenhada nos fundos da tribuna e que seu defensor carrega nos pulsos pesadas correntes de ferro – elas alcançam seus pés descalços e espalham-se pelo piso do tribunal. Mesmo sem lê-lo, consigo entender o que o jornal está insinuando.

— Para que não restem dúvidas, essas são as correntes de um escravo, irmãozinho.

Anastácia apoia o rosto em meu peito e, depois de respirar fundo na ânsia de clarear meus pensamentos, rodeio seu corpo com os braços. Consigo sentir a sua respiração descontrolada e as batidas aceleradas do seu coração. Ao ler a matéria, sinto o medo dominar meu corpo pela primeira vez em anos. Não sei o que o barão está planejando, mas não vou deixá-lo brincar com Samuel ou Anastácia.

Eles são minha família e vou defendê-los com tudo o que sou.

— Vamos mesmo fazer isso? — Pulo do cavalo e procuro pelos olhos de Samuel. Pensamos em evitar o chamado do barão, mas depois de uma longa conversa, decidimos que era melhor ouvi-lo do que provocar sua ira. Confesso que a caricatura no *Jornal das Senhoras* assustou-me o suficiente para querer tranquilizar o barão. Nos últimos anos, dezenas de negros com destaque acadêmico e político protagonizaram as manchetes. A forma desrespeitosa com a qual foram tratados não era uma surpresa, assim como o final trágico de suas histórias. É cruel, porém a verdade é que ataques e tentativas de morte são as respostas comuns daqueles que se orgulham do título de donos de escravos. — Sabe que, se preferir, pode me esperar do lado de fora. Estou acostumado com o mau humor do nosso pai.

— Já conversamos sobre isso, Benício. Vamos enfrentá-lo juntos.

— Samuel amarra seu cavalo na entrada do Hotel Faux, e eu espelho seu movimento.

Não foi surpresa descobrir onde o barão estava hospedado. Após decidirmos atender a seu chamado, pedi que um dos homens da empreiteira lhe levasse um recado. Queríamos ter essa conversa em nosso escritório, mas o barão foi resoluto na ordem de nos ver em uma das suítes do Hotel Faux – motivo que fez Anastácia ficar ainda mais preocupada. Nossas histórias estão entrelaçadas de uma maneira perigosa. Sinto algo à espreita, esperando por um único deslize para afundar as garras em nosso coração.

Entramos no hotel em silêncio e somos guiados até os aposentos do barão. O construtor em minha alma fica surpreso com o luxo das dependências do local. A última vez em que estive aqui, estava tão preocupado com Anastácia que mal reparei na opulência do prédio. Apesar de não querer, é impossível negar que o Hotel Faux foi idealizado para ser grandioso. Para qualquer lugar que eu olhe, vejo peças de bronze, veludo e mármore.

É certo que, se não fosse construída sob pilares falsos, a hospedaria seria uma das mais lindas do mundo. Essa é a única vertente que me assusta dentro da minha profissão. Ainda me surpreendo com a capacidade que o homem tem de construir coisas belas para esconder interiores pútridos.

— Existe algo que preciso dizer antes de entrar — falo assim que ficamos sozinhos. Parados em frente à porta das dependências do barão, resolvo que chegou a hora de revelar o único segredo que mantive escondido do meu irmão nos últimos dez anos. A última coisa que desejo é que o barão use nosso acordo para afetar a minha relação com Samuel.

— Eu deveria ter contado antes, mas não sabia como fazê-lo. Na verdade, se dependesse de mim, nós dois nunca teríamos essa conversa.

— Certo... — Samuel encosta o corpo no beiral de madeira da porta e, com os olhos fixos aos meus, aguarda que eu continue. — Vamos, desembuche.

Não é fácil reviver o dia que mudou o meu futuro. Naquela época, estava tão ansioso por conhecer o mundo e construir novos caminhos que precisei abrir mão da minha liberdade e prometer que um dia voltaria para casa. Odeio o barão por ter roubado parte do meu futuro mesmo sabendo que, para ver meu irmão livre, eu faria tudo novamente.

— Lembra quando disse que consegui sua carta de alforria ameaçando partir e nunca mais voltar ao Brasil? — Samuel assente e aguarda que eu continue. Uma jovem camareira passa apressada por nós, lembrando-me da urgência do que estamos prestes a fazer. Atrás dessas portas, o barão está à nossa espera, aguardando o momento certo de nos manipular como peões em seu jogo cruel. — Eu menti, irmão. Minhas ameaças surtiram efeito, mas, para que o barão assinasse o documento que endossava sua liberdade, precisei oferecer-lhe algo em troca.

— Acha que sou tolo? Sempre soube que não havia me contado a história inteira, Benício. Decidi confiar em seu silêncio porque sabia que, hora ou outra, descobriria que eu estava pronto para ouvir a verdade. Não vou mentir, sua pouca confiança em meu discernimento me irritou, mas sou grato pelos sacrifícios que fez para ver-me livre. Se não os tivesse feito, eu ainda estaria preso ao barão. — Ele me segura pelos ombros, sem nunca deixar de me encarar. — Agora, vamos, conte-me logo o acordo que fez com o diabo. Precisou vender a sua alma?

Apesar da diversão em suas palavras, sei o quanto é difícil para Samuel ter o nome associado ao do barão. Para nós dois, a pior coisa que poderia acontecer é ser reconhecido como filho de um dos homens mais cruéis que conhecemos. Então, ao assinar o documento que me proclama herdeiro legítimo do barão de Magé, enlacei o meu futuro e o do meu irmão – tanto o pessoal quanto o profissional – a um sobrenome maculado. Meu irmão sempre fala dos seus anos na faculdade com gratidão, principalmente por ter conhecido homens abolicionistas inspiradores e descoberto como lutar pela liberdade do seu povo, mas em nossas cartas ele não conseguia esconder o quanto sofria por ser citado nas aulas como filho ilegítimo e ex-escravo de um dos maiores escravocratas do Brasil.

— Escolhi ser um De Sá, mas para conseguir sua carta de alforria precisei assinar um papel que me torna legitimamente um Magé. — Fujo dos seus olhos, sentindo minhas palavras embargarem de raiva. — Tornei-me o único herdeiro do barão. E agora, quando o maldito morrer, precisarei lidar com toda a imundície que nosso pai construiu ao custo de sangue inocente.

Sinto um misto de medo e asco ao pensar nas fazendas de café e nas centenas de escravos que o barão mantém em suas terras. Não faço a menor ideia de como lidarei com o desgosto nos olhos desses homens injustiçados. Mas mais que isso, sinto-me apavorado ao pensar que um dia – nem que seja por um mísero segundo – eles olharão para mim e verão meu pai.

— Volte esses pensamentos para o presente, Benício. — Samuel aperta meus ombros até que eu encare seus olhos. Ele sorri de orelha a orelha, evidenciando a mandíbula quadrada e os olhos que ostentam uma nobreza que vem da alma. — Pouco me importo com o que um papel tolo diz a seu respeito e espero que faça o mesmo. Nós sabemos quem somos. Um homem honrado não precisa de palavras, apenas de ações. Seremos lembrados por nossos atos, não por nossos sobrenomes.

Aceito que meu irmão tem razão, mas ainda me ressinto da possibilidade de ser reconhecido como parte da história do barão de Magé. Sei que posso fazer diferente – anos atrás escolhi seguir meu próprio caminho e lutar contra homens como meu pai. Mas uma voz escondida no fundo da minha mente continua dizendo que sempre farei parte da crueldade construída pelo barão ao longo dos anos. E mesmo ciente de que não devo carregar seus erros como meus, sinto-os pesarem em meus ombros.

Aprendi o significado de crueldade ao ver o barão castigando Samuel – meu irmão, sangue do meu sangue, meu igual e o exemplo no qual sempre me espelhei.

— Escute bem, o poder de mudar o fim dessa história está todo em sua mente. — Mantenho o foco no sorriso de Samuel, torcendo para que a sua luz afaste os fantasmas que me sufocam. — Se encarar o documento da herança como uma algema, assim ele será. Agora, se escolher enxergá-lo como uma oportunidade, nada o impedirá de voar para longe das garras do barão.

— O que quer dizer? — Quando penso que diante da lei sou Benício Magé, tudo o que sinto é repulsa. Não vejo liberdade, apenas uma prisão.

— Está deixando a dor encobrir a sua mente. — Samuel dá um soco no meu ombro e bagunça meu cabelo, gestos tão corriqueiros que me fazem sorrir ao lembrar da nossa infância. — Não vê que, como herdeiro do barão, poderá fazer tudo o que sempre desejamos, mas nunca conseguimos? Se assumir seu lugar de direito, terá voz contra ele e todos os fazendeiros do conselho. Será o único liberal em meio a um palanque dominado por homens cruéis e conservadores, Benício. O barão não vai conseguir calá-lo; não quando fez de tudo para que assumisse publicamente o posto de seu herdeiro. Entende agora?

Olho para a porta de madeira que nos separa do barão e começo a encontrar sentido nas palavras proferidas por Samuel. Suas ameaças contra a fazenda ou até mesmo envolvendo meu irmão têm um único objetivo: o barão me quer. Ele sempre ansiou ver-me à frente dos negócios da família, assumindo um lugar no conselho dos fazendeiros e controlando a produção na Fazenda da Concórdia. Passei anos ignorando seus chamados e fugindo dos caminhos que me foram predeterminados, mas talvez tenha chegado o momento de conceder seu desejo e dar-lhe um herdeiro.

— Tem certeza de que é isso que deseja, Samuel? Só para que fique claro, não vou enfrentar o barão sozinho. E muito menos assumirei um sobrenome maculado sem o seu apoio.

— Vamos agir juntos, irmãozinho. Nosso pai precisa de alguém que o desafie de igual para igual. Além disso, uma posição no conselho nos dará a oportunidade de que tanto precisamos para lutar contra os escravistas. — Ele chacoalha meus ombros uma última vez e, depois de ajeitar meu colete e seu próprio paletó, segura a maçaneta dourada da porta que nos separa do barão. Com uma piscadela, Samuel abre a porta sem anunciar nossa presença. — Não vou mentir, estou ansioso para pegar o velho de surpresa.

※

Sentado em uma poltrona na lateral da janela, o barão trinca a mandíbula ao nos ver invadindo seu aposento. Não me passa despercebido o estado desalinhado de suas vestes e a garrafa de cachaça vazia em suas mãos. O cheiro de álcool toma conta do cômodo e me transporta aos piores dias que passei na Fazenda da Concórdia.

— Ora, parece que meus dois bastardos estão felizes em me ver. Será que bebi demais? — Ele tenta levantar para nos cumprimentar, mas suas pernas vacilam. Com um riso debochado, o barão larga o corpo na poltrona e levanta a garrafa vazia em um brinde. — Vamos celebrar a nossa reunião em família ou devemos ir direto aos negócios?

Samuel fecha a porta e caminha até a cristaleira, servindo-se de uma dose de bebida. Ele me encara por um segundo, perguntado com os olhos se aceito uma dose, mas descarto com um dar de ombros. Evito beber na presença do barão. A última coisa que desejo é perder o controle e transformar-me em uma cópia do homem que mais odeio.

— O que queria dizer ao nos enviar aquele maldito bilhete? — Puxo uma cadeira e sento a alguns metros de distância do barão. Permaneço com os olhos presos aos dele, mas escolho manter-me fisicamente longe. Samuel para ao meu lado, com a mão apoiada no encosto do assento de madeira, e confronta nosso pai com um sorriso genuíno no rosto.

— Gosto desse aspecto de sua personalidade, filho. — Como sempre, o barão usa a palavra para me provocar. — Vamos direito aos negócios então, quero os dois longe da Fazenda De Vienne.

— Podemos saber o motivo de tal exigência, vossa excelência? — Sorrio ao encarar Samuel. Sempre admirei a sua calma irônica no trato com nosso pai. Enquanto eu ameaço explodir, meu irmão mantém a tranquilidade ao incitar de forma proposital os nervos do barão.

Uma brisa entra pela janela do quarto e toca a minha face, mas o frescor não é capaz de afastar a sensação de que estou sendo sufocado pelo olhar do barão, pelo luxo do aposento e pelo fato de estar no Hotel Faux. Passamos alguns minutos em completo silêncio, apenas nos encarando e esperando o próximo movimento. E depois de alcançar uma nova garrafa de cachaça, meu pai apoia as duas mãos no joelho e sorri para mim – um sorriso cruel que significa que ele está a ponto de atacar.

— Aquelas mulheres estão prestes a perder a fazenda e o controle da produção do café Bourbon. O que, é claro, é ótimo para os nossos negócios. — Parado ao meu lado, Samuel solta uma maldição, o que faz o barão rir de forma irônica e descontrolada. — Imagino que receberam um dos próximos exemplares do *Jornal das Senhoras*, estou certo? Espero que tenham entendido que, se continuarem seguindo as De Vienne, vão cair junto com elas. Não existirá empreiteira ou diploma imundo capaz de salvá-los, então os quero longe da ruína. O conselho fará o possível para manter-se íntegro e longe das garras afiadas de uma mulher louca, filho.

Mesmo sem perceber, o barão nos dá um vislumbre de seus planos. Não existem mulheres à frente das grandes fazendas produtoras de café e muito menos figuras femininas infiltradas no conselho. Então, é certo que o posto herdado por Anastácia e Avril os incomodaria. Pelo menos sua aparência desgrenhada e a ânsia em nos encontrar fica mais óbvia agora: o conselho é dominado por homens nobres, ricos e brancos. Mulheres, negros e mestiços são completamente ignorados – o que torna a situação de nosso pai ainda mais irônica; seus filhos – e as mulheres que roubam seus pensamentos – representam os mesmos povos que ele luta com tanto afinco para calar.

— Estou avisando para que fiquem do lado correto da disputa. — Após sorrir para mim, o barão encara Samuel com olhos carregados de ódio. Começo a estalar os dedos na tentativa de controlar a minha raiva. — Sei que a faculdade em que se formou está acostumada a aceitar qualquer tipo de aluno, mas aqui no Rio de Janeiro as coisas são diferentes. Imagino que não deseje colocar seu diploma em risco diante de um tribunal, rapaz.

— Está preocupado comigo, senhor? Cuidado, ou acreditarei que realmente se importa com o filho bastardo e negrinho. — Enquanto Samuel enfrenta as típicas provocações do barão, forço a minha mente a unir todas as peças desse quebra-cabeça.

O *Jornal das Senhoras* foi um aviso que decidi ignorar. Errei ao imaginar que tudo não passava de rumores sem sentido, quando na verdade o folhetim é um presságio do futuro. Toda vez que se sentem intimidados, homens como o barão escolhem atacar e é isso que eles estão prestes a fazer contra Anastácia, Avril e todas as moradoras da Fazenda De Vienne. Meu nome e o de Samuel foram envolvidos por mero acaso ou, se considerar quem somos, uma aprazível conveniência.

— Responda-me uma única pergunta e lhe direi de que lado estamos. — Levanto da cadeira e encaro o barão de cima. Ele sente o peso do meu olhar e tenta se ajeitar no sofá para parecer maior. Tenho certeza de que meu pai preferia enfrentar o menino calado e amedrontado que um dia fui. Mas não estou mais sedento por proteção, finalmente descobri que sou perfeitamente capaz de me defender dele e de sua crueldade. — Lorde Pierce, dono deste hotel e novo membro do conselho, está do lado correto dessa equação?

Um lado dominado por líderes que julgam, maltratam e oprimem. Homens como o barão e Pierce gostam do poder que encontram ao subjugar aqueles que consideram mais fracos – eles criam leis apenas para se sentirem seguros no pedestal que construíram para si mesmos. Suas fraquezas estão concentradas no medo de perder e é exatamente por isso que eu e Samuel estamos aqui. Apesar de estar pronto para enfrentar Anastácia e Avril e conquistar os contatos comerciais do café Bourbon, o barão não quer ver os filhos no meio dessa batalha. E não porque realmente se importa conosco, mas porque teme ver seu nome manchado.

Sorrio ao descobrir a melhor forma de enfrentar o barão. Ferir seu orgulho sempre foi a resposta.

— É claro! Pierce faz parte do conselho, ele entende o quanto é perigoso deixarmos duas mulheres tolas comandarem uma das fazendas cafeiculturas mais importantes da região. — O barão me enfrenta com um olhar confuso, sem dúvida tentando compreender as intenções por trás do meu riso. É libertador finalmente compreender como vencer seu sobrenome, suas imposições e as tentativas de controlar meu futuro.

Como sempre, meu irmão tinha razão. Meu poder sempre esteve escondido naquela que imaginei ser a minha maior fraqueza.

Vou aceitar o posto de Bastardo do Café, mas vou fazê-lo à minha maneira.

— Acabou de ganhar o herdeiro que tanto queria, pai. — É a primeira vez que uso o termo e gosto de como o barão parece atordoado ao ouvi-lo. — Assumirei a minha posição dentro do conselho, visitarei suas fazendas e controlarei a produção de café.

Quase sinto pena ao ver o júbilo em seus olhos. O barão realmente acredita que seguirei seus passos. Gostaria de fazê-lo enxergar o quanto sinto asco de suas escolhas e de tê-lo como pai, mas perdi a esperança de ser ouvido.

— Nos encontraremos no tribunal. — Sigo Samuel até a porta do quarto, mas antes de sair volto a encarar o barão com o meu melhor sorriso. — Orgulho-me do fato de que serei o primeiro Magé do lado certo do palanque, pai.

Estou pronto para construir uma nova história. Quem sabe um dia, as próximas gerações dos De Sá e dos Magé sentirão orgulho de carregar os dois sobrenomes e os dois sangues.

JORNAL DAS SENHORAS

N º 81   Rio de Janeiro, 15 de novembro de 1880

Hora do Chá

Atendendo a pedidos, minhas fontes empenharam-se em descobrir mais sobre a instigante Viúva Fantasma. Faz semanas que ela não aparece em público, então precisamos resgatar fatos do passado para sanar nossa curiosidade desenfreada. Então, preparem-se: Anastácia casou após sua primeira temporada social, é filha de comerciantes portuários — lembrem-se de que na França trabalhar para ganhar dinheiro não é um pecado! — e, muito antes de vir morar no Brasil, já era conhecida como a Condessa Louca.

Conversamos com dois dos antigos serviçais que trabalharam para o conde De Vienne em Paris e, de forma pouco surpreendente, descobrimos que ela era conhecida entre os criados como uma senhora jovem e raivosa. Também ouvimos relatos de um grande conhecido do casal, um lorde que roubou o coração de várias jovens na última temporada carioca, dando conta que a Viúva Fantasma costumava falar sozinha, arremessar frascos de perfumes nas paredes, beber vinho em demasia e aparecer com marcas de violência nos pulsos.

Diagnosticada com histeria grave no auge de seus dezenove anos, não surpreende que Anastácia tenha passado três anos no Hospício para Alienados e tenha uma ficha médica repleta de anotações sobre suas estadias na cela forte.

Doidice e camisa de força combinam, não acham?

24
ANASTÁCIA

A tempestade do lado de fora faz companhia para as notas desconexas do meu violoncelo. Não faço ideia da música que minha mente deseja compor, mas deixo que o instrumento – e a água que bate no pequeno teto de vidro da saleta musical – afaste a tensão que pesa em meus ombros. Ao longo dos últimos dias, mantive-me silenciosa. Guardei meus medos e inseguranças a sete chaves, temendo macular o clima de felicidade que dominou os moradores da fazenda.

Ontem os homens da construtora, que dobraram o turno de trabalho desde a chegada de Cândida, avisaram que a primeira ala do abrigo ficará pronta em menos de uma semana. Já a irmã Dulce descobriu um desejo contagiante de lecionar e, depois de transformar o escritório do antigo conde em sala de aula, está ministrando lições mirabolantes para Quirino, Wen e parte das garotas mais jovens. Em contrapartida, Marta percebeu as pequenas melhorias que Benício e Samuel implementaram na cozinha e está apaixonada pelo novo sistema de esgoto. Por sua vez, Darcília e Luna, que vivem discutindo sobre os modelos indicados nos magazines de moda, encontraram na costura um amor em comum; elas mal decidiram trabalhar juntas e já conseguiram algumas encomendas de vestidos de festa para senhoras da burguesia do Rio de Janeiro.

A única que parece tão transtornada quanto eu é Avril – apesar de desconfiar que nossas aflições possuem motivações diferentes. Desde que Samuel e Benício partiram, minha cunhada anda murmurando pela propriedade. Os irmãos De Sá mandaram uma carta no início da semana para avisar que o encontro com o barão saiu como planejado e que logo estariam de volta. Mas em vez de apaziguar, a missiva pareceu inflamar o ânimo de Avril.

Um trovão raivoso corta o céu do lado de fora e ilumina o cômodo escuro. Carioca assusta-se com o barulho, mas, depois de manter os olhos nos meus por alguns minutos, afofa as almofadas coloridas espalhadas pelo sofá e volta a dormir. Passei minhas últimas noites ao lado do violoncelo – mais uma vez, usei o poder da música para afastar os fantasmas em minha mente e acalmar meu coração agitado. Durante as madrugadas sem sono, descobri em Carioca uma companhia bem-vinda. Seja lá o que eu estiver tocando, desde Richard Wagner até uma composição própria e inacabada, o gato descobre uma maneira de me encontrar e dormir aos meus pés ou em qualquer lugar que considere devidamente confortável.

— Anastácia? — Em meio à chuva, ouço meu nome sendo carregado pelo vento. Não é a primeira vez que isso acontece, apesar de neste instante ser capaz de sentir o sopro das palavras tocando-me a lateral do rosto. — Venha até mim, *mon amour*.

Fecho os olhos, abraço o violoncelo com as pernas e seguro o arco de madeira com força suficiente para senti-lo cortar a palma da minha mão. Perco-me nos acordes até que meus pensamentos desconexos sejam transformados em música. A impressão é de que olhos impiedosos acompanham meus movimentos, então forço-me a encontrar proteção nas notas raivosas do único instrumento capaz de me fazer sentir segura.

A verdade cruel é que a caricatura de Samuel e as ameaças veladas ora de Pierce, outrora do barão de Magé, permanecem gravadas em minha mente. Confio em Benício, então se em sua carta ele diz que encontraram uma forma de enfrentar o barão, escolho depositar as minhas esperanças nele e em seu irmão. Ainda assim, sei que a luta contra Pierce e Jardel é exclusivamente minha. Posso me esquivar o quanto for necessário, mas precisarei vencer os fantasmas do passado que voltam para me assombrar.

Minha angústia também aumentou graças às matérias odiosas publicadas pelo *Jornal das Senhoras*. A Viúva Fantasma passou a ser descrita como uma mulher histérica que deseja salvar outras como ela: loucas, indignas e imundas. Poucas notas a meu favor foram escritas, mas o que realmente me incomodou foi ver os avisos estampados nas entrelinhas do folhetim. Mais de uma vez li que meu lugar era no hospício.

— Se não vier até mim, eu vou procurá-la e lembrá-la de nosso amor. — As palavras são tão reais que deixo o arco do violoncelo cair no chão com um estrondo. Acompanhado do som da madeira tocando o piso, um novo trovão corta o céu da noite e faz com que eu veja um espectro loiro refletido em um dos espelhos da saleta de música.

Mordo o dorso da mão para abafar um grito. Estou cansada de lutar contra a minha própria mente. Cheguei ao limite da exaustão, lidando com a loucura que me foi imposta e com as certezas que me parecem errôneas. Em meio à escuridão do cômodo e com um arrepio de medo subindo-me por espinha, percebo que nunca acreditarão em mim se eu mesma não o fizer. Tratam-me como louca, rotulam quem sou e julgam cada uma de minhas escolhas, mas nada disso importa se eu não confiar em minha mente, se não for capaz de calar de uma vez por todas a voz de Jardel que insiste em ditar meus passos e a determinar quem eu deveria ser.

— Vamos dar um passeio, Carioca. Precisamos conversar com um velho conhecido. — O gato me responde com um miado resignado, mas após um curto segundo de hesitação, pula do sofá e caminha até mim. Organizo as minhas partituras espalhadas pela sala, guardo o violoncelo ao lado da linda estátua de mármore que Benício me deu e alcanço o gato nos meus pés.

Munida do lampião e da proteção de Carioca, deixo a saleta musical e sigo até o meu quarto. Não olho para trás e muito menos para as sombras bruxuleantes causadas pela luz do fogo, apenas caminho o mais rápido que consigo. Quero enfrentar a voz cruel que me assombra e descobrir se ela é real ou se é apenas uma invenção da minha mente machucada.

⁂

Entro no quarto decidida a vencer todas as minhas fraquezas até conseguir transformá-las em atos de valentia. Então, pouco me espanto ao encontrar um embrulho cor de sangue esquecido no centro da cama. Soube que algo estava errado muito antes de ouvir as vozes em meio à chuva e de sentir um fantasma loiro pairando sobre meus ombros. O perigo sempre foi real, mesmo que algumas partes tenham sido inventadas por minha mente.

Com a cabeça erguida, deposito o lampião na penteadeira e caminho até a cama. Aconchego o gato em meio aos lençóis e sorrio ao vê-lo cheirar o presente luxuoso com atenção. Carioca mia, ataca e parece pronto para me defender do desconhecido. Afago sua orelha até ver a sua curiosidade ser superada pelo conforto dos meus travesseiros. Sou grata por não estar sozinha neste momento, mesmo sabendo que tenho toda a força de que preciso para vencer meus medos.

Agora entendo que a minha coragem não está em Darcília, que sempre foi meu ponto seguro no hospício, e muito menos em Benício e no sentimento puro e brilhante que cresce entre nós. Minha luz está exatamente onde sempre esteve: dentro de mim.

— Vamos ver o que meu admirador secreto preparou dessa vez, Carioca. — Alcanço o embrulho certa de que ele foi deixado no meu quarto pela mesma pessoa que trouxe o bilhete de Jardel e entregou a garrafa de vinho no vagão do trem.

A primeira coisa que vejo ao abrir meu presente é o sangue. As manchas secas e escuras deixam claro que as marcas de violência não são recentes, ainda assim, consigo sentir o cheiro acre que emana da veste. Uso as barras da minha camisa verde-oliva para cobrir os dedos e, protegida da sujeira, seguro o tecido com as mãos. Trata-se de uma camisa masculina na cor branca, de linhas finas e costura elaborada com perfeição. Sinto o coração acelerar ao notar como as manchas acumulam-se no colarinho e na altura do coração. Mas o que aumenta meu pavor é reconhecer a veste: eu mesma comprei essa camisa para Jardel de presente de noivado.

Solto a camisa no chão com um grito e volto os olhos para a caixa de presente. E é então que eu a encontro, parcialmente escondida pelo embrulho vermelho. Afasto o papel de seda para vê-la no ápice de sua brutalidade e sinto o corpo vacilar. Eu a identificaria mesmo que não estivesse limpa, alvejada e engomada. Tenho certeza de que passei longas semanas presa a essa mesma camisa de força.

A concepção da peça a torna cruel, mas também inesquecível. Com facilidade, reconheço as mordidas no colarinho, os fios soltos causados pelas tentativas vãs de livrar-me de seu aperto esmagador e os rasgos que cresceram conforme eu jogava meu corpo contra as paredes da cela. O isolamento amplia as vozes dos fantasmas em minha mente, mas é a incapacitação que revela a crueldade de nosso espírito. É angustiante reviver aqueles dias nos quais tudo o que mais queria era estar livre, fosse com vida ou não.

— Gostou do meu presente? — Primeiro assimilo a voz, depois a escuridão que toma conta do aposento. — Senti sua falta, Anastácia.

Um relâmpago retumba pelo quarto no exato momento em que o intruso arremessa o lampião na parede. O som do vidro é tão ensurdecedor quanto as batidas do meu coração. Em um breve lampejo de luz prateada, vislumbro na lateral do cômodo meu pior pesadelo: um homem alto, com vestes perfeitamente costuradas que abraçam seu corpo, com olhos brilhosos e sorriso vil, e cabelos tão claros quanto o sol da manhã. Se não soubesse que Jardel estava morto, acreditaria que meu marido voltou para me buscar.

— Como entrou no meu quarto? — O intruso para a poucos passos de mim e, com um riso frio, retira um objeto prateado do bolso do casaco. Forço a mente a manter-se sã, mesmo quando percebo que ele gira uma faca entre os dedos.

Repito em meus pensamentos que o conde está morto, mas sinto minhas recém-conquistadas certezas caírem por terra ao vê-lo apoiar a faca na lateral da cama e, com uma tranquilidade angustiante, acender um charuto. O cheiro me lembra de nossa última noite juntos e das marcas que ele deixou em meu corpo; o porte rígido dos seus ombros me faz reviver sua força ao arrastar-me pelos braços; e o cabelo loiro iluminado pela chama do charuto é um convite para uma vida embasada no medo.

Não entendo como meu falecido marido pode estar parado à minha frente. Passado e presente misturam-se de tal forma que começo a chorar – não lágrimas silenciosas, mas um choro descontrolado que faz meu corpo todo convulsionar e cair na lateral da cama. Agitado, Carioca caminha até mim e anda em círculos ao meu redor, ocasionalmente tocando minhas mãos com seu nariz. Enquanto choro, meu peito rasga entre certezas e incertezas, medos e angústias, desejos e pesadelos. Quero acreditar em minha força, mas como abafar as vozes de um mundo que continua testando-me até me fazer cair?

Se Jardel está neste quarto, como meus olhos afirmam, então eu sou uma mulher louca, perdida e insana. E caso eu acredite em minha mente e nas imagens produzidas por ela, então também precisarei aceitar que meu lugar não é aqui, na segurança da Fazenda De Vienne, mas sim no hospício. É impossível ser corajosa diante de uma revelação tão dolorosa.

— Não chore, *mon amour*. — Ele libera uma lufada de fumaça e caminha até ficar a poucos centímetros de distância. — Nos últimos meses trouxe-lhe presentes, escrevi-lhe cartas e presenteei-a com tudo o que tenho de melhor. Mas o que obtive em troca? Esqueceu-se do nosso amor, então precisei vir aqui lembrá-la do quanto somos perfeitos juntos.

Fecho os olhos ao sentir o charuto tocar o dorso da minha mão direita. A dor me abraça como uma velha amiga e, no lugar do desespero, sinto raiva. É a cólera que me faz empurrar o maldito para longe de mim. Minha força me surpreende e, ao ver o homem cair aos pés da cama, pego Carioca e corro para a porta do quarto. Antes de abri-la, sinto suas mãos segurando meu tornozelo. Tento reagir, mas algo atinge a lateral da minha cabeça e acabo caindo no chão.

— Ora, querida. Está machucada? — Arrasto-me para longe dele, de seu toque e de sua voz cruel. Mas logo seus dedos estão em meus cabelos, puxando-me para os seus braços. Sinto o asco me dominar ao senti-lo rasgar as mangas do meu conjunto de seda. — Vai me ouvir por bem ou por mal. Se ficar em silêncio, será recompensada. Agora, se decidir fugir ou gritar, vou usar o charuto para marcar cada centímetro de sua bela pele.

Ele pontua as palavras com beijos que sobem dos meus dedos até meus ombros. Estarmos tão próximos, em meio à escuridão, faz com que eu absorva seu cheiro. Tem algo de errado no olor cítrico que emana de sua pele. Sempre associei o cheiro de Jardel a uísque e charuto, e não a folhas de limão siciliano.

O invasor interpreta meu silêncio como colaboração e, me arrastando pelos braços, faz-me sentar na poltrona em frente à penteadeira. Forço meus olhos a se ajustarem à escuridão da noite intensificada pela tempestade: a altura é a mesma de Jardel, assim como as mechas claras e a mandíbula quadrada. Porém, algo dentro de mim grita que esse não é o meu marido. E, cansada de ser manipulada, decido fazê-lo rir. A risada de Jardel é inconfundível e será a prova de que preciso para contradizer a minha loucura.

— O que deseja? — Mantenho o tom neutro ao me ajeitar na poltrona. Procuro por algum objeto pontiagudo esquecido entre os produtos de beleza na penteadeira. Tenho certeza de que mantenho uma tesoura em algum lugar desse quarto.

— Primeiro vamos prendê-la, *mon amour*. — Ele caminha até a cama e alcança um tecido branco. Meu corpo volta a tremer ao ver a camisa de força em suas mãos, mas estou decidida a manter meu pavor em segredo. Uma das coisas boas de ter casado com Jardel foi a oportunidade de aperfeiçoar a minha habilidade de esconder minhas verdadeiras emoções. — Maldito gato. Vou matá-lo!

Assusto-me com o grito do intruso. Ele arremessa sua faca e tudo o que consigo ver é o vulto de Carioca fugindo pela janela aberta. Quando o homem caminha novamente até mim – proferindo uma centena de imprecações ao tragar seu estúpido charuto – consigo notar o sangue em sua pele. Gostaria de conter o sorriso, mas é impossível evitar ignorar as marcas de garra maculando sua pele.

— Ora, ao que parece foi vencido por um simples gato, senhor. — Com movimentos bruscos, ele me veste com a camisa de força. Continuo falando sem parar na tentativa de abafar as lembranças dolorosas do passado. — Como vai explicar o arranhão? Deixe-me adivinhar, há de se esconder atrás de uma mulher, estou certa? Dirá aos outros que uma bela dama marcou a sua pele, vai sorrir e piscar um dos olhos para que acreditem que é um conquistador, mas, na verdade, não passa de um covarde que usa as mulheres como desculpa para a crueldade em sua alma.

Ele me cala com um tapa forte o suficiente para fazer a minha cabeça girar. Sinto que estou muito perto de fazê-lo chegar ao limite. Então, continuo a provocá-lo mesmo quando o aperto da camisa de força insiste em me lembrar dos meus piores pesadelos. Pelo menos, os dias difíceis no hospício me prepararam para esse momento. Hoje sou capaz de reconhecer a minha força por ter superado o aperto assustador, a solidão desmedida e a escuridão externa espelhando a minha alma.

— Quantas mulheres maculou, usou e subjugou, senhor? — Após terminar de me prender, ele ajoelha para que fiquemos com os rostos na mesma altura. Um novo trovão corta os céus e vejo seus olhos presos aos meus. Eles não resplandecem em tons de azul, mas sim pretos como as penas de um corvo. Exatamente como seu cabelo deveria ser. É um alívio reconhecê-lo. Fantasmas são perigosos, homens são apenas mortais. — Por acaso trouxe a faca para cortar-me a língua? Porque só assim será capaz de me silenciar, Pierce.

E então ele ri, jogando a cabeça para trás e correndo as mãos por seu cabelo descolorido – da forma exata que lembro de tê-lo visto fazer centenas de vezes.

— Estava tentando descobrir quando finalmente perceberia que era eu, e não Jardel, que veio visitá-la. — Ele puxa meu cabelo para que nossos rostos fiquem colados. — Uma esposa devota deveria saber reconhecer seu próprio marido, minha querida. Mas levando em conta sua mente fraca, não a culpo por acreditar que o conde estivesse vivo.

Agora entendo o que ele tem feito com suas ameaças, presentes, bilhetes e as aparições inconstantes durante as madrugadas. A mulher que fui há dois meses com certeza iria preferir acreditar que o marido voltou dos mortos para assombrá-la em vez de confiar em seus instintos. Mas graças aos céus não sou mais aquela versão de mim mesma. Continuarei carregando o medo, as dúvidas e as inseguranças, mas o desejo obscuro de aceitar o rótulo de loucura foi enterrado no túmulo junto a Jardel.

Pierce é esperto. Só existe uma coisa pior do que duvidar de si mesma a todo instante: acreditar quando dizem que o seu melhor não é suficiente. E por muito pouco ele não fez com que eu deixasse de lutar por mim mesma.

— O que está fazendo aqui, seu maldito? — Cuspo em seu rosto e prevejo a nova bofetada antes de senti-la queimar a minha pele. Mas pouco me importo com a dor, preciso descobrir como ele entrou na fazenda e o que deseja com todo esse joguinho. — Se quer me matar, existem formas mais fáceis de fazê-lo, Pierce.

— Não vim matá-la, pelo menos não esta noite. — Suas mãos asquerosas envolvem meu rosto por inteiro e correm por meus cabelos. Tento afastá-lo, mas as mãos presas pela camisa de força limitam meus movimentos. Volto a encarar a penteadeira, no entanto não vejo a minha tesoura em lugar algum. O único ponto prateado ao meu alcance é a faca que Pierce arremessou em Carioca e que está presa em uma das paredes do quarto. — Preste atenção porque só falarei uma vez, *mon amour*.

Estou ocupada demais tentando encontrar uma forma de me libertar para perder tempo provocando-o. Talvez se eu for rápida o bastante, consiga acertar Pierce com as pernas e correr em direção à faca. Antes de apontá-la para o seu coração, vou precisar cortar as amarras da camisa de força. Minhas chances são mínimas, mas é melhor lutar por minha vida do que ceder à loucura de um homem ardiloso.

— Trouxe-lhe outro presente, querida. — Pierce conquista a minha curiosidade ao retirar um envelope cor de creme do bolso. Pelo brasão lacrado com cera vermelha, imagino que tenha sido de Jardel. — Vai descobrir na carta que o conde estava com a consciência pesada por manter a doce e bela esposa trancafiada. Ele lhe escreveu para prometer que logo iria trazê-la para casa, mas, infelizmente, morreu antes que pudesse fazê-lo.

Pierce acaricia meu rosto com o papel, usando-o para afastar algumas mechas soltas do meu cabelo e para tocar o topo dos meus lábios.

— Sabe o quanto foi difícil convencê-lo a mantê-la presa durante todos esses anos, Anastácia? Jardel era fraco diante dos seus encantos e queria trazê-la para esta detestável fazenda. Mas eu sabia que, se visse nossos negócios, não nos deixaria em paz.

Mantenho-me quieta, esperando que sua ânsia por poder o force a revelar informações importantes. Sempre soube que o controle do amigo cruel tornava o espírito de Jardel ainda mais inclemente. Contudo, nunca parei para pensar que Pierce era o titereiro controlando as cordas que regiam os movimentos do conde – a verdade é que Jardel nada mais foi do que uma marionete em suas mãos.

— Quando ler a carta de Jardel, descobrirá que o espírito de seu marido fora abalado por uma grave doença. O álcool já não acalmava suas dores e, em vez de manter a mente no bordel, tudo o que ele dizia é que queria revê-la antes de morrer. — Pierce joga a carta no meu colo e ri das minhas tentativas de me libertar do aperto da camisa. Sua tortura não é física, mas mental. — O bordel é a minha vida, querida! Investi tudo o que sou naquele negócio e conquistei o mundo por meio dele. Não deixarei que seus belos olhos me seduzam como fez com o tolo do Jardel. Por isso dou-lhe duas opções: pode vender a sua parte do hotel para mim e continuar trocando beijos escondidos com o tolo do Bastardo do Café ou precisará enfrentar as consequências de minha determinação.

A risada de Pierce ecoa pelo quarto, acompanhada de uma dúzia de trovões. Com um beijo repugnante em meus lábios, ele levanta e caminha até a saída do quarto. Desesperada para ficar sozinha, forço o choro até as lágrimas embaçarem a minha visão. Quero que Pierce se esqueça da faca presa na parede ao lado da janela do quarto e suma da minha vista.

— Se não me vender a sua parte do hotel, vou intimá-la diante do tribunal regional. — Disfarço o alívio ao vê-lo abrir a porta do quarto. Uso o choro como fingimento. Sei que em meio aos meus soluços e lágrimas tudo o que Pierce verá é uma mulher fraca e subjugada. E, no momento, é exatamente isso que desejo. — Está chorando porque já sabe do que vou acusá-la, não é mesmo?

Jogo o corpo no chão e simulo gritos de desespero. Quando se vive três anos em um hospício é fácil fingir gritos de dor, medo e raiva. Contudo, dessa vez, esses sentimentos são alinhados a uma nova certeza: enfrentarei Pierce e todos os homens como ele da minha própria maneira. Não serei uma marionete como Jardel em seus jogos de poder.

— Tão bela e tão louca. — Pierce ri uma última vez e dá um passo para o corredor. Mas seja por desconfiar do meu alívio ou por pura monstruosidade, acende um novo charuto e encosta a brasa no tapete persa que decora o cômodo. O fogo encontra os restos do lampião e rapidamente toma conta das cortinas e dos meus lençóis. — O júri vai amá-la, Anastácia. Quase prefiro que decida me enfrentar, minha querida. Seria ótimo vê-la chorar e implorar por minha misericórdia diante de toda a cidade.

Ele fecha a porta com cuidado para manter-se em sigilo, apesar de um novo trovão pontuar sua saída. Olho para o fogo espalhando-se com rapidez e sinto-o como meu. Cesso o choro e, usando apenas as pernas para levantar, caminho até o outro lado do quarto. Em meio ao fogo, alcanço a faca presa à parede com a boca e uso-a para cortar o tecido gasto da camisa que me envolve. Levo mais tempo do que gostaria na tarefa, porém faço-a com um misto de orgulho e desafio. Não vou fugir do fogo como uma louca presa a uma camisa de força – sairei desse quarto como a mulher que sou, e não a que Pierce deseja que eu seja.

Estou pronta para Pierce e para o tribunal. Se vão julgar a minha loucura publicamente, farei ouvi-los cada parte obscura, dolorosa e cruel da minha história.

Mas, mais que isso, usarei a minha voz para fazê-los ver que a minha loucura tem um nome: injustiça.

※

Fecho os olhos e deito a cabeça no encosto do balanço de madeira. Encontrei-o em meio a um jardim aos fundos da antiga fazenda – poucos metros antes do limite da propriedade. Protegido por um portão de ferro e esquecido pelo que parecem décadas, o pequeno parque foi tomado por ervas daninhas, belas árvores frutíferas e sabiás de peito laranja. Um antro de calmaria perfeito para o dia de hoje.

A tempestade de ontem durou a noite inteira, assim como meu medo e choro. Mas ao acordar, deparei com um céu azul límpido como a linha do horizonte. Agora sinto que meu coração está tal e qual o dia que se segue à tempestade: iluminado e aquecido pela esperança de viver novos recomeços. Nem mesmo a pequena destruição causada pelo fogo foi capaz de abalar meus ânimos.

Tive sorte de sobreviver à noite de ontem – e não só pelo encontro com Pierce, mas por ter suprimido as chamas antes de elas saírem do meu quarto e tomarem conta dos outros cômodos do casarão. Se Benício não tivesse vistoriado o sistema de iluminação e criado inúmeras medidas de segurança, ou se a insônia de Moisés não tivesse feito com que ele resolvesse preparar um chá, o fim dessa história poderia ser completamente diferente. Ao encontrar o rapaz na cozinha, não pensei duas vezes antes de pedir ajuda. Em silêncio, para não acordar toda a casa, usamos cobertores de lã na tentativa de abafar o fogo e só depois recorremos aos baldes de água.

— Chegamos, menina! — Ao ouvir a voz da irmã Dulce, abandono o balanço para abrir o portão que protege o jardim.

— Estou indo, irmã. — Marquei uma reunião no meio da manhã, em um lugar afastado do casarão, para que elas não ficassem assustadas. Se pudesse, manteria a noite de ontem em segredo. Mas elas não só merecem saber as ameaças que nos cercam, como precisam decidir se querem enfrentar Pierce publicamente.

Depois de apagar o fogo, consegui algumas cobertas com Moisés e preparei uma cama na saleta musical. Não fui capaz de dormir, mas ao menos pude organizar meus pensamentos. A primeira hora foi a mais difícil – com o rosto latejando de dor e a compreensão assustadora de que meu quarto foi invadido, só conseguia pensar nas atrocidades cometidas por Pierce. Contudo, aos poucos recobrei a razão, cuidei dos ferimentos em minha pele e voltei ao meu quarto para limpar os rastros deixados pelo fogo. Depois disso, minha primeira decisão foi procurar Ernesto e pedir ajuda para trocar todas as fechaduras do casarão e contratar homens de confiança para zelar pela segurança da fazenda. Vi as perguntas em seu olhar ao analisar as marcas em meu rosto, mas tudo o que Ernesto fez foi ouvir-me prontamente e aceitar me ajudar.

Em seguida, deixei um bilhete na cozinha marcando uma reunião com a irmã Dulce, Marta, Avril, Darcília e Luna. Pedi que elas me encontrassem no jardim no meio da manhã e, com algumas horas de sobra só para mim, aproveitei o abrigo do balanço de madeira para agradecer e repensar as minhas próximas escolhas.

— O que aconteceu com seu rosto? — Avril pergunta assim que abro o portão do jardim. Faço um gesto para que elas entrem, notando que

Cândida também resolveu participar, e volto a fechar a grade. Ernesto me pediu meio dia antes de confirmar que estamos em segurança e que Pierce, ou qualquer homem trabalhando com ele, não entraria infiltrado na fazenda. Por isso, cada dose extra de cuidado é necessária. — Alguém lhe bateu?

— Primeiro preciso que sentem e me ouçam antes de iniciar o interrogatório. — É claro que imediatamente elas começam a fazer inúmeras perguntas. Sorrio ao encará-las, fingindo não escutar a indignação em suas vozes. Cândida senta ao meu lado no balanço, fitando com atenção a minha pele marcada e avermelhada. Aos poucos, todas elas se acomodam nas sombras das árvores e as conversas preocupadas dão lugar ao silêncio. — Certo, primeiro quero dizer que eu estou bem. Os sinais em meu rosto são superficiais e em poucos dias sumirão. Fora isso, não tenho mais nenhum machucado grave no corpo.

A pior ferida é a queimadura causada pelo charuto. Mas a pele não está sensível e muito menos avermelhada. Nesse caso, a experiência me ajudou: um pouco de babosa e consegui reduzir a dor.

— Como eles foram parar aí, nenê? — Darcília tenta se ajeitar nas raízes de uma árvore, mas em questão de minutos desiste e começa a caminhar pelo jardim. — Seja direta e arranque o curativo de uma vez por todas. O que diabos aconteceu? Encontrei Moisés escondendo cobertores queimados na cozinha e, quando fui questionar o que havia acontecido, ele correu e trancou-se no abrigo.

Elas assentem e concordam entre si, mas o que realmente me surpreende é o toque reconfortante de Cândida. A jovem segura a minha mão e me encara com olhos decididos. Sorrio ao sentir-me inspirada por sua força. Estamos nadando contra a maré, mas tenho certeza de que sairemos vitoriosas do embate contra Pierce. Não temos apoio legal e muito menos o suporte de um sobrenome tradicional, mas temos umas às outras. Vamos continuar lutando, mesmo que doa, mesmo que algumas batalhas sejam mais difíceis e injustas do que outras e mesmo que demorem anos para vivermos em uma sociedade que respeite nossa cor e nossas diferenças.

— Vamos logo com isso, nenê. — Darcília para de caminhar e senta aos meus pés, apoiando a cabeça em meus joelhos. Apesar de sua implicância, vejo o quanto está apavorada.

— Encontrei Pierce no meu quarto ontem. Ele foi o responsável pelas marcas no meu rosto e por causar um pequeno incêndio. — Fecho os olhos para não ver o horror na face delas e, antes que me interrompam, explico tudo o que aconteceu o mais rápido possível. Só abro os olhos ao terminar de falar e preciso apertar o pulso esquerdo para não chorar ao fitar os olhos marejados da irmã Dulce. — Pierce também me entregou uma carta escrita por Jardel, por meio dela entendi parte dos motivos pelos quais meu falecido marido deu-se o trabalho de mudar seu testamento. Ele estava muito doente e com medo de que suas conquistas materiais fossem parar nas mãos de um desconhecido e, por isso, resolveu incluir meu nome e o de Avril na herança. Jardel escreveu uma carta para me avisar de sua morte iminente e prometeu me buscar em uma semana. Mas a missiva nunca chegou, assim como ele.

Sinto um arrepio ao falar. Quando li a carta pela primeira vez, notei o ligeiro tremor na letra de Jardel tanto quanto o apelo emocional em suas palavras. Ele parecia apavorado pela certeza de que morreria logo e, pelo cuidado que tiveram em ocultar no laudo médico o real motivo de seu falecimento, imagino que o conde sofria de males pouco honrados. De qualquer forma, percebi que o desejo expresso nela era me ver velando sua morte. E o fato de não ter conseguido alinhado à camisa suja de sangue que Pierce trouxe para o meu quarto me fazem pensar em uma série de teorias dolorosas. Elas não importam como um todo, mas revelam uma faceta perigosa do sócio do meu marido.

— Pouco me surpreende o egoísmo de Jardel ter motivado a alteração do testamento. Sempre imaginei que as suas intenções não eram altruístas. — Avril anda pelo jardim até encontrar uma erva que chama a sua atenção. Ela arranca um punhado, amassa entre os dedos e segue até onde estou, oferecendo-me as mudas de aroma peculiar. — É salsinha. Coloque sobre os hematomas, vai ajudar a diminuir a dor.

— Obrigada. — Coloco as ervas no rosto e imediatamente sinto a ardência diminuir. — Meu encontro com Pierce foi doloroso. E não estou falando da marca no meu rosto, mas sim de suas palavras cruéis e de momentos do passado que ele me fez reviver. Porém, também descobri coisas valiosas sobre mim ontem à noite. Percebi que quero enfrentar Pierce de igual para igual e quero vê-lo sofrer as consequências de suas escolhas.

— O que está propondo? — A voz de Cândida é uma mistura de dor e curiosidade.

— Antes de deixar meu quarto, Pierce fez um ultimato. Ou vendo a minha parte do hotel e mantenho-me calada sobre o Bordel do Conde ou precisarei enfrentá-lo diante do tribunal. — Olho para Darcília ao dizer as últimas palavras. Percebo em seus olhos que ela também está se lembrando do exemplar do *Jornal das Senhoras* que o barão nos enviou. A matéria ainda não foi divulgada, mas depois de ontem imagino que não tardará a circular pelo centro da cidade. — Pierce é uma ameaça para a nossa casa e para o nosso futuro, e é exatamente por esse motivo que não vou me calar. Se precisar encarar um tribunal comandado por homens sem escrúpulos, assim o farei. Mas não vou despreparada e muito menos as colocarei em riscos desnecessários. Então, precisamos descobrir como enfrentar Pierce sem prejudicá-las.

— Já sofremos e continuaremos com ou sem as ameaças do lorde Pierce. Encontramos na Fazenda De Vienne um refúgio, mas isso não significa que a vida lá fora mudou. O mundo segue cruel, então o problema não é enfrentá-lo ou não, mas como fazê-lo. — Cândida me surpreende ao ficar em pé e assobiar para chamar a atenção de todo o grupo. Ela me encara com um sorriso corajoso e, retirando um colar de prata do pescoço, mostra o brasão que pende de sua corrente arredondada.

— Pelos céus, isso é o que estou pensando? — Luna toca o amuleto com uma curiosidade que me impressiona. Olho para Darcília na tentativa de compreender o que está acontecendo e choco-me com o olhar perdido estampado em seu rosto. — Seu pai é o governador?

— Sou filha do homem que vai julgá-la caso Pierce dê entrada a uma petição no tribunal da província, Anastácia. — Cândida volta a me encarar, falando as palavras de forma pausada, como se entendesse que a minha mente precisa de tempo para processar tantas informações. — Posso ajudá-la a se preparar da melhor forma possível. Sei como meu pai costuma agir bem como conheço os trejeitos dos homens que o acompanham no palanque. Talvez devêssemos usar a sessão com o governador para sermos ouvidas. Como mulher, viúva, prostituta, negra ou mãe.

O peso de sua fala ecoa pelo jardim. Um silêncio ensurdecedor me alcança – tenho tanto para dizer, mas faltam-me palavras. Compreendo os apelos de Cândida e sinto-me tola por esquecer que, independentemente do abrigo que estamos construindo na fazenda e das pessoas maravilhosas que temos ao nosso redor, o mundo do lado de fora não é justo.

— Não quero envolvê-las nas artimanhas de Pierce. — Minha voz sai embargada, mas me forço a falar tudo o que estou sentindo. — Essa sessão no tribunal trata-se dele e de sua ânsia por poder. Tenho medo de arriscar o abrigo e tudo o que construímos desde que chegamos à fazenda. E se Pierce colocar em perigo a vida de sua filha ou a de Quirino?

— Mas a senhora não vê? Nunca se tratou apenas de lorde Pierce ou de nossos filhos. — Cândida volta até o balanço e segura meus ombros, chamando a minha atenção para a voracidade de sua voz. — Estamos lutando por todas aquelas que virão depois de nós. Sabe tão bem quanto eu que não seremos as últimas mulheres abusadas, vendidas ou agredidas. Decidi que o nome da minha filha será Esperança porque é isso que o mundo todo merece, não apenas a minha doce menina.

— Está certa, vamos lutar juntas. — Olho para Luna e depois para Darcília, buscando em seus olhos a confirmação de que preciso. — Usaremos o tribunal para enfrentar Pierce e todos os homens que apoiam a escravidão e o abuso.

— Obrigada, senhora. — Cândida sorri e volta a segurar uma das minhas mãos. No fundo do jardim, a irmã Dulce retira um terço dos bolsos e começa a rezar. Aprendi a me acostumar com o fato de que ela não se intimida com a nossa presença e ora onde e quando bem entende. — Vou enviar uma carta para a minha prima. Já passou da hora de ela e sua família agirem em nome do povo. Se não o fizerem, pelo menos saberão da história da minha filha. Quem sabe assim ela interfira a nosso favor.

— E quem é sua prima, menina? — A pergunta vem da irmã Dulce que, apesar de manter os olhos fechados e o rosto inclinado para o céu, permanece atenta a nossa conversa.

— O nome dela é Isabel. — Cândida parece envergonhada ao falar. Pela primeira vez desde que começamos a conversar sobre Pierce, sua pele assume um tom rosado e seus olhos fogem dos meus. — Alguns a chamam de Redentora, outros de Herdeira, mas ela é mais conhecida como Princesa Isabel. Eu a conheço como uma jovem alegre que evita ao máximo envolver-se em questões políticas.

— Também deporei, se for preciso. Falarei sobre o Marrão, os abusos que vivemos no bordel e como fomos trazidas de forma ilegal para o Brasil. — Luna me interrompe antes que eu possa reagir à revelação de Cândida. — Todas nós precisamos estar preparadas para enfrentar o tribunal. Mas antes disso, é importante compreendermos que não estaremos sozinhas. Aprendi nos últimos anos que só conseguiremos seguir em frente se lutarmos juntas.

Luna caminha até Darcília e lhe oferece a mão, minha amiga faz o mesmo com Marta e, após um minuto, estamos todas de mãos dadas. A irmã Dulce inicia uma cantiga e a seguimos, mesmo sem conhecer todas as palavras. Sinto-me forte, esperançosa e tranquila ao lado delas. Então, digo a mim mesma que é só por isso que sorrio ao ouvir o chamado de Benício que corre até o jardim acompanhado por Samuel e Ernesto. Darcília dá um peteleco divertido em meu joelho e, de forma apressada, saio do balanço e caminho até eles, abrindo o portão para que possam entrar.

— Eu vou matar aquele maldito! — Benício rodeia meu rosto com as mãos com delicadeza e toca as ervas que escondem meus hematomas.

— Eu estou bem. — Abraço-o apertado e apoio o rosto em seu ombro, inspirando seu perfume amadeirado. Senti mais saudades dele do que sou capaz de assumir. — Não se preocupe com Pierce. Já descobrimos como derrotá-lo.

— E posso saber o que pretendem fazer, senhora? — Apesar de seu tom divertido, seus olhos continuam nublados pela preocupação.

Beijo sua bochecha e, com o rosto de lado, vejo Avril se aproximar de Samuel. Ela olha para irmã Dulce, depois para mim e, após ponderar por um segundo, abraça-a de forma rápida e envergonhada. O contato parece inesperado aos dois, mas ao mesmo tempo infinitamente certo.

— Tudo o que queremos é que nos ouçam, Benício. — Seguro sua mão na minha e volto até o jardim, convidando-os para ficarem conosco. Temos muito o que conversar sobre a fazenda, as ameaças do barão e nossos planos contra Pierce. — Demorei para aprender, mas agora sei que a minha voz é a minha maior força.

Nunca mais me calarei. Descobri quem quero ser e estou pronta para ser ouvida. Mas indo muito além dos meus anseios, estou decidida a levantar a minha voz em nome de todas as mulheres que um dia o mundo tentará silenciar.

Deixou de ser difícil

Era difícil segui-la
com os grilhões de seus olhos em mim
Era difícil senti-la
com a frieza de suas mãos nas minhas
Era difícil tocá-la
com o fantasma de sua voz a me chamar

Deixei-me queimar
Deixei-me sangrar
Até um novo coração brotar
Até ser fácil encontrá-la

Escolhi lutar por seus acordes
Correr atrás de suas notas
E reencontrar a sua paz
Escolhi a minha música
E, então, não era mais difícil

Deixou de ser difícil segui-la: ela faz parte da minha alma
Deixou de ser difícil senti-la: ela flui dos meus dedos
Deixou de ser difícil tocá-la: ela é a minha voz

Música de Anastácia De Vienne Faure
Novembro de 1880

25
BENÍCIO

A música que me alcança é contagiante. Já ouvi Anastácia tocando óperas famosas tanto quanto criando melodias cheias de história e emoção. Mas até hoje nenhuma de suas composições havia transmitido tamanha alegria.

Desde a invasão de Pierce, as notas do seu violoncelo saem da saleta musical e me alcançam com força total, afastando o sono e mantendo-me acordado. Em parte, mantive-me vigilante por temer um novo ataque – apesar de a sessão no tribunal já estar marcada, nada impediria Pierce de agir na calada da noite uma segunda vez. Contudo, confesso que em algumas noites apenas permaneci concentrado nas composições sinceras de Anastácia para que sua música calasse as vozes em minha mente e me permitisse descansar. Exatamente como estou fazendo agora.

Fecho os olhos e imagino Anastácia abraçada ao violoncelo. A cada nota que pulsa junto com as batidas no meu coração, sinto-me impelido a segui-la para onde quer que vá. Ao voltar para a Fazenda De Vienne, depois de assumir a minha posição como herdeiro legítimo do barão, me dei conta de que a vida é instável demais para que eu continue freando meus sentimentos. E descobrir que Pierce esteve nesta casa e que machucou Anie fez meu instinto protetor aflorar. Já passamos tempo demais com medo do que sentimos um pelo outro e, mesmo que ela ainda não esteja pronta para ouvir tudo o que tenho para dizer, estou decidido a mostrar como me tornei dependente de seus sorrisos e de sua felicidade.

Anie passou a última semana repetindo que os machucados deixados por Pierce foram apenas aparentes, mas vez ou outra a vi encarando a marca no pulso esquerdo com maior intensidade. De repente, sinto uma necessidade urgente de vê-la e confirmar que está bem, então jogo o lençol para o lado e caminho até a porta do quarto, torcendo para que eu tenha sorte e a porta da saleta musical esteja aberta – exatamente como na noite em que dormi no corredor da sala de estar.

— Onde pensa que vai, Benício? — Levo um susto ao ouvir Samuel e, sem prestar atenção onde piso, bato o dedo do pé na mesa de madeira esquecida ao lado da porta.

— Mas que droga! De quem foi a ideia de colocar a mesa de trabalho no centro do corredor de passagem? — Pulo com um pé só ao sentir o dedo latejar. Não me orgulho da quantidade de obscenidades que saem da minha boca.

— Sabe muito bem que a ideia genial foi sua. — Ele acende o lampião que fica ao lado de sua cama e ri ao encarar a minha expressão de raiva. — Ninguém mandou acordar no meio da noite para visitar Anastácia, irmãozinho.

— E quem disse que acordei para vê-la e não para trabalhar?

No começo da semana, trouxe uma escrivaninha para o quarto com a intenção de duplicar a jornada de trabalho. Após a invasão, senti uma necessidade ainda maior de acelerar a construção do abrigo, mas a verdade é que não passei tanto tempo trabalhando quanto deveria. Nos últimos dias me mantive dividido entre cobrir Anastácia de atenção ou seguir para o centro da cidade com a finalidade de acertar minhas contas com Pierce. Só consegui controlar a raiva depois de entender a amplitude do que Anie e as outras mulheres da fazenda estão preparando para a sessão no tribunal.

Será uma jogada arriscada, mas absolutamente brilhante.

— Quando vai tomar juízo e parar de sair de fininho durante a noite? — A repreenda em seu tom de voz chama a minha atenção. Aguardo em silêncio, como uma criança que foi pega em flagrante, enquanto meu irmão senta na cama e esfrega o rosto para afastar o sono. — Está na cara que estão apaixonados, então não entendo a demora para oficializar o relacionamento. Pelos céus, não estou pedindo para me contar os detalhes! Prefiro não saber o que andam fazendo em suas escapadas pela fazenda, mas devo lembrá-lo de que somos uma família. Quero saber o que está sentindo e o que tem lhe roubado o sono, Benício.

— Ora, deixe de ser sentimental... — Ele arqueia a sobrancelha no exato instante em que começo a responder-lhe, freando a minha tentativa frustrada de aliviar o clima da conversa. Eu e Samuel conversamos sobre Anastácia algumas vezes, mas não fui capaz de revelar tudo o que vivi ao lado dela nas últimas semanas. Toda vez que amo alguém, preciso ver a pessoa sofrer. E a verdade é que não desejo que Anie pague o preço de ser amada por um bastardo. — O que gostaria de saber?

Apoio o corpo na lateral da mesa e mantenho os olhos fixos aos de Samuel. Assim como eu, ele parece incomodado com o confronto. Não costumamos guardar segredos um do outro, mas meus sentimentos por Anastácia ainda são novos demais – mal consigo pensar nela sem ser dominado por uma avalanche de medos e inseguranças. Quero fazer parte de sua vida, mas receio assustá-la com a intensidade dos meus sentimentos. Desejo vê-la livre para ser quem quiser, mas torço para ser convidado a caminhar ao seu lado. E o mais perigoso de tudo, espero que ela escolha viver ao meu lado, mas ao mesmo tempo acredito que não sou o homem que Anie merece.

— Diga-me, decidiu cortejá-la? Ou apenas estão encontrando prazer juntos?

— Olhe a boca, Samuel! — Minha raiva ecoa pelo quarto silencioso. — Meu relacionamento com Anastácia é diferente. Além disso, é tudo complicado demais.

— Então fale comigo, seu tolo! — Samuel levanta da cama e caminha até onde estou, plantado ao lado da porta. — Ela o faz feliz, consigo sentir isso. Assim como vejo a apreensão em seus olhos. São os anos que Anastácia viveu no hospício que o assustam? Porque, juro pela alma de minha mãe, irmão: essas mulheres não são loucas.

— Sempre soube que elas foram vítimas de um mundo que teme o diferente, Samuel. Assim como nós, o único pecado de Anastácia foi lutar para construir seu próprio caminho. Ela não aceitou o que ditaram como certo, então foi taxada de louca por ousar discordar. — Meu irmão apoia as mãos em meus ombros, forçando-me a encará-lo. Vejo preocupação em seus olhos, assim como toda a força do amor que nos une. — Meu medo é de não conseguir ser o que Anastácia precisa. Seu desejo não é casar, pelo menos não por enquanto, e construir uma família não é uma de suas prioridades. Estamos juntos, mas não somos noivos. E eu sou um maldito bastardo! É difícil demais falar sobre isso, entende? Não existe um modelo a seguir, somente nós dois escolhendo estarmos juntos.

— Vamos, pare de estalar os dedos. — Com um sorriso no rosto, Samuel me sacode pelos ombros até o seu pedido ser atendido. — Eu te amo, por isso preciso lhe dizer a verdade. Não deixe que o medo anule seus sonhos. Não existem modelos predefinidos quando o assunto é amor, Benício. Construam um modelo que funcione para os dois, mas façam isso juntos. Pare de pensar demais sobre o que sente e simplesmente converse com ela.

Nunca parei para refletir sobre o futuro, pelo menos não dessa forma. Ultrapassei a minha cota de casos superficiais, embasados no contato físico ou em conversas divertidas. Mas o fato é que nunca cheguei a construir uma relação com as mulheres que passaram por minha cama – elas, assim como eu, pareciam interessadas no hoje e não no futuro. Mas isso mudou quando Anastácia apareceu. Agora, constantemente me pego pensando na história que construiremos juntos.

Ao lado dela, contato físico algum seria suficiente. Desejo mais do que beijos e toques, quero conhecê-la por inteiro. Anseio por suas palavras, por suas gargalhadas e até mesmo por suas explosões de raiva. Quero que, ao tocá-la, seus olhos brilhem com a mesma intensidade com a qual me fitam ao fazer centenas de perguntas sobre meu trabalho, que seu sorriso continue guiando nossas conversas sinceras e que possamos dançar milhares de óperas pelo mundo. Eu a quero, mas não sei se isso é o suficiente para superar de vez nosso passado.

— Para sua informação, só estava indo ouvi-la tocar — digo para Samuel depois de alguns instantes.

— Então é melhor vestir uma camisa, irmãozinho. — Tarde demais, me dou conta de que estou usando nada mais do que um calção de dormir. — Vai ser mais fácil acreditar em suas intenções se estiver usando roupas apropriadas.

Ele tenta disfarçar uma risada, mas não consegue. Devo parecer completamente perturbado aos seus olhos e, de fato, é assim que me sinto.

Samuel caminha até a cômoda e, aproveitando-me dos segundos de silêncio, procuro pela música de Anastácia. A necessidade de vê-la toma conta dos meus pensamentos. Tenho certeza de que neste exato momento ela está sorrindo ao abraçar o violoncelo, provavelmente com o cabelo pendendo para a esquerda e deixando parte da pele do pescoço à mostra. Gostaria de beijá-la exatamente nesse ponto, sentindo a música vibrar em sua pele.

— Está pensando demais, Benício. — Ele joga uma muda de roupas na minha direção, acertando propositalmente meu rosto. — Se estiver preparado para enfrentar seus temores, converse com Anastácia. Se não, apenas lhe faça companhia. O que têm é raro, por isso não deixe que o mundo os impeça de serem felizes.

Suas últimas palavras soam como um alerta. Fito Samuel com atenção, ciente de que não sou o único lutando contra sentimentos inomináveis. Apesar do tom brincalhão, o olhar cansado no rosto do meu irmão deixa claro que ele também está com problemas para dormir. E, apesar de ter passado os últimos dias focado demais em meus próprios medos, sei bem qual senhorita infiltrou-se em sua mente e roubou-lhe a calmaria.

— Agradeço por não fingir que estava dormindo ao me ouvir sair. Precisava conversar sobre Anastácia, só não fazia ideia do quanto — digo ao vestir um conjunto simples de calça e camisa de linho. Desde que voltei da Índia, acostumei-me a usá-los durante a noite.

— Fui descoberto? Eu achei que havia aprendido a imitar meu próprio ronco! — Com um sorriso brincalhão, Samuel abre a porta do quarto e me empurra para o corredor. — Devo esperá-lo acordado? Confesso que gostaria de ver a sua cara feia só pela manhã.

— Ora, verei o que posso fazer para realizar o seu desejo, senhor. — A diversão em minha voz é reconfortante.

Graças a Samuel, a tensão e o medo foram dissipados, deixando apenas a ansiedade contagiante de encontrar Anastácia. Não tenho respostas para a maioria das perguntas feitas por meu irmão, mas ao menos sinto-me preparado para descobri-las.

— Anastácia tem sorte por tê-lo, irmãozinho.

— Sortuda é a mulher que povoa seus pensamentos a ponto de roubar-lhe o sonho. — Dessa vez, sou eu que chacoalho seus ombros, obrigando-o a me encarar. — É o homem mais honrado que conheço, irmão. Então, deixe que ela conheça seu coração.

— Um homem devoto apaixonado por uma noviça é melhor ou pior do que um negro enamorado por uma branca? — Ele foge do meu olhar, mas em sua voz consigo identificar os fantasmas do passado roubando-lhe as certezas.

— Não compreendo a imensidão da sua luta, Samuel. — Espero que meu irmão volte a me encarar antes de continuar a falar. — Há pouco pediu que eu não deixasse o medo controlar meus passos, então agora imploro que faça o mesmo. Ame e deixe-se ser amado. Lembre-se de que não amamos rótulos, mas pessoas ímpares em aparência, caráter e histórias de vida. E que o amor genuíno é o único sentimento capaz de nos tornar verdadeiramente iguais.

Nós nos encaramos por longos minutos – eu no corredor principal, sentindo a música de Anastácia me chamar, e meu irmão encostado à cômoda ao lado da porta, perdido em pensamentos. Samuel interrompe o silêncio incômodo com uma série de resmungos e caminha até o fundo do quarto com passos atrapalhados. Sorrio ao compreender o que ele está fazendo – por um instante, pensei que fecharia a porta na minha cara e passaria a noite inteira avaliando os prós e contras de uma relação com Avril.

— É melhor eu usar uma camisa também, não acha? — Sorrindo como um tolo, Samuel veste uma túnica branca, passa perfume e, antes de sair do quarto, alcança o arranjo de macela-do-campo que deixamos na cômoda ao lado de nossas camas. — Acredita mesmo que tenho uma chance?

Ele encosta a porta do quarto e, com um olhar nervoso, encara o escritório principal no fim do corredor. Noto a luz suave que sai da porta fechada e imagino que a mulher que domina seus pensamentos tenha decidido trabalhar até tarde.

— Uma chance? Ora, o mundo inteiro está a seu favor! — Com uma piscadela, caminho em direção ao escritório. Samuel parece apavorado e antes que ele possa pensar em desistir, bato à porta de madeira. — Todos nós merecemos encontrar a felicidade, irmão.

A porta não demora para abrir e, sem ser pego em flagrante, sorrio para Samuel e caminho apressado até Anastácia, deixando-me conduzir por sua música suave.

Como sempre, meu irmão tem razão. Amar não é ajustar-se aos moldes de outros homens, mas sim deixar-se guiar exclusivamente por nosso coração apaixonado. Por mais assustador que pareça, ele é o único que conhece o caminho.

<hr />

Enquanto toca, Anastácia sustenta um sorriso contagiante em seu rosto. Apoio o corpo no umbral de madeira, grato pela porta estar completamente aberta, e observo seu perfil: nariz levemente arrebitado, uma covinha no queixo que só aparece quando ela sorri de forma ampla e várias sardas espalhadas pelo rosto. Neste instante, tudo o que mais queria era beijá-las, uma a uma. A claraboia no teto está aberta, então a luz da lua reflete em seus cabelos, fazendo-os brilhar como as águas tempestuosas do Mar Negro. Mas o que me faz perder o fôlego é a cor de suas vestes.

Ela usa um conjunto de dormir que lembra o tom oscilante de seus olhos. Os primeiros botões do camisão estão abertos, como se estivesse com pressa demais para lembrar-se deles, e os pés descalços despontam da barra da túnica, revelando uma série de sardas que eu ainda não conhecia.

Sua concentração é tamanha que ela mal nota a minha chegada. Gostaria que Anie olhasse para mim da mesma forma que encara o violoncelo; abraçada a ele em uma posição que remete tanto rigidez quanto carinho, o braço do instrumento repousa em seu ombro direito enquanto a lateral de seu rosto apoia-se no corpo amadeirado do violoncelo. Vê-la tocar é como mergulhar em um abraço de amantes.

Fecho os olhos e revivo nosso encontro na despensa, relembrando a delicadeza de suas mãos correndo por minha pele e o encaixe perfeito de nossos corpos. Nunca a quis tanto quanto agora, mas só se for de corpo e alma – as palavras de Samuel ressoam em minha mente, evocando a certeza de que preciso descobrir o que desejo para o meu futuro. Sei que vejo Anastácia nele, mas ainda não descobri quais são os meus sonhos. Quero tornar o abrigo o meu melhor projeto assim como almejo encontrar outras formas de lutar contra a opressão social que determina a nossa sociedade. Visualizo novas filiais da Empreiteira De Sá e facilmente imagino Anastácia liderando abrigos espalhados pelo Brasil. Mas o futuro que planejo em minha mente pode não ser o mesmo que ela deseja seguir. E para nos manter juntos, precisamos conhecer as inspirações um do outro.

— Benício? — A música cessa, forçando-me a abrir os olhos. Do fundo da sala, Anastácia me encara com uma expressão preocupada.

Seus olhos nos meus, a forma como seu corpo enlaça o violoncelo e a ruga de preocupação em sua testa são quase demais para mim.

— Continue, por favor — digo sem fugir do seu olhar. Ela pondera por um instante, mas parece entender que eu preciso de um instante para organizar meus pensamentos.

As notas que me alcançam são carregadas de sentimentos que não sei nominar. Enquanto toca, com o corpo seguindo os movimentos ritmados do arco colidindo com as cordas do instrumento, Anastácia sorri para mim. A intensidade em sua expressão assim como a força de sua música me impelem até ela. Entro na sala completamente capturado pelo brilho que resplandece de sua alma, alcança seus belos olhos e envolve meu coração.

— A composição ainda não está finalizada — Anastácia diz de repente, arrancando-me de meus devaneios. Ela interrompe a música e aproveita o momento para alongar os dedos da mão que usa para controlar as cortas do violoncelo. — Vamos, sente-se. Quero lhe mostrar algo.

— Só passei para vê-la tocar, não quero incomodá-la. — Apesar do que digo, puxo um banco de ferro e sento ao seu lado. Em minha mente, prometo que ficarei apenas por alguns minutos.

— Gosto de ser incomodada pelo senhor, sabia? — Anastácia pisca para mim e alcança alguns papéis espalhados no topo do piano de cauda que está ao meu lado. Ela inclina o corpo em minha direção, dominando meus sentidos com seu cheiro de lavanda, e deixa aparente as duas fendas nas barras de sua túnica. Além de seus pés, consigo ver parte de sua panturrilha. Minha atenção é capturada pela corrente fina de prata presa a seu calcanhar direito.

— Qual é a história dessa joia? — Tento disfarçar, mas ela me pega encarando seus pés, então resolvo ser sincero e perguntar sobre a peça. Pelo menos assim podemos fingir que não estava ansiando explorar e tocar cada centímetro de sua pele.

— Era da minha mãe, ela me deu quando debutei. Larga demais para ser uma pulseira, resolvi usá-la no tornozelo. Sempre gostei de mantê-la escondida só para mim. — Ela tira o pé do chão, girando-o na frente do corpo. — Papai comprou a corrente de uma cigana, após ela ler sua sorte e dizer exatamente o que ele gostaria de ouvir sobre o futuro. Não tenho certeza se é ou não de prata, mas tudo o que importa é que esse é o único pertence que consegui manter comigo por todos esses anos. Antes, guardava-o em uma caixa para ser utilizado apenas em ocasiões importantes, mas agora entendo que viver é o mais importante.

Ela está tão entretida balançando a joia que não percebe a minha intenção. Ajoelho ao seu lado e toco a corrente, pegando-a de surpresa ao deslizar os dedos propositalmente por seu tornozelo.

— Infelizmente, não consigo dizer se é uma joia ou não, senhora. Precisarei fazer uma avaliação mais minuciosa. — Anastácia sorri quando seguro seu pé com as duas mãos e o aproximo de meu rosto, olhando para a corrente como se o interesse estivesse na peça, e não na mulher que está usando-a. — Seria muito mais fácil se fosse uma peça dourada. Bastaria uma mordida para saber se é de ouro ou não.

Percebo que sente cócegas com meu toque e tiro proveito do momento, desfrutando do riso leve e fácil entre nós.

— Prometo que terá volta — Anie diz em meio às gargalhadas. Beijo uma sarda em sua panturrilha, dando-me por satisfeito ao vê-la gargalhar cada vez mais alto. — Sinto muito, mas agora terei que descobrir em quais lugares o senhor sente cócegas.

— Sou todo seu. — Abro os braços em um convite. Minhas palavras saem em tom de brincadeira, mas o ar muda entre nós. Sinto os olhos de Anastácia em meus lábios e inclino o corpo para trazê-la para perto, mas antes que nossos corpos se toquem, ela balança um punhado de papéis na altura dos meus olhos.

— Era isso que queria mostrar-lhe, espertinho. — Volto para o meu lugar e tomo os papéis de suas mãos, sorrindo ao ver que são partituras.

— Finalmente voltei a escrever. Essas são minhas últimas músicas ou ao menos algumas delas. É claro que não estão finalizadas. Preciso ajustar os arranjos, e alguns acordes estão péssimos. Na verdade, talvez seja melhor mostrá-las quando estiverem finalizadas.

Ela tenta arrancar os papéis da minha mão, mas fujo de seu toque.

— Nem pensar, não pode mudar de ideia agora. — Se Anastácia não quiser que eu veja suas músicas, não o farei. Mas se tudo não passar de uma insegurança tola, então não a deixarei fugir. — Tenho certeza de que elas não precisam estar prontas para serem especiais. Verdade seja dita, posso afirmar que o esboço de qualquer projeto é tão lindo quanto o resultado final.

— Suas palavras foram a minha inspiração. — A insegurança em sua voz me deixa ainda mais curioso, mas ainda estou aguardando seu aval para ler as partituras. Enquanto Anastácia pensa, aproximo meu banco do seu e deposito um beijo em sua bochecha, rindo ao vê-la voltar a sorrir. — Adoro o quanto é persuasivo, Benício. Pode lê-las, quero mesmo saber o que achou.

— Obrigado, Anastácia. — Ela refuta meu agradecimento e observa cada um dos meus movimentos com olhos curiosos.

Aos poucos, entendo que todos os papéis e as partituras são esboços para uma mesma canção. Anotações foram feitas nos rodapés e nas laterais das páginas que, entre rabiscos e cortes, vão ganhando corpo. Nas primeiras folhas, tudo o que consigo compreender são estrofes e versos espalhados entre emoções e sensações – eles fazem com que eu me sinta próximo do momento em que Anastácia os escreveu, mas é o teor da canção que abocanha meu espírito.

Tremo ao ler repetidas vezes a música completa. Com o coração acelerado, absorvo cada palavra e acorde, sentindo-as transbordar um novo tipo de amor.

— Gostou? — Deixo de fitar as partituras para encarar Anastácia. De certa forma, é como se estivesse vendo-a pela primeira vez.

— Não encontro palavras para expressar o quanto amei. — Corro os dedos pelo topo da página, onde o nome da minha mãe está escrito, e deixo as emoções me guiarem. — Tocaria a melodia para mim?

— Pensei que não pediria, senhor. — As notas doces preenchem a sala e fazem meus olhos marejarem.

Nem em meus mais delirantes sonhos imaginei ganhar um presente como este. Anastácia compôs uma música para a mulher que mudou a minha vida de tantas formas e que, ainda assim, eu não tive a oportunidade de conhecer. Mas em vez de saudade, ao ouvi-la tocar, a sensação é de que estou ainda mais próximo da minha mãe. Por alguns minutos, sinto-me abraçado e protegido, exatamente como sei que seria caso Moema estivesse viva.

Lágrimas correm pelo meu rosto e molham o papel em minhas mãos. Quase fico envergonhado por não controlar as minhas emoções, mas o sorriso acolhedor no rosto de Anastácia faz com que eu me sinta protegido. Então, a sensação é de que sou amado por completo: o passado como filho do barão de Magé, o presente como Benício De Sá e o futuro como alguém que ainda preciso construir.

Anie termina de tocar, mudando a atmosfera do aposento – com os olhos presos aos dela, deixo de uma vez por todas que meus sentimentos transbordem. Não tenho palavras para mostrar o quanto estou surpreso com seu presente, então escolho fazê-la sentir. Quero que ela entre em minha mente e conheça cada uma das emoções que me define como um homem perdidamente apaixonado.

Em silêncio, caminho até a porta. Seus olhos permanecem nos meus quando tranco a entrada da saleta musical e volto até onde ela está sentada. Retiro o violoncelo de seu abraço com delicadeza, procurando um sinal de dúvida ou medo em sua expressão, mas tudo o que vejo é entrega e, por isso, deixo-me guiar por meu coração.

— Venho lutando contra a força dos meus sentimentos, mas a verdade é que a amo — digo ao pegá-la no colo, prendendo suas pernas ao meu redor e unindo nossos corpos. Anastácia arfa em surpresa e, sedento por ela, tomo sua respiração em um beijo.

Mantenho uma das mãos em sua cintura e a outra na base do seu pescoço, sentindo os dedos tremerem ao tocar as mechas macias do seu cabelo. Separo nossos lábios por um momento e encaro seus olhos brilhantes na ânsia de compreender quais são os seus sentimentos – porque os meus nunca estiveram tão claros. Beijo sua testa, a ponta de seu nariz e um sarda que descobri embaixo de seu queixo. Anastácia sorri, inclinando a cabeça para trás, e sinto sua alegria colidir com a minha em uma explosão de risos.

— Hoje sei que venho te amando-a desde o nosso primeiro encontro, Anie. — Ela cessa o riso e me encara com um misto de surpresa e medo. Tudo o que desejo para essa noite é ser corajoso o suficiente para demonstrar o que sinto. — Nosso primeiro encontro em Paris mudou a minha vida de várias formas. Então, mesmo quando acreditei que nunca mais nos veríamos, uma parte de mim escolheu carregá-la para sempre. Primeiro, amei-a porque seus olhos curiosos incitavam o desejo de libertar-me do passado para ser eu mesmo. Depois, o amor aflorou ao vê-la lutar pelo que acredita com afinco e determinação. E agora, passo o dia todo encontrando novos motivos para amá-la.

Sento-a no topo do piano, mantendo suas pernas ao meu redor, e beijo todas as sardas que pincelam a pele exposta de seus ombros. Anastácia contorce o corpo a cada toque, clamando meu nome com os lábios colados aos meus e convidando-me a mergulhar no laço invisível que nos uniu desde a primeira troca de olhares.

— Nada de poemas, sonatas ou construções de templos grandiosos — digo ao deitá-la e correr as mãos por suas pernas. — Vou amar e reivindicar cada parte do seu corpo, com tudo o que sou e com tudo o que tenho, até que me sinta em cada um dos seus suspiros e pensamentos, até que não restem dúvidas de que sou inteiramente seu.

Anie libera um suspiro desesperador e, com as mãos na barra da minha camisa, me puxa até ela. Nossas bocas se unem em um beijo que é puro desejo, mas que também é muito mais do que sensações e prazer. Estou entregando-me a ela. Apesar de o meu corpo vibrar ao sentir seus dedos cravados em minha pele e puxando meu cabelo, a impressão é de que nossos corações estão unindo-se para criar algo muito maior do que nós dois. Sinto seu gosto, ouço seus gemidos e nada disso parece real. Afasto-me depois de alguns segundos, lutando para respirar.

— Diga-me, estou sonhando? — Passo por suas curvas e regozijo-me com a intensidade que vejo em seus belos olhos.

— Se estamos dormindo, não quero acordar tão cedo. — Anie puxa a barra da minha túnica e afasta o tecido, empurrando-a por minha cabeça com uma rapidez que me faz rir. Suas mãos percorrem a minha pele e param na altura do coração, onde ela deposita um beijo delicado. — Sua alma brilha, Benício. Sabia disso? Sinto-me atraída por sua luz desde o primeiro momento que o vi.

A força por trás de suas palavras faz com que eu perca a cabeça. Beijo-a, arrancando suspiros e murmúrios desconexos. Com seus lábios presos aos meus, retiro seu vestido, deixando minhas mãos percorrerem cada centímetro de sua pele. Paro de beijá-la por um instante e gravo a imagem em minha mente: o cabelo cor de ônix espalhado pela superfície do topo do piano, a pele alva contrastando com a minha e as incontáveis sardas outrora escondidas e agora reveladas.

Ela oculta os sinais do passado no alto das costelas, mas afasto suas mãos e beijo cada cicatriz que encontro em seu corpo. Sinto raiva e impotência pela dor física e emocional que um dia Anastácia precisou enfrentar sozinha, mas mais que isso, sinto vontade de cobri-la e marcá-la com o meu amor.

— Uma nova vida, Anie — digo com os olhos colados aos dela. — Juntos, vamos construir novas memórias.

— É tudo o que eu mais quero. — Ela enlaça os braços no meu pescoço e, puxando-me pelo cabelo, une nossos corpos em um abraço apaixonado. — Mostre-me como é ser amada, Benício.

E é exatamente isso que faço. Amo-a com cada fagulha de luz que Anastácia diz ver em minha alma.

Com um olhar intenso, ela me convida a entrar em seu coração ao mesmo tempo que seu corpo me conta tudo o que deseja de mim. A cada toque, sinto uma sinfonia nascer entre nós, composta pelos sons de nossos lábios juntos, do meu nome saindo de sua boca em um sussurro e do seu coração batendo tão descompassado quanto o meu.

A melodia vibra por completo quando nos tornamos um só corpo e uma só alma. Nada mais somos do que notas agudas, acordes perfeitos e composições finalizadas que, juntos, criam uma ópera como nenhuma outra.

Sentimentos sinceros são capazes de falar por si mesmos, então não preciso de palavras. Unidos como um só, eu e Anastácia acabamos de compor a nossa própria música.

E, se não fosse suficiente, dançamos sob a luz de seus acordes.

26
ANASTÁCIA

Apoio a cabeça no peito de Benício e perco-me em sua respiração ritmada. Ele me puxa para perto, aconchegando-me em seu abraço, e corre as mãos por meu cabelo. Fecho os olhos e inspiro seu cheiro amadeirado, aproveitando ao máximo nosso momento. Estar em seus braços causa uma comoção em minha mente. A sensação é de que estou em casa, e estaria mentindo se dissesse que isso não me apavora. Sinto que seria muito fácil perder-me de mim mesma e mergulhar de cabeça no que sinto por Benício. Estar com ele, de todas as formas, é muito mais natural do que imaginei.

Meu coração doeu quando, no início da noite, Benício me fez perceber tudo de que abri mão ao contentar-me com um relacionamento comum. Mas tão logo ele beijou as marcas em minha pele, me esqueci por completo do passado para concentrar meus pensamentos nele – na bondade por trás de seus olhos, nas rugas causadas pelos sorrisos constantes, na delicadeza de suas mãos explorando meu corpo. Senti-me amada pela primeira vez, mas uma parte teimosa de minha mente tem medo de que eu me torne dependente dele e de seu amor. Tenho muito medo de me perder.

Preciso conter as emoções para não começar a chorar. Sei que Benício entenderia o verdadeiro motivo por trás das minhas lágrimas, mas não quero ceder à dor. Desejo gravar cada detalhe desse momento em minha mente e mantê-lo livre de todos os fantasmas do passado.

— No que está pensando? — Benício beija o topo da minha cabeça e nos deita de lado, fazendo com que nossos olhos se encontrem.

— Que este tapete felpudo veio a calhar, não acha? — Estamos no chão da saleta musical, sentindo a calmaria tomar conta de nossos corpos e aproveitando o silêncio da madrugada.

— Ele e o piano de cauda foram os grandes protagonistas da noite. Nunca mais olharei para esses objetos da mesma forma. — Escondo o rosto no pescoço de Benício, sentindo a pele queimar de vergonha, mas rindo de suas palavras. — Juro que na próxima vez procuraremos uma cama, Anie.

— Próxima vez? Está muito convencido, senhor. — Ele gira nossos corpos, apoiando os braços na lateral do meu rosto e agigantando-se sobre mim. Pequenos choques de prazer fazem meu corpo pulsar nos pontos em que nossa pele se encontra. — O senhor tem razão, se continuarmos assim teremos muito mais do que uma próxima vez.

Sorrio ao vê-lo gargalhar. Contudo, apesar do clima leve e divertido entre nós, noto a preocupação em seus olhos.

— Converse comigo, não deixe as palavras se perderem em sua mente. — Ele beija a ruga em minha testa, lembrando-me de que não sou capaz de esconder preocupações e muito menos emoções tão intensas.

— Não quero macular nossa noite falando sobre o passado. — Toco seu cabelo, perdendo-me na sensação das mechas correndo entre meus dedos. Adoro o fato de que elas estão compridas o suficiente para emoldurar seu rosto.

— Nada nem ninguém será capaz de destruir o que construímos. Isso — ele aponta para o próprio peito e depois para mim — é uma escolha que só depende de nós. Mas, se realmente não quer conversar a respeito do que está causando essa ruga linda em seu rosto, respeito a sua decisão. Só lembre que estou aqui e que quero ouvi-la. Segundo Samuel, é conversando que arquitetaremos o nosso caminho juntos.

— Falou a Samuel sobre nós? — Minha voz sai mais estridente do que planejei.

— Falei. — Ele sonda meu rosto mais uma vez e quase fujo da intensidade de seu olhar. — Isso a incomoda?

Emolduro o rosto de Benício com as duas mãos enquanto penso em sua pergunta. Gosto de saber que ele conversou com o irmão sobre nós ao mesmo tempo que me sinto insegura ao perceber que a nossa relação não é mais um segredo – apesar da certeza de que todos na fazenda desconfiam de nosso envolvimento. Levo alguns minutos para entender o motivo por trás do medo que abocanha a minha mente: Benício é luz, paixão e alegria, enquanto eu sou uma viúva precedida por histórias trágicas.

— O que Samuel disse? — Uma parte de mim quase tem certeza de que, se ele pudesse escolher, encontraria uma pretendente dócil e sorridente para o irmão.

Tal constatação dói e, de repente, sinto uma urgência de me afastar. Racionalmente sei de onde essa sensação vem, mas a confusão de emoções me faz sufocar. Sento-me no tapete, afastando-me dos braços de Benício e enlaço minhas pernas na altura do peito. Apoio a cabeça nos joelhos e respiro fundo várias vezes, lembrando dos comandos suaves de Darcília quando tive a minha primeira crise de ansiedade. Sinto as mãos de Benício tocarem as minhas costas e, aos poucos, meu coração volta a se acalmar.

Quando ergo o rosto, encontro a força de seu olhar novamente. A verdade é que sinto seu amor na forma que me toca e olha, mas senti-lo não afasta as minhas inseguranças, muito pelo contrário, só as torna mais aparentes. Sem dizer uma única palavra, Benício beija minha testa e levanta meus braços com delicadeza, vestindo-me com sua camisa. Inspiro o cheiro do tecido, acalmando-me por completo e aceito o convite que ele faz ao abrir os braços.

— Não precisa dizer nada, não hoje e não até sentir-se pronta para compartilhar essa parte da sua vida. — Abraço-o, apoiando o rosto em seu peito e escutando as batidas do seu coração. — Apenas me escute. Tenho algumas coisas a dizer e sinto que se não fizer agora, não farei nunca mais.

Mantenho a cabeça apoiada no peito de Benício, mas levanto o suficiente para encarar seus olhos cor de cobre. A luz da lua está mais fraca, o que me fez pensar que logo vai começar o amanhecer, mas ainda consigo vê-lo com clareza. Sua pele bronzeada destaca-se entre as cores pálidas que compõem a saleta musical. O piano branco e os móveis em tons pastéis – assim como as flores e vegetações belas, mas simplórias – tornam seu brilho natural ainda mais aparente. É como se a luz que entra da claraboia procurasse por ele.

— Samuel me fez enxergar que a relação que estamos construindo depende da minha completa sinceridade. Então, preciso lhe dizer não apenas quem sou, mas sim quem eu gostaria de ser nos próximos anos. — Não acho que Benício percebe, mas, ao falar, estala sem parar os dedos de sua mão livre. A mão direita continua acariciando meus cabelos, enquanto a esquerda deixa evidente seu nervosismo. — No dia em que nos encontramos na despensa, disse-me quais eram seus planos para o futuro e concordei prontamente com cada um deles. Fui sincero, Anie. É exatamente isso que quero, poder estar ao seu lado e fazer parte da sua vida.

Espero que ele continue, mas a sala é dominada pelo silêncio – o único som é o do seu estalar de dedos. Sinto um aperto no peito e amaldiçoo meu coração. Uma hora tenho medo de perder-me em Benício, outrora meu pavor é perdê-lo para sempre.

— Mas? — pergunto após alguns minutos agoniantes.

— Não quero que a nossa relação seja resumida a encontros furtivos. Foi isso que Samuel me fez enxergar ao me confrontar sobre meus sentimentos. Na verdade, por um segundo achei que ele iria puxar-me pelas orelhas e me fazer viajar para sua cidade natal e encontrar algum parente vivo para pedir a sua mão em casamento. — Ele ri ao dizer as últimas palavras e eu suspiro aliviada. Achei que a nossa conversa seria pautada pelas ressalvas de Samuel, e não sobre suas preocupações quanto à minha reputação. — Nunca pensei em casamento ou filhos. Em minha mente, minha família sempre seria eu e Samuel, e bastava. Mas isso foi antes de conhecê-la, Anie. Sinto que já faz parte da minha família assim como cada morador da fazenda, mas não quero esconder meus sentimentos. Quero que o mundo inteiro saiba que encontrei a mulher da minha vida.

Benício segura meu rosto com as duas mãos e aproxima nossos lábios. Fecho os olhos, esperando por seu beijo, mas ele não me toca, apenas continua a falar, sussurrando palavras dóceis com nossos rostos separados por centímetros.

— Se não quer casar, então não casaremos. Esse não é meu o ponto, entende isso? — Não encontro minhas palavras, então apenas balanço a cabeça em concordância. Compreendo o que ele diz porque sinto-me da mesma forma. Não gosto de pensar que precisarei explicar a minha relação com Benício a todo instante, e muito menos desejo seguir os moldes criados por nossa sociedade. Não pela primeira vez, penso que nossos sentimentos deveriam bastar. Mas as coisas não são assim, mesmo que eu seja uma viúva independente e possa ir e vir quando bem entender, estaria colocando em risco a reputação das mulheres que vivem comigo ao negligenciar a opinião da sociedade. — Quero segurar as suas mãos em público, beijá-lo quando desejar e tirá-lo para dançar em todas as ruas movimentadas da cidade.

Abro os olhos e fito os de Benício. Eles me dizem tudo o que eu preciso saber e afastam meus medos por completo. Talvez exista uma forma de perder-se em alguém e simultaneamente manter-se inteira.

— Existe algo mais profundo também... — Ele foge de mim, mantendo os olhos na estátua ao fundo do aposento por um instante e toma um fôlego profundo. Quando Benício volta a me encarar, sinto o coração rasgar. De repente, tudo o que mais quero é afastar a dor que vejo em seu semblante. — Sou um bastardo, Anastácia. Se um dia tivermos filhos, não quero que eles carreguem o fardo desse título.

As palavras, ditas em meio a um sussurro agoniado, fazem meu corpo tremer de pesar. Toco seu rosto, as rugas ao redor de seus olhos levemente puxados e trago seus lábios para os meus. Sei exatamente o que Benício quer dizer, então beijo-o até afastar as sombras cruéis do seu passado, até compreender que a luz que criamos quando estamos juntos sempre será capaz de afastar a escuridão causada por nossas experiências passadas. Basta escolhermos enfrentá-las – sem armas ou armaduras, apenas com palavras.

Benício tem razão, precisamos conversar sobre quem somos tanto quanto sobre quem seremos.

— Talvez eu não possa ter filhos — digo ao interromper nosso beijo. — Também não sei se quero ser mãe. Toda vez que penso em gerar uma criança e no mundo cruel que a espera, sinto o estômago embrulhar. Mas isso é o que sinto hoje, não sei como será daqui cinco ou dez anos. Acha que consegue viver sem essa certeza?

Tanto por mim quanto por Benício, gostaria de afirmar que um dia serei capaz de superar todos os medos que dominam meu coração. Mas a vida não é assim; não podemos arrancar a dor de nossa alma de uma hora para outra, independentemente do amor que aprendemos a sentir por nós mesmos ou por outras pessoas. Existem fragmentos, deixados pelas escolhas do passado, que carregaremos conosco para sempre. A diferença é que, em vez de senti-los doer, aprendemos a conviver com eles – como uma lembrança dolorosa que fica para trás.

— Não preciso da certeza de que serei pai, apenas que pensará em casamento caso nosso amor gere um filho. — Essa é a primeira vez que compreendo o quanto a relação com o barão deixou marcas permanentes na alma de Benício. Quando sorri, ele ilumina todos ao seu redor; mas, apesar de sua alma alegre, também carrega fardos dolorosos nos ombros. — É errado querer criar um filho longe do título que me perseguiu por anos?

— Não está errado, muito pelo contrário, está sendo verdadeiro ao enfrentar os medos em seu coração. E espero que saiba que, independentemente de quais forem os planos dos céus para nós dois, vamos desafiá-los juntos. — Benício sorri e me puxa para o seu colo. Sinto um arrepio de antecipação tomar conta do meu corpo; ainda me surpreende o quanto o desejo. — Prometo não esconder meus medos, senhor. E se um dia desejar ser mãe ou casar, será o primeiro entre os meus pretendentes imaginários a saber.

Minha intenção era aliviar o clima entre nós, mas sinto os olhos marejarem ao beijar os lábios de Benício com delicadeza. A verdade é que as palavras saíram diretamente do meu coração, e senti-las com tamanha intensidade é um presente que nunca imaginei que receberia. Elas me enchem de esperança para um futuro inesperado. Não planejarei ou podarei meus sentimentos, apenas descobrirei qual futuro desejo construir ao lado de Benício.

— Isso nos faz namorados? — Sinto o sorriso em seu rosto mesmo quando ele deposita pequenos beijos na lateral do meu pescoço.

— Que tal parceiros para a vida toda? — Benício interrompe as carícias e me encara com surpresa.

— Está me pedindo em casamento, senhora?

— Quem sabe um dia? — Ele ri enquanto aproveito para explorar a pele desnuda dos seus ombros, braços e todo o seu tronco bronzeado. Paro as mãos sob a tatuagem no topo de sua costela, encarando o desenho com atenção. — Vamos dizer que, por enquanto, estou prometendo ser sua parceira até o fim dos nossos dias. Isso basta?

— Se isso basta? Ora, é tudo que mais desejo, Anie! — Ele beija a minha testa e gira o corpo para o lado, apoiando a cabeça em um de seus braços. A posição evidencia seus músculos e permite que eu inspecione melhor seu belo corpo. — Pare de enrolar e pergunte logo.

Levanto os olhos da tatuagem e encaro seus olhos brincalhões. Meu corpo todo é aquecido por seu sorriso.

— O que a tatuagem significa? — De longe o desenho não passa de um borrão de tinta preta. Mas de perto, consigo notar que os traços representam uma única pena e que do topo dela pequenos pássaros alçam voo.

— Antes da minha primeira viagem, ouvi de um colega que raízes podem prender um homem em um mesmo lugar, mas também podem ensiná-lo a voar. — Sem parar para pensar demais, inclino o corpo e faço o que desejei desde a primeira vez que vi Benício sem camisa. Beijo os pequenos pássaros desenhados em sua pele, sorrindo ao vê-lo se contorcer. — Passei anos tentando descobrir o que criar raízes significava. Mas, quando vi essa imagem em meio aos desenhos de um tatuador americano, tudo passou a fazer sentido.

Benício traz uma das mãos até a frente do corpo e enlaça os dedos aos meus. Ao apoiar nossas mãos unidas na altura do seu coração, ele permite que eu sinta na pele seu coração acelerar.

— Sozinha, a pena não significaria mais do que uma alma solitária vagando pelo vento... — Corremos os dedos pela base do desenho e alcançamos os pássaros no topo. No total são quatro, cada um de um tamanho diferente. — Mas ao lado dos pequenos voadores a imagem conta uma história diferente. Vê como a pena dá vida a eles?

Observo a tatuagem com mais atenção, notando como os pássaros parecem nascer do alto da pena. Na verdade, é como se eles fossem impulsionados por ela, usando-a como um trampolim para alcançar voo.

— A pena é a raiz que lhes dá vida, mas também é o instrumento que lhes permite voar. — Deixo o desenho de lado e encaro seus olhos, vendo neles o quanto a tatuagem é importante. Para mim, fica claro que a imagem representa a sua própria história. — Esse desenho me fez descobrir a melhor forma de encarar as minhas raízes. Para o bem ou para o mal, foram elas que me impulsionaram a voar, exatamente como a pena faz com os pássaros.

Aprendi a amar a sinceridade desprendida de Benício – que não pensa duas vezes antes de me revelar facetas dolorosas de sua história. Sinto que ele sempre carregará no peito as marcas deixadas pela ausência da mãe. Mesmo sem conhecê-la, posso vê-la em suas escolhas, em seu sorriso e em sua maneira de encarar os desafios da vida. Mas o que mais me surpreende é que Benício escolheu transformar a dor da perda em força propulsora para cada uma de suas conquistas. E isso é lindo.

Abaixo o corpo e beijo a sua tatuagem mais uma vez. O mero toque acende um frenesi de emoções em meu corpo, principalmente agora que sei o que o desenho significa.

— Qual é a história da sua marca? — Benício gira nossas mãos enlaçadas e encara a cicatriz arroxeada em meu pulso.

Minha primeira reação é buscar uma forma de mudar de assunto, mas logo entendo que não sinto vontade de esconder dele a mulher que fui. Então, aninho a cabeça em seu peito e deixo as palavras fluírem sem medo ou reservas – exatamente como ele fez comigo.

— Essa foi a primeira marca que Jardel deixou em minha pele. — Ajeito o corpo para ouvir as batidas aceleradas do seu coração, grata ao senti-lo abraçar a minha cintura e aproximar anda mais nossos corpos deitados no chão da saleta. — Com o passar dos meses, o conde ficou mais criativo na escolha de lugares para marcar meu corpo, mas o pulso sempre foi o seu ponto fraco.

Olho para a pele arroxeada e aperto até sentir uma pontada de dor. Nos últimos meses superei muitas das manias causadas pela convivência com o conde, mas não essa. Sinto que a necessidade involuntária de controlar as sensações que gero em meu próprio corpo, principalmente em uma área constantemente maculada por Jardel, sempre fará parte de mim. E está tudo bem. Pelo menos sei que carregarei tal marca – física e mental – com orgulho.

— Quando fui internada no hospício, eu beliscava o pulso para sentir raiva. Queria que a sensação de ser mantida como refém servisse de combustível para a minha vingança. Naquela época, estava certa de que meu acerto de contas com Jardel logo chegaria. — Levanto os olhos e fito Benício. Apesar da fúria que domina sua expressão, ele não diz nada, o que me faz adorá-lo ainda mais. — Hoje eu não aperto para lembrar das atrocidades que vivi em meu casamento. Faço mais por mania do que por qualquer outra coisa. Quando olho para essa marca, não sinto mais raiva, sinto orgulho de quem sou. Antes de sair do hospício e de encontrar Avril nunca imaginei que amaria a mulher que me tornei, mas é exatamente isso que sinto hoje. Quando olho para o meu pulso ou para qualquer outra marca em meu corpo, penso que são apenas isto: cicatrizes causadas pela vida. Vou carregá-las para sempre, mas nunca mais serei definida por elas. Meu corpo é como as páginas em branco de um diário esquecido na gaveta. Em alguns pontos ele foi amarelado pelo tempo, mas sempre carregará novas histórias. Basta eu decidir escrevê-las.

— Eu a amo, Anie. — Vejo a emoção nos olhos de Benício e, diferente de quando ouvi as palavras ontem, hoje sinto-me pronta para responder a ele. Contudo, antes que eu possa dizer qualquer coisa, ele leva meu pulso até os lábios e deposita pequenas mordidas por toda a região, fazendo-me perder a razão. — Gostaria de repetir algumas das coisas que fizemos ontem em cima daquele piano, senhora.

— Sou toda sua. — Mordisco a pele do seu ombro e sorrio com satisfação ao ouvi-lo sussurrar meu nome. Amo como sua voz faz meu corpo vibrar. — Ou podemos encontrar novos lugares também, senhor. Não me importo se usarmos essa saleta para compor um tipo diferente de música.

— Seu pedido é uma ordem. — Ele levanta nossos corpos entrelaçados com rapidez, fazendo-me rir do seu ímpeto. Benício me acomoda no banco de ferro que uso para praticar violoncelo e ajoelha na minha frente, correndo as mãos por minhas pernas. Perco-me completamente nele ao sentir seus lábios percorrerem a minha panturrilha, depois a pele sensível atrás dos meus joelhos, o topo das minhas coxas… — Vou beijar cada centímetro da sua pele, Anastácia. Quero descobrir com quantas notas é capaz de gritar o meu nome.

— Oh, céus! — É a última coisa que consigo dizer.

Inclino o corpo para trás e deixo que o vento, intensificado pelo movimento do balanço corra livremente pela minha pele. Os pássaros cantam, as copas das árvores oscilam com a brisa e o aroma das frutas e das flores inundam meu sentido.

Na última vez em que estive nesse jardim, meus pensamentos estavam dominados por Pierce – não estava com medo, mas o meu desejo era vingar-me com nada mais do que a força da minha própria voz. E, apesar da certeza de que iria encontrar uma forma de confrontá-lo e ser verdadeiramente ouvida, meu coração e minha alma alternavam entre insegurança e coragem. Então, é impossível não comparar os sentimentos que me dominavam naquele momento com os que hoje fazem meu coração acelerar e um sorriso escapar dos meus lábios.

Por um tempo acreditei que não merecia ser feliz. Eu ansiava por mais, por um futuro repleto de conquistas e alegrias que só dependessem de mim mesma, mas meus pensamentos ainda estavam presos ao passado e aos homens que me fizeram chorar. Eu sorria e dançava, mas no fundo sentia que tudo era temporário. Via-me como uma impostora e hoje entendo que, depois de ouvir tantos nãos e cair tantas vezes, deixei de acreditar na felicidade.

Balanço cada vez mais alto, rindo com a força do vento bagunçando meus cabelos e com o rumo pretencioso dos meus pensamentos – pela primeira vez na vida, sinto que sou capaz de alcançar o céu. É claro que estou preocupada com as ameaças de Pierce e com o julgamento iminente, mas o medo já não é capaz de me paralisar. Sei exatamente quem sou e, quando olho para trás e revivo cada uma das minhas escolhas, não sinto nenhum resquício de raiva ou insegurança.

Lutei até me despir de uma pele maculada pela crueldade de Jardel e açoitada pelas imposições da sociedade. Eles tentaram, de várias formas, anular as minhas vontades e certezas. Mas caí, chorei, rasguei-me por dentro até me libertar das leis dos homens e descobrir a mulher que gostaria de ser. Ainda continuarei mudando, aprendendo e falhando. Mas o farei por mim mesma, nunca mais pelos outros.

Deixo o balanço diminuir o ritmo, ciente de que logo precisarei encontrar Samuel. Ele está nos ajudando na preparação contra Pierce – reunindo documentos, buscando contatos favoráveis ao nosso caso, propagando o abrigo entre os políticos da região e nos ensinando a controlar as emoções diante de uma tribuna repleta de homens desumanos. A cada dia, fico mais encantada por sua competência, paciência e amizade. Na verdade, com o passar do tempo minha vida está cada vez mais enlaçada à dos irmãos De Sá. Nutro sentimentos diferentes por cada um deles, mas, ainda assim, emoções inundam meu coração.

— Sabia que iria encontrá-la aqui. — Sorrio ao ouvi-lo entrar no jardim. Benício para atrás de mim e, em vez de me abraçar, segura a minha cintura e impulsiona o balanço para a frente. Rio toda vez que volto para ele e sinto suas mãos empurrando-me mais alto. — Avise-me quando quiser descer, Anie.

Fecho os olhos e aproveito o balançar livre e despretensioso. Ouço o riso de Benício misturar-se aos sons da natureza e consigo visualizá-lo com perfeição em minha mente: a diversão que alcança sua íris cor de cobre, as pequenas rugas de alegria ao redor dos olhos, as mechas teimosas do cabelo ondulado e o sorriso que ilumina e aquece. No milésimo de segundo que o balanço me leva ao topo, sinto um frio diferente na barriga. Meu corpo e minha alma já sabiam, mas eu ainda estava relutante em aceitar. Precisei amar quem sou e cada parte da minha história antes de enxergar a imensidão dos sentimentos que conheci ao lado de Benício.

Não penso no que estou fazendo, apenas pulo do balanço no momento exato em que compreendo o quanto o amo. Estou a poucos metros do chão, por isso não sinto a queda – apesar de as pernas falharem por um segundo com a rapidez do movimento. Gargalhando, Benício me ampara e nos une em um abraço. Apoio o rosto na base do seu pescoço e inspiro seu aroma amadeirado. Não estou com medo de amá-lo. Na verdade, sinto-me fortalecida por esse amor em vez de despojada.

Talvez essa seja a diferença entre o amor bondoso e o amor cruel: enquanto um liberta, o outro aprisiona.

— Preciso falar algo antes que eu perca a coragem, senhor. — Apoio as mãos no peito de Benício e interrompo nosso abraço apenas o suficiente para encará-lo. Ele beija o ponto em minha testa que, sem dúvida, denuncia o quanto estou apreensiva e aguarda que eu continue. Minha garganta trava, mas respiro fundo até acalmar as batidas aceleradas do meu coração. — Eu o amo, Benício. Meu corpo e minha mente já sabiam da força do meu sentimento há muito tempo, mas só agora estou pronta para vivê-lo plenamente e dar ouvidos aos chamados do seu coração.

— Mesmo que ele a chame pelo resto de nossa vida? — Benício rodeia a minha cintura com os braços e, em uma espécie bem-vinda de tortura, corre os dedos pela lateral dos meu tronco até alcançar meu rosto. Ainda que nossos lábios estejam a centímetros de distância, ele mantém os olhos presos aos meus. — Espero que saiba que vou continuar a amá-la por muito tempo, Anie.

— Eu sei, senhor. E prometo que continuarei seguindo os apelos do seu coração mesmo quando as rugas de riso ao redor dos seus olhos deixarem de ser charmosas. — Enlaço seu pescoço, procurando pelas mechas do seu cabelo.

— Mas isso nunca vai acontecer, senhora.

— Ora, é o que vamos descobrir, senhor. — Beijo a ponta do seu nariz e aproximo nossos corpos até que eu possa senti-lo plenamente. — Amo-o por inteiro, Benício. E não vejo a hora de descobrir todas as versões de nós mesmos que edificaremos juntos.

Sou dona de mim, então confio no que virá porque sei que sou capaz de construir a minha própria felicidade – não faço ideia de como será enfrentar Pierce no tribunal, não sei se o abrigo realmente ajudará outras mulheres e muito menos compreendo os planos que o destino traçou para mim e Benício. Mas o que realmente importa é que estou pronta para viver os próximos dias, meses e anos sendo eu mesma. É libertador amar o presente e não ter medo do futuro.

— Vou repetir, caso tenha esquecido. — Ele morde meu lábio inferior e deposita pequenos beijos por todo o meu queixo. — Meu amor é todo seu, Anie.

Benício segura meu cabelo com as duas mãos e rouba meu fôlego com um beijo diferente de todos os outros que já compartilhamos. Seus lábios tomam os meus com a serenidade de quem sabe que, no futuro vindouro, ganhará milhares de outros beijos – os quais, sem dúvida, serão tão apaixonados, divertidos e intensos quanto o que trocamos nesse exato instante.

Sinto o peito apertar de alegria ao abraçá-lo com mais força e ser inundada por seu sabor intenso, pelo cheiro da sua pele e pelas sensações efervescentes causadas por suas mãos explorando a minha nuca, contornando as sardas em meu ombro e parando na base das minhas costas. Exploro-o com a mesma tranquilidade, usando as palmas das mãos para gravá-lo na memória. E mesmo que já tenhamos compartilhado o leito, sinto que neste momento somos um só coração. Rodeada pelo frescor do meio da manhã, pelo cantar dos pássaros e pelo aroma das frutas plantadas nesse pequeno jardim, descobri a plenitude de amar e ser amada.

Após uma eternidade, Benício interrompe nosso beijo e apoia sua testa na minha. Ficamos alguns minutos assim, retomando o controle de nossa mente e de nosso corpo, com os olhos presos um no outro e a respiração descontrolada. Um vento forte balança as mechas onduladas do seu cabelo e deixo que minhas mãos corram livremente por elas. Benício sorri, de um jeito completamente novo e arrebatador, e meu coração volta a acelerar.

— Tem algo no seu cabelo. Venha cá, deixe-me tirar. — Ele corre os dedos pelas mechas bagunçadas e, com os olhos marejados, me oferece uma flor do tamanho da sua mão. Em uma mistura inebriante de azul e roxo, ela é única. Nunca vi algo assim, tão rudemente lindo. — São flores de maracujá-roxo. Devem ter caído com o vento.

Pegando-me completamente desprevenida, Benício abraça a minha cintura e nos roda pelo jardim. Deixo-me guiar por seu riso, apesar de não compreender todas as emoções que vejo em seus olhos. Quando paramos de girar, beijo-o mais uma vez, perdendo-me em seus lábios.

— Gostaria de passar a tarde ao seu lado, Anie, mas recebi uma carta do novo administrador da Fazenda da Concórdia e marquei uma reunião com ele na empreiteira. — Ele faz cócegas no meu pescoço ao beijar algumas das minhas sardas. — Talvez eu demore um pouco para voltar, quero conversar com Rafael também.

— Chame-o para jantar. Estou curiosa para conhecer seu amigo. — Na última vez que fomos para a cidade, Benício me mostrou vários dos projetos da Empreiteira De Sá e um em especial, no qual ele está trabalhando ao lado de um arquiteto português, chamou a minha atenção. O gabinete de leitura demorará anos para ficar pronto, mas não vejo a hora de visitá-lo. — Marta ficará feliz com a visita, e as meninas, sem dúvida, vão amar interrogar o pobre senhor. Desde que Wen começou a ajudar Quirino nas tarefas como secretário, ela não para de falar que quer trabalhar na construtora.

— Tenho certeza de que Rafael aceitará o convite, senhora. Meu amigo vive procurando desculpas para deixar a agitação da cidade para trás. — Seguro a mão de Benício e, juntos, abandonamos o refúgio criado pelo belo jardim e voltamos até o casarão. — Passada a sessão no tribunal, tenho uma surpresa.

Paro de andar e volto os olhos para Benício. Estamos em frente ao abrigo que, superando todas as minhas expectativas, está quase pronto. Além do prédio estar ficando lindo, a fachada de madeira e os quartos com amplas janelas transmitem uma paz que aquece o meu coração. Aceno para Moisés que está trabalhando na pintura e ele pisca para mim, mandando um beijo no ar na direção de Benício.

— Sabe que sou curiosa, senhor. Então, trate de falar qual será a surpresa. — Confesso que implico com ele só porque gosto de receber como resposta seu sorriso espirituoso.

— É uma surpresa, Anie. O segredo é parte do mistério. — Depois de ponderar por um segundo, seguro-o pelo colete azul-marinho e beijo seus lábios com paixão. Os homens da construtora assobiam ao nos ver juntos, mas Benício ignora as provocações. — Se continuar me beijando assim, prometo contar até os segredos que havia esquecido guardar.

— Então vamos voltar para o jardim. Tenho muitos beijos reservados para o senhor. — Sinto a gargalhada de Benício ressoar em todo o meu ser. A sensação me lembra da noite em que nos encontramos pela primeira vez e de que como eu soube, mesmo sem conhecê-lo, que a sua alegria e bondade vinham de sua alma. — Mas, se não pudermos voltar, dê-me ao menos uma pista. Prometo aguardar seu retorno com uma centena de novos e apaixonantes beijos.

Ele balança a cabeça ao liberar uma gargalhada e mergulha o rosto no meu ombro, abraçando-me com mais força.

— Aluguei dois camarotes para nós no Theatro São Pedro de Alcântara. Não será uma apresentação de ópera tradicional, mas sinto que vai amar o compositor. Queria levá-la sozinha, mas no último minuto mudei de ideia e comprei assentos para todos nós. Samuel está precisando de um pouco de diversão... — Interrompo suas palavras com um novo beijo estalado, dessa vez na ânsia de mostrar o quanto estou grata pelo fato de tê-lo ao meu lado. Fazia tempo que desejava visitar o teatro, mas, com a correria dos últimos dias, me esqueci do mundo além da fazenda. Lembrar-me do horizonte grandioso e desconhecido à minha espera faz meu coração exultar de alegria. — Estou convencido, senhora. Vamos ver o que mais seus beijos são capazes de revelar.

Meu riso ecoa pelo jardim quando Benício me pega no colo e caminha até o pomar.

Apoio o rosto em seu pescoço e envio uma prece aos céus.

Quando encontramos um amor assim, sincero e inteiro por si só, tudo o que precisamos fazer é agradecer.

27
BENÍCIO

— Finalizou o desenho? — pergunto para Rafael assim que paramos na entrada do estúdio de tatuagem.
— É claro que sim! Passei a noite toda trabalhando nele. — Meu amigo abre sua pasta de couro e começa a retirar uma dúzia de papéis. Vejo listas de obras, plantas-base de futuras construções e inúmeras versões do projeto de uma mesma casa, mas nada da imagem que Rafael me ajudou a idealizar. Apesar de querer vê-la pronta, não o culpo. Assim como eu, o arquiteto português não é conhecido por sua organização. — Diabos, tenho certeza de que o coloquei em algum lugar dentro dessa maldita bolsa.

Rafael caminha pela recepção do gabinete alugado para a temporada até encontrar uma mesa desocupada. Completamente alheio aos homens ao nosso redor, ele verte todo o conteúdo de sua pasta na superfície de madeira. Meu amigo parece apavorado ao encarar os blocos de papel, seus conjuntos de lápis, cartas seladas e não lidas e uma penca de bananas. Apesar de ajudá-lo na tarefa de encontrar o esboço para a minha nova tatuagem entre os papéis dispostos na mesa, Samuel não para de rir das expressões de espanto que Rafael faz ao encontrar itens que – segundo ele – estavam perdidos.

— Pelos céus, homem! Está parecendo Benício. Já cansei de dizer ao meu irmão que, se não quer perder nenhum documento importante, precisa manter seus papéis organizados. — Enquanto eles procuram pelo desenho, encaro os quadros expostos na parede do estúdio.

Sou atraído pelas imagens como um ímã. Todas as figuras retratam tatuagens reais, realizadas pelo Lorde Hugh em algum momento dos últimos cinco anos. Depois de aperfeiçoar sua técnica nos Estados Unidos e de trabalhar em navios mercantes, ele decidiu que tatuaria homens e mulheres de todo o mundo. Para isso, alugou um palacete na região portuária da cidade e anunciou em um evento social que passaria uma temporada no Rio de Janeiro.

Caminho entre as figuras expostas na parede do palacete, tentando compreender as motivações por trás de suas concepções. Flores, nomes e intricados arabescos deixaram de ser desenhos e transformaram-se em marcas permanentes na pele de alguém. Então, não me restam dúvidas de que essas imagens significam muito mais do que a beleza que meus olhos são capazes de ver.

— Sinto muito, Benício. Devo ter esquecido o desenho no escritório. — Foi Rafael quem comentou que Lorde Hugh estava na cidade. Passei uma semana inquieto, mas assim que o nome do famoso tatuador foi dito em uma conversa informal, decidi que a minha agitação seria calada com tinta permanente. — Fique aqui com Samuel, vou buscar o esboço e volto logo.

— Não precisa, mudei de ideia. — Paro em frente a um dos desenhos do tatuador e decido que o esboço que fiz com Rafael poderá ficar para depois. No momento, preciso de outro tipo de tatuagem. — Vou fazer uma dessas.

— Vai tatuar uma árvore ou uma flor? — Rafael analisa com olhos arregalados o desenho que conquistou a minha atenção.

— Isso é um pé de maracujá-roxo? — Rio ao notar a confusão na voz de Samuel ao perguntar.

Passei os últimos dias enviando cartas, encontrando políticos abolicionistas, comparecendo a almoços de negócios e usando o sobrenome Magé. Em menos de uma semana, fiz nascer o herdeiro que meu pai tanto esperava. Apesar de estar certo quanto à decisão de enfrentá-lo, ainda é difícil ter o meu nome ligado ao do barão. Por isso, após passar várias noites em claro, decidi marcar meu corpo permanentemente pela segunda vez. Com o auxílio de Rafael, idealizei um novo conjunto de pássaros para o topo das minhas costas. A ideia é que eles estivessem em pleno voo, lembrando-me da liberdade reconfortante de ser eu mesmo.

Mas ao encarar o desenho da árvore que marcou a minha infância e ver a rara flor que desponta do seu tronco, mudo de ideia. Passei tantos anos focado no fruto do pé de maracujá-roxo, que esqueci que, às vezes, eles eram capazes de dar vida a belas e estonteantes flores arredondadas. Variando entre o roxo e o azul, as flores são exatamente da mesma cor dos olhos de Anastácia. Por sinal, a mesma flor que o vento trouxe até nós na primeira vez que ela disse que me amava.

— Minha mãe realmente sabia das coisas — digo, mais para mim do que para eles. — Fiquem tranquilos, não vou desenhar a árvore. Eu me contento com a flor.

Corro os dedos pelo desenho exposto na parede e penso que é exatamente isto que preciso hoje: não um lembrete de quem sou, mas sim um sinal das emoções que transbordam do meu peito e que prometem dias repletos de amor.

— Ela lembra Moema? — Samuel pergunta ao fitar o desenho com curiosidade.

— Sim! — Meu coração bate acelerado ao me dar conta do que estou prestes a fazer — Ela também revela os olhos que mudaram a minha vida e que, seja pelos céus ou pelas bênçãos da minha mãe, sempre estiveram à minha espera.

◦◦◦

Acordo ao sentir as cócegas. Anastácia corre os dedos pela região sensível do meu pescoço e deposita pequenos beijos em minha pele, dispensando uma atenção especial aos traços da minha nova tatuagem. A região já não está mais sensível, apesar da cor permanecer tão vívida quanto no dia em que saí do estúdio.

— Meus olhos são mesmo dessa cor? — As palavras de Anastácia afastam meu sono por completo. Sorrio ao abrir os olhos e encarar seus cabelos armados por causa da noite mal dormida e a marca que o travesseiro deixou na lateral do seu rosto. Ainda mais perfeita do que ontem e, sem dúvida, menos do que amanhã. Cada dia que passo ao lado de Anastácia me faz amá-la ainda mais.

— Sabe tão bem quanto eu que seus olhos são exatamente da mesma coloração que a flor tatuada no meu peito, minha senhora. — Anastácia ri quando a puxo para cima e aproximo seus lábios aos meus. Sempre acordo sentindo saudade dos seus beijos. Mesmo depois de passar todas as noites da última semana ao seu lado, não me canso de me surpreender com a sua proximidade. — Diga-me, está querendo receber elogios? Porque posso passar o dia todo falando sobre os motivos que me fizeram gravá-la em meu corpo.

Anastácia beija a tatuagem mais uma vez e, com um sorriso divertido, volta a fazer cócegas em meu pescoço. Desde que descobriu meu ponto fraco, ela não perde a oportunidade de me provocar. Rindo, giro nossos corpos novamente, prendendo-a embaixo de mim.

— Acha que podemos abusar da sorte e passar a manhã toda juntos? Não sei até quando a irmã Dulce fará vista grossa das minhas escapadas. — Beijo as sardas que pincelam a pele de seu ombro e sinto as unhas de Anastácia afundarem em minhas costas.

— Vista grossa? A irmã praticamente espalhou para o mundo todo que estamos comprometidos. Agora, todas as nossas conversas terminam com a palavra noivado. — Anastácia enlaça as pernas na minha cintura e beija meus lábios com delicadeza. — Mas não me importo. Nós sabemos o que temos e isso é o suficiente para mim. É melhor que pensem em nós como noivos. Facilita as coisas, não acha?

— Como sempre, está coberta de razão. — Seus lábios alcançam os meus mais uma vez e quase me perco em seus beijos. De fato, gostaria de passar a manhã toda sob a redoma desse quarto. Nós dois sabemos o que nos espera do lado de fora, então me obrigo a aproveitar ao máximo o calor dos seus abraços.

Preparamo-nos, estudamos e fizemos os melhores contatos possíveis – sempre prevendo um final feliz. Mas com o julgamento marcado para daqui a pouco, é impossível não temer Pierce com uma intensidade assustadora. Suas artimanhas já deixaram claro o quanto ele está disposto a silenciar Anastácia e isso me apavora. Tento manter-me positivo e confiante, mas, no mundo em que vivemos, raramente o justo vence uma audiência embasada no poder e na ganância.

— Se pudéssemos fugir, para onde iria? — Inspiro o aroma de lavanda em sua pele e sorrio ao ouvi-la suspirar.

— Em um dia como hoje eu fugiria para qualquer lugar, sabe disso. — A preocupação em sua voz incita no meu âmago o desejo desenfreado de mantê-la segura e protegê-la dos olhos inquisidores do mundo. Mas amar é lutar juntos, não blindar. — Beije-me por mais alguns minutos? Quero esquecer que, daqui a poucas horas, precisarei enfrentar Pierce diante de um tribunal.

Enlaço seus dedos aos meus, levo nossas mãos unidas para o topo da cabeceira de uma cama de ferro que encomendamos para Anie depois do pequeno incêndio, e beijo-a na testa, nos extremos dos olhos, na lateral dos lábios e no queixo. Quando um suspiro de prazer ecoa pelo quarto, tomo seus lábios e deixo que o peso do meu corpo caia sobre ela. Anastácia enlaça a minha cintura com as pernas e, assim como eu, deixa que nosso beijo afaste as nuvens carregadas pelo medo.

— Lembre-se de que não precisa enfrentá-lo sozinha — digo após alguns segundos. Uso os dentes para afastar o decote do seu camisão de dormir e beijo a pele suave do seu colo. Apesar do desejo que queima entre nós, é o sorriso que Anie estampa em seus lábios rosados que me encanta. — Eu estarei lá, assim como todos que a amam. E se lembro bem, suas palavras exatas no começo da semana foram que Pierce nunca será páreo para as forças combinadas da nossa família.

O desejo de Pierce era enfrentar diante do tribunal uma mulher de reputação duvidosa. Seu plano sempre foi desmoralizar o nome e as particularidades de Anastácia, assim como o conde fez um dia. Mas o que ele não esperava era que seriam essas mesmas características que tornariam Anie o assunto preferido entre a nobreza – e não apenas de forma negativa. Afora as colunas desrespeitosas do *Jornal das Senhoras*, desde o dia em que o Bordel do Conde deixou de ser um segredo sórdido compartilhado entre os homens da nobreza uma comoção a favor do abrigo tomou conta dos moradores da cidade. Além disso, o nome de Cândida e a forma como as mulheres De Vienne abrigaram-na também renderam burburinho assim como a legalidade do meu sobrenome.

O barão não está nada feliz com a minha escolha de enfrentá-lo publicamente, mas pouco me importo com as mensagens raivosas que ele insiste em mandar e com suas novas ameaças. Estou fazendo exatamente o que meu pai sempre desejou. E agora, ao assumir seu sobrenome como meu, conquistei um posto fixo entre o conselho de fazendeiros do Rio de Janeiro, posição que nos ajudará a enfrentar Pierce e os homens imorais que o apoiam.

Um abolicionista em meio aos escravocratas, quem imaginaria?

— Benício? — Anastácia volta a fazer cócegas no meu pescoço até reter a minha atenção. — Perdeu-se em pensamentos mais uma vez? Fiquei esperando por mais beijos seus, senhor.

— Desculpe, minha linda senhora. Prometo compensá-la — digo em meio aos risos. Odeio sentir cócegas, mas amo quando elas são feitas por Anastácia.

— Amo a expressão concentrada que faz quando está pensando. Fica ainda mais lindo, sabia? A forma como seus olhos brilham é capaz de iluminar todo o meu corpo. — Ela une nossos lábios com rapidez e, antes que eu possa mergulhar neles, pula para fora da cama. — Vamos logo enfrentar aquele canalha. Quero voltar para casa antes do anoitecer e cobrar os beijos que me deve.

Apesar do riso, a urgência em suas palavras afasta qualquer outro pensamento de minha mente. Pulo da cama e visto minhas vestes da noite passada, deixando Anastácia com um último beijo e seguindo para o quarto no final do corredor – aquele que foi preparado para mim e Samuel, mas que nenhum de nós tem usado nos últimos dias.

Entro no quarto apressado, mas levo um susto ao encontrar meu irmão e Avril sentados na poltrona em frente à janela. Penso em voltar para o aposento de Anastácia, mas Samuel me vê antes que eu possa sair. O sorriso em seu rosto deve ser maior do que o meu, o que diz muito sobre o que está acontecendo entre ele e Avril. Todos nós notamos quando ela deixou de usar suas roupas de freira e passou a trajar vestidos simples e coloridos. Ainda é surpreendente vê-la com os cabelos soltos e sorrindo para todas as bobagens que meu irmão diz, mas maior que a surpresa é a certeza de que eles combinam de uma maneira inexplicável.

Até a irmã Dulce ficou sem palavras quando os viu passeando de mãos dadas pela primeira vez.

— Pode entrar, Benício. Eu já estava de saída. — Avril aperta a mão de Samuel e, com seu típico sorriso bondoso, levanta do sofá.

— Por favor, fique. Só vou pegar uma veste limpa. — Sigo para o baú que trouxe em minha última viagem para o centro e procuro por meu novo conjunto de fraque. Apesar de preferir uma camisa e colete, sinto que a minha imagem será avaliada por cada figura presente no tribunal. Vão querer observar e seguir o sucessor do barão de Magé, não o seu filho bastardo dono de uma empreiteira. E mesmo que eu não me importe com o que pensam das minhas roupas, hoje desejo que eles espelhem meu apoio à Anastácia. — Posso me arrumar em outro lugar, não quero incomodá-los.

— Sei que é perfeitamente capaz de encontrar um cômodo mais acolhedor para dividir. — Deixo as peças de roupa caírem no chão e olho para Avril com surpresa. Ela pisca para mim de um jeito conspiratório e tudo o que consigo fazer é encarar Samuel. Meu irmão ri, só não sei se da minha cara de tolo ou da escolha de palavras de Avril. — Os senhores precisam conversar. O dia de hoje não será fácil e devemos estar preparados para todas as situações possíveis.

Sei que Avril tem razão, mas, enquanto ela caminha até a saída, minha mente fica presa ao anel brilhante que enfeita sua mão. O aro prateado sustenta uma pedra azul que lembra o tom dos olhos daquela que, pelo que tudo indica, será oficialmente a minha cunhada. Ao compreender o significado por trás da joia, uma gargalhada de felicidade explode do meu peito.

— Não fale para ninguém, nem mesmo para Anastácia, está entendido? — meu irmão diz antes de Avril deixar o quarto.

— Samuel deseja uma festa de noivado. Por mim, iríamos até a capela mais próxima e celebraríamos a nossa união após a missa da manhã. Só que o teimoso do seu irmão decidiu que merecemos o casamento do ano. Veja só, até anúncio no jornal nós teremos! — Nunca vi Avril assim, tão despreocupada. Seus olhos sempre carregavam um ar pensativo, mas agora ela parece mais despreocupada e espontânea. — Vou repetir pela última vez, trate de esperar para anunciar o casamento, Samuel De Sá! Hoje celebraremos a nossa vitória sobre Pierce. Depois disso, poderá ter a festa que quiser e como quiser.

— Sim, senhora, prometo que me comportarei. — Avril revira os olhos para mim e, depois de ponderar por um instante, manda um beijo no ar para Samuel e segue em direção à porta.

Assim que ela sai do quarto, avanço até meu irmão e o abraço. Ele zomba do meu ímpeto, mas pouco me importo. Meu ser é completamente contagiado pela felicidade de descobrir que meu irmão mais velho está feliz, apaixonado e que logo vai se casar. Então, apesar das dificuldades que nos esperam do lado de fora desta casa, sinto meus ânimos revigorados para embarcar em uma luta em nome do amor. Não buscamos vingança contra Pierce, mas a vitória do amor entre famílias, povos e gerações futuras.

— Prometo que falaremos sobre o tribunal em um instante, mas antes trate de desembuchar. Quero saber exatamente o que aconteceu. — Samuel volta a sentar no sofá, mas agora eu o acompanho. — E nada de segredos, quero saber exatamente como isso começou.

— Eu conto, mas só se fizer o mesmo. Pode não estar noivo, mas sei muito bem onde tem passado as noites. — Ele bate em meu ombro de brincadeira e eu empurro seu braço, exatamente como fazemos desde meninos.

Rio tolamente ao ouvi-lo falar sobre a sua relação com Avril. De tudo o que vivemos juntos, esse sem dúvida é o desfecho mais improvável para a nossa história. Sempre que imaginava o futuro, visualizava nossas conquistas profissionais e o crescimento da nossa luta pessoal e política. Mas nem mesmo nos meus sonhos de garoto, nos imaginei conversando sobre casamento ou amor.

Nenhum de nós cresceu em uma família tradicional. Nossas mães foram usadas, e nosso pai era o tipo de homem que despertava o pior nas pessoas – e que, exatamente por isso, gerou em nós dois o desejo de sermos completamente diferentes dele. Tínhamos um ao outro e isso sempre foi suficiente. Mas agora descobrimos o poder de construir a nossa própria família; uma família que vai além das mulheres que roubaram nossos corações e que engloba cada um dos moradores e trabalhadores da Fazenda De Vienne.

No período de três meses viramos tios de Quirino e Esperança, padrinhos de uma dúzia de jovens inteligentes e astutas, irmãos de mulheres incríveis e filhos de uma freira que ama puxar nossas orelhas tanto quanto nos defender com seu rolo de macarrão.

Não existe nada de tradicional sob os tetos desta casa – pelo menos, não diante das visões impostas pelo mundo. Mas, quando olhamos além, vemos que o clássico em nossa relação é o amor que nos uniu. E pelo menos para mim, esse é o real significado de família.

꧁ ꧂

Paramos o bonde em frente ao tribunal de relação uma hora antes do início de nossa sessão, ainda assim, o lugar já está lotado. Homens vestidos com conjuntos perfeitos de fraque e cartola acompanham meus movimentos quando pulo do veículo e ofereço a mão para Anastácia. Ao descê-la, mantenho as mãos em sua cintura deixando claro para os olhares curiosos que estamos juntos. Anie não perde tempo e, com um sorriso estampado no rosto, faz uma mesura de agradecimento e beija minha bochecha.

Fomos constantemente avisados por Samuel que todos os nossos passos seriam julgados – fora e dentro do tribunal. Sabemos que a maioria dos nobres presentes não está aqui por mero interesse, então desempenhamos nossos melhores papéis. Para eles, somos muito mais do que um simples casal: Anastácia é a viúva que incitou o pensamento questionador em suas mulheres, já eu sou o Bastardo do Café. Minhas palavras, assim como minhas escolhas, podem interferir no sucesso dos negócios de todos os fazendeiros da região. E, tendo em vista a minha posição política liberal, é claro que os maiores cafeicultores participariam da sessão de hoje.

— Está pronto? — Sentado na condução do bonde, Samuel aperta as rédeas com força antes de entregá-las ao cavalariço e pular do veículo.

— Nasci pronto para esse momento, irmão. — Finjo não notar a preocupação em seus olhos. Estamos todos pisando em solo desconhecido.

Sorrio para ele com toda a confiança que carrego em minha alma. Sei que, ao entrar nesse tribunal, meu irmão precisará lidar com demônios antigos. Lá dentro, muitos ignorarão o mérito de sua formação acadêmica e questionarão suas palavras por causa da sua cor. Será doloroso, mas sei que Samuel conseguirá. O preconceito ao redor serve de combustível para o meu irmão; quanto mais duvidam, mais ele revela seu infinito talento.

— Vamos entrar? — Anastácia enlaça as mãos nas minhas e caminhamos para o interior do prédio.

Nossos passos ecoam pelo corredor silencioso – não restam dúvidas de que nosso grupo causa uma boa impressão. Ao caminhar, todos unidos em uma marcha silenciosa, nos transformamos em um espetáculo. Exatamente como queríamos.

Apesar de estar usando um conjunto tradicional de fraque, escolhi um tecido cinza-claro como o céu da manhã, que destoa em meio ao salão. As vestes de Samuel são apenas um tom mais escuro assim como o conjunto prateado de Anastácia – enquanto ela anda, os bordados em prata do corpete cintilam e tornam o brilho de seus olhos ainda mais evidente. Atrás de nós, irmã Dulce, Avril, Marta, Darcília, Luna e as jovens do abrigo usam roupas no mesmo tom. A escolha foi proposital, tanto para chamar a atenção para quem somos quanto para destoar da figura esbelta que caminha entre nós.

Olho para trás por um instante e encontro os olhos de Cândida. Ela escolheu usar vestes roxas que anunciam o recém-luto e, com Esperança no colo, caminha de cabeça erguida. Não queríamos que seu nome fosse transformado em novas intrigas – a morte do marido e o nascimento de sua filha são assuntos que até algumas semanas atrás protagonizavam as colunas sociais. Mas apesar dos protestos de Anastácia, Cândida decidiu nos acompanhar. Ao estar aqui ao lado da dócil bebê, lembra os presentes das atrocidades cometidas por seu próprio pai, que, por sinal, será o líder do julgamento de Anastácia.

— É um prazer conhecê-lo, senhor. — Alguns homens murmuram em minha direção.

O olhar de admiração faz meu estômago embrulhar. Esses homens constantemente me lembram do preço por trás do poder construído pelo barão, poder que nunca quis como meu, e fazem com que eu me sinta um perfeito impostor. É a mão de Anastácia na minha – e nossos dedos enlaçados – que mantém a minha mente no presente e no que está em jogo no tribunal. Não buscamos redenção pelos homens que macularam nosso passado, mas a oportunidade de construir um novo futuro para todos que dependem de nossas escolhas. Então, mantenho um sorriso arrogante no rosto, cumprimento um mar de rostos desconhecidos e entro no salão do tribunal tomado por uma expressão confiante.

Exatamente como o maldito herdeiro do meu pai. Ou, se preferirem, como um perfeito bastardo. Deixo que eles escolham. Afinal, o que dizem sobre mim não interfere no homem que decidi ser.

Avisto Pierce assim que atravessamos o umbral de madeira da tribuna. Seus cabelos platinados destoam em meio ao mar de vestes escuras e formais, mas é o sorriso de escárnio em seu rosto que faz a minha raiva inflar. Sei que é exatamente pelo nosso descontrole que ele espera. Por isso correspondo seu sorriso com uma piscadela e mantenho a pose. Hoje vamos dançar conforme a música e, no fim do dia, veremos Pierce preso em suas próprias armadilhas.

Aos fundos da tribuna, avisto meu pai e alguns dos seus conselheiros. O sorriso em seu rosto é uma mistura de raiva e crueldade – não sei se ele está aqui para defender seus interesses ou para torcer para que os filhos não envergonhem seu sobrenome. Qualquer que seja o resultado, o barão sairá dessa sessão com parte do orgulho ferido. Talvez seja essa constatação que me faça sorrir amplamente em sua direção.

— Acha que ela virá? — Anastácia fala diretamente no meu ouvido, para que apenas eu a escute. Olho para a multidão reunida no tribunal e procuro sinais da sua presença.

— Vencerá com ou sem a presença da princesa, Anie. — Levanto nossas mãos enlaçadas e deposito um beijo em sua pele.

Se Anastácia fica nervosa com a minha resposta vaga ou com o olhar de Pierce em nossas mãos unidas, não deixa transparecer. Caminhamos até o lado oposto do palanque e, enquanto nos acomodamos, o silêncio reina no ambiente. Alguns ficam em pé e fazem pequenas reverências, já outros nos olham com um misto de asco e raiva. São essas mesmas pessoas que contestarão a posição de Samuel e a opinião das mulheres que nos acompanham.

Gostaria de ignorá-las, mas a verdade cruel é que elas representam boa parte da nossa sociedade. Então, em meus sonhos, gosto de pensar que, ao vencermos no tribunal, também seremos capazes de vencer a violência que existe fora dele.

— Ora, *mon amour*. Está radiante! — Pierce caminha até nós e toma uma das mãos de Anastácia, levando-a até sua boca. — Vejo que retomou parte da sua lucidez. Nada supera o impacto de uma bela mulher vestida apropriadamente, não é mesmo?

Apesar da proximidade de Anastácia, fica claro que suas palavras são direcionadas a Samuel. Meu irmão sorri ao retirar alguns documentos de sua pasta de couro e, com uma reverência afetada, caminha até o seu lugar na tribuna.

— Nunca imaginei que diria isso, mas, nesse caso em particular, vou precisar concordar com o senhor — digo para Pierce, lutando para controlar a minha raiva e manter meu tom de voz neutro. O maldito chega a ensaiar uma resposta, mas logo somos interrompidos pelo governador da província.

Antônio de Albuquerque caminha até o palanque com um sorriso galanteador em seu rosto – o mesmo que lembro de vê-lo exibir em suas reuniões na casa do barão. Apesar do cabelo grisalho e das rugas causadas pelo passar dos anos, o tempo conservou a sua aparência sedutora. Respiro fundo ao vê-lo examinar Cândida com os olhos carregados de ódio. O aperto de Anastácia em minhas mãos fica mais forte e, duas fileiras atrás de nós, a irmã Dulce engata uma oração.

— Boa tarde, senhores. — Fingindo ignorar a presença da filha, o governador senta no palanque e encara Pierce. — Por favor, retornem aos seus lugares para que possamos iniciar a sessão. Meu tempo é valioso e quero estar em casa antes do almoço, senhor Pierce.

Tento ler a relação entre eles, mas ao mesmo tempo que o tom do governador é neutro, o sorriso no rosto de Pierce deixa claro que os dois são mais próximos do que eu gostaria. Apesar de ser conhecido como um homem cruel com as mulheres de sua família, o governador tende a ser justo em suas sessões – ao menos, quando os assuntos não interferem em seus negócios. Assim como meu pai e a maioria dos homens na tribuna, Antônio é favorável à escravidão, o que tornará a posição contrária de Anastácia ainda mais aparente. Por isso, mesmo que o governador não apoie a legitimidade das acusações de Pierce, tenho certeza de que ele não permitirá que seus negócios sejam afetados por suas reivindicações liberais.

— É um prazer conhecê-la, senhora Anastácia De Vienne. — Ao ouvi-lo proferir seu nome de casada, Anastácia levanta e faz uma reverência contida. — Está ciente das acusações indicadas pelo senhor Pierce?

— Estou, senhor. — Com duas palavras ela silencia a assembleia. A força por trás de sua voz também cala o governador que, por um instante, parece perdido.

Depois de meia hora de apresentações enfadonhas e protocolos cansativos, a sessão é finalmente aberta. Pierce e seu advogado, segundo Anastácia o mesmo que até pouco tempo defendia os interesses do conde De Vienne, são os primeiros a falar.

Anastácia permanece inquieta ao meu lado, mantendo uma expressão neutra ao ouvir Pierce discorrer uma infinidade de maldades a respeito do seu passado. As testemunhas dele variam desde antigos empregados do conde, que asseguram a loucura da antiga condessa, até o médico que assinou seu laudo de histeria. Foi doloroso ouvir o testemunho daqueles que trabalharam no hospício. Apesar de tudo o que Anastácia contou, nunca seria capaz de imaginar ao menos metade das atrocidades que precisou vivenciar em seus anos de internação.

Contudo, o que mais dói é ver como aqueles que acompanham a sessão olham para Anastácia como se ela fosse merecedora dos castigos impostos pelo conde. Como se, exatamente como Pierce deseja, sua loucura fosse uma doença que pesasse nos ombros de seu falecido marido.

— Sorria, Benício. — Anastácia inclina o corpo e sussurra em minha direção. — Se continuar assim, sua cara feia afugentará as pobres senhoritas que o acompanham com olhares sonhadores.

— Está com ciúme? — Fico aliviado ao ver que as palavras de Pierce não afetaram seu ânimo. E, apesar de ostentar uma linda ruga de preocupação, sua expressão deixa claro que Anie está pronta para a luta. — Está melhor assim ou preciso sorrir com mais intensidade?

Estampo um sorriso de orelha a orelha no rosto e sinto a pressão no peito aliviar ao notar o brilho nos olhos de Anastácia.

— Um pouco menos, talvez? Não quero que nenhuma donzela sofra um infarto. — Ela enlaça os dedos aos meus, fazendo com que um sorriso sincero apareça em meu rosto. — Já disse o quanto amo a capacidade que o seu sorriso gentil tem de iluminar um ambiente, Benício?

— E eu já disse que amo cada parte sua, Anie? — Ela assente e aperta nossas mãos unidas. Com um sinal de Samuel, percebemos que a hora de enfrentar Pierce finalmente chegou. — Amo-a e sempre lutarei ao seu lado. Nunca se esqueça disso.

— Não importa quanto tempo demore, hora ou outra a verdade sempre vem à tona. — O governador chama Anastácia, pedindo que ela e Samuel preparem-se para apresentar a defesa. Todo o meu ser acredita que sairemos vitoriosos do tribunal, mas isso não impede que o nervosismo tome conta do meu corpo. — Nunca estive tão certa de que a minha hora de ser ouvida chegou, Benício.

Meu coração bate mais forte quando Anastácia abandona o assento ao meu lado e caminha até o palanque. Os burburinhos ao nosso redor aumentam. E, ao ouvir a palavra louca entre o mar de vozes, o medo de perdê-la aparece com força total. Olho para a entrada mais uma vez, pensando se a princesa acolherá os pedidos de Cândida, e estalo os dedos para conter a tensão.

Do outro lado do salão, Pierce me encara com um sorriso vitorioso.

Quero ir além

Afoguei no mar das minhas lágrimas
Fui carregada pelas ondas da minha dor
Causei a minha própria tempestade
Mas não afoguei

Emergi em meio ao ar puro
Segui o horizonte
Fui além

Fui além da dor para construir um lar
Fui além das cicatrizes para ganhar raízes
Fui além do medo para encontrar seu sorriso

Escolhi me afogar
Seu coração batendo junto ao meu
Suas mãos enlaçadas nas minhas
Seus lábios aos meus

Emergi em meio ao ar puro
Segui o horizonte
Fui além

Música de Anastácia De Vienne Faure
Novembro de 1880

28
ANASTÁCIA

Olho para Benício uma última vez e caminho até o palanque. Sou incapaz de ler o olhar que o governador me dá, mas mantenho a cabeça erguida mesmo ouvindo as palavras maldosas que ecoam pelo salão. Por um momento, Pierce conseguiu exatamente o que gostaria. Assim como Jardel, ele calou a minha voz e tornou suas palavras verdade absoluta sobre quem sou. Mas não mais.

Samuel me apresenta, porém não presto atenção às suas palavras. Enquanto ele fala, olho para as pessoas sentadas do outro lado do tribunal. Elas me encaram com ódio, repulsa e curiosidade. Tento decifrar o que sentem e por qual motivo acreditam que as minhas diferenças fazem de mim uma mulher histérica. E quando Samuel termina de ler a minha ficha, sento na cadeira fria de madeira, cruzando as pernas a fim de evidenciar as minhas vestes.

Li nos jornais que as minhas calças são um insulto, mas elas só representam uma parte da minha alma que clama por ser ouvida. Foi por isso que escolhi um conjunto especial para o dia de hoje. As vestes foram feitas de tal forma que, ao andar, os barrados bordados movimentam-se como um belo vestido de dança, mas, sentada, o corte das calças fica evidente. Vejo alguns olhares curiosos encarando as minhas calças e sorrio. Como Pierce disse há pouco, nada mais marcante do que uma mulher com vestes adequadas.

— Pode nos dizer o seu nome, senhora? — A voz de Samuel chama a minha atenção e em seus olhos encontro apoio e força.

— Anastácia — faço a pausa necessária, a mesma que ensaiamos repetidas vezes ao longo dos últimos dias — Faure.

— Na declaração que acabei de ler, consta que esse é o seu nome de solteira. Como viúva, seu nome não seria Anastácia De Vienne?

— Sim, é o que a lei determina. Sou De Vienne, esposa do falecido conde De Vienne. Mas prefiro manter-me afastada das lembranças relacionadas a Jardel.

Silêncio é toda a resposta que recebo da multidão.

— E pode nos dizer por qual motivo renega o nome do seu marido? — Essa é a minha deixa. Respiro fundo e mantenho os olhos nos de Benício. Devia ser fácil revelar meu passado para centenas de estranhos que pouco se importam com o peso em meus ombros, mas o difícil é falar sobre a minha relação com Jardel diante daqueles que amo.

Vejo a dor nos olhos de Benício assim como nos de Avril e Darcília. Eles, tanto quanto a irmã Dulce e as meninas do abrigo, me encaram preparados para sentirem a minha dor como se fosse a deles. E isso é o que mais machuca; vê-los sofrendo comigo. Ainda assim, também sei que é disso que precisamos agora. Revelar o passado para que ele seja transformado em força. Antes de falar, olho para Pierce, e o pavor em sua expressão é o impulso final de que preciso.

— Casei aos dezesseis anos, logo após a minha primeira temporada social. Pouco tempo depois meus pais morreram, deixando-me completamente sozinha para lidar com meu marido. — Ergo o pulso na direção do governador, deixando-lhe olhar a marca em minha pele. Ele pouco se importa com o gesto, mas já estava preparada para tal reação. — Três meses depois do meu casamento, vivi a minha primeira briga conjugal; foi ela que deixou essa marca no pulso. A mesma marca infringida de tempo em tempo ao longo de todo o casamento. Depois de socos, tapas, queimaduras de charuto; as cicatrizes de um matrimônio fadado ao fracasso ainda são visíveis em minhas costas. Sei que os senhores concordarão que não sou a primeira esposa a queixar-se de um marido de espírito violento, assim como não serei a última.

Vejo a troca de olhares entre os homens ridiculamente vestidos como nobres, mas que no fundo pouco carregam de nobreza. Para eles, a repreensão física de suas mulheres não é um ato digno de contestação. Por um momento, antes de continuar a falar, imagino quantas mais precisarão apanhar para que nossas vozes sejam ouvidas.

— Como viúva assistida pela lei, sei quais são os meus direitos como legítima herdeira da família De Vienne. — Em parte sinto orgulho por viver em uma das poucas nações no mundo que respeita o direito de herança de uma mulher. Samuel fez questão de enfatizar que, se estivéssemos na França, precisaria me contentar em viver com uma pensão e nada mais. — Não me orgulho do meu casamento, então não serei culpada por escolher usar o nome que bem entender. A lei diz que sou uma De Vienne e de fato o sou, mas, em meu coração, almejo ser conhecida por meus atos, e não pelas atrocidades cometidas por meu marido.

Olho para Avril por um instante, sentindo-me aliviada ao ver o sorriso em seu rosto. Amo-a como uma irmã que nunca tive, mas ambas sabemos que o laço entre nós vai muito além do sobrenome do conde.

— De fato, a acusação que questiona seu direito legal é indeferida, senhora. Mas nada disso prova que é apta mentalmente para gerir os negócios do falecido conde. — James levanta e chama a atenção dos presentes para a minha loucura, exatamente como sabíamos que ele e Pierce fariam durante toda a sessão.

— Defina o conceito de loucura, por favor, senhor James — Samuel diz.

— Vestes inapropriadas, comportamento inaceitável para uma mulher, inaptidão para gerir negócios... — Ele começa a listar os típicos pontos alegados por meu marido por toda a minha vida.

— O senhor está errado. — Samuel caminha pelo tribunal como se ali fosse sua casa. Sua voz calma e segura ressoa por todo o ambiente e os olhos que antes estavam colados em mim agora voltam-se para ele. — O conceito de loucura, ocasionalmente alterado para atender as necessidades de alguns homens, nada mais é do que uma condição mental caracterizada pelo afastamento da razão. Podemos mesmo dizer que a senhora Anastácia, ao escolher abandonar os resquícios de um casamento marcado pela dor, deixou de ser racional? Ou a verdade é que a comprovação de razão está exatamente na escolha de distanciar-se das lembranças dolorosas a respeito do conde?

O burburinho volta a tomar conta da sala, mas dessa vez tenho certeza de que todos estão avaliando a veracidade por trás das palavras de Samuel.

— Mas vamos nos ater às acusações. — Samuel volta os olhos para mim. — O que tem a dizer sobre suas vestes inapropriadas, senhora?

— Sigo os modelos franceses, senhor. Os magazines estão cheios de desenhos e modelos de conjuntos como os meus. — De fato, alguns magazines trazem centenas de modelos de mulheres usando calças para caminhar ou cavalgar. Mesmo na França, tais vestimentas ainda são vistas como informais e desagradáveis, mas ninguém neste tribunal precisa saber disso. — Minha cunhada, que acabou de chegar da França, trouxe algumas revistas com ela. Posso apresentar os modelos, caso preciso.

Mas já adianto que os esquetes não são tão belos quanto meus conjuntos. Apesar do que dizem, nem todos os franceses têm bom gosto.

Algumas risadas irrompem pelo salão, nos dizendo que estamos no caminho certo. Ao meu lado, Samuel abre sua pasta de couro e entrega para o governador alguns dos almanaques que conseguimos com as meninas do abrigo. Demos sorte de Luna amar assiná-las e de ter trazido algumas consigo junto com a mudança para a fazenda.

O governador olha os modelos com pouco interesse, mas faz questão de dobrar uma das revistas e passá-la por alguns dos homens sentados à sua direita. Não sei quem são, mas acredito que trabalham com ele na condução dos assuntos da província.

— E a acusação de inaptidão para gerir seus negócios? — Samuel pergunta, deixando a acusação maior para o final.

— Junto com minha cunhada, Avril De Vienne, estou conduzindo as negociações da produção e revenda da colheita do café. Confesso que nos primeiros meses sofremos para descobrir os melhores caminhos para a produção, afinal, como os senhores gostam de lembrar, nenhuma de nós havia gerido um comércio anteriormente. — Propositalmente, olho para Benício, levando o salão a fazer o mesmo. — Mas com a ajuda de comerciantes experientes no ramo do café, encontramos soluções não só para o negócio atual, como para novas parcerias. Talvez não seja conhecimento de todos, mas meus pais eram donos da empresa de navegação que atualmente coordena todas as cargas de exportação e importação entre a França e o Brasil. E com a morte de Jardel, que Deus o tenha, voltei a ser a única dona da empresa.

Benício pisca para mim e preciso conter a vontade de sorrir diante do silêncio que toma conta da tribuna. Não vou negar que é engraçado ver o governador e seus apoiadores unindo as peças do quebra-cabeça de quem sou e do meu sobrenome de solteira. Antes de ler o testamento, pouco havia parado para pensar nos atrativos que levaram Jardel a buscar minha afeição.

— A senhora é filha de Adélio Faure? — O governador pergunta. Seu tom espantado apenas espelha a surpresa de todos no salão.

— Sim, senhor. Fui criada em meio ao porto de Bordeaux, acompanhando o dia a dia de trabalho da minha família. — Ciente do impacto das minhas palavras, estampo um sorriso no rosto. — Devem conhecer meu tio também, o Monsieur Freyanet, o atual ministro dos transportes de Paris.

Foi Samuel, com ajuda de seus contatos, que descobriu a posição atual do meu tio. Lembro vagamente dele e de sua família, pois, apesar das relações comerciais, ele e meu pai nunca foram verdadeiramente próximos.

— Mas ainda podem restar dúvidas a respeito do hotel, senhora. Pierce alega que é o melhor diretor para o empreendimento. — A forma com a qual Samuel conduz as perguntas encanta os presentes. Eles balançam a cabeça em concordância com suas palavras, como se ele os representasse, e não como se estivesse na tribuna para advogar ao meu favor.

— Concordo plenamente. O senhor Pierce é o melhor gestor para o hotel no momento. — Noto o choque de Pierce ao ouvir as minhas palavras. Tenho certeza de que ele não faz a menor ideia do que planejamos. E, por um instante, quase sinto pena. — Todo o projeto do hotel foi idealizado pelo senhor Pierce ao lado do conde. Rafael da Silva e Castro, um amigo arquiteto que fiz na última semana, me ajudou a encontrar o projeto da construção. De fato, cada detalhe do projeto foi assinado e decidido por Pierce e Jardel.

O arquiteto foi, sem dúvida, de grande ajuda. Quando Benício resolveu modificar a sua tatuagem, comentou com o amigo sobre Pierce e a sessão que logo enfrentaríamos no tribunal. E foi Rafael que deu a entender que um bordel escondido em um hotel só existiria com tamanho sucesso se tivesse sido idealizado desde a sua concepção. Depois disso, decidimos procurar o projeto original e averiguar se o bordel estava na planta-base desde o começo.

— Isso é verdade, senhor Pierce? Fez parte de cada detalhe da construção do projeto do Hotel Faux? — Samuel questiona Pierce mesmo ciente de sua resposta. É importante fazê-lo dizer em voz alta, antes de mostrarmos o documento que atesta a sua participação.

— Todos sabem que daria a minha vida por aquele hotel. Somos referência tanto em hospedagem quanto em restaurante. — Pierce olha para o governador ao falar. Da mesma forma que Jardel, ele tem o dom de seduzir com suas palavras, mas não passa despercebida a expressão de Antônio. Neste instante, tenho certeza de que ele sabe dos negócios ilícitos que o hotel esconde. — Como sócio, participei de todo o processo de desenvolvimento e construção do hotel, assim como hoje sou o único responsável pelo seu funcionamento.

— Obrigado, senhor — Samuel diz a Pierce e, retirando mais um documento de sua pasta, entrega para o governador a planta-base do hotel. — Aqui está o projeto de construção do hotel. Endossando-o estão as assinaturas de Pierce e Jardel. Na segunda folha do projeto, vemos também o aval da construção dos aposentos que hoje são conhecidos como o Bordel do Conde. Mantido em segredo de parte da população, mas ainda assim, projetado e aprovado.

O barulho prova que conseguimos chamar a atenção de todos. O rosto de Pierce está vermelho de raiva e ele ameaça falar algo, mas seu advogado o impede de se exaltar. Dessa vez, meu sorriso não é ensaiado. Às escondidas, todos os homens presentes podem conhecer e beneficiar-se da existência do bordel, mas não existem formas legais de defender a sua existência.

E, mesmo que Antônio e Pierce contornem a situação, a presença de parte da nobreza feminina pende a nosso favor.

— De fato a planta-base revela a existência de outro estabelecimento dentro do hotel, mas com que prova alegamos tratar-se de um bordel? — Permaneço em silêncio quando Samuel caminha até onde irmã Dulce está.

Os olhos de todos acompanham seus passos quando Samuel faz um sinal para a irmã. Ela levanta, com seu traje cinza de freira destoando entre a multidão e levanta segurando a mão de Luna. A jovem segura a mão de Wen e, assim por diante, até as jovens abrigadas na fazenda estarem em pé e de mãos dadas. Só as mais velhas foram autorizadas a participar da sessão, mas Wen implorou para vir com Luna.

Noto o incômodo geral tomar conta do salão. Se esses homens já foram ao bordel, então eles vão reconhecê-las. Corro os olhos e, um por um, identifico aqueles que sabem exatamente do que estamos falando. Minha raiva ameaça explodir, mas aperto a marca no pulso até a dor me fazer retomar o foco no momento.

— Essa é a irmã Dulce — Samuel apresenta. — Ao lado dela estão algumas das jovens que trabalharam no Bordel do Conde. Caso precise, elas podem depor sobre a existência do estabelecimento, mas também podemos ouvir o relato da irmã sobre os últimos dias que ela passou ao lado das jovens. Isso, é claro, depois de a senhora Anastácia confrontar Pierce publicamente e convidar as garotas para acompanhá-la até a Fazenda De Vienne. Mas os senhores já sabem disso, afinal, acompanharam o caso nos jornais.

— Isso é verdade, irmã? — O governador pergunta. Todos nós sabemos que a opinião da irmã Dulce é endosso suficiente para a veracidade por trás das palavras de Samuel.

— Sim, senhor — ela diz. — E se perguntar a cada uma dessas jovens, vai descobrir como elas foram arrancadas de seus lares com a promessa de um trabalho honesto. E ao chegarem no Brasil, foram obrigadas a servir os propósitos do conde e do lorde Pierce para não serem despejadas na rua.

Espero pelo silêncio e, quando ele vem, me levanto. Todos os olhos estão presos em mim e em Pierce, que é descaradamente contido por James. Gostaria que o advogado o deixasse falar, pois tenho certeza de que suas palavras acabariam por denunciá-lo, mas não preciso. Minha voz é toda a arma de que preciso neste instante.

— Como podem ver, não sou uma comerciante tão boa quando meu falecido marido ou muito menos quanto seu sócio. — Olho para Pierce e liberto todo o ódio que sinto por ele e por Jardel. — Mas de uma coisa eu sei, negócio algum deve sobrepor-se ao direito do outro. O futuro dessas jovens não deveria ser subjugado aos pecados de homens imorais, sejam eles um conde ou não. Nunca aceitaria a existência de um bordel em meu hotel assim como não usarei o nome de um homem capaz de tamanha injustiça. Ao recusar aceitar os negócios ilícitos do conde fui renegada a viver três anos aprisionada em um hospício. E agora, ao lutar por justiça, sou mais uma vez julgada como louca.

Surpresa, ouço palavras de apoio misturadas a choro. Olho para as mulheres desconhecidas sentadas na bancada, que apoiam as minhas palavras com olhares decididos, e deixo que o incentivo de cada uma delas me ajude a permanecer em pé.

— Conte-nos mais sobre o hospício, senhora — Samuel pede após um instante.

E então eu conto. Falo sobre o passado e o presente. Sobre as minhas escolhas e sobre aquelas que recaíram sobre minha vida por causa de Jardel. Pierce contesta, reclama, mas ninguém lhe dá ouvidos. Todo os presentes querem saber quem eu sou – essa mulher que saiu do hospício há pouco tempo, que foi vista dançando pelas ruas e usando roupas consideradas escandalosas. Eles querem reconhecer a minha loucura, mas, a cada palavra que sai da minha boca, é a loucura deles que é evidenciada.

A loucura da injustiça, que rotula o diferente com base em certezas de outros homens que não nós mesmos. Para a maioria dos presentes, ser louco é ser diferente, mas a verdade é que a única loucura aqui está na tirania de suas escolhas.

— Fui aprisionada por ser eu mesma e por não concordar com as escolhas do conde. — Olho à direita e acompanho quando Darcília, Avril e Cândida levantam. O julgamento que era para ser meu virou a chance que esperávamos para sermos ouvidas. — Acham que sou a primeira mulher julgada por suas escolhas? Aos dezesseis anos, minha cunhada foi enviada ao convento por discordar do irmão. Anos atrás, minha amiga Darcília serviu o visconde de Lamare, mas foi enviada ao hospício logo depois de conseguir a sua carta de alforria.

Olho para Darcília e espero que ela continue. Uma das vantagens de a sessão ser presidida pelo governador da província é que, sendo todos nós moradores do Rio de Janeiro, o direito à palavra é aceito. É só por isso que não estou enfrentando Pierce sozinha.

— Meu direito de liberdade foi roubado ao nascer. — Suas palavras retumbam por todo o ambiente. Entre os homens encarando Darcília, é fácil encontrar a minoria que faz parte do movimento liberal. São eles que inclinam o corpo para a frente, ansiosos por seu testemunho. — Mas não o do meu filho. Meu menino nasceu liberto, mas foi roubado de mim por causa da minha cor. Eu deveria me esconder no hospício para garantir a boa educação da criança gerada no meu ventre. E todos sabemos que, quando se é uma mulher como eu, negra e um dia escrava, leis não hão de me salvar. Mesmo com um papel assegurando a minha liberdade, eu ainda era escrava daquele que é o pai do meu filho.

Noto com surpresa quando uma jovem vestida de preto abandona seu lugar ao fundo do salão e caminha até Darcília. Ela lhe entrega um lenço de algodão e senta-se ao seu lado no palanque, unindo suas mãos às da minha amiga. Olho curiosa para a cena e, ao cruzar os olhos com Benício, leio as palavras silenciosas que saem dos seus lábios. Ao que parece, a jovem ao lado da minha amiga é a filha mais velha do visconde.

Ao sentar com Darcília, a jovem fez uma escolha. Seu gesto não deve ter sido fácil, e muito menos impensado. Mas o fato é que, por um instante, ela deixou de lutar apenas por si mesma. É assim que nos tornamos mais fortes: quando deixamos de nos preocupar com nossos medos e nos colocamos no lugar do próximo, quando colaboramos para a construção de um mundo melhor. Empatia é a arma que combate a injustiça.

— Sei que tantas histórias, contadas por mulheres diferentes, podem soar estranhas aos seus ouvidos — Samuel diz primeiro olhando para o governador e depois ao redor da tribuna. — Mas sei que conhecem a senhora Cândida e que, alguns meses atrás, acompanharam seus passos por meio das colunas sociais.

A multidão fica inquieta quando Cândida levanta com a filha nos braços e, apesar do burburinho, não retiro os olhos do governador. Sua expressão deixa de ser calma quando os arquejos divertidos da pequena bebê alcançam todos os presentes. Em meio a nós, sua inocência é sobressalente assim como a assustadora necessidade de estar presente na sessão. É de conhecimento de todos de quem Esperança é filha e neta, e estar aqui significa não só lutar por direitos igualitários, mas pela oportunidade de crescer em um mundo que a permitirá ser quem desejar.

— Maridos calando e ocultando esposas, pais castigando e acorrentando seus próprios filhos... — A voz de Samuel sai mais baixa do que o esperado, mas o silêncio no tribunal é tamanho que todos nós conseguimos ouvi-lo perfeitamente — E homens matando seus semelhantes. Desejamos mesmo que essa criança viva em um mundo dividido por cores? Que pais sejam assassinados antes de conhecerem seus filhos?

Lágrimas escorrem pelo rosto de Cândida. Sua dor alcança os presentes e faz com que eu precise lutar contra as minhas próprias lágrimas. Queria protegê-la, ela e Esperança, desse momento e de todos os que virão nos próximos anos. Mas do que adiantaria? Este é o mundo em que vivemos, e nos manter ocultos da verdade não tornará nossos dias melhores.

— Quantos mais precisarão morrer? Quantas crianças nascerão sem pais ou mães? Quantas famílias serão destruídas antes de aceitarmos que nossas diferenças nos tornam únicos? — Samuel muda o tom, deixando que a sua voz cresça em força e poder. Tocando, incitando e mexendo com as emoções de cada um dos presentes. — Nosso país é conhecido por acolher povos de todas as nações. Então, por que relutamos tanto em fazer o mesmo com nosso próprio povo? Por que ignoramos aqueles que lutaram para construir um Brasil novo?

Estou olhando para Cândida chorando, dividida entre me manter firme no palanque e ir até ela, quando o retumbar estrondoso de uma trombeta cala o salão. Samuel me olha em choque e, antes de me virar em direção à voz, elevo uma última prece aos céus.

Giro o corpo em direção à entrada do tribunal e sinto o coração acelerar ao vê-la atravessar o umbral de madeira. Atrás da princesa Isabel, um convidado surpreendente caminha de cabeça erguida, mantendo na face um olhar digno de um imperador.

— Esta sessão está finalizada — ele diz, apenas. O caos é iniciado, mas sua expressão se mantém neutra. O imperador aguarda o fim do furor e, quando o silêncio é instaurado, volta a falar de maneira calma e direta. — Temo que a sessão de hoje tenha assumido caráter real, portanto, serei eu mesmo o juiz.

— Imploro que nos perdoe, prima querida. — A princesa corre até Cândida e as duas se abraçam sem cerimônia.

Desde que o imperador entrou, a tribuna, antes explosiva e barulhenta, calou-se por completo. Algumas pessoas retiraram-se enquanto outras mudaram de assento para acompanhar a cena com maior atenção. Diante dos olhos curiosos, Cândida e Isabel não param de conversar e de mimar a pequena Esperança.

Cândida assumiu um grande risco ao solicitar a ajuda da princesa – ainda mais levando em conta o fato de não serem parentes de sangue e de a família real evitar se envolver em questões de luta por justiça entre os povos que tornam o Brasil uma nação tão rica. É de conhecimento de todos a aversão nutrida pela família real à escravidão e a qualquer crime de violência, apesar de sabermos também que a princesa evita atos e comoções políticas. Contudo, para o nosso alívio, a amizade entre elas prevaleceu.

— Então, essa é a pequena Esperança? — O imperador pergunta ao segurar as mãozinhas da pequena sorridente.

Estou tão hipnotizada pela cena que me assusto ao vê-lo subir no palanque. Dom Pedro II veste nada mais do que um conjunto simples de calça e casaca. Noto como o imperador parece cansado. Anos atrás, quando o vi em Paris, ele parecia forte e alegre, mas agora seus olhos carregam um desânimo que não sei nomear. Ainda assim, ele anda de forma altiva, sem abaixar a cabeça por nenhum segundo.

Dom Pedro II olha para a filha e, sorrindo para Cândida, diz algo que apenas o governador é capaz de ouvir. Uma troca silenciosa de olhares é mantida entre os dois e, depois de alguns segundos, Antônio cede o lugar de juiz ao imperador.

Minhas mãos tremem ao sentir seus olhos presos ao meu. A expressão do imperador é neutra, mas sei que ele avalia a minha posição, minhas vestes e as verdades escondidas em meus olhos. Um homem como ele foi criado para interpretar as intenções daqueles ao seu redor, então espero que consiga enxergar quem eu realmente sou.

— Por favor, levante-se, senhor Pierce. — James solta seu cliente que, tentando retomar o controle da situação, ajeita as vestes e encara Dom Pedro II com seu melhor sorriso. — Chegou aos meus ouvidos seu apelo para anular o testamento do senhor Jardel De Vienne. Ao ouvir o nome do conde, me recordei do nosso primeiro encontro. Anos atrás, o pedido para utilizar uma linha ferroviária exclusiva pareceu comum, mas minha falha foi deixar de fiscalizá-la. Transporte ilegal de pessoas é crime, senhor Pierce. Mas acredito que já sabia disso.

— Mas não é disso que a sessão de hoje trata, vossa excelência — James diz, mas o imperador cala o advogado com um gesto de mão.

Neste momento, não são só as minhas mãos que tremem. Vejo no olhar do imperador quais são suas intenções e um alívio toma conta do meu ser. É exatamente para isso que me mantive forte: para ver a justiça sobrepor aos poderosos.

— Exílio, senhor. — São as únicas palavras que saem da boca do imperador. Pierce me olha com raiva diante da sentença proclamada, mas não diz uma só palavra. — Todas as jovens que chegaram ao país de forma ilegal serão assistidas e, caso prefiram, poderão voltar para seus lares com o apoio do governo. É uma promessa que eu mesmo cumprirei.

Meu olhar cruza com o de Benício e tudo o que consigo fazer é rir. Diante do sorriso que estampa o rosto de Luna, pouco me importo com o fato de que Pierce não será preso – é o que ele merece, mas exílio já será suficiente.

— Seu direito legal não será mais questionado, senhora. — Volto os olhos para o imperador e sinto o peso de suas palavras recaírem sobre mim. — O hotel será demolido e o terreno voltará a ser propriedade da Coroa. Apesar de morto, seu marido precisa pagar por seus erros.

Dom Pedro II me encara como se esperasse por uma constatação. Contudo, sinto meu coração bater livre pela primeira vez desde que entramos no tribunal. Não imaginei que me sentiria tão aliviada por não ser mais a responsável pelo hotel.

— Estamos de acordo quanto a isso, vossa excelência — respondo após alguns segundos.

— Pois bem, estão todos dispensados. — O imperador aponta para Pierce e, prontamente, uma dúzia de homens o rodeia. — Peço que me acompanhe, gentilmente, senhor Pierce. Precisamos conversar sobre os termos do seu exílio.

Pierce me olha com raiva, com ameaça evidente nublando sua expressão. Ele tenta se aproximar de onde estou, mas os homens ao seu redor o impelem a seguir até a saída. Acompanho suas costas com os olhos, deixando-me a certeza de que nunca mais o deixarei consumir a minha mente.

De repente, fisicamente e emocionalmente cansada, volto a sentar. Benício caminha até onde estou e me abraça. Em silêncio, aguardamos a saída de todos da tribuna. O silêncio é bem-vindo e, junto a ele, aguardo minhas forças serem esgotadas.

— Sinto, mas ainda temos um assunto para debater, senhora Anastácia. — A voz da princesa Isabel me alcança e Benício afasta nosso abraço. Achei que ela e o imperador já tinham nos deixado, mas ambos permanecem ao lado de Cândida, trocando atenções a Esperança. — Precisamos conversar sobre o abrigo que está construindo na Fazenda De Vienne e como acolheram a jovem Cândida. Queremos ajudá-las e não aceitaremos uma recusa como resposta.

29
BENÍCIO

— Bom dia, senhor! — O barão me encara atordoado enquanto entro no escritório e sento na lateral da sua ostentosa mesa de madeira. Quando era menino, entrar em seu aposento de trabalho era uma afronta punível com, no mínimo, dez chicotadas. Agora, nossa realidade é completamente diferente. Graças ao peso do sobrenome Magé, os chicotes serão aposentados de todas as nossas propriedades, começando pela Fazenda da Concórdia. — Vejo que está ocupado esta manhã, pai.

Ele bufa e me encara com uma expressão de desgosto. Suas roupas estão desalinhadas, a gravata, esquecida em uma poltrona luxuosa e as garrafas de cachaça no carrinho de bebidas estão pela metade. Depois da sessão no tribunal e de Anastácia ter recebido o apoio público do imperador, recebi apenas uma carta do barão. Ele prometeu nos deixar em paz se não nos intrometêssemos em seus negócios. Infelizmente, eu e Samuel tínhamos outros planos para as terras cafeicultoras da família.

— Trouxe alguns documentos para o senhor. — Abro minha bruaca e retiro os pesados envelopes. Meu irmão precisou contratar mais dois advogados antes de consegui-los, mas os três meses de espera e trabalho árduo valeram a pena. — Aqui estão as cópias de todas as cartas de alforria que concedi aos nossos novos empregados.

— Maldito! — Mal pisco quando sua mão atinge a mesa em um surto de raiva. Alguns papéis caem no chão, mas continuo no mesmo lugar, mantendo os olhos nos dele. É libertador perceber que sua raiva não me atinge mais. — Arrependo-me do dia que o trouxe para a minha casa, seu bastardo. Acha mesmo que vou permitir que destrua meus negócios?

Em um surto de raiva, ele inclina o corpo e me segura pelo colarinho da camisa. Nossos rostos ficam a centímetros de distância, mas a minha única resposta é sorrir diante do seu desespero. Assim como eu, o barão carrega os sinais do tempo ao redor dos olhos. A diferença é que as suas rugas são um lembrete de uma vida marcada pelo ódio e pela ganância.

Pela primeira vez, não me incomodo com as semelhanças em nossa aparência. Fugi das garras da influência do seu sobrenome para me sentir livre, mas a verdade é que só deixei o passado para trás ao assumir a minha origem por completo. Hoje sei exatamente quem sou, então pouco me importo com o caráter do homem que chamo de pai. Minhas escolhas são exclusivamente minhas.

— Diga-me o que mais gostou de ver no tribunal? — Afasto suas mãos da minha túnica, apesar de manter nossa proximidade. — A presença do imperador e da princesa, sem dúvida, foi o ponto alto da sessão. Mas a minha atuação preferida foi a de Samuel. Ele estava incrível, não concorda?

— O negrinho teve sorte, nada mais do que isso.

— Acha mesmo, pai? — Volto a atenção para os envelopes na minha mão e, com um sorriso desafiador, entrego-os para o barão. — Nós dois sabemos que não foi sorte que tornou esses documentos reais, foi competência. Samuel descobriu que seus escravos foram comprados e registrados como propriedade das Fazendas Magé. E, agora que sou legalmente seu herdeiro, também sou dono das terras. Nunca senti tanto orgulho quanto no momento que assinei cada uma dessas cartas de alforria.

Vejo em seus olhos que ele está por um fio de perder o controle. Quando somos guiados pela raiva, é fácil ceder ao desejo de destruir tudo ao nosso redor. Alguns meses atrás, tudo o que desejava era esse embate. Ansiava por acertar as contas com o barão e por fazê-lo sofrer – seja por mim e por Samuel, seja pelos homens subjugados por suas mãos tiranas. Mas agora encontrei outra forma de lutar contra ele e os seus semelhantes.

— Essas cartas vão arruinar nossas fazendas, Benício. — Salto da mesa e caminho até a janela do escritório. Ela faz vista para a entrada da fazenda, por isso consigo ver o bonde que eu e Samuel estacionamos ao lado da fonte de mármore. Estou longe demais para vê-la com clareza, mas ainda consigo sentir seus olhos em mim. Quando decidi vir para Ouro Preto, Anastácia me convenceu de que queria vir junto. Não consegui resistir aos seus apelos e, depois de Samuel e Avril resolverem nos acompanhar, decidimos fazer uma pequena excursão pela Fazenda da Concórdia e pela região em que cresci. Segundo Anie, essa será a nossa segunda chance de amar essas terras. — Precisamos dos escravos para manter o nível de produção. A não ser que esteja disposto a plantar e colher os grãos com suas próprias mãos.

Não me surpreendo ao ouvir a sua reação, afinal essa é a desculpa de todos os fazendeiros da região. Os conservadores veem a escravidão como única forma rentável de manter suas terras e, mesmo que políticos liberais continuem criando leis de arrendamento e comprovando a rentabilidade do trabalho livre, homens como o barão permanecem apegados ao passado. Humanidade, respeito e liberdade foram esquecidos em nome do lucro. Mas a minha fé é de que os tempos estão mudando e, mesmo que eu não seja capaz de lutar pela liberdade de todos os escravos do Brasil, posso lutar contra o domínio do barão.

— Sabe que, se fosse preciso, eu o faria. Nunca tive medo de trabalhar. — Apoio o corpo no batente da janela e encaro as palmeiras que rodeiam a propriedade. Um rio corre na lateral esquerda, próximo aos cafezais e o som dos bem-te-vis ecoa pelos jardins. Apesar da beleza que nos cerca, é o seu riso que chama a minha atenção. Sorrio ao ver Anastácia e Avril conversando com algumas das famílias que trabalham na fazenda. Agora, os que decidirem ficar serão funcionários do casarão ou arrendatários da terra, mas nunca mais escravos. — Estou disposto a fazer um novo acordo com o senhor.

Ouço os passos do barão caminhando em minha direção, mas mantenho meus olhos em Anastácia. Ele para ao meu lado e ri – não de alegria, mas de escárnio – ao acompanhar a direção do meu olhar. Embora incomodado com sua proximidade, neste momento é o amor que nutro por Anastácia que domina meus pensamentos. Ela sempre diz que meu sorriso ilumina seus dias, mas, na verdade, eu é que fui aquecido por sua presença em minha vida. Anie chegou como o sol em um dia de verão e aqueceu os cantos mais remotos e camuflados do meu coração. Ao amá-la, também aprendi a amar cada parte da minha história.

— Antes que diga algo que vá inflar a minha raiva, escute minha proposta. — Cruzo os braços e enfrento o olhar do barão. Não quero vê-lo tão cedo e, se depender de mim, deixaria essas terras e todas as suas fazendas para trás em um piscar de olhos. Contudo, por mais que eu não ligue para as terras e suas produções, me importo com os homens que trabalham nelas. — Dê-me um ano. Faça o que quiser com a sua produção, pouco me importo com a maneira que gerencia seus negócios. Mas deixe que eu cuide dos empregados da fazenda. Por um ano, vou visitá-las e administrá-las, desde que esteja disposto a me deixar trabalhar. Não quero cartas, ameaças e muito menos que a minha família seja atacada. Deixe-me em paz para fazer o que sei e, em menos de um ano, prometo que terá o dobro de lucro com suas produções.

Cansei de brigar, tudo o que quero é mostrar a ele o peso da dignidade que o trabalho justo e respeitoso carrega. Sinto que a nossa sociedade demorará anos, ou talvez décadas, para abolir a escravidão. E enquanto isso não acontece, encontrarei uma forma de mudar o sistema dentro das fazendas pelas quais sou responsável. Não é muito, mas é um passo em direção a um futuro melhor.

— Temos um acordo? — O barão olha para a minha mão estendida e, encarando Samuel, Avril e Anastácia rindo do lado de fora, segura sua mão na minha.

— Dou-lhe um ano! — Vejo em seus olhos suas duas versões, aquelas que aprendi a reconhecer quando menino, travando uma batalha. E antes mesmo que continue a falar, sei qual delas venceu. — Torre meu dinheiro libertando meus negrinhos, mas lembre-se de que vou cobrar-lhe cada moeda gasta erroneamente com juros dobrados. Tudo o que fazemos volta para nós uma hora ou outra.

— O senhor não poderia ter mais razão — digo antes de deixá-lo para trás e encontrar Anastácia na entrada da fazenda.

Estou pronto para seguir em frente, longe do controle e da crueldade do barão. Finalmente descobri como me orgulhar de ser Benício Magé De Sá.

⁂

Corro atrás de Wen e Quirino pelo jardim da fazenda, sorrindo ao passar pelos pés de maracujá-roxo. É claro que são mais rápidos do que eu e sempre escolhem o melhor lugar para se esconder, mas não me canso de brincar com eles. Há seis meses, vê-los sorrindo de forma despreocupada parecia um sonho impossível. Mas agora, com o abrigo e a escola prontos, eles finalmente aprenderam a ser crianças.

Sorrio como um menino ao ouvir o barulho do trem. Além de inaugurarmos o abrigo, também demos início à linha que servirá para transportar sacas de café e os visitantes que receberemos na fazenda. Ernesto revelou-se um ótimo maquinista e, com o apoio de Anastácia, assumiu a responsabilidade pela linha férrea.

— Vejo que gosta de crianças. — Olho para trás e me surpreendo ao encontrar o imperador.

Claro que depois de sua aparição no julgamento, Anastácia resolveu convidá-lo para a inauguração do novo abrigo, mas ainda é uma surpresa vê-lo aqui, na fazenda.

— Gosto de vê-las felizes, vossa excelência — respondo com uma mesura.

Dom Pedro II olha para as crianças correndo, para Avril rodeada por jovens que resolveram ser suas aprendizes no ofício da medicina e, por fim, para Anastácia conversando com alguns fazendeiros da região. Depois da sessão no tribunal e possivelmente por causa de sua relação indireta com a família imperial, o café De Vienne ficou ainda mais conhecido na cidade. Aos poucos, a relação comercial delas melhorou assim como a aceitação do abrigo. Homens como meu pai continuam espreitando, provocando e perturbando nossos dias – apesar do que construímos na fazenda, o mundo lá fora permanece o mesmo. Ainda assim, encontramos empresários e políticos mais do que dispostos a apoiarem nossas causas e participarem de nossas lutas.

O abrigo virou referência na cidade, não só como um novo lar, mas pela escola profissional que Samuel e Darcília ajudaram a consolidar. As turmas focam não apenas no ensino dos pequenos, como também no futuro dos jovens. Assim, ao estudar, eles descobrem o início de uma vocação, o que os leva a construir seus próprios caminhos pelo mundo.

— Gosto do que construíram aqui, Benício. — O imperador coloca as duas mãos na cintura e gira os olhos pelo complexo finalizado do abrigo: o casarão, a escola, a capela e as hortas ficaram prontas e criaram uma pequena vila para as novas moradoras.

No último mês, outras mulheres chegaram ao abrigo. Algumas vieram com seus pequenos filhos, outras com olhos assustados e espíritos fragilizados. Mas aos poucos, cada uma delas foi encontrando seu lugar dentro do abrigo e descobrindo como recomeçar. Cândida e Esperança viraram o rosto do abrigo e, assim que uma nova mulher chega, apresentam cada detalhe da construção e – contando sua própria história – a jovem clama que as novas moradoras confiem no poder de cura escondido nas paredes do abrigo.

— Obrigado pela ajuda, vossa excelência. Não teríamos conseguido sem seu apoio. — Ele refuta o agradecimento, mas sabe que tenho razão.

O imperador investiu parte da venda do antigo Hotel Faux na construção do abrigo. Com o dinheiro e seu apoio público, assim como parte da minha herança e da de Anastácia, conseguimos contratar uma equipe de mais de cem pessoas e comprar materiais com uma rapidez surpreendente. Trabalhando dia e noite, não apenas aperfeiçoamos as instalações, como finalizamos todas as alas do abrigo, construímos a escola e a capela e idealizamos o projeto da horta comunitária.

Talvez seja por isso que o abrigo esteja atualmente em sua capacidade máxima, o que nos fez pensar na necessidade de criar novos pontos de apoio pela cidade – até comecei a projetar um casarão no centro, próximo à Empreiteira De Sá.

— Gostaria de lhe fazer um apelo, senhor Benício. — Volto os olhos para o imperador e espero que continue. Suas vestes casuais passam a impressão de simplicidade e comodidade, mas existe uma força no porte de dom Pedro II que chama a atenção de todos ao redor. — Na verdade, é mais uma sugestão do que um pedido. Deveria entrar para a política, filho.

— Terei de desapontá-lo, mas tudo o que sou é um homem apaixonado por meu trabalho de construtor. Não sou político, vossa excelência.

— Isso é o que o faz perfeito para o cargo, Benício. — O imperador olha para o abrigo mais uma vez, contemplando as pessoas ao nosso redor e a felicidade estampada no rosto delas. — Tempos difíceis virão e mudanças serão necessárias. E se queremos defender o direito daqueles que amamos ou dos que mais precisam de justiça, precisaremos nos unir. Um bom povo merece bons políticos. Mas, se os homens de bom coração escolherem manter-se afastados, os deixaremos à mercê dos lobos. Apenas pense nisso, o povo precisa de representantes como o senhor e o seu irmão.

O imperador aperta meu ombro e segue até o balanço onde Cândida está sentada. Com Esperança no colo, a jovem sorri ao ver como o balanço faz a pequena dormir. Atrás dela, Darcília e Luna brigam para ver quem será a primeira a pegar a pequena. Nos últimos meses, as duas se aproximaram o suficiente para Luna escolher permanecer no Brasil.

Volto a minha atenção ao jardim que rodeia o abrigo. A terra está tomada por pés de maracujá-roxo, ostentando as flores lilases que me lembram do meu passado, do meu presente e do meu futuro. Olhando para sua beleza, agradeço mentalmente minha mãe. Vejo-a no abrigo, nos arredores da fazenda e, principalmente, nos olhos de Anastácia. Nos últimos meses cresceu em meu peito a certeza de que Moema uniu nossos caminhos. Cada uma de suas escolhas me levou até Anastácia, então sempre serei grato à minha mãe por ter-me trazido a mulher da minha vida.

Enquanto olho a flor roxa, penso nas palavras do imperador. O abrigo foi a forma que Anastácia encontrou para ajudar outras mulheres que, assim como ela, sofreram por escolherem serem elas mesmas – assim como eu e Samuel fizemos com a Empreiteira De Sá. Porém, existe um mundo inteiro lá fora de homens, mulheres e crianças que precisam de alguém que as ouça, que lute por elas. Se eu assumisse um lugar na política, poderia lutar por seus direitos com mais força. Então, talvez o imperador tenha razão. O mundo está prestes a mudar e precisamos de pessoas preparadas para apoiar tal evolução.

Ouço um bufar ao meu lado e sorrio ao ver o jumentinho da fazenda fugindo de Carioca. Desde que eu e Anastácia assumimos publicamente nossa relação, o gato não voltou mais para a empreiteira. Ele não só amou Wen e a sua atenção como criou um laço inesperado com o jumentinho. Agora, os dois passam boa parte dos dias caminhando entre os jardins da fazenda.

— Pobre coitado, aguentar esse gato mimado não é fácil. — Sigo os passos apressados de Feliz e faço carinho em sua orelha. É impossível não se deixar encantar por sua expressão naturalmente sorridente. Carioca mia em um gesto atípico de ciúmes, mas quando ameaço pegá-lo no colo, ele corre para o lado oposto.

— Ora, seu turrão!

— E o culpa por preferir meu colo, senhor? — Giro o corpo e encaro Anastácia caminhando até mim com Carioca no colo. O bichano joga a cabeça para trás e ronrona de alegria ao ser o centro de suas atenções.

— De fato, não posso culpá-lo. — Puxo-a para os meus braços, roubando-lhe um beijo. — Posso assumir que, neste instante, estou com ciúme do Carioca? Gostaria de estar com seus braços ao redor do meu corpo, Anie.

— Talvez mais tarde, senhor. — Ela beija a base do meu pescoço, provocando-me ao mesmo tempo que me faz cócegas. — Agora vamos, um casamento nos aguarda.

Ela coloca Carioca no chão, que volta a correr atrás do jumentinho e começa a ajeitar as minhas vestes. Escolhi um conjunto azul de calça, colete e camisa branca de linho. Já Anastácia optou por um vestido tradicional. Ela raramente o usa, mas acredito que a força da ocasião a fez escolhê-lo.

— Tenho uma confissão a fazer — digo ao abraçá-la pela cintura. Corro os dedos pelo bordado do corpete e alcanço as mechas lisas do seu cabelo. Dessa vez, ela os cortou dois dedos acima dos ombros, deixando a pele bronzeada e as sardas que a marcam expostas. Olho ao redor e, quando vejo que estamos sozinhos, deposito pequenos beijos em toda a região de sua clavícula. — Sinto falta dos seus conjuntos. Gosto de como as calças realçam as curvas do seu corpo.

Ela joga a cabeça para trás ao sorrir.

— Sabe muito bem que Avril e Darcília me matariam se eu aparecesse na igreja com um conjunto de calças. — Ela afasta nossos corpos e, enlaçando a mão na minha, nos conduz até a capela. Inicialmente, o casamento aconteceria no centro da cidade, mas, após o incêndio, as prioridades de todos os moradores da fazenda mudaram. É como se tivéssemos aprendido a dar mais valor à vida. — Quem sabe no nosso casamento eu resolva usar um belo conjunto lilás?

Paro de andar e encaro sua expressão divertida. Anunciamos nosso compromisso logo após a sessão no tribunal – não era um noivado e muito menos um casamento, apenas uma parceria embasada no amor. Não pensamos em títulos, só passamos a dizer que estávamos juntos. Perante a sociedade viramos os namoradinhos do Rio, ao passo que para nossos amigos e familiares já somos considerados um casal. Todos que conhecem a história de Anastácia respeitam a sua escolha e, por isso, ouvi-la falar da possibilidade de um casamento faz meu coração bater acelerado.

— Pare de pensar demais, Benício. — Ela me puxa com um riso. — Não podemos chegar depois dos noivos. Quer matar o seu irmão do coração? A última vez que o vi, ele estava apavorado.

— Samuel já ultrapassou sua cota de sustos para uma vida toda. — Em menos de um ano, perdi as contas de quantas vezes precisei me preocupar com a vida do meu irmão. — Espero que ele viva por muitos anos, caso contrário, terá de acertar suas contas comigo.

— Ora, é claro que seu irmão viverá por muitos anos. Essa é uma grande vantagem de casar com uma médica tão competente — ela diz ao pararmos na entrada da capela.

Os bancos estão lotados. O padre conversa com a irmã Dulce de forma amigável, Quirino anda de um lado para o outro na entrada, parecendo incomodado com suas vestes formais e, no altar da capela, Wen toca uma melodia calma de violoncelo acompanhada por Luna no piano.

Encaro Samuel, vestido com um conjunto perfeito de fraque e com um sorriso contagiante em seu rosto, e deixo sua alegria tomar conta do meu coração. Nunca o vi tão feliz em toda a minha vida.

— Só espero que Samuel não desmaie ao ver Avril vestida de noiva — Anastácia diz ao entrarmos na capela. — Por via das dúvidas, fique preparado para segurá-lo.

<hr />

— Recebi a resposta do meu tio — Anastácia repousa as costas no meu peito e eu rodeio sua cintura com os braços. Depois do almoço que precedeu a festa de casamento, roubamos duas fatias de bolos e viemos nos sentar no pomar. Exatamente ao lado daquela que se tornou a nossa fruta favorita.

O pé de maracujá-roxo não é alto o suficiente para criar uma grande sombra, ainda assim, gostamos de nos refugiar no pequeno abrigo criado por seus galhos.

— E o que seu tio disse na carta? — pergunto ao beijar sua nuca.

— Pierce foi preso. Parece que o imperador fez cumprir suas ameaças. — O alívio em sua voz espelha a sensação que toma conta de mim.

Apesar de sabermos que Pierce sempre estaria fisicamente longe de nós, o fato de ele estar solto ainda nos incomodava. Mas com sua prisão na França, sinto que não precisarei mais temer pela segurança de Anastácia e muito menos das jovens no abrigo. Finalmente, estamos completamente seguros.

— Sabe o que isso significa? — Afasto as mechas do seu cabelo e beijo toda a lateral do seu pescoço, inspirando o aroma de lavanda que aprendi a reconhecer como o de Anastácia.

— Que finalmente estamos livres de Pierce?

— Isso também, Anie. — Afasto a manga do seu vestido e sorrio como um bobo ao ver a pequena marca em seu ombro. Mal acreditei quando vi a tatuagem pela primeira vez. Do mesmo modo que eu tenho parte dela e da nossa história tatuada em meu corpo, Anastácia também resolveu marcar a sua própria pele. Enquanto eu tenho pássaros e uma flor de maracujá-roxo, ela tem um violoncelo e um desenho que, segundo Anie, lembra o petisco indiano que a fiz provar em nosso primeiro encontro. — A prisão de Pierce significa que finalmente poderemos visitar a sua cidade natal. O medo de encontrá-lo pelas ruas da França nunca mais nos impedirá, então não só iremos a Bordeaux como a qualquer lugar que desejar.

— Uma ópera na Itália? — Ela diz em meio a suspiros. Gostaria de dizer que os sons são provocados por meus beijos em sua pele, mas a verdade é que sua concentração está completa no bolo de casamento que Marta preparou.

— Quantas óperas quiser, Anie. — Ela vira o rosto e beija meus lábios. Provo o doce de sua boca e trago seu rosto para mais perto, aproveitando a tranquilidade de tê-la só para mim.

— Gosto dessa ideia, Benício. — Anastácia termina de comer e gira o corpo para ficarmos de frente um para o outro. — Antes de ir para a França, quero conhecer a Índia.

— Então, iremos para a Índia! — Limpo a calda do bolo na lateral dos seus lábios e nos imaginado viajando pelo mundo.

Quero levá-la a cada um dos lugares que aprendi a amar ao longo da minha vida, mas também quero descobrir novos países ao seu lado. Sinto em Anastácia o mesmo desejo de conhecer e viver o novo e, com o abrigo pronto e os negócios da empreiteira encaminhados, poderemos tirar férias merecidas.

Nosso lar sempre será aqui, no Rio de Janeiro, mas como aprendi ao longo do tempo, raízes podem ser carregadas, independentemente da direção do nosso voo.

Livre para voar

Cuço palavras afiadas
Elas não me alcançam
Elas não me ferem
Elas não me calam
Não mais

Sinto os olhares intrometidos
Eles não me envergonham
Eles não me definem
Eles não me prendem
Não mais

Estou voando
Cortando o horizonte
Atravessando os mares
Desbravando continentes
Chegando em casa

Estou voando para casa
A casa que construí em mim mesma

Música de Anastácia Faure
Janeiro de 1881

EPÍLOGO

9 de novembro de 1889

O som da quadrilha nos atinge assim que entramos na Ilha Fiscal. Benício pede licença ao atravessar a multidão, ocasionalmente parando para cumprimentar um ou outro conhecido, mas por mais rápidos que nossos passos sejam, levamos meia hora para alcançar o outro lado da ilha. Fui convidada para tocar violoncelo mais tarde, logo após o jantar, então sinto minhas mãos suarem ao imaginar-me no palco.

— Pare de pensar demais. — Benício sussurra no meu ouvido. — Sua música encantará a todos como tem feito em todas as festas em que comparecemos desde que voltamos para o Brasil, Anie.

A quantidade de homens e mulheres presentes me surpreende – os jardins estão tomados por convidados, evidenciando o esmero da corte na preparação do baile. Em frente à banda militar, que em questão de segundos substitui a quadrilha por uma polca, a Princesa Isabel dança de forma animada. O sorriso em seu rosto é contagiante, e não é para menos.

Oficialmente, o baile homenageia os oficiais do navio chileno Almirante Cochrane, ancorado na baía de Guanabara há mais de duas semanas. Mas é de conhecimento de todos que o verdadeiro motivo da festa é a comemoração das bodas de prata da princesa Isabel e do conde d'Eu.

Ao ver a prima dançando, Cândida enlaça um braço ao de Darcília e o outro a Luna e segue para a pista de dança. Já Samuel e Avril, o casal mais amado pela sociedade carioca no momento, vai direto para as mesas dispostas no jardim. Acompanho seus passos e vejo que, para o jantar, os lugares estão organizados em formato de ferradura. Segundo Cândida, apenas quinhentos convidados foram escolhidos para jantar com a princesa e o conde – e nós estamos entre eles.

Sem títulos, sem nomes nobres e muito menos o requinte necessário para a ocasião. Ainda assim, fomos transformados em convidados de honra – e apenas por sermos nada mais do que nós mesmos. Isso não significa que a sociedade ficou mais unida, mas é possível que ela esteja começando a mudar.

— Vão dançar, pelo amor de Deus. — Avril exclama ao acomodar-se em um dos lugares da mesa de jantar e começar a servir-se. Um garçom prestativo segue até ela e ganha toda a sua atenção ao apresentar-lhe o menu que termina com sorvete.

— Lembrem-se de que Avril está comendo por dois. — Samuel senta ao lado de sua esposa e toca a saliência evidente em sua barriga. Depois de nove anos de casamento, eles finalmente terão seu primeiro filho. Dizer que estão ansiosos e nervosos é pouco para definir a espera que tomou conta de nossa família.

Deposito um beijo no rosto de Avril e puxo Benício até a pista de dança. Instantaneamente, uma valsa começa a tocar, como se o mundo estivesse a nosso favor.

— Notou como suas vestes estão fazendo sucesso? — Ele sussurra ao rodear a minha cintura com as mãos. — A viscondessa de Ouro Preto está com um conjunto igual ao que usou na última ópera a que assistimos no Theatro de São Pedro de Alcântara.

Benício aponta com os olhos para a direita e sorrio ao encarar a viscondessa. Suas calças são exatamente iguais às minhas, a única diferença está na cor – enquanto eu prefiro cores vivas e alegres, ela escolheu um tom comum de verde-musgo. Ao lado dela, vejo outras mulheres com roupas semelhantes. Claro que a maioria está trajando longos vestidos de seda, acompanhados por leques coloridos e joias ostentosas, mas uma ou outra sustenta belos conjuntos de blusa e calça.

— Ora, mas parece que não sou a única sendo copiada, meu senhor. — Desço as mãos dos ombros de Benício e seguro-o pela lapela do colete. Apesar de estarmos em um baile de gala, resolvemos seguir nosso traje comum. O tecido do meu conjunto lilás é de seda e as barras da calça são bordadas com fio de prata. Assim como o colete de Benício, que também foi feito de seda. Estamos festivos, mas à nossa própria maneira. — Olhe para a esquerda. Os filhos mais velhos do visconde deixaram o fraque de lado e optaram por belos coletes.

Ele acompanha meu olhar e sorri, divertido, ao avistar os rapazes. É engraçado como o passar do tempo tornou nossas diferenças atrativas. O que antes era considerado inadequado, agora é digno de ser espelhado. E tudo isso porque nossas ações passaram a valer mais do que a nossa imagem. Exatamente como deveria ser sempre e em qualquer situação.

— Fazemos um belo par, não é mesmo? — Benício aproxima mais nossos corpos e, sem me importar com o ritmo da valsa, apoio a cabeça em seu peito e deixo a música nos guiar.

O riso, as conversas animadas ao redor e até mesmo a música não são mais atrativos do que as batidas suaves de seu coração.

— Sempre soube que faríamos um par perfeito, Benício — digo inspirando seu aroma amadeirado e levando minhas mãos até as mechas de seu cabelo.

Em nossa última viagem ele resolveu deixar o cabelo crescer, apenas alguns centímetros a mais do que o que costumava usar. Sem dúvida sou suspeita, mas a verdade é que sinto que a cada dia ele fica ainda mais lindo — e não apenas por sua aparência. Sua alma alegre e bondosa resplandece em todo o seu ser. Seja em nossas viagens, no dia a dia de trabalho na empreiteira ou no palanque da província, Benício deixa o amor pelo que faz resplandecer. Seu brilho alcança todos ao seu redor e isso o torna especial.

— Posso saber quando foi esse sempre, senhora? — Ele segura minhas mãos e gira meu corpo ao som da valsa. — Quando a salvei de uma possível disenteria em meio a um baile parisiense ou quando a resgatei do ataque de uma jaca?

Benício lista todos os momentos divertidos que vivemos juntos, fazendo-me rir em meio aos giros da valsa. Preciso me controlar para não o beijar a cada vez que meu corpo volta para o dele.

Após meu casamento com Jardel, nunca imaginei que viveria uma relação como a que construí ao lado de Benício. Na verdade, não passou pela minha cabeça que o amor seria tão fácil. Aprendi com a vida que amar dói e faz sofrer, mas nos últimos anos descobri por conta própria que o amor também pode ser fácil. Deve ser simples sorrir, dançar, conversar, construir sonhos e, principalmente, sermos nós mesmos.

Nada de controle, amarras e cobranças. Apenas o amor em sua forma mais pura: pronto para se deixar amar e para amar o outro sem esperar nada em troca a não ser respeito.

— Amo cada um dos momentos que vivemos juntos, Benício — digo assim que a valsa termina. Ele me olha de forma cúmplice, sorrindo para mim com o mesmo sorriso que me conquistou. Toco as rugas em seus olhos, aquelas formadas pelo sorriso, e agradeço por tê-lo ao meu lado. — Mas sabe qual foi o momento em que soube que seríamos perfeitos um para o outro?

— Qual? — Ele sussurra com o rosto próximo ao meu.

— Quando sorriu para mim. — Beijo sua bochecha e, ciente dos olhares curiosos, enlaço sua mão e o arrasto até a ponta da baía. Em meio a tamanha multidão, não será fácil encontrar um lugar discreto para beijá-lo, mas isso não me impede de tentar. — Um sorriso sincero é capaz de revelar almas. Quando sorriu para mim pela primeira vez, minha alma reconheceu a sua, meu amor.

Amor. Uma palavra que deixou de ser do mundo e virou só minha.

Amor por mim mesma e por quem eu sou.

Amor pelas pessoas que escolhi manter ao meu lado.

Amor que não dói mais, apenas liberta.

FIM

NOTA DA AUTORA

A cena que acabei de narrar realmente aconteceu, não de uma forma tão inclusiva ou democrática quanto descrevi, mas é fato que o evento mudou a história do Brasil. O baile da Ilha Fiscal foi a última festa promovida pela realeza, servindo como marco para o fim da Monarquia. Então, decidi que era exatamente assim que *Livre para recomeçar* deveria acabar: como um apelo às mudanças que, aos poucos, transformaram a face do nosso país. É claro que a queda do Império não solucionou todos os nossos problemas, mas assim como Anastácia fez, decidi acreditar que naquela noite pequenas escolhas transformaram-se em grandes gestos.

Tal como o desfecho, posso dizer que tudo neste livro tem embasamento histórico. Passei meses pesquisando sobre o Rio de Janeiro de 1880 e me surpreendi com o quão superficiais eram os meus conhecimentos. Ao longo dos meses de pesquisa, descobri belezas perdidas por puro descuido – como o terraço que existia no Passeio Público e as fontes que marcavam os caminhos da Floresta da Tijuca –, teatros consumidos pelo fogo, hospícios belos em aparência e cruéis em concepção e, principalmente, inúmeros homens e mulheres que lutaram por um Brasil mais justo e igualitário. Quero destacar duas figuras que me ajudaram a compor meus personagens: Luís Gama e Veridiana da Silva Prado, um homem negro que lutou pelo direito de advogar e uma mulher nobre que não se deixou intimidar e assumiu todos os negócios da sua família.

Contudo, apesar de tantos nomes, ruas e construções verídicos, preciso lembrá-los de que este livro nunca teve a pretensão de seguir relatos históricos. Tudo o que eu desejava era celebrar a luta de mulheres e homens que mudaram o rumo da nossa história e que, no meio do caminho, libertaram-se dos grilhões do preconceito e descobriram o poder de amar – eles mesmos, seus semelhantes e aqueles que escolheram para dividir as conquistas e os pesos do dia a dia.

Livre para recomeçar é um romance que usa o Brasil como pano de fundo. Mas, mais que isso, é uma jornada sobre perdão, recomeço e amor.

Em meu coração, espero que depois desta leitura você esteja pronto para alçar voo e descobrir sua própria voz.

AGRADECIMENTOS

É surreal pensar que, neste exato instante, estou finalizando mais um sonho. Por anos almejei escrever minhas próprias histórias, mas – sendo o mais sincera possível – não acreditei que esse dia chegaria. Então, se hoje estou aqui, é porque conto com o apoio de centenas de pessoas maravilhosas. Não existem palavras para agradecer a cada uma delas, mas espero que elas saibam que, todas as vezes que pensei em desistir e que o medo ameaçou me dominar, foram elas que me sustentaram.

Manoel, obrigada por ser meu melhor amigo, por me ouvir falando das minhas histórias por horas (principalmente durante a madrugada), por me ajudar a compreender as emoções conflitantes dos personagens que gritam em minha mente, por mergulhar de cabeça nessa jornada comigo e, claro, por ser minha inspiração para as referências arquitetônicas que transbordam deste livro. Te amo mais que ontem e menos que amanhã.

Família, amo vocês e não sei o que faria sem o apoio incondicional que depositam em mim. Silvio, Edilene e Gabi – vulgo pai, mãe e irmã mais nova –, obrigada por segurarem as pontas quando eu estava apertada com os prazos e morrendo de medo de não conseguir. Murilo, Carol, Hugo, Gi, Cesar, Edina, Lurdinha, Cilinho, Lucas e Nelly, obrigada por sempre me acolherem com um sorriso no rosto e com um abraço apertado. Eu tenho uma família abençoada e sou infinitamente grata por isso.

Alba, minha agente querida, você é um presente de Deus. Obrigada por me ouvir surtar (nem sempre de alegria), por chorar comigo, por passar horas falando sobre temas aleatórios e por me guiar pelos caminhos tortuosos da escrita. Você sempre acreditou na minha voz e lutou contra os moldes impostos pelo mundo. Então obrigada por me mostrar que eu não preciso seguir um padrão, apenas escrever com o coração. Te amo, viu?

Tenho amigas especiais, que não estão sempre ao meu lado por causa da distância física que nos separa, mas que eu levo no peito para onde quer que eu vá. Aione, você é uma mulher inspiradora. Obrigada por me ajudar a compreender o significado de amizade (e por me ajudar a acreditar em *Livre para recomeçar*!). A relação da Anastácia com a Darcília tem muito de nós duas, minha amiga. Barbara, Tayana, Ellem e Babi, obrigada por lerem meus livros com o coração aberto, por me ajudarem a melhorar e a crescer como autora e por sempre me apoiarem. Contem comigo sempre.

Editora Planeta, obrigada por continuar acreditando em mim (e nos livros). Em especial, Felipe e Carol, saibam que sou infinitamente grata por sempre me receberem de braços abertos. Escrever romances é um desafio, mas lutar por eles é ainda mais difícil. Vocês são muito especiais e nunca esquecerei o quanto torceram, e ainda torcem, por mim e pelas minhas histórias.

Fuxiquetes, nunca imaginei que eu teria um fã-clube e que ele seria parte da minha vida. Vocês são alegres, carinhosas e apoiadoras incondicionais dos meus sonhos. Sinto-me abençoada por nossas conversas, encontros e troca de sorrisos. Amo vocês e nunca serei capaz de agradecer por tudo o que fazem por mim, pelo Livros e Fuxicos, e por meus livros. E Paloma, muito obrigada por criar o fã-clube e nos unir.

A todos que resenharam e indicaram *Volte para mim*, meu primeiro romance publicado: vocês são maravilhosos! Espero que também tenham amado *Livre para recomeçar* e que estejam gostando de acompanhar meu crescimento como autora. É por causa de vocês, blogueiros e leitores queridos, que sou capaz de continuar trabalhando com o que amo.

E, por fim, agradeço a Deus pelo dom de perder-me em meio às palavras. Sempre soube que Ele havia reservado um caminho especial para mim, mas só hoje entendo qual era.

Escrever me liberta, cura e transforma. E, para todo o sempre, é isso que tentarei transmitir em minhas histórias. Espero que este livro tenha aquecido o coração de vocês.

Com amor,
Pah.

Leia também:

Aos dezesseis anos, Brianna Hamilton fugiu da Inglaterra para a Escócia, abandonando sua família e as obrigações como herdeira de um duque. Em meio aos prados escoceses, a jovem encontrou refúgio e descobriu mais sobre a mulher que desejava ser. Mas, onze anos após a fuga, uma dolorosa verdade fará com que ela deseje nunca ter partido.

Voltar será como relembrar o passado, a fuga, o medo e as escolhas que precisou fazer. E, enquanto luta para reconquistar seu lugar junto à família, Brianna precisará superar Desmond Hunter, melhor amigo e primeiro amor, que anos antes ela escolheu deixar para trás.

Volte para mim é um romance arrebatador sobre recomeços, sentir-se inteira e, acima de tudo, confiar no amor.

**Acreditamos
nos livros**

Este livro foi composto em Dante MT Std
e impresso pela Gráfica Santa Marta para a
Editora Planeta do Brasil em maio de 2021.